ANTONIO ORLANDO RODRÍGUEZ nació en Cuba y se graduó de Periodismo en la Universidad de La Habana. Ha residido en Costa Rica y en Colombia, y desde 1999 en los Estados Unidos. En La Habana publicó los libros de cuentos *Striptease* y *Querido Drácula.* Es autor, además, de numerosas obras literarias para niños, publicadas en distintos países hispanos, así como de libros sobre historia de la literatura infantil latinoamericana.

APRENDICES DE BRUJO

Una novela

Antonio Orlando Rodríguez

 Una rama de HarperCollins*Publishers*

Diseño del libro por Shubhani Sarkar

La ilustración de la cubierta es un dibujo de Leonetto Cappiello para Monnet Cognac © 2004 Artists Rights Society (ARS), New York / ADAGP, Paris.

Este libro fue publicado originalmente en el 2003 en Bogotá, Colombia, por Editorial Alfaguara.

PRIMERA EDICIÓN RAYO, 2005

Impreso en papel sin ácido

Library of Congress ha catalogado la edición en inglés.

ISBN 0-06-058635-4

05 06 07 08 09 DIX/RRD 10 9 8 7 6 5 4 3 2 1

A Sergio.

A Daina.

A Chely y Alberto.

Relación de personajes principales

En Bogotá

Lucho Belalcázar Reyes, joven acaudalado que ejerce, como *hobby,* el periodismo.

Wenceslao Hoyos, su amante, graduado en Leyes, fanático de los boxeadores y de Eleonora Duse.

Esmeralda Gallego, pintora y viajera, amiga y confidente de los protagonistas.

La Generala, señora de ilustre abolengo, quasi viuda, madre de Lucho Belalcázar.

Las feítas, cinco, hermanas de Lucho Belalcázar.

Melitón y Manolo Reyes, caballeros, cachacos preclaros, hermanos de la Generala y tíos de Lucho Belalcázar.

Herminia de Hoyos, dama benemérita, devota de Nuestra Señora del Campo, madre de Wenceslao Hoyos.

El doctor Hoyos, caballero ilustre, ganadero, padre de Wenceslao.

Toña, negra vieja nacida en el Chocó, sirvienta de la familia Belalcázar y médium a su pesar.

Jasón, espécimen cucuteño, chofer de Esmeralda Gallego.

Juan María Vengoechea, abogado de éxito, amigo y ex condiscípulo de Wenceslao Hoyos.

Alvarito Certaín, caballerito de rancia prosapia.

Jorge Garay, preciosidad, estudiante de Medicina.

Romero Villa, distinguido joven, estudiante de Derecho.

Poncho Zárate, periodista de escasos recursos económicos (y de los otros), protegido de Wenceslao Hoyos.

El Ministro belga, diplomático acreditado en Colombia, caballero de mundo.

El Gigante, súbdito de la corona holandesa, querido del Ministro belga.

Peñarredonda, prestigioso cirujano.

Ana Bolena, dama de sociedad y reconocida escritora bogotana.

El Espárrago, su sobrina.

Aníbal de Montemar, antiguo amante de Esmeralda Gallego, radicado en Boston.

La Loca Margarita, demente callejera que perdió a su único hijo durante la guerra de los Mil Días.

Fray Rafael Almansa, pastor de corazones, franciscano, capellán de la iglesita de San Diego.

Lilibeth de Jesús, mulata, monja de la orden de las Siervas de la Resignación.

La Portera, monja del convento de dicha orden.

Florerito, cantante despechado.

En Barranquilla

Abraham Zacarías López-Penha, escritor judío, autor de la novela *La desposada con una sombra* y de varias colecciones de versos.

Próspero Nacianceno, hombre de negocios, mentalista o explorador de conciencias.

Sobeida, su esposa, mujer barbuda.

Melusina Jaramillo, artista ecuestre.

Asmania, costurera de circo, señora de pocas palabras.

A bordo del Fynlandia

Hort Ferk, capitán del navío, sueco.

Emilito De la Cruz, joven de la alta sociedad cubana, diletante y esperpento.

En La Habana

Eleonora Duse, la de las bellas manos, trágica italiana.

Désirée Wertheimstein, su secretaria, austríaca.

María Avogadro, su recatada doncella, italiana.

Katherine Garnett, aristócrata inglesa, amiga de la Duse.

Fortune Gallo, empresario italonorteamericano.

Guido Carreras, administrador de la compañía de Eleonora Duse.

Memo Benassi, galán, primer actor de la compañía de Eleonora Duse.

María y Jone Morillo, hermanas y actrices de la compañía de Eleonora Duse.

Julio Antonio Mella, la Belleza, comunista joven, presidente de la Federación de Estudiantes Universitarios.

Alfredo Zayas, presidente de la República de Cuba.

María Jaén de Zayas, su esposa, primera dama.

Paco Pla, estudiante de Arquitectura, remero y rubio, también conocido como señor Orejas.

Bartolomé Valdivieso, farmacéutico mulato, hijo de un senador de la República, creador del soneto "A Eleonora la excelsa".

Agustín Miraflores, alias Tijeras, negro, sastre de La Boston.

El Ecobio, primo de Tijeras y caballo de Babalú Ayé, facineroso.

Gardenia Miraflores, hermana de Tijeras.

Ramoncito, sobrino de Tijeras.

Olavo Vázquez Garralaga, rico heredero, versificador.

María Garralaga de Vázquez, su adorada madre.

Graziella Gerbelasa, señorita y literata, autora de *El relicario* y otros libros.

María Cay, dama asiática, ex musa de los poetas modernistas, viuda del general Lachambre.

El Conde Kostia, seudónimo de Aniceto Valdivia, diplomático y periodista retirado.

Gloria Swanson, reina de Hollywood.

Esperanza Iris, *divette* mexicana, emperatriz de la opereta.

Mimí Aguglia, actriz italiana.

María Tubau, actriz española.

Josefina Ruiz del Castillo, actriz española.

Margarita Xirgu, actriz española.

Blanquita Becerra, tiple del teatro Alhambra.

María Cervantes, dama, pianista y cantante.

Misael Reyes, también conocido como El Inesperado, tío de Lucho Belalcázar.

Mei Feng, chino, secretario o ayuda de cámara de Misael Reyes, posteriormente cadáver.

Atanasia, sirvienta de Misael Reyes.

Fan Ya Ling, chino, hechicero, dueño de El Crisantemo Dorado.

José Chiang, mulato chino.

Jean Bonhaire, antes Rémond de Saint-Amand, náufrago del aire.

García Benítez, cónsul de Colombia en La Habana.

Donato Cubas, inspector de la Policía Secreta.

Pompilio Ramos, subinspector.

Aquiles de la Osa, detective.

Ignacio Falero, detective.

Regla, camarera mulata del hotel Inglaterra y espía.

Pedrito Varela, encargado de la venta de abonos del Teatro Nacional.

Mistress **Carrie Chapman Catt,** dama estadounidense, fundadora y presidenta del Congreso Internacional por el Sufragio Femenino.

Dulce María Loynaz, rica heredera y poetisa joven.

Flor y Carlos Manuel Loynaz, sus hermanos menores.

José María Chacón y Calvo, director de la Sociedad de Conferencias y fundador de la Sociedad de Folklore Cubano.

Alejo Carpentier, escritor novel, jefe de redacción de *Social*.

Rubén Martínez Villena, abogado joven, escritor y revolucionario.

Rogelio y Armando Valdés, estudiantes de Medicina, descendientes de los Trebijo.

Mina López-Salmón de Buffin, millonaria, dama de beneficencia, organizadora del baile de las Mil y Una Noches.

Habib Steffano, presidente de la Academia Nacional de Damasco, antiguo secretario del rey Faisal I y asesor del baile de las Mil y Una Noches.

Adela, su esposa, la Scherezada.

Aurelio Dalmau, figurinista.

Carlos Baliño, dirigente sindical.

Alfredo López, otro dirigente sindical.

Pablo Álvarez de Cañas, cronista social de *El País.*

Enrique Fontana, cronista social del *Diario de la Marina.*

Francisco Ichaso, periodista del *Diario de la Marina.*

José Pérez Poldarás, crítico teatral del mismo periódico.

Genaro Corzo, crítico teatral de *El Heraldo.*

Enrique Uhthoff, periodista y autor del libreto de *Niña Lupe.*

Ludonia La Rosa, *iyalocha.*

La condesa de Buena Vista, aristócrata habanera.

Donna **Ortensia,** condesa Pears, ex duquesa Mignano y cantante operática.

Luis Vicentini, boxeador chileno aspirante al título de campeón mundial.

Un gallego, terrateniente, instrumento de Satán.

En el mundo astral

Anatilde de Bastos, cartomántica y pitonisa.

Rubí González, modistilla puta o putilla modista.

Rafael Uribe Uribe, general y liberal.

Arrigo Boito, poeta y compositor, antiguo amante de la Duse.

En el recuerdo

José María Vargas Vila, escritor, esteta y polemista.

Julián del Casal, poeta modernista, autor de *Nieve* y otros libros.

Lenin, fundador del país de los *soviets,* comunista embalsamado.

Sarah Bernhardt, la *Magnifique.*

Adelaide Ristori, fantasma, decana de las actrices italianas.

Clementina Cazzola, Carlotta Marchionni, Fanny Sadowski y Celestina Paladini, ex actrices, espíritus burlones.

Matilde Serao, escritora y ex telegrafista, vieja amiga de la Duse.

Gabriele D'Annunzio, poeta, novelista y dramaturgo, amante de la Duse.

Martino Cafiero, periodista napolitano, seductor de la joven Duse.

Teobaldo Checchi, actor y luego cónsul, esposo de la Duse.

Enrichetta, hija de la Duse.

Tomás Alva Edison, inventor.

Rainer María Rilke, poeta.

Isadora Duncan, bailarina.

Alessandro y Angélica, actores ambulantes, padres de la Duse.

El caballero de Lisboa, mensajero de las voces.

Primera parte

Bogotá – Barranquilla,
octubre de 1923 a enero de 1924

Todas las cosas
trujéronme fastidio.
Porque soñaba diferentes odiseas
y distintos exilios
y muy diversos éxodos;
y otra quietud:
nunca esta plana sucesión de puestas
de sol y de rubias auroras
y de claros de luna
(que decían los vates
de antaño).
Nunca esta plana sucesión de estribillos
aburridores ¡oh qué catálogo de inepcias,
qué maremágnum de majaderías!

León de Greiff

Nosotros somos los delirantes,
los delirantes de la pasión:
ved nuestras vagas huellas errantes,
y en nuestras manos febricitantes
rojas piltrafas de corazón.

Porfirio Barba Jacob

Mírenme bien. Obsérvenme con detenimiento. No sientan vergüenza: estoy habituada. ¿Están seguros de que soy una mujer de carne y hueso? Si es así, háganmelo saber, porque a veces me temo que soy un espectro, otra alma en pena...

Muchos creen que yo amo el teatro. ¡Qué idea tan absurda! No, quien crea eso se equivoca, comete un grave error. Lo que adoro en verdad, y con todas mis fuerzas, es el arte. Si hubiera podido pintar o escribir, de haber tenido dotes para la música o la danza, mi historia habría sido otra, bien diferente. El teatro fue un camino para llegar al arte. Un modo, no el fin. Y aunque algunos piensen que se trata de una pose, debo repetir que ni el reconocimiento ni la trascendencia me importan demasiado. Mi único deseo ha sido hallar protección en el arte, encontrar un refugio que me haga la vida tolerable.

I

Wen tiene dos ídolos y un álbum de recortes dedicado a cada uno de ellos. Vive a la caza de cuanta fotografía de sus personajes favoritos publican las revistas o los periódicos, y si en la sala de espera de un consultorio médico o en la casa de alguna amistad descubre algún grabado digno de figurar en sus colecciones, no duda en arrancar la página, subrepticia o descaradamente, y guardársela en un bolsillo del traje, sin el menor asomo de culpabilidad.

Uno de sus ídolos es Luis Vicentini, el boxeador chileno que aspira a derrotar al campeón mundial Benny Leonard. Vive cantando alabanzas a su figura, a su sonrisa, a la forma en que le cae sobre la frente un rizo rebelde del cabello negro y ensortijado, a sus bíceps que invitan a hincar los dientes con deleite y a sus piernas vellosas, fornidas y de rodillas perfectas. Siempre me ha llamado la atención que escogiera a un peso ligero como objeto de devoción. Yo, la verdad, me hubiera inclinado por un púgil de mayor corpulencia, pues soy un entusiasta de la carne, pero en fin... El caso es que Wen está al tanto de los combates que concierta el chileno, busca con ansiedad los resultados de las peleas en las páginas de *El Tiempo* y no duda en organizar pequeñas fiestas para celebrar sus victorias. Como sucedió cuando Vicentini le ganó por K.O. a Jimmy Carroll, en el Madison Square Garden.

En cuanto leyó la noticia que divulgaba el triunfo, llamó por teléfono a Esmeralda Gallego y juntos decidieron organizar una *kermesse* que tendría lugar en mi departamento. Esmeralda tuvo la idea de que al ágape asistiéramos sólo doce personas, una por cada *round* del combate, y a Wen la ocurrencia le pareció sublime. En un santiamén confeccionaron la lista de los convidados y mandaron a imprimir de urgencia una invitación que incluía la fotografía de Vicentini preferida por Wen: ésa en la que aparece en pantaloneta y sin camisa, mirando a la cámara y amenazando a un hipotético rival con sus puños cerrados.

La fiesta fue un éxito y, a pesar de que caía una llovizna helada y persistente, ninguno de los elegidos faltó a la cita. De acuerdo con lo exigido en la invitación, los hombres llevamos traje de gala. Por su parte, Esmeralda Gallego lucía un vaporoso vestido blanco de escote más que generoso, medias caladas, un llamativo turbante azul y, haciendo juego con éste, un anillo con una turquesa del tamaño de un huevo de codorniz. En conjunto, el efecto era fabuloso, pero si uno se ponía a detallarla, parecía un tamal mal envuelto.

El álbum dedicado al atleta del país austral presidía la recepción, colocado sobre la consola de cedro, junto a un búcaro lleno de lirios, y abierto en la página en la que aparece una fotografía de Vicentini en el momento en que el árbitro levantaba su brazo en señal de triunfo. Wen asegura que esa imagen le corta el aliento siempre que la mira, pues pocas cosas en esta vida le parecen tan seductoras como los pelitos de las axilas de su pugilista predilecto.

Esmeralda se ocupó de dar a Toña, la negra de Chocó que fue mi nodriza, las órdenes relacionadas con el refrigerio y, muy en su estilo, nos sorprendió con un ecléctico menú en el que se mezclaban empanadas, envueltos de picao, cuchuco de trigo con espinazo, *whisky* House of Lords y *champagne* Pommery. Todos aplaudimos la estrambótica combinación y tragamos igual que marranos.

Durante la primera hora se habló del robo de la custodia de la iglesia de Paipa; del gobierno del general Pedro Nel Ospina y de lo ineficaz que resultaba su gabinete; del magnífico, y relativamente económico, *Packard* de seis cilindros y siete pasajeros que vendían en el garaje La Granja; del finísimo juego de electroplata triple para el té que había ganado Alvarito Certaín en una rifa benéfica; de cómo en Barranquilla estaban de moda los "helados danzantes", burda imitación de los tés danzantes de los grandes hoteles de la capital; de quién era la mejor soprano de Colombia: si doña Matilde de Camacho o la señorita María Olarte Cordovez; de los milagros que obraba la vaselina francesa Chesebrough; de lo poco agraciada que era la nueva "reina" de los estudiantes universitarios y de lo guapo, guapísimo, que era *Mister* Frank Aplebby, el profesor de golf del Country Club, y de si serían ciertos los rumores de que estaba a punto de regresar a su natal Inglaterra. Pero, por supuesto, el tema principal fue Vicentini.

Wen alzó su copa y, con voz velada por la emoción, dedicó el primer brindis de la noche al resonante triunfo del boxeador. Dijo que la Babel de Hierro había caído rendida a los pies del insigne gladiador y otras cursilerías por el estilo, y auguró que en el inminente 1924 Luisito se convertiría en el rey de los pesos ligeros. Levantamos las copas, unos por verdadero entusiasmo y los más por pura cortesía, y las chocamos deseando el mayor de los éxitos al deportista, que estaba a miles de kilómetros de nosotros, ajeno a la alharaca que su combate causaba entre once caballeros y una pintora excéntrica. Para mi cachucha, me pregunté si el pobre Luisito tendría la menor idea de la existencia de esta ciudad fundada en una altiplanicie, en nombre de Carlos V, por un conquistador con ínfulas de intelectual; de este lugar lleno de políticos y de curas que todavía hoy, casi cuatro siglos después, no dispone de una carretera decente que la comunique con el resto del país; de la pequeña, fría y grisácea Santa Fe de Bogotá. Supongo que no.

La fiesta casi termina de manera trágica.

Cerca de la medianoche, cuando ya cinco o seis botellas del burbujeante Pommery estaban descorchadas, el House of Lords corría en abundancia gargantas abajo y de los envueltos y las empanadas no quedaba el menor rastro, Wen se puso de pie, tomó el álbum de recortes y pidió silencio para mostrar al auditorio su colección de recuerdos de Vicentini. Al punto cesaron las conversaciones y empezó su disertación.

Señalando cada imagen, mi amante indicaba la fecha y el lugar en que había sido tomada, brindaba los detalles pertinentes si se correspondía con algún combate importante y añadía comentarios elogiosos sobre la fiera expresión del chileno; sobre sus tetillas puntiagudas, capaces de hacer perder la cordura al observador más ecuánime, o sobre el modo tan viril en que separó las piernas para posar ante las cámaras de los reporteros gráficos a la salida del Madison.

Como es natural, a los pocos minutos los invitados se aburrieron. Aunque la mayoría aguantó con estoicismo, apretando los labios para disimular una mueca burlona, algunos a los que Vicentini no les daba ni frío ni calor no tardaron en reanudar, de forma discreta, sus interrumpidos diálogos y flirteos.

Wen continuó con renovado brío, subiendo la voz para contrarrestar los murmullos y tratando de ocultar el disgusto que sentía por la falta de atención, pero sin poder evitar que sus ojos dirigieran miradas oblicuas a los hablantines, lanzándoles rayos y centellas con el deseo de fulminarlos y paralizarles las lenguas. Exhibió con reverencia una instantánea en la que Vicentini aparecía en una playa, vestido con un traje de baño que realzaba sus encantos, disfrutando del cálido sol de la Florida. (La rubia que lo acompañaba en esa imagen había sido recortada y, luego, quemada con sadismo en la chimenea, pero, lógicamente, el admirador del púgil no hizo la menor alusión a ello.) De repente, incapaz de contenerse un segundo más, Wen lanzó un grito de rabia, cerró con un golpe seco las tapas del álbum y, alzándolo cual si se tratara de una espada vengadora, se lanzó sobre el invitado que tenía más cerca, el infeliz Juan María Vengoechea, y lo golpeó en la frente con todas sus fuerzas al tiempo que gritaba:

—¡A callar, cachacos!

Vengoechea palideció, pestañeó como si no pudiera creer lo sucedido y se llevó una mano al bolsillo donde, para nadie era un secreto, después de haber sido víctima del asalto de unos apaches en la Calle Real siempre portaba su diminuta pistola Colt. Quién sabe lo que hubiera pasado si Esmeralda Gallego no llega a levantarse de la otomana donde estaba tendida y lo conduce, casi a rastras, a la habitación contigua.

En el salón se hizo un silencio que podía cortarse con un cuchillo; los convidados estaban incómodos y no sabían si soltar la carcajada o recoger sus pertenencias y poner pies en polvorosa. Entonces, impertérrito, Wen volvió a abrir el álbum y reanudó su interrumpida alabanza a la perfecta y alba dentadura del chileno.

Tratando de no llamar la atención, me deslicé hasta el saloncito del piano, donde la Gallego sostenía una compresa fría sobre la frente del descolorido y aún atónito Vengoechea.

—Discúlpelo —le rogué, sosteniendo una de sus manos entre las mías, y observando de reojo el espantoso chichón que le había brotado encima de la sien derecha–. Es muy rabietas y la bebida lo ha trastornado. Mañana estará arrepentido y querrá morirse por lo que hizo. Usted lo conoce bien... –agregué, con una risita cómplice, aludiendo a un medio romance sostenido por ambos años atrás, cuando iniciaban sus estudios de jurisprudencia en el Colegio Mayor de Nuestra Señora del Rosario.

–No le ponga tantas arandelas, Lucho: nuestro amigo está loco de remate –intervino Esmeralda–. Me temo que sería capaz de matar por ese tipo –y bajando la voz, nos confesó que ella no acababa de hallarle ningún encanto especial a Vicentini–. Es una aberración suya –concluyó, con un suspiro.

Diez minutos después fue Wen quien entró en la pieza, circunspecto y con la respiración algo agitada. Se quedó de pie frente a su ex condiscípulo, mirándolo con fijeza y, de pronto, arrodillándose ante él, le rogó que lo perdonara. Desde la puerta, semiocultos por las cortinas de damasquillo verde, los invitados atisbaban la escena.

–No sé qué me ocurrió, Juanma –explicó Wen–. ¡Perdí la cabeza, se lo juro! No fui yo quien lo hizo, sino un demonio perverso que se adueñó de mi voluntad.

Miré a Esmeralda y ella volvió el rostro para no soltar la risa. La escena parecía una mala copia de la película de Pola Negri que habíamos visto noches atrás en el Teatro Municipal. Luego de hacerse de rogar, Vengoechea concedió el ansiado perdón y agresor y víctima se fundieron en un abrazo estruendosamente aplaudido por el resto de los caballeros, quienes se creyeron autorizados para irrumpir en la habitación.

–¡Amigos míos, aquí no ha pasado nada! –exclamó con exaltación Esmeralda Gallego y, arrancándose el turbante, alborotó su corta melena y mostró, coqueta, la nuca afeitada, con lo cual desató otra salva de aplausos–. ¡Ha llegado el momento de mover los esqueletos!

En el acto tomó de la mano a Alvarito Certaín y corrió hacia el salón principal. Todos los seguimos, aullando y saltando, presos de una euforia irracional. La Gallego puso un disco en la victrola y al instante se escuchó un contagioso *fox-trot*. "¡A bailar tocan, mis chinitos!", dijo. Y el incidente, que pudo haber concluido con una pelea digna de la de Vicentini y Jimmy Carroll o con una enemistad inconciliable, se disolvió en una alocada sesión de baile en la que se intercambiaron pellizcos y besos, y de la que algunos distinguidos concurrentes salieron emparejados.

Cuando menos lo esperábamos, Wen interrumpió la música y reclamó la atención general para hacer un nuevo brindis. Lo observé alzando una ceja en señal de admonición, pero me tranquilizó con una sonrisa:

—No, esta vez no quiero brindar por Vicentini, sino por... —hizo una pausa y se oyeron toses nerviosas— una persona especial, alguien que nos honra con su amistad y, por qué no decirlo, con su complicidad. —Su mirada se dirigió a la Gallego, que estaba sentada sobre las piernas del mono Romero Villa y le acariciaba al imberbe *dandy* el precioso hoyuelo que tiene en el mentón—. Sí, colegas, brindo por Esmeralda, la joya más refulgente de nuestra sociedad. ¡Una de las escasas mujeres maravillosas que existen en el mundo!

—La *única* mujer maravillosa del mundo —añadió Romero Villa, con sorna.

—¡No! —replicó, incontinenti, Wen—. Existe *otra*, pero no es oportuno mencionar su nombre en este ambiente de disipación y regocijo —y dejando en la atmósfera un halo de misterio, levantó su copa en dirección a la Gallego—. ¡Por la bella Esmeralda!

—¡Por Esmeralda! —rugimos todos.

El baile se reanudó, esta vez al compás de un sosegado *rag time*, y fui a sentarme en un rincón junto a Esmeralda y Wen. Ella había empezado a llorar en silencio y por las mejillas le chorreaban goterones de la pintura negra con que se delinea los ojos.

—¿Qué le ocurre a la reina de la noche, a la única capaz de desplazar al gladiador a un segundo plano? —le pregunté y besé con galantería una de sus manos, la de la turquesa.

—Soy muy desdichada —tartamudeó—. Soy vieja, gorda y viciosa —y buscó refugio en el regazo de Wen.

—Viciosa, sí —repuso él, sin pensarlo dos veces—; y vieja, tal vez —prosiguió, dubitativo—. Pero gorda no, amor —replicó con vehemencia—: usted es... rubensiana. Y seque esas lágrimas —ordenó con un tono que no admitía réplicas— o quedará hecha un auténtico espeluzno. —Para animarla, la condujo hasta el despacho y allí aspiraron, en secreto, una pizca del "polvillo blanco de las alas de las hadas" que quedaba en el fondo de una pequeña caja laqueada.

A las tres de la mañana, cuando ya los invitados se habían marchado, con excepción de Esmeralda y de Jorge Garay, un estudiante de Medicina de lo más chusco al que Wen y yo le teníamos echado el ojo, a la Gallego se le ocurrió que debíamos despertar a Toña y hacer una sesión de espiritismo, idea que Wen y el futuro galeno se apresuraron a alentar.

—¿A estas horas? ¡Ni lo sueñen! —protesté, pero de nada sirvió: me empujaron hasta el cuarto que ocupa la sirvienta y me obligaron a llamar a su puerta.

La negra se levantó con el ceño fruncido. Al principio se mostró reacia a complacernos, sobre todo por la presencia de Garay, que la inhibía. Sin embargo, bastó que Esmeralda le sirviera un *whisky*, y la exhortara a tragárselo de una, para que le cambiara el ánimo. Nos sentamos alrededor de la mesa de la cocina, Toña puso encima un vaso de agua, Wen encendió dos velas y los cinco nos tomamos de las manos.

Nunca sospeché que Toña poseyera facultades mediúmnicas. Antes de estar a mi servicio exclusivo, cuando todavía vivíamos en la casa de mis padres, sobresalía entre las demás criadas por su apego a los ritos católicos y por la devoción que le inspira el Divino Niño. Pero una noche, Esmeralda, adicta a cualquier tipo de experiencias ocultistas, tuvo la peregrina idea de invocar a los espíritus, tal como lo había visto hacer a una famosa médium en Roma. Wen la apoyó, al igual que Vengoechea, y yo, para no parecer aguafiestas, estuve de acuerdo en participar. Éramos cuatro, pero, según la Gallego, para convocar a las almas en pena lo idóneo era integrar un quinteto. Puesto que no teníamos cerca otra persona a quien echar mano, convencimos a nuestra sirvienta de que se sumara al grupo. Accedió a regañadientes, pues aquello le parecía cosa de Satanás, y, para sorpresa de todos, las ánimas la eligieron para manifestarse. Esmeralda comentó, exaltada, que ninguno de los grupos de espiritismo que había frecuentado en Europa disponía de un médium cuya materia etérea se separara con tanta facilidad de la materia densa.

—Toña es un teléfono portentoso —exclamó.

A pesar del éxito obtenido en aquella primera experiencia, el "teléfono" se negó rotundamente a reincidir y hasta me amenazó con contarle a mi madre que estaba metido en brujerías; pero alguna que otra vez, Wen y Esmeralda conseguían sonsacarla para que los acompañara, por esa única ocasión y nunca jamás, en otra aventura psíquica.

–Lo hago por sumercé, niño Lucho, y sólo por sumercecita –susurró, melindrosa, a mi oído, cuando ya estábamos en silencio, listos para convocar a las entidades del más allá–. A mí con los muertos no se me ha perdido nada. Además, nunca se ponen de acuerdo para hablar y me vuelven loca con sus timbilimbas.

–¡Chitón! –ordenó Wen.

Mi mano izquierda estaba unida a la derecha de Toña y, con la derecha, sostenía la izquierda de Garay. Aprovechando que todos teníamos los ojos cerrados, dejé que mi pulgar acariciara, insinuante, los nudillos del mediquito. Supuse que otro tanto estaría haciendo Wen.

Esmeralda dio inicio al reclamo:

–¡Hermanos de ultratumba, inteligencias invisibles, almas planetarias, acudid a nuestro llamado y traed los poderes de vuestros espíritus, traed la sabiduría del mundo astral! –dijo con voz grave y sibilina–. ¡Venid, venid, criaturas elementales, envolturas desencarnadas! ¡Los mortales os convocamos! –Ignoro si esa invocación la había escuchado tal cual de labios de algún psíquico o si era un invento suyo, pues en cada nueva ocasión la variaba un poco, pero lo cierto es que me erizaba de pies a cabeza.

Al parecer los fantasmas no tenían muchas invitaciones esa noche, pues acudieron a la cocina en tropel. Toña entró en trance enseguida y dejó de ser ella para prestarles, un rato a cada uno, su lengua.

Primero habló un indígena azteca que, antes de morir a manos de los colonizadores, padeció lo indecible al ver cómo éstos violaban a su mujer y a sus hijas casi niñas, y nos maldijo en un castellano rudimentario mezclado con palabras de su raza. Por suerte, la desagradable aparición fue breve y dio paso a un científico a quien esbirros al mando de los Hohenzollern, reyes de Prusia, privaron de la vida en 1701. Wen, que durante una estancia en Hamburgo había aprendido a chapurrear su idioma, dialogó con el muerto germánico, poniéndolo al tanto de algunos avances tecnológicos que lo dejaron perplejo.

A continuación, mi vieja nana se sacudió, víctima de violentos espasmos, enseñó media vara de lengua y estuvimos a punto de interrumpir la sesión por miedo a que el corazón le fallara. Súbitamente recuperó la calma y, hablando con una voz que pretendía parecer angelical, pero en la cual se apreciaba un dejo de coquetería, anunció que era Rubiela González. Todos saltamos en las sillas: pese a los seis años transcurridos, aún teníamos aquel nombre fresco en el recuerdo. En su momento los periódicos le dedicaron muchas páginas y fue tema obligado en las tertulias de la capital. Rubi, o Rubí, así la llamaban en el taller de costura donde laboraba, era una fulana joven y agraciada que apareció muerta un amanecer en el barrio Córdoba, con veintiocho puñaladas en el cuerpo. Al interrogarla sobre el crimen, confirmó la explicación ofrecida por la policía para justificar que el homicidio quedara impune: las culpables habían sido un pocotón de mujeres de esa zona, quienes, celosas y con miedo de que la modistilla las despojara de sus maridos y amantes, se habían puesto de acuerdo para acabar con ella en una suerte de versión bogotana de *Fuenteovejuna*.

De inmediato desfilaron, en turbadores apariciones, un sacerdote paraguayo del siglo XIX que murió decapitado en uno de los combates del ejército de su país contra las huestes de la Triple Alianza; un chino al que no le entendimos ni jota de lo que habló (pensándolo bien, quizás fuera un japonés o un anamita) y, para añadir una sorpresa más a la velada, el mismísimo general Rafael Uribe Uribe.

El paladín liberal, muerto a golpes de hachuela en octubre de 1914, al costado oriental del Capitolio, cuando se dirigía a cumplir con sus deberes de senador, se mostró dolido de que el director del Panóptico hubiera dado permiso para que sus magnicidas Galarza y Carvajal, condenados a cadena perpetua, aparecieran, como si fueran estrellas de cine y no un par de desalmados sin entrañas, en una película dedicada a recrear su asesinato. El alma del General había asistido al teatro la noche del estreno y nos pidió que felicitáramos de su parte a los hermanos Di Doménico, productores de la cinta, y que les comentáramos que, salvo por el detalle antes aludido, le pareció muy bonita y hasta se le aguaron los ojos con la escena final, la de sus exequias, en la que cientos y cientos de bogotanos se congregan para rendirle honores. Esmeralda, que es amiga de Vicente di Doménico, prometió al caudillo que le daría su recado.

Luego Uribe Uribe quiso saber si los conservadores permanecían aferrados al poder. Le contestamos que las cosas seguían iguales desde su muerte y, con su lucidez característica, dijo a manera de colofón: "Entonces, doy por sentado que seguimos sin escuadra, sin ejército suficiente, sin comercio, sin industrias, sin presupuesto, sin población proporcionada al territorio y sin diplomacia, sin ninguno de los elementos que hacen tomar en cuenta la voz y el voto de un país en el concierto universal. ¡Qué república!". Soltó una palabrota iracunda por despedida, la mesa se elevó una yarda y cayó al suelo con estrépito.

Cuando ya iba a protestar, aterrado por la presencia de tantas ánimas que llegaban con el recuerdo de hechos de sangre y de brutalidad, y a exigir que pusiéramos fin a la sesión, una suave ráfaga de viento, llegada quién sabe de dónde y extrañamente cálida, estremeció las llamas de las velas y un confortante sosiego nos embargó. Las facciones de Toña se suavizaron y me atrevería a decir que su rostro se embelleció.

—Buenas noches —dijo con voz amable un alma de acento musical y se presentó como Anatilde de Bastos, cartomántica y pitonisa. Era una portuguesa llegada a Cádiz, a orillas del Atlántico, cuando niña, y que había vivido en ese puerto hasta el día de su fallecimiento, a los cuarenta y siete años de edad, a causa de la influenza. Al notar que Toña estaba rendida, anunció que su paso sería fugaz y se ofreció para responder una pregunta de cada uno de los presentes. Garay fue designado para comenzar.

El estudiante, ruborizándose, quiso saber qué interrogante le tocaría en suerte en un examen que tenía la semana siguiente, y la pitonisa no sólo le reveló el punto que le sería formulado, sino que aprovechó también para recordarle lo que debía contestar si quería que el doctor López, catedrático de Anatomía, le otorgara la máxima calificación. Esmeralda me decepcionó bastante, pues cuando le correspondió su turno centró todo su interés en algo tan frívolo como el largo de las faldas en la próxima temporada. Pero la clarividente pareció encantada con el tema y le dio numerosos detalles al respecto.

—Ahora tú, mi rey —indicó la De Bastos, mirándome a través de los ojos de mi sirvienta—. ¿Qué deseas conocer?

Con un nudo en la garganta, indagué por cuánto tiempo la persona que amaba me correspondería con su afecto. "Mientras les dure la vida, que será larga y llena de bienaventuranzas para ambos", repuso con alegría.

Wen, que había quedado de último, echó mano a un truco que nos puso furiosos: manifestó a Anatilde que prefería formular su interpelación con el pensamiento y ella, soltando una carcajada argentina, aceptó. Wen la miró en silencio y la pitonisa dijo, luego de una pausa: "Lo que se sabe no se pregunta".

Al momento, Toña cayó de bruces sobre la mesa y empezó a roncar con estrépito. No hubo modo de despertarla y nos vimos obligados a dejarla allí. La cubrimos, pues, con una gruesa cobija y apagamos las velas.

—Total —murmuró Esmeralda—, pronto amanecerá. —Y para frustración mía y de Wen, que pensábamos decirle a Garay que se quedara a dormir con nosotros y ayudarlo a repasar sus lecciones de Anatomía, se ofreció para transportar al joven a su casa, invitación que éste, adormilado, se apresuró a aceptar.

Me levanté al mediodía con un guayabo atroz. Wen, fresco y recién salido de la regadera, ya tenía listo un paquete, envuelto en papel crepé por la diligente Toña, para enviárselo a Juan María Vengoechea en señal de desagravio. Dentro iban una preciosa corbata tejida de seda, de doble faz, una rosa blanca y una fotografía autografiada de Vicentini.

—No puedo creer que se haya desprendido de ese retrato —le comenté mientras nos alistábamos para almorzar en el Country Club y tomar una leccioncita de golf con *Mister* Aplebby.

—Lo tenía repetido —me confesó—. Y la firma es espuria: la escribí yo.

—¿Puedo preguntarle algo?

—Lo que quiera. Que yo lo responda es otra cosa.

Le confesé que me moría por conocer su interrogante secreta a Anatilde de Bastos. ¿Estaba relacionada, acaso, con Vicentini?

—Lo que se sabe no se pregunta —contestó, dándoselas de misterioso.

Aunque, por elemental tacto, jamás pedí a Wenceslao que me dijera a cuál de sus dos ídolos admiraba más, no se me escapaban algunos detalles significativos al respecto.

Era muy revelador, por ejemplo, que en tanto el álbum dedicado a Luisito tenía tapas de cuero, el otro estuviera recubierto en plata y nácar.

Mientras que cualquier persona allegada a nosotros podía hojear a su capricho las páginas dedicadas al chileno y solazarse con las imágenes que lo mostraban levantando pesas en el gimnasio, observado con cariño por su *manager* Jorge Bersac, o firmando autógrafos para damas y niños en una calle de Valparaíso; el segundo libro de recortes, en cambio, permanecía bajo llave en un cajoncito secreto de su escritorio, protegido de miradas curiosas y dedos mancilladores, y sólo era exhibido ante unos pocos íntimos, en ocasiones especiales, por lo general a la luz de las velas, en una atmósfera de recogimiento y reverencia, acorde con la naturaleza del personaje a quien estaba dedicado: la más grande de las trágicas. Porque no cabía duda de que, después del fallecimiento el veintiséis de marzo de 1923 de la única actriz que podía comparársele, la divina Sara Bernhardt, nadie podía disputar ese título a la *signora* Eleonora Duse.

A Matilde Serao le gustaba burlarse de mi retraimiento; de mi afición, que consideraba desmedida, a la soledad, y del temor que me inspiraban (y siguen inspirándome) los desconocidos. Solía decir que yo era más real en el escenario que en la vida cotidiana. Que era más verosímil, más creíble, al representar un personaje que cuando intentaba, de forma penosa y ardua, actuar como yo misma.

Con el paso de los años, comprendí que mi amiga estaba en lo cierto. El "papel" de Eleonora Duse no ha sido precisamente mi más afortunada creación.

Sin embargo, no se me debe atribuir toda la culpa. Eleonora, reconozcámoslo, es un personaje desvaído. Quien lo concibió lo hizo con desgano, no le insufló la vivacidad necesaria. Es verdad que en el prolongado drama de su vida hay algunas escenas fuertes, que exigen bravura a la actriz que la encarne; pero los momentos de emoción son sólo eso: momentos aislados que se diluyen en una trama monótona y previsible.

Sin color ni simpatía, Eleonora carece de la aureola trágica de una Cleopatra, de la picardía de una Mirandolina o de las mutaciones psicológicas de una Nora o una Hedda. ¡Siempre enferma y quejumbrosa, huyéndoles a los periodistas, refugiada en sus libros! Es uno de esos caracteres aburridos y amorfos que ponen en peligro la reputación de cualquier actriz, por competente que ésta sea.

¿Qué clase de personaje es ése, que no ventila sus sentimientos, que prefiere callar y sufrir en vez de provocar una colisión de emociones? Sin pretender justificarme, debo aseverar que es muy difícil, casi una proeza, tratar de interpretarlo de modo que resulte soportable...

Me prefiero como las mujeres de Sardou, de Ibsen, de Gorki. Como la princesa Fedora, como Rebeca, como Basilisa. Mujeres atractivas, fuertes, admirables. ¿Qué es, a su lado, la frágil y escurridiza Eleonora? Nada, o casi nada.

¿Por qué perder el tiempo, entonces, ocupándose de ella? Podría decirse, exagerando un poco, que no existe, que esa mujercita únicamente merece alguna atención durante las horas en que se convierte en otra.

¿En qué pensaba Víctor Hugo al enviarle un anagrama de su apellido: *Duse-Deus*? Como tributo lírico, pasa; pero ¡qué homenaje tan alejado de la realidad!

2

Mi familia se precia de ser, si no una de las más ricas de Bogotá (que no lo es, por desgracia), al menos una de las más ilustres, pues el apellido Belalcázar se remonta a la fundación de la ciudad y el Reyes también tiene sus años.

Otro orgullo del clan es que sus miembros son más conservadores que los caudillos que llegan a la presidencia de la República en representación del Partido Conservador. Esto no es broma ni hipérbole. Sé de buena tinta que mi familia y otras igualmente egregias conspiraron, junto con el general Pedro León Acosta, contra el presidente Rafael Reyes e hicieron lo inimaginable para derrocarlo. A pesar de ser uno de los suyos, nunca le perdonaron la blandenguería de que entregara dos ministerios, el de Hacienda y el de Relaciones Exteriores, a los liberales. Incluso no me sorprendería que estuvieran mezclados en el criminal atentado que le hicieron a Reyes en 1906, mientras daba un paseo en coche por las afueras de Bogotá con su hija Sofía, y del que se salvó de milagro.

El fervor político de mi parentela es tal, que a los recién nacidos les endilgan pañales azules, dizque para que vayan relacionándose con el color de su partido. Y a mi padre lo protegían del frío y la humedad de nuestra casona de paredes de piedra en La Candelaria con cobijas teñidas de azul.

Mi madre, hija, sobrina y nieta de generales, esposa de un general y, por derecho propio, generala ella misma, tuvo que hacerse cargo, desde joven, de las riendas del hogar. Lo hizo, como cabía esperar de una mujer de carácter, con manos firmes: la izquierda, enfundada en un guante de encaje, y la derecha, en una manopla de hierro. Aunque bella, lo que se dice bella, nunca lo fue, en su mocedad poseía un aire principesco que la tornaba atractiva; astucia para los negocios, en cambio, siempre tuvo, y abundante, por lo que ha sabido administrar de forma sagaz el patrimonio de los Belalcázar Reyes, haciéndolo crecer con inversiones eficaces. Cuando, contra la voluntad de sus apoderados, compró unos lotes en los alrededores de Chapinero, mis tíos Melitón y Manolo le criticaron que dilapidara su patrimonio en terrenos áridos sin el menor porvenir; pero, pocos años después, la *intelligenza* bogotana, harta del ajetreo y del bullicio de la capital, descubrió que aquel cercano remanso de paz era un sitio idóneo para construir casas de campo y el precio de las propiedades se multiplicó.

Quasi viuda, pues de esa manera podía catalogársele en su condición de esposa de un hombre mucho mayor que ella, que a causa de una fiebre cerebral permaneció postrado durante casi veinte años y sólo hablaba incoherencias, desde joven tuvo que asumir la obligación de velar con celo por el futuro de sus retoños. En especial, por cinco hijas a las que debía garantizar una dote suculenta si no quería que se quedaran para vestir santos. Ella admite, de mala gana, que la cuota de hermosura asignada por el Santísimo para su descendencia la acaparé yo, el primogénito y único varón. Ninguna de mis hermanas tiene los ojos negros de pestañas tupidas que me tocaron en suerte, tampoco mi piel sonrosada ni, mucho menos, mi galanura. ¡Injusticias de la vida! Cualquiera diría que, al hacerme, mis padres hubieran echado mano a sus más selectos ingredientes, mientras que a mis pobres hermanas las terminaron de fabricar, mal que bien, con los materiales de segunda calidad que encontraron a su alcance. Feítas y de tez trigueña, parecidas a la rama de los Belalcázar asentada en Antioquía, magras y desgarbadas, las cinco son, sin embargo, alegres, bromistas y dueñas de una gracia innata que las hace invitadas especiales de innumerables bailes y paseos. Consciente de que la simpatía rara vez conduce a una pollita al altar, la Generala puso desde siempre su máximo empeño en labrar, para cada una de ellas, una pequeña fortuna. Y no escatima los pesos para mandarles a hacer vestidos preciosos donde *Mademoiselle* Berthe Largentier, la modista de los elegantes, ni para comprarles zapatos encharolados a la moda ni para que acudan a excursiones y *soirées*, con la certeza de que, en los tiempos que corren, si se desea tener un buen marido, primero hay que gastar dinero, pues plata llama plata.

Es verdad que las feítas gozan de gran popularidad y tienen numerosos amigos; pero, hasta hoy, únicamente una de ellas, Teresa, ha conseguido novio y prepara, con la ayuda de sus hermanas, el ajuar para el matrimonio. Bajo la ventana de Lucrecia rondó durante unas semanas, arrastrándole el ala y parece que con intenciones serias de desposarla, un tipo que, a decir verdad, no estaba nada mal. Pero de nada le valió al chico su título de ingeniero obtenido en California ni haber sido uno de los cerebros que llevó adelante la construcción de la termoeléctrica El Charquito: quedó descartado por la Generala en cuanto ésta supo que el pichón provenía de un nido de liberales y tuvo que irse con su música a otra parte. Lucrecia lloró al pretendiente varios meses, a escondidas, claro, y adelgazó hasta convertirse en un montón de huesos, pero terminó por resignarse. Sin embargo, tengo el convencimiento de que las cinco se vestirán pronto de novias y me llenarán de sobrinos, que ojalá se parezcan a su tío o a los futuros esposos. Al fin y al cabo, mujeres menos agraciadas que ellas, y con el agravante de carecer de dote, han pescado maridos.

En cuanto a mi porvenir, la Generala lo tuvo planificado con lujo de detalles desde que vine al mundo. En su imaginación, me casaría con una joven de buena cuna, proveniente de los mejores linajes del país. Nada de advenedizas con plata, bonitas y educadas, pero con quién sabe qué taras en la sangre de sus antepasados; no señor: mi esposa sería *de confianza*: una de mis primas o la heredera de algún apellido de campanillas.

Cuando el tiempo transcurrió, y crecí, la Generala se percató de que sería necesario sortear unos cuantos escollos antes de llegar a la meta que se había trazado. Para comenzar, me negué a seguir los tradicionales y viriles estudios militares y, para escándalo de Belalcázares y de Reyes, decidí que o matriculaba Filosofía y Letras o me quedaba burro; luego, durante los años siguientes, la mamá de mis hermanas empezó a encontrar sospechosa mi indiferencia por el bello sexo: era lisonjero con las féminas, pero de ahí no pasaba; tampoco alardeaba, al coincidir con mis primos, de conquistas y amoríos. Terminó por comprender que mi matrimonio le costaría arduos esfuerzos, pero aun así no dudaba de su capacidad para lograrlo. Tenía a su favor un arma poderosísima: si me casaba a su gusto, recibiría en el acto los reales que me correspondían en mi condición de único hijo varón. De lo contrario, si mi celibato se alargaba, debería conformarme con las migajas que ella me diera, día a día, para sobrevivir.

Pero la Generala no contó con el azar. Y el azar, por una vez de mi parte, le jugó una mala pasada cuando mi madrina Bhetsabé Restrepo falleció, dejándome sus bienes.

El día que, en medio de un almuerzo, anuncié que pensaba trasladarme a vivir solo en una *garçonnière*, mi señora madre quedó temba. Estuvo a un tris de morir del disgusto, como le pasó en 1903, cuando, no se sabe bien si por arte de magia o por la desidia del presidente Marroquín (más preocupado por los manuales de urbanidad que por los vaivenes de la política), el territorio de Panamá desapareció del mapa de la república de Colombia. Que una cosa así le hubiera sucedido al país le parecía intolerable, y todavía no se consolaba de ello, pero no estaba dispuesta a permitir que algo similar, guardando las distancias, ocurriera en su casa. No podía aceptar que alguien escapara de su dominio familiar. ¡Y, menos un hijo aún soltero y con inclinaciones raras, al que tenía el deber de conducir hacia el buen camino!

Yo siempre quise vivir a mi manera, sin que fisgonearan mis cosas ni averiguaran dónde y con quién andaba, sin que me tildaran de judío por no ir a misa ni me recriminaran por no cortejar a la señorita Tal o por volver a las tres de la mañana con olor a trago. Al saberme dueño de un centenar de acciones del Banco de Crédito Mercantil y de casi mil fanégadas de tierra de primera en Tunja, comprendí que ya nadie podía impedir que hiciera lo que se me antojara.

Claro que la Generala no se cruzó de brazos y decidió entablar una feroz batalla para retenerme y hacerme vivir, hasta tanto contrajera matrimonio, de acuerdo con los preceptos de un hogar conservador y católico. Como un caballero templario, se lanzó a la cruzada y empezó Cristo a padecer.

Primero trató de obligarme a cambiar de plan por la vía de la razón, utilizando para ello cuanto argumento se le ocurrió. Habló hasta por los codos de lo aburrida, difícil y peligrosa que podría ser la vida de soltero para un joven todavía biche, de apenas veintinueve años, acostumbrado a la irresponsabilidad total; de las ventajas de tener una madre, cinco hermanas y toda una servidumbre pendientes de mis necesidades materiales y espirituales. ¿Qué haría, sin nadie a quien acudir, si una madrugada me daba un ataque de asma? (El único ataque de asma de mi vida me dio a los siete años y jamás se repitió.) ¿Quién me despertaría por las mañanas con un humeante caldo de costilla y unas sabrosas arepas de huevo para que se esfumaran los efectos del exceso de alcohol de mis noches de bohemia? Para convencerme, buscó el auxilio de las feítas, de mis tíos y hasta de nuestros abogados. Pero, para cada una de sus protestas y razones, yo disponía de una respuesta firme para ratificar que mi decisión era irrevocable.

Un día, la Generala me propuso un trueque. En lugar de mudarme solo, y alimentar con ello las charlatanerías y especulaciones de las lenguas viperinas, ¿por qué mejor no me iba a vivir un año a Inglaterra? Era inconcebible, arguyó, que alguien que amaba tanto la literatura no hubiera puesto un pie en la patria de Shakespeare. Aunque se mostró dispuesta a costearme los gastos y me ofreció periquitos de oro, rechacé su dadivosa propuesta. Entonces, hecha un basilisco y pensando que de ese modo me castigaba, la Generala dejó de dirigirme la palabra. Sin darme por aludido, le pagué con la misma moneda. El duelo se prolongó durante una semana, hasta que, al comprobar que mientras ella me ignoraba, yo continuaba buscando en los clasificados de los periódicos un departamento en arriendo y hacía averiguaciones al respecto, decidió que era hora de apelar a otro recurso. Se fingió enferma de gravedad, y toda la casa se llenó de pócimas y lamentos. Llegó al extremo de obligar a mis hermanas a sacar de su cama en horas de la noche al nuncio apostólico, quien era visita frecuente en nuestro hogar, para que la confesara antes de morir. Por supuesto, su mal se disipó en cuanto se enteró por las feítas de que el contrato para alquilar mi departamento de soltero ya estaba firmado. Comprendiendo que, gustárale o no, tenía perdido el combate, me mandó a llamar con Toña.

—La señora quiere verlo —dijo la sirvienta, sin poder disimular el susto, y me custodió, por los corredores húmedos y llenos de tiestos con rosas y geranios, hasta el salón de los antepasados.

Mi madre tenía el pelo recogido, como de costumbre, en un severo moño, vestía un punto gris perla con un pañolón de lana echado sobre los hombros y estaba sentada en el sofá, bordando, de puras chepas, mis iniciales en un cojín. A su espalda, la escoltaba la colección de adustos retratos de los próceres de la familia (marido, padre, suegro, tíos, abuelos, todos con uniformes y con mostachos soberbios, todos cargados de medallas y de condecoraciones, todos enmarcados en madera dorada).

Me acerqué a ella y, aunque le di un beso cariñoso en la frente, ni pestañeó: continuó absorta en su labor. Toña arrastró los chanclos en dirección a la salida.

—Usted no se retire —ordenó con voz seca la Generala, y la choco-ana quedó paralizada junto a la puerta, secándose las manos, con nerviosismo, en el delantal. A continuación, sin levantar aún la mirada del costurero, me indicó con un movimiento de la barbilla que tomara asiento frente a ella, en la silla de espaldar bordado con hilos de oro que había pertenecido a un virrey.

La obedecí y suspiré, esperando su ultimátum.

—Entonces no piensa casarse con su prima Isabel —exclamó de repente, con cierto dejo irónico, igual que si prosiguiéramos una conversación.

—Mamá, usted sabe que a Isabelita la veo con ojos de hermano y que ella para mí...

—¡Menos molinillo y más chocolate, señor mío! —me interrumpió, desdeñosa—. Tampoco le interesó cortejar, en su momento, a la sobrina del general Ospina, y le tiene sin cuidado que las Castillo sólo aguarden a que les diga "ji" para caer derretidas a sus pies.

Resoplé, fastidiado e incómodo, y fue entonces cuando me clavó los ojos, iracunda.

Era una leona acorralada que se negaba a admitir el fracaso y lanzaba zarpazos al aire, loca de rabia. Si no hubiera convivido con ella durante toda la vida, creo que en ese momento habría caído al piso, muerto de pavor; pero aquellas miradas ya no me intimidaban, no desde que era dueño de un capital que me permitiría vivir con holgura de mis rentas.

—¿Sabe qué? Si ése es su deseo, váyase a vivir en cualquier runchera, lejos de quienes lo adoran —dijo, recuperando la ecuanimidad—. Sus razones tendrá. Motivos embuchados y oscuros, que prefiero ignorar. Me temo que nunca contraerá matrimonio y que

el apellido Belalcázar está condenado a desaparecer por falta de su-
cesores.

–Bueno, ahí están mis primos de Antioquia –repliqué, tratando
de restarle trascendencia al tema–. Ellos pueden hacerse cargo
de eso...

–¡Me tienen sin cuidado sus primos! –estalló–. ¡Esos son Belalcázares de quinta categoría, resultado de enlaces inadmisibles, y mientras más lejos estén, mejor! ¡Que se queden en Antioquia, con sus
carrieles y sus mulas! –y, luego de una pausa, añadió, con tono mesurado–: Quien me importa es usted, hijo. Estoy dispuesta a aceptar sus
planes con tres condiciones.

Casi suelto la risa. No puede negarse que la Generala es admirable.
Una auténtica titana. Aun sin pertrechos ni la menor posibilidad de
recuperar el terreno perdido, no cejaba en su intento de capitular con
honor.

–¿Cuáles son esas condiciones, mi señora?

–La primera: Toña irá a vivir con usted.

Miré a mi vieja nana, que asintió varias veces, con expresión azo-
rada. Por lo visto, ya había sido informada al respecto. La decisión me
pareció conveniente. Toña me quería, trabajaba bestialmente y era
aseada y discreta. Mi madre pensaba que, al endilgármela, ganaba una
espía para su causa, una suerte de Mata Hari negra que no me perde-
ría pie ni pisada y la tendría al tanto de cada uno de mis actos, pero yo
estaba seguro de que, una vez fuera de sus dominios, Toña se convertiría en mi acólita incondicional y, lejos de delatarme, alcahuetearía
mis asuntos.

–Aceptado –accedí–. Continúe.

–La siguiente condición es que sea discreto y piense siempre,
antes de cometer una imprudencia o una locura o una... en fin, usted
sabrá, en el decoro de la familia. Y, sobre todo, en el porvenir de sus
hermanas casaderas, cuya reputación y probidad no deberá mancillar
dando pie a las habladurías de la gentuza que nos envidia y que quisiera vernos revolcados en el lodo.

Asentí por segunda vez, en espera de la última condición que o
mucho me equivocaba o era la más importante para ella.

–La tercera es que... –vaciló un segundo y observó a sus antecesores pintados al óleo, pidiéndoles fuerza para continuar; guardó sus útiles de bordado en la cestita de mimbre y me miró de frente–. Lo tercero, y más grande, que le pido es que nunca, por ningún motivo, se... –trastabilló, dudosa de cuál sería el verbo apropiado– se "empareje" con un liberal. –Sus ojos enrojecieron y, cual si se hubiesen puesto de acuerdo, cada uno de ellos soltó un lagrimón–. Sea como es si así Dios, que a veces tiene designios incomprensibles y dolorosos, lo ha querido. Tengo mi conciencia tranquila porque en esta casa sólo recibió buenos ejemplos; pero le suplico que jamás se enrede con un opositor. Eso sería sepultarme en vida y escupir sobre mi tumba. ¡Puedo resistir cualquier cosa, menos esa traición a los suyos!

Incapaz de contenerse otro segundo, rompió en llanto y me abrazó presa de incontrolables espasmos. Yo, lo confieso, estaba atónito. No podía creer lo que acaba de oír. La Generala, vencida, aceptaba mi naturaleza diferente... en tanto ejerciera mi diferencia con alguien de nuestro partido político.

–¡Toña, un vaso de agua! –le grité a mi nana, que salió en estampida hacia la cocina.

–¿Lo promete, Lucho? ¿Me da su palabra? –inquirió la Doña, entre hipidos, con el rostro apretado contra mi chaleco–. ¿Me jura que con un liberal nunca, nunca, nunca?

–Lo juro –dije, con expresión solemne, y no mentía. Estaba fascinado con un conservador llamado Wenceslao Hoyos y mi sueño era mantenerlo a mi lado el mayor tiempo posible.

Dos semanas atrás lo había conocido en un concierto del Colón. Acababa de llegar de un viaje de estudios a Europa y me contó que, al igual que la mía, su familia era goda entre las godas. Así mismo me explicó las únicas diferencias sustanciales que encontraba, después de pensar y repensar en el asunto, entre liberales y conservadores: la primera era que, mientras ellos beben sin ocultarse y van a misa en secreto, nosotros comulgamos en público y nos emborrachamos a escondidas; y la segunda, que ellos dicen: "Con los nuestros, con razón o sin ella", y nosotros: "Contra los nuestros, con razón o sin ella". Si desde el primer momento que lo vi me atrajo por su porte arrogante, su cara de facciones perfectas y la mezcla de ingenuidad y alevosía que relampagueaba en sus pupilas grises, esos comentarios lograron que me enamorara perdidamente y que tomara la decisión de hacerlo mío al precio que fuera. Por suerte, no costó tanto, pues también a él, luego me lo confesó, se le había metido entre ceja y ceja la idea de convertirme en su amante. Esa misma noche, una vez concluida la función, Wen se las ingenió para que compartiéramos un coche de alquiler y, mientras el vehículo atravesaba las oscuras callejuelas de La Candelaria, me piropeó. "Me provoca ser bizco para verlo doble", dijo y, sin mayor dilación, me echó los brazos al cuello y me dio un beso tan apasionado que casi me arranca los labios. A la mañana siguiente, cuando mis hermanas averiguaron la causa de la hinchazón, sólo se me ocurrió inventar que me había chuzado con la punta de un compás.

Mi madre se apartó de mí y trató de recuperar su bizarría característica. Aceptó el pañuelo que le tendí y, molesta por aquel rapto de debilidad, borró con él toda huella de sus lágrimas. En ese instante volvió Toña y le ofreció una copa de agua en una pesada bandeja de plata. Apenas se mojó los labios, malhumorada, y devolvió el recipiente a la criada, indicándole con un retorcimiento de los ojos que se esfumara.

—Ah, algo más... —añadió, altiva, al quedarnos solos de nuevo.

—¿Pero no eran tres las condiciones? —protesté, con una sonrisa burlona.

—¡No es ninguna condición, sino una sugerencia que espero escuche y acate sin poner mala cara! —aclaró—. Le costará poco llevarla a la práctica y con ello no sólo dará una gran felicidad a la que lo trajo al mundo, sino que se hará un bien.

—Bueno, ¿de qué se trata?

—Una vez al mes, al menos una vez, aunque si son dos mucho mejor, se dejará ver en una función de gala o en un baile concurrido, en compañía de alguna joven linda y soltera, de las muchas que, estúpidamente, se mueren por usted, que no les hace el menor caso, y le dirá requiebros y galanterías a la vista de los presentes. De ese modo conjuraremos, dentro de lo posible, las calumnias y las hablillas de esta ciudad maledicente. —Con expresión imperiosa, aguardó mi reacción—. ¿Qué responde?

—Lo que usted mande, señora.

Con un suspiro que le salió del alma, dio por terminada la conversación:

—¡Ya puede irse! —ordenó, con un ademán cortante—. Tendrá mil cosas que hacer, y yo todavía debo rezar el rosario.

—La bendición, madrecita.

—Que mi Dios lo acompañe y lo favorezca —dijo, despidiéndome con la señal de la cruz.

Quince días después me cambié de casa.

Wenceslao me ayudó a distribuir los muebles, comprados algunos, de acuerdo con nuestro gusto, en las mueblerías de moda, y elegidos los restantes del legado de mi madrina Bhetsabé. Como un par de tórtolos decoramos, con exquisitez, cada rincón del departamento. Claro que, a decir verdad, yo lo dejé hacer su voluntad en casi todo. Él escogió el juego de sillas estilo *Chippendale* tapizadas en seda verde-oscuro, el espejo veneciano que pusimos en el salón, el bargueño con incrustaciones de marfil y los bronces y los gobelinos que quedaron diseminados por las diferentes piezas. En el despacho tendríamos dos escritorios de laca: uno para mí y otro para él. Decidió, así mismo, que era indispensable poner visillos de muselina en los cristales y adquirir un piano, aunque ninguno de los dos supiera tocar ni una nota. Le dije que aquello probaba su condición de *snob* y replicó, airado, que no era *snob*, sino *chic*, y me obsequió una larguísima y fundamentada conferencia sobre las diferencias entre ambos términos. El piano, de cola, por supuesto, no tardó en llegar. Sólo me mostré intransigente en una cosa: quise un diván grande, con muchos cojines mullidos, cerca de la chimenea. Aceptó, con la condición de que yo accediera a comprar una piel de tigre de bengala para colocarla encima de la alfombra del dormitorio.

Toña oía nuestras conversaciones y a veces no podía reprimir una risotada ante alguno de los disparates que soltaba Wen. Ella también estaba feliz por haber escapado de la prisión de La Candelaria y del mal carácter y la excesiva autoridad de su ama, y lo manifestaba con pequeños gestos llenos de afecto y comprensión. Por las noches nos preparaba agua de panela con queso y a veces, cuando reposábamos en el diván y yo leía a Wen en voz alta *Le Rouge et le Noir*, se acercaba en puntillas y nos cubría con una mantica de lana, para que no nos enfriáramos.

Pronto descubrí que su cariño por Wen no guardaba proporción con el escaso tiempo que tenía de conocerlo, y tanta deferencia, debo admitirlo, me produjo unos celos mortificantes. A la hora del vino, la primera copa que escanciaba era la suya; para la cena servía pollo o carne de res, según hubiera elegido por la mañana el "señorito Wen"; le preparaba unos dulces exquisitos que había aprendido a cocinar con su abuela, allá en Santa Rita de Iro, y se desvivía por complacer sus caprichos. Una mañana la recriminé, medio en broma y medio en serio, por mimarlo tanto.

—¡Cómo se le ocurre, niño! ¡No diga tonterías! —protestó, abriendo los ojos y llevándose las manos a sus tetas enormes—. Si lo consiento, es porque sumercé lo quiere. Déjelo de querer y verá que nunca más lo determino.

Aunque Wenceslao pasa buena parte del día y casi todas las noches conmigo, en teoría continúa viviendo en la mansión de sus padres. No está en nuestro ánimo retar a la sociedad santafereña y, además, yo debo cumplir la promesa de discreción hecha a la Generala.

A veces voy a visitarlo a la imponente oficina que su padre le alquiló, para que ejerciera el derecho, a unas cuadras del parque Santander, cerca de mi departamento. Dos o tres veces a la semana, Wen acude muy figurín al despacho, de gabardina y sombrero de fieltro, para reunirse a charlar con sus conocidos y darles gusto a los suyos, que sueñan con verlo ocupar, dentro de unos años, un puesto en el Senado. Tiene empleada a una dactilógrafa, cuya principal labor es preparar tintos y servir *brandies*; el resto de la jornada, la buena mujer revisa periódicos y revistas para recortar todos los sueltos que mencionen, así sea de pasada, a Vicentini y a la Duse.

Me gusta ir caminando, sobre todo al mediodía, cuando los dueños de los almacenes bajan sus cortinas protectoras de hierro y les ponen enormes cerrojos para salir a almorzar y a disfrutar de una siesta. En el parque, alrededor de la estatua de Santander, algunos hombres juegan ajedrez sentados a unas mesitas, cobijados por la sombra de los árboles centenarios. Aunque nunca he entendido ese juego, me agrada cruzar junto a los ajedrecistas y mirar cómo mueven los trebejos por las casillas blancas y negras.

A esa hora, las calles quedan medio vacías: la mayoría de los compradores se esfuma, las iglesias recesan sus labores y los feligreses retornan a sus moradas, los empleados públicos buscan refugio en los cafés, en los piqueteaderos y en las abundantes ventas donde letreros dibujados con torpeza ofrecen "desayunos y onces". Sólo quedan en los andenes los emboladores, empeñados en convencer a los escasos transeúntes de que llevan los zapatos espantosamente sucios; los vendedores de loterías que continúan pregonando, a voz en cuello, la fortuna que guardan sus billetes, y los mendigos de rigor. También el tráfico disminuye y, con él, el ruido impertinente de las bocinas de los tranvías y de los automóviles y de los timbres de dos tonos de los carruajes. ¡Me pregunto si en el globo terráqueo existirá una ciudad más escandalosa que Bogotá!

Paso por Wen, y almorzamos en el hotel Regina o en algún otro sitio de postín. Le digo que está precioso, cosa que le fascina, y luego hablamos de un sinfín de naderías. Toña refunfuña y murmura que irse a un *restaurant*, teniendo comida abundante y sabrosa en casa, es cosa de botarates, pero ninguno de los dos le presta la menor atención.

Jamás, hasta donde sé, el abogado Wenceslao Hoyos se ha ocupado de ningún caso y me pregunto cómo pudo aprobar los rigurosos exámenes del Rosario, si la jurisprudencia nada tiene que ver con sus verdaderas inclinaciones. Creo que las leyes sólo le interesan si existe alguna posibilidad de infringirlas. Ganar dinero no está entre sus preocupaciones; no necesita pensar en eso, pues, siendo hijo único, sus padres, que lo adoran y no le ven ningún defecto, le entregan cada mes más plata de la que puede gastar.

Puesto que tampoco yo tengo muchas obligaciones que digamos, excepto escribir cada quincena mi colaboración literaria para *Mundo al Día*, que firmo con el pseudónimo de Baal, y leer cuanta novela o libro de versos interesante halle en las librerías, disponemos de todo el tiempo que se nos antoje para ir de compras o al cinematógrafo; para presenciar las funciones taurinas en el Luna Park o practicar la equitación; para cotillear en el salón de té del hotel Savoy o acudir a la clínica de masajes científicos para caballeros situada en la carrera Octava entre las calles Diecisiete y Dieciocho, y, en fin, para mimarnos y consentirnos.

En una palabra: somos jóvenes, bellos y elegantes, ambos personas señaladas y de calidad, la suerte nos sonríe y, como si eso fuera poco, nos amamos con la misma devoción que cinco años atrás, cuando decidimos compartir nuestras vidas.

Hasta conocer a Wen, yo había sido un tipo de contadas amistades, un solitario, medio misántropo, que podía pasarse horas, y hasta días enteros, encerrado en su habitación, sin otra compañía que los libros. No es que fuera un santo, no, pues desde la adolescencia se puso de relieve en mí una sensualidad más propia de un costeño que de un rolo, atribuible, acaso, a mis ancestros andaluces. A ratos la sangre me hervía y siempre me las ingeniaba para hallar cómo aplacarla y hacer que volviera a circular, sosegada, por mis venas. Pero, puesto a decidir entre una aventura erótica o una obra de Paul Bourget, la literatura ganaba la partida.

Wen trajo a mi vida, a más de su presencia impetuosa, original y llena de atractivos, un nuevo despertar de los sentidos, unos deseos irrefrenables de conocer emociones y experiencias diferentes, unas ganas insaciables de probarlo todo antes de que fuera tarde. Y le aportó un amplio círculo de relaciones (donde, como en la viña del Señor, puede encontrarse de todo) que, sin tardanza, me incorporaron a sus afectos.

De su mano descubrí que, aunque parezca imposible y cueste creerlo, también la aletargada, tradicional y moralista Bogotá, al igual que cualquier ciudad del orbe, tiene secretos que esconder, posee una faz oculta cuya existencia la mayoría de sus moradores nunca llega siquiera a sospechar. Se trata de una suerte de submundo nocturno, reducido, pero de múltiples aristas, al que únicamente podemos acceder los iniciados. Por una parte, fiestas privadas que se celebran en suites de lujo del Continental, el Plaza y otros hoteles, en las que los asistentes, miembros de *la crème* o plebeyos decididos a escalar y hacerse de un sitio entre nosotros, lucen sus mejores joyas y los atuendos que se llevan en París y en Nueva York, dan rienda suelta a sus fantasías y compran favores políticos con caricias, y en las que abundan el hachís y los licores refinados. Por otro lado, oscuros antros de placer a los que es recomendable acudir sin prendas de valor, bajándose de los automóviles antes de llegar al sitio en cuestión, y donde, durante unas horas, los estamentos sociales, tal como ambicionaba *Herr* Marx, quedan abolidos por razones que poco tienen que ver con la lucha de clases y mucho con la exaltación de los instintos: *dandies* y apaches, universitarios y jornaleros, la alta sociedad y la guacherna, se mezclan, comparten allí la chicha, el aguardiente y la cerveza, bailan, se huelen, se saborean y se solazan juntos hasta el amanecer, y se divierten poniendo en práctica un sinnúmero de perversiones.

A la caza de emociones fuertes y de carne fresca, Wen y yo saltamos, sin dificultad, de uno a otro de esos polos. Una noche podemos estar bailando donde el Ministro de Bélgica y su querido, un holandés que le coquetea a cuanto pantalón le pasa por el lado, en su opulenta residencia en las cercanías del Parque de la Independencia, y veinticuatro horas después nos adentramos, con Juanma Vengoechea, Poncho Zárate y Romero Villa, por las callejuelas cercanas a Las Cruces, en busca de una venta a la que acuden fornidos artesanos dispuestos, siempre que les ofrezcan aguardientes y reales, a prestar por un rato sus cuerpos a cualquier tipo de manoseos.

Desde el principio Wen me atrajo por su condición de ángel-demonio. Nunca antes había tropezado con alguien en quien se conjugaran, de manera tan indisoluble, lo espiritual y lo carnal. Podía llorar escuchando un preludio de Chopin, declamar conmovido el "Nocturno" de José Asunción Silva o levitar frente al dibujo de Alfons Mucha traído por Esmeralda Gallego de un viaje a Francia, disfrutando con fruición cada línea y cada mancha de color; pero, más tarde, me arrastraba a Las Mercedes para presenciar, con similar delectación estética, un partido de *foot-ball* entre los clubes A.B.C. y Bartolino. Los mozos robustos, impetuosos y un tanto zafios que conforman los equipos eran contemplados igual que si fueran esculturas escapadas del estudio de Miguel Ángel. "Fíjese en el torso del portero", me decía, "que no se le escapen aquellas pantorrillas", e *ipso facto*, con un codazo, reclamaba, casi sin aliento, mi atención: "¡No se pierda las nalgas de ese mono, mi vida! ¡Qué cola, santo cielo, que Dios se la bendiga!".

En esas ocasiones, Wen se comporta como un carnicero: cercena en trozos a los atletas, resaltando de cada uno de ellos los pedazos que, por su magnificencia, vale la pena apreciar, y desechando las partes que no reúnen, a su juicio, la calidad necesaria.

Fui un discípulo aventajado. Mi maestro no tuvo que esmerarse para que aprendiera, con gran celeridad, las lecciones que me daba. Esmeralda, su amiga del alma y confidente, ha llegado incluso a asegurar que, en nuestro caso, el alumno aventajó con largueza al mentor. No me atrevería a afirmarlo.

Para mi sorpresa, después de que me instalé en la *garçonnière*, la madre de Wen y la Generala entablaron un estrecho comadrazgo. Ambas empezaron a intercambiar visitas y recetas de cocina. Iban juntas a misa en la iglesia de San Diego y se hincaban de hinojos ante la imagen de Nuestra Señora del Campo, de la cual es muy devota doña Herminia. Esta Virgen, que tal vez no sea especialmente generosa a la hora de hacer milagros, constituye, sin embargo, un milagro en sí misma. Se cuenta que a principios del siglo XVII, cuando el escultor lapidario Juan de Cabrera tenía a medio labrar la efigie, abandonó la obra por considerar demasiado dura la piedra de roca arenisca en la que estaba trabajando. El bloque desechado lo pusieron en una quebrada para que sirviera de puentecillo y pasaran por él los frailes franciscanos que entraban y salían de su recoleta y los viajeros y las caballerizas que cruzaban La Burburata con rumbo a Tunja; pero, al parecer, la Inmaculada decidió darles una lección a los impíos. Una noche, el padre guardián del convento vio cómo la roca brillaba y desprendía resplandores y, al acudir a la mañana siguiente junto al arroyo, constató con asombro que la madre de Cristo había terminado de esculpirse sola, con lo cual la piedra se convirtió, al punto, en objeto de veneración para los maravillados sacerdotes y vecinos.

La Generala y la señora de Hoyos acudían también, con regularidad, al salón de costuras Viuda Richard & Plata, y se lamentaban, en la intimidad, del triste destino de sus vidas: una afirmaba que no podía resignarse a ver a su marido postrado y ajeno al diario acontecer, incapaz de valerse por sí mismo y de identificar a los parientes; la otra se quejaba de tener que vivir sola en la ciudad la mayor parte del año, mientras el esposo, retirado de la política, se dedicaba a domar potros y arrear ganado, igual que un vulgar peón, en la hacienda inmensa y floreciente que poseían cerca de Chiquinquirá. Y si coincidían con damas conocidas, nuestras progenitoras no perdían la oportunidad de referirse, jocosas, a esos "donjuanes" impenitentes, tan compinches, que eran sus hijos, todavía solteros y picaflores, que a pesar de todas las reconvenciones se negaban a sentar cabeza y a darles los nietos que aguardaban con tanta ilusión, pero cuyos compromisos inminentes con distinguidas señoritas (sus nombres preferían, por comprensible prudencia, mantenerlos aún en secreto) no tardarían en hacerse públicos.

A veces, por la noche, cuando ya estábamos en nuestra alcoba de la *garçonière*, empijamados y calenticos debajo del edredón, Wen salía del lecho, se calzaba sus babuchas de felpa y corría hasta el despacho para volver, al instante, con el álbum dedicado a la Duse. Recostado en el espaldar de la cama, miraba las páginas con devoción, repasando cada etapa de la carrera de su adorada actriz y enseñándome fotografías que la mostraban caracterizada para el papel de Mirandolina, en la obra *La locandiera*, de Goldoni, o para el de la campesina siciliana Santuzza de *Cavalleria rusticana*.

—Muestre a ver. ¿Ella también canta ópera? —lo interrumpía yo con los ojos entrecerrados.

—No sea bestia —ripostaba con un suspiro de paciencia—. Antes de que le pusieran música, *Cavalleria rusticana* fue un drama. Lo escribió en 1883, especialmente para que ella lo interpretara, un poeta italiano llamado Giovanni Verga.

—¿Y el escritor haría honor a su apellido? —bromeaba entonces yo, mientras mi mano se introducía en el pantalón de su pijama y buscaba, a tientas, algo muy preciado—. Hola, *caro signore* Verga —decía entonces, con voz de títere, provocándolo—. ¡Huy!, lo noto frío y como encogido. Me parece recordar que no siempre es usted tan *piccolino*. ¿Necesita, tal vez, que le den calor?

Aquello molestaba a Wen, pues lo consideraba una falta de respeto a su ídolo. Ajeno a mis manipulaciones, se empeñaba en continuar describiendo, de forma exhaustiva, el vestuario de la famosa artista en el *rôle* de Santuzza: blusa crema, corpiño de rayas amarillas y chocolate con estampado de flores, falda azul marino, un pañuelo de algodón blanco para el pecho y otro, floreado, para la cabeza... Pero al notar que mi interés no estaba en la fotografía de la Duse y, lo que era peor, que el *signore* Verga comenzaba a responder ante la insistencia de mis caricias, expulsaba mi mano del paraíso, cerraba el álbum, irritado, y lo guardaba debajo de su almohada.

—¡Irreverente! —decía, dándome la espalda—. ¡Con la Duse no se atreva o le daré su merecido!

Dios y yo somos viejos conocidos.

A veces mantengo largas conversaciones con Él. Nos sentamos a solas, en alguna habitación en penumbras, y hablamos de mil naderías. Le pregunto: "¿Hasta cuándo piensas seguirme probando? ¿No es suficiente ya? ¿Cuánto más tengo que padecer?". No es por dármelas de víctima, pero la ración de sufrimiento que me tocaba ya la consumí. He dado al dolor cuanto podía darle. "¡No más!", le digo, "¡hasta!", pero hace caso omiso de mis quejas y me mantiene aquí, estoy segura de que para mortificarme, para recordarme que es Él quien manda a subir o a bajar el telón.

Al principio Dios me intimidaba y lo trataba con exagerada pleitesía. Luego, poco a poco, le perdí el miedo. No es que no lo respete, no, sino que ya no me asusta. Tanto, quiero decir. A medida que fui ganando confianza, comenzó a bajar del pedestal donde mi temor lo había colocado. Ahora es como si estuviese frente a mí, a la altura de mis ojos.

Yo le explico lo que creo del mundo, de sus decisiones, de cómo trata a alguna gente, de lo poco equilibrado que es al repartir las dosis de dicha y de dolor que le corresponden a cada uno. En fin, le digo lo que se me ocurre. Jamás le pido, porque supongo que estará harto de tanto pedigüeño. No quiero favores ni un trato especial. Tal vez por eso le agrade pasar el rato en mi compañía.

De un tiempo a esta parte he empezado a tratarlo de tú. Él, en cambio, insiste en usar el usted cuando se dirige a mí. Es una estrategia, lo sé. Un truco, un modo de no estrechar más de lo debido el lazo que nos ata. Una forma de seguir manteniendo una distancia prudente. Usted por su lado, y Yo en el sitio que me corresponde. Relaciones cordiales, sí, pero nada de confianzas excesivas.

No me enojo por eso. Forma parte de su papel. Incluso Dios tiene un rol que desempeñar y, mal que le pese, a él se debe. De lo contrario, desentonaría en el teatro universal. *Tutto è teatro.* Aunque no creo que le desagrade su personaje. Por lo general, el papel protagónico no le disgusta a nadie.

Que Dios es muy poderoso, no lo discuto; en cuanto a su omnipotencia, tengo algunas reservas. Lo que sí pongo en duda, so pena de que me tilden de sacrílega, es su pregonada sapiencia... Creo que hay una buena dosis de exageración en eso. Ya saben cómo son las cosas: alguien afirma algo, otros lo repiten y así se construyen los prestigios. Tampoco quiero decir que sea torpe y que no tenga idea de cómo hacer su faena. Sabio es, pero sabios son también a su manera, y no es mi intención ofender, un árbol, una bestia o el tonto del pueblo. En toda criatura viviente existe un fondo de sabiduría que heredó o que adquirió en los vaivenes de la existencia y que le permite triunfar o sobrevivir.

Dios es sabio, sí, pero no tanto como Él se imagina ni como pretenden los que le achacan el cúmulo de sus venturas y de sus desgracias. También Él comete errores, y graves, pero, o bien los disimula o los enmienda, o simplemente levanta el mentón y mira hacia otra parte para no enfrentar los reclamos. Al fin y al cabo, ¡son tan pocos quienes se atreven a criticar a Dios! Como es tozudo, muy tozudo, le cuesta trabajo admitir que se equivocó y te hace creer que estás purgando una culpa o que la consecuencia de su error es el precio que debes pagar para acceder, no digamos a la felicidad, que es su gran premio y rara vez lo concede, sino a una ínfima porción de bienestar.

Lo que digo no son comentarios malintencionados hechos a espaldas suyas; todo esto lo hemos conversado Él y yo en más de una oportunidad. O, para ser más exacta, lo he hablado en Su presencia, porque nunca he obtenido una respuesta al respecto. Cambia de tema o hace como si se hubiera quedado dormido.

Unos lo adoran, otros ponen en duda su existencia, no faltan los que se aprovechan de su popularidad. Yo, en el fondo, siento por Él algo parecido a la compasión. Lo miro y me produce una tristeza infinita. Trato de ponerme en su lugar y no es nada envidiable. ¡Haber imaginado el universo sin descuidar ni un detalle y construirlo luego magistralmente, de manera tan prolija, para que al final las cosas no resultaran como estaban previstas!

En el teatro, no todos sirven para todo. Dios fue un buen dramaturgo, ideó los personajes y el escenario donde se iban a mover, hasta dibujó los decorados y cosió los trajes. Sin embargo, con los actores no le fue bien. Los actores son una plaga. Cuando no tienen la mano férrea de un director que los mantenga a raya, cuando se les permite improvisar, introducir cambios o interpretar los papeles según su parecer, hacen que la representación se vaya a pique. Los cómicos sólo entienden el lenguaje del látigo. Dios, el pobre, no sirve para director general del espectáculo de la vida. Pese a sus resabios, es demasiado bueno, demasiado permisivo y tolerante. No lo afirmo yo: basta con leer los periódicos y enterarse de lo que ocurre en el mundo. Los títeres del retablillo se sublevaron. Hicieron un motín y actúan según su albedrío. Una parte de la humanidad ha traicionado a su Hacedor. ¿Cómo explicar, si no, tanto dolor, tanta miseria, el hambre, el odio, el placer de aniquilar, la crueldad pavorosa de la guerra?

Otro, en su lugar, habría descargado su ira sobre nosotros; habría destruido su creación de un puñetazo apocalíptico para levantar entre las ruinas una nueva escenografía y colocar en ella una compañía de actores menos díscolos. Pero todo eso representaría un gran esfuerzo, un trabajo horrible, incluso para Él, y por eso prefiere hacerse el que no ve. Si los ojos no ven, el corazón no sufre. Debería existir un proverbio complementario que dijera: si los oídos no escuchan, la mente no razona. Que siga la representación, suspira Dios, resignado, entre bastidores. Que los cómicos entren y salgan del escenario a su capricho, que digan sus parlamentos y realicen sus acciones como les venga en gana. Otro acto, y por fin se acabará la farsa. Telón, telón rápido, y aplausos, muchos aplausos.

3

Al principio me costó entender por qué Wen daba cabida a Poncho Zárate en su círculo de amigos cercanos. A diferencia de los jóvenes que nos rodean, no es de buena cuna ni dispone de recursos económicos. No hay que ser muy perspicaz para darse cuenta: basta con echar un vistazo a sus gastados zapatos, que se repiten de encuentro en encuentro, sin que el betún y la tinta consigan disimular los estragos del uso excesivo, o fijarse en los artefactos que emplea para protegerse de la lluvia, hechos con tela de algodón burda y provistos de mangos baratos. Si Poncho fuera un Rodolfo Valentino bogotano, todo quedaría explicado; pero, amén de escuálido, descolorido y pecoso, tiene una nariz ganchuda con una verruga del tamaño de una lenteja. Su cultura nunca me ha parecido vasta ni, tampoco, que sea poseedor de un ingenio o de una gracia especiales.

Cuando planeábamos una ida al cinematógrafo o alguna excursión, nadie lo tomaba en cuenta. Sólo Wen, con una magnanimidad sospechosa, insistía en invitarlo:

—No lo dejemos fuera —decía—. Total, que en el automóvil hay sitio para seis.

—Ese puesto podría ser para Alvarito Certaín o para el holandesote de la Legación de Bélgica —replicaba Juanma Vengoechea, sin ocultar las ganas que les tenía a los aludidos.

Wen, sin embargo, continuaba su defensa:

—Es muy buena persona, un alma de Dios, incapaz de hacerle daño a nadie.

—Eso ya lo sé —decía Vengoechea, cada vez más acalorado—, pero no estamos discutiendo su canonización, sino si lo llevamos a un paseo.

—¡Basta! —claudicaba Wen—. Si usted prefiere invitar a Certaín o al gigante, no hay problema: yo me quedo, y asunto resuelto.

Por supuesto que, a la larga, cargábamos con Poncho Zárate, quien, a decir verdad, no nos parecía mala persona, sino… insípido.

Esmeralda Gallego, por lo general un ángel de bondad, podía llegar a ser de una crueldad terrible con él. A duras penas lo toleraba. En una ocasión en que asistimos a un concierto benéfico del violonchelista *mister* Kennedy en el Teatro Colón, le preguntó a Zárate, como al descuido, qué dentífrico usaba.

—Odol —respondió el infeliz, regalándonos una amplia sonrisa.

—Pues debería cambiar a Oloris —repuso, cáustica, la Gallego—, pues tiene la dentadura llena de sarro.

Otro cualquiera le habría replicado fuerte, poniéndola en su sitio, y Wen, estoy seguro, la hubiera estrangulado allí, en el palco, delante de cientos de elegantes y estupefactos testigos; pero no Poncho, quien volvió a sonreír, esta vez cuidando de no mostrar los dientes, y asintió, agradecido. No dudo que a la mañana siguiente, camino de la redacción, haya corrido hasta la droguería más cercana en busca de la susodicha crema dental.

Y es que Zárate es periodista, no muy destacado, pero periodista al fin y al cabo, de *La República*. A cargo de la sección de noticias internacionales, es el responsable de leer los cables que llegan a la redacción y de seleccionar aquéllos que, a su juicio, ameritan ser publicados en el periódico, entre los anuncios de la gaseosa Limonela y del servicio inalámbrico Marconi's.

Un día que Wen y yo almorzábamos en la *garçonnière*, en mi mente se hizo la luz y lo comprendí todo. Di un puñetazo en la mesa y el ajiaco salpicó fuera de los platos.

—¡Es por la información que le suministra! —grité—. ¡Por eso soporta al Poncho Zárate, porque lo tiene al tanto de cuanto cable llega al periódico sobre el chileno y la italiana, divúlguese o no!

Me miró como si estuviera loco y continuó comiendo, impertérrito.

—¡Confiéselo! —insistí, golpeando de nuevo la mesa, y esta vez

Toña se asomó a averiguar qué ocurría–. Le prometo que no se lo diré a nadie –añadí.

Se quedó con la cuchara a medio camino hacia la boca, y sus ojos brillaron maliciosos.

–Claro, necio –admitió–. ¿Cree que, si no fuera por eso, podría aguantarme a semejante pelmazo?

El secreto había quedado develado. ¡Zárate, agradecido por el aprecio que Wen le manifestaba, le proporcionaba muchas de las fotografías y de los recortes que, sentado a su escritorio, mi pareja pegaba con esmero en las páginas en blanco de sus dos álbumes!

–Recuerde que prometió no contárselo a nadie –dijo luego de los postres de nata–. Ni siquiera a Esmeralda –precisó–. No quiero que piensen que soy un interesado.

Fue Zárate quien, durante un almuerzo campestre, nos hizo partícipes de la noticia que alteró el rumbo de nuestras vidas.

Un grupo de amigos decidimos ir de *picnic* y nos dirigimos a la estación de La Sabana para tomar el tren hasta Mosquera. El trayecto transcurrió casi sin percatarnos, hablando sobre un nuevo fumadero clandestino de opio, montado con todo el lujo y confort de los orientales, que Wen y yo habíamos visitado hacía poco, y sobre una pareja de novios que, tras hacerse tomar una fotografía junto al salto del Tequendama, se suicidó arrojándose a la catarata. Esmeralda afirmó que aquel lugar no acababa de gustarle, pues, si bien era de una belleza indiscutible, un halo siniestro lo rodeaba. Para probarlo, recordó que en 1913, poco después del estreno de la película *La hija del Tequendama*, producida por Francisco di Doménico, su protagonista, una joven de apellido Peralta, había perdido la vida en circunstancias trágicas. A continuación la cháchara se centró en *Como los muertos*. El nuevo drama que los Di Doménico se proponían imprimir constaría de un prólogo, seis partes y un epílogo, y en él figurarían miembros de las más selectas familias de la capital. Poncho Zárate trató de sonsacarle a la Gallego si era cierto que el dramaturgo Antonio Álvarez Lleras, autor de la obra que serviría de base a la película, había tenido una disputa con los Di Doménico a causa del reparto. Según rumores llegados a sus oídos, con relación al galán todos estaban de acuerdo: sería el apuesto Rafael Burgos;

pero, en cuanto a la heroína, la elección era complicada. Mientras el escritor consideraba que el papel debía encomendarse a Matilde Palau o a Isabel van Walden, Vicente di Doménico no tenía la decisión tan clara y había comentado con dos o tres allegados la posibilidad de ofrecerle el personaje a la Gallego, convencido de que, si bien carecía de experiencia en las tablas y no era, claro está, una jovencita, su temperamento y distinción podían aportar mucho al éxito de la película. Esmeralda se limitó a sonreír de forma enigmática y, por más que se esforzó, el periodista no logró arrancarle ningún comentario. En ese instante, un pitazo de la locomotora advirtió que el tren estaba a punto de llegar a su destino.

En la rústica estación de Mosquera esperaba por nosotros un carruaje tirado por dos caballos, en el que nos trasladamos hasta El Algarrobo, la hacienda de los Vengoechea. Sin embargo, el plan no era almorzar en la quinta, sino en unos potreros que quedaban cerca del río, y hacia allí seguimos, caminando y llevando a cuestas los pertrechos.

Esmeralda Gallego iba, por qué negarlo, espléndida. Para la ocasión, había escogido un atuendo bastante bucólico: vestía una falda ligera, de color azul, y una blusa blanca de muselina transparente adornada con cintas. La *toilette* se completaba con zapatos café, medias de hilo de Escocia color carne y un sombrero de paja de Italia. Con la mano derecha sostenía una delicada sombrilla china y, colgada del brazo izquierdo, llevaba una cesta con un jamón ahumado comprado en El Escudo Catalán. Poncho Zárate se había hecho responsable de dos canastos: uno con pan, quesos amarillo y blanco y frutas en conserva, y el segundo con variedad de bizcochos y confites preparados por Toña para la ocasión; y yo, de una caja con dos botellas de vino y una docena de cervezas *Pilsener*. Vengoechea, del brazo del holandés, nos conducía al sitio previamente elegido para gozar del piscolabis, y Wen, cámara autográfica en ristre y dándoselas de experto en la materia, tomaba fotografías del grupo y del paisaje.

—No se me ocurrió que podíamos traer la victrola portátil —comenté.

—Mejor así —dijo Esmeralda—. Disfrutaremos de la música de la naturaleza.

El lugar elegido por Juanma, al pie de un frondoso sauce, era ideal.

Extendimos sobre la hierba un mantel de lino que combinó a la perfección con la falda de la Gallego, y nos acomodamos a su alrededor.

Al parecer, el aire del camino nos había abierto el apetito, pues no tardamos en lanzarnos sobre los víveres y devorarlos. El holandés se quejó de que nuestros quesos no podían compararse con los de Volendam, su pueblo natal, pero eso no fue óbice para que sus poderosas mandíbulas, que Vengoechea miraba embelesado, dieran buena cuenta de ellos.

Una vez saciados y con la tripa llena, nos tendimos al sol, como seis lagartos, a hacer locha y a conversar sobre los temblores de tierra que se registraban, desde una semana atrás, en Nariño. De pronto, Juanma convidó al querido del Ministro a ver unos antiguos fósiles que podían apreciarse sobre unas rocas, a media hora de camino de allí, y luego, con voz inexpresiva, inquirió si alguien más quería participar en la expedición paleontológica. Todos nos apresuramos a contestar que no (la noche anterior habíamos sido advertidos de que mataría de un disparo de su Colt a quien manifestara el menor interés por los vestigios prehistóricos) y lo vimos alejarse, con una sonrisa beatífica y como levitando, siempre aferrado a uno de los largos brazos del coloso europeo.

—¿Se imaginan a ese mastodonte en traje de Adán y con unos zuecos de madera? —musitó Wen, rozándome la oreja con una brizna de hierba.

Esmeralda Gallego puso cara de imaginárselo a la perfección y preguntó:

—¿Qué talla de zuecos calzará?

—Me atrevería a decir que una *muy* grande —dije yo.

Poncho Zárate soltó un profundo suspiro por único comentario.

El viento movía con dulzura el follaje del sauce. Unas caicas cruzaron el cielo, volando en bandada, y se posaron junto al río para refrescarse las patas y beber en su corriente. Ajenas a nuestra presencia, las aves chillaban, aleteaban y buscaban insectos, hurgando con los picos entre las piedras de la orilla. Pensé en lo provocativas que quedarían guisadas por Toña. Sin decir nada, me levanté, tomé la autográfica y retraté aquella preciosa escena.

—¿Se ha sabido algo sobre Alano C. Dunn? —curioseó, desmadejada, Esmeralda.

—¿Quién es él? —dijo Wen.

—Un jamaiquino —respondí.

—¡Ah! —repuso con desdén, dándose la vuelta para que los rayos del sol no le quemaran la cara—. ¿Y por qué es famoso el negro?

Zárate le brindó un resumen informativo. Un grupo de peligrosos criminales había sido sacado de sus mazmorras con el fin de que hicieran unas reparaciones en una pared de la huerta del Panóptico. Burlando la vigilancia de los guardianes, Dunn, uno de los presos más sanguinarios, desapareció, en plena luz del día, de manera inexplicable. Se especulaba que, saltando el muro como una pantera, el fugitivo había caído en plena carrera Sexta, perdiéndose entre los transeúntes que pasaban por el lugar.

—Es la noticia del día —aseguró Esmeralda—. La policía lo busca, hasta el momento infructuosamente.

—Si yo fuera policía y me encargaran semejante misión, me volvería loco —comentó Wen. Sacó de quién sabe dónde un potecito de crema, lo abrió y empezó a embadurnarse la nariz para prevenir peladuras—. Todos los negros me parecen idénticos. E igual me sucede con los asiáticos. —Quedó pensativo unos segundos y luego inquirió—: ¿A ellos les ocurrirá lo mismo con nosotros?

Me dije que sería difícil confundir al holandés con Poncho Zárate, pero preferí no exponer ese argumento.

La Gallego sugirió que tal vez hubiera algo de magia negra en la fuga del fulano Dunn. Alguien le había comentado que, mediante las artes del *voudou*, la gente era capaz de realizar proezas impensadas, como masticar vidrio sin que les sangraran las encías, introducirse clavos debajo de las uñas o respirar dentro del agua, por ejemplo.

—Los periódicos, con tal de vender, sólo sacan noticias de prófugos y de puñaladas en el paseo Bolívar —se quejó Poncho—. A causa de la huida me han impedido publicar cosas que... —Súbitamente, se llevó una mano a la boca, horrorizado—. ¡Wenceslao! ¡Qué cabeza la mía! ¡No se lo he dicho aún!

Wen se cubrió el rostro con una punta del mantel.

—¡No! ¡No puede ser! —profirió—. ¿Le dieron otra paliza a Vicentini?

Zárate aclaró que no, y yo suspiré aliviado. La derrota por puntos de Luisito frente al yanqui Johnny Shugrue, en el décimo *round*, casi provoca un colapso nervioso en su adepto bogotano. Esmeralda tuvo que suspender un té en el que iba a presentarnos al acuarelista antioqueño Pedro Nel Gómez, cuyas obras estaban expuestas en la librería Santa Fe, y acudir de inmediato junto al lecho de su abatido amigo.

—No tiene nada que ver con el pugilismo —aclaró el periodista—. Se trata de la Duse.

Wen tragó en seco, expectante.

—Llegó a Nueva York. Hace tres días. Llevaba dieciocho años sin visitar esa ciudad y le brindaron un recibimiento fastuoso, con bandas de música, desfile de policías y todo. Lo primero que hizo al poner un pie en los Estados Unidos, fiel a su costumbre, fue publicar una nota en el *New York Times* avisando a los periodistas que no concederá *interviews* y rogándoles que respeten su silencio. Debuta dentro de una semana con una función de gala de *La dama del mar*, de Ibsen, en el Metropolitan Opera House.

Mi amante permaneció paralizado. Ni un músculo de su rostro, usualmente tan expresivo, se movió mientras Poncho Zárate completaba el reporte:

—Actuará también en Boston, Baltimore, Filadelfia y Washington. La gira terminará a fines de diciembre, en Chicago. ¿No es maravilloso?

—Sí —murmuró Wen, como ausente—. Lo es.

—Cuando se presentó en Londres y en Viena, a mediados de este año, comentaron que un empresario quería contratarla para hacer una gira en Gringolandia —recordó Poncho—, pero nadie creyó que el asunto prosperara...

—Todo parecía indicar que aquellas funciones eran su canto de cisne, su despedida triunfal de los escenarios... —dijo Wen, con voz incolora—. Pero, como una auténtica ave fénix, la *Signora* ha renacido, una vez más, de sus cenizas.

—Veremos cómo le va —comentó el gacetillero—. Esas *tournées* suelen ser agotadoras y ya se sabe que su salud es delicada.

—¿Y qué edad tiene esa mujer? —soltó Esmeralda, abanicándose con el sombrero—. Una vez que yo estaba de paso por Milán, un pretendiente me invitó a verla en el estreno de no recuerdo cuál obra de D'Annunzio. Una en la que ella hacía de manca.

—*La Gioconda* —dijo Wen.

—¡Esa misma! ¡Ay, pero me sentía tan achajuanada que me dio pereza ir! Luego me contaron que fue un fiasco total. Debe ser viejísima. Yo creía que estaba retirada hacía tiempo.

—La Bernhardt actuó hasta los ochenta. Ni cortándole una pata lograron sacarla de los escenarios —recordé yo—. Era tan atrevida que, coja y todo, interpretaba *La dama de las camelias*. Comparada con ella, la Duse es jovencísima, una niña de teta.

—Tiene sesenta y seis años —terció el fanático de la italiana—. Nunca ha ocultado su edad. Nunca ha escondido sus arrugas con el maquillaje. Tampoco ha querido teñirse el cabello. No es una actriz, es una diosa.

Al poco rato volvieron los exploradores. Vengoechea flotaba y, por la cara de satisfacción que traía y el modo en que canturreaba, dimos por sentado que habían encontrado no sólo los fósiles de las piedras, sino el esqueleto completo de un mamut. El holandés tomó asiento junto a Esmeralda, le obsequió un ramo de margaritas recogidas por el sendero y se puso a registrar las cestas en busca de comida. Milagrosamente, halló unas galletas que habían logrado sobrevivir a nuestro embate.

Juanma permaneció de pie, mariposeando de un lado a otro, en éxtasis, hasta que echó un vistazo a su reloj de repetición y consideró que era hora de dar por terminado el *picnic*.

—Si queremos tomar el tren de las cuatro, hay que salir ya rumbo a la estación —dijo, y recogió el mantel.

En ese instante, un inesperado toro negro, de espléndida estampa, apareció a corta distancia de nosotros. La bestia, llegada de quién sabe dónde, o tal vez materializada de la nada por artes de birlibirloque, tenía unos cuernos puntiagudos y una diminuta mancha blanca, en forma de cruz, en el morro.

—¡Olé, toro! —exclamó Vengoechea, muy feliz, y se plantó delante del animal, agitando el mantel. Ignorábamos lo sucedido detrás de las rocas entre el gigante y él, pero lo cierto era que nuestro colega estaba embriagado, y no precisamente por exceso de licor. Wen, Zárate y yo tratamos de impedirle que provocara al novillo, pero nos rechazó con un empellón—. ¡Embista, torito, embista! —chilló, eufórico, envolviéndose con la tela.

Por fortuna, el animal se limitó a mirarlo de soslayo y siguió mordisqueando la hierba con displicencia.

–¡Le digo que olé, carajo! –le gritó Juanma, empezando a sulfurarse–. ¡Toro marica! ¡Sosete! ¿Por qué no me para bolas?

Entonces Esmeralda Gallego perdió la paciencia y, devolviéndole las margaritas al holandés, se abalanzó sobre el frustrado matador y le arrebató el mantel. Acto seguido se plantó ella ante el novillo y, clavándole los ojos con expresión retadora, adoptó una pose que hubiera envidiado cualquier diestro. Lo que aconteció a continuación fue portentoso: igual que si una mano invisible le hubiera introducido en el agujero del ano unos chiles ardientes estripados, la bestia lanzó un mugido pavoroso, inclinó la testuz y embistió salvajemente contra el grupo.

Todos corrimos a protegernos detrás del sauce; todos, menos la Gallego, que dio inicio a una faena digna de vítores en la plaza de La Magdalena.

En sus manos, el mantel voleaba con elegancia, como un auténtico capote. Ante nuestra estupefacción y haciendo gala de un temple de riel, Esmeralda ejecutó toda clase de peligrosísimos pases, coqueteándoles a las cornadas. Cada vez que aullábamos y cerrábamos los ojos con la certeza de que en esa oportunidad el toro sí la ensartaba, ella se las ingeniaba para que el novillo pasara por su lado, hecho un bólido, rozándola apenas con las ancas. No cabía duda: estaba poseída: algún espíritu, quizás el de un torero que no se resignaba a estar ausente del ruedo, se le había metido en el cuerpo y dominaba su voluntad.

"¡Olé!", murmuró el holandés, primero con timidez, después a voz en cuello, y con creciente entusiasmo los demás fuimos aprobando con olés las proezas de Esmeralda. Fue un derroche de suertes, cada una más temeraria que la anterior, ejecutadas con arrogancia y desdén. En circunstancias diferentes, su desempeño le habría valido las orejas y el rabo. Yo, en verdad, no recordaba algo tan extraordinario en materia taurina desde que, en 1908, mis tíos Melitón y Manolo me convidaron a ver a La Sorianita, una española que toreaba en bicicleta.

Muy tiesa y muy maja, descansando el peso del cuerpo sobre una cadera, con giros lentos y precisos, la Gallego obligó al animal a corretear de aquí para allá, hasta que, soltando espumarajos por los belfos y vencido por el agotamiento, se derrumbó a sus pies.

—Buen chico —musitó Esmeralda, acariciándole la testuz con la puntera de un zapato. Luego suspiró, dobló el mantel y, sin darle la menor importancia a lo ocurrido, nos preguntó si pensábamos dejarle a ella sola la tarea de recoger.

Mudos aún, metimos botellas, copas y platos en las cestas y nos dirigimos hacia El Algarrobo, donde ya el coche estaba listo para conducirnos a la estación. Para mi caletre, lamenté no haber tomado fotografías de la corrida.

Hicimos el viaje de regreso en un vagón lleno de paseantes. Sin que nos hubiésemos puesto de acuerdo, el tema taurino fue pasado por alto. El holandés, acomodado junto a la Gallego, habló todo el tiempo de diques y de molinos de viento. Poncho Zárate dormitaba, y Juan María Vengoechea, Wenceslao y yo mirábamos en silencio los pastizales que desfilaban, monótonos, ante las ventanillas del ferrocarril. El paisaje de la sabana, melancólico y fino, siempre me produce desasosiego.

Cuando por fin llegamos al departamento, Wen me sujetó por los hombros. Pensé que iba a hablarme de la torera, pero no.

—Siéntese —dijo, presa de la emoción.

—¿Qué sucede?

—Lo he decidido y no puede negarse.

—Pero ¿de qué se trata?

—Iremos a Nueva York. Usted y yo. A verla. A la Duse.

—¡Me asustó! —le dije, resoplando—. No veo ningún problema. Si quiere ir, iremos.

Eufórico, me obligó a bailar por las habitaciones.

—¡Iremos, iremos, a Nueva York, a Nueva York! —canturreó y, después de varios giros, nos derrumbamos en el lecho—. ¡Es la última oportunidad que tenemos de verla actuar —dijo, acostado encima de mí— y por nada del mundo debe escapársenos! Además... —sus ojos refulgieron— he pensado que, si nos lo proponemos, podríamos conseguir lo que nadie ha logrado: entrevistarla.

—¿Y no es que detesta a los periodistas? Siempre me ha contado que los considera una peste.

—Si Baal y Wenceslao Hoyos despliegan sus infinitos encantos, no podrá negarse —ripostó, exaltado—. Usted hará las preguntas y yo anotaré las respuestas. ¿Se imagina? Periódicos y revistas del mundo entero publicarán el artículo. —Acercó sus labios a los míos y me besó repetidamente—. Mañana mismo averiguaré por el primer buque que zarpe.

—Mañana es domingo —repuse con sorna— y, por si lo ha olvidado, tiene que acompañar a su señora madre y a su abuelo a misa de cinco.

—Entonces lo haré el lunes bien temprano.

—De acuerdo —lo tranquilicé, sin sospechar que al día siguiente, al amanecer, un terremoto sacudiría Bogotá y, junto con las casuchas de los pobres y los artesonados de las iglesias, se desmoronaría también su plan.

Existen sus excepciones, pero por lo general los actores son unas bestias. ¡Si lo sabré yo, que los padezco desde niña sin acostumbrarme a sus rugidos y a sus rebuznos! Eso sí, son sinvergüenzas, pero resistentes. Al fin y al cabo, ésa es la principal cualidad que debe poseer un comediante: la capacidad de aguantar, de soportar los golpes y los vaivenes de la fortuna, de sobrevivir a la fatiga. Lo aprendí de mis padres, lo supe desde que nací. Si a eso añaden un poco de belleza y otro de suerte, puede que hagan carrera.

Tenemos fama de torpes, de bastos y brutos. Y no es, justo es decirlo, una fama inmerecida. Somos un ejército de simuladores mediocres, de payasos que remedamos a la gente tratando, en vano, de copiar sus movimientos, su manera de hablar, sus reacciones. Sólo con un gran empeño, con mucho esfuerzo y dolor, los actores conseguimos dignificarnos, trascender ese estadio primario y convertirnos en creadores o aspirar a esa condición.

¡Intento explicarlo a los otros! Me esfuerzo para que comprendan, pero son escasos los que parecen entender. Les digo: "Imaginen que encima de sus cabezas hay un círculo de hierro, un enorme y poderoso imán, que tira de ustedes hacia arriba, que trata de atraparlos, de alejarlos de la verdad, y contra el que es necesario hacer resistencia para mantener los pies en el suelo". Flotar es mentir. Si flotan, no encontrarán la gracia. La gracia está en la raíz, no en las ramas.

Les pido, también, que olviden al público, que no se dejen distraer por sus miradas, que no pretendan nunca, nunca, complacerlo. Que lo respeten, pero que no le teman. No trabajamos para el público. Ellos pagan, sí, pero sólo para ser testigos de nuestro trabajo. Les suplico que no pongan delante de los espectadores un pan entero, sino apenas una hogaza. Con eso es suficiente. Unas migas bastan para evocar su olor cuando sale del horno, para paladearle el sabor, para palpar su consistencia. Lo más con lo menos. La esencia, y no la apariencia.

A veces creo que ninguno comprende, que sólo obedecen a regañadientes para complacerme, y me pongo iracunda. A veces me embarga una enorme tristeza. ¿Será que debo claudicar? ¡Ah, si no los necesitara! ¡Si yo pudiera interpretar, a mi modo, todos los papeles de un drama: mujeres, hombres, jóvenes, viejos! ¡Si no fueran, como son, imprescindibles para mí!

Podría actuar sin decir una palabra, y de hecho lo hice cuando probé fortuna en el cinematógrafo; podría, incluso, actuar con una venda en los ojos, renunciando al poder magnífico de la mirada. Lo que no podría es prescindir de las manos. Las manos hablan, cantan, lloran, y los dedos son sus lenguas. ¿Recuerdan lo que escribió Rilke sobre las manos de Rodin? "Manos cuyos cinco dedos parecen gritar como cinco gargantas de un cancerbero infernal. Manos que caminan, que duermen, manos que despiertan deseos propios, sentimientos, caprichos".

A Rilke lo conocí en Venecia, uno o dos veranos antes de la guerra. Años atrás, me había dedicado una obra titulada *La princesa blanca*, con la ilusión de que la escenificara. Durante tres semanas nos vimos a diario. A veces solos, a veces con el príncipe Thurn und Taxis, que también estaba en la ciudad. Hablábamos del arte, de la poesía, del amor, de la muerte. Yo llevaba dos años sin actuar y él insistió mucho en que reanudara mi carrera. Me contó el argumento de su drama y le pedí que lo mandara a traducir al italiano. Pero no lo hizo. Creo que esa obra de juventud ya no le interesaba. No recuerdo que hablara de mis manos. Quizás no las encontrara bellas. En esa época ya eran las manos de una mujer vieja. Rilke sabía ser discreto. Lo que opinaba sobre mis manos, supo callarlo. Era un amigo delicado y atento. No volví a verlo. Hubiera sido hermoso llevar a la escena *La* princesa blanca. ¿Qué será de Rilke? ¿Y de Maëterlinck? De él sí alcancé a representar *Monna Vanna*, aunque sin mucho éxito. ¿Sería que nadie la entendió o que no era gran cosa? ¿De qué hablaba? Ah, sí, ya, de las manos. El lenguaje de las manos. ¡Desvarío!

En las manos está, si no todo el secreto, al menos buena parte de él. Adonde quiera que van, las miradas las siguen. Con ellas puedes conducir al público a cualquier sitio. La palabra, la palabra viva, vívida, verdadera, es una espada; el movimiento de una mano es otra arma, más sutil, más poderosa.

Actuar... ¿Qué es? A los treinta años pensaba que lo sabía. Ahora no. Ya no. No lo sé. Nunca lo he sabido. Esa pregunta me desveló largo tiempo, pero en los últimos años he tratado de no pensar en ello. Sé, eso sí, y creo saberlo bien, lo que no es actuar. No es fingir. No es imitar. No es procurar la risa o el llanto de quienes te observan. No es exhibirte como un animal amaestrado para que contemplen tu hermosa figura, la elegancia de los ropajes, tu bella y potente voz.

A veces tengo la impresión de que el oficio del actor consiste en comportarse como un líquido. Ser agua. Vino. Azogue. Adaptarse a la forma del recipiente que te contiene, vaciarte dentro del personaje, llenarlo todo, ocuparlo. El personaje es una cavidad y hay que derramarse en él. Hay que dejar de ser quien se es y habitarlo.

Es angustioso transmitirlo con palabras, tratar de revelarlo a los otros. Hay cosas difíciles de enseñar. Las emociones, por ejemplo. La tristeza, la dicha. "Signora Duse, prego, enséñeme a temer". "Enséñeme a odiar". "¡Adesso! ¡Subito!". No, no, es ridículo. No puede ser de esa manera. Yo les repito: "Préstale tu cuerpo, tus sensaciones, tus ideas, tu energía, al personaje. Aliméntalo con tus penas y tus alegrías, con las que lleves contigo y con las que recuerdes de otros momentos. Sólo así podrás acercarte a la verdad, sólo así verás la luz, primero lejana, luego cada vez más y más próxima, y podrás avanzar, tropezando, cayendo, levantándote otra vez, hacia ella".

No quiero decir que el trabajo del actor sea puramente emotivo, que todo se reduzca al sentimiento. Pienso que es imprescindible ejercer el intelecto. Quizás por eso Conrad sentía horror por el teatro y lo llamaba el lugar de las infamias. ¡Por la escasez de inteligencia que se adivina en las tablas!

Tardé años en entender mi insatisfacción. Al principio, creía que anhelaba ser una gran actriz. Cuando me aseguraron que lo había logrado, comprendí que no era eso lo que deseaba. Eso era poca cosa. Las actrices explican los personajes. Se disfrazan y embadurnan sus rostros. Son loros que repiten, con mayor o menor acierto, las palabras del dramaturgo. Lo que yo deseaba, en realidad, era ser una artista. Estar más cerca del pintor, del músico o del poeta que del intérprete.

¿Pretenciosa? Tal vez.

¿Ambiciosa? Sin duda.

4

S e anima a venir? —susurró. Le respondí con un gruñido y me encogí bajo las cobijas.

Cada vez que se cumplía un aniversario de la muerte de su abuela, Wen acompañaba a doña Herminia a la primera misa del día en la iglesia de San Diego. La madre jamás pasaba por alto la fecha e insistía en llevar con ellos al abuelo, quien apenas unos años atrás era un individuo enérgico y dominante, cuyo pasatiempo favorito era dar órdenes, y súbitamente se había desmoronado, convirtiéndose en un anciano decrépito al que parientes y servidumbre trataban sin muchos miramientos. La asistencia del viejo al culto tenía un carácter puramente simbólico, pues el infeliz ya ni recordaba su propio nombre, así que mucho menos el de su difunta esposa.

—Almorzaré en casa y luego vendré por ti para ir al *five o'clock* de Alvarito Certaín —dijo Wen a modo de despedida. Cerró la puerta de la habitación con suavidad y volví a quedarme dormido.

No sé lo que estaría soñando cuando unos fuertes sacudones hicieron que me incorporara. Mi sirvienta irrumpió en la alcoba con los pelos de punta:

—¡Está temblando, niño! —chilló aterrorizada.

Sí, la tierra temblaba. La ciudad semejaba una alfombra que alguien agitara para quitarle el polvo. Salté de la cama y, por un momento, no supe qué hacer. ¿Nos quedábamos dentro del departamento, esperando que pasara el peligro, pero arriesgándonos a que nos cayera el techo encima, o salíamos a la calle a ponernos a salvo? Toña, con las manos apretadas contra el pecho, aguardaba mis órdenes.

Un nuevo remezón me urgió a tomar partido.

—¡Vamos afuera! —dije, y corrimos a la vía pública. Otras muchas personas de las casas cercanas estaban allí, en ropa de dormir, llevando criaturas o mascotas en los brazos. Las campanas de las iglesias repicaban, enloquecidas; los niños lloraban sin entender la causa del alboroto y los animales ladraban o maullaban, intentando alertar a sus dueños sobre la proximidad de nuevos zarandeos. Un corro de mujeres empezó a rezar un avemaría e inmediatamente la chocoana se sumó a ellas. Alguien evocó la vieja profecía del padre Margallo sobre la destrucción de Santa Fe de Bogotá y, como para echarle leña al fuego, recitó a voz en cuello las coplas premonitorias:

El treinta y uno de agosto
de un año que no diré
sucesivos terremotos
destruirán Santa Fe.

Claro que acordarse en aquel instante del famoso augurio del cura Margallo era un sinsentido total, pues estábamos en octubre y él había vaticinado que el cataclismo acontecería el último día de agosto. Pero apelar en semejantes circunstancias al sentido común de la gente habría sido inútil.

La Loca Margarita, ajena al peligro, cruzó la calle con los ojos llenos de lagañas y vociferando sin descanso, como lo hacía desde una veintena de años atrás, vivas al Partido Liberal y vituperios a los godos. Acostumbrados a la presencia casi ubicua de la demente en todos los rincones de la ciudad, no le hicimos el menor caso.

Aunque al parecer ya el terremoto había terminado, ninguno de los vecinos se atrevía a volver a su casa, por temor a que sobreviniera una réplica más fuerte aún. Me pregunté, entonces, cómo y dónde estaría Wen. ¿El sismo lo habría sorprendido en la misa? A todas éstas, no tenía la menor idea de qué hora era. Miré a mi alrededor para ver si alguien llevaba reloj y, al ver a tantas personas distinguidas exhibiéndose en medio de la calle en pijamas, camisetas, calzones y batolas de dormir, no pude evitar una sonrisa. Parecía que estuviéramos en tierra caliente.

Al cabo de un rato, al observar que los temblores no se repetían, la gente se animó a regresar a sus viviendas. Toña y yo nos pusimos a hacer un inventario de los destrozos. Por suerte, los daños en el departamento no fueron muchos: algunas piezas de la vajilla y un par de bibelots hechos añicos. Traté de telefonear a la Generala para saber cómo estaban en casa, pero la operadora no respondió. Bebí una taza de tinto, me vestí a toda prisa y, sin siquiera afeitarme, tomé una bicicleta y volví a salir a la calle. Primero pedaleé hasta La Candelaria para ver a los míos. Al comprobar que se encontraban bien, seguí mi recorrido. Por el camino, un mendigo exhortaba a los transeúntes a que le dieran limosnas más sustanciosas. "¿Para qué quieren tantos reales si el mundo se va a acabar dentro de un rato?", argumentaba a voces. En el momento en que llegué a la residencia de los Hoyos, Wen y un chofer, ayudados por doña Herminia, intentaban sacar del interior de un automóvil el cuerpo rígido del abuelo. Tiré la bicicleta a un lado y corrí a auxiliarlos.

—¿Qué pasó? —inquirí.

—Luego le cuento —dijo Wen, jadeando, y le ordenó a su madre—: ¡Tuérzale la pierna!

Por fin logramos extraer el cadáver del patriarca y llevarlo al interior de la casa. Una vez que el finado estuvo tendido en su lecho, la dama, que hasta entonces había hecho gala de una admirable ecuanimidad, sufrió un patatús y comenzó a llorar a gritos. Fue necesaria la colaboración de las criadas para calmarla y convencerla de que entrara en su habitación. Por suerte, el teléfono funcionó y pudimos localizar al galeno de la familia, quien indicó que le dieran de beber a mi suegra una cucharadita de veronal disuelta en una tisana y prometió acudir tan pronto como varias peticiones de ayuda urgente se lo permitieran.

Cuando la borrasca pasó, y ya la señora de Hoyos dormía bajo los efectos de la droga, Wen y yo pudimos sentarnos a hablar. Mientras bebíamos sendas tazas de chocolate con queso, acompañadas por crujientes pandeyucas, me narró lo ocurrido en la iglesia.

Aquel domingo la eucaristía comenzó normalmente, sin que ningún indicio presagiara lo que iba a acontecer. Pese a lo temprano que era, las bancas de madera de la capilla estaban bastante llenas, sobre todo de matusalenes madrugadores. Wen sostenía por un brazo al abuelo, en tanto doña Herminia lo aguantaba por el otro. El anciano, que rara vez salía de su casa, no sabía con certeza en qué sitio se hallaba y a cada rato lo tenían que mandar a callar, pues protestaba por el frío tan verraco que sentía y reclamaba a voz en cuello, para vergüenza de sus familiares, que le trajeran una ruanita.

Llegado el momento de recibir la comunión, lo levantaron entre los dos y, casi a rastras, lo condujeron hasta el altar, donde el capellán Rafael Almansa, un franciscano escuálido, de mechas blancas y raído hábito azul, le hizo la señal de la cruz sobre la frente. Doña Herminia trató de separarle a su padre las mandíbulas a la fuerza, pues éste se empeñaba en mantenerlas apretadas. Con el auxilio de Wen, logró convencerlo de que abriera la boca y sacara una lengua larga y sucia. Y en el momento en que el fraile depositaba la hostia sobre ella, sobrevino el temblor.

El artesonado de la bóveda se desplomó, al igual que algunos bajorrelieves y una cornisa, haciendo aullar de pánico a los fieles, quienes abandonaron sus asientos y salieron en desbandada, precedidos por el monaguillo. El piso onduló lo mismo que una balsa en un mar furioso y las cariátides y columnas salomónicas adornadas con festones y viñas se bambolearon de forma peligrosa. Los altorrelieves policromos de san Luis de Tolosa, san Buenaventura, san Bernardino de Sena y san Antonio de Padua se estremecieron como si los santos quisieran desprenderse del altar mayor y huir ellos también. Las imágenes se movían en sus nichos, de norte a sur, haciendo caprichosas genuflexiones. La estatua de san Victorino donada por Roma también se contoneaba, como si estuviera invitando a la Virgen a bailar un bambuco. La cruz que corona la nave principal se desprendió, cayó de lo alto y poco faltó para que hiciera naco al padre Almansa. Para que la escena fuera aún más dantesca, el órgano de la iglesita, el que tiene pintado un mascarón de oro sobre cada tubo, dejó escapar unos acordes tremebundos.

—¡Auxilio, auxilio! —clamó la señora de Hoyos aferrándose a su padre, pero ¿quién iba a arriesgar la vida para ayudar a semejante carcamal? Los feligreses saltaban entre nubes de polvo, como comparsas de un ballet inverosímil, tratando de esquivar los pedazos de techo que caían con estrépito, y se empujaban y atropellaban, en medio de un despelote atroz, para salir del templo y alcanzar la Calle Real.

—¡Calma, hijos! —decía el venerable Almansa, esforzándose por sacar del púlpito pentagonal a una beata que chillaba presa de la histeria–. ¡Nada ganáis con desesperaros!

Wen logró echarse al abuelo a la espalda y, seguido por doña Herminia, se abrió paso entre la turba y lo condujo al exterior. Para complicar las cosas, el octogenario se había atorado con la santa hostia, tosía estentóreamente y clamaba por un vaso de agua.

Cuando lograron llegar a la plazuela frente a la iglesia, el vejestorio convulsionó. Devolvió, entre bilis, la porción de cuerpo de Cristo recibida durante el sacramento, soltó un último estertor y quedó muerto en medio del gentío que correteaba a su alrededor. Aunque el padre Almansa se reunió con ellos con toda la rapidez que sus piernas artríticas y su largo manto le permitieron, no alcanzó a darle la extremaunción.

–Nos costó Dios y ayuda parar un vehículo en medio de aquella barahúnda y convencer al conductor de que nos trajera hasta aquí –concluyó Wen–. ¡Qué pesadilla!

Lo que el pobre ignoraba era que el vía crucis apenas empezaba. A la una de la tarde, cuando ya tenían al difunto bañado, perfumado y vestido de gala, con sus múltiples condecoraciones prendidas de las solapas, otro estremecimiento, más poderoso que el de la madrugada, hizo que la ciudad enloqueciera de nuevo.

Todos huimos de la residencia, dejando el cadáver abandonado, y nos juntamos en la calle, a la espera de lo peor. El suelo brincaba bajo nuestros pies y una monja aseguró, persignándose, que era un castigo divino por tantos pecados. Sin embargo, al rato la tierra se tranquilizó y pudimos entrar otra vez.

Las campanas tañeron a horas inusuales todo el día; en total fueron cinco los temblores que azotaron la capital durante esa jornada. Muchos tuvieron miedo de que se repitiera la desgracia de 1917, cuando un terremoto derrumbó la iglesia de Guadalupe y dejó el nefasto saldo de una docena de muertos. Pero, por suerte, ninguna edificación relevante se vino abajo ni hubo que lamentar otras víctimas que el padre de doña Herminia y un beodo que se suicidó, de un pistoletazo en la sien, al producirse el tercer sacudón. Entre la plebe circuló el rumor de que la Luna aparecería en el cielo en cualquier momento, con una cola de fuego, convertida en un cometa terrífico que haría volar en pedazos la Tierra, pero los que lo creyeron se quedaron con las ganas de ver el espectáculo.

A la mañana siguiente, los periódicos informaron que sismos similares se habían producido en Medellín, Cali, Cúcuta y Líbano. La desgracia se ensañó con dos poblaciones, Gachalá y Medina, que quedaron destruidas. Muchas familias santafereñas decidieron dejar la urbe y escabullirse al campo, donde estarían a salvo en caso de que prosiguieran los terremotos: alistaron sus pertenencias en coches y automóviles y partieron hacia Tunjuelo, Usaquén y otros lugares.

Preocupado por la suerte de los suyos, pues en Chiquinquirá se hablaba de destrozos terribles y de numerosos muertos, el padre de Wen dejó la hacienda a cargo del mayordomo y se dirigió a toda prisa a la capital. Cuando, después de varias horas de camino, por fin llegó a su mansión, encontró al suegro tendido entre cuatro cirios y a su esposa deshecha.

Medio Bogotá acudió al velatorio. Fue un verdadero acontecimiento que congregó a un sinfín de personalidades, encabezadas por el señor Presidente de la República y por el alcalde don Ernesto Sanz de Santamaría. La Generala y las feítas también acudieron, como es obvio. Mi madre se apoderó de un asiento junto al de la señora de Hoyos y se dedicó a consolarla durante toda la madrugada. El velorio transcurrió con las crisis de llanto, los abrazos y los tintos y los chocolates de rigor. Las damas aprovecharon para cotillear de sus asuntos, y los caballeros, congregados en el salón de fumar, hablaron de política, de los resultados de las carreras de caballos y, claro está, del muy cacareado robo de la joyería Bauer. Alguien trajo el chisme de que, en medio de la catástrofe, un desvergonzado hereje de los que nunca faltan había forzado la urna de la iglesia de San Diego donde se guardaba una tibia de san Celestino, papa mártir, para robarse la reliquia. Según las malas lenguas, después de buscar infructuosamente la tibia en compañía de un grupo de fieles, el padre Almansa le ordenó en secreto al sacristán que fuera al camposanto y trajera, para sustituirla, el primer hueso que encontrara.

—¿Sabes que el abuelo no tocaba a nadie, por temor a que le contagiaran alguna enfermedad? De niño nunca me pasó la mano por la cabeza. Siempre me ha intrigado cómo se las ingeniaría para concebir a

mi madre –dijo Wen, en voz baja, una de las veces que salimos al patio
a respirar–. ¿Huele? –preguntó.

–No. ¿A qué?

–A muerte. Es un olor inconfundible. Entre dulzón y ácido. A medida que los seres humanos envejecen, empiezan a segregarlo. Con el
paso de los años se acentúa más y más, hasta que no puede disimu-
larse.

Sacó un pañuelo, se sonó la nariz, y de repente me pareció tan adorable que no resistí el impulso de abrazarlo y estamparle un beso,
aprovechando que la penumbra y el follaje de los jazmines nos protegían. No sé por qué extraño misterio, Wen tiene el don de aristocrati-
zarlo todo, hasta una limpiada de mocos. No sabría vivir sin tenerlo a
mi lado.

Fuimos con paraguas al sepelio. Lloviznaba y el Cementerio Central estaba helado. Parecíamos una bandada de cuervos elegantes re-
voloteando entre las tumbas. Un amigo del finado, también viejísimo e
incoherente, lo que se dice una ilustre momia, fue designado para
despedir el duelo. Ahogándose por violentos accesos de tos, pronunció un discurso lleno de alabanzas para el abuelo de Wen y su distinguida estirpe. Algunos temimos que falleciera antes de concluir y que
de aquel entierro tuviéramos que salir para otro velatorio. Acto seguido, un cura masculló sus jaculatorias y, tullido por el frío, despa-
chó la ceremonia lo más rápido que pudo.

Después de dejar los restos mortales en la bóveda, doña Herminia
se dio a la tarea de sacar de los arcones ropas negras para ella, su marido y su hijo. Considerando que no eran suficientes, mandó aviso a
una modista y a un sastre para que acudieran a enseñar telas y tomar
medidas. Durante seis meses, ellos, y durante un año, ella, vestirían
de riguroso luto por la irreparable pérdida. Así mismo, fiel a las tra-
diciones, emprendió nueve noches de rezos por el alma del difunto.
Sin embargo, no alcanzó a concluir la novena. La séptima noche, en
medio de un padrenuestro, perdió el conocimiento, víctima de unas
fiebres que la retuvieron en cama durante tres días. En los delirios, se
acusaba de haber causado la muerte de su padre por obligarlo a acudir a misa aquella trágica mañana. Únicamente se tranquilizaba, y accedía a tomar algunas cucharadas de caldo de gallina, cuando Wen se

sentaba en un borde de su cama, le sostenía la mano y le decía palabras afectuosas.

Poco a poco, con esa asombrosa capacidad que tienen los pueblos para olvidar desastres naturales y masacres, el susto por los temblores quedó relegado a un rincón de la memoria. Quienes habían escapado a los pueblos vecinos en busca de seguridad retornaron a sus casas y la ciudad reanudó su rutina consuetudinaria.

Doña Herminia se recuperó de las fiebres y pudo levantarse de la cama, pero quedó flaca, demacrada y de un preocupante color pergamino antiguo. Una honda tristeza, un desaliento mayúsculo, se adueñaron de ella; no quería recibir a las amistades que acudían para interesarse por su estado y, puesto que la idea de volver a la iglesia de San Diego le causaba mareo y una insoportable jaqueca, fue preciso pedirle al padre Almansa que la confesara a domicilio. Lloraba por motivos nimios y, aunque la cocinera guisaba con esmero sus comidas preferidas, dejaba los platos llenos sobre la mesa, después de escarbarlos, abstraída, con el tenedor. Su sirvienta de mayor confianza le reveló a Wenceslao, apenadísima, que por las mañanas tenía que obligar a su ama, que siempre había sido un modelo de limpieza, a que hiciera las abluciones elementales.

El doctor Hoyos instó a su esposa a que fuera a descansar durante unas semanas a la hacienda, convencido de que el aire puro y un paseo a caballo por las mañanas (la señora tenía fama de haber sido, en su juventud, una intrépida amazona) terminarían por curarla. El médico de la familia estuvo de acuerdo en que una temporada fuera de Bogotá, disfrutando de bellos paisajes y de la sana compañía de gente rústica y buena, le devolvería a la convaleciente el apetito y la voluntad de vivir, y le reportaría mayores beneficios que todos los medicamentos que pudiera recetarle. Además, podría orar frente a la virgen de Chiquinquirá, quien sin duda, con su magnanimidad característica, la recompensaría con un rápido restablecimiento.

Ante tanta insistencia, la señora aceptó desplazarse a la heredad, siempre que Wenceslao, la luz de sus ojos, lo que más quería ella en la vida, los acompañara.

Aunque no hablaba mucho de ese tema, Wen no había abandonado el proyecto de viajar a los Estados Unidos para presenciar las actuaciones de Eleonora Duse. A través de la prensa, y de los detalles que le suministraba Poncho Zárate, estaba al tanto de los éxitos de la actriz. La noche de su debut en el Metropolitan con *La dama del mar*, los revendedores habían ofrecido las entradas a doscientos dólares y los gringos, locos por verla, se las arrebataban. Se afirmaba que ese día la taquilla recaudó la pasmosa cifra de treinta mil dólares. ¡Y por culpa del maldito sismo y de sus secuelas, él no estaba en Nueva York!

No se quejaba de su mala suerte, pero, después de cinco años a su lado, yo lo conocía lo suficiente como para saber que estaba muy contrariado y que esperaba con impaciencia el momento en que su madre estuviera restablecida del todo para subirse de inmediato en un vapor y cruzar el océano.

Sin embargo, el deber de hijo lo retenía. La salud de doña Herminia era lo primero: imposible zarpar dejándola débil y desconsolada, en un momento en que necesitaba compañía y afecto. Así pues, no pudo negarse al ruego de partir con ella a la hacienda. Lo consolé diciéndole que la gira de la Duse sería muy larga y que, si no alcanzábamos a verla en Nueva York, podríamos acudir a las funciones que daría en otras ciudades.

Haciendo de tripas corazón, preparó su equipaje y, luego de recomendarme mil veces que le guardara los recortes que aparecieran en la prensa sobre la *Signora*, salió rumbo a Chiquinquirá con sus progenitores. Prometí que le escribiría, sin falta, todos los días; juré no mirar libidinosamente a ningún tipo que me pasara por el lado, así fuera Valentino o Vicentini, y le aseguré que iría a visitarlo en compañía de Esmeralda Gallego.

El día más triste de mi vida no fue ninguna de las veces que perdí algún amor. Una termina por aprender que los amores van y vienen, y que aferrarte a ellos no cambia los designios, si acaso los hace más dolorosos. Aprendí también que, aunque parezca que no se podrá sobrevivir al adiós, no sólo se sobrevive, sino que el corazón, con una pasmosa capacidad de remendar sus heridas, enseguida está listo para nuevas lides amatorias.

Quizás alguien piense: ah, el día más triste de una actriz debe haber sido el de un fracaso estrepitoso. Pero no, tampoco. Fracasos he tenido, y no pocos, a lo largo de mi carrera. Es horrible que el público se muestre indiferente o, en el peor de los casos, que silbe y abuchee la obra en que confiabas, el personaje que dibujaste con esmero; pero, ¡epa!, eso y no otra cosa es el teatro. Una apuesta. Una especie de ruleta de casino. O de ruleta rusa, según. El que no esté dispuesto a arriesgarse, que se dedique a otra cosa, a algo más previsible, sin sobresaltos, a una profesión que no asuste y no duela.

El día más espuntoso no fue cuando, durante una función en Verona, supe la noticia de la muerte de mi madre, ni tampoco aquél en que, en la época en que daba a conocer Casa de muñecas en San Petersburgo, me anunciaron la pérdida de mi padre. A ambos los amé de una manera animal y ciega, como únicamente puede amar a sus padres una hija de cómicos; pero desde pequeña supe que tarde o temprano me dejarían sola y empecé a prepararme para ello. Esos días fueron terribles, sí, días de lágrimas copiosas y saladas (¿sabían que las lágrimas, mientras más tristes, más saladas?); días de recuerdos que se agolpaban en la cabeza y me hacían sentir la ausencia más y más, días de evocar instantes irrecuperables, cosas que debí hacer o decir y que jamás hice o dije.

El día más triste de mi vida lo pasé en Marina di Pisa, un pueblo de pescadores en la costa toscana. Fue cuando murió mi primer hijo. Un varoncito. Un bultico violáceo, lleno de arrugas, con cara de anciano. ¿Podía haber sido de otro modo después de tanto sufrir mientras esperaba su nacimiento? Quise calentarlo, pero de mi fuego interior no quedaba ni una brasa; me empeñé en alimentarlo, pero tal vez la leche de mis pechos estaba envenenada por el rencor. ¡Qué poco me acompañó mi pobre niño! Apenas lo tuve dos días a mi lado. Yo era tan joven, tan fea, tan tonta. Sabía menos de lo que sé ahora. "Sola, pero feliz", era mi consigna y sólo se la había dicho en alta voz, con la mayor convicción, a Matilde Serao, creyendo que la cercanía de mi hijo me haría olvidar la traición de su padre.

¿Cómo describir el dolor lacerante, la sensación de ser víctima de un castigo injusto, que padecí ese día? Morí mil veces en una hora sola. Los aullidos salvajes que me subían a la boca los rompí con mis dientes rechinantes para que nadie los oyese, para que nadie viniese a separarme de mi niño, a quitármelo de los brazos, a encerrarlo en un ataúd. Al comprobar que no se movía, que no respiraba, que sus ojitos miraban hacia adentro, lo apreté contra mi pecho y lo sentí enfriarse, volverse de hielo, convertirse en un cadáver, en una cosa extraña, muda para siempre, sorda para siempre, ciega e inerme, para siempre lejana, en una cosa que nada podrá hacer revivir ya, nunca más, nunca. "Si no hago ruido, nadie se dará cuenta", pensé. "Si me estoy quieta, sin llorar, no lo descubrirán". Pero a Matilde le llamó la atención tanto silencio y entró a mi habitación para averiguar qué ocurría. De no ser por ella, yo hubiera continuado días y días encerrada, balanceándome en el sillón, aferrada a mi hijo, sin percatarme de que sus carnes se descomponían.

Después, en el cementerio, cuando me lo arrebataron y lo cubrieron de tierra, supe, paletada tras paletada, que debía aprender a vivir con aquel dolor que ya nunca me abandonaría. Una tristeza así tiene sus compensaciones: en adelante, ya jamás estás completamente sola. El dolor te acompaña a dondequiera que vas, no se separa de ti en momento alguno, es parte de tu naturaleza. A veces ríes, te sientes volátil, tocada por la dicha, te imaginas feliz y quizás hasta lo eres; pero no te engañes, es sólo una tregua: el dolor, agazapado, te observa con benevolencia.

"¿Y ahora qué, Nennella?", preguntó Matilde, mi amiga, mi protectora, mi a veces odiada conciencia, siempre amada, al verme arrancar unas hojas a las flores que estaban sobre la tumba y guardarlas entre las páginas de mi cuaderno de notas. "¿Ahora? A trabajar", le dije, y tomamos el primer tren hacia Turín. Cuando se es segunda figura de una compañía, una no puede darse el lujo de estar ausente demasiado tiempo, so pena de que olviden tu cara y te sustituyan.

Ese fue el día más triste de mi vida.

En cuanto al más feliz, no ha llegado todavía ni creo que llegue. Eso no significa que no haya conocido días felices. El que sentí por primera vez la gracia, la magia de convertirme en otra, de olvidarlo todo y ser el personaje, de volcarme en él y vivirlo con la mayor intensidad, fue uno de esos días. ¡Qué revelación! ¡Qué alegría! Y, al mismo tiempo, qué temor de no encontrar nunca más esa sensación de levedad, de poder.

Han sido y son muy felices también los días en que, sin importarle que hablara en una lengua que no comprendía, el público supo entender lo que quería expresar, compartió el embrujo de las emociones y del arte, y me lo hizo saber.

Fueron felices, así mismo, los días en que me sentí amada y comprendida, segura entre los brazos de un hombre. Días en los que el mundo parecía dar sus vueltas más de prisa y, junto con él, yo, una partícula del universo.

¡El día que Enrichetta se casó! Aquella boda sencilla y circunspecta me produjo una dicha inenarrable. ¡Y lo mismo cuando nació Halley, el inglesito, mi primer nieto!

Días felices han existido muchos, pero no, repito, uno que sobresalga entre todos, que merezca ser catalogado como el más feliz. Y me alegro de ello, pues la felicidad, si bien resulta deliciosa, me inspira una curiosa desconfianza, tal vez a causa de su carácter efímero. A diferencia de la tristeza, de la que a lo largo de nuestra existencia nos vemos obligados a engullir enormes y abundantes platos, gústenos su sabor o no, la felicidad se inventó para ingerirla en dosis ínfimas, con cucharitas de café.

El exceso de felicidad suele ser pernicioso y ocasiona trastornos irreparables. La razón es muy simple. El alma, amigos míos, ese artilugio que a Da Vinci le hubiera gustado inventar, está hecha para penar mucho, para experimentar grandes dolores, para destrozarse y recomponerse, una vez y otra, hasta el fin. No es un mérito: es algo consustancial a su naturaleza. El alma se mueve por el dolor, la tristeza es el combustible que la mantiene en marcha y aceitada. Y está bien que así sea, porque, ¡ah!, cuando el alma es feliz, lo es de una forma tan intensa y vehemente, que un minuto de dicha equivale a un siglo y, si no se toman las debidas precauciones, sus resortes pueden quebrarse, sus mecanismos secretos estallan por el efecto de tanta dicha. Cuando eso sucede, el alma colapsa, se deshace en astillas tan diminutas que nadie sabe cómo colocarlas de nuevo una junto a otra.

5

Un día de agosto de 1538, luego de cruzar las selvas infectadas de zancudos y de serpientes del Magdalena, Gonzalo Jiménez de Quesada llegó a una enorme planicie. Feliz por la abundancia del agua y conmovido por la topografía, que lo hacía evocar la de su Granada natal, bajó de su corcel, arrancó un puñado de yerba, dio tres cuchilladas a la tierra y ordenó la creación de una villa en aquel paraje. Sus soldados se aprestaron a obedecer y levantaron una docena de chozas de paja, en recuerdo de los doce apóstoles. Así surgió nuestra ciudad, fundada por alguien que, a diferencia de tanto colonizador bestia, era licenciado en letras.

Desde entonces Santa Fe de Bogotá reposa, encumbrada en su meseta, y los cerros Montserrate y Guadalupe permanecen de guardia junto a ella, cuidando que nadie ose molestarla. Duerme hecha un ovillo y sueña que es una gran capital. De tanto soñarlo, ha terminado por creérselo. Pero no es cierto. En realidad es una aldea sucia e inaccesible en la que vivimos apenas doscientas mil almas. Dicen, a mí no me crean, yo me limito a repetir lo que he escuchado, que dos de cada tres de sus pobladores son oriundos de aquí. Río de Janeiro ya tiene un millón de habitantes y Buenos Aires ronda los dos. Bogotá, en cambio, a diferencia de sus contemporáneas, se niega a crecer. Es como si no pudiera salir de su letargo, como si tuviera miedo de ser grande.

Quisiera saber qué ideas pasan por la cabeza del visitante proveniente de una nación civilizada al llegar por vez primera a esta ciudad de mil hectáreas. Supongo que le llamará la atención la enorme cantidad de iglesias y la jactancia y el entusiasmo con que lo exhortarán a recorrerlas en un peregrinaje interminable. Comience con la visita a la Catedral, dizque construida en el sitio donde fray Domingo de las Casas ofreció la primera misa el día de la fundación de la ciudad, para extasiarse con sus estatuas de la Inmaculada, san Pedro y san Pablo encaramadas en el frontis, de espaldas a los cerros, y con su altar mayor estilo corintio, su silletería del coro de los canónigos tallada en nogal y caoba, y sus columnas de mármol africano labradas en París por la casa de Poussielgue Rusaud. Siga con la Concepción, el más antiguo de nuestros templos, y pase después por el Sagrario, Santo Domingo, San Francisco, La Candelaria, Santa Bárbara, el Santuario de la Peña, San Ignacio de Loyola, La Veracruz, La Tercera, Santa Clara, Las Nieves, San Antonio, Las Aguas, San Juan de Dios, Santa Inés, San José, San Agustín, hasta detenerse, con los pies deshechos, ante la célebre imagen de La Bordadita, regalo de una reina de España, en el Rosario... ¿Ya está cansado? ¿No puede dar un paso más? No importa, mañana podemos proseguir el paseo. Aún faltan muchas ermitas, capillas y parroquias por ver. ¡Pululan! Y todas con campanas enormes y escandalosas, que redoblan sin ton ni son, intempestivamente, de forma ensordecedora, valiéndose de cualquier pretexto: un nacimiento, una muerte o una boda.

A veces me pregunto si el número de iglesias de un lugar tendrá alguna relación con el de los pecados que deben purgar sus pobladores. De ser así, en Bogotá la cantidad de pecados por habitante debe ser, contra lo que propugna la propaganda del Partido Conservador, o Católico, como algunos prefieren llamarlo, altísima. ¿O será, por el contrario, que las iglesias existen para conjurar el pecado y mantenerlo lejos de sus predios? En ese caso, ésta debería ser la más santa de las capitales.

Lo segundo que salta a la vista de cualquiera, sea extranjero o no, es la insalubridad. Sólo sesenta cuadras poseen alcantarillas, pero abundan los caños pestilentes, suerte de vitrinas donde la vecindad exhibe, sin la menor vergüenza, sus porquerías. Las familias pobres que disponen de excusados de hoyo se consideran privilegiadas. La mayoría de la gente vive hacinada en inquilinatos de decenas de cuartos y en chozas rústicas de techo de paja; en habitaciones oscuras, sin ventanas, a un paso de las heces, de los orines y de todo tipo de inmundicias.

También los acueductos brillan por su ausencia: son pocas las casas particulares, y muchísimos menos los establecimientos públicos, que tienen agua. En los barrios obreros se hacen filas para abastecerse del indispensable líquido en las escasas pilas públicas. Como hay muchas calles sin asfalto ni andenes, durante la temporada de lluvias la ciudad se transforma en un lodazal, en un fangal inmenso que ensucia del mismo modo los cascos de las bestias y las alpargatas y los botines acharolados; cuando empieza el calor, las nubes de polvo se levantan por doquier, la tierra se cuela, impertinente, por las narices y busca acomodo en los pulmones.

De más está decir que para quienes viven orgullosos de los apellidos insignes, para los que prefieren casarse primos con primas con el fin de mantener a raya a los foráneos y preservar su prosapia, esa capital insana y hedionda, la de los inquilinatos del barrio Sans-Façon y de los ranchos improvisados a orillas del río San Francisco, la de los truhanes y las prostitutas, la de las ruanas piojosas y las puñaladas en los alrededores del mercado del paseo Bolívar, no existe. Fieles a los preceptos de santo Tomás, no creen en ella porque no la ven, y, ya que no quieren saber, sencillamente no miran. Es una calumnia, una falacia de los provincianos que los envidian y no escatiman esfuerzos para desacreditarlos. ¿Por qué regodearse con el atraso y la miseria, con el lado feo que tienen todas las cosas, si hay tanta perfección y prosperidad para ensalzar? La avenida de la República, con su derroche de luz, resultado de los numerosos focos que cuelgan, en mitad de la calle, de cuerdas sostenidas con ganchos metálicos de las fachadas de las casas. El sin igual parque de la Independencia, con los pabellones que se levantaron para los festejos del Centenario, con el estanque donde nadan, apacibles, los patos, dando vueltas alrededor de la grácil escultura de la Rebeca. Las fiestas en el hotel Granada. Atrás quedaron, por suerte, los tiempos del tranvía de mulas. Ahora hay que salir a la calle con los ojos bien abiertos para sacarles el cuerpo a los carros del tranvía eléctrico y a los automóviles que vuelan como saetas en todas direcciones. Hay unos doscientos automóviles, sesenta motocicletas y casi novecientas bicicletas. Estamos en el siglo de la velocidad. De los aeroplanos y de los discos Víctor. ¿Parroquial, Bogotá? ¿Aldeana? ¿Pacata? No, todo lo contrario. Gran urbe. Adelantada. El *summum*. Y si alguien lo pone en duda, pregúntele a los que llegan de los pueblos y las veredas: a los que admiran, boquiabiertos, la majestuosidad de la plaza de Bolívar; la avenida Jiménez de Quesada, de amplitud inimaginada; el aristocrático palacio Echeverry.

Trato de contagiarme del cursi triunfalismo que me rodea, pero por más que me empeño no lo consigo. Comparo y juzgo. Escucho los latidos desacompasados del corazón de esta ciudad que me inspira sentimientos contradictorios. Me avergüenza, la odio ferozmente; pero también le tengo lástima y la amo. A veces creo que ella, del mismo modo que los hombres que la habitan, ingiere cada día grandes cantidades de ese aguardiente mal destilado que trafican los tahúres, y que por eso permanece estancada, aletargada en medio de un prolongado guayabo. ¿Serán los efectos del cafuche barato lo que le impide modernizarse y prosperar?

Y así estamos, contemplándonos, satisfechísimos, el ombligo; retorciendo, los próceres, las puntas de sus bigotes y jugando a la eterna y aburrida rencilla entre rojos y azules genízaros; persignándose, y murmurando de los vecinos, las dignas matronas. Porque, siempre viene bien recordarlo, en un sitio pequeño como éste todo se sabe. Y se propaga, añadiría, con cautela, la Generala. Si todo el mundo supiera lo que todo el mundo piensa de todo el mundo, nadie le hablaría a nadie. Si esta ciudad se empeña en seguir igual de opaca y oronda, de centralista y politiquera, tan torpemente clerical, un día de estos Antioquia, e incluso la costa, se declararán independientes.

Wen se burla de mí y dice que soy demasiado exigente, que no se puede pedir más a una capital alejada del mar, acorazada por un macizo de montañas, a la que la cultura, la ciencia y el progreso llegaron, durante años y años, a lomo de mula.

No entiendo el lugar donde nací y he crecido, nunca lo comprenderé, tengo con Bogotá diferencias inconciliables. Me seduce la fuerza de los colores primarios, y en ella prima lo plomizo, desde el cielo hasta las vestimentas que usamos, sin distinción, ricos y pobres. Me atraen la calidez y la espontaneidad, y aquí todo es frío, calculado, convenido.

Detesto nuestra solemnidad, nuestras ínfulas de elegantes en el vestir, de melancólicos y talentosos; me irritan los cenáculos de rimadores, ese ridículo envaramiento que nos ha convertido en el hazmerreír de la república y la presunción de ser superiores, los mejores. Superiores ¿a quién? Mejores ¿por qué? ¿Será que de ver-

dad nos creímos el cuento de que ésta era la Atenas del Nuevo
Mundo?

—Me abruman Bogotá y los cachacos —dije de pronto, sin venir al
caso, cuando Esmeralda Gallego, que volvía del tocador, después de
darse una manita de polvos en la nariz, tomó asiento junto a mí en una
de las mesas del café Windsor—. Me gustaría haber nacido en otro
sitio y ser distinto.

—A mí también me tienen harta los cachacos —comentó ella, colocando sobre una silla su abrigo de seda y pieles—. Y donde menos los
soporto —añadió, bajando la voz— es en la cama. Andan por la vida tan
preocupados por no despeinarse y por articular como es debido, sin
tragarse ni una *ese*, que en verdad es una proeza que logren la erec-
ción. Quieren convertirlo todo, incluso lo insustancial, en un pretexto
para hacer gala de su exquisitez y su buen juicio. Si por ellos fuera,
hablarían en verso, de ser posible en sonetos.

Un camarero nos sirvió el té. En la mesa de al lado, dos especíme-
nes detestables, de chaleco, corbata y severo traje inglés, sentaban
cátedra sobre literatura y política con voces engoladas, estirando las
sílabas cuanto les era posible. "Como para encerrarlos en una jaula y
exhibirlos en un zoológico", habría dicho, de hallarse allí, Wenceslao.

Estamos rodeados de cachacos y de aspirantes a cachacos. Dondequiera que miro hay uno, diez, cien o más de ellos. Todos bien nacidos, con pretensiones de ingeniosos, haciendo gala de su distinción y
su hidalguía. Un cachaco auténtico es mundano, tradicionalista y un
tris soberbio. Hay cachacos jóvenes y viejos, conservadores y liberales, con sotana y con uniforme, y aunque cueste creerlo, hasta negros. Claro está: negros previamente pulidos, como el doctor Robles,
quien se educó en el Colegio del Rosario y, para escarmiento de los
que dudan de los milagros, llegó a ser secretario del Tesoro en el
gobierno de Parra. Los cachacos están convencidos de que son el
arquetipo del refinamiento y la gracia, la esencia del carácter colombiano. Los que llegan a la capital provenientes de otros departamen-
tos y reúnen las dotes imprescindibles de honorabilidad, afectación,
atildamiento y presunción, pueden aspirar a engrosar, previo desbas-
tamiento y roce con la flor y nata de la cachaquería, sus huestes.

—Al menos ellos son así y, o lo desconocen o les gusta. Pero ¿y nosotros? Wen, Vengoechea, yo, nos burlamos de sus manías y habla-

mos pestes de su estúpida fatuidad, pero aunque los critiquemos y nos empeñemos en ridiculizarlos, aunque nos esmeremos en marchar a contravía de sus normas y cánones, no por ello dejamos de ser, también, cachacos. En contra de nuestra voluntad, a disgusto, pero cachacos. Lo llevamos en la sangre, es una tara, una maldición, eso que los romanos llamaban *fatum*. Un círculo de fuego del que no logramos escapar. —Esmeralda bebía de su taza con sorbos minúsculos, escuchándome con su mejor cara de esfinge—. A guisa de antídoto, pretendemos ser espontáneos e irreverentes, pero la nuestra, en el fondo, es una estudiada espontaneidad, una irreverencia deliberada, calculadas ambas, puro artificio, un simulacro de descaro que llevamos a la práctica con el propósito de ser, o parecer, distintos, menos cachacos. No nos hagamos ilusiones: aunque escapemos a parajes lejanos o aunque nos quedemos en el villorrio, desafiantes, cachacos nacimos y cachacos moriremos. Así es, aunque nos pese. ¡Es trágico!

—Bueno, no exagere... —me consoló ella—. ¡No es para tanto! Al menos, el día del juicio final nadie podrá echarles en cara que no hicieron el mayor esfuerzo por contrariar a la naturaleza. —Y dando por concluida aquella perorata, que tal vez le parecía ridícula o demasiado trascendental, cambió de tema.

Nos habíamos citado en el Windsor para planificar una visita a Wen. Esmeralda decidió que nos trasladaríamos a la propiedad de los Hoyos en su *Fiat* y que ella misma iría al volante. Le advertí que el trayecto hasta Chiquinquirá era muy largo. ¿Y si el vehículo sufría algún daño? ¿Por qué mejor no incluíamos a Jasón, su chofer, en el paseo? Quien, por cierto, es un magnífico ejemplar de cucuteño, de cuerpo hercúleo y piel acanelada, confianzudo y parlanchín, la antítesis del paradigma rolo. Sorda a mis razones, dijo que le encantaba conducir por el campo, que en Europa se había acostumbrado a manejar sola enormes distancias y que no temiera fallas técnicas, pues al auto acababan de hacerle una revisión. Luego se excusó por tener que irse enseguida. Necesitaba llegar lo antes posible a su casa, pues quería hacer una acuarela del atardecer.

A pesar de que tomó lecciones de pintura en Florencia y París, las acuarelas de Esmeralda Gallego siempre me han parecido horrendas. En realidad, creo que es más artista cuando vive que cuando realiza alguna de sus cada vez menos frecuentes incursiones creativas en el mundo de las bellas artes.

Rica y soltera, anclada en una edad inconfesable entre el epílogo de la juventud y el prolegómeno de la madurez, se da el lujo de hacer con su vida lo que le da la gana. Hoy está en La Cigarra, el tertuliadero de moda, bebiendo un *brandy* y hablando de política, la única fémina entre un montón de caballeros, y mañana, si se aburre de los cerros, prepara las valijas, se despide de sus amigos y se va a Londres, a Montecarlo o a Berlín. Viajera impenitente, le ha dado varias veces la vuelta al mundo y de cada periplo regresa con montones de antigüedades y obras de arte que jamás tiene tiempo de ordenar y que van acumulándose en su quinta de Chapinero, bautizada por Wen como la cueva de Alí Babá.

Su biografía, si alguien se animara a escribirla, estaría llena de episodios sorprendentes. Algunos la encuentran bachillera y pedante; la mayoría, loca de atar o anarquista; la mejor sociedad, que no puede ni quiere desconocerla, opta por calificarla de un puntito excéntrica, y la excusa achacando su conducta a veces un tanto impropia a las prolongadas estancias en Europa y a su vocación por la pintura. Pero, al principio, la vida de Esmeralda Gallego en poco se diferenció de la de cualquier señorita bogotana.

Vino al mundo en el seno de una acaudalada familia y, al tener la edad requerida, entró en el colegio del Perpetuo Socorro, donde las hermanitas la enseñaron a rezar y a hablar francés, a comportarse en la mesa y a bordar. Convencidos de que su Esmeralda era una auténtica gema y de que valía la pena pulirla para conseguirle un marido de primera, los Gallego Quesada la enviaron a un internado en los Alpes suizos, del que regresó a punto de cumplir los veinte años. En el interín, el general Gallego había muerto en una de las batallas de la guerra de los Mil Días, defendiendo con ardor la causa conservadora, y su esposa, víctima de una dolencia rara que los médicos fueron incapaces de identificar, no tardó en reunirse con él. Así pues, con excepción de una tía monja, la joven se vio sola en el mundo, sin nadie que fiscalizara sus actos, y dueña de un potosí.

Luego de un año de luto, en el que se dedicó a leer en secreto *Flor de fango*, *Aura o las violetas* y otras novelas de Vargas Vila, a tocar a Liszt en el piano y a recibir las visitas de sus antiguas condiscípulas del colegio, casi todas casadas, la mariposa abandonó su crisálida y empezó a revolotear en los círculos de la elite, donde no dudaron en catalogarla como uno de los mejores partidos del país. La núbil Esmeralda asombró a sacerdotes y beatas con la generosidad de sus contribuciones para las causas benéficas y escuchó, sin mostrar especial entusiasmo por ninguno, los requiebros de un ejército de hombres que aspiraban a arrastrarla al matrimonio.

Pero un día, hastiada de Bogotá y recordando que existía un mundo más allá de la meseta, tomó la decisión de emprender un largo viaje de placer. Dio su primera señal de rebeldía cuando desechó el consejo de su confesor de que llevara consigo, en calidad de invitada, a alguna señora respetable, viuda o solterona, que respondiera por su virtud. Sin escuchar a quienes tildaban su conducta de inadmisible, se dirigió a Puerto Colombia sin más compañía que la de una de sus sirvientas y allí, indiferente ante la polvareda de chismes que dejaba a sus espaldas, abordó el vapor *Pérou* de la Compagnie Générale Trasatlantique. Durante su estancia en Suiza, sólo había conocido los pueblos aledaños a Gstaad, pero esta vez recorrió durante varios meses las principales ciudades de media Europa, visitando museos, tomando clases de dibujo, pintura y modelado en las academias, asistiendo a representaciones teatrales y conciertos y convirtiéndose, por su belleza exótica y su distinción, en presencia solicitada en las *soirées*.

En Venecia, una mañana en que dibujaba al carboncillo la iglesia del Redentore, trabó conocimiento, por puro azar, con un compatriota tan peripuesto como feo, que tenía alquilado un piso en el palacio de un noble italiano. Después de varios encuentros casuales en la plaza San Marcos y en el teatro de la Fenice, el culto y un tanto estrafalario caballero la invitó a unas onces en su casa. Era un misógino, pero se sentía atraído por la vitalidad y la franqueza de la muchacha. La tarde del convite, sacó un libro de un armario y se lo dedicó con exquisita caligrafía. Fue entonces cuando Esmeralda, estupefacta, cayó en cuenta de que estaba en presencia de su reverenciado José María Vargas Vila, quien no había querido revelarle antes su identidad. El famoso radical le presentó a su secretario-amante-hijo adoptivo, un venezolano alto y con cara de bobo que la examinó de soslayo, extrañado de ver faldas en el departamento. Durante varias tardes, el esteta, exhausto por la escritura de su nueva obra, se permitió pasear en góndola con la pintora, disfrutando los primores de la arquitectura renacentista y de la destreza con que movían los remos los esbeltos *gondolieri*, y enfrascándose en calurosas discusiones sobre arte, política y religión. Fiel a sus ideas, Vargas Vila aprovechó cuanta oportunidad se presentó para despotricar contra los tiranos de América, los imperialistas yanquis y el clero. Le contó a Esmeralda, colérico, cómo había sido expulsado del liceo La Infancia, cuando era joven y trabajaba allí de profesor, por atreverse a denunciar que el rector, un jesuita, masturbaba en su despacho a los adolescentes, y no escatimó insultos para la hipócrita y envidiosa sociedad de Bogotá, que optó por denigrar al acusador, y perseguirlo, cerrando los ojos ante la infamia del cura. No hay dudas de que el trato, breve, pero intenso, con ese individuo figurín hasta la extravagancia y convencido de su condición de genio, dueño de una lengua afilada y de una desmedida vocación para el escándalo, tuvo una marcada influencia en el porvenir de nuestra amiga.

De Venecia se trasladó a Madrid. Y de forma inesperada, un día antes del previsto para emprender el regreso a Suramérica, mientras comía un plato de fabes en un restaurante de La Gran Vía, decidió que debía ir al Medio Oriente. ¿Quién o qué se lo impedía? Sin pensarlo dos veces, cambió los planes y hacia allá se dirigió. Algo desconocido la llamaba y era incapaz de resistirse. La magnificencia de las mezquitas la hizo llorar de emoción; recorrió el desierto, de oasis en oasis, a lomo de camello, y escuchó las canciones de amor de los *tuaregs*; fue entonces cuando trabó conocimiento con un apuesto jeque que estuvo a punto de convencerla para que olvidara el Occidente y se convirtiera en su tercera esposa.

Al volver a su ciudad natal, un año después de la partida, Esmeralda se sentó a meditar, en la soledad de su hogar, y llegó al convencimiento de que, puesto que tenía la suerte de poseer mucho dinero, lo mejor sería despilfarrarlo a su gusto y no ponerlo a los pies de alguno de los filipichines que pretendían casarse con ella para administrárselo. Decidió tomar en serio la pintura y permanecer célibe (la virginidad, conviene aclararlo, ya la había perdido con el fascinante árabe de turbante blanco y ojos de halcón), y se dio a la tarea de gozar la vida a su manera, sorda a las críticas, las recomendaciones y los rumores. Por esa época leyó *El alma de los lirios* y le escribió una carta al recordado Vargas Vila, extensa y llena de confesiones, que le fue devuelta sin abrir.

Esmeralda fue la primera mujer que se atrevió a montar bicicleta en Bogotá. Estuvo en la conferencia por los derechos femeninos dictada por Amalia Latorre, pionera en esas lides, en un local del barrio La Perseverancia y, rodeada de trabajadoras, aplaudió a rabiar, llamando la atención de todos por el tintineo de sus pulseras de oro, las ideas renovadoras que hablaban de igualdad y del derecho al sufragio. Una mañana, al mirarse en el espejo, se sintió harta de sus trenzas y, tomando unas tijeras, las cortó sin vacilar, convirtiéndose en abanderada de la melena corta en Colombia. Se murmuraba que, durante una etapa especialmente turbia de su vida, frecuentó, vestida de hombre, las más siniestras chicherías del centro, y que pasaba en ellas noches enteras bebiendo "vino de tusa", entre gentes de baja ralea, con la esperanza de ver a un hampón llamado Pisahuevos del que estaba prendada. Se contaba, además, que daba a beber *champagne* a su perrita galga Cosette y a una gata de Angora a la que, de acuerdo a como tuviera el día, llamaba Belicosa o Paca Tacones, y que, acompañada por las dos mascotas y por Jasón, participó en un desfile con motivo del Primero de Mayo, reclamando empleo para los proletarios en paro y agitando banderas por la carrera Séptima. Se decía también, pero cómo tener la seguridad de que fuera cierto si a veces lo admitía y otras lo negaba, que durante su mocedad, en París, había sido concubina de *Sir* Basil Zahareff, el multimillonario nacido en Constantinopla, de cuya mansión escapó con los brazos llenos de pinchazos de jeringuillas hipodérmicas, a punto de convertirse en morfinómana.

A Wenceslao Hoyos lo conoció, tres años antes que yo, en una cena en la Legación de Chile. Ella acababa de llegar de Viena y era el personaje de la noche por su traje de encaje negro, su atrevido tocado con plumas de pavorreal y su leyenda de rara. La escritora Lydia Bolena los presentó y toda la noche bailaron juntos, encantados uno del otro y festejando la suerte de haberse descubierto. Allí decidieron que al día siguiente acudirían al Salón Olympia a ver la nueva película de Mary Pickford en la función vespertina. Ese cine descomunal, donde caben cinco mil personas, tiene la peculiaridad de que los pobres no se sientan frente a la pantalla, sino en una silletería situada detrás de ésta, por lo que se ven obligados a leer los letreros al revés. Después de la proyección, la Gallego y Wenceslao, quienes, de más está aclararlo, habían visto los letreros como Dios manda, caminaron hasta el parque cercano; dieron un paseo bajo los árboles, tomados del brazo, y se detuvieron junto a la romántica fuente del Pescado.

Fascinada por el cuerpo de junco, la piel de alabastro y la inteligencia del efebo, Esmeralda le reveló que se sentía muy atraída por él y lo invitó a una cena íntima en su quinta de Chapinero. Deseoso de dejar las cosas claras lo antes posible, Wen le explicó con sinceridad cuál era su gusto en materia amorosa. Y para consolarla, al ver que el mundo se le caía encima, le aseguró que, en el utópico caso de que alguna vez su naturaleza mudara, ella sería la primera mujer en la que se fijaría. La Gallego asimiló, como un buen boxeador, el golpe. Le comentó que no era la primera vez que aquello le ocurría y que, con seguridad, no sería la última. Juró que en lo adelante lo trataría castamente y, con un intercambio de besos en las mejillas, dieron inicio a su amistad.

Partimos rumbo a Chiquinquirá al día siguiente temprano. Ella al volante y yo sentado a su lado. Llevaba un trajecito de *georgette* color caña, medias blancas, escarpines descotados, un gorro viajero con velo de gasa y zarcillos de laspislázuli en las orejas.

Por el camino me contó el chisme que, como un barril de pólvora, había explotado la noche anterior en la capital. El convento de las Siervas de la Resignación, famoso por el rigor de su clausura y por la devoción con que las monjas se dedicaban a sus oraciones, estaba en boca de todos a causa de un escándalo pasional.

—Todavía no salgo de mi asombro —dijo—. Mi tía entró hace veinte años en esa orden y nunca, nunca, nunca sucedió allí algo parecido. La infeliz debe estar consternada.

Dos hermanas del convento eran las protagonistas del lamentable suceso. A una de ellas, una religiosa alta, corpulenta y dicharachera, Esmeralda la conocía de vista, pues, por desempeñar la función de portera en la comunidad, era quien le franqueaba el paso cuando, dos veces al año, de acuerdo con las estrictas reglas de la congregación, le estaba permitido hacer una visita a su parienta.

La profesa en cuestión jamás había dado de qué hablar, a no ser por su buen carácter y su disposición para hacerse cargo de las faenas más duras del claustro. Tenía una impresionante voz de *mezzo* y era una de las estrellas del coro de las Siervas. Pero, un día aciago, llegó, proveniente de Cali, una novicia mulata, joven y de enorme trasero, que no tardó en tomar los hábitos y engrosar la nómina de las esposas del Señor. La portera quedó prendada de ella y, sin poder resistirse a los sentimientos que la embargaban, se dio a la tarea de cortejar a la monjita, que tomó el dulce nombre de Lilibeth de Jesús. Cauta, por saber los peligros que arrostraba en caso de que las otras hermanas descubrieran la naturaleza de su afecto, empezó regalándole flores y cocadas, para luego echarle en los bolsillos billetes de amor perfumados. Nadie supo si en un nefasto momento de debilidad o ganada por tantísimos galanteos el objeto de su deseo claudicó. Fue una sola noche (o al menos eso dijo, posteriormente, Lilibeth), pero el encuentro, acontecido en la oscuridad de la celda de la portera, tuvo un resultado catastrófico: la caleña quedó embarazada.

Durante nueve meses escondió su vergüenza bajo la amplitud de los hábitos. La comunidad no se percató de las náuseas ni de la inapetencia cuando coincidían todas a la hora de ingerir sus refacciones. Y aunque su alegría se replegó, para dar paso a una concentrada melancolía, la perspicaz madre superiora nada sospechó, atribuyéndolo a esos cambios de talante que, con frecuencia, sobrevienen a las religiosas de menor edad. Una noche, todo el monasterio despertó, consternado, al escuchar los vagidos de un recién nacido. La superiora en persona recorrió celda por celda, hasta que encontró a Lilibeth echada en su camastro, con una criaturita rozagante en el regazo, y a la portera a sus pies, contemplándolas con arrobamiento.

Por mucho que la exhortaron a revelar el nombre del padre de la niña (el fruto de los amores era una hembrita), Lilibeth de Jesús permaneció muda. Las monjas estaban desconcertadas y furiosas. No lograban explicarse de dónde provenía aquella simiente. ¡Ningún hombre había traspuesto, en años, las puertas del recinto, con excepción del cura que acudía de domingo en domingo a confesarlas! Pero éste, por su condición de santo varón y de nonagenario, quedaba libre de toda sospecha. De poco valieron amenazas con el fuego eterno del infierno ni promesas de clemencia: indiferente a los gritos y a los ruegos, la monjita siguió en sus trece, aferrada a su bebé. Y nadie sospechaba cuando sus ojos buscaban, con disimuló, los de la hermana portera, con una mirada en la que se mezclaban la ternura y el reproche.

—¡Pobre tía! —suspiró Esmeralda—. Debe estar muerta de vergüenza.

Le pregunté por el destino de las desdichadas y se encogió de hombros. La portera se había privado de la vida. Al atardecer, preocupadas por su ausencia a la hora de entonar los himnos, sus compañeras la buscaron por todas partes hasta encontrarla, muerta, en el cuartucho donde guardan los implementos de limpieza. Se había ahorcado con un cinturón, colgándose de una viga, y tenía media vara de lengua afuera. Fue cuando trataban de bajarla con mil trabajos, a causa de su corpachón, que alguien advirtió, con un alarido, que sus partes pudendas no eran exactamente iguales a las de las restantes Siervas. ¡La portera era hermafrodita!

—Aunque la vi varias veces, nunca sospeché nada —me dijo Esmeralda—. Es verdad que tenía bigote, pero muchas mujeres tienen problemas con el bozo.

Al conocer el infausto suceso, Lilibeth reveló lo que las monjas más mundanas ya suponían. La portera era la causante de su maternidad. Desesperada y llena de vergüenza, la mulata se voló de la comunidad, llevándose el fruto de su pecado, y nadie conocía su paradero.

—Parece una novela —exclamé, preguntándome, para mi coleto, cuánto de su fantasía habría añadido la Gallego al insólito caso.

—Sin embargo, es la realidad —repuso ella, con las manos en el volante y la mirada fija en los altibajos del sendero, adivinando mi pensamiento—. La pura realidad, que aventaja con creces la imaginación del más fecundo de los novelistas. —A lo lejos se veía ya el predio de los Hoyos y Esmeralda detuvo el automóvil para encender un cigarrillo antes de llegar. Conocedora de que la enferma, señora apegada a las antiguas costumbres, detestaba que las mujeres fumaran, quería ahorrarle el disgusto. Por el olor, me di cuenta enseguida de que el cigarro era de marihuana—. ¿Y, por fin, irán a ver a Eleonora Duse? —preguntó de pronto, expulsando, como una dragona, una nube de humo por las narices y pasándome el pitillo.

Le contesté con un incierto "¡hum!" y le expliqué que en realidad el viaje dependía de la salud de doña Herminia:

—Wen sueña con asistir a esas representaciones y, más aún, con lograr que la Duse nos conceda una entrevista en la que abra su corazón —agregué—. Quizás, si la madre mejora, alcancemos a llegar a tiempo para ver las funciones de Boston o las de Filadelfia. Quizás... ¡quién sabe!

En la hacienda nos aguardaba una sorpresa. La enferma se veía espléndida, había recuperado sus bríos y hacía gala de un magnífico humor; pero era Wen quien, después de haber sufrido un accidente, requería de cuidados y mimos.

—No se asusten, se encuentra fuera de peligro —se apresuró a decir la dama al notar que yo palidecía—. Según el médico, en cuatro o cinco semanas estará de nuevo en perfectas condiciones.

Nos condujo de prisa al patio interior y encontramos a Wenceslao tendido en una silla reclinable, con la pierna derecha y el brazo izquierdo enyesados. Corrí a arrodillarme junto a él.

—¿Está bien? —le pregunté, aferrándome a su antebrazo ileso.

—Ahora sí —asintió, a punto de hacer pucheros por la emoción—. Pero cuando ese monstruo me tumbó, creí que no hacía el cuento.

La señora de Hoyos y la Gallego, que habían permanecido a prudencial distancia mientras intercambiábamos nuestras primeras frases, consideraron que ya podían acercarse. Esmeralda abrazó a su amigo y pidió detalles del percance.

Dos días antes, para complacer a su padre, Wen había accedido a acompañarlo a una venta de ganado que tendría lugar en una hacienda cercana. Como iban a desplazarse hasta allá cabalgando, el señor le escogió un brioso alazán, de regia estampa, y le acondicionó su mejor montura. Fueron a la finca, compraron algunas vacas lecheras y un semental, se detuvieron un instante en Chiquinquirá para traerle un ponqué a doña Herminia y, en el camino de retorno, acaeció la desgracia.

Una alimaña que nadie pudo distinguir con claridad atravesó como un rayo el camino, haciendo que el caballo de Wen se encabritara, asustado, y lo lanzara por los aires. El aterrizaje fue atroz, pues cayó sobre un túmulo de piedras y zarzas. Cuando intentaron incorporarlo, el dolor lo hizo gritar una sarta de obscenidades. El doctor Hoyos mandó a uno de sus peones a la hacienda, a buscar un coche que casi nunca utilizaba, y en ese vehículo trasladó a su hijo de vuelta a

Chiquinquirá, donde un médico se hizo cargo de colocarle los huesos rotos en su sitio y de enyesarle pierna y brazo.

Al ver llegar a Wenceslao en semejante estado, doña Herminia olvidó sus males y se hizo cargo de velar por el accidentado. Para asombro de todos, se llenó de fuerza, le volvió el apetito y se transformó en la mujer activa y animosa de siempre.

—Al menos me queda el consuelo de que mis magulladuras sirvieron para curarla —dijo Wen, aprovechando un momento en que la señora fue a la cocina para ordenar unos jugos de naranja. Quiso reírse, mas el dolor en las costillas se lo impidió.

—Eso le pasa por jugar a ser varón —lo amonesté.

—Pobrecito —intervino Esmeralda—. ¿Y tendrá que permanecer un mes en este remoto lugar, alejado de quienes tanto lo estimamos y de la civilización?

¿Qué alternativa quedaba? La madre insistía en que reposara allí, por temor de que el viaje a Bogotá lo afectara y retrasara la recuperación. Pero él sospechaba que la verdadera causa de su reticencia a dejarlo regresar era otra: mientras permanecieran en el campo, ella no estaba obligada a compartirlo conmigo, con Esmeralda ni con ninguno de sus numerosos conocidos. Wen volvía a ser todo suyo, igual que cuando era un crío, y podía controlar cada uno de sus pasos.

Almorzamos con los Hoyos y luego permanecimos un par de horas más junto al accidentado, consolándolo y asegurándole que las cuatro semanas de postración pasarían volando. Antes de darse cuenta, estaría de vuelta en la capital bailando un *fox-trot*.

Asintió con una sombra de pena en los ojos. No hice la menor alusión a la gira de la Duse para no añadir leña al fuego, pues, aunque no hubo comentario alguno al respecto, yo sabía que buena parte de aquella tristeza provenía de la frustración por no poder ir a verla. Para distraerlo, le contamos la historia de las Siervas de la Resignación y las nuevas andadas del querido del Ministro belga.

Esta vez, el holandés se había pirrado por Florerito, un cantante excelente que malgastaba su voz y sus facultades actuando en los cafés, sin mayor provecho artístico ni económico. Sólo que el tal Florerito, a diferencia de tantos niños bien de la ciudad, parecía inmune a los encantos del gigantón. Después de enviarle inútilmente una caja de bombones, unos preciosos prismáticos ingleses y una leontina de oro, el coloso se sumió en una terrible crisis, al punto de que el mismísimo Ministro, preocupado por la salud de su amado y temeroso de que muriera de pena moral, fue adonde Florerito para suplicarle que los acompañara a tomar un té, sin el menor compromiso, en el recién inaugurado hotel Ritz. Después de hacerse de rogar, el cantante aceptó. En cuanto lo supo, el holandés pareció revivir; pero la tarde del té sucedió lo que nadie aguardaba: Florerito quedó flechado por la apostura y los modales desenvueltos de Emil Mayerhans, administrador del Ritz y ex director del Gran Hotel Carlton-Tivoli de Lucerna. El asunto había adquirido ribetes trágicos, pues Mayerhans era un tipo común y corriente, ajeno a los *affaires* entre individuos de similar sexo. Desde entonces, Florerito estaba refugiado en la bebida y sólo interpretaba tonadas que hablaran de amores imposibles.

—Debemos irnos ya o se nos hará de noche en el camino —dijo, al cabo de la larga plática, la Gallego, y se alejó, con el pretexto de ver unos jazmines de Malabar, para que pudiéramos despedirnos a solas.

—¿Me extrañará? —preguntó Wen.

—No es posible extrañarlo más —contesté.

—Haré lo posible por convencer a mi madre de que volvamos —dijo—. Tal vez cuando me quiten todo esto —e indicó con un movimiento del mentón la escayola que cubría sus miembros— aún estemos a tiempo de hacer el viaje.

Le conté que tenía un pocotón de recortes listos para engrosar sus álbumes. Era probable que Vicentini peleara con Pal Moran, boxeador que acababa de derrotar en un *match* sensacional a John Shugrue. Si el chileno le ganaba a Moran, se situaría en la primera línea entre los contendientes que aspiraban a disputarle el título de campeón mundial a Benny Leonard.

—Y de la *Signora*, ¿qué ha sabido? —dijo, como si no le importaran demasiado los avatares de Vicentini.

Le comenté que continuaba en Nueva York, actuando los martes y viernes en el moderno Century Theater, el teatro de los millonarios, y que, según me había notificado Zárate, en un par de semanas se desplazaría a Boston. Le conté también que, para proteger su salud y ahorrarle esfuerzos físicos innecesarios, la Duse iba a ser conducida en una silla de manos cargada por dos porteadores desde la entrada de la Gran Terminal Central hasta el vagón del tren que la llevaría a Boston.

Al ver que el rostro de mi amado se iluminaba de admiración y felicidad, me esforcé por recordar todos los detalles que me había proporcionado Zárate sobre la singular noticia. Puesto que conseguir una silla de manos en los comercios de una metrópoli tan moderna como Nueva York era poco menos que impensable, el artefacto en cuestión provenía de los almacenes del productor teatral David Belasco, quien era incondicional de la actriz y, además, suegro de Morris Gest, el empresario que la había convencido de volver a presentarse en los Estados Unidos. La silla, según se anunció a la prensa, había sido empleada, años atrás, en una producción de *Madame Du Barry*. Para sorpresa de los miembros de su compañía, Eleonora Duse aceptó, de buena gana, utilizar durante toda la gira el desusado medio de transporte con el fin trasladarse hasta las estaciones de trenes y los teatros, siempre y cuando a la silla de mano le quitaran los llamativos adornos dorados que, con seguridad, habrían hecho las delicias de la favorita de Luis XV, pero que para ella, famosa por una sobriedad lindante con lo austero, resultaban demasiado llamativos.

—Los gringos podrán tener muchos defectos, pero saben reconocer a una reina y tratarla como tal —suspiró el accidentado y exigió más detalles sobre las presentaciones de su ídolo. De entre las obras representadas, ¿cuál había acogido mejor el exigente público neoyorquino: *La ciudad muerta*, *Espectros*, *Así sea*, *La puerta cerrada...*? ¿O, acaso, *La dama del mar*?

—Todas han tenido éxito —contesté—; aunque algunos cretinos escribieron a los periódicos quejándose de que no se tapara las canas con una peluca.

—No hay que echarles margaritas a los cerdos —murmuró, entornando los ojos, y en el acto me urgió—: ¿Y qué más?

Me exprimí las seseras tratando de recordar algo para no decepcionarlo.

—¡La reina de Hollywood!

—¡Swanson! —gritó—. ¡No puedo creerlo! ¿Gloria Swanson acudió a verla?

—Y lloró como una Magdalena —asentí—. Al finalizar la función, estaba extasiada y quiso que la llevaran a los camerinos para expresarle su fascinación, pero, con mucha pena, le informaron que la *Signora* no podía recibir visitas.

—Acá no llegan los periódicos —gimoteó Wen, derrumbándose en su asiento—. ¡Esto es el fin del mundo!

Traté de consolarlo lo mejor que pude. Antes de marcharnos, me hizo prometer solemnemente que no recibiría a solas en la *garçonière* a Alvarito Certaín, ese coqueto que, a no dudarlo, querría aprovecharse de su ausencia. Le juré con la mano en el corazón que, en caso de que Certaín manifestara la intención de verme, buscaría cualquier pretexto para no tener que recibirlo. No me pareció oportuno decirle que ya me había visitado dos días antes. El encuentro, por cierto, fue decepcionante; muy a tono con su belleza apolínea, Alvarito era un auténtico pedazo de mármol.

Desde niña, las estrellas han ejercido una gran fascinación sobre mí. Mi padre me contaba que algunas noches yo me sentaba en sus rodillas y pasaba largos ratos mirándolas. Él las señalaba e iba diciéndome sus nombres, pero jamás conseguí memorizarlos.

Una vez, una gitana afirmó delante de mí que todo está escrito en los astros: el pasado, el presente y el futuro del mundo y de las gentes. Me dio miedo. Me sigue asustando cada vez que escucho decirlo. ¿Cómo pueden las estrellas, tan lejanas, saber tanto sobre nuestras vidas? ¿Son ellas quienes rigen nuestros actos? ¿Es nuestra voluntad una ficción? ¿Creemos elegir o desdeñar cuando en realidad nuestro comportamiento obedece a reglas que, ignoro cómo, nos dictan los astros y nosotros seguimos al pie de la letra sin percatarnos de ello, sin chistar?

De pequeña me encantaba que mi madre me arrullara con una tonada que después nunca volví a escuchar. ¿Era una canción de cuna campesina, muy vieja, que sólo ella recordaba? ¿O sería una invención suya? Mi madre me apretaba entre sus brazos y meciéndose lentamente, adelante y atrás, adelante y atrás, la cantaba hasta que yo me adormecía en su regazo:

> Piccola stella,
> dove vai?
> Stellina, stellina,
> viso di bambina,
> occhi di luce.

Yo también la canté, sin especial éxito, para mi hija. A Enrichetta las estrellas no le interesaban demasiado, prefería las muñecas, los barcos de vela o las láminas en que aparecían cigüeñas anidando en lo alto de las chimeneas.

Dicen que los griegos veían con claridad dioses y animales dibujados en las estrellas. O ellos poseían una gran imaginación o yo no tengo ninguna. Por más que me esfuerzo, nunca he logrado ver ni al Centauro ni a Orión. Ni siquiera a las Osas. Arrigo me regaló una vez un hermoso libro donde estaban dibujadas las constelaciones. ¿Qué sería de ese libro?

Años atrás, al llegar a alguna ciudad, buscaba el modo de escabullirme de los hoteles al anochecer, sin llamar la atención, para pasear tranquila por las calles. Una vez, caminando sola por Nueva York, vi a un vendedor ambulante que procuraba atraer, a voces, la atención de los transeúntes. Sentí curiosidad por saber cuál era su mercancía y me acerqué a averiguarlo. Vendía estrellas. Es decir, vendía el derecho a verlas más cerca, a sentirse dueño de ellas durante un instante. Tenía a su lado un enorme telescopio y lo alquilaba a quienes desearan echar un vistazo al firmamento. "¡Cinco centavos por estrella!", pregonaba. Me pareció un buen negocio, o al menos un negocio original. Pero ¿cómo se ganaría la vida si la noche no estaba despejada? Si los nubarrones le escamoteaban la mercancía, ¿qué vendería? ¡Quién sabe!

Por el acento, me percaté de que era un compatriota. Busqué una moneda en mi bolso y se la di sin pronunciar palabra. El hombre reguló el aparato y me lo cedió. Cerré un ojo y con el otro observé el cielo a través del tubo de metal. Oh, sí, allí estaban, al alcance de la mano, los astros. Le pregunté qué estrella era esa, tan brillante, que se veía al este, y se echó a reír al escucharme hablar en italiano. "È la stella Polare", dijo.

El cuarto de dólar que había pagado se acabó enseguida y protesté por la brevedad del tiempo. "¿Y qué más quiere por tan poco dinero?", riposté el desvergonzado. "Si le apetece continuar mirando, cómpreme un dólar de estrellas". Le pregunté, indignada, si me tomaba por tonta, y le hice saber que no era rica. Cada uno de mis dólares lo ganaba con mucho esfuerzo. Además, ¿quién le había dicho que las estrellas eran suyas? ¿Con qué derecho se dedicaba a usarlas para lucrar? Las estrellas eran de Dios y estaban allá arriba para que todo el mundo pudiera solazarse con ellas.

En ese instante pasó por la calle un tranvía que transportaba un gigantesco anuncio. Decía: *The Passing Star, Eleonora Duse.*

Al verlo, quedé paralizada. ¿Era yo una estrella? Quizás lo fuera y acaso por eso la gente desembolsaba gigantescas sumas para verme. Pero en cualquier caso, reflexioné, era una estrella fugaz, mientras que las otras llevaban miles de años relumbrando, ajenas al fisgoneo de los humanos, y así continuarían durante miles y miles más.

Súbitamente apaciguada, le pregunté al vendedor si conocía una antigua canción de cuna que hablaba de una pequeña estrella. Se encogió de hombros. Su madre, me contestó, había tenido veintidós hijos y un marido borracho. No recordaba que le quedara tiempo de cantar, ocupada como estaba, el día entero, limpiando pescado. Aun así, se la canturreé para salir de dudas. "No, no", respondió, moviendo la cabeza con pesar. No la conocía. Pero le parecía bonita. Entonces le dije que había cambiado de idea. Le compraría un cuarto de hora de cielo, es decir, un dólar de estrellas. ¡Eso sí, *niente di inganni!* ¡No quería ni un minuto ni una estrella de menos!

Wen regresó a Bogotá a tiempo para estar a mi lado el miér–
coles por la tarde, cuando recuperé la conciencia.

Había sido algo fulminante. Estaba comiéndome un
mango, después de terminar un artículo para *Mundo al Día*, y de re–
pente me sobrevino un cólico. Incapaz de dar un paso, me eché en la
cama, doblado por el dolor, y le rogué a Toña que avisara cuanto antes
a mi madre. Lo demás ocurrió en un abrir y cerrar de ojos: la Gene–
rala tomó por asalto el departamento, examinó la situación y al com–
probar el estado deplorable en que me hallaba, descolorido y tumbado
como un etcétera, me trasladó de inmediato al hospital en su traque–
teante *coupé*. Para ella, los automóviles aún no se han inventado.

El médico de urgencias dictaminó que mi caso era de operación y
que no admitía espera; pero la autora de mis días ripostó que no es–
taba dispuesta a entregarle el cuerpo de su primogénito a cualquier
cirujano de pacotilla para que lo tasajeara a su gusto. Exigió que le
avisaran al doctor Peñarredonda, quien gozaba de merecido renom–
bre como as del bisturí, y me obligó a aguantar las atroces punzadas
en la tripa hasta que el susodicho hizo acto de presencia, confirmó el
diagnóstico y ordenó que me llevaran al quirófano.

—¿Lo han operado alguna vez? —inquirió una de las enfermeras.

Moví la cabeza diciendo que no.

—¿Es alérgico al éter? —insistió la joven—. ¿Le produce algún
efecto nocivo?

—Lo ignoro —conseguí articular.

—Pues no tenemos tiempo para averiguarlo —interrumpió Peña–
rredonda, acercándose, y a una señal suya me cubrieron el rostro con

una máscara de goma–. Respire despacio y profundo –dijo, y más muerto que vivo le obedecí.

Mientras respiraba, pensé en lo ridículo que me vería con ese artefacto contra la cara. No más ridículo, naturalmente, que el hermano gemelo del rey de Francia, aquel desgraciado al que encerraron en una mazmorra con una horripilante máscara de hierro. ¿Qué Luis era? ¿El XIV o el XV? ¿Quién diseñaría ese utensilio tan espantoso? ¿O fue concebido, a su capricho, por el herrero encargado de forjarlo? Estoy seguro de que si el soberano francés hubiese consultado a Wenceslao Hoyos, él le habría diseñado una máscara hermosísima, de estilo veneciano, igual a la que utilizó el año pasado en el carnaval de los estudiantes, cuando conocimos a Jorge Garay, quien acudió al desfile disfrazado de fauno, tan chusco, y nos flechamos de él. Ah, Wen, Wen, ¿por qué no está conmigo ahora? Bastaría con que tomara una de mis manos entre las suyas, tan cálidas siempre, para que el dolor y el susto desaparecieran, y lo mismo esas luces que me encandilan, tan blancas e hirientes, luces de teatro, estoy en un escenario, soy parte de la compañía, estoy en Broadway, en el Century, acabo de decir mi parlamento en italiano, sin contemplar a los espectadores de la platea ni gesticular en demasía, tal como nos indicó en los ensayos la *Signora*, y dentro de un minuto ella hará su entrada con el vestuario de Santuzza, pero no, no llega, empiezo a ponerme nervioso, miro al resto de los actores con el rabillo del ojo, nadie entiende lo que sucede, también ellos están intrigados, la representación se ha detenido, pienso que deberíamos improvisar algo, pero no se me ocurre qué ni cómo, el público se ha dado cuenta de que algo anda mal, se mueve inquieto en las lunetas y comienza a murmurar, y entonces, sí, al fin, *per carità*, aparece la Duse, sólo que ha cambiado su vestido de campesina siciliana por un uniforme blanco con una toca almidonada. ¿Qué obra es ésta, en la que desempeña el rol de enfermera? ¿Se la escribiría D'Annunzio? La trágica me mira. Parpadea. Mueve una mano delante de mis ojos, despacio, diciendo adiós. Sonríe levemente.

–Está dormido –concluye.

La operación fue pura rutina: el cirujano hundió el escalpelo en mi carne, hizo un tajo, sacó lo que debía sacar y luego cerró los bordes de la herida con unos espeluznantes ganchos metálicos; pero eso no

ANTONIO ORLANDO RODRÍGUEZ

lo supe hasta más tarde, ya que los efectos del éter me mantuvieron dormido durante varias horas. Al preguntarle a la Generala si había hablado en sueños, se limitó a contestar: "Puros dislates". Ignoro en qué instante entró Wen a la pieza del hospital, pero lo cierto es que, cuando al fin abrí los ojos y pregunté el consabido "¿dónde estoy?", lo encontré junto a mí, y su sonrisa hizo que las últimas sombras de ofuscación que nublaban mi entendimiento se disiparan.

—Mire el recuerdo que le envió el doctor —dijo mi madre y me mostró un frasco de vidrio lleno de formol donde flotaba mi apéndice. Cerré los ojos, horrorizado, y no volví a abrirlos hasta que la Generala salió de la habitación llevándose el regalito.

Busqué la mirada de Wen. El luto le sentaba bien.

—¿Y sus escayolas? —le pregunté.

—Las dejé en la hacienda —dijo—. Pensé que aquí no estaría a la moda con ellas.

De pronto, recobré la lucidez. Lo recordé todo en un santiamén: nuestro propósito de partir a los Estados Unidos a su regreso del campo; el camarote que teníamos separado, a través de la agencia de la calle del Florián, en un moderno y confortable vapor de la empresa H. Lindemeyer & Co.; la última oportunidad, que mi imprevista operación transformaba en un sueño irrealizable, de ver a Eleonora Duse en Chicago, ciudad donde daría término a la gira de éxito sin precedentes.

—Lo siento tanto —exclamé, mordiéndome el labio inferior, realmente atribulado—. ¿Por qué ese maldito apéndice se antojó de molestar en el momento menos propicio?

Intentó tranquilizarme, pero me moví, adolorido, entre las sábanas.

—Debe irse sin mí —le pedí—. No quiero ni debo ser un estorbo. ¡Quién sabe cuánto demore en recuperarme!

—No piense en eso. No piense en nada —repuso con dulzura—. Y ni sueñe que iré a Gringolandia sin usted. O vamos los dos o no hay viaje.

—Pero ¿y la Duse?

—Amanecerá y veremos —indicó, filosófico.

Intenté replicar de nuevo, pero la entrada de las feítas interrumpió el *tête-à-tête*. Mis hermanas traían una cesta con flores de perfume penetrante y a tal punto me abrumaron con sus preguntas, risas y comentarios, que al cabo de unos minutos me vi obligado a cerrar los ojos. La habitación comenzó a oscilar, los rostros se deformaron cual si fueran imágenes reflejadas en un espejo de trucos de una feria, las voces se transformaron en un ininteligible cacareo y otra vez me quedé dormido.

Ir del hospital a la *garçonnière* cuando me dieron de alta, y no a mi antiguo cuarto en La Candelaria, como pretendía mi madre, fue una verdadera batalla campal. Anegada en llanto, la señora me tildó de desagradecido y anunció que desde ya se declaraba inocente de las recaídas que, a causa de la falta de atención, yo pudiera sufrir. Traté de decirle que Toña velaría por mí y que Wenceslao le avisaría en caso de que su presencia fuera indispensable; pero, lejos de apaciguarse, se molestó todavía más.

—¡Si no me deja cuidarlo ahora, como es mi deseo y como indica el sentido común, no se le ocurra llamarme cuando vuelva a verse en aprietos! —ripostó, ofendida, y se marchó sin despedirse.

Fui para el departamento y empecé la convalecencia en medio de las llamadas telefónicas que hacía mi progenitora, cada media hora, para saber si la herida presentaba señales de infección o se avizoraba algún problema. Su acoso infernal habría acabado con la paciencia de un santo, pero Wenceslao se las arreglaba para atenderla con la mayor amabilidad, con un tono tan galante que cualquiera habría pensado que estaba cortejándola. Una vez al día, al caer la tarde, la Generala irrumpía como una tromba, casi siempre acompañada por alguna de mis hermanas, realizaba una inspección concienzuda, y luego partía, no sin antes echarle algún regaño a la chocoana y darnos a Wen y a mí un montón de instrucciones.

Perdí un poco de peso, lo cual, a juicio de los amigos que visitaron el departamento para interesarse por mi salud, me favoreció. Como habíamos permanecido varias semanas separados, la presencia de Wen me enardecía; pero, a pesar de mis reclamos, se negó de plano a compartir mi lecho por temor a lastimarme la herida, y únicamente accedió, después de muchos ruegos de mi parte, a aplacar mis deseos mediante unas puritanas y asépticas manipulaciones. Claro que mejor algo que nada.

Esmeralda Gallego, que se hallaba fuera de Bogotá durante mi estadía en el hospital, reapareció luciendo un exquisito traje sastre azul, medias grises, guantes de piel de Suecia del mismo color, zapatos acharolados, sombrero de campana y una bolsa de raso bordada con lentejuelas. Me llevó una caja de bombones que ella y Wen se apresuraron a devorar ante mis narices, puesto que el doctor Peñarredonda me tenía prohibidos los chocolates.

Con su imprudencia característica, lo primero que hizo fue sacar a relucir el espinoso tema que nosotros procurábamos mantener por fuera de las conversaciones.

—Entonces no podrán ver a la Duse —soltó de una.

—No —respondí, lanzándole una mirada de furia—. Sus últimas representaciones serán dentro de quince días. Por culpa de mi apéndice no alcanzamos a llegar.

—No es culpa de su apéndice ni de nadie —terció Wen, dándonos la espalda y buscando la cigarrera—. ¿Por qué malgastamos el tiempo empeñándonos en hallar culpables para todo? Son cosas del destino, que a veces se niega a que le pongamos riendas y tratemos de conducirlo por caminos distintos a los que él ha previsto.

—Le he dicho mil veces que vaya solo —manifesté a Esmeralda—, pero no quiere hacerme caso.

—¡Ni quiero hacerle caso ni quiero, tampoco, que siga repitiendo esa estupidez! —tronó Wen, descompuesto. Me encogí en el lecho. Parecía a punto de saltar sobre mí y apretarme el cuello.

Permanecimos callados e incómodos durante unos minutos. Wen, fumando un Matoaka (nunca he entendido su afición por unos cigarrillos tan inmundos); Esmeralda y yo, contemplando alelados las anillas de humo, redondas, perfectas, que salían de su boca y volaban un instante por el dormitorio antes de disolverse.

—¿Por qué no vamos los tres a Egipto, a ver a Tut-Ank-Amen? —propuso la Gallego, inopinadamente, con una enorme sonrisa.

Yo estaba enterado de que un arqueólogo británico, de apellido Carter, había descubierto en el valle de los Reyes la tumba de aquel faraón de la XVIII dinastía, muerto antes de cumplir los veinte años de edad; pero no de que el gobierno de El Cairo hubiera tomado la decisión de dejar la momia en su sarcófago de oro, sin permitir que fuera profanada por los científicos, y de exhibirla al público.

—Han cubierto el féretro con una tapa de vidrio, de tal manera que los visitantes puedan apreciar el cuerpo de Tut-Ank-Amen —informó.

—Igual que la urna de cristal donde pusieron los enanitos a Blanca-
nieves —apunté, socarrón, para buscarle la lengua.

—Más o menos —convino Esmeralda, sin inmutarse—. Parece que
Tut-Ank-Amen era divino y que, momificado y todo, se ve chusquí-
simo. Cantidad de gente está viajando a Luxor para contemplarlo.
¡Anímense! —insistió—. ¡Hagamos el viaje juntos!

Wen respondió, sarcástico, que, por si aún no lo sabía, 1923 había
sido pésimo en términos económicos y que uno debía pensarlo dos
veces antes de emplear los reales en frivolidades. Me sorprendí al
oírlo. El día anterior, hablando con unos visitantes, les había comentado que el café Medellín, al cual vendía su padre el grano que cose-
chaba en una hacienda que tenían en Antioquia, se estaba cotizando a
21 centavos y medio en Nueva York, con tendencia a subir, y que ese
año los ingresos de la nación por exportaciones cafeteras sobrepasa-
ban los cinco millones de dólares. Y de pronto, con tono agresivo, le
decía a la pintora que le parecía un despilfarro hacer un viaje a Egipto
sólo para detenerse unos minutos delante de un cuerpo embalsamado. Sin dejarse intimidar, Esmeralda alegó que no veía mucha diferencia entre botar el dinero contemplando a una momia egipcia o
aplaudiendo a una momia italiana.

Me tocó mediar en la disputa antes de que tuviera consecuencias
fatales.

—¡Basta! —proferí—. ¿Olvidan que acaban de operarme? ¿Quieren
que los puntos se me salten del disgusto?

Ambos se disculparon, pero la tensión no disminuyó. Esmeralda se
refugió en un extremo de la habitación y empezó a hojear una *Cro-
mos*; por su parte, Wen fingió ignorar su presencia y se puso a cortarse las uñas. Por fortuna, en ese momento llegaron a verme Alvarito
Certaín y Juan María Vengoechea, y con su presencia la atmósfera
caldeada se refrescó. La charla se centró en la tragedia del dirigible
Dixmude, de la armada francesa, extraviado una semana atrás,
cuando se dirigía al África Central. Era todo un enigma: después de
sobrevolar Túnez, el zepelín había desaparecido sin dejar huellas.
Nada se sabía del comandante Rémond de Saint-Amand ni de sus cincuenta marinos-tripulantes.

Aprovechando que los demás estaban distraídos especulando
sobre la suerte del *Dixmude* y los náufragos del aire, Certaín me su-

surró al oído que algunas cicatrices lo excitaban una barbaridad y que ardía en deseos de ver la mía. Me preguntó si era grande o diminuta y, aunque puso cara de decepción, no supe contestarle.

Y es que, con relación a la herida, mi ignorancia era mayúscula. Sólo una vez, durante la estancia en el hospital, me atreví a echarle un rápido vistazo y quedé tan consternado que me juré no volver a mirarla hasta que estuviese cicatrizada. Toña se ocupaba de limpiarla con agua jabonosa y yodo, de acuerdo con las instrucciones impartidas por una enfermera, y Wen, a quien le encantaba levantar el vendaje para fisgonear, me daba partes halagüeños sobre su evolución.

Aquélla fue, para mí, una Nochebuena tristona. A cinco días de la operación, permanecía aún tieso, sin moverme más de lo indispensable. A causa de mi deplorable estado, a Wen y a mí nos fue imposible ir de tiendas juntos, como en años anteriores, a comprar regalos para nuestros parientes y conocidos. Él se encargó de elegir los presentes para mis padres, hermanas, tíos y primos. A Esmeralda, apasionada de los astros, le obsequiamos un sofisticado telescopio para que contemplara el firmamento, en las noches despejadas, desde su jardín de Chapinero. Antes de irse para una recóndita finca en Girardot, donde siempre pasaba la Navidad, la Gallego nos envió con su chofer cucuteño dos broches de oro idénticos, en forma de escarabajos, para que nos adornáramos las corbatas. El presente llegó acompañado de una esquela en la que nos recordaba la promesa de acompañarla en la fiesta que daría para recibir el nuevo año y me exhortaba a estar repuesto para la ocasión.

En secreto, mandé a Toña al establecimiento de Ricardo Núñez para que adquiriera un pijama de seda negra que, estaba seguro, le encantaría a Wen. Por su parte, él me dio un frasco de mi colonia predilecta y una edición francesa de los versos de Rimbaud.

El día veinticuatro, como es de rigor en tan señalada festividad, Wen y yo comimos buñuelos y natilla. Por la noche, él fue a cenar con sus padres. La Generala insistió en que yo hiciera lo propio, pero, para librarme de ella y del resto de la parentela, le dije que no quería correr el riesgo de descoserme y de que una tripa se me escapara por el agujero. Esa noche me quedé en la *garçonnière*, escuchando los rezos lejanos de la chocoana y los villancicos que entonaban los niños en la calle.

Los pastores de Belén
vienen a adorar al Niño;
la Virgen y san José
los reciben con cariño.
Tutaina tuturumá,
tutaina tuturumaina,
tutaina tuturumá turumá,
tutaina tuturumaina.

Dos días después de la Navidad, el cirujano fue a sacarme los puntos. La Generala exigió estar presente y no hubo modo de decirle que no. Cuando Peñarredonda me quitó las grapas del abdomen y anunció que ya podía caminar, sentí un susto terrible. Muerto de miedo y con muchas precauciones, di unos pasos temblorosos por la alcoba, apoyándome en Wen y en mi madre.

—En menos de un mes ni se acordará de la operación —manifestó el galeno—. Podrá bailar y montar a caballo como si nada.

Tres días más tarde, me armé de valor y salí a la calle por primera vez luego del prolongado enclaustramiento. La mañana estaba fría y Wen y yo, con sombreros de castor y sobretodos, nos dirigimos, con paso lento, hacia la librería Colombiana. Husmeamos entre las novedades y, al no encontrar nada que nos llamara la atención, nos marchamos.

—¿Cómo se siente? —preguntó Wen, tomándome del brazo.

—Bien —le dije—, pero un poco raro. Me canso por cualquier cosa.

De regreso a casa tropezamos con Poncho Zárate, que estrenaba anteojos con grillos de carey. El rostro lleno de barros se le iluminó al vernos.

—Tengo noticias —canturreó.

—¿Vicentini o Duse? —inquirió Wen, escueto.

—Ambos.

—Acompáñenos a tomar medias nueves —ordenó mi amante.

Nos sentamos alrededor de una mesa, en el primer café que hallamos en el camino, y pedimos tintos y almojábanas.

—¿Por cuál comienzo? —dijo el periodista y, al contestarle que por Luisito, respiró profundo y soltó la información—: Está en Valparaíso, esperando a Bernay, que viajará a Chile para pelear con él. La prensa santiaguina anuncia el combate con bombos y platillos y considera que el gringo lleva las de perder. No obstante, yo no estaría tan seguro.

—Yo tampoco —admitió Wen, cabizbajo—. Vicentini es bueno, pero Bernay no es cualquier cosa. —Se mantuvo en silencio unos segundos y, colocando la servilleta sobre sus rodillas, inquirió con pretendida indiferencia—: ¿Y en cuanto a la Duse?

—Las funciones en Chicago han sido en el Auditorium, a teatro lleno, pero la crítica no se ha mostrado benévola con el repertorio. De *Los espectros* escribieron en el *Daily News* que era espantosa y *La ciudad muerta* fue tildada de "drama de cuarta categoría". Lo cual no impidió que el público ovacionara a la diva al concluir cada representación.

—Eso lo sabíamos —dije con desdén.

Wen comentó que aquello no lo tomaba por sorpresa, pues en Chicago la prensa no quería a la Duse. En 1902, los periodistas también habían arremetido contra su *Francesca da Rimini*. Volver a presentarse ante esos *gangsters* había sido un error de la *Signora*, una equivocación que probaba la pureza de su espíritu, incapaz de guardar rencores.

—Este jueves actuará por última vez —añadió Zárate—. Escogió *La ciudad muerta*, de D'Annunzio, para concluir la gira.

—Lo sabíamos —repuse, con creciente desgano.

—¿Y que, cuando actuó en Washington, el Presidente y su esposa acudieron a verla y la convidaron a una recepción en la Casa Blanca?

—También lo sabíamos —afirmé con un suspiro de aburrimiento.

Zárate hizo una mueca de disgusto e invocó una reunión en la redacción del periódico para salir huyendo. Al perderlo de vista, nos reímos de él.

—Hoy podríamos haber estado en Chicago —dije, mordisqueando una almojábana—, de no haber sido por...

—No empiece con la cantaleta —me interrumpió Wenceslao, tajante.

Al volver al departamento, Toña nos contó que la señora Esmeralda había llamado para avisar que ya estaba en su casa de Chapinero. Nos pusimos al habla con ella para ratificar nuestra asistencia a su fiesta de fin de año y le propusimos que nos acompañara al concierto del domingo en el parque de la Independencia, en el que la Banda Municipal interpretaría la obertura de *El barbero de Sevilla*, pero se excusó diciendo que estaba demasiado atareada con los preparativos del ágape.

La fiesta, que convocó a una pléyade de damas y caballeros de la Bogotá elegante, sirvió para que si alguien aún lo ponía en duda, se convenciera de que la Gallego no tenía parangón. Los jardines de la quinta, llenos de flores y plantas exóticas, estaban engalanados con guirnaldas de luces que titilaban, como luciérnagas multicolores, en la oscuridad. La servidumbre, vestida con túnicas de lino, sandalias y pelucas rojas inspiradas en la usanza del antiguo Egipto, en clara alusión al viaje que dentro de pocos días emprendería la anfitriona, brindaba a los asistentes, en bandejas de plata, un surtido de bebidas capaz de satisfacer los gustos más dispares. Y una orquesta, instalada encima de un escenario construido para la ocasión, desgranaba en la noche, de una calidez increíble para el clima de Bogotá, las notas de los ritmos de moda.

Tras el consabido intercambio de saludos y de elogios por la elegancia de nuestros atuendos, los invitados nos separamos en pequeños grupos y nos acomodamos al aire libre, alrededor de las mesas vestidas con blancos manteles. Discretas bujías, protegidas por pantallas de papiro teñidas de azul, amarillo y rojo, los colores de la enseña patria, nos iluminaban (esos raptos nacionalistas de la Gallego exasperan a Wen). A nosotros nos correspondió sentarnos con el infaltable Juanma Vengoechea; con Jorge Garay, que esa noche estaba arrebatador, y con la poetisa doña Lydia Bolena y su sobrina, una señorita flaca como una punta de espárrago.

Yo, la verdad, estaba un poco harto, pues desde que nos bajamos del taxi la gente no dejaba de preguntar por mi salud y de sorprenderse de que pudiera caminar tan erguido pese a lo reciente de la operación. Además, en la mesa quedaban varios puestos vacíos y me entró pánico de que al nuevo gerente de la empresa de tranvías o a otro pelmazo por el estilo se le ocurriera sentarse junto a nosotros. Por eso me alegré, y respiré aliviado, cuando Esmeralda, que estaba arrebatadora, con una túnica de un blanco cegador, luciendo una diadema y unos aretes de diamantes', y encaramada sobre unos inverosímiles tacones de cristal de Murano, se acercó a la mesa trayendo del brazo a un desconocido.

Era un hombre de mediana edad, con una figura apuesta que delataba su afición a los deportes. Tenía los cabellos de plata peinados hacia atrás y llevaba con soltura un traje moderno, de corte impecable.

—Permítanme presentarles a un afecto que acaba de retornar a su tierra después de largos años de ausencia: Aníbal de Montemar —exclamó la dueña de la casa. Y mientras decía nuestros nombres a su acompañante, aproveché para preguntarle a Wen quién era.

"Un antiguo amorío, supongo", musitó justo antes de que le correspondiera el turno de saludar al personaje.

Esmeralda se excusó y, dejándonos a cargo de Montemar, fue a darles la bienvenida al Ministro de Bélgica y a su querido, que llegaban con notorio retraso.

—¿Y de dónde viene el señor? —indagó Lydia Bolena para romper el hielo.

—De Boston —declaró el caballero con una grata voz de barítono—. Estoy de visita para reencontrarme con los parientes y con la patria.

Y enseguida nos relató cómo, siendo muy joven ("como quien dice, el miércoles hará ocho días", acotó con irresistible encanto), se había marchado de Colombia, harto de su falta de civilización y de su política de camarillas y caudillos, para labrarse un porvenir en la tierra de las oportunidades. Aquella Jauja inaudita, dijo, había recompensado con creces su tesón y sus ganas de triunfar.

—No soy rico —aclaró—, pero, con el dinero que poseo, por acá me tildarían de millonario —y soltó una carcajada a la que nos sumamos.

Esmeralda retornó escoltada por el belga y el holandés, y los tres se incorporaron al grupo. Descubrir el gigante a Montemar y derretirse como un trozo de mantequilla al sol fueron una misma cosa, pero Wen, atrayéndolo hacia sí, le advirtió al oído que no se hiciera ilusiones, ya que el caballero tenía dueña, e indicó con el mentón a la anfitriona. El holandés asintió, acongojado.

—¿Y cómo ha encontrado su tierra? —inquirió Garay.

—Sumamente atrasada —respondió, sin pelos en la lengua, Aníbal de Montemar—. Atrasada y girando en torno al mayal de una política torcida y fanática. Con la ventana cerrada a la luz y a los vientos de la civilización. —Los presentes lo escuchábamos con atención—. Aquí los partidos, en lugar de evolucionar y adelantar, viven estancados en el lago de una mortal parálisis, en las tinieblas del oscurantismo. Son tribus que se rigen por aversiones heredadas e irreflexivas.

"Inteligente y fascinador", le susurré en la oreja a Wen.

—El día de mi llegada decidí dar un paseo por el barrio donde transcurrió mi infancia. Entré en un establecimiento y comprobé que todo lo que venden, desde un alfiler hasta un paraguas, es importado, porque aún nadie se ha preocupado por fomentar una industria nacional. Entré luego en una chichería y me ofrecieron una bebida en la que habían disuelto, a guisa de afrodisíaco, huesos de cadáveres humanos. ¡Todo sigue igual! Las alpargatas, las ruanas y la resignación a la pobreza siguen siendo las mismas. ¡Es como si el tiempo no transcurriera! Y menos para los indios y los menesterosos que caminan de un lado a otro y buscan consuelo en los bancos de las iglesias.

—Pero también hay grandes avenidas y edificios nuevos de varios pisos —se atrevió a ripostar el espárrago.

—Espejismos para engañar a los incautos: detrás de ese telón pintado, mi estimada señorita, la gente continúa aferrada a una moral arcaica y al culto irreflexivo del abolengo de los ilustres y de un Dios indiferente al sufrimiento —replicó Montemar esbozando una sonrisa triste—. Sin embargo, creo que es mejor dejar a un lado la política y la realidad circundante para no aburrir a las damas con esos males que estamos obligados a padecer —concluyó, con galante cinismo.

Vengoechea preguntó al Ministro qué noticias tenía del *Dixmude*. El belga puso cara de circunstancias y anunció que no eran nada buenas. Por fin, luego de más de una semana de incertidumbre y de búsqueda infructuosa, acababa de conocerse la suerte del dirigible y de su tripulación. La verdad se supo cuando unos pescadores de Cerdeña notaron que sus redes pesaban más que de costumbre y, al revisarlas, encontraron dentro de ellas, entre un sinnúmero de peces y crustáceos, un cuerpo sin vida, vestido con el uniforme del ejército galo, que ostentaba en el pecho un águila de oro. ¡Eran los restos mortales de uno de los hombres bajo el mando del comandante Rémond de Saint-Amand! El *Dixmude* había hecho explosión mientras volaba sobre el Mediterráneo y jamás podría conocerse la causa del desastre, pues nadie había sobrevivido para revelarla.

Los diez nos miramos abatidos.

—Me temo que hubiera sido preferible continuar hablando de política —apuntó Wen.

En ese instante, el nuevo gerente de los tranvías se acercó a la Gallego para invitarla a danzar. Ésta aceptó el ofrecimiento e, instados por la anfitriona, el Ministro belga y su querindongo condujeron hacia la pista de baile a la señora Bolena y al espárrago. Acto seguido, Vengoechea propuso a Garay que dieran un paseo y, sin planificarlo, nos quedamos a solas con Aníbal de Montemar.

El diálogo que entablamos con él puso de relieve cuán ingenuo es tratar de hacerle trampas al destino.

—La noche antes de emprender el viaje vi a la Duse —nos comentó de improviso, por decir cualquier cosa, y sentí un corrientazo en la espina dorsal—: Saben quién es, ¿verdad?

Wen le aseguró que no sólo sabíamos de quién se trataba, sino que lo conocíamos *todo* sobre ella. Le habló de su debut a los cuatro años de edad con la compañía ambulante que dirigían su padre y su tío; de sus triunfos en Turín, donde se convirtió en primera actriz y logró que su nombre comenzara a ser mencionado con creciente interés tras actuar en *La princesa de Bagdad*, y de su tormentosa relación con el poeta D'Annunzio, quien la utilizó como modelo para la Foscarina, personaje de la novela *El fuego*. Aproveché una pausa que hizo para tomar aire, y le pregunté a Montemar por sus impresiones sobre la *Signora*.

—Desde que dio inicio la representación, mis ojos no pudieron apartarse de ella —relató—. Es vieja, pero conserva una serena belleza. Empezó a hablar con voz queda y pausada, sin moverse apenas por el escenario, sin gesticular casi, y, al igual que otros espectadores, me pregunté, con ingenuidad, cuándo comenzaría a "actuar". Nunca, nunca "actuó", si nos atenemos a las convenciones histriónicas asociadas con ese verbo: el milagro de la Duse, su secreto y su arte, se reducen a ser natural, a olvidarse de que tiene enfrente un público enorme observándola. Ella, como quien arranca la cáscara a un fruto, ha despojado de lo superfluo al arte de la actuación y únicamente ha conservado la esencia, lo medular. Ésa, a mi juicio, es su verdad.

Wen le informó acerca de nuestro varias veces frustrado proyecto de viajar a los Estados Unidos para verla y enumeró los obstáculos que se habían interpuesto: primero, el fallecimiento de su abuelo y la dolencia de su madre; luego, el accidente hípico sufrido en el campo, que lo redujo durante un mes a la más desesperante postración, y, por último, ya con el viaje organizado, mi inesperada operación de apéndice, de la cual apenas comenzaba a recuperarme, y que había echado por tierra la última esperanza de admirar el arte de la *Signora*. Imposible, aún convaleciente, someterme a las molestias de un viaje en tren a Barranquilla, de una travesía hasta Nueva York y, por último, de otro extenso y agotador trayecto ferroviario para llegar a Chicago.

—Señores —exclamó, emocionado, Montemar—, creo que les interesará mucho algo que voy a revelarles. Por lo que acaban de decir, deduzco que aún no saben lo relacionado con la prórroga...

Fue así como nos enteramos de que, seducidos por las cuantiosas ganancias que estaban reportando sus presentaciones, varios empresarios le habían propuesto a la trágica que extendiera la gira una vez concluidos los compromisos iniciales. La Duse, al principio, no pareció interesarse en el asunto, pero, aconsejada por su *manager*, terminó por prestarle atención. Como cabe esperar de una dama, lo primero que hizo fue comunicarse con Morris Gest y manifestarle que, si su oferta económica no demeritaba ante otras recibidas, firmaría contrato con él para prorrogar la *tournée*. Gest lamentó no poder ofrecerle una suma igual o mayor que la de sus contrincantes, pero la situación financiera no se lo permitía: por tener contratado al Teatro de las Artes de Moscú al mismo tiempo que a la compañía de la Duse, carecía de la liquidez requerida. Le deseó la mejor de las suertes y la dejó libre de tomar la decisión que quisiera. Con pena, pero, ya se sabe, *les affaires sont les affaires*, la *Signora* escogió la oferta más atractiva en términos monetarios y firmó con Fortune Gallo, compatriota suyo asociado con los famosos empresarios Selwyn.

Puse una mano sobre las rodillas de Wen y sentí cómo las piernas le temblaban.

—Eso significa, señor De Montemar, que... —trató de completar la frase, pero se quedó sin aliento. El caballero tomó la palabra con presteza:

—Significa que la gira no termina en Chicago, como estaba previsto. La compañía de Eleonora Duse extiende sus presentaciones hasta el mes de marzo. Ahora actuará en Nueva Orleans, Los Angeles, San Francisco, Detroit, Indianápolis y Pittsburgh.

—¿Está seguro? —pregunté—. ¿Absolutamente seguro?

—El día que tomé el vapor en Nueva York se dio a conocer la noticia.

Wen y yo empezamos a reír como locos y nos abrazamos. Un pinchazo de dolor hizo que me llevara la mano al vientre: con el entusiasmo había olvidado mi maluquera.

—Aún no he terminado —expresó Montemar, y nuestras miradas se clavaron en él con reverencia, cual si fuera el mismísimo oráculo de Delfos—. Hay un detalle que deben conocer.

Se detuvo un segundo, aduciendo que tenía seca la garganta, y bebió de su *whisky*.

—Hable sin dilación o me provocará un colapso —lo apuró Wen—. ¿Cuál es ese detalle que ha reservado para el final, como un postre exquisito?

El amigo de Esmeralda Gallego nos explicó que, una vez finiquitadas las funciones en Nueva Orleans, y antes de trasladarse a California, la Duse había aceptado realizar, a modo de paréntesis, una serie de cuatro funciones en otra plaza. Para ello, se vería obligada a abandonar los Estados Unidos y cruzar el mar Caribe.

—¿La Habana? —adivinó Wen—. ¿Actuará en La Habana? —repitió, aún incrédulo.

—La última semana de enero —asintió Montemar.

La orquesta interrumpió de manera abrupta la pieza que interpretaba y su director anunció que sólo faltaba un minuto para la medianoche y, por tanto, para el inicio de 1924. En un abrir y cerrar de ojos, una nube de egipcios y egipcias proveyó de copas de *champagne* a la concurrencia y de los jardines ascendió al firmamento una explosión de fuegos de artificio, indicando el advenimiento de un nuevo enero.

Wen y yo entrechocamos las copas, mirándonos a los ojos, y apuramos el líquido burbujeante.

—¿Dudaba de que existieran los milagros? —me dijo.

Yo estaba tan dichoso que no atiné a contestar. Presa, desde la intervención quirúrgica, de un comprensible complejo de culpa, me sentía como si fuera Atlas y me hubieran quitado el mundo de encima. La revelación de Montemar cambiaba el curso de los acontecimientos. El viaje volvía a ser posible. Le comunicamos la noticia a Vengoechea y a Garay, quienes se apresuraron a felicitarnos. Incluso Esmeralda se alegró, o al menos lo fingió bastante bien.

—Claro que hubiera preferido que vinieran conmigo a Luxor... —suspiró.

La fiesta prosiguió hasta pasadas las dos de la mañana y, aunque por aprensión no me atreví a bailar, disfruté contemplando cómo Wen danzaba, febricitante, primero con el espárrago y a continuación con un sinfín de damas de diferentes edades. Las bebidas espirituosas y la euforia de saber que podría admirar a la Duse lo trastornaron al punto de subir al escenario y, acompañado por el pianista del conjunto musical, cantar a voz en cuello, mirando con ojos de carnero degollado a Lydia Bolena:

Aceptad esta rosa temprana,
no tan bella, señora, cual vos...

La Gallego bailó pieza tras pieza con Aníbal de Montemar y, en un momento en que su galán nos dejó a solas, le pregunté sin subterfugios quién era ese guapetón.

—Una vieja pasión —admitió.

—Todos en la fiesta hablan de él —le aseguré—. Ha sido la sensación de la noche.

Esmeralda asintió, satisfecha. Me contempló un minuto con cara de esfinge y súbitamente me hizo una revelación insospechada:

—Parece un ejemplar perfecto, ¿verdad? Pero desconfíe de las apariencias, querido Lucho —exclamó—. Ahí donde lo ve, tiene un defecto irremediable.

Miró alrededor para verificar que ninguna oreja indiscreta pudiese oírla, me tomó de la mano y, en procura de mayor intimidad, me condujo hasta una pérgola vecina.

—Cuando Aníbal era un bebé, no tenía aún el año de edad, sus padres lo llevaron al campo a pasar una temporada. Una mañana en que la mamá le estaba cambiando los pañales, un ganso de la finca se abalanzó sobre él como una furia, de un picotazo le arrancó el pipí y, antes de que nadie lograra reaccionar, se lo tragó.

La miré demudado y suspicaz.

—Se lo juro —aseguró, llevándose la diestra al corazón—. Me consta.

Le dije que lo que me narraba era escalofriante.

—Podrá imaginar lo que sufrí cuando, en nuestra primera noche de amor, Aníbal me confesó su tragedia.

—¿Y cómo reaccionó usted? —indagué.

—Ya que estábamos en mi dormitorio, y a solas, me esforcé para que hiciéramos cuanto, dada la circunstancia, fuera posible hacer. Él me propuso matrimonio, dijo que únicamente una mujer de mi categoría podía comprender su drama y aliviarlo, y prometió que, una vez casados, me concedería todas las libertades que quisiera. Sin embargo, a pesar de que lo amaba, me negué a acceder. Días después, partió. Y hasta ayer, que se comunicó conmigo y lo invité a la *kermesse*, no habíamos vuelto a vernos.

Aspiró el perfume de una gardenia y, mientras nos dirigíamos a la pista de baile, donde la víctima del ganso goloso la aguardaba sonriente, murmuró:

—Confío en que sepa guardar esta confidencia. No la comparta con nadie, se lo suplico. Ni siquiera con el guasón adorable que le sorbió el seso.

Cuando los invitados empezaron a retirarse. Esmeralda insistió en que Vengoechea, Garay, Wen y yo nos fuéramos en su *Fiat*. Tan pronto emprendimos el viaje, nuestros acompañantes quedaron profundos, pero Wen, presa de una exaltación irrefrenable, decía en voz alta cuanto le pasaba por la cabeza.

—El destino es un gato y nosotros los ratones con los que se divierte. Nos coloca la zarpa encima de la cola y, cuando ya nos creemos atrapados y todo parece indicar que vamos a ser engullidos sin remedio, decide soltarnos, en contra de cualquier lógica, para que retomemos el rumbo de nuestro albedrío.

Coincidimos en que era preciso cambiar de itinerario. Puestos a elegir entre ver a la *Signora* en las poco refinadas localidades que recorrería en la nueva etapa de su gira por los Estados Unidos o en la mítica capital antillana, de reconocido prestigio por la intensidad de su vida cultural, no vacilamos en inclinarnos por la segunda opción. Disfrutaríamos de su arte en La Habana y, de paso, conoceríamos aquella tierra.

Le pedí al conductor de Esmeralda que aminorara la velocidad del vehículo, pues a causa del traqueteo estaba empezando a molestarme la herida.

Luego nos pusimos a sacar cuentas. Estábamos a primero de enero. Dentro de dos semanas, si no se presentaban contratiempos (¿y por qué habrían de presentarse?, ¿acaso no eran suficientes los que habíamos sorteado?), podríamos emprender el viaje. De esa manera, llegaríamos a La Habana unos días antes del inicio de las funciones, para ambientarnos y tomarle el pulso a la ciudad.

–La Habana... –dijo Wen, soñador–. Era en esa urbe, y no en Nueva York o en Chicago, donde estaba concertada la cita. ¿Por qué a la humanidad le sucede lo mismo, una y mil veces, desde hace milenios, y no hay forma de que aprenda la lección? Todo estaba escrito, tenía que ocurrir así y no de otro modo, para que pudiéramos ver a la Duse en Cuba. Verla y entrevistarla –añadió con determinación.

Jasón fue dejando a cada cual en la puerta de su residencia. El primero en bajarse fue Jorge Garay, quien entró dando tumbos en la mansión donde residían sus tíos; detrás le correspondió el turno a Juan María Vengoechea, que apenas atinó a despedirse, de lo dormido que estaba, y, para finalizar el recorrido, llegamos a la *garçonnière*.

–Gracias, Jasón –le dije al cucuteño una vez que estuvimos en el andén–. Ya puede irse a descansar.

Pero, para estupor nuestro, el conductor descendió del carro, se nos plantó delante y, mirándonos desde lo alto de su humanidad, manifestó que tenía instrucciones de la señorita Gallego de acompañarnos durante el resto de la noche.

Y nos acompañó.

Correré un velo inconsútil, pero discreto, sobre los acontecimientos que tuvieron lugar en mi alcoba esa madrugada. Sólo acotaré, por parecerme un detalle digno de mención, ya que ilustra la originalidad y la delicadeza infinitas de Esmeralda, que, cuando su chofer se despojó del uniforme y se metió en el lecho, entre nosotros, ambos pudimos observar que tenía escrito en el miembro viril, con tinta roja, un críptico letrero: *Q4*.

–¿Qué significa eso? –lo interrogamos, muertos de curiosidad.

Jasón, lo más probable es que cumpliendo órdenes de su ama, nos brindó una semisonrisa por toda respuesta. Pero, en la medida en que, como consecuencia de un agradable intercambio de caricias, su aguijón comenzó a ganar en dimensiones, a la *Q* y al *4* se fueron sumando letras y números hasta entonces ocultos. En cuanto la cimitarra del chofer se mostró en todo su esplendor, pudimos leer el mensaje escrito en ella por Esmeralda Gallego con su caligrafía inconfundible. Decía: *Que disfruten este regalito. Muchas felicidades para ambos en 1924.* ¡Semejante tarjeta de Año Nuevo sólo podía ser obra de alguien excepcional!

Al despertar, casi a la hora del almuerzo y todavía exhaustos, el trigueño de Cúcuta brillaba por su ausencia.

—¿Sería un sueño? —musitó Wen.

—Si lo fue —le dije—, ahora sabemos de qué sustancia están hechos los sueños.

Esa tarde Poncho Zárate llegó a las carreras a la *garçonnière*, anunciando estentóreamente que nos traía la gran noticia. Nos dimos el gusto de tomarle el pelo.

—¡Cuatro presentaciones en la capital de Cuba! —informó, sin resuello, dejándose caer en la otomana—. ¡Debuta el veintisiete de este mes en el Teatro Nacional!

—Pero si ya lo sabíamos —ripostamos, glaciales.

No toda la gente se convierte en fantasma cuando muere. La mayor parte de los difuntos están aburridos de nuestro mundo y sienten una enorme curiosidad por averiguar cómo son las cosas en el Más Allá. Así que, sin pensarlo mucho, se marchan para siempre, se van quién sabe adónde y nunca retornan. Pero a otros muertos les atrae más la idea de quedarse dando vueltas alrededor de los vivos, flotando entre ellos, susurrándoles cosas al oído, interfiriendo en sus decisiones. A veces tratan de ayudar, y otras buscan venganza. Los hay nobles, pero son los menos. Casi todos los fantasmas son de temer y, si te descuidas, te llenan la cabeza de ideas terribles.

Lo sé bien porque todas las grandes actrices italianas son fantasmas: Adelaide Ristori, Clementina Cazzola, Carlotta Marchionni, Fanny Sadowski, Celestina Paladini... Algunas noches se dan cita en mi habitación. Yo les pido a Désirée y a María que se retiren: les encargo cualquier tarea, invento algún pretexto para quedarme a solas con ellas.

Se sientan a mi alrededor y tomamos el té. Fingen que beben, pero sus tazas permanecen llenas. Hablan (es decir, mueven los labios como si hablaran), pero no se escucha nada. Claro que no necesito oírlas para entender lo que dicen. Las conozco bien. Cada una con su carácter, cada una con sus obsesiones. ¡Todas pavorosas! Con las cabelleras, otrora magníficas, ralas y desgreñadas. Con el maquillaje reseco que trata de disimular la descomposición de las carnes. Vestidas con harapos que alguna vez fueron ropajes espléndidos.

Aunque hace años dejé de interpretar La dama de las camelias, la Cazzola sigue dándome consejos para que mejore la escena de la muerte, que a su juicio es floja, ¡muy floja!, un verdadero adefesio. ¡Y quién mejor que ella para discernirlo! ¡Ella, que después de interpretar cientos de veces a Margarita Gautier, murió de tuberculosis en la vida real!

Por su parte, la Sadowski se ríe de la castidad de mi Margarita. "¡Era una cualquiera! ¡Una putana! ¡Y tú, Eleonora, te empeñas en que parezca una virgen!", exclama, y enseguida nos pregunta si recordamos la noche en que besó a un Armando con tanto realismo que las autoridades de Milán le pusieron una multa por inmoral y amenazaron con cerrar el teatro si aquel escándalo volvía a repetirse. Claro que lo recuerdan. Todas lo recordamos. El olvido es un arte para el que somos ineptas.

Y, por supuesto, hablan de hombres. De maridos y de amantes. Tienen hasta el descaro de hacer una lista de los míos y de enjuiciarlos. La Ristori, que es la peor de todas, lee uno a uno los nombres y las otras se pronuncian:

—Martino Cafiero.

—Un conquistadore di donne.

—Tebaldo Checchi.

—El cornudo.

—Bueno, pero simplón.

—Fabio Andó.

—Ese sí era guapo.

—Guapo no: guapísimo.

—¡Por una vez tuviste encima un hombre bien plantado, Eleonora!

—Mario Praga.

—¡Falso! ¡Nunca existió nada entre nosotros! —reclamo, enfurecida, prestándome a su juego a mi pesar—. Fuimos amigos, solamente amigos.

—Arrigo Boito.

—Un aburrido.

—Un "santo", según ella.

—¿Alguna vez llegó a terminar la ópera que, según decía, estaba componiendo?

—¿La de Nerón? Por supuesto que no.

—Gabriele D'Annunzio.

—La cabeza, bella; el cuerpo, infame.

—Ah, sí, ¡esos hombros estrechos, esas caderonas!

—Casi arruina su carrera representándole aquellos dramas morbosos.

—Un charlatán.

—Un ególatra.

—¿Cómo pudiste perder la cabeza por él hasta el punto de humillarte?

—Tanto tiempo interpretando *La locandiera* y no aprendiste nada de Mirandolina. ¡Esa sí sabía tratar a los hombres: "El pan en una mano y el palo en la otra"!

—¿Qué le encontraste a D'Annunzio, mujer? ¿Acaso la tenía de oro?

Me ruborizo y largan las risotadas.

¿Pueden creer que a veces acuden al teatro? Se sientan en el mismo palco y me observan con fijeza, con una mezcla de envidia y de desdén. Esas noches trato de ignorarlas, pues sé que lo que buscan es ponerme nerviosa, lograr que me equivoque, que pierda la concentración. Procuro no verlas, pero sé que están ahí, contemplándome, juzgándome, cuchicheando. "Yo habría hecho eso de otro modo". "Demasiado discreta y apagada para mi gusto". "Le falta fuego, le falta color". "Pobre Eleonora, tan poco dotada y tan perseverante". "Tuvo que inventar otra forma de actuar porque no era capaz de hacerlo como es debido".

Me miran, me juzgan, me critican. Se burlan de mis mejillas hundidas y de mi boca sin color. De mi piel arrugada, de mis ojeras, de mi pelo sin brillo. ¿Qué tiene de malo mi cara? Mi cara es mi tarjeta de presentación. La caligrafía que los años estamparon sobre ella soy yo.

Adelaide Ristori afirma que una actriz debe saber retirarse a tiempo. Lo cual es todo un arte, pues el tiempo, ya se sabe, es muy engañoso. Ella abandonó las tablas cuando aún era joven. O cuando todavía aparentaba serlo, que para el caso es lo mismo. Contrajo matrimonio con el marqués Capranica del Grillo y desde entonces sólo asistió al teatro en ocasiones especiales, a los estrenos de sus antiguas compañeras o al debut de alguna principianta prometedora... Todas se muestran de acuerdo: retirarse en la plenitud, no en el ocaso. "O morir disfrutando del éxito", agrega, convencidísima, Clementina Cazzolla.

La noche de mi primera función en La Habana, la Ristori apareció de buenas a primera en el camerino para hacerme saber que ella también había actuado en ese coliseo. "¿Y dónde no?", pensé. La bruja fue una pionera de las tournées a continentes lejanos. Adondequiera que yo iba, ella había estado antes, abarrotando teatros. Al verme respirar ávidamente el oxígeno del balón, me preguntó con farisaica inquietud: "¿Hasta cuándo, cara Eleonora, hasta cuándo?". "Mientras pueda, Adelaide. Tú tuviste el palacio de Capranica; yo, nada", le contesté, y María, que me peinaba, me miró con preocupación, creyendo que hablaba sola.

7

La Habana? —murmuró mi madre cuando le anuncié que Wenceslao y yo embarcaríamos en breve rumbo a esa ciudad. Contra todos los pronósticos (yo esperaba un torrente de reconvenciones por lo intempestivo del periplo, apenas restablecido de la apendicitis), se limitó a asentir pensativa y levemente, y acto seguido escondió el rostro en su calceta. Miré con extrañeza a Lucrecia, la mayor de las feítas, que estaba sentada a su lado, y ella se encogió de hombros con una sonrisa ambigua. Tampoco mis suegros pusieron obstáculos al viaje, que Wen anunció como "imprescindible para sus negocios".

No tuvimos problema para separar un camarote de lujo en el crucero sueco *Fynlandia*. El barco partiría de Puerto Colombia el doce de enero, haría escala en Colón y con posterioridad arribaría a la capital cubana.

Durante los días previos a la salida de Bogotá, el pobre Vicentini fue relegado a un humillante segundo plano, mientras la Duse pasaba a ocupar toda nuestra atención. Conocedor de que la trágica sólo hablaba, además de su lengua natal, el francés, Wenceslao decidió que, como ninguno de los dos conocía el idioma de Dante, debíamos practicar el de Hugo con el objetivo de comunicarnos con la *Signora* de forma fluida. Continuaba convencido de que, no obstante lo mucho que la prensa le repelía, conseguiríamos entrevistarla y arrancarle confidencias que harían morir de envidia a los reporteros de Gringolandia y del Viejo Continente. Así pues, para estupor de la chocoana, empezamos a hablar la mayor parte del tiempo en francés y a dirigirnos a ella usando también esa lengua.

—*Toña, chérie, il nous faudrait quelque chose de léger pour diner, au contraire nous arriverons gros comme des cochons à La Habana.*

—¡Avemaría, señorito Wen! ¡Hábleme en cristiano, su mercé!

—*Tu ne trouves pas qu'elle est bien bête, cette nègresse? C'est quand même incroyable: même en nous écoutant toute la journée, elle n'arrive pas à apprendre un mot.*

—*Laisse-la tranquille avec sa cuisine.*

A los días de haberle dado a la Generala la noticia del viaje, recibí una escueta misiva de su puño y letra en la que me solicitaba que fuera a visitarla esa tarde a las cinco. Al trasponer el zaguán de la casona de La Candelaria, dirigí mis pasos al salón de los antepasados creyendo que me recibiría allí; pero la sirvienta que abrió la puerta me aclaró que la señora aguardaba por mí en el despacho. Aquello se me hizo sospechoso.

En cuanto entré, tres pares de ojos se clavaron en mí. La madre de las feítas estaba escoltada por sus hermanos Manolo y Melitón, lo cual me intrigó aún más.

—Siéntese, hijo —ordenó la Generala, tan pronto le di un beso y estreché las manos de mis tíos, indicándome una poltrona mullida.

La obedecí sin chistar y quedé frente a ellos igual que un reo ante su tribunal. Los Reyes estaban más envarados y circunspectos que de costumbre y, aunque escruté sus jetas con el ánimo de saber qué se avecinaba, nada conseguí vislumbrar.

—¿Una taza de té?

—Sí, mi señora.

Todos observamos, en silencio, cómo mi madre servía la infusión dorada, le añadía una cucharadilla de azúcar, la revolvía con delicadeza y me entregaba la taza, acompañada por una servilleta. Bebí un sorbo y me animé a indagar:

—¿Se puede saber qué ocurre?

La Generala y Manolo contemplaron a Melitón, y el mayor de mis tíos, con un suspiro profundo, dejó de retorcer las guías de su bigote y aceptó a regañadientes hacerse cargo de la explicación.

—Quisimos que viniera, Lucho, para hablarle acerca de un tema delicado, y de sumo interés para la familia, que de algún modo se relaciona con la travesía que usted va a efectuar.

Durante los minutos siguientes, Melitón habló de mil cosas y de nada con su lenguaje abundante, florido y críptico, sin decidirse a abordar frontalmente la cuestión. Yo empezaba a perder la paciencia cuando Manolo, armándose de valor, le arrebató la palabra y, para alivio de sus dos hermanos, fue directo al grano:

—Se trata de su tío Misael, Lucho.

—¿Tuvieron noticias de él? —exclamé, curioso.

—Sí. Y necesitamos que usted lo vea.

Solté una risita nerviosa y les recordé que mi viaje era a la capital de Cuba y no a Copenhague, donde habitaba desde hacía muchos años, cerca de treinta, el tercero de mis tíos.

Manolo trató de articular una réplica adecuada y, al percatarse de que los vocablos que se esforzaba por pronunciar no eran audibles, levantó las cejas, con expresión desvalida, pidiendo auxilio a los otros. Melitón se hundió en su asiento, excluyéndose, y fue la Generala, echando chispas por los ojos, quien pasó a comandar las huestes.

—Su tío jamás ha vivido en Copenhague —desembuchó—. Fue una patraña que urdimos para evitar murmuraciones.

—¿Y la caja de soldaditos de plomo que me mandó de regalo? —insistí. Aquél fue el juguete preferido de mi niñez: me encantaba la idea de un cuartel donde convivían veinticinco rudos y valerosos guerreros, sin ninguna mujer por los alrededores, e inventaba para ellos cualquier tipo de aventuras.

—Los soldados los enviaron de una juguetería de Londres a solicitud mía —confesó Melitón con una hilacha de voz.

Una vez abiertas las compuertas del sigilo, las revelaciones fluyeron indetenibles. El tío del que en contadísimas ocasiones se hablaba; de quien se conservaba en casa sólo una fotografía sepia en la que aparecía como un chiquillo flacuchento de cara pensativa; aquél del que no guardaba sino un recuerdo muy borroso, proveniente acaso de la imaginación y no de la memoria, pues se había marchado de Bogotá cuando yo todavía era pequeño; el que supuestamente echó raíces en la distante Dinamarca, donde los sobrinos y las amistades de la familia lo imaginábamos, entre la nieve y los cisnes, disfrutando de la vida; el olvidado y desvaído tío, se descubrió ante mí en su verdadera condición: la de díscolo, réprobo y vergüenza del clan Reyes.

Según sus hermanos, a los veinticinco años de edad, Misael, el único de ellos que permanecía célibe, era un vago habituado a despilfarrar el dinero en apuestas y juegos de azar. Eso, si bien terrible, fue soportado con estoicismo por el padre, quien tenía fe en que no tardaría en sentar cabeza y transformarse en un hombre de bien. Pero en una ocasión el muchacho dio un disgusto tan tremendo a su progenitor (nadie se detuvo a precisar la naturaleza del disgusto), que éste, sin poderse contener, lo abofeteó, hecho una furia, y amenazó con desheredarlo si no ponía fin para siempre a su abominable comportamiento. En apariencia, la oveja negra acató los designios del anciano, mas, en cuanto pudo, huyó en secreto de la casa, llevándose un par de mudas de ropa en una maleta vieja, sin dejar siquiera una nota de despedida. Los parientes creyeron que se trataba de un arrebato pasajero y que no tardaría en regresar pidiendo perdón, pero no ocurrió así.

A los tres meses, el patriarca, desesperado por la desaparición de quien, pese a todo (tampoco me explicaron en qué consistía ese *todo*), era su retoño favorito, contrató a un detective para que averiguara su paradero. Para evitar escándalos, la policía nunca fue informada del caso y mucho menos las amistades de la casa, a quienes se dijo, sin conceder importancia a la noticia, que Misael pasaba una temporada en una finca de Carmen del Viboral, en Antioquía. Luego de interminables pesquisas, el investigador logró confirmar que el menor de los hermanos había tomado un vapor en La Dorada con la idea de trasladarse a Cuba. Entonces el padre, esperanzado, le confió una buena suma de dinero con el encargo de que viajara a la Isla, localizara a su benjamín y lo convenciera de que debía retornar; pero tan pronto el detective tuvo los reales en el bolsillo, no volvió a dar señales de vida.

Nada volvió a saberse del ausente hasta que, a los dos años de la huida, unos viajeros que volvían al país procedentes de Gringolandia, afirmaron haberlo visto en La Habana durante las escalas que sus buques realizaron en dicho puerto. Ambos testimonios, aunque contradictorios, provenían de personas dignas de crédito, lo cual los tornaba más desconcertantes.

Una viuda, gran amiga de mi difunta abuela, juraba haber tenido un encuentro con Misael en las inmediaciones de la bahía. Caía la tarde y el joven, elegantísimo, muy bronceado y fumando un tabaco, iba en un coche, acompañado por una rubia pintarrajeada con inequívoco aspecto de *cocotte*. Al distinguir a su compatriota, el descarriado se quitó el sombrero de pajilla y la saludó con un ademán burlesco, sin detener la marcha del vehículo. Unas semanas después, otro testigo, profesor de Ética de Misael durante sus años de colegio, afirmó igualmente haberlo visto, pero en circunstancias muy distintas. Según esa versión, Misael caminaba por las calles aledañas a la catedral habanera, en medio de una procesión de Semana Santa, vestido con un mugriento hábito de penitente y cargando una enorme cruz. Una capucha le ocultaba la cabeza, pero, en determinado momento, ésta cayó hacia atrás, permitiendo que el viajante, estupefacto, lo reconociera. El más joven de los Reyes, esquelético y con una barba de varios días, tenía los pies descalzos y llagados. Era la viva estampa del desaseo y del desamparo. En sus ojos, insistía el testigo al referir la anécdota, no quedaban ya vestigios de la inteligencia y la belicosidad que los iluminaban cuando aún vivía en Bogotá. El caballero procuró seguirlo, con la intención de charlar con él y conocer detalles de su vida en Cuba, pero, al desembocar en la plaza situada frente a la iglesia, una oleada de feligreses se interpuso entre ellos y, en un abrir y cerrar de ojos, lo perdió de vista.

Los Reyes aparentaban burlarse de esas historias, las cuales tildaban de invenciones descabelladas, y seguían afirmando que el ausente estaba en el campo, harto de su anterior vida de disipación, dedicado por entero a meditar y a la escritura de un libro.

—Papá trató de localizarlo de nuevo, esta vez mediante un abogado de La Habana recomendado por personas de su confianza —recordó la Generala—. El abogado le confirmó que, en efecto, Misael estaba radicado allá. Supo, así mismo, que gozaba de buena salud y tenía empleo en las oficinas de un ministerio público, pero que se negaba de plano a reanudar cualquier tipo de contacto con nosotros. Decidido a tener una existencia nueva, no quería que interfiriéramos en ella de ningún modo. Su abuelo, Lucho, escribió al jurista rogándole que le informara de la dirección donde residía Misael, quién sabe si con el propósito de ir a verlo, pero recibió por respuesta una comunicación en la que le notificaban que el abogado había fallecido y que los sobrinos a cargo del bufete carecían de información acerca del caso. Papá, Dios lo tenga en su gloria, murió también al poco tiempo y, aunque los médicos lo atribuyeron al hígado, yo sé que lo mató la pena moral. Fue entonces cuando, para resguardar el honor de la familia, empezamos a contarle a quien deseara oírnos que nuestro hermano estaba en Copenhague, donde la ventura le sonreía. Unas cuantas postales y los regalos que en apariencias enviaba a sus sobrinos, convenientemente mostrados a personas con tendencia al chismorreo, bastaron para que la noticia se propagara y fuera aceptada por la mayoría. Luego pasó el tiempo, y el tiempo, hijo, hace que todo se olvide.

Mi madre se dirigió a un armario, abrió una gaveta cerrada con llave, extrajo una fotografía y me la tendió.

—Se la hizo tomar antes de la huida —explicó.

Contemplé el retrato, escondido durante tantos años, con emoción y desconcierto. Desde el cartón, un joven de cabellos rebeldes y tez pálida me devolvía la mirada con los ojos muy abiertos, con una expresión en la que se mezclaban, de forma curiosa, la desfachatez y el pesimismo. Esculqué en mi memoria, tratando de recuperar algún recuerdo de esa faz, alguna palabra suya, una imagen en movimiento, pero el esfuerzo resultó inútil. Estuve a punto de comentar que me le parecía, pero lo que dije fue:

—¿Y para qué me han contado esto, al cabo de tantos años? —Quise devolverle el retrato a la Generala, pero ésta, con las manos enlazadas, no pareció interesada en recuperarlo—. ¿No es mejor dejar al tío tranquilo, donde diablos esté, ahora que ya nadie lo recuerda?

Melitón sacó un papel del mismo mueble y me lo tendió con expresión grave.

—Lea esto y comprenderá.

Era una carta fechada en La Habana, cinco meses atrás. La habían escrito con tinta verde, en la papelería de un hotel, el Perla de Cuba, y decía:

Melitón, Manolo y María, hermanos míos:

Durante estos años les he ahorrado el disgusto de saber de mí y créanme que, si vislumbrara alguna otra solución, no estaría escribiéndoles. Pero no tengo alternativa.Necesito con urgencia la mayor cantidad de dinero posible. Privado de mi herencia, a nadie sino a ustedes puedo recurrir. Es un asunto de suma gravedad, de vida o muerte.Como podrán apreciar, a pesar de los años de silencio, los sigo recordando.

El Inesperado

–¿El Inesperado? –exclamé, considerando inoportuno comentar que la caligrafía del tío me parecía deplorable–. ¿Así le decían?

–Era una broma íntima –precisó Melitón–. Cuando vino al mundo, ya no esperábamos tener más hermanos. Fue un capricho de la cigüeña.

–Firmó de ese modo para convencernos de la autenticidad de la carta –adujo la Generala.

–¿Le contestaron?

–Dos veces, sin recibir respuesta –dijo Melitón.

–¿Pensaban mandarle dinero? –insistí.

–Queremos darle *su* dinero –declaró mi madre.

Entonces supe que, pese a las amenazas y bravatas, el abuelo Reyes nunca llegó a desheredar al indócil. Al abrir su testamento, pudo comprobarse que una parte de su riqueza estaba destinada a El Inesperado.

–¿Y durante veinte años no movieron un dedo para localizarlo y entregarle ese cerro de plata? –me escandalicé–. ¡A lo mejor está en la miseria total, viviendo en quién sabe qué condiciones, sin sospechar que es dueño de una fortuna! ¡Es vergonzoso!

Mis tíos evadieron mi mirada y la Generala caminó unos pasos dándome la espalda. Entonces, sin que nadie lo dijera por las claras, entendí cuál era la misión que me encomendaban. Debía aprovechar la estadía en La Habana para dar con el paradero de mi tío Misael Reyes e informarle que en Bogotá esperaba por él un patrimonio cuantioso.

–Pero ¿cómo voy a encontrarlo? ¡La Habana no es ningún villorrio! –protesté, intuyendo que lo que Wenceslao y yo teníamos planeado como una excursión de placer y una refinada experiencia estética corría el riesgo de convertirse en una ardua y tensa búsqueda–. Y aun suponiendo que tropiece con alguna persona que se identifique con ese nombre, ¿cómo tendré la certeza de que se trata de él, y no de un impostor?

–Lo encontrará –aseguró mi madre, sin escuchar mis lamentos–.

Estoy segura de que dará con Misael. —Con un ademán enérgico, volvió a entregarme la fotografía y la carta, que yo había depositado encima del escritorio de ébano—. ¿Sabe que lo miro a usted y es como si lo tuviera delante de mí en la época en que desapareció?

—Usted se le parece mucho, Luis —dijo mi tío Melitón.

—Muchísimo —ratificó Manolo.

—Ninguno de los dos tiene una idea de *cuánto* se le parece —terció la Generala, contemplándome con fijeza.

A continuación me atiborraron de ideas para dar con el hermano perdido y me suministraron secretos y pistas que me permitirían, en caso de localizarlo, disipar cualquier duda sobre su identidad. Por último, me hicieron prometer que no divulgaría el secreto. Al retornar a la *garçonnière*, se lo conté todo a Wenceslao.

Le expliqué que había dicho que sí para salir del fastidioso asunto, pero que no pensaba estropear nuestro paseo jugando a Sherlock Holmes en La Habana. Intuía algo oscuro y perturbador en todo aquello. Sin apartar los ojos del álbum con tapas de plata y nácar al que estaba incorporando un par de recortes proporcionados por su fiel Zárate, escuchó mis protestas sin manifestar mucho interés.

—A usted le encanta hacer de cualquier cosa una tragedia —dijo—. No creo que sea tan complicado buscar a ese tío. ¿Qué edad tendrá ahora?

—Más de cincuenta años, me imagino —calculé, y le enseñé el retrato. Quedó alelado ante el parecido conmigo y expuso, sin ambages, sus sospechas acerca de la naturaleza del "problema" que había hecho a El Inesperado romper con su familia e iniciar otra vida. Repuse que yo imaginaba lo mismo. Si el distanciamiento se debía a lo que ambos suponíamos, aquel hombre de rasgos perfectos y aspecto voluntarioso debía haber sufrido lo indecible en la asfixiante Bogotá de fines de siglo.

—Quizás lo encontremos en un palco del teatro, aplaudiendo a la Duse —manifestó Wenceslao en tono chancero y dio por cerrado el tema. Aunque me esforcé por olvidarme del asunto, en los días siguientes una preocupación irracional continuó haciéndome saltar el estómago.

Por absurdo que parezca, mientras finiquitábamos los preparativos del viaje Esmeralda Gallego no cejaba en su intento de convencernos de que la acompañásemos a Egipto. Sólo claudicó cuando le mostramos los billetes para el *Fynlandia*. Ella saldría de Bogotá una semana después que nosotros, pero, a diferencia de sus "retrógrados y anticuados" amigos (así le dio por catalogarnos), no se trasladaría hasta Barranquilla por tierra, sino por aire.

El sábado cinco de enero, a las once y media de la mañana, un avión había sobrevolado Bogotá, conducido por un intrépido piloto de veintiséis años llamado Camilo Daza. El joven se convirtió, de la noche a la mañana, en una figura de gran popularidad por haber sido el primer colombiano en atreverse a pilotear un aeroplano sobre la capital de la república.

Nos bastó ver las fotografías del santandereano publicadas por los periódicos, en las que aparecía apuestísimo, en camisa y corbata, recostado contra el avión *Bolívar*, de su propiedad, para entender el súbito interés de la Gallego por la aeronáutica.

—Recapacite, Esmeralda —le insistió Wen la tarde que fue a despedirnos a la *garçonière* luciendo una boa de pieles en el cuello y cubierta la cabeza con un bolero de terciopelo azul—. Esos aparatos no los han terminado de inventar. Deje el aire para los pájaros, que allá arriba a usted no se le ha perdido nada. No se obceque, mujer.

—Camilo Daza aprendió a pilotear en los Estados Unidos y es un as —se pavoneó, burlándose de lo que consideraba una imperdonable necedad—. Ha volado mil doscientas veces con pasajeros en Colombia, sin problema alguno.

—¿Y quién quita que el problema se presente en el vuelo mil doscientos uno? —rezongó su amigo.

—Príncipes, no me harán desistir. Iré a Barranquilla en avión, y cuando llegue a Luxor y esté ante Tut-Ank-Amen, besaré su sarcófago áureo en nombre de ustedes.

Esa tarde, Esmeralda se encaprichó en visitar el mercado central y, refunfuñando, la complacimos. Acompañados por Jasón, quien miraba en todas direcciones con expresión adusta para mantener a raya al populacho, caminamos detrás de ella procurando no quedarnos rezagados y, al mismo tiempo, no ensuciarnos los zapatos con el barro, las cáscaras podridas y la sangre de los animales. Como si fuera una criada, y no una dama compuesta y culta, ornato de los mejores salones de la capital, la Gallego se desplazó por entre los vende-

dores comprobando la calidad de los granos y la frescura de las verduras y preguntando el precio de las hamacas, las cuerdas de fique y
los bastos. Durante un instante nos detuvimos junto a una pareja que
reunía a su alrededor a una multitud de curiosos: eran un indio regor-
dete con la cara pintada y un zambo alto y de rasgos negroides. El segundo proclamaba a gritos las virtudes de una pomada traída por el
indígena de su lejana Guajira: un medicamento milagroso, capaz de
curar un sinnúmero de enfermedades.

Nos aproximamos a un niño descalzo que, rodeado de conejos y
gallinas, de papayas y yucas, vendía hojas de papel rojo con versos
impresos. Puesto que la mayoría de los posibles compradores no
sabía leer, el rapaz declamaba a gritos poemas como "Adiós a la
madre" o "Mi patria querida" y exhortaba a las gentes a que adquirie-
ran el de su preferencia. Luego de dudar entre una poesía que hablaba
del matrimonio entre los pobres y otra que se refería a un soldado
que promete volver a la ventana de su amor, nuestra amiga terminó
comprando, por un centavo, la composición titulada "El guitarrista
ciego".

De pronto, Esmeralda se llevó una mano al corazón y avanzó, lo
mismo que una *zombie*, hacia un anciano percudido que daba vueltas
a la manivela de un organillo. Parados encima del instrumento musical, dos periquitos, uno azul y otro amarillo, esperaban que alguien se
interesara por conocer su suerte. Y ese alguien acababa de llegar: una
pintora orate que, entregando al organillero la pasmosa suma de un
peso, tomó la tarjeta que una de las aves, la celeste, le dio sostenién-
dola con el pico.

—"Hay viajes que nunca terminan y viajes que nunca dejan de empezar" —leyó con voz entrecortada por la emoción, y entonces nos
enteramos de que la excursión, al parecer sin sentido, respondía a un
motivo secreto, a una vieja añoranza. Años atrás, cuando niña, Esmeralda había acudido al mercado en compañía de una cocinera, a escondidas de sus padres. En aquella ocasión quiso que un periquito le
revelara la buena fortuna, pero su acompañante consideró que se trataba de un despilfarro innecesario y no quiso darle ni una moneda. El
recuerdo de esa frustración la había acompañado siempre.

—Pues ya se sacó la espina —profirió Wen, secándole un lagrimón
con su pañuelo—. ¡Si todo fuera así de sencillo en la vida!

El viejo, todavía sorprendido por el desmedido pago de la señora y temeroso de que se arrepentiese de su generosidad, exhortó a "los doctores" a conocer también su fortuna. Aunque nos parecía una soberana estupidez, Wen y yo tomamos las tarjetas que, en respuesta a una indicación de su amo, nos tendieron las aves amaestradas. Por casualidad, ambas contenían el mismo mensaje, escrito con letra irregular y faltas de ortografía: "El celo es un microbio que nos destroza el corazón". Ya que ninguno de los dos es celoso, el augurio nos defraudó.

Por fin pudimos marcharnos de aquel infierno y regresar al departamento.

Con grandes abrazos nos despedimos de nuestra gema preferida. Esmeralda conjuró con una de sus incomparables carcajadas las lágrimas que amenazaban con echarle a perder el maquillaje y prometió estar de vuelta a mediados de año, para celebrar juntos, con una fiesta que haría historia, mi cumpleaños treinta y cuatro. Concluida la visita a Luxor, pensaba pasar sendas temporadas en Constantinopla y Stromboli, y, de regreso, hacer un alto en París para renovar su guardarropa. Nos deseó suerte con la momia italiana y ordenó a Jasón que pusiera en marcha el *Fiat*.

—La extrañaré —admitió mi pareja mientras el vehículo se alejaba.

La mañana siguiente partimos rumbo a Barranquilla. Pasaré por alto los detalles de la despedida que nos prodigaron, en la estación ferroviaria, parientes y amigos. Antes de subir al vagón, la Generala y mis tíos me apartaron del grupo para darme las instrucciones finales. No pude evitar sentirme como un agente secreto al que le encomendaban una difícil misión.

—Haga lo posible por encontrarlo y cuídese, hijo —me exhortó la Generala.

Melitón me deslizó una billetera dentro del bolsillo de la americana. Estaba llena de dólares.

—¡Pero tío, usted sabe que no necesito plata! —protesté.

—Es para que no escatime gastos en la búsqueda y se compre alguna maricadita —me apaciguó Manolo.

Iba a replicar de nuevo, pero el silbido del tren me hizo cambiar de idea. Abracé a la Generala y a las feítas, a mis tíos y a sus esposas, a doña Herminia y a mi suegro, y a Alvarito Certaín, a Vengoechea, a

Jorge Garay, al mono Romero Villa y a Poncho Zárate, que llegó corriendo, en el último momento, justo para enseñarnos la edición de *El Tiempo* de ese día, donde aparecíamos mencionados en la sección "Los que se van": "Los distinguidos caballeros Wenceslao Hoyos y Luis Belalcázar parten a Barranquilla, pues negocios impostergables los reclaman en La Habana". Con un nuevo pitazo, el conductor de la locomotora advirtió la inminencia de la partida. Separé a la fuerza a Wenceslao de su señora madre, quien lloraba igual que si lo mandaran deportado a Siberia y nunca más fuera a verlo con vida, y lo arrastré hacia el compartimento que teníamos asignado. El tren comenzó a desplazarse con pereza sobre los rieles mientras decíamos adiós a todos.

—¡Qué pesadilla! —resoplé.

Nos acomodamos en los asientos e intentamos relajarnos.

—¿Está contento? —pregunté a mi compañero, oprimiéndole una mano.

—Tanto, que me parece mentira —dijo con esa sinceridad suya que me desarma.

Sin embargo, no transcurrieron cinco minutos sin que un imprevisto rompiera la tranquilidad. El tren se detuvo de pronto, con un frenazo abrupto, y sacamos las cabezas por la ventanilla para curiosear.

—¿Qué pasó? —gritó Wen a un empleado del ferrocarril que había bajado a tierra para enterarse de lo que ocurría.

—Hay una vieja parada en medio de la vía y no se quiere quitar —explicó el hombre—; pero no se preocupe, ya la están apartando a la fuerza.

Entonces vimos a la causante del incidente. La mujer, menuda, vestida de negro y con el pelo blanco despeinado, se aproximaba caminando cerca de los coches y gritando improperios al Partido Conservador. La reconocimos de inmediato, pues ambos estamos aburridos de verla trotar por las calles de Bogotá: no era otra que la Loca Margarita, la desgraciada maestra de escuela de Fusagasugá que perdió la razón cuando sus hijos murieron combatiendo en la guerra de los Mil Días. Ignoraba que la demencia le hubiese dado por interrumpir la marcha de los trenes. Al pasar junto al vagón que ocupábamos, se detuvo y nos sonrió con timidez, como pidiendo disculpas por el engorro causado por su desvarío.

—Señora Margarita, eso no se hace —la reprendí con dulzura, lo mismo que si se tratara de una niña—. Vuelva a su casa, por favor.

Asintió avergonzada y, al ver que la locomotora comenzaba a arrastrar tras de sí, con un esfuerzo mayúsculo, los coches repletos de pasajeros, se acercó peligrosamente a nuestra ventanilla:

—¡Díganle que los manda Lauro, su hijito! —nos aconsejó la Loca—. ¡Díganle que los manda Lauro! —insistió.

La figura de la anciana quedó atrás y volvimos a sentarnos.

—¿Qué querría decir con eso? —murmuré, intrigado.

—Olvídelo. Ni ella misma lo sabe.

El trayecto fue agotador, pero nos consolamos pensando que, de las rutas posibles, era la más expeditiva. Con excepción del avión de Camilo Daza, por supuesto; pero encaramarse en uno de aquellos aparatos voladores era un peligro que no estábamos dispuestos a afrontar. Allá la Gallego, que se enrolaba en chifladuras tales que la Loca Margarita, a su lado, parecía cuerda.

Conversamos, leímos, tragamos las vituallas con que nos había pertrechado la buena de Toña y dormimos, y después de conversar, leer, comer y dormir repetidas veces, como un ritual interminable, el cada vez más acentuado calor nos avisó que estábamos acercándonos a Barranquilla.

La primera vez que Enrichetta vio una estatua, creyó que se trataba de una mujer desnuda de verdad. Tenía casi tres años, y su padre y yo estábamos convencidos de que era la niña más inteligente del mundo. Aquel día, en el parque, comenzó a tirar de mi mano, muy excitada, para que me volteara a mirar a la extraña dama. Cuando le expliqué, divertida, que no era una *signorina*, sino una escultura, un pedazo de mármol que un artista había tallado para darle esa hermosa apariencia, no me quiso creer. Fue necesario que Tebaldo la llevara en brazos adonde se alzaba la estatua y la hiciera acariciar, primero con susto, luego con un deleite inocultable, el cuerpo, pulido por la lluvia y el viento de muchos años, de la *signorina*.

"Es de piedra", admitió con desgano, y enseguida aclaró: "Es de piedra, pero está viva".

Tebaldo y yo nos echamos a reír y, para no quitarle la ilusión, le dijimos que sí, que estaba viva. Al alejarnos, me volví para mirar por última vez la estatua y tuve la sensación de que, prisionera dentro de su cuerpo como nosotros dentro de los nuestros, la figura de mármol observaba con sus ojos vacíos cómo nos retirábamos.

A veces, en los jardines, en las fuentes, contemplo con envidia las estatuas y me digo que en su belleza inmóvil y duradera circula un alma vívida que se renueva de continuo. Deberían ser muy felices, pues gozan, a un tiempo, de la inercia y de la fluidez. Deberían, pero lo más probable es que no lo sean. Seguramente nos envidian por hacer lo que a ellas les está prohibido: por nuestro privilegio de ir de un sitio a otro. Con gusto cambiaría esa "suerte" por la tranquilidad de cualquier estatua.

Mi vida no ha sido otra cosa que un viaje interminable, un continuo transitar. Siempre deambulando, desde la más tierna edad, primero en carromatos y trenes, más tarde en automóviles y trasatlánticos. Atravesando campiñas, desiertos, océanos. Envidio a los que permanecen en el mismo sitio, como árboles, con las raíces hundidas en lo profundo de la tierra.

Mi abuelo, el gran Luigi Duse, fue uno de los mejores intérpretes de la comedia veneciana y tuvo en Padua un teatro que llevaba su nombre. Fue famoso, pero murió en la ruina. Lo perdió todo, incluso el teatro. Alessandro y Enrico, sus hijos, organizaron una compañía ambulante. Hubo, eso sí, que sustituir las comedias por dramas: ninguno había heredado la comicidad del abuelo.

La suya era una compañía de mala muerte, de esas que rara vez llegan a las ciudades importantes. Alessandro, mi padre, conoció en el camino a una muchacha campesina, se casó con ella y la sumó al elenco. Y nací yo. Mis primeros recuerdos no son imágenes ni voces, sino un sonido: el traqueteo de la carreta en que los comediantes se trasladaban de un pueblo a otro.

Una vez, en Padua, mi padre y yo nos alojamos durante varias semanas en una posada. Mi madre estaba en el hospital y la visitábamos por las tardes. Después papá me dejaba sola en el cuarto y salía rumbo al teatro. ¡El pobre! Detestaba actuar. Tenía una pésima memoria y con frecuencia se le olvidaban las líneas que debía decir. Lo que le gustaba era la pintura, mezclar colores con los pinceles, aplicarlos a un lienzo o a un pedazo de madera.

La dueña de la posada, que sólo tenía hijos varones, y ya mayores, se encariñó conmigo. Una mañana tocó a la puerta de nuestra habitación y me regaló una muñeca. Me dijo que la conservaba de cuando era niña. La tenía en el fondo de un arcón y quería saber si me gustaría quedarme con ella. Era preciosa, con el rostro de porcelana y el cuerpo de trapo, con bucles rubios y un vestido largo de batista y encajes que olía a alcanfor. Yo había tenido algunos juguetes, pero ninguno como aquella muñeca. La adoré desde que la puse en mis manos. La abrazaba con tanta fuerza que mi padre me regañaba y me preguntaba si quería que se le salieran las tripas.

Cuando los compromisos de la compañía en Padua terminaron, mamá salió del hospital y se reunió con nosotros. Estaba delgada y más pálida que de costumbre. Mi madre ya no actuaba, tenía demasiado mal aspecto y tosía todo el tiempo. Era la encargada de zurcir el vestuario. Se pasaba el día con la aguja en la mano. Pero, por las noches, después que ella se dormía, mi padre deshacía a escondidas su trabajo y remendaba como era debido los trapos. No quería que las otras mujeres se quejaran. Mamá nunca fue buena costurera.

Ayudé a mis padres a hacer el equipaje y a colocarlo en un furgón, junto con el de los otros actores. Luego nos fuimos a pie hasta la estación.

—¿Y tu muñeca, Eleonora? —preguntó mamá, a punto de subir al tren—. ¡La olvidaste en el cuarto! —se lamentó.

No contesté. Ya el tren partía y subimos aprisa para ocupar nuestros puestos. No había olvidado mi muñeca, por supuesto. La había dejado en mi cama, sobre la almohada, bien cubierta con una frazada para resguardarla del frío.

—¡Quién sabe cuándo tendrás otra! —se quejó mi tía Teresa.

—Todavía la tengo —le dije al oído—, pero ella se queda en casa.

Con Enrichetta hice lo mismo que con aquella vieja muñeca: en cuanto tuvo la edad necesaria, le busqué un buen internado. Sufriría, sí, pero no tanto como los hijos de los cómicos. No estaba dispuesta a que la historia se repitiese. Durante años logré que no supiera a qué se dedicaba su madre. Nos reuníamos en algún sitio, en sus vacaciones, y éramos felices durante esas semanas. Después, ella volvía a sus estudios, y yo al camino, a encadenar un viaje con otro. ¡Pobre hija mía! Si le hice mal, fue para conjurar un daño mayor. "No te separes nunca de los niños", le aconsejo. "No los dejes

ni un día solos, no cometas el mismo error que tu madre". Enrichetta no quiere hablar de esos años. Se encoge de hombros.
"Sobreviví", responde cuando toco la cuestión. ¿Me culpará,
acaso? Los hijos son nuestras víctimas hasta que tienen la
edad suficiente para convertirse, a su vez, en victimarios. Es
terrible decidir por ellos, arriesgarnos a que el día de mañana
nos reprochen lo que hicimos de sus vidas.

   Mamá resistió aquel invierno en que renuncié a mi muñeca, y otro, y luego ya no pudo acompañarnos. Se quedó en
Bolonia, esperando por nosotros, y allí murió. La lloramos,
la enterramos, y seguimos deambulando. La vida, para algunos, es un viaje. No metafórico, sino literal, literalmente ago-
biador y extenuante.

8

La Sultana del Magdalena nos recibió con una temperatura de treinta y seis grados centígrados y una estación repleta de gentes de las más diversas razas y combinaciones, vestidas con ropas de colores vibrantes, hablando a gritos, sudando a chorros y gesticulando con ademanes exagerados. El contraste con la aterida, circunspecta y plomiza capital resultaba tan violento que por un momento no atinamos a movernos, temerosos de ser tragados por aquel torbellino de voces, tinturas y movimientos que bullía debajo de un sol restallante y un cielo claro.

Nos trasladamos a un hotelito sugerido por Vengoechea, y el propietario, tragándose las *eses*, como era de esperar, nos indicó dónde estaba ubicado el mejor comercio de la ciudad. Las horas siguientes las dedicamos a comprar ropa adecuada para el Caribe. Nuestros pesados disfraces de bogotanos nos convertían en blanco idóneo de las burlas, y los barranquilleros, con su falta de tacto característica, no disimulaban las miradas y los comentarios sarcásticos. Al librarnos, por fin, de ese vestuario, sentimos un alivio parecido al que debe experimentar una culebra cuando muda la vieja piel.

Si Bogotá me parece detestable, Barranquilla es para mí, por razones opuestas, igual de intolerable. Todo es horrible allí. La bulla, la transpiración, el polvo, la falta de modales tanto del populacho como de las clases vivas, la politiquería burda llevada a extremos insospechados, el rencor irracional por cuanto provenga de la capital, la insalubridad, los arroyos que corren por las calles, con una fuerza brutal y sobrecogedora, paralizándolo todo, absolutamente todo, cada vez que llueve. Y sin embargo, quiérase o no, hay que visitarla para poder escapar al mundo. Situada en la margen izquierda del Magdalena y a unos no recuerdo bien si diez o veinte kilómetros del océano Atlántico, Barranquilla es, a un tiempo, puerto fluvial, marítimo y aéreo: la puerta de oro de Colombia.

—He descubierto algo —anunció Wenceslao al día siguiente, mientras nos dirigíamos, en un automóvil de alquiler, a la casa de un novelista con quien yo había intercambiado correspondencia y al que sentía curiosidad por conocer—. Los costeños sólo me simpatizan cuando están lejos de la costa.

Abraham Zacarías López-Penha es un escritor bastante ignorado en Bogotá. Después de que, por puro azar, su novela *La desposada con una sombra* cayó en mis manos, me di a la tarea de indagar sobre él y, además de conseguir su dirección, supe que era un hombre ilustrado y solvente, que no ocultaba su afición por el espiritismo. Le escribí contándole el interés que su libro había despertado en mí, y respondió convidándome a visitarlo en la primera oportunidad que se presentara. Junto con su hermano David, lo mismo que decenas de judíos sefarditas, había arribado al país proveniente de Curazao. Además de poeta y novelista, es matemático, sembrador de algodón y caballero *kadosch* de la masonería.

El escritor, hombre elegante y magro, de unos sesenta años, irradiaba una grata sensación de paz interior y nos acogió con calidez, pero sin embarazosas familiaridades. A pesar de la cordialidad de que hizo gala, en sus modales reposados se adivinaba el deseo de conservar cierta distancia. Nos invitó a degustar la cerveza local y permitió que admiráramos su increíble biblioteca, compuesta de forma mayoritaria por volúmenes esotéricos.

Indagó por nuestra impresión de la ciudad y, al advertir que nos quedábamos sin saber qué decir, por temor a que la sinceridad nos hiciera pecar de descorteses, se echó a reír. Barranquilla, dijo, era como una de esas muchachas que, cuando nadie lo espera, da "el estirón".

—Ha crecido de forma tan rápida y desmesurada, que no se siente a gusto dentro de su cuerpo. Pero ya se acostumbrará —dictaminó—. Tengan en cuenta, mis jóvenes amigos, que su población, que sumaba cuarenta mil habitantes hace un cuarto de siglo, sobrepasa ahora las ciento veinte mil almas. Ni las construcciones ni los servicios han podido desarrollarse con la misma celeridad. Pese a ello, no vacilo en augurar que por aquí, en medio de esta mescolanza de colombianos de diferentes regiones, de alemanes y sirios, de italianos y libaneses, le llegará la modernidad a esta nación.

Ordenó alistar su automóvil y, conducidos por un chofer inexpresivo, que jamás dejó de mirar al frente, nos llevó a recorrer la ciudad de norte a sur y de oriente a occidente. El barrio San Roque y el callejón de los Judíos; El Prado, nuevo reparto llamado a convertirse en la zona más aristocrática de Barranquilla; la famosa fábrica de jabones La Cubana; el elitista Colegio Alemán y el no menos exclusivo Club Barranquilla; el pretencioso Palacio de la Aduana, que cualquiera confundiría con el Partenón; la moderna clínica del doctor Krufer; el *boulevard* central, con sus palmeras, cocoteros, almendros y cámbulos florecidos, concurrido día y noche, porque, a diferencia de Bogotá, donde el ajetreo de la ciudad muere al atardecer, en Barranquilla la noche se vive con particular intensidad; el puerto fluvial...

López-Penha lamentó la brevedad de nuestra estancia y recalcó que, en otra visita, debíamos recorrer en lancha el Magdalena, pues una pesquería en el caudaloso río era una aventura fascinante. "En especial si llevamos con nosotros a uno de esos mocetones para que nos ponga carnada en los anzuelos", me dije observando a los toscos pescadores, de pantalones cortos y brazos musculosos, sacar de las chalupas el producto de su faena.

Un vapor de escaso calado, provisto de una gran rueda de palas, arribó proveniente de La Dorada. Sus pasajeros, que a todas luces carecían de recursos para comprar boletos en alguno de los expresos de la Colombia Railways & Navigation o de la Compañía Antioqueña de Transporte, bajaron del carguero con expresión de alivio luego de navegar río abajo durante casi ochocientos kilómetros. Hasta nosotros llegaron comentarios de que un traicionero banco de arena había interrumpido su travesía durante un par de días. Entretanto, la tripulación empezó a descargar cajas de productos que corrían peligro de descomponerse.

Más tarde fuimos a una tienducha infame, propiedad de un par de brujas llamadas Marie y Silvie, que se decían francesas. Asombrados al ver que la primera de ellas tenía la dentadura en pésimo estado y que la segunda no se sacaba el dedo índice de la nariz, le preguntamos a López-Penha por qué nos llevaba allí. Nos explicó que, a pesar de ser unas puercas y de tratar a los comensales a las patadas, las viejas eran unas areperas excelsas.

—Podría darme el lujo de vivir en cualquier sitio del planeta —dijo el sefardita mientras degustábamos las arepas, que eran buenas, sí, aunque no como para aguantarse a semejantes erínias—, pero, no me pregunten la causa, pues la desconozco, he elegido éste. ¿O él me elegiría a mí?

Insistió en que dejáramos el hotel y nos trasladáramos a su casa, donde gozaríamos de mayores comodidades; pero, como no nos pudo convencer, trató entonces de arrancarnos la promesa de que lo acompañaríamos esa noche a visitar a uno de sus mejores amigos. Wen y yo nos miramos a hurtadillas sin saber qué responder. Nos daba pena defraudarlo, pero al mismo tiempo nos preocupaba la perspectiva de trasnochar: al día siguiente debíamos partir a primera hora hacia Puerto Colombia.

—Los devolveré a su hotel antes de la medianoche —prometió el novelista, leyéndonos el pensamiento.

Ante la insistencia, aceptamos la invitación. López-Penha nos dejó en el hotel, advirtiéndonos que a las ocho en punto pasaría por nosotros. Una vez en la pieza, Wen se metió en la regadera. Lo imité *ipso facto*.

—¿Son ideas mías o tenemos un olor extraño? —preguntó, olfateándose el cuerpo y olisqueando también el mío.

El término olor era un eufemismo propio de un *dandy*. En realidad, apestábamos. Teníamos un tufo penetrante, que emanaba de nuestras axilas, adherido a cada centímetro de la piel. Sólo después de frotarnos una y otra vez con el jabón, pudimos sacárnoslo. En La Habana nos enteraríamos de que ese apestoso efluvio se llama grajo y es el resultado de pasear por las calles del Caribe sin un desodorante adecuado. Bogotanos, y acostumbrados a que nuestras glándulas sudoríparas funcionaran poco o nada a causa del frío, teníamos que aprender esa lección.

Después del baño y de un retozo erótico bajo el generoso chorro de agua fría, nos apresuramos a engalanarnos. Con una puntualidad que debía ser insólita en Barranquilla, López-Penha pasó a recogernos a la hora convenida. El automóvil nos condujo a una residencia situada en las afueras. Durante el trayecto, el novelista nos advirtió que esa noche su amigo ofrecía una cena íntima para celebrar su vigésimo aniversario de bodas. Nada muy concurrido: apenas unos pocos invitados. Aquel enlace matrimonial, dijo, había escandalizado a la mojigata sociedad de la costa: no era usual que un hombre de posición se prendara de una artista circense y que, lejos de conformarse con vivir a su lado una aventura, la llevara al altar.

La casa estaba a oscuras y silenciosa, pero en cuanto nuestro acompañante tocó el timbre de la entrada, una criada gibosa, a la que le faltaba un ojo, abrió la puerta y, alumbrándonos con un candelabro, nos hizo pasar al salón principal.

—El señor vendrá enseguida —musitó el espectro de las tinieblas y, dejando las velas encima de una mesa, se evaporó.

—¿No tienen luz eléctrica aquí? —pregunté, extrañado.

—Nacianceno prefiere lo natural —repuso López-Penha.

—¿Su amigo también es escritor? —curioseó Wen.

—Nada de eso. Él es un científico: el más completo hipnotizador que jamás haya existido.

—¿Un mentalista? —exclamé, sorprendido, sin poderme contener.

"Un explorador de conciencias, si lo prefiere", replicó una voz. Nos volvimos y, junto a unas cortinas de un color oscuro que la falta de iluminación no nos permitía precisar, vimos a Próspero Nacianceno. Cuando, ulteriormente, Wen y yo tratamos de reconstruir su aspecto, nos percatamos, perplejos, de que sólo lográbamos recordar que era pequeño y de ojos azules y que vestía un elegante frac. Por inconcebible que parezca, no pudimos precisar si era gordo o flaco, pálido o trigueño, de nariz aguileña o roma, de labios gruesos o finos. El anfitrión era un caballero de modales perfectos, y nos acogió como a antiguos conocidos.

De pronto se oyó la campanilla de la puerta.

Conducidas por la misma criada, entraron en el recinto dos damas de mediana edad. Una de ellas, maquillada con exceso, llevaba la cabellera amarilla peinada con abundantes bucles, y apenas podía respirar dentro de un vestido verde, con corset, apropiado para una bailarina de *cancan* de la época de Toulouse Lautrec. La otra, por el contrario, muy pálida, apagada y ausente, iba de gris, con un sombrerito de fieltro negro y el pelo cano recogido en un moño.

Por medio de las presentaciones de rigor pudimos enterarnos de que la mujer alta y extrovertida respondía al nombre de Melusina Jaramillo y era artista ecuestre en un circo, mientras que su silenciosa acompañante, llamada Asmania, se dedicaba a remendar el vestuario de los saltimbanquis y poco se conocía de su vida, excepto que en su juventud fue bella y encantadora y estuvo casada con un prestidigitador apodado Pailock que la desaparecía ante los ojos del público. Ambas eran las mejores amigas de la señora de la casa.

Don Próspero dio por sentado que estábamos muertos de hambre, lo cual, en honor a la verdad, era cierto, y nos guió a un comedor profusamente iluminado con velones.

—¿Y Sobeida? —canturreó Melusina.

—No tardará —respondió el anfitrión y, con expresión divertida, reveló que su esposa se había probado ya media docena de vestidos sin sentirse a gusto con ninguno.

—Los hombres nunca entenderán, por mucho que se empeñen, los intríngulis del espíritu femenino —razonó una voz aflautada.

La voz pertenecía, por supuesto, a la señora Nacianceno, quien descendió con estudiada lentitud las escaleras de mármol, enfundada en un ceñido traje de satén negro y con un broche de zafiros en forma de rosa en el pecho. Poco faltó para que nos desmadejáramos de la sorpresa al observar que la dama llevaba las mejillas y el mentón cubiertos por una poblada barba castaña. Antes de que pudiéramos recuperarnos o disimular la impresión, se dirigió hacia nosotros y nos tendió una mano ensortijada para que la besáramos.

—Al parecer nadie les anticipó que cuando conocí a mi marido trabajaba como mujer barbuda en el circo Pubillones —dijo con acento burlón y dio al judío un golpecito recriminatorio con el mango de su abanico—. Mi olvidadizo Abraham Zacarías, tú serás el culpable si estos jóvenes sufren un colapso antes de empezar la velada.

Besó con efusividad a sus amigas y ocupó, igual que si de un trono se tratara, el asiento de la cabecera. En su silla de madera preciosa, erguida y segura de sí, parecía una verdadera reina. Pese a la barba o, tal vez, no podría aseverarlo con certeza, gracias a ella, su rostro de rasgos etíopes, con tonalidades marfileñas, se veía bellísimo.

—Bienvenidos —exclamó alzando una copa e incitándonos a brindar. No sé en qué minuto la criada monstruo había servido un vino blanco y los comensales nos apresuramos a chocar los cristales.

—¡Por nuestros primeros veinte años de dicha! —brindó don Próspero.

—¡Por el amor, que, como la liebre, salta donde menos se espera! —agregó Melusina Jaramillo, dedicando un guiño cómplice a los homenajeados.

La vajilla, antiquísima, parecía sacada del palacio de un cuento de hadas y los manjares (frutos del mar, en su mayoría, aunque también hubo platos de pollo y carne de cordero muy condimentada) nos sorprendieron por su abundancia y exquisitez. Cenamos entretenidos por las historias que Sobeida y Melusina referían acerca de su vida en los circos, antes de que la primera se enamorara del acaudalado barranquillero y tomara la determinación de abandonar el arte. Durante la cena, la mujer de gris no salió de su mutismo y se limitó a escuchar a las otras con atención y a sonreír, apocada, mientras los demás nos toteábamos de risa. Detrás de la aparente serenidad de Asmania adiviné un sufrimiento profundo, una angustia devastadora y perenne que no podía explicarse con palabras.

Los anfitriones lamentaron que otro de sus grandes amigos, Manuel Cervera, no los acompañara esa noche. Se había intoxicado con un sancocho de pescado y guardaba cama.

—Manolito es un loco, un bohemio feroz —nos explicó Nacianceno—. Vive en el barrio del Líbano y su sueño es separar ese pedazo de Barranquilla del resto de la república.

—¿Y es cierto que colecciona castañuelas, manos de mujeres muertas, cartas de amor que le han devuelto y vainas de esas? —inquirió Melusina, con la boca llena.

—Entre otras cosas —confirmó López-Penha.

Luego de un postre delicioso, la señora y sus amigas se retiraron para dar los últimos detalles a una "sorpresita" que deseaban brindarnos y sobre la que no querían adelantar ningún detalle. Por su parte, Próspero Nacianceno nos convidó a los caballeros a seguirlo hasta el *fumoir* y allí nos ofreció cigarrillos y habanos de la mejor calidad. Mientras fumábamos con deleite, hablamos de literatura, de música, de pintura y, sin poderlo evitar, de política. A ratos nos llegaban, lejanas, las risas de Sobeida y Melusina. También salió a relucir nuestro viaje, y López-Penha evocó su juventud modernista, los años en que había publicado algunos de sus versos en revistas cubanas·como *La Habana Elegante*, *Gris y Azul* y *Las Tres Américas*. En esa época, recórdó, mantuvo una abundante correspondencia con una pareja de talentosos poetas llamados Carlos Pío Uhrbach y Juana Borrero.

—A ella, que se fascinó con mi balada bretona "Yvonne" al punto de usar ese seudónimo para firmar sus cartas, le dediqué la "Danza habanera", y a él, otra poesía que ahora no me viene a la memoria —dijo. Cuando nos ofrecimos para llevarles noticias y saludos a esos viejos amigos suyos, sonrió irónicamente—: Imposible. Ambos murieron en la flor de la juventud. Eran almas demasiado puras: su paso entre nosotros fue fugaz.

De repente, Nacianceno miró su reloj, se puso de pie y advirtió:

—Como ya Abraham me informó que deben retirarse temprano y todavía tenemos que presenciar la sorpresa de las damas, es hora de ocuparnos de lo nuestro.

Al notar que poníamos caras de no entender, se echó a reír.

—Me refiero a la sesión de hipnosis —aclaró—. Siéntese aquí, por favor, señor Belalcázar —me pidió, señalando una confortable poltrona.

Intenté protestar y aclararle que debía tratarse de un malentendido, pues nunca antes me habían hipnotizado ni tenía el menor interés en someterme a una experiencia de esa naturaleza; pero, sin hacerme caso, López-Penha me condujo al sitio señalado por el mentalista y, tranquilizándome, me susurró al oído que se trataba de una oportunidad irrepetible que agradecería hasta la eternidad. Miré a Wen entre divertido, desesperado y resignado, y él asintió ·dándome ánimo.

Parado frente a mí, Nacianceno extrajo de un bolsillo de su chaqueta un diminuto espejo en forma de rombo y exigió que me concentrara en sus destellos.

—Va a dormirse... enseguida va a quedarse dormido —arrulló—. Ya está dormido... ya duerme, amigo mío...

Lo que sucedió entonces lo cuento tal como me lo refirió, con posterioridad, Wenceslao, pues a los pocos instantes de contemplar el espejito, que el hipnotizador hacía danzar con morosidad frente a mis narices, caí en un profundo sopor.

El explorador de conciencias me pidió que volviera a los años de mi infancia y evocara mis temores, y cumplí su voluntad con presteza.

Hablé, según afirma Wen, de un sinnúmero de espantos. De la mula herrada, que corría a medianoche por las angostas calles de La Candelaria, interrumpiendo el reposo de los vecinos con sus relinchos terríficos y dejando tras de sí una estela de rayos y centellas, y del espeluco de las Aguas, la repulsiva aparición que alguna vez fuera una grácil y coqueta mujer, pero que un día incurrió en el sacrilegio de comparar la belleza de sus cabellos con los de la virgen de las Aguas, y éstos se le convirtieron en un haz de sierpes babosas e inmundas. De la luz de San Victorino, que acudía en la oscuridad, presta, si algún incrédulo osaba invocarla con un silbido y daba una muerte fulminante, como escarmiento, al insolente, y de la sombra de don Ángel Ley, el gallardo capitán de la guardia del virrey, quien perdió la razón la mañana en que, a la hora de maitines, halló a su paso un entierro y, al indagar quién era el difunto, se vio a sí mismo tendido en el interior del féretro, con el cuerpo atravesado por una espada, mientras una voz de ultratumba le contestaba: "Un pecador nombrado Ángel Ley".

–Pero hay algo que le inspira más miedo que esos espantos, Luchito.

Mi voz, y Wenceslao se erizaba de pies a cabeza al narrármelo, intempestivamente se convirtió en la de un niño, y mi cara comenzó a traslucir las emociones confusas de una criatura de tres años.

–N... n... no sé –vacilé.

–Conteste, hijo mío, nadie se va a enterar –insistió don Próspero–. Será un secreto entre usted y yo.

–Temo a mi madre cuando se impacienta, cuando frunce el ceño y me mira con sus ojos de halcón. Temo a mi padre, tan grande, tan gordo y tan ocupado en sus negocios, que sólo se acuerda de que existo para reconvenirme por cualquier motivo. Temo que un día Toña se vaya y me quede sin ella. Temo a mis primos cuando juegan porque se transforman en bestias que empujan, golpean y muerden. Temo a los desconocidos que llaman a la puerta y que quieren guardarme en un saco y llevarme lejos para siempre –dije de un tirón.

–Pero esos miedos son pequeños y yo voy detrás de uno mayor –persistió él–. ¿A qué le teme más que a todo eso?

–N... n... no... s... s... sé.

–Sí que lo sabe y debe decirlo –profirió, con súbita brusquedad, el mesmerista, y enseguida, suavizando el tono, indagó–: ¿Qué o quién le causa tamaño horror, Luchito?

–T... t... tío.

–¿Cuál es el nombre de ese tío?

–M... M... M... Misael. Él. El joven. El que me gusta observar a hurtadillas, por el ojo de la cerradura, cuando se baña desnudo en la casa del papá señor. El que juega con sus partes íntimas, dentro de la bañera de porcelana, convencido de que nadie lo ve, hasta hacerlas crecer, sin imaginar que yo lo espío. El del cuerpo esbelto con un vello sedoso que me encantaría acariciar con la punta de los dedos. El que me moja las orejas con su colonia para que ese olor me acompañe, dondequiera que vaya, todo el día. El que me asusta y me atrae al mismo tiempo. Cuando tío Misael me carga, le deshago el nudo de la corbata y tiro con torpeza de los pelitos de su pecho. Cuando me niego a tomar la sopa y tío anuncia que él me la dará, abro la boca, sin protestas, para que penetre en ella la cuchara empuñada por su mano; y retengo el utensilio entre el paladar y la lengua, me demoro siglos en dejarlo salir, y trago gustosamente el líquido para sentirlo correr, caliente, por el esófago. Me gusta que mi tío me bese y me haga cosquillas con el bigote ralo; me gusta que me persiga por los corredores de la casona de La Candelaria y que, al final, me atrape y me estreche entre sus brazos delgados y nervudos. Me gustan las venitas azules que entreveo bajo la blancura lechosa de su piel. Mi tío es mil veces más hermoso que la imagen del Cristo de Limpias que tiene mi madre en su cuarto y cien mil veces más bello que los ángeles de las estampas pegadas en la tapa del escaño de Toña. ¿Por qué le temo a mi tío, que tanto me mima y me consiente? ¿Por qué le tengo miedo si nunca me ha regañado, si no me amenaza, si todo él es dulzura y suavidad? ¿Por qué, cuando estoy en mi cama, en el cuarto oscuro, a mitad de la noche, grito como si un peligro enorme, que no sé explicar, un espanto más espantoso que la mula herrada, el espeluco de las Aguas, la luz de San Victorino y la sombra de don Ángel Ley, me rondara? No, no es a mi tío a quien temo. No es a él, perturbador, pero inocente y respetuoso. Es a mí a quien temo: al hombre que hay en mí, que intuyo dentro de mí; al hombre agazapado que aguarda, con infinita paciencia, que mi cuerpo de niño madure para hacer eclosión y manifestarse, para ser como él, tan adorable y tierno como él, tan lindo y seductor como él, tan distinto y tan él como él, y sucumbir a las tentaciones de la carne.

Wen asegura que, concluido el soliloquio, me desmoroné en el butacón y lloré en silencio hasta que la angustia desapareció y quedé tranquilo, puro y limpio, como bañado por una luz.

—Ahora lo haré despertar —anunció el hipnotizador—. Cuando abra los ojos, no recordará nada de lo que ha dicho, pero habrá desaparecido el temor de enfrentar a su tío. También él, quizá sin ser consciente de ello, lo está aguardando. Hay distintos modos de ser el padre o el hijo de alguien. Él es su padre, su espejo, y usted es su reflejo, su prolongación natural, su hijo. Va a ser bueno que, al cabo de tanto tiempo, se abracen y se reconozcan.

Con un gran bostezo, emergí a la realidad. Pensé que había dormido durante horas, pero las manecillas del reloj me sacaron del error: en realidad, la sesión había durado treinta minutos.

—¿Verdad que fue maravilloso? —dijo el sefardita, oprimiéndome una mano, y asentí por cortesía, pues no tenía ni idea de lo acontecido durante aquel lapso. En ese instante, apareció en el vano de la puerta la señora Asmania y, con un movimiento de cabeza, nos pidió que la siguiéramos.

Entramos en un recinto decorado con piezas de damasco de colores chillones, alfombras árabes y medias lunas de papel plateado. Cuatro pebeteros, ubicados en las esquinas, quemaban incienso, desprendiendo un aroma fino, pero penetrante, difícil de describir. Al compás de la música oriental que salía de un gramófono de cuerda, hicieron su aparición Sobeida y Melusina disfrazadas de *huríes*. Llevaban ajorcas en los tobillos, pantalones de muselina transparente, chaquetillas bordadas con lentejuelas y canutillos, y velos traslúcidos cubriéndoles los rostros. Entre ambas empujaban un voluminoso armatoste tapado con una pieza de lino. Lo colocaron en el centro del salón y bailaron a su alrededor, meneando los vientres de manera casi indecente.

Al concluir la música, la sensual Sobeida avanzó y se postró ante su marido. Quitándose el velo que le disimulaba la barba, humedeció con la punta de la lengua sus labios golosos y encendidos, se besó los dedos de la mano derecha y los llevó a la boca de don Próspero. A continuación oímos el redoble de un tambor y Melusina retiró de un tirón la tela para permitirnos ver el artilugio que teníamos delante. Se trataba de una guillotina, elemento que consideré inapropiado dentro de aquella atmósfera de *Las mil y una noches*. Lo demás aconteció con rapidez vertiginosa, en mucho menos tiempo del que me tomo para referirlo: Sobeida colocó su hermosa cabeza en la parte inferior del aparato, miró arrobada al mentalista y exclamó:

—¡Loor a ti, amado mío, dueño de mi destino, el más poderoso y bienhechor entre los hombres! Que mi cabeza se separe para siempre de mi cuerpo, ¡oh mi señor!, si alguna vez pones en duda que mi pasión por ti será infinita.

Apenas terminó de pronunciar la última sílaba del sinuoso discurso, Melusina puso en funcionamiento el artefacto y la cuchilla filosa cercenó, de un tajo, el cuello de la barbuda, salpicándonos de una sangre oscura, caliente y pegajosa. Antes de perder el conocimiento, me pareció ver cómo la discreta Asmania recogía la cabeza de la decapitada, que sonreía con malicia, y la disponía sobre una bandeja.

Cuando volví en mí, todos me rodeaban, alarmados, mientras Asmania me daba a oler unas sales. Comprobé, con alivio, que la esposa de Nacianceno tenía la cabeza pegada al cuello y que en éste no se advertía la huella de rasguño alguno.

—Parece que ya se le pasó el susto —dedujo, sin poder contener una risotada, Melusina Jaramillo.

—Espero que el señor Belalcázar sepa disculpar nuestros juegos —dijo Sobeida, mesándose la barba—. Son inocentes, creo, pero acaso puedan resultar chocantes para la sensibilidad de un... —Estoy seguro de que iba a utilizar la palabra "cachaco", pero prefirió echar mano de un término menos hiriente—: forastero.

Nos despidieron deseándonos unas gratas vacaciones en La Habana. López-Penha, después de profetizar que nos iría muy bien en el viaje, se excusó por no poder acompañarnos al hotel: aún debía tratar algunos asuntos con don Próspero. Su chofer, que podía competir en mutismo con Asmania, nos llevó de vuelta.

—Eso que dije hipnotizado, ¿sería cierto? —le pregunté a Wen durante el trayecto, al enterarme de lo acaecido en el *fumoir* del mentalista—. No recuerdo ninguna de esas cosas sobre mi tío. Jamás, hasta que la Generala me citó en el despacho, se me ocurrió sospechar que podíamos cojear del mismo pie o que me producía algún tipo de miedo. Es más, ¡le juro que casi nunca me acordaba de él!

—Quizás, por algún motivo, necesitaba olvidar esas cosas —sugirió—; pero ya es grande y no tiene nada que temer. Además, yo estoy a su lado y lo protejo.

Dormimos abrazados, con las ventanas abiertas de par en par y, a causa del calor, desnudos. Produce una curiosa sensación de libertad no tener que hacerse ovillo debajo de las pesadas cobijas durante la madrugada.

Por la mañana, a medida que devorábamos un opíparo desayuno, fuimos repasando los acontecimientos de la noche anterior. Coincidimos en que el ceremonial de la degollación había sido *bouleversant*, nos burlamos de la afición de don Próspero por las barbas y lamentamos que Esmeralda Gallego no disfrutara de la insólita cena por su capricho de ir a Egipto. Enseguida nos dirigimos a la estación Montoya y tomamos el tren expreso para Puerto Colombia. Una vez allí, no tuvimos dificultad para dar con el muelle donde estaba anclado el crucero *Fynlandia*. Al subir a bordo, el capitán Hort Ferk en persona nos dio la bienvenida. Era un sueco imponente y, luego nos enteramos, acababa de volver de la capital, adonde había ido para entrevistarse con el Presidente de la República.

El camarote nos encantó. Al pasear por la cubierta, comprobamos que el buque estaba repleto y que era una suerte de torre de Babel flotante.

En la tarde zarpamos.

—*Adieu, la Colombie* —exclamó Wen mirando en lontananza, recostado a la borda, mientras el viento lo despeinaba, con el irresistible aspecto de un poeta romántico—. *Dans quelques jours nous serons enfin devant la plus grande actrice de tous les temps... avec le pardon de Madame Bernhardt.*

Segunda parte

La habana,
enero a febrero de 1924

De mi vida misteriosa,
tétrica y desencantada,
oirás contar una cosa
que te deje el alma helada.

Tu faz de color de rosa
se quedará demacrada,
al oír la extraña cosa
que te deje el alma helada.

Julián del Casal

Porque ustedes los muchachos
cuando se juntan...

Bola de Nieve

Cada ciudad tiene su carácter, cada una te trata de manera diferente. Algunas te dan la bienvenida, con beneplácito, en cuanto llegas: son pacientes, amables, acogedoras. Otras ciudades te detestan sólo con verte. No te has pronunciado sobre ellas, no has tenido tiempo de ofenderlas, pero no importa: te rechazan, les despiertas una antipatía irracional. Gruñen con los dientes apretados, si pudieran te los hincarían para obligarte a dar media vuelta y huir.

Quien crea que una ciudad es sólo un conglomerado de casas, edificios públicos, fábricas, hospitales, parques, estatuas, fuentes, calles, automóviles y gentes que van y vienen de un sitio a otro rumiando sus problemas, está equivocado. Las ciudades están vivas, son gigantescos animales, respiran sordamente.

Cuando arribo a una ciudad, procuro no dejarme engañar por su aspecto. He aprendido a guiarme por otras señales que revelan mejor su esencia. Los olores, por ejemplo. Los olores las delatan. Y una especie de vibración que les sale de lo hondo y que te entra por los pies.

A veces conozco una nueva ciudad y me parece que soy parte de ella, que siempre he vivido allí. En otras me siento ajena, extraña, una pizca de polvo que se introduce en un ojo. En cuanto se percata de mi presencia, la ciudad lagrimea, se agita, se siente agredida y busca el modo de expulsarme. Sólo cuando comprueba que no me asusto, acepta tolerarme. Pero ¡ay de mí si me confío! No debo descuidarme. Ella me acecha y, si se presenta la ocasión, me cobrará caro la impertinencia.

En general, desconfío de las ciudades. No me siento atada a ninguna. Soy, por así decirlo, de ninguna parte. Nací en un cuarto de hotel, en Vigevano. Mis padres llegaron allí unos días antes de mi nacimiento, se marcharon unos días después y no volvieron jamás. La catedral es bonita, tiene un *duomo* impresionante. Eso es todo.

Algunas ciudades te producen calambres en el alma;
otras, infinita paz. Chicago me odia, aunque debo admitir que
es una antipatía recíproca: yo también la abomino. Kristianía, en cambio, es piadosa. La noche que traté de visitar a
Ibsen y su esposa me contestó que era imposible, pues estaba
a punto de morir, Kristianía compartió mi tristeza cuando
permanecí varias horas de pie, frente a la casa del escritor,
desafiando el frío invernal, contemplando tercamente la luz
de su ventana mientras él agonizaba sin saber que yo había
viajado a Noruega para darle las gracias por reinventar el
teatro.

Venecia es, casi siempre, Gabriele. Gabriele en los días lu-
minosos en que me amaba, él y yo en una góndola, mirando
las cúpulas de las iglesias. Venecia es nuestra primera noche
juntos, en aquel apartamento de la última planta del palazzo
Barbaro-Wolkoof.

Montevideo es desolada y luctuosa porque allí los de la
compañía de Rossi vimos morir a uno de nuestros compañeros: a Diotti. Se consumió de forma fulminante, a causa de
unas fiebres, lejos de los suyos. Montevideo es la tumba de un
chico joven, demasiado joven, que nunca hizo daño a nadie, y
es la carta que envió Rossi a la madre, anunciándole la pérdida. ¿Por qué nadie escuchó mi plegaria?

Viena es una conjunción de sonidos: valses, aplausos, cristales finos. Alejandría es un gigantesco bazar, apestoso y
sucio, lleno de gente alelada que fuma sin descanso. París
es el coto de la Magnífica, París es de Sarah. Allí, a pesar
del entusiasmo del público, siempre me siento una intrusa.
París, que es fiel a la del cabello de fuego, me observa con
displicencia, tratando de hacerme entender que soy nada, una
pretenciosa.

Berlín es la risa de Robi Mendelssohn, mi querido judío,
el hombre más generoso del mundo. Dicen que me amaba en
secreto. Juro que, si así fue, nunca hizo nada por manifestar
su sentimiento. Era un amigo, casi un hermano. Cuando

murió, Giulietta, su esposa, me retiró la amistad, me acusó. Pensaba que Robi y yo éramos amantes. Siempre estuvo celosa de mí, y yo sin darme cuenta. ¡Dios santo! ¡Si la quería como a otra hija! ¡Si fui yo, yo misma, quien los presentó!

Lisboa es un perenne letargo. Allí, una mañana, un señor mayor, muy elegante y con monóculo, me detuvo en las inmediaciones de la torre de Belem. Pensé, irritada, que se trataba de alguien que había visto mi retrato en los periódicos, pero enseguida me di cuenta de que no tenía la menor idea de quién era yo. El caballero me aseguró, circunspecto, que una voz acababa de decirle al oído un mensaje para mí.

Lo contemplé de arriba abajo, preguntándome si estaría en sus cabales, y, sin inmutarse, añadió que poseía el don de oír voces y que estaba en el deber de transmitir los recados a sus destinatarios. Si por algún motivo no cumplía con su obligación, era víctima de terribles dolores en los oídos que ningún médico conseguía calmar. ¿Le permitía comunicarme el mensaje que me mandaban? Accedí a escucharlo; primero, porque no quería ser culpable de que le dolieran los oídos, y segundo, porque supuse que era la manera más rápida de lograr que me dejara en paz. Entonces exclamó: "Usted tiene dos brazos y los necesita a ambos. Si tuviera que cortarse uno, ¿cuál escogería?". Iba a responderle algo, no recuerdo ya qué, pero me detuvo con un ademán, aclarándome que su tarea quedaba cumplida al revelarme el mensaje. Se inclinó respetuosamente y se alejó haciendo molinetes con el bastón de junquillo. Lo miré irse, incrédula, y no pude evitar una sonrisa.

Meses después, Enrichetta reclamó con urgencia mi presencia en Berlín, aduciendo que debía hablar conmigo algo de suma gravedad. Ya era una joven y alguien, un alma emponzoñada, había puesto en sus manos Il fuoco. Me dijo que se sentía dolida y humillada, no tanto por la novela de Gabriele, pues le parecía digna del canalla que era su autor, sino por mi falta de amor propio. ¿Cómo podía continuar al lado de un hombre que escribía sobre mí con semejante crueldad?, inquirió. Intenté restarle importancia al asunto explicándole que la Foscarina era un personaje novelesco, no yo, y me lanzó una mirada helada. "Bien, Enrichetta, eres una mujer y tendrás que entenderme", no me quedó otro remedio que decirle. "Tengo dos brazos: uno eres tú, el otro es D'Annunzio. No puedo cortarme ninguno de los dos sin morir". Cuando terminé de pronunciar esa frase, en el momento en que mi hija se echó a llorar y me abrazó, recordé al caballero de Lisboa y caí en cuenta, por primera vez, de que aquella tarde me había hablado todo el tiempo en portugués. ¿Cómo diablos pude entender tan bien lo que me decía? Lisboa es, para mí, aquel señor excéntrico que iba por la ciudad transmitiendo mensajes a las gentes.

¿Y La Habana? ¿Qué memoria quedará de ella en mí, de su mezcla de exquisitez y de salvajismo? ¿En qué se convertirá, en mi recuerdo, este lugar magnífico que sirve de puente entre dos mundos? Las semanas que he vivido aquí se reducirán a una o dos imágenes, a algún instante. Una lancha atravesando la bahía, tal vez. Las gaviotas chillando sobre mi cabeza. Lo que tienta, lo que atrae, lo que arrastra hacia el misterio: la fuerza del mar. La luz que hiere como un cuchillo afilado. Las manos callosas golpeando los tambores. No, no. La Habana serán dos caballeros jóvenes y encantadores, empecinados, contra viento y marea, en arrancarme estas palabras, estos recuerdos marchitos.

Los primeros días a bordo del *Fynlandia*, la escala en Puerto Colón y el tramo final hasta LaHabana fueron bastante insípidos.

La tripulación la formaban un enjambre de criaturas con cabellos del color del trigo, engendradas por el mismísimo Odín si nos atenemos a su talla y galanura, entrenadas en el arte de atender con la mayor de las cortesías a los viajeros, pero manteniendo una fría distancia de por medio. Al comprobar que era absurdo esperar la menor manifestación de calor humano por parte de esos nórdicos, y que las sonrisas y miradas insinuantes que les lanzábamos chocaban contra escudos forjados en algún metal secreto e impenetrable, desistimos de la fantasía de seducirlos.

Nos dedicamos entonces a observar a los pasajeros, pero no encontramos nada que valiera la pena: en su mayor parte eran judíos viejos, barbudos y con levitas apolilladas, matronas rollizas, parejas de recién casados y niños insoportables que correteaban por todos lados, perseguidos por sus institutrices.

La segunda noche a bordo, el capitán Hort Ferk nos convidó a una cena de gala y compartimos su mesa en el *restaurant* del trasatlántico. Al igual que el resto de los invitados (un matrimonio argentino que daba la vuelta al mundo para festejar sus bodas de plata, un director de orquesta polaco de apellido impronunciable y *Miss* Eppleton, una solterona gringa), nos deshicimos en elogios para el *chef*, quien había preparado en nuestro honor un pescado en salsa blanca, relleno de almendras y nueces. A decir verdad, el pescado estaba desabrido y la velada fue patética. El argentino pasó la noche llamándonos la atención sobre la belleza de las damas y repitiendo, una y otra vez, el chiste de lo afortunados que éramos por viajar sin esposas. La gringa, por su parte, contó hasta la saciedad la historia de una prima suya que iba a reunirse con su prometido y desapareció durante el naufragio del *Titanic*. Para aderezar la pesadilla y hacerla particularmente insufrible, los diligentes vikingos encargados de servirnos lucían más apetitosos que de costumbre.

El tercer día, después de desayunar, preferí quedarme acostado en el camarote y empezar una novela de Valle-Inclán. Wenceslao, que aún no cejaba en su empeño de encontrar entre los viajantes alguna pieza digna de hincarle el colmillo, salió a hacer la ronda. Estaba inmerso en la lectura cuando lo vi volver con expresión triunfal.

—¿Y bien? —le pregunté, dejando al marqués de Bradomín en mitad de una escena de amor.

—Hay un colega a bordo —anunció.

—¿Y cómo no lo habíamos detectado? —inquirí, con entusiasmo, sentándome en la cama y tirando a un lado la *Sonata de primavera*.

—Estaba indispuesto y por eso no había ido al *restaurant* —explicó Wen y con estilo cablegráfico me puso al tanto de la información acopiada—. Cubano. Veintisiete años. Regresa de Argentina, donde tiene una tía. Es rico, educado, desenvuelto y

Sin permitirle terminar el reporte, exigí que me lo presentara de inmediato. Asintió, con una sonrisa enigmática, y me condujo a la proa, donde un desconocido contemplaba el horizonte. Al sentirnos llegar, el caballero dio media vuelta y me vi frente a Emilio de la Cruz. Poco faltó para que diera un traspié y cayera al mar. A la descripción de Wen le había faltado el último y más importante de los calificativos: feo. Sin embargo, creo que esa palabra no consigue retratarlo con exactitud; más que feo, que lo es, y con ganas, Emilio resulta un bicho raro, un engendro de la naturaleza. Esmirriado, maciliento, con ojos minúsculos y un expresivo rostro de mico, es un auténtico adefesio. Lo salva del desastre total el ser terriblemente simpático. Como Wen, es hijo único y sólo para complacer a su padre, un acaudalado terrateniente de Ciego de Ávila, había estudiado Derecho. El título, firmado por el señor rector de la Universidad de La Habana, adornaba una de las paredes del comedor de la casa paterna y, a cambio de él, Emilito recibía una renta mensual que le permitía vivir holgadamente, dedicado, según él mismo nos contó, a no hacer nada, a mariposear de fiesta en fiesta y a retribuir con largueza los servicios de sus queridos.

Desde esa mañana nos hicimos inseparables. Nuestro primer amigo cubano sabía paliar la carencia de atractivo físico con una conversación chispeante, un buen humor a prueba de matrimonios argentinos y un desenfado mundano que evidenciaban no sólo su buena cuna, sino también que estaba habituado a moverse en círculos exclusivos. Pronto dejamos de ser los señores Hoyos, Belalcázar y De la Cruz, para convertirnos simplemente en Wen, Lucho y Emilito.

Por sugerencia suya, empezamos a tomar el sol de la mañana en la cubierta. Emilio y Wenceslao se divertían observando a los pasajeros, imaginando adónde se dirigían y con qué fines, e inventándoles un sinnúmero de historias truculentas. Se burlaban de los atuendos recargados de las nuevas ricas y de los mostachos y los vientres prominentes de sus maridos; le tomaban el pelo a la Eppleton describiéndole pulposos mangos que crecían en enredaderas y sandías que maduraban al sol colgando de las ramas de los árboles; y no sintieron el menor escrúpulo por calumniar al capitán Ferk, atribuyéndole un romance con un rabino.

Otra cosa que les encantaba hacer era tocar los timbres de servicio para que apareciera uno de los vikingos y, en perfecto inglés, nos preguntara qué deseábamos. "Acabar contigo, muñeco" o "Comerte vivo, mi santo", les decía en sus narices De la Cruz, aprovechando que los nórdicos desconocían el castellano, y estallábamos en carcajadas, como chiquillos malcriados, antes de solicitarles que nos trajeran una limonada o un tinto.

El cubano compartía con Wen la fascinación por los púgiles. Por supuesto que conocía a Luis Vicentini, y no negaba que su aspecto, mitad tosco, mitad aniñado, resultaba atractivo, pero consideraba, y en eso coincidía conmigo, que no era la maravilla insuperable que pretendía mi pareja. Su preferido, antes de viajar a la Argentina, era un compatriota suyo llamado Fello Rodríguez, al que apodaban El Tigre de La Habana. "Que en el *ring* no es muy bueno, pero está buenísimo", advirtió. Sin embargo, durante su estadía en el país austral había descubierto, gracias al diario *Clarín*, la existencia de un joven boxeador de diecinueve añitos, oriundo de Georgia, llamado Young Stribling. Si la realidad se correspondía con lo que enseñaban las fotos, el gringuito pasaría a ocupar, sin titubeo alguno, el sitio más importante de su altar.

Puesto que Emilio volvía a Cuba tras unas vacaciones de dos meses en la hacienda del marido de su tía, no estaba enterado de la visita de Eleonora Duse. Wen, muy complacido, le proporcionó todos los detalles del acontecimiento. El feúcho escuchó con atención, poniendo cuidado para no evidenciar su ignorancia en el tema, pues o mucho me equivoco o no tenía ni idea de quién era esa actriz italiana que nos impulsaba a cruzar el océano. Después, aseguró que compraría un abono para ver a la *Signora* y se puso a enumerar los nombres de otras grandes figuras que habían actuado en La Habana: Anna Pávlova, Enrico Caruso, Serguei Rachmaninoff, Titta Ruffo, La Argentinita, Ignacio Paderewski, María Guerrero y, claro, la incomparable, la sobrehumana, la divina Bernhardt...

Aquella sarta de epítetos pomposos antepuestos al nombre de la rival de su ídolo irritó de sobremanera a Wen, quien, sin perder la ecuanimidad, pero destilando veneno, dijo que, si bien él nunca alcanzó a ver una actuación de la trágica gala, conocía los testimonios de varios críticos que la tildaban de gritona, engolada y desmedida en sus ademanes, por no hablar de quienes se referían a ella como a una vieja pizpireta que salía a escena con una escandalosa peluca roja y una costra de maquillaje para tratar de disimular el rostro lleno de surcos. Lejos de enojarse por esos comentarios, De la Cruz los apoyó, divertidísimo, al recordar que seis años atrás, cuando asistió a las funciones de la segunda y última temporada de la Bernhardt en Cuba, había quedado perplejo al ver a la anciana, que podría estar tejiéndole mediecitas a sus bisnietos, interpretando *La muerte de Cleopatra*, *Juana de Arco* y *La dama de las camelias*. Jamás, adicionó, pudo reconocer en semejante ruina humana a la sensual reina del Nilo, a la doncella de Orleans o a la seductora cortesana tísica del París galante. Su declaración hizo que Wen saltara de la silla de extensión donde estaba tendido y le diera un efusivo abrazo.

—La Duse es el polo opuesto de la Bernhardt, amigo mío —dijo al sorprendido De la Cruz—. Detesta los artificios escénicos y ama, como nadie, la mesura y la sobriedad. Sarah, ¡esa bruja!, la acusaba de robarle su repertorio. Pero ¿es que acaso las obras dramáticas nacidas de la pluma de un genio pertenecen a alguna intérprete en particular? Cada actriz es libre de seleccionar, de entre todas, aquéllas que desee, y de entregar su espíritu y su carne a los personajes para hacerlos verosímiles. —Sus pupilas parecían dos brasas y el fervor con que hablaba me hizo pensar que, de proponérselo, podría ser un estupendo abogado defensor—. Que la Bernhardt perdiera la cabeza cuando Eleonora interpretó en los teatros de París *La dama de las camelias*, *Magda* y *La mujer de Claudio* resulta, desde cualquier punto de vista, muy sospechoso. Porque si en realidad la francesa hubiera hecho de esas piezas creaciones insuperables, lejos de molestarse porque una italiana las interpretara de modo, a su juicio, mediocre, aquello le habría *convenido*, pues la comparación resaltaría su pretendida superioridad histriónica. Pero si, en cambio, se enojaba cada vez que Eleonora ponía en escena una de las obras que, presuntuosamente, consideraba suyas, y pataleaba y soltaba sapos y culebras por la boca desdentada... *por algo sería*, ¿no les parece?

Nos apresuramos a decir que sí y, para conjurar el advenimiento de otra andanada en pro de la Duse, Emilito se enfrascó en una minuciosa descripción de la pampa y de los gauchos que proliferan en ella: fuertotes, peludos, intrépidos y de miradas magnéticas, especie de gigantes que devoran la carne casi cruda y son capaces de luchar cuerpo a cuerpo con un toro y salir vencedores en la lid.

—¿Y tuvo algún encontronazo con un Martín Fierro? —inquirió Wen, olvidándose al instante de su Eleonora reverenciada.

—Numerosos encontronazos, querido —especificó De la Cruz y sus mejillas se colorearon de placer mientras yo pensaba que, con seguridad, los lances habrían tenido lugar en la más impenetrable oscuridad, para ahorrarles a los gauchos el horror de verle la cara—. A un tris estuve de que me marcaran en las ancas con sus hierros candentes.

Bajamos a tierra en Puerto Colón, pero a los diez minutos me aburrí del paseo y anuncié mi decisión de retornar al buque. Las casuchas y la naturaleza carecían del menor interés y me bastó un vistazo para comprobar que lo mismo ocurría con los nativos. Ante la perspectiva de tanta mugre, calor y miseria, preferí quedarme en el palacio Gaetani, con María del Rosario y Bradomín. Wenceslao, en cambio, se adentró por el pueblo en compañía de Emilito y lo mareó con una perorata patriótica sobre cómo los gringos nos arrancaron, a traición, ese pedazo del mapa de Colombia para inventar en él la república de Panamá y construir el canal que tan pingües ingresos proporciona. Volvieron con una cesta de frutas maduras y calenturientas que ni quise probar. Ellos, en cambio, comieron bananos, mandarinas y tajadas de papaya y de sandía hasta hartarse, e incluso convidaron a *Miss* Eppleton al festín.

Cuando el *Fynlandia* tomó rumbo a la Isla, La Habana se convirtió en el tema principal de las conversaciones. De la Cruz quiso saber si teníamos reservación en algún hotel y, al contestarle que no, se ofreció para recomendarnos alguno de calidad. De manera discreta inquirió de qué presupuesto disponíamos para el hospedaje. "Del que sea necesario para sentirnos a gusto en un sitio de la mejor categoría", dijo Wen, altanero, y Emilio señaló, sin vacilar, que el lugar idóneo era el Sevilla-Biltmore, un hotel dotado de todas las comodidades imaginables, próximo al mar y a la mayoría de los sitios de interés. Eso no significaba, aclaró, que no existieran otros establecimientos más económicos, capaces también de hacernos grata la estadía. Sin embargo, el hotel que sugería era muy *chic* y estaba de moda. Además, la torre que acababan de adicionarle lo había convertido en el edificio más alto de la capital. "Pues ahí nos alojaremos", exclamé, dando por zanjado el asunto y sin preguntar, para no desmerecer, cuál era el precio de una habitación por noche.

De la Cruz nos aleccionó, además, acerca de los lugares históricos y de recreo que debíamos visitar sin falta, como la Catedral, el Centro Gallego, los jardines de la cervecería Tropical, las playas de Marianao y el *stadium* universitario, adonde acudían infinidad de estudiantes a practicar sus deportes predilectos; eso, claro, sin incluir otros destinos, *non sanctos*, acerca de los cuales nos daría detalles en su debido momento... pues, aunque el objetivo principal de la visita fuera asistir a las representaciones de la Duse en el Nacional, dispondríamos de las mañanas, las tardes y las madrugadas para divertirnos y trabar conocimiento con algunos personajes pintorescos.

La noche del lunes veintiuno de enero, Wen y yo estuvimos despiertos hasta tarde, leyendo yo y escribiendo cartas él a su madre y a Juanma Vengoechea, con la intención de enviarlas tan pronto pusiéramos un pie en La Habana. Me preguntó si no pensaba escribirle a la Generala, y le dije que prefería enviar un telegrama. Según nuestros cálculos, por esos días la Gallego debía haber hecho su entrada triunfal en Barranquilla, en el avión·*Bolívar*, y si aún no navegaba hacia Nueva York, donde tomaría otro buque hasta Suez, estaría a punto de hacerlo. Me asomé por la escotilla del camarote y vi el mar, nigrescente y calmo, y una luna enorme, redonda cual una arepa de maíz pintao. A primera hora de la mañana, si el capitán cumplía su palabra, desembarcaríamos en la capital de Cuba.

Hort Ferk no nos defraudó. Antes de la siete, en un día espléndido, de cielo azul y sin rastro de nubes, el *Fynlandia* se adentró en la garganta de la bahía habanera, de apenas trescientos metros de ancho, que tiene fama de traicionera con los buques de gran calado. Un botecito de motor iba delante, indicándole la ruta, para evitar un accidente. Cinco años atrás, el vapor *Valvarena* había naufragado cuando intentaba pasar por allí en medio de una tormenta tropical. En la cubierta, junto a otros pasajeros, contemplamos, azorados, los farallones abruptos que permitían el acceso al puerto. La ciudad relumbraba con destellos de oro, y un De la Cruz todavía somnoliento, para quien atravesar la boca de la bahía carecía de sorpresas, señaló los tiburones que merodeaban, hambrientos, alrededor del navío.

—El que caiga al agua aquí no hace el cuento —dijo, y tragamos en seco al observar aquellos cuerpos parduscos, de piel dura y lustrosa, que aparecían y desaparecían con agilidad—. Por cierto, tienen que ir a alguna buena fonda china y probar la sopa de aletas de tiburón —nos propuso—. Es deliciosa —añadió, sin percatarse de las muecas de asco de quienes le rodéabamos.

A medida que el *Fynlandia* avanzaba, empezaron a pasar por su lado numerosas embarcaciones de pescadores. Unos se dirigían mar afuera; otros, los más, retornaban de la faena nocturna trayendo el pescado fresco que los compradores se disputarían en los mercados. En los botes, algunos hombres y chiquillos devolvían los saludos que desde el crucero les prodigaban niños y adultos; pero la mayoría de los trabajadores, absortos en sus preocupaciones, parecían no ver las manos, los pañuelos y los sombreros que se agitaban diciéndoles adiós.

"El Morro", anunció de la Cruz, a guisa de presentación, señalando el castillo con un enorme faro que se levanta encima de un acantilado de rocas calizas, en el margen izquierdo de la entrada de la bahía. Luego, volviéndose teatralmente en la dirección opuesta, dijo: "La Punta", e indicó un bastión de gruesos muros, con una atalaya y largos cañones enmohecidos, construido también junto al mar, siglos atrás, para proteger la villa de la amenaza de los piratas. Sobre las piedras del fuerte, un grupo de cadetes vigorizaban sus músculos con saltos y ejercicios. "Señores míos, han llegado ustedes a San Cristóbal de La Habana", anunció, abriendo los brazos, el cubano.

Una tercera fortaleza, la Cabaña, se mostró al norte, en lo alto de una loma. Al enterarnos de que era una prisión militar, las ventanitas de sus muros dejaron de parecernos graciosas.

Gaviotas y alcatraces sobrevolaban el barco, dedicados, aparentemente, a darnos la bienvenida con chillidos cordiales, pero de repente se lanzaban al agua en picada, para atrapar algún pececillo, y delataban sus verdaderas intenciones.

"La Fuerza", prosiguió el experto, y nos invitó a admirar la fortaleza con almenas en cada una de sus cuatro esquinas, puente levadizo y profundo foso circundante, que se alza a unos metros del malecón. Desde lo alto del campanario, una veleta con forma de figura femenina parecía saludarnos.

—Cuando los ingleses nos conquistaron, en la época de Maricastaña, todo esto quedó hecho talco y hubo que volver a construirlo —refirió De la Cruz, indicando las edificaciones—. Porque, por si no lo sabían, los cubiches fuimos súbditos británicos durante un tiempo. Lástima que nos devolvieran a España a cambio de la Florida —comentó—, si no, ahora hablaríamos *English*, tomaríamos té a las cinco con el dedo meñique parado y no tendríamos tanto gallego con peste en las patas.

El olor a puerto llegó sin avisar, como una bofetada: un olor penetrante, mezcla de salitre, cebolla rancia y brea, de pescado, madera podrida y orín, que es el mismo en cualquier latitud del planeta. Un olor ingrato que se aspira a todo pulmón y que, por alguna razón incomprensible, se agradece después de varios días disfrutando del aire puro de mar afuera. Una vez el buque traspuso el angosto paso de acceso, la bahía se abrió desprevenida, con generosidad, permitiéndonos ver las numerosas goletas de carga o pesqueras y los vaporcitos de cabotaje que avanzaban zigzagueantes. Los estibadores, en su mayoría negros o mestizos, extraían fardos de las bodegas de los navíos y los trasladaban a tierra firme cargándolos sobre el lomo.

De la Cruz dijo que el poblado de pescadores enclavado en las faldas del cerro, en la margen izquierda, respondía al nombre de Casablanca. Más allá de la otra ribera, atiborrada de depósitos donde importadores y exportadores almacenan sus mercancías y de establecimientos de marinería, se desparramaba la urbe. Mientras el *Fynlandia* atracaba en el muelle de San Francisco, alcanzamos a divisar el convento del mismo nombre, el grácil Mercurio que adorna la cúpula de la Lonja del Comercio, gentes que caminaban en todas direcciones, casonas, cafés y bares, un laberinto de callejuelas, tranvías, automóviles y carretones tirados por caballos. En ráfagas intermitentes nos llegaron sonidos confusos: bocinas de vehículos, gritos de vendedores de pescado y de lotería, acordes de músicas desmembradas. La ciudad bullía, semejando un caldo espeso que se cocinara bajo el tórrido sol. Al igual que cuando descendimos del tren en Barranquilla, tuve la sensación de que, si se le antojaba, también la capital cubana podía engullirnos, abrir sus enormes mandíbulas de escualo y tragarnos sin dejar rastro de nosotros, intrusos que llegábamos con la intención de husmearle las entrañas.

Cumplidos los ineludibles trámites de inmigración y aduana, salimos a la calle detrás de Emilio de la Cruz. Una nube de vagabundos y vendedores de fruslerías nos cayó encima, pero nuestro guía los apartó con un ademán displicente. Gritando su nombre, un hombrón le salió al encuentro, le dio un abrazo y le arrebató el equipaje que cargaba.

—Los señores son mis amigos y los dejaremos en Trocadero y Zulueta —le comunicó Emilio y, mientras caminábamos detrás del tipo, que también se había adueñado de nuestras maletas, nos contó que Pancho, que lo conocía desde niño, era guardaespaldas y *chauffeur* de su tío, un comerciante de ultramarinos que acababa de iniciar, con éxito, la carrera de político.

El automóvil de la familia De la Cruz ("uno de ellos", nos aclaró, de pasada, el conductor) estaba estacionado cerca. Atolondrados por el gentío, el ruido y los inclementes rayos del sol, corrimos a meternos en el despampanante *Cleveland* de seis cilindros. Pancho acomodó las valijas lo mejor que pudo, se sentó ante el timón e hizo que el carro volara por la avenida.

—Después que se registren en el hotel, pueden almorzar y descansar un rato —nos recomendó Emilio—; pero estén listos a las tres, pues vendré a buscarlos para dar un paseo.

Asentimos como autómatas y unos segundos más tarde el vehículo se detuvo en seco, chirriando los neumáticos con estrépito, frente a un hotel señorial, con una exótica fachada de inspiración morisca y una torre de no recuerdo si ocho o nueve plantas. Varios empleados corrieron a hacerse cargo del equipaje y nos condujeron, con una gentileza rayana en el servilismo, al vestíbulo del Sevilla-Biltmore.

De que era un sitio *chic*, no sólo de moda sino moderno, tuvimos un par de pruebas en menos de un minuto. Una de ellas, cuando el encargado de la recepción ni pestañeó al solicitarle una pieza con una sola cama, lo más amplia posible, y la otra cuando, mientras firmábamos el libro de huéspedes, vimos salir del ascensor, muy ligera y vestida de seda lila, con una orquídea prendida en el pecho, a la bellísima Gloria Swanson. Un hombre salió a su encuentro y, como si se tratara de una delicada figura de cristal tallado, la condujo, con muchos remilgos, hacia las mesas del patio andaluz adornado con azulejos.

—Pellízqueme —le pedí a Wen, sin poder creer que la estrella de Hollywood, a quien tantas veces había visto en la pantalla del Salón Olympia, estuviera a pocos pasos de mí, sorbiendo con una pajita un coctel amarillo adornado con una rodaja de naranja—. ¡No tan duro, animal! —me quejé entre dientes, frotándome el antebrazo adolorido.

El botones nos llamó a capítulo con un respetuoso: "Por aquí, caballeros", y condujo hasta su amplia habitación en el segundo piso a los dos extranjeros llegados de quién sabe cuál país de tercera categoría, donde ver a la Swanson en tres dimensiones era algo imposible.

La pieza, acogedora y arreglada con gusto, tenía ventanas a la calle y nos apresuramos a abrirlas. Una oleada de resol inundó las cuatro paredes y en un santiamén guardamos nuestras cosas en los compartimentos del escaparate. De entre las páginas de uno de los libros que llevaba conmigo asomó la cubierta de una carta de mis tíos para el cónsul colombiano. Al verla, recordé el compromiso que trataba de mantener lejos de mi cabeza. Claro que no iba a estropear la fiesta de la llegada poniéndome a pensar en mi tío: ya tendría tiempo de ocuparme de ese desagradable entuerto.

Nos dimos un baño reparador y, al comprobar que todavía faltaba mucho para el mediodía, decidimos explorar por nuestra cuenta y riesgo los alrededores. Nada mejor para ello, según nos recomendó un empleado del hotel, que hacer un recorrido por el paseo del Prado, situado a media cuadra de distancia, y hacia allí nos dirigimos, a tientas, aprendiendo a movernos en medio de esa luz espejeante, casi palpable, que desdibuja los contornos de las cosas e inflama de modo sorprendente los colores.

El *boulevard* amplio, sombreado por dos hileras de laureles, nos sedujo en cuanto lo distinguimos. Pero al acercarnos y ver los leones de bronce plantados sobre túmulos de piedra, con las fauces abiertas y las melenas en desorden, medio adormilados por la flama; al pasar junto a las coquetas farolas de hierro con cinco bombillas que se alzan en las esquinas; al encontrar las bancas de mármol donde los paseantes se sientan a disfrutar de la sombra y a narrarse sus historias; al descubrir los arabescos caprichosos que se dibujan en el suelo de granito cuando la luz se filtra entre las hojas de los álamos y se deshace en hilachas, caímos rendidos, sin remedio, ante el encanto de la alameda.

—Dudo que en la ciudad pueda existir otro sitio tan encantador —se aventuró a decir Wen. Por prudencia, no acolité su juicio.

Avanzamos despacio por el paseo, en dirección al mar, ignorando los vehículos que pasaban a lo largo de las vías paralelas. A ambos lados de esas arterias, en los andenes vecinos, la vida se desarrolla con un bullicio y una velocidad vertiginosos. El *boulevard*, en cambio, es un remanso, posee un *tempo* propio, más amable para los advenedizos, pues les permite acostumbrarse de forma progresiva al ritmo trepidante de la metrópoli antes de meterse de lleno dentro de su torrente. Así nos percatamos, sin necesidad de guías ni de intermediarios, de que el Prado es una especie de río de cauce anchuroso y seco, y de que, como todos los ríos, también muere en el mar.

Al final de la avenida, cerca del monumento a un poeta que antes de morir frente al pelotón de fusilamiento le compuso unos versos a una golondrina, tropezamos con el caserón inmenso, antiestético y triste de una cárcel. Apartando la vista de sus paredes repletas de ventanas enrejadas, centramos nuestra atención en una glorieta de altas columnas, rodeada de bancas de hierro forjado. Allí, supusimos, alguna banda de músicos ofrecería conciertos vespertinos, quizás los domingos. Luego paseamos por la explanada de la Punta y, acercándonos al malecón que se extiende hacia el oeste, admiramos otra vez los encantos de esa fortaleza y del Morro. Las olas rompían contra el muro de piedra donde nos habíamos acomodado y una de ellas, estallando con especial fuerza, nos salpicó. Sentí el sabor a mar en mis labios y el deseo cursi de darle un beso a Wen para robarle la sal de los suyos.

Decidimos entonces retomar el *boulevard* y volver sobre lo andado con la intención de alcanzar su extremo opuesto. En cada uno de los cruces de calles presentamos de nuevo nuestros cumplidos a los leones guardianes de las esquinas, quienes, imponentes y pagados de sí mismos, ni se dignaron a mirarnos. Caminamos y caminamos, regodeándonos con las edificaciones laterales, en su mayoría residencias de dos o más pisos, con fachadas y balcones muy decorados. Advertimos que era posible hacer aquel trayecto resguardándose del sol o de la lluvia en los portales inmensos, que sostenían infinitas columnas.

Al llegar a Neptuno, el Prado dejó de ser un oasis de caminantes y se convirtió en una vía ancha y ruidosa, sin otro encanto que el que le brindan las magníficas construcciones que la escoltan. Cruzando la calle en diagonal, desembocamos en el agitado Parque Central y dimos con la estatua de un José Martí que predica fogosamente, acompañado por ridículas esculturas y relieves tipo *Ilíada* que dizque representan la patria, el honor, la valentía y otras idioteces por el estilo. El pobre Apóstol habla y habla en su monumento, todo el santo día, sin que los transeúntes que pasan junto a él parezcan concederles importancia a sus palabras.

Los bancos de hierro forjado y madera diseminados entre fuentecillas, palmeras e higuerones nos convidaron a hacer un alto y, como empezábamos a sentir un calor infernal, nos dejamos caer en uno de ellos. Fue sólo un instante, pues un par de chiquillos, que se acercaron con el propósito de embolarnos los zapatos y que al parecer desconocían el significado de la palabra "no", nos ahuyentaron.

Continuamos el peregrinaje y la siguiente parada fue ante una fontana. En ella, una preciosa india de mármol blanco de Carrara, dueña de una aljaba llena de flechas y de un turbante emplumado, sostiene en una de sus manos el escudo de la ciudad, mientras con la otra carga un cuerno de la abundancia. A sus pies, cuatro delfines, enamorados de su dueña, dejan salir por las bocas finos chorros de agua y saltan tratando de escapar del fondo de musgo verdinegro al que están encadenados. "No lloréis más, delfines de la fuente, sobre la taza gris de piedra vieja", musité, mirándolos con fijeza, sin saber quién me dictaba esas misteriosas palabras. De haber tenido lápiz y papel a mano, habría escrito un poema allí mismo. La Noble Habana, así nombran a la fuente, nos recordó esa mañana, ¡como si el recorrido de una punta a la otra del Prado no nos hubiera convencido de ello!, que estábamos en una ínsula bien diferente a nuestra Bogotá enquistada entre cerros, en un lugar lleno de vida que no por gusto denominan la Perla de las Antillas.

Wen, agotado por tanta belleza y novedad, estimó que debíamos reponer las fuerzas y remontando el Prado (Neptuno, Virtudes, Ánimas, Trocadero: los nombres parecían ahora menos extraños), aturdidos por las bocinas de los carros y por los pregones con que los vendedores ambulantes anunciaban dulces y frutas, regresamos al Sevilla-Biltmore.

Durante el almuerzo ratificamos el carácter cosmopolita del hotel. Buena parte de los comensales eran extranjeros, en su mayoría gringos. Teníamos la secreta esperanza de coincidir con la Swanson para examinarla con mayor detenimiento, pero la diva del celuloide no apareció por allí. Wen pidió una paletilla de cordero a la menta, acompañada de tomates asados, y yo, que después de la excursión sentía ganas de seguir explorando todas las dimensiones de la Isla, me acogí a la recomendación de un camarero gordito y obsequioso y pedí masas de cerdo fritas, moros con cristianos (¡divina metáfora para nombrar la combinación de los frijoles negros y el arroz!) y una yuca con un aderezo de ajo tan fuerte que, en cuanto despachamos la comida, corrí a enjuagarme frenéticamente la boca. El tiempo, que al principio parecía escaso, alcanzó para echarle un vistazo a un mapa de la urbe e incluso para una siesta sobre las sábanas almidonadas de la cama con dosel.

Cuando Emilio de la Cruz pasó a buscarnos y le contamos que ya El Prado no tenía secretos para nosotros, se echó a reír y nos tildó de impacientes y de infieles. En su compañía, nos adentramos en el corazón antiguo de la capital. No lo hicimos por una única calle, sino que fuimos deambulando de O'Reilly a San Ignacio y de Obrapía a Mercaderes, charlando muy animados y deteniéndonos cada vez que tropezábamos con algo que nos parecía digno de contemplar con detenimiento: la catedral de torres disparejas; las plazas enmarcadas por palacios coloniales; las rejas como de encaje, llamadas guardavecinos, que separan un balcón de otro; los mediopuntos coloridos de alguna casona devenida inquilinato.

Si bien ese segundo recorrido careció de la intensidad y la magia de la andanza matinal, sirvió para que comprobáramos una afirmación muchas veces escuchada: que los hombres cubanos son divinos.

—Bueno, *algunos* —apuntó, jocoso, el feo de Emilito. Y yo pensé, con crueldad, en aquello de que toda regla tiene su excepción.

Sin saber cómo, de pronto nos encontramos caminando otra vez por la alameda de los leones e hicimos un alto en El Anón del Prado. A De la Cruz le pareció un pecado regresar al hotel sin que probáramos los sorbetes de fruta que venden en ese establecimiento y no le costó mucho convencernos. Fue en El Anón, paladeando en cucharillas de plata las exquisitas cremas heladas, donde, socarronamente, nos propuso que, si no estábamos demasiado cansados y la aventura nos tentaba, asistiéramos esa noche a un famoso teatro de revistas para hombres solos.

—No puedo garantizarles que el espectáculo les complazca —advirtió—; pero sí que el público será un regalo para sus ojos.

Se ofreció para pasar por nosotros, pero le dijimos que preferíamos llegar por nuestros medios para empezar a sentirnos cómodos en la ciudad. Estuvo de acuerdo y nos informó que el teatro quedaba muy cerca del hotel. No obstante, por tratarse de una salida nocturna, era recomendable que acudiéramos en un fiacre. "Un auto de alquiler", aclaró. "Así les decimos acá".

Le preguntamos la dirección.

—Consulado y Virtudes —contestó—. Pero con que mencionen el Alhambra será suficiente.

No me agrada que hablen mal de Sarah en mi presencia. Los grandes merecen respeto. Tenía defectos, muchos defectos, pero gracias a ella entendí que el teatro era un ansia perenne de llegar lejos, y que valía la pena dedicarse por entero a él.

La vi por primera vez cuando me iniciaba como prima donna. La famosa Sarah, que recorría Europa con su compañía, aceptó presentarse en Turín si ponían a su disposición el Carignano. A Rossi casi lo enloquecieron, hasta que accedió a hacer un alto en su temporada y ceder unas fechas a la francesa. A las carreras adecentaron el viejo teatro y mi camerino lo transformaron en una especie de alcoba versallesca. Anunciaron La dama de las camelias, La esfinge, Adriana Lecouvreur y Frou-frou y, pese a que los asientos se vendían carísimos, la gente agotó las entradas con mucha anticipación.

Diez días antes del debut, comenzaron a llegar baúles y jaulas con animales. Y por fin apareció la Bernhardt, con sus guedejas de fuego y su boca que parecía un buzón acabado de pintar de rojo, con un cachorro de león y un joven marido griego.

No me perdí una función. Más que verla, la estudié. Decían que era genial. Y lo era, sin duda, a su manera. Extraordinaria y única. Modulaba la voz de una forma incoherente, caminaba por la escena como un cohete a punto de estallar y fruncía las cejas de un modo exagerado.

Sarah siempre era ella. Nunca dejaba de ser la Bernhardt, sin importar el rol que desempeñara. Era demasiado llamativa, demasiado cautivante y fuerte, para plegarse a otra. Carecía de la humildad necesaria para desaparecer detrás de un carácter. Era Sarah quien enamoraba a Armando, y no Margarita. No entraba en el personaje: lo sustituía.

Los decorados me parecieron horribles y los actores que la acompañaban, del montón. Pero ¿para qué incurrir en gastos contratando figuras de mayor talla? Al fin y al cabo, la gente pagaba para ver a la Bernhardt. Con que ella hiciera bien lo suyo, ¡y ya lo creo que lo hacía!, era más que suficiente.

Una noche, Rossi me condujo a rastras hasta los camerinos y, colocándome delante de la Magnífica, le explicó que yo era la primera figura de la *Compagnia della Città di Torino*. La saludé, ruborizada, con una pequeña reverencia. Tan nerviosa estaba, que ni atiné a mirarla. Dudo mucho que ella lo hiciera.

Cuando se marchó, cuando partió de Turín seguida por su séquito, sus baúles y su zoológico, nada fue lo mismo para mí. Su poder, su magia, me habían marcado. Supe lo que quería: estar al servicio del arte y de la belleza. Ser libre, ser grande. Grande como ella, pero sin ser ella. Conquistar el derecho de hacer lo que sentía, y no lo que me impusieran las reglas. Y comprendí que, para lograrlo, era necesario que venciera mi desconfianza, mi inseguridad.

¿Sarah era bella? Yo también podría serlo si lo deseaba. ¿Sarah era conmovedora? Yo también haría vibrar los sentimientos del público, pero de otra manera. No sabía bien cómo, ignoraba cuál era esa manera. Lo único claro para mí, en aquel momento, era que no trataría de imitarla, sino lo contrario. ¿Ella era una explosión de emociones? Yo sería la contención misma. ¿Declamaba? Yo hablaría. ¿Subrayaba? Yo insinuaría...

Rossi no supo si bromeaba o si había perdido el juicio cuando le pedí que reanudáramos la temporada con *La dama de las camelias* con mi nombre a la cabeza del reparto.

—¿Quiere que quemen el Carignano? —gimió y me obligó a representar *Divorciémonos*.

Pero en el verano, en Roma, me salí con la mía. Por primera vez lo enfrenté y le dije que o Dumas hijo o nada. Mi repentina firmeza lo hizo ceder. Quería dar vida a los mismos personajes que la francesa, asumir el riesgo de la comparación.

Al retornar a Turín, empezamos con *Frou-frou*. "¡Peligroso!", opinaron muchos. ¿Cómo nos atrevíamos a interpretar uno de los éxitos de Sarah, frescas aún las impresiones de su temporada? El teatro se repletó. Supongo que la gente esperaba un descalabro. Fueron a burlarse y terminaron aplaudiendo. Y lo mismo ocurrió cuando, envalentonado, Rossi accedió a presentar La dama de las camelias.

A Sarah la reencontré quince años más tarde, en circunstancias diferentes.

Ella misma convenció a Schurmann, que había sido su empresario y entonces lo era mío, para que me presentara en su teatro. Dudé antes de aceptar. Hacía mucho que esperaba ese momento y, cuando al fin llegó, tuve miedo. Actuar en la capital francesa, nada menos que en el Renaissance, era meterse en la guarida del lobo. ¡En los dominios de Sarah la Magnífica! ¡La loba mayor! Ya por entonces los críticos se entretenían comparándonos. En Inglaterra, Bernard Shaw había publicado un artículo acerca de nosotras, en el que cotejaba nuestros modos de interpretar y concluía inclinándose por el mío. Alguien me contó que, cuando se lo leyeron, la Bernhardt tuvo un ataque de ira. ¿Podría yo sobrevivir al embate de sus fanáticos, que se contaban por miles en París?

Para ganar tiempo, inventé todo tipo de excusas y de exigencias. Le dije a Gabriele que sólo iría si creaba un drama para que yo lo estrenara allí. ¡Y lo hizo! Le pedí a Andó que abandonara por unas semanas sus compromisos para acompañarme como Armando Duval y, para sorpresa mía, accedió. Ya tenía cuarenta y siete años, pero seguía siendo el mejor galán de Italia. Comprendí que no tenía alternativa. Tarde o temprano debía suceder. Le contesté a Schurmann que sí.

Lo primero que hice al llegar a París fue comprar chiffons nuevos donde Worth. Vestida a la moda, me armé de valor para ir al encuentro de Sarah, que había acortado una temporada en Bruselas para darme la bienvenida. Como es natural, no recordó nuestro encuentro en Turín, y yo no quise sacarlo a relucir. Me estrechó efusivamente entre sus brazos

(¿por qué todo en ella tenía que ser tan teatral?) y me abrumó con sus cumplidos. Gentil, en apariencia muy cariñosa y con deseos de protegerme; pero al llegar al teatro descubrí que su camerino estaba cerrado con llave, y no me quedó otro remedio que refugiarme en uno maloliente e incómodo, situado al final de un corredor.

Aunque algunos lo consideraron una especie de suicidio, escogí *La dama de las camelias* para debutar.

Pocas veces me he sentido tan nerviosa como esa noche. Todo París estaba en el Renaissance. La princesa Mathilde Bonaparte. La viuda de Dumas hijo. La de Bizet. Y un ejército de críticos, encabezados por el influyente y panzudo Sarcey, clavándome sus miradas. La presencia de Sarah en un palco, tratando de llamar a toda costa la atención, con una enorme corona de rosas y las manos repletas de sortijas relumbrantes, no me hizo sentir mejor. Fue una pésima función, debo reconocerlo. Una de las peores de mi vida. Las críticas fueron frías. Lo mismo sucedió días después, cuando hice *Magda*. Con *Cavalleria rusticana* y *La mujer de Claudio* la prensa me trató mejor.

Entonces la bruja, no satisfecha con ser testigo de mi fracaso, trató de que nos presentáramos juntas en una función benéfica destinada a recaudar fondos para el monumento a Dumas hijo. Su plan demoníaco consistía en que interpretáramos *La dama de las camelias*. Ella, los dos últimos actos; yo, el segundo y el tercero. Es decir, los que peor me habían salido en el debut. Anunció su idea a la prensa y no me quedó otro remedio que aceptar. Eso sí, me negué a interpretar lo que tan pérfidamente había escogido. Dije que haría el segundo acto de *La mujer de Claudio* y no me dejé convencer.

Para sorpresa mía (y de Sarah, supongo), tuve un éxito rotundo. Cuando, días después, volví a presentar esa obra, los parisinos enloquecieron y llegaron a pagar doscientos cincuenta francos por una butaca. ¡Habían "descubierto" mi estilo! ¡De pronto, me adoraban!

Sarah partió a Londres, furiosa, y allí se vengó haciendo a la prensa declaraciones llenas de veneno: "Eleonora Duse recorre caminos que le han abierto otras", dijo. "Es verdad que no imita: planta flores donde las otras han plantado árboles, y árboles donde han plantado flores. No ha hecho más que usar los guantes de las demás, poniéndoselos al revés", aseguró. "Es una gran actriz, incluso una muy grande actriz, pero no es una artista", concluía.

Para finalizar la temporada, estrené sin penas ni glorias la obra que D'Annunzio había escrito para mí. Y ya estaba a punto de regresar a Italia, cuando a Sarcey se le ocurrió que debía ofrecer una función especial, una matinée por invitación, para que la gente de teatro tuviera la oportunidad de verme. Puesto que no hubo modo de convencer a Sarah para que alquilara el Renaissance, Schurmann consiguió el Théâtre de la Porte Saint-Martin. Esa tarde fue mi revancha. Comencé con Cavalleria rusticana, luego interpreté el quinto acto de La dama de las camelias y, para cerrar, el acto segundo de La mujer de Claudio. El terrible Sarcey, a quien tanto temía, me despidió con una crónica en Les Temps en la que declaraba que volvía a Italia victoriosa y dejando un ejemplo que los actores franceses harían bien en aprovechar... ¡Supongo que la Magnífica nunca se lo perdonaría!

Ah, Sarah, Sarah... Fiel a sí misma hasta el final... ¡Cuánto aprendí de ella! ¡Fue mi inspiración, mi acicate para conquistar la cima! ¿Dónde estará ahora? ¡Quién lo sabe! En cualquier caso, estoy segura de que no deambula por la Comédie Française o el Renaissance como un espectro nostálgico. Me inclino a pensar que en este instante sale a escena, allá en lo hondo del infierno, entre nubes de azufre y el borboteo de los calderos de aceite donde cocinan a los pecadores. Con su cabellera encendida y sus complicados bucles, la Divina declama. Actúa, siempre magnética y bella, ante Astaroth y Asmodeo, los grandes duques del averno, y de cientos de súcubos e íncubos que golpean el suelo con los tridentes para festejar su arte.

2

Consulté con impaciencia mi reloj de bolsillo, el que Wen me regaló con motivo de nuestro primer aniversario y tiene grabado en el envés de la tapa un *Para siempre*. Era la hora indicada, y buena parte de los asistentes nos movimos inquietos en las lunetas. La representación debía estar a punto de comenzar.

Wenceslao y yo, vestidos de blanco de pies a cabeza, habíamos llegado treinta minutos antes en un automóvil de alquiler que nos consiguió el portero del Sevilla-Biltmore. Durante el corto recorrido, el conductor del vehículo, un asturiano grasiento y confianzudo, trató por todos los medios de darnos conversación. Pero después de preguntarnos de dónde veníamos, desde cuándo estábamos en la ciudad, si éramos hermanos (¿por qué la gente se empeñará en hallarnos alguna semejanza?) y qué nos parecía La Habana, a lo cual contestamos con frialdad y utilizando la menor cantidad de sílabas posible, desistió de su empeño. "Servidos, señores", exclamó, con evidente malhumor, al detener el carro frente al teatro. Para vengarse de nuestro aristocrático mutismo, nos cobró, luego nos percatamos de ello, bastante más de lo que cuesta el trayecto.

Ya Emilio de la Cruz estaba aguardándonos bajo la marquesina, rodeado de carteles multicolores y de transeúntes y vendedores de maní y de lotería, también de blanco y con el pelo reluciente de gomina. Pese a haber departido días enteros a bordo del *Fynlandia*, cada vez que lo veía me costaba trabajo acostumbrarme a su fealdad. Al distinguirnos, nos salió al encuentro agitando en una mano las boletas. De ninguna manera quiso aceptar el dinero que le ofrecimos, arguyendo que esa noche éramos sus invitados, y nos hizo saber que si continuábamos insistiendo lo tomaría como un agravio. Tras echar un vistazo a las fotografías exhibidas junto a la puerta de entrada, ingresamos al coliseo conversando con animación.

La alfombra, de un rojo encendido, hacía juego con el telón. A pesar de que aún era temprano, pues acababa de oírse el primer llamado, ya la sala estaba casi llena. Le preguntamos al mico si semejante afluencia de público era usual y respondió, sonriente, que si entrábamos en cualquiera de los teatros importantes que tenían función a esa hora, lo hallaríamos igual de animado.

—Al cubano le encanta el teatro —afirmó con marcado orgullo—. Y, en especial, venir a éste.

Descubrimos tres puestos vacíos y nos adueñamos de ellos. De la Cruz se sentó a mi diestra y Wenceslao a mi siniestra.

En derredor nuestro, la concurrencia no paraba de hablar y de fumar. En la fila delantera, un puñado de jóvenes de extraordinaria vitalidad, en su mayoría trigueños y con aspecto de alimentarse muy bien, intercambiaban chistes, chismes y comentarios políticos, sazonándolos con ruidosas carcajadas. No conformes con parlotear entre ellos o con sus compañeros cercanos, se levantaban para comunicarse con personas ubicadas a varias filas de distancia, vociferando sin el menor recato y subrayando las frases con expresivos guiños, muecas y manoteos. En un par de ocasiones, algunos de ellos se percataron del asombro con que los observábamos y nos sonrieron de oreja a oreja antes de proseguir, imperturbables, su conversación.

Una segunda campanada anunció que faltaban cinco minutos para que se levantara el telón. Mientras fingía prestar atención a Emilio de la Cruz, quien hablaba con entusiasmo de la conveniencia de prolongar nuestra estancia para poder disfrutar de los carnavales, que se celebrarían próximamente durante cuatro domingos consecutivos, me puse a observar, de reojo, las escaramuzas que un tenso y emocionado Wenceslao adelantaba con su vecino. El chico sentado a su lado había abierto las piernas de tal forma que su rodilla derecha rozaba, de modo en apariencia casual, la rodilla izquierda de mi pareja. El muchacho, rubicundo y de ojos azules, que hubiera sido guapo de no tener una dentadura demasiado prominente y unas orejas grandes como abanicos, le preguntó no sé qué y el cachaco, presa de una súbita locuacidad que hubiera dejado estupefacto al taxista asturiano, entabló una cálida charla con él. Respiré profundo y, para mis adentros, me ratifiqué en la convicción de que mi amante es una auténtica meretriz. No puede sustraerse a la tentación de flirtear con cualquier elemento del sexo masculino que le haga la menor insinuación. Yo soy más selectivo y me indigna que determinados personajes, que caen sin discusión posible dentro de la categoría de bichos raros, osen siquiera contemplarme. Wen discrepa y considera que ignorar los requiebros de los feos es un acto no sólo de mal gusto, sino también revelador de insensibilidad. A veces no sé si atribuir semejante actitud a su naturaleza erotómana, para la cual mis exigencias naturales resultan melindres, o a una mezcla de piedad y generosidad, propia de un samaritano, que le impide "enfriar" a ese tipo de pretendientes con una mirada torva o con explícitas muestras de retraimiento. "En cualquier caso, para mí queda descartado", concluí y, apartando la vista del escarceo del par de rodillas, me puse a contemplar el panorama.

En la platea, con capacidad para unas ciento cincuenta personas, ya no cabía un alma. Con un movimiento del mentón, Emilito me indicó "el gallinero", la parte superior del coliseo, también abarrotada. Allá arriba el bullicio y la humareda eran mayores.

– Si no fuera por el miedo a las pulgas y a los piojos, me iría con la plebe sin pensarlo dos veces... ¡Se ve cada monumento! –comentó y, con un guiño picaresco, añadió en voz baja–: ¡No en balde a esa zona le dicen también "el paraíso"!

En ese momento, el joven sentado al lado de Wen le cuchicheó al oído algo al parecer muy gracioso, pues el doctor Hoyos soltó una carcajada impensable en cualquier teatro de Bogotá. Los dos parecían estar cada vez más a gusto y el contacto inicial de las rótulas se había extendido a las pantorrillas.

—Wenceslao es muy sociable –apuntó De la Cruz con una pizca de veneno, para medir mi reacción.

—Ajá –asentí, sin darle importancia al asunto.

—¿Cuánto tiempo me dijeron que llevan juntos? –curioseó.

—Muchísimo –contesté con afectado hastío, poniendo los ojos en blanco–. Cuando nos conocimos estaban empezando a construir la pirámide de Keops... –agregué y, en cuanto el feo miró en otra dirección, pellizqué a Wen en un muslo.

En el foso, los músicos de la orquesta terminaban de acomodarse y de organizar sus instrumentos, atriles y *particellas*. En ese momento, una explosión retumbó a lo lejos.

—No se asusten —nos tranquilizó el mico—. Es el cañonazo de las nueve. Lo disparan todas las noches desde el Morro, para que la población ponga en hora sus relojes.

Un momento después se oyó el repiqueteo de una campana, seguido de tres toques separados por breves pausas, y las luces disminuyeron gradualmente. Al tiempo que la sala quedaba en penumbras, las conversaciones declinaron. En respuesta a una orden de su director, la orquesta empezó a ejecutar, a manera de obertura, una acompasada melodía.

—Ni sueñe que vamos a tener algo con ese esperpento —aproveché para susurrarle a Wen.

—Pues yo lo encuentro atractivo —repuso.

—Tiene los dientes horribles —repliqué.

—¿Acaso lo quiere para anunciar crema dental? —refunfuñó.

—¿Y qué me dice de las orejas? —inquirí con sarcasmo.

—Está usted muy exigente —protestó.

—Y usted, demasiado magnánimo —concluí, con un hilo de voz, pues los hasta ese instante escandalosos jóvenes de la fila delantera sisearon reclamando silencio.

Las cortinas se separaron con los compases finales de la pieza musical, permitiéndonos ver una escenografía maravillosa que fue acogida con aplausos.

El escenario reproducía una casa de inquilinato, muy parecida a las entrevistas durante el paseo que habíamos realizado después del almuerzo, en compañía de Emilio, por las calles estrechas de intramuros. Nada faltaba para crear una perfecta ilusión de realidad: los mediopuntos multicolores, las ventanas con balaustres de madera torneada, los muebles de estilo venidos a menos, las plantas ornamentales sembradas en vasijas de porcelana y las sábanas blancas tendidas en una cuerda para secarse al aire libre. La aparición de los actores fue motivo de otra explosión de entusiasmo.

—Esta obra la estrenaron hace un montón de años y desde entonces se viene representando con éxito —explicó el mico—. Si desaparece del cartel, la gente exige que la repongan.

El argumento, salpicado de música y de chistes de doble sentido, era muy elemental, por no tildarlo de pedestre. Dos estudiantes de quinto año de Medicina, llamados Arturo y Rodolfo, comparten una pieza en una azotea. Por lo exiguo de las mesadas que sus familias les envían desde el interior de la Isla, se encuentran "en la fuácata" o, lo que es lo mismo, sin un real para comer. Para complicar la situación, un primo de Rodolfo, al que apodan Pachencho, vive con ellos en calidad de huésped, sin aportar nada a la menguada economía de los jóvenes. Los futuros galenos acuerdan que Pachencho se finja muerto para organizar su velorio y, de ese modo, recaudar plata entre los vecinos caritativos. Incluso consiguen que don Pepe, un viejo usurero, famoso en el barrio por su tacañería, se conmueva con el fallecimiento del muchacho y les preste un dinero sólo al cuarenta por ciento de interés.

Cuando la enamorada del "difunto", la mulata Rosalía, hizo su entrada en el escenario con las manos en la cintura y meneando con procacidad las caderas, la mitad del público no pudo permanecer quieto, saltó de sus asientos y, de pie, comenzó a aplaudir, a silbar y a gritarle a la actriz comentarios y piropos que lindaban con lo obsceno y que ella acogió con complacencia.

—Esa es Blanquita Becerra —reveló Emilito, con cierto matiz de reverencia—. Hay quienes prefieren a la Sorg, pero, para mí, Blanquita es la verdadera reina del Alhambra. Sobre todo cuando hace de mulata.

Asentimos, deduciendo que la Sorg era otra figura femenina de la compañía, y volvimos a concentrarnos en lo que ocurría en la escena. La cómica saludó a sus admiradores con una reverencia, se llevó las manos a los pechos, como si se los sostuviera para que no escaparan por el provocativo escote, y aguardó a que se aplacaran los ánimos para comenzar a recitar su primer parlamento. Con voz estentórea, hizo saber que estaba inconsolable por el fallecimiento de Pachencho, pues, si bien la noche anterior habían tenido un disgusto, el difunto era el dueño de su corazón. De inmediato anunció su decisión de entregar a los estudiantes veinte pesos, ahorrados con mucho trabajo, para contribuir a los gastos del sepelio y, provocando otra lluvia de rechiflas, extrajo del entreseno, con zalamería, los arrugados billetes.

Los movimientos de la Becerra eran tan exagerados, y su hablar tan chillón y desagradable, que miré a Wen como diciéndole: "Si ésta es la mejor no quiero ver a las otras". Él asintió. Los roces con su vecino no sólo proseguían, sino que se habían extendido al antebrazo y el hombro, y ya parecían unos auténticos siameses.

La acción de la comedieta avanzó a trompicones: un tercio de los chistes no logramos escucharlo a causa de la algarabía, otro no lo comprendimos y el último nos pareció de una chabacanería atroz. A pesar de ello, nos esforzamos por sonreír de cuando en cuando. Al igual que el resto de los presentes, De la Cruz y el chico de la dentadura grande atronaban la sala con sus carcajadas y batían palmas para festejar las gracias de los intérpretes, en especial las de uno caracterizado de gallego, con boina, mostacho y mejillas encarnadas, y también las de otro que, con el rostro tiznado y guantes oscuros, representaba el papel de un negrito, agente de pompas fúnebres de La Siempreviva, quien pretendía ser muy fino y educado y soltaba disparates todo el tiempo.

En realidad, no existían diferencias notables entre el comportamiento de los elegantes caballeros de la platea, con sus sombreros de pajilla de cinta negra colocados encima de los muslos, y la guacherna de los altos. Unos y otros, al margen de su posición social, de sus vestuarios de muy distintas calidades y de la plata que llevaran en los bolsillos, parecían divertirse de lo lindo con aquella sucesión de chanzas y remeneos femeninos.

La historia de Pachencho y de sus compinches se desenvolvió dentro de lo previsible: luego de una serie de equívocos, Rosalía descubre el engaño del que ha sido víctima y los tres pícaros son desenmascarados. Sin embargo, logran el perdón de sus vecinos y los enamorados reanudan su romance. Para poner punto final a la representación, el elenco bailó una fogosa rumba al son de un estribillo pegajoso que puso a contonearse a los asistentes:

Tintán, te comiste un pan.
Tintán, te comiste un pan.

Cumpliendo con el adagio que reza "adonde fueres, haz lo que vieres", nos sumamos a la ovación final y tratamos de mover un poco los hombros al ritmo de la rumba, pese a que nunca entendimos quién diablos era aquel Tintán al que aludía la canción, pues jamás había aparecido en escena un personaje llamado de esa manera, ni qué tenía de particular el hecho de que se hubiera comido un pan.

A continuación hubo un entreacto y Emilio nos propuso que saliéramos a estirar las piernas. Casi a regañadientes, Wenceslao accedió a desligarse de su siamés, que permaneció en la luneta mirándolo con ojos de carnero degollado, y a seguirnos hasta el concurrido vestíbulo. Una vez allí, saqué mi cigarrera de plata y se la ofrecí a De la Cruz. Con una sonrisa desdeñosa, me obligó a guardarla y extrajo de su americana una cajetilla de cigarros del país. En unos minutos, el ambiente se llenó de humo. No exagero si digo que apenas lográbamos vernos las caras.

El público comentaba las mejores escenas del sainete y gozaba repitiendo algunas alusiones a la política nacional deslizadas por los actores durante la escenificación. Mientras Emilio nos hablaba de *Delirio de automóvil*, *Cristóbal Colón gallego* y otras obras muy graciosas que, si lo deseábamos, podríamos presenciar en el transcurso de los próximos días, Wen y yo intercambiamos codazos para alertarnos sobre la presencia de algunos fumadores especialmente apuestos.

Nos asombró saber que el teatro Alhambra daba tres tandas cada noche.

—A la primera acuden los que tienen que madrugar —dijo nuestro mentor—. Pero yo, siempre que puedo, vengo a la función de las once, que es cuando las obras salen mejor.

—¿Y ésa no termina muy tarde? —protestó Wen.

—¿Tarde? —se burló el cubano—. Tendrán que acostumbrarse al pulso de esta ciudad. Acá, lo bueno comienza a medianoche...

De repente, De la Cruz pidió excusas y se alejó para saludar a unos conocidos situados en el extremo opuesto del vestíbulo. Me pareció advertir, entre las espirales de humo, dos siluetas que se volvían hacia nosotros y, de forma automática, respiré hondo y saqué pecho.

—Me arden los ojos —se quejó Wen—. Mejor entramos.

—¿Tiene mucha prisa por volver junto al señor Orejas? —dije con retintín.

—En serio —insistió, con una mueca de desagrado, tomándome del brazo—. Vamos.

Le hice una seña a Emilito y regresamos a la sala abriéndonos paso, a duras penas, entre el nutrido enjambre y procurando no chocar con los cigarrillos. Desde el fondo de la platea, distinguimos al siamés, que no se había movido de su butaca. Admití que, visto así, de espaldas y a la distancia, no estaba nada mal: tenía los hombros anchos y el cuello robusto. Pero la dentadura y, ¡sobre todo!, ese espeluznante par de orejas...

—Tiene unas piernazas bien duras —comentó Wen para ablandarme—. Y creo que es muy velludo.

—¿Cómo lo averiguó? —indagué, sarcástico—. ¿Es adivino, tiene visión de rayos X o acaso se lo preguntó?

—Dije *creo* —contestó, sin alterarse, y le sonrió a Emilio de la Cruz, quien se aproximaba a nosotros—. Además, debería fijarse en sus zapatos —añadió, displicente, echando a andar, de primero, en dirección a nuestra fila.

Le pregunté qué tenían de especial.

—Son enormes —reveló, malicioso, y me miró a los ojos un segundo, dando por concluido el diálogo.

Emilio nos contó que sus amigos estaban deseosos de conocernos y propuso que fuéramos a tomar unas copas juntos al concluir la función. Afirmó que eran muy agradables y decentes y, como quien pone un cebo, agregó que uno de ellos también era fanático de la Duse y estaba al tanto de todos los pormenores de su *tournée*. Le dijimos que nos parecía un plan excelente.

Wen me tenía preparada una estocada magistral. A la hora de sentarnos, no lo hizo en el asiento que había ocupado antes, sino en el mío. Con un ademán obsequioso, me indicó el puesto vacío, junto al del racimo de dientes. Tratando de no mostrarme desconcertado, acepté el reto y me arrellané en la luneta, procurando mantener una separación prudente entre el petrificado siamés, que no entendía lo ocurrido, y yo.

La segunda parte del espectáculo consistió en una sucesión de bailes interpretados por coristas de melena corta y faldas y pantalones más cortos todavía, y de canciones a cargo de las *vedettes*. Una de las coreografías se desarrollaba en un barco en alta mar e, inesperadamente, sobrevenía una tempestad con relámpagos, truenos y olas

enormes que salpicaban a las bailarinas disfrazadas de marineros y
les hacían perder, en apariencia, el equilibrio y exhibir sus encantos
ante la regocijada concurrencia. Quedamos boquiabiertos ante la calidad de los trucos y el mico nos hizo saber que eran obra del ingenio
de Pepito Gomiz, un famoso escenógrafo catalán. Nos aseguró que
Gomiz era capaz de transformar, ante los ojos del auditorio, una casu-
cha miserable en una fastuosa mansión, o de presentar con pasmoso
realismo el choque de un automóvil y un tren a la salida de un túnel, y
que en buena medida los triunfos del Alhambra se debían a su desbor-
dada imaginación.

La irrupción en escena de las mujeres provocaba en la mayoría de
los varones un efecto que podría compararse con la epilepsia. Saltaban de las sillas, daban manotazos a los espectadores más próximos
para llamar su atención sobre determinados detalles de la anatomía
de las damas y sus ojos brillaban con irrefrenable lubricidad. Intenté
alejarme de mis naturales prejuicios y aquilatar, de modo frío y objetivo, las cualidades que reunían para despertar tamaña exaltación.
"Porque *algo* deben tener", razoné, y me di a la tarea de estudiarlas
con espíritu científico. Senos opulentos, cinturas de ánfora griega,
caderas dadivosas, pantorrillas regordetas. Eso, y toneladas de maquillaje realzando cejas, párpados, mejillas y bocas. Por mucho que
me esforcé, no pude hallar nada fascinante en ellas.

Blanquita reapareció, vestida no de mulata zafia, como en el sainete, sino de auténtica reina, y alborotó de nuevo al gentío. Esta vez la
tiple no recurrió al bamboleo de sus caderas ni a la exhibición de su
abundante pechuga para entusiasmar a los caballeros, sino que apeló a
su patriotismo al entonar con vehemencia una canción que hablaba de
"la Cuba envidiada, la tierra bendita, la bella Cubita".

Mientras la Becerra se desgañitaba, tratando de que la orquesta no
la opacara, sentí que la pierna del orejudo comenzaba a frotar, de
modo apenas perceptible, la mía. Lo dejé hacer, sin manifestar el más
leve signo de rechazo o de aquiescencia, y observé, con discreción,
sus extremidades inferiores. Wen no se había equivocado: el tipo era
dueño de un par de piernas que, prisioneras dentro de la tela blanca
del pantalón, parecían columnas tebanas. Sin mirarlo a la cara, fin-
giéndome absorto en la contemplación de la cantante, pegué todo lo

posible mi cuerpo al suyo y sentí un corrientazo. Algo similar debió pasarle a mi vecino, pues al punto tomó el sombrero, que tenía cerca de las rodillas, y lo utilizó para cubrir el prometedor promontorio que empezaba a crecerle entre los muslos. Cruzamos una mirada de complicidad y me dedicó una sonrisa que, a pesar de dejar al descubierto su dentadura, ya no me pareció tan chocante. "Es verdad que tiene los dientes saltones, pero al menos son blancos y están en buen estado", recapacité, haciendo gala de mi grandeza de alma, y, en lo tocante a las orejas, me consolé pensando que en ocasiones una grieta en el bloque de mármol o una hendidura en la pieza de madera preciosa contribuye, por contraste, a resaltar el esplendor del resto de la materia. Wen me observó de soslayo y movió la cabeza para indicar que estábamos de acuerdo.

—¿Cómo se llama? —le pregunté al rubio, con la voz ronca por la excitación.

—Paco Pla —contestó, pegando sus labios a mi oído.

Al abandonar el teatro, una fila de hombres aguardaba para entrar a la siguiente tanda, en la que sería presentada la revista musical *La isla de las cotorras*. El señor Orejas caminaba entre Wenceslao y yo, y nuestro *cicerone* se sobresaltó cuando le espeté, con la mayor desfachatez, que Paco nos acompañaría.

—¡Encantado! —consiguió decir y, sin reponerse del todo, nos guió hasta la esquina, donde aguardaban por nosotros sus conocidos. Claro que si grande fue su sorpresa al vernos cargar, sin el menor titubeo, con aquella conquista alhambresca, mayor, y por partida doble, fue la que nos llevamos Wen y yo al descubrir que sus compañeros eran un mulato claro y un negro, ambos jóvenes, simpáticos y de buen porte. Si la visión de individuos de esas razas era casi una curiosidad en la predominantemente aindiada Bogotá, más lo era el impensable intercambio, en un plano de igualdad y camaradería, con ellos. Debo confesar que, con excepción de Toña, la chocoana, nunca antes había conversado con un negro. Con mulatos tampoco me había relacionado, y mucho menos con uno de modales tan distinguidos y vocabulario tan selecto, que, para mayor asombro, provenía de una familia prestante, ejercía como farmacéutico y escribía versos.

Concluidas las presentaciones, De la Cruz nos convidó a subir a su automóvil, un *Dodge Brothers* de cuatro puertas que tenía estacionado cerca de allí, y empezó a discutir con sus compatriotas cuál sería el sitio más apropiado para tomar unos tragos y departir un rato. El joven Pla sugirió, con timidez, el Café Inglaterra, pero Bartolomé Valdivieso, que así se llamaba el mulato, propuso que mejor fuéramos a los aires libres del Prado y hacia allá nos dirigimos. El propietario del vehículo, que no poseía una larga trayectoria como chofer, conducía aferrado a la rueda del timón, más rígido que un muñeco de madera, y su inexperiencia dio pie a comentarios jocosos sobre el peligro que corríamos. Por una conversación que sostuvieron Emilio y el negro, nos enteramos de que éste respondía al nombre de Agustín Miraflores, alias Tijeras, y trabajaba en una sastrería de moda situada en la calle O'Reilly. No en balde, me dije, llevaba con tanta soltura aquel elegante traje, igual que si hubiera nacido con él puesto. Interrogado por el farmacéutico, el dientuso reveló que era estudiante universitario y entusiasta remero. "He ahí la explicación para el cuerpazo que se gasta", me dijo Wen con la mirada, y asentí.

Los mentados aires libres resultaron ser una suerte de pequeños cafés, ubicados uno al lado de otro, muy cerca del andén de la avenida que pasa frente al Parque Central. El sitio al que llegamos estaba de bote en bote, pero bastó deslizar una propina en la mano de un mesero para que apareciera una mesa. Un conjunto musical femenino, llamado Las Hermanas Álvarez, interpretaba danzones y guarachas y algunas parejas bailaban con donaire. Nuestros acompañantes quisieron cerveza y, ante su exhortación de que no podíamos esperar al segundo día en Cuba para probar la Tropical, accedimos a pedir lo mismo. Aunque en teoría La Habana vivía su temporada invernal, la temperatura era cálida. El líquido, frío y espumoso, se deslizó garganta abajo trasmitiéndonos una reparadora sensación de frescura. Ellos bebieron de las botellas, argumentando que así sabía mejor; nosotros, de más está decirlo, preferimos usar jarras de vidrio.

—Así que hicieron este viaje sólo para ver a la Duse —exclamó de pronto Bartolomé, entrando de lleno en un tema que, según teníamos noticia, le interesaba sobremanera.

—A la Duse... y a los cubanos —rectificó Wenceslao, con picardía, después de apurar su jarra. Un bigotillo de espuma le adornaba el labio superior. Iba a tomar mi pañuelo para ofrecérselo, pero, adelantándoseme, el negro sacó el suyo con mayor rapidez y él mismo le limpió la cara con delicadeza.

—¿Y qué les han parecido? —preguntó Agustín, guardándose el pañuelo en un bolsillo.

—Chusquísimos —repuse yo. Al ver que no entendían, tuve que aclarar el significado de la palabra y durante los siguientes minutos la charla derivó hacia las diferentes formas de llamar una misma cosa en Colombia y en la Isla.

Pero Wen no estaba dispuesto a soslayar el tema de la visita de la actriz y tiró de la lengua al farmacéutico, quien, sin hacerse de rogar, compartió con nosotros las últimas noticias. Si no se presentaban complicaciones, la trágica arribaría al puerto en el vapor *Tivives*, proveniente de Nueva Orleans, el sábado veintiséis de febrero. Junto con ella viajaba su compañía, integrada por una veintena de personas, amén de una voluminosa carga de vestuario y escenografía. Sin embargo, dijo, era casi seguro que el organizador de la gira, el empresario Fortune Gallo, llegase un par de días antes con el fin de verificar por sí mismo que todo estuviera listo para acoger debidamente a la *Signora*. A continuación, Bartolomé se vanaglorió de conocer personalmente al señor Gallo, un italoamericano que ya en otras oportunidades había presentado en La Habana espectáculos de ópera de la mayor calidad, y manifestó que esperaba relacionarse con la Duse por intermedio suyo. Su sueño era entregarle un soneto que estaba componiendo y que pensaba titular "A Eleonora la excelsa". Noté que Wen, sin poder remediarlo, enarcaba una ceja, pero disimuló su preocupación e interrogó al poeta acerca de dónde se hospedaría la actriz.

—Aún no he logrado averiguarlo. Es un secreto muy bien guardado —dijo el joven—. No obstante, me inclino a pensar que se alojará en el Inglaterra.

—Sólo tendría que cruzar la calle San Rafael para estar en el teatro —intervino el sastre y nos explicó que se trataba de uno de los mejores hoteles del país.

—El mejor —adicionó el mulato.

—Tanto como el mejor... —objetó el rubio—. ¿Dónde me dejan el Almendares?

De la Cruz dirimió la incipiente disputa dictaminando que el Almendares era el más lujoso de los hoteles modernos y el Inglaterrra, construido cincuenta años atrás, el más renombrado de los antiguos.

–Lo que sí puedo asegurarles –prosiguió Bartolomé– es que la mujer dará cuatro funciones, con un intervalo de dos días entre cada una para reponer fuerzas. Trae *Spettri*, *La città morta*, *La donna del mare* y *La porta chiusa*, con la que debutará dos días después de su llegada.

De la Cruz, Agustín y Paco celebraron lo bien que el mulato pronunciaba el italiano y éste, bajando los ojos con modestia, confesó que desde hacía tres semanas estaba tomando clases con un comerciante de Nápoles para entender el mayor número posible de palabras que dijera la *Signora* en escena y poder saludarla en su idioma natal.

El mico señaló, divertido, que al parecer las grandes damas de la escena internacional se habían puesto de acuerdo para trabajar en La Habana al mismo tiempo: Esperanza Iris cantaba en el Payret; Mimí Aguglia actuaba en el Martí; Josefina Ruiz del Castillo terminaba el veintisiete su temporada en el Principal de la Comedia, y María Tubau debutaría en ese mismo coliseo. Además, luego de un reposo por prescripción médica, Luz Gil iba a reaparecer en el Cubano con la compañía de Arquímides Pous y, a pesar de tratarse de una estrella local, lo cierto es que la tiple halaba mucha gente. Como si eso fuera poco, se anunciaba también la inminente llegada de Margarita Xirgu, procedente de Lima. La temporada de la catalana en el Nacional había sido aplazada dos semanas para cederle esas fechas a la *Signora*. ¿Lograría llenar la Duse el teatro con semejantes figuras haciéndole la competencia?

–¡Por Dios, Emilito! ¡Ninguna de *ésas* es competencia para Eleonora! –tronó Bartolomé, poniendo los ojos en blanco, y Wenceslao lo apoyó:

–No estamos hablando de una actriz del montón, sino de una leyenda.

–Por fortuna Titta Ruffo acaba de concluir su temporada de ópera y salió para Cienfuegos –dijo el sastre.

Wen lamentó no haber llegado antes para ver al célebre barítono interpretando *Andrea Chernier* en el Nacional. Casi sin percatarnos, terminamos una tercera ronda de tropicales que el camarero, con discreción ejemplar, había colocado delante de cada uno de nosotros y, unánimemente, pedimos la cuarta.

—Lo malo de la cerveza es que hay que orinar a cada rato para dejar espacio a las siguientes —comentó, jocoso, el sastre y, abandonando su silla, se dirigió al baño. Paco Pla y Wenceslao lo imitaron.

De la Cruz aprovechó la ausencia del negro para recomendarme que, si necesitábamos procurarnos ropa fina, a la moda y adecuada para la vida habanera, debíamos acudir a La Boston, la sastrería donde trabajaba Agustín. El mulato asintió, mirando de reojo, con indulgencia, la ropa de Barranquilla que yo llevaba puesta, y ratificó que en ningún otro establecimiento cosían mejor, con materiales de primera calidad y a un precio tan justo. Su papá, que era muy "matraquilloso" con el vestuario, no quería ni oír hablar de otro sastre que no fuera el patrón de Agustín, y mandaba a confeccionar todas sus prendas de vestir y las de sus hijos en aquel sitio. Emilito me enteró de que el progenitor de Bartolomé era el famoso general Valdivieso, prócer de la guerra de Independencia, dedicado ahora de lleno a la política, pues ocupaba un escaño en el Senado.

—¿Del Partido Liberal o del Conservador? —indagué.

—Ni de uno ni de otro —respondió el bardo farmacéutico y, con expresión burlona, me explicó que su padre pertenecía al Partido Popular, inventado a la carrera por Alfredo Zayas, unos años atrás, con el fin de poder llegar a la presidencia de la República—. Todo el mundo lo conoce como "el partido de los cuatro gatos" —añadió soltando una risita a la que el mico se unió.

—Yo pensaba que Zayas era liberal —comenté.

—Y de algún modo lo es, puesto que fue con el apoyo del anterior presidente, quien era liberal e hizo mil y una trapicherías con el fin de favorecerlo, que se adueñó del jamón —aclaró De la Cruz—. Pero como no logró que los de su partido lo designaran candidato, se vio obligado a crear el Popular.

—Zayas lo que es, es un descarado —exclamó el mulato—. Un vivebién y un ladrón.

—Igual que casi todos —concluyó el otro, con parsimonia.

Los tres que estaban en el baño llegaron muertos de risa. Noté, sin embargo, que Wen se hallaba un poco pálido. Veloz y discreto, me dio un rápido reporte de sus averiguaciones iniciales:

—El remero, portentoso; el negro, ¡impresionante!

Tragué en seco y, aunque consciente de que lo que iba a decir era una cachacada oprobiosa, no pude menos que confesarle la duda que me asaltaba:

—Pero... ¿un negro? —le susurré, preocupado—. Es tan ñato que la voz le sale fañosa.

—Usted verá —replicó, entre incómodo y retador, y al notar que entre los contertulios se había hecho un silencio reprobador, comenzó a hablar en voz alta de una película de la Duse, nunca exhibida en Colombia, que lleva por título *Ceniza*.

—Ah, sí, *Cenere* —recordó Valdivieso, aprovechando para practicar el italiano—. Acá tampoco la han pasado.

Dos o tres botellas de cerveza más tarde y varias idas y venidas al baño después, nuestras lenguas se soltaron lo suficiente para contar todo tipo de detalles sobre la vida que llevábamos los del "gremio", como decía De la Cruz, en Bogotá. Quedaron horrorizados al saber que allá no existían cafés abiertos hasta las tantas de la madrugada ni teatros de hombres solos. Casi nos compadecieron por las restricciones y los disimulos que nos veíamos obligados a padecer y nos exhortaron a disfrutar al máximo de la estancia entre ellos.

—Acá el que no corre, vuela —aseguró Paco Pla—. Sospechen de todos los que vivan con las madres, sepan cocinar y tengan la letra bonita.

—Si los maricones volaran —especuló Emilito—, en Cuba no se vería el Sol.

Y empezaron a hablar de la enorme cantidad de periodistas, profesores, artistas, jueces, atletas, comerciantes, médicos, policías, sacerdotes y políticos de quienes sabían, con certeza, que formaban parte del gremio, y del número de conocidos, todavía mayor, que les inspiraban serias sospechas. En esa última relación incluyeron a hermanos, primos, tíos, cuñados e, incluso, abuelos.

—Compadre, mi viejo siempre decía: "Cualquier hueco saca leche" —murmuró el negro, haciendo un aparte confidencial conmigo—. Yo mismo tengo mi señora y tres chiquitos: dos hembras y un varoncito que va a cumplir el año. ¡El que a uno a veces le den ganas de estar con un tipo, no significa que sea invertido!

Asentí, impresionado, y le dije que estaba de acuerdo.

Enseguida los cuatro se interesaron por saber cómo denominan en Colombia a nuestros congéneres. Haciendo un esfuerzo, amén de los consabidos y universales afeminado, pederasta, amanerado y sodomita, logramos recordar algunos otros apelativos, como burrero, mariposo, relojero y cacorro. Ellos, en cambio, sacaron a relucir un enorme listado que se fue incrementando entre risotadas cada vez más estrepitosas: pájaro, pajarito, pajarraco, pájara, pato, ganso, gallina, paloma, yegua, potranca, vaca, pargo, cherna, cherníbiri, blandito, debilito, partido, partío por el eje, partío por el culo, desfondao, pailero, calientahuevos, puto, niña, nena, muchachita, hembrita, señorita, mujercita, dama, ahembrado, adamado, amadamado, amujerado, acaponado, muchacho fino, lindo, muñeca, ninfo, sarasa, vuela-vuela, cundango, rompenabos, bugarrón, culero, soplanuca, chanfle, entendido, confuso, no está claro, virao, mago (porque las desaparece), selastraga, tragaleche, tragaespadas, tragaldabas, tragatubos, soplatubos, mamapinga, mamatolete, mamalón, manorrota, manflorita, bocabajo, aleteante, cantimplora, pasao por la piedra, dao por el culo, enculao, culirroto, culiabierto, lea, leíta, raro, flojo, flojo'e pierna, flojo'e nalga, es una pluma, plumífero, es del otro bando, es de la acera de enfrente, juega en la otra novena, brinca la cuerda, tiene su problema, tiene su debilidad, está sospechoso, se le cae el jabón, se le chorrea el helado, le gusta tocar el órgano, lleva en su alma la bayamesa, es de la familia, es del ambiente, es del sindicato, es del ejército de salvación y, por supuesto, maricón en sus diversas categorías: de alma, de culo, tapiñado, de playa, de argolla, de carroza, de campeonato, de tras-tras, de "alcánzame la polvera", de "aro, balde y paleta", marica, mariquita, maricona, mariconsaurio y mariconsón... La abundancia de apelativos nos pareció sumamente reveladora.

Las mujeres de la orquesta ya habían concluido su actuación cuando De la Cruz se excusó y salió rumbo al baño.

—Ustedes estarán muertos de cansancio —nos dijo abruptamente Paco Pla—. Si quieren, yo los acompaño al hotel.

—Y yo —exclamó Bartolomé, echando mano a su sombrero.

—Y yo —terció Tijeras, poniéndose de pie— ¡Para luego es tarde!

—¿Y no vamos a esperar a Emilio? —titubeé.

—Creo que no —repuso Wenceslao.

Dejamos varios billetes sobre la mesa y pusimos pies en polvorosa antes de que retornara el mico. A mí aquello me pareció una grosería imperdonable con una persona tan amable y gentil y así se lo hice saber, en voz baja, a Wen. Este replicó que, en efecto, De la Cruz era muy querido y servicial, pero no tanto como para llevárselo a la cama. "En cambio, estos tres... hummm... están para comérselos", insinuó.

Paco, Agustín y Bartolomé caminaban detrás de nosotros, formando una guardia de honor. Si nos escuchaban o no, no puedo afirmarlo con certeza, pues cuando el alcohol empieza a hacer de las suyas, uno habla a gritos convencido de que está susurrando. El hotel se encontraba más cerca de lo que pensábamos y en un santiamén estuvimos allí. El portero nos abrió la puerta de entrada. Pero, si bien todo indicaba que ya era la hora de la despedida, ninguno de nuestros tres ángeles guardianes parecía dispuesto a ceder el terreno y marcharse.

Convencido de que la antigüedad le otorgaba derechos especiales, el rubio se invitó, con un descaro mayúsculo, a acompañarnos a la habitación.

—A mí también me gustaría subir —declaró, sin disimulos, el mulato.

—¡Señores, no me dejen fuera de la fiesta! —rogó cómicamente el negro.

Tomé a Wenceslao por un brazo y lo conduje más allá del portero, que bostezaba esperando que acabáramos de despedirnos, para hablar con él sin testigos.

—¿Cuál es el problema? —me interrogó, impaciente—. ¿El negro?

—No, no... —tartamudeé—. Es que... —¡Cómo maldije mi tantas veces repudiada naturaleza de cachaco que, sin poderlo evitar, afloraba en los momentos menos oportunos!—. Nunca hemos estado con tres al mismo tiempo —dije, tratando de justificar mi nerviosismo.

—Alguna vez tiene que ser la primera —arguyó con insolencia.

Acto seguido dio media vuelta y, dirigiéndose al triunvirato de pretendientes, les indicó que se acercaran.

—¡Vamos a tomar el último trago allá arriba! —propuso y, ante la mirada bonachona y comprensiva del portero, entramos todos al edificio.

Es mi costumbre no detenerme a consignar detalles de carácter íntimo o que puedan causar incomodidad, pero no puedo omitir que aquella fue una madrugada memorable.

No es gratuito que los que gustan del ocultismo dediquen especial atención a los secretos de la numerología. Los números están presentes, sepámoslo o no, en cada hecho de la vida. Son llaves, pueden conducirnos por senderos insospechados, transformarlo todo, convertir acciones mil veces repetidas en acontecimientos repletos de sorpresas. Que el tres es un número de la fortuna venerado por los antiguos, un triángulo en el que lo activo y lo pasivo producen con su interacción lo neutro, era algo archisabido y experimentado por nosotros; pero la magia del cinco, hasta entonces ignota, se nos reveló esa noche habanera. El cinco, resultado de la suma del dos y el tres, o lo que es igual: de la dualidad y la contradicción y del equilibrio y la armonía, es sinónimo de locura, inestabilidad y pasión. En cuanto los impecables trajes blancos se convirtieron en un revoltijo tirado en el centro de la pieza entendimos el porqué. Si la tríada representa para los cabalistas el equilibrio perfecto, la unión de la inteligencia, el alma y la materia, el pentágono, en cambio, lleva en su seno la versatilidad, es mercurio puro, lo multicolor, el afán de cambio, el germen de la discordia. Es un caos que, en franca contradicción con su naturaleza, aspira al conocimiento total. El cinco es el umbral de fantasías desmesuradas; es un acoplamiento explosivo donde el deseo guía las cuatro fuerzas elementales: una cifra extravagante, regida por el instinto, y hay que tener mucho cuidado con ella, pues puede resultar tan placentera como nefasta.

Aquella primera noche cubana resultó una *lectio magistralis* de sensualidad, una auténtica orgía caribeña. Nuestros cuerpos se entrelazaron en todas las combinaciones posibles y ante mi boca desfilaron nucas, espaldas, pantorrillas, pectorales, rótulas, nalgas, vientres y falos anónimos que succioné, lamí y mordisqueé, indistintamente, con fervor. En la oscuridad, y con los ojos cerrados, jugaba a adivinar a quién podría pertenecer cada una de las deliciosas presas. ¿Formaban parte ese costillar o esas ancas espléndidas de la anatomía de Paco, de la de Agustín o quizás de la de Bartolomé? No había tiempo para conjeturas, pues una mano que, por supuesto, tampoco lograba identificar, me sujetaba, temblorosa e impaciente, por la mandíbula y conducía mi boca en otra dirección. En medio de la bacanal, alguien dio con la cicatriz de mi operación y se entregó con esmero a la labor de ensalivarla. Palpé su cabeza y descubrí, por el cabello chuto, hecho con alambres finísimos, que se trataba del sastre.

La experiencia se prolongó más de lo que pensé que seríamos capaces de resistir. Cada vez que los ardores parecían, por fin, aplacados, bastaba una chispa, un roce cualquiera, para que las llamas se avivaran, el fuego comenzara a crepitar de nuevo y, pese a estar rendidos, reemprendiéramos el dulce combate. Aún no me explico cómo los huéspedes de las ciento cincuenta habitaciones restantes no se quejaron al gerente por el recital de jadeos, risas nerviosas y estertores. El rubio resultó ser bastante ruidoso y en más de una ocasión nos vimos obligados a ponerle una almohada en la cara para ahogar sus gemidos.

Como si el amplio lecho fuera la mesa de experimentos de un laboratorio científico y nosotros un par de estudiantes aventajados y ávidos de acumular saberes, Wen y yo pudimos comprobar que las epidermis de blancos, mulatos y negros huelen y saben de manera diferente, que cada una de ellas brinda al tacto sensaciones peculiares y disímiles entre sí, y que incluso el mismo pedazo de piel de determinado cuerpo ofrece texturas diversas si se acaricia con las yemas de los dedos o con la lengua. Si el armamento del remero había sido catalogado por Wen, con justicia, de sobresaliente, y el del sastre, sin la menor exageración, de impresionante, la dotación del farmacéutico no demeritó ante la de sus contendientes, sino que triunfó en la comparación, haciéndolo merecedor del calificativo de descomunal. Al fin y al cabo, la magnificencia no dejaba de tener su lógica: por las venas del mulato corría, mixturada, lo mejor de la sangre de dos razas. Las espadas fueron empuñadas, cruzadas y clavadas una y otra vez, y no nos quedó la menor duda de que estaban forjadas con metales de primera calidad, pues en momento alguno dieron señales de deterioro o perdieron su dureza impresionante. De desearlo, Esmeralda Gallego hubiese podido escribir sobre cualquiera de aquellos instrumentos no ya un mensaje de felicitación, sino una carta entera, con postdata y todo.

Ah, las delicias del quinario: la libertad, la variedad, mi natural y do sostenido; la estrella de cinco puntas que simboliza el cuerpo humano. Cinco son los sentidos, cinco las llagas que el Salvador recibió en la cruz, y en el quinto día, según asegura el *Génesis*, fueron creados los animales. El cinco lleno de vibraciones rápidas, vivaces y bullentes. El cinco infinito, circular, que vuelve a sí mismo, en un *ritornello*, cada vez que se multiplica: $5 \times 5 = 25$; $25 \times 5 = 125$; $125 \times 5 = 625$... De acuerdo, mi querido Pitágoras, el tres es ser, movimiento y verbo: el soporte del mundo, la conjunción por excelencia, el número de la forma, ya que no puede existir cuerpo sin tres dimensiones, la abundancia y la alegría que nos regala Júpiter; pero el cinco, y si acaso lo dudas pregúntaselo a Aristacus, quien no me dejará mentir, es el misterio mayor, lo prohibido, la tentación enervante, lo múltiple mutable en expansión, la atracción y el magnetismo sensual que ejerce sobre nosotros el planeta Mercurio. Y ese secreto, amigo mío, no lo aprendí en un templo egipcio protector de los arcanos atlantes, sino en la habitación 221 ($2 + 2 + 1 = 5$) del hotel Sevilla-Biltmore, de La Habana, la inolvidable y tórrida madrugada de un 23 ($2 + 3 = 5$) de enero.

A las seis de la mañana, cuando acabábamos de pegar los ojos, agotados por una contienda de varias horas, Tijeras saltó de la cama y se metió a toda velocidad dentro de sus pantalones. Creo que fui el único en darme cuenta.

—Mi negra me deja hacer y deshacer, siempre que le cumpla y amanezca en la casa —me explicó con una sonrisa. Terminó de vestirse a la carrera y salió de la habitación despidiéndose con un cordial "Por ahí nos veremos".

Wenceslao roncaba apretado contra la espalda del farmacéutico y me pregunté si sería posible que ambos soñaran, a dúo, con la Duse. Antes de caer rendido, el hijo del general Valdivieso había prometido traernos su soneto en preparación para que le echáramos un vistazo y lo ayudáramos a seleccionar, de entre algunas versiones del texto, la más decantada. Por mi parte, antes de colocar la cabeza sobre el fornido pecho del señor Orejas (quien, al fin y al cabo, no resultó tan velludo) y de quedar profundamente dormido, tuve un último atisbo de culpa al pensar en la jeta de incredulidad del pobre Emilito de la Cruz al volver del urinario de los aires libres y hallar vacía la mesa donde un minuto antes departíamos. "¿Qué explicación le daremos cuando volvamos a encontrarnos con él?", me pregunté, preocupadísimo; pero el sueño, poderoso e impaciente, me arrastró a sus dominios antes de que consiguiera encontrar una buena excusa.

Durante tantos años he repetido las palabras de otros, que ya nunca estoy segura de si las que digo me pertenecen o son parlamentos que, sin percatarme, sustraigo a alguno de los personajes a los que di vida. No sé si son pensamientos originales o frases guardadas en algún escondrijo de mi mente que, de pronto, me saltan a la lengua.

Las palabras se enredan en mi cabeza igual que los hilos de las madejas dentro de una gaveta. Y, a pesar de todo, jamás me he sentido tan despejada y segura como esta noche.

¡Esa última frase, por ejemplo! ¡Juraría haberla oído antes! No recuerdo si en mi propia boca o en la de otro. ¿Es Eleonora quien habla, o Margarita Gautier? ¿Francesca de Rímini, Frou-frou? ¿Acaso Nora, la de Torvaldo? ¿Será que, con el tiempo, me he transformado en esas mujeres? ¿Será que un poco de cada una de ellas se ha diluido en mí, en la sustancia de que estoy hecha, mezclándose con mi modo de ser y con mi manera de ver las cosas, contaminándolos, adulterando mi naturaleza, enturbiándola? ¿Cómo saberlo?

Yo, que desde que llegué al mundo he vivido entre palabras, que he vivido de ellas, aprendiendo a sojuzgar su naturaleza salvaje, procurando domesticarlas, admito que me inspiran una desconfianza enorme. Son díscolas y traicioneras. Nunca, nunca des por sentado que están a tu favor, pues en la primera oportunidad que se presente te venderán, te delatarán. No es que sean malas o buenas. Son como son, pequeños desprendimientos de nuestro ser, fuentes inagotables de malentendidos y rencillas porque están hechas a imagen y semejanza de quien las pronuncia.

Todavía no has terminado de usarlas y te das cuenta de que las elegiste mal, de que no eran las que precisabas para expresar tu sentir. Y si las escribes, es peor aún. Quedan en el papel como una mala conciencia, burlándose de ti, obligándote a tachar, a romper, a arrepentirte.

Las palabras son polimorfas. Si las observas con aten-
ción, notas que tienen peso, volumen, temperatura, pero un
instante después sufren una mutación y se convierten en otra
cosa. Por suerte ni huelen ni tienen sabor. Tampoco color.
Quien pretenda lo contrario, es un pobre romántico empeci-
nado en embellecerlo todo.

Hay mil maneras de decir cualquier palabra, incluso la
más simple, y diez mil maneras distintas de entenderla. Es
por esa razón que, si resulta difícil escogerlas para crear una
frase con sentido, mucho más lo es repetirlas sobre un escena-
rio, captar lo que un personaje desea significar cuando las
usa. A mi juicio, el hombre dio una prueba fehaciente de su
vocación para la estulticia al preferir las palabras, entre el
abanico de posibilidades que Dios le ofreció, como principal
instrumento para comunicarse.

Durante mi segunda gira por los Estados Unidos, Schur-
mann y unas amistades suyas se empeñaron en que debía co-
nocer a Thomas Alva Edison, quien por esa época ya había
patentado alrededor de mil inventos. Me llevaron a su labora-
torio, en un sitio de Nueva Jersey llamado West Orange, y
descubrí que el famoso caballero era un poco sordo. Le di las
gracias por sus invenciones, en particular por la que había
contribuido a mejorar la iluminación de los teatros, y él se es-
forzó para hacerme entender los fundamentos científicos de las
lámparas incandescentes.

Antes de irnos, los amigos de Schurmann se empeñaron en
que dejara registrada mi voz en el famoso fonógrafo del señor
Edison.

—Quedará inmortalizada —aseguraron— y otros podrán
disfrutar de su arte en la posteridad.

Yo estaba reticente, pues recitar delante de una máquina
me parecía el colmo del ridículo, pero tanto me rogaron que
dije que sí para no parecer descortés. Un asistente del sabio
entró con un cilindro de cera y creó a toda velocidad las condi-
ciones requeridas. A una señal de Mister Edison, declamé

los parlamentos finales que *Dumas hijo* puso en boca de Margarita, con toses y estertores incluidos.

Al terminar, todos parecían emocionados, en especial el inventor. Después supe que lo mismo, exactamente lo mismo, hacían con cuanta celebridad de la literatura, de la música, del teatro y de la política pasaba por allí. *Mister Edison* tenía una nutrida colección de registros fonográficos en la que no faltaba, por supuesto, la voz de *Sarah* ¡diciendo también *La dama de las camelias!* ¡Qué falta de imaginación! De haberlo sabido, yo hubiera optado por *Heimat* o *La mujer de Claudio*, sólo para variar.

A continuación me obligaron a oír el resultado del experimento. Colocaron el fonograma en otro aparato, lo hicieron dar vueltas, le pusieron encima una aguja y todas las miradas se clavaron en mí. A través de la bocina escuchamos una voz lánguida y lejana, como salida de una gruta, que imitaba con torpeza mi manera de hablar.

Lo que dejó molesto a *Edison*, boquiabierto a *Schurmann* y encarnados a sus amigos fue que las palabras eran otras. En vez de las frases de *Dumas hijo* que acababa de registrar, aquella copia de mi voz recitó unos versos napolitanos muy antiguos y bastante groseros.

Soportamos la poesía hasta el final, con la estúpida esperanza de que, una vez concluida, la máquina reprodujera mis verdaderas palabras, pero lo que se oyó, para concluir el cilindro, fue una sucesión de palabras en alemán que semejaban ladridos ásperos. Consciente de que me observaban, sonreí con resignación.

Edison se dio a la tarea de regañar con saña a su joven asistente. Pálido e incómodo, lo acusó de torpe, atribuyendo a una distracción suya el "error". Sin embargo, el muchacho no permaneció callado. Respetuoso, pero con firmeza, recalcó una y otra vez que de su parte no había existido ninguna confusión. ¡Todo se había hecho como era debido! Por extraño que fuera, aquél, y no otro, era el cilindro que acabábamos de registrar. Si la señora decía una cosa y la voz del fonograma se empecinaba en repetir otra, ¡no era su culpa!

Mis acompañantes se esforzaron por aplacar el enojo del inventor. Edison ordenó al empleado que se retirara y luego, deshaciéndose en excusas —"¡Nunca antes ocurrió algo así! ¡Es inexplicable!"—, me instó a repetir la experiencia. En esta ocasión no confiaría en nadie: él mismo se encargaría de operar el aparato.

Decliné la invitación pretextando que necesitaba descansar antes del ensayo. Una vez era suficiente. Las palabras habían puesto de manifiesto su naturaleza indómita. No quería arriesgarme de nuevo.

En el *roof garden* del Sevilla-Biltmore, mientras bebíamos una refrescante limonada *frappé* en una mesa con vista al mar, revisamos los periódicos de aquel miércoles veintitrés de enero. Todos traían en primera plana la misma noticia: *Fallece el gran líder de los bolcheviques*, *Luto en Rusia por la desaparición del genio de la revolución obrera*, *Muere el comunista Lenin...* Como aquel tema nos tenía sin cuidado, buscamos las páginas que hacían referencia a la próxima llegada de Eleonora Duse e incluían retratos suyos recientes.

Las fotografías dejaban ver no sólo la belleza otoñal que aún conservaba la *Signora*, sino también la espiritualidad que irradiaba y que creaba en torno suyo un nimbo de serenidad y recogimiento. Esa mujer estaba en paz consigo misma, de vuelta de muchas borrascas y conflictos. Las decepciones amorosas, la ingratitud del público, el torbellino de la guerra y las penurias económicas habían dejado huellas profundas en su carácter, volviéndola humilde, sabia y paciente. O, al menos, ésa era la sensación que transmitían las imágenes.

El *Diario de la Marina*, decano de la prensa habanera, ratificaba que su primera función sería el día veintiocho de enero, coincidiendo con el septuagésimo primer aniversario del nacimiento de José Martí, y proclamaba: "El arte de la Duse es la elocuencia de una mirada, es la entonación de una palabra, es un gesto, es una pausa. Su inteligencia profunda y sutil ha ahondado en las palabras hasta hallar en ellas su más recóndito sentido. Así, en cada frase, compendia significaciones infinitas". Otra de sus páginas daba cabida a un comentario tomado de *The Evening Telegram* donde, entre otras cosas, se aseguraba: "La potencialidad artística de Eleonora Duse no sólo no ha decrecido, sino que ha aumentado, si cabe aumento en un arte que, como el suyo, ha rayado siempre en los límites de la genialidad".

Por su parte, *El Heraldo* incluía las opiniones de un crítico de *The Globe*, de Nueva York, quien, amén de conceder a la *Signora* el título de "primera actriz del mundo", no escatimaba elogios para ella: "El arte de la genial artista puede sintetizarse así: es el triunfo del espíritu sobre la materia. Los espectadores se sienten perplejos ante el novísimo ejemplo de naturalidad y sencillez de esta mujer. Asombra hallarse en presencia de una actriz que no se pinta ni se maquilla el rostro y que, sin embargo, aparece siempre joven en su palabra, en su gesto, en sus movimientos. La Duse posee el secreto de la perenne juventud. Verla y oírla es comprender cómo el espíritu puede no envejecer jamás". Y en otro lado, el periódico añadía: "La próxima llegada de Eleonora Duse es el tema del día. Si para los norteamericanos, por cuyo país desfilan todos los grandes artistas del orbe, su actuación ha revestido las características de un acontecimiento trascendental, para nosotros su visita ofrece un aliciente más: el hecho de que la eximia trágica jamás había pasado por esta ciudad ni había ya esperanzas de que lo hiciese".

El País daba a conocer los precios del abono para las cuatro únicas funciones. Los *grilles* costaban doscientos pesos; los palcos del primer y del segundo piso, ciento cincuenta, y los del tercer piso, cien. Las boletas, que se pagaban aparte, en el momento de entrar a la sala, tenían un valor de cinco pesos por función. Tomando en cuenta que un peso cubano equivale a un dólar, las cifras me parecieron poco menos que astronómicas.

—En Bogotá eso sólo lo pagaría usted —comenté.

—Pero estamos en Cuba —replicó Wen—. Escuche lo que dice la prensa —y leyó otro fragmento de la nota de *El País*—: "En la oficina montada en el Teatro Nacional llueven los pedidos de localidades. El abono de palco se cubrirá en breve. El de lunetas lleva también camino de ello".

Reflexioné en voz alta de qué sería más sensato: si abonarnos a palco de primer piso o a luneta. La luneta costaba algo menos (cuarenta pesos cada una) y tenía la ventaja de incluir dentro de esa suma el precio de la entrada general por función. Por otra parte, argumenté, ¿para qué queríamos nosotros dos un palco con cuatro sillas?

Mis razonamientos fueron rebatidos al punto con energía: Wen se negó a considerar siquiera la posibilidad de la luneta y dijo por lo claro que después de hacer un viaje tan largo para presenciar la actuación de la *Signora*, quería darse el gusto de verla desde un sitio privilegiado. Como no sentía el menor deseo de discutir, le contesté que nos abonaríamos a lo que le diera la gana.

—A palco de primer piso —decidió—. Y creo que deberíamos ocuparnos de eso ahora mismo.

Propuse que llamáramos al señor Pedrito Varela, quien, según indicaban los periódicos, era el encargado de la venta de los abonos, para hacer la reservación. Su teléfono era el A-4864. Pero Wen, que ese lunes había amanecido con ganas de llevarme la contraria, replicó que un teatro podía tener numerosos palcos en el primer piso, unos buenos, algunos regulares y la mayoría pésimos, y, temeroso de que no le dieran una ubicación preferencial, propuso que acudiéramos personalmente a resolver el asunto. Estábamos cerca del teatro, dijo. Si íbamos caminando, no tardaríamos ni quince minutos en llegar allí. Acepté y, tras subir un instante a la habitación, para abastecer las billeteras y para guardar dentro del álbum de tapas de nácar y plata los pedazos de periódicos donde aparecían los retratos de la Duse y las gacetillas sobre su inminente presentación, salimos a la calle.

La fachada del Nacional, llena de columnas, arcadas, balcones, gárgolas y estatuas, nos encantó y nos dijimos que, a juzgar por su exterior, parecía tratarse de un templo de Talía muy opulento. Llegamos a la oficina de Pedrito Varela, cuya entrada era por el fondo del edificio, al mismo tiempo que una elegante dama vestida de gris perla. Un empleado nos pidió que tomáramos asiento en unas butacas, dejó varios papeles encima de un desordenado escritorio y salió en busca del tal Varela. Mientras aguardábamos, me dediqué a estudiar con disimulo a la mujer que estaba sentada frente a nosotros. Era delgada y de mediana estatura, tenía los ojos rasgados y le calculé casi sesenta años. En su cabello negro, recogido en un moño con peinetas de carey, se apreciaban algunas hebras plateadas. Con la espalda erguida y los dedos de ambas manos entrelazados y descansando en el regazo, miraba a un punto indeterminado, como un buda, absorta en sus pensamientos. Wenceslao interrumpió el examen mostrándome el retrato de Eleonora Duse que acababa de descubrir encima de una mesita, semioculto por una revista *Social*. Mientras lo contemplábamos, un individuo menudo y con corbata de lazo irrumpió en la oficina.

—Buenos días, señora. Buenos días, señores —saludó con voz atiplada y se dirigió a las carreras al escritorio—. Disculpen la demora. Ya los atiendo.

Aún no se había sentado cuando otra persona hizo su entrada. Era un caballero rozagante, más o menos de nuestra edad, tan orondo y envarado que me dieron unos deseos irrefrenables de propinarle una patada en las posaderas. Con voz engolada exclamó un "Buenos días" y, sin dignarse a mirar a ninguno de los que esperábamos, avanzó en dirección al encargado de los abonos, quien se apresuró a saludarlo muy efusivo y a preguntarle por la salud de su madre.

—Ella está de lo mejor, gracias a Dios —contestó el petimetre y añadió con afectado acento castizo—: Tengo los minutos contados, Pedrito. Necesito el mejor palco para la Duse.

—A sus órdenes, doctor —contestó, hecho una melcocha, Varela y, acomodándose en su silla, abrió el cuaderno donde registraba a los abonados.

Incontinenti, tal como si le hubiesen encendido un petardo en el trasero, Wenceslao se paró al lado del recién llegado e, ignorándolo de manera deliberada, se dirigió al encargado de los abonos en el mejor estilo "cachaco mortalmente ofendido":

—Usted se ocupará del señor después que nos haya atendido a nosotros, pues ni la dama —señaló a la china, que acababa de sacar un abanico de sándalo de su bolso y lo movía con enervante lentitud, observando impertérrita la escena— ni nosotros —me señaló a mí— estamos pintados en la pared.

El interpelado estaba tan sorprendido que no atinó a contestar. Colocando las manos abiertas encima del escritorio e inclinándose hacia él, Wen inquirió, esta vez con voz de genízaro:

—¿Me entendió o quiere que se lo repita?

Colorado y a punto de sufrir un infarto, Varela miró al caballerete sin saber qué hacer, pidiéndole socorro, y éste, fingiendo una indiferencia que el temblor de las manos apoyadas en un bastón con mango de ónix y la hinchazón de las venas del cuello hacían difícil de creer, repuso:

—No se apure, Pedrito. Mandaré a alguien con el dinero —y dando media vuelta, empinando el mentón cuanto le era posible, abandonó el recinto, no sin antes mascullar un condescendiente "Que la pasen bien".

Durante unos segundos quedamos inmóviles y en silencio. Pero en cuanto las pisadas del "doctor" bajando las escaleras dejaron de escucharse, el abanico de la vieja empezó a moverse a una velocidad extraordinaria, y los cuatro respiramos al unísono.

Pedrito Varela se secó el sudor que le empapaba la frente, recuperó el aplomo y, haciendo gala de toda su amabilidad, preguntó a Wen, que continuaba de pie ante el escritorio:

—Usted dirá en que puedo ayudarlo, caballero.

—Atienda primero a la señora, por favor —replicó él acremente y, con un ademán obsequioso, la instó a aproximarse. Mientras el hombrecillo la atendía, volvió a sentarse a mi lado. —¿Qué se creería ese impertinente? —masculló iracundo.

—¡Quieto! —lo tranquilicé—. Ya lo puso en su lugar.

Al rato, la dama chinesca inclinó la cabeza en señal de despedida y salió con su abono. Como a Wen todavía le duraba el enfado y yo no tenía ganas de ser testigo de otra pelea, preferí hacerme cargo de la transacción y me senté frente a Varela.

—Deseamos un palco del primer piso —exclamé.

—¡El mejor! —añadió, desde su sitio y casi amenazador, mi amigo.

Varela asintió, con la vista clavada en sus papeles, y me tendió un plano del teatro en el que los puestos vendidos aparecían marcados con cruces rojas. Me percaté de que los periódicos exageraban al afirmar que el abono se cubriría pronto y se lo tendí a Wenceslao para que hiciera su elección.

—Creo que éste —dijo, devolviéndome el papel, y le señalé al tipo el sitio escogido.

—Si me permiten, les recomiendo este otro —sugirió, con tono melifluo, el de los abonos, mientras contaba los ciento cincuenta dólares en billetes crujientes que yo le había colocado delante—. Es un lugar mucho mejor, con una visibilidad perfecta.

Interrogué a Wen con la mirada.

—Sea —accedió.

Después de preguntar cuáles eran nuestros nombres y tomar nota de ellos en su libro, nos anunció que el *Diario de la Marina* iba a publicar una relación de los primeros abonados y quiso saber si lo autorizábamos para incluirnos en ella. Miré otra vez a Wen para ver qué opinaba y él asintió, encogiéndose de hombros. Antes de irnos, Varela intentó excusarse por lo ocurrido. Estrechándole la mano, le pedí que olvidara el incidente. Pero mi amigo, que no estaba dispuesto a perdonar la ofensa en un santiamén, se limitó a mascullar un distante "Gracias" y le dio la espalda.

Afuera llovía a cántaros y no pudimos abandonar el edificio.

–Desde hace diez minutos tienen un enemigo en La Habana –declaró una voz femenina detrás de nosotros. Al darnos la vuelta, vimos a la dama del abanico. Tenía los labios unidos en una línea delgada e inexpresiva, pero sus ojos oblicuos reían burlones–. Han ofendido a don Olavo Vázquez Garralaga y eso, señores, les puede costar caro –añadió con solemnidad, arqueando sus cejas finísimas.

Le preguntamos quién era el susodicho y, dando autorización a su boca para esbozar una sonrisa, dijo: "Un poeta". Y al instante aclaró: "O, al menos, eso pretende hacernos creer".

Nos comunicó que su nombre era María de Lachambre y, al confirmar que, tal como suponía, éramos forasteros recién llegados a la ciudad, agradeció doblemente nuestra "desusada y extemporánea caballerosidad". Un *Ford* de alquiler se detuvo junto al andén y la mujer, haciendo una señal al conductor para que aguardara, nos preguntó si podía trasladarnos a nuestro hotel. Subimos los tres al vehículo y, por el camino, la china nos explicó que Vázquez Garralaga, escritor de moda, estaba acostumbrado a recibir todo tipo de mimos y reverencias dondequiera que llegase. En cuanto a Varela, no era mala persona, no obstante su tendencia al servilismo, defecto, indicó, bastante común en los tiempos actuales. "Ambos han recibido una magnífica lección", proclamó. Intercambiamos algunas frases más, en las que salió a relucir el tema de la Duse, y luego nos despedimos hasta la noche del veintiocho.

Al salir del automóvil, casi tropezamos con Emilio de la Cruz, quien llegaba en ese momento al Sevilla-Biltmore debajo de un enorme paraguas, con los pantalones empapados. Al tenerlo frente a frente, de forma tan inesperada, nos quedamos muertos de la vergüenza, sin saber qué decirle para justificar la grosera desaparición de la noche anterior. Por suerte no fue necesario inventar disculpas:

Emilito, haciendo gala de una generosidad y una comprensión más grandes que su afeamiento, soltó una carcajada y nos felicitó por lo que catalogó de "orgiástico debut habanero". Aliviados, lo invitamos a almorzar y no puso reparos.

Degustando la comida, le contamos que ya teníamos abono para las representaciones de la *Signora* y le advertimos que no se le ocurriera gastar plata comprando uno, pues podía hacer uso de nuestro palco durante las cuatro noches e invitar a quien quisiera. Wen le narró el encontronazo con Vázquez Garralaga y lo que del personaje nos había comentado, con posterioridad, la señora oriental. A De la Cruz el incidente le encantó.

–De Olavito no hay mucho que decir, salvo que es un malcriado que escribe unas rimas empalagosas, que se cree el ombligo del mundo y que tiene una lengua de temer. Lo más probable es que a estas horas haya averiguado los nombres de ustedes y encabecen su lista negra. En lugar de buscarse un marido, como Dios manda, se pasa el santo día haciendo poesías y, puesto que su padre tiene todo el dinero del mundo, cada año publica varios libros aquí o en París. Ya se aburrirán de verlo en todas partes, siempre igual de exquisito, en compañía de su mamá, como una señorita –comentó con desdén–. Pero el verdadero personaje de la historia que me contaron no es Olavito... –y antes de proseguir, hizo una pausa efectista–, sino María Cay, la generala Lachambre.

De inmediato nos reveló que la dama en cuestión, viuda de un militar español, no era descendiente de chinos, como pensábamos, sino medio japonesa, y que tenía fama de haber sido una de las mujeres más hermosas de La Habana, musa de famosos bardos.

–Su padre fue canciller del consulado imperial de la China –relató–. Dicen que Julián del Casal estuvo enamorado de ella y que cuando Rubén Darío visitó Cuba, le pasó otro tanto. ¡Ustedes saben que los modernistas se volvían locos con las chinerías!

Finiquitado el almuerzo, salimos de nuevo a la calle, pues ya no llovía. De la Cruz dijo que esa noche estaba obligado a cenar donde sus tíos, pero nos pidió que no hiciéramos planes para el jueves, pues le gustaría llevarnos al campo, ir al teatro e invitarnos después a un parque de diversiones

Antes de marcharse, nos dio instrucciones para llegar a La Boston, situada en O'Reilly número 88, y hacia allá salimos a encargar ropa nueva. Tijeras, que no esperaba reencontrar tan pronto a dos de sus compañeros de bacanal, se llevó una sorpresa. Un poco turbado, adoptó una actitud ceremoniosa y profesional, y nos ayudó a escoger los paños para los trajes. Bajo la mirada atenta del propietario de la sastrería, nos tomó las medidas, procurando tocarnos sólo lo indispensable, y prometió que, aunque tenían muchos encargos pendientes, se ocuparía de que nuestra ropa estuviera lista lo antes posible.

—Unos caballeros de su calidad no pueden andar por La Habana envueltos en cualquier trapo —fue su nada halagüeña despedida.

No hay duda, los cubanos rinden culto a la buena costura. Ya nos lo había comentado Emilito durante la travesía: prefieren comer boniato hervido durante un mes, con tal de salir a la calle vestidos con lo mejor de lo mejor.

Al abandonar La Boston, nos dirigimos a la calle paralela, Obispo, y caminamos unas cuadras en la dirección opuesta al mar, para conocer La Moderna Poesía y ver si su fama de librería excelente era merecida. Lo es, sin la menor duda. La variedad del surtido de libros, llegados de las grandes capitales, era asombrosa. Wen aprovechó, con curiosidad malsana, para solicitar que le mostraran las obras de Vázquez Garralaga y el empleado puso en sus manos un impresionante montón de volúmenes primorosamente editados, aclarando que se trataba de los más recientes, pero que si deseábamos creaciones anteriores, también tenían ejemplares disponibles. Echamos un vistazo a sus páginas y quedamos convencidos de que el estilo del poeta era una combinación de lágrimas, trivialidad y almíbar. Cuando estábamos a punto de salir en estampida, una graciosa joven vestida de crepé azul, que llevaba a una anciana del brazo, nos cerró el paso con audacia.

—Disculpen el atrevimiento, caballeros —exclamó la muchacha, ruborizándose hasta las raíces de la corta melena—. Mi tía y yo nos hemos percatado de que ustedes son extranjeros y amantes de la poesía y me... nos encantaría invitarlos a una velada. ¡Ojalá puedan asistir! —y sin darnos tiempo a articular palabra alguna, depositó en mis manos un sobre color crema y, arrastrando a la anciana, se alejaron a las carreras. Antes de salir del establecimiento, la chica se volvió y dijo con picardía—: ¡Olavo no es el único que publica libros en Cuba!

Sorprendidos, y sabiéndonos observados por otros clientes, abrimos el sobre y encontramos en su interior una esquela impresa con letras doradas.

–La señorita Graziella Gerbelasa es una de las más talentosas escritoras de la Isla –reveló el empleado que nos atendía–. Sus dos primeras obras, *La carpintería del alma* y *Gozadora del suplicio*, han tenido una estupenda acogida. ¿Los señores desean que se las muestre?

Le dijimos que no se molestara, y el hombre añadió que el lunes de la próxima semana, el mismo día del natalicio de Martí, tendría lugar una recepción para dar a conocer el nuevo libro de la autora.

La invitación que acabábamos de recibir mencionaba el título de la obra en cuestión: *El relicario*. Incluía, además, el lugar y la hora en que se llevaría a cabo la tertulia. Nos miramos, divertidos, y comentamos que esa espontaneidad era imposible en la pacata Bogotá, donde la gente se cuidaba mucho de dirigir la palabra a los desconocidos.

Como el aguacero había dejado un calor bochornoso, coincidimos en que unos helados de El Anón nos vendrían de maravilla, y al Prado nos fuimos a refrescar los gaznates. A continuación, con los pies adoloridos, regresamos al hotel.

En el vestíbulo estaba Paco Pla, esperándonos. De día me pareció más joven y rubio y sus orejas, si es posible, aún más llamativas. Nos contó que venía de estudiar latín toda la mañana donde un condiscípulo y que pensaba ir al campo de deportes de la Universidad a hacer un poco de ejercicio. ¿Acaso nos gustaría acompañarlo, si era que no teníamos otros planes? Sin pensarlo dos veces, le dijimos que sí y salimos otra vez a la calle, escoltándolo.

Los tranvías de La Habana, señaló el remero, se identifican sin dificultad, pues están pintados de colores diferentes, de acuerdo con el trayecto que realizan. El Vedado-Muelle de Luz es blanco y verde; el Vedado-San Juan de Dios, blanco y rojo, y el Vedado-Marianao, blanco-blanco. Nos subimos en uno blanco-amarillo-blanco, en la calle Habana, y tuvimos la suerte de encontrar asientos libres. "Hay días en que pasan llenos y uno se marea con los olores del populacho, pero por cinco centavos no puede pedirse más", comentó Paco. En un susurro, nos confesó que la noche anterior la había pasado de maravillas. Ansiaba que la experiencia se repitiera cuanto antes..., de ser posible sin la participación de otros convidados. Era un egoísta y nos quería para él solo, arguyó, y sonrió mostrando su racimo de dientes.

El *stadium* de la Universidad estaba repleto y, al verme rodeado de tantos ejemplares jóvenes, airosos y llenos de vitalidad, me dije que, si el Edén existía, debía ser algo parecido. Por nuestro lado pasaban, en desordenado tropel, gimnastas, tenistas, esgrimistas, corredores, jabalinistas, discóbolos, pugilistas, jugadores de *base-ball*, de *volley-ball* y de *basket-ball* y todo tipo de atletas, charlando a gritos, bromeando con despreocupación, secándose el sudor con pequeñas toallas y vistiendo ropas deportivas que dejaban a la vista torsos, brazos y piernas.

Hay una vocación de flotar, un oficio de ondulación, en los jóvenes de esta isla. Hay algo aéreo en sus movimientos, en el modo entre sinuoso y torpe que tienen de desplazarse. ¿De dónde proviene esa voluptuosidad involuntaria y desmañada que aflora en una mirada casual, en un roce cualquiera? Poco importa la perfección, es como si el calor y la proximidad del mar desdibujaran los cánones tradicionales para medir lo hermoso, y éstos fueran sustituidos por nociones más primitivas, donde lo sensorial se impone a la intelectualización de la belleza.

Mientras así meditaba, fui presa de una incomprensible melancolía y, remedando a la zorra de la fábula, me consolé pensando que las uvas estaban verdes.

El señor Orejas se dirigió a las duchas para cambiarse de ropa, y prometimos esperarlo sentados en las gradas. Regresó al rato, en pantaloncitos y camiseta, acompañado por otros deportistas vestidos (¿o será mejor decir desvestidos?) de igual manera, a los cuales nos presentó. Algunos estudiaban, como él, Arquitectura; otros cursaban las carreras de Derecho y Medicina. El grupo estaba acribillándonos a preguntas sobre Bogotá, cuando un joven trigueño se acercó con pasos enérgicos para informar a sus compañeros acerca de un *meeting* con motivo del fallecimiento de Lenin. A la vista de aquel espécimen, todos los demás, el dientón y los que teníamos al lado, los deportistas que entraban o salían de las duchas y los *vestiers*, los que merodeaban por los alrededores, los que daban vueltas por la pista corriendo a toda velocidad, los que cruzaban floretes y espadas, los que volaban sobre el cajón sueco, los que practicaban el pugilismo, los que levantaban pesas, los que lanzaban discos y jabalinas, los que intentaban golpear las pelotas con bates o raquetas o daban saltos para ensartarlas en aros, todos, todos sin excepción, se difuminaron, se volvieron de humo, dejaron de existir y sólo quedó incólume aquel monumento que anunció algo acerca de un encuentro fraternal entre estudiantes y obreros, aquella maravilla que nos tendió, campechana, una manaza y apretó con ella las nuestras, triturándolas.

Intentaré describirlo, aunque de antemano advierto que mis palabras no conseguirán reflejar con exactitud lo que estos ojos contemplaron deslumbrados, olvidándose de pestañear.

Los cabellos negros, abundantes y ensortijados, que su propietario procura mantener echados hacia atrás, pero cuyas ondas ningún peine consigue doblegar, coronan la cabeza de esa especie de semidiós caribeño. La frente, despejada, descansa sobre un par de cejas pobladas, de arco intachable: cejas de moro que, al menor fruncimiento, se unen expresivas. Los ojos cafés, grandes y de mirada profunda, un poco hundidos, están protegidos por pestañas largas y sedosas. Basta mirarlos para percatarse de que pertenecen a un carácter fuerte, que ignora lo que es claudicar ante la adversidad. Un amante de las proporciones clásicas, un purista, diría que la nariz aguileña es incorrecta, ya que sus aletas se ensanchan en la base, delatando la presencia de sangre mestiza; sin embargo, a pesar de apartarse del modelo helénico, encaja a la perfección en el rostro un tanto ovalado. El apéndice nasal da paso a una de esas bocas que parecieran hechas para el beso: de labios gruesos y frescos; una bocaza sensual y provocativa cuyas comisuras parecen tender, de forma natural, a la sonrisa. Si debo decir algo de sus dientes, parejos y muy blancos, es que cualquiera sometería sus brazos y muslos, sin la menor queja, a los embates de esa dentadura. ¿Sus orejas? Perfectas, con lóbulos que invitan a la caricia. El mentón y las mandíbulas revelan, pese a estar rasurados, la presencia de una barba abundante en la piel suave, con tonalidades de bronce antiguo. Un cuello largo, robusto y de tendones elásticos, sostiene la cabeza de excepción. El cuerpo, de estatura superior a la mediana, se insinúa, bajo el traje, atlético, de miembros duros y fibrosos.

Dice Wen, y tengo que creerle, pues yo nada escuché, salvo una música de címbalos y caramillos que los ángeles tocaban encima de mi cabeza, que uno de los estudiantes preguntó al trigueño, en tono de chanza, por qué no llevaba luto por la muerte de Lenin y que el aludido, con gran seriedad, le había replicado: "No tienes idea de la pérdida irreparable que ha sufrido la humanidad". Me contó, además, que el joven había manifestado un marcado interés en conversar con nosotros dos para que lo pusiéramos al tanto de la situación de los universitarios y de los obreros en Colombia. Por fortuna, unos amigos lo llamaron y tuvo que despedirse sin dilación. Digo que su partida fue una suerte porque, de quedarse más tiempo, no creo que yo hubiera podido sobrevivir a la cercanía de semejante beldad. Cuando se hubo alejado, corriendo con enérgicas zancadas que nos permitieron adivinar los contornos de un trasero duro y parado, tuve que sentarme en las gradas, a punto de desfallecer. Las sienes me latían y Wen, percatándose de que era víctima de un *shock*, me abanicó con su sombrero.

—¿Estás indispuesto? —dijo Paco y, al ver que no tenía aliento para responder, le pidió a un chico que estudiaba tercer año de Medicina que me tomara el pulso. Lo tenía descontrolado. Me trajeron un vaso de agua, bebí con lentitud, rodeado de semblantes que denotaban preocupación, y, poco a poco, volví en mí. Al recuperar el habla, me esforcé por convencer a las criaturas de que ya estaba bien: se trataba de un mareo sin importancia a causa del calor.

—O del cambio de altura —intervino Wen, ayudándome a tranquilizarlos.

Por fin conseguimos que cada uno se marchara a practicar su deporte preferido y nos dejaran solos en la gradería. Wen reconoció que también él estaba impresionado por la aparición del trigueño. Le pregunté si el tipo había dicho su nombre.

—Claro que lo dijo e incluso averiguó en qué hotel nos hospedamos —ripostó—. ¡Es que usted se atolondró como nunca!

—¿Y acaso usted había visto a alguien tan divino en su vida? —me defendí.

—Sí —replicó, molesto—: a usted.

—Aparte de mí, tonto —y bajando la voz, insistí—. ¿No le pareció de un atractivo sobrenatural?

—El tipo es la Belleza —admitió, entornando los ojos—. ¡Pero no se haga ilusiones!

–¿Por qué? Es cierto que parecía un poco compungido por la muerte del zar de los *soviets*, pero la tristeza se le pasará, ¿no?

–¡Usted sí perdió el conocimiento! –exclamó, escandalizado–. ¿Ni se dio cuenta de que tenía a la esposa al lado? Estuvo pegada a él todo el rato, igual que una sanguijuela.

Le juré por el santísimo sacramento que no me había percatado de ninguna presencia femenina. ¿Qué esposa era esa? ¿De cuál agujero del infierno se había escapado, con el único propósito de amargarnos la existencia? A Wen le entró un ataque de risa y me aseguró que hasta le di la mano cuando la Belleza nos la presentó anunciando que acababan de casarse. Le comenté que ese Adonis podía aparecer acompañado no por una esposa, sino por todo un harén de fulanas, y que yo sólo tendría ojos para él.

–¿Cómo es que se llama? –insistí

–Julio Antonio Mella, si no recuerdo mal.

Al rato, el dientuso terminó sus ejercicios y se acercó, entusiasta y sudado, a la gradería donde lo aguardábamos. Lo exhortamos a que se duchara de prisa, diciéndole que teníamos un hambre atroz y queríamos invitarlo a cenar. En realidad, lo que estábamos era impacientes por sacarle información.

No quisimos regresar en tranvía, sino que tomamos un taxi, le pedimos al conductor que se dirigiera rumbo al Morro, y durante el trayecto sometimos al estudiante a un auténtico interrogatorio. Paco Pla nos proporcionó más datos de los que esperábamos. Como en las aulas universitarias la vida de los dirigentes estudiantiles era tema frecuente de conversación y motivo de chismes y habladurías, sabía de la A a la Z sobre Mella. Además, ambos habían sido compañeros de equipo en las regatas de cuatro remos realizadas en Cienfuegos, en 1921, donde ganaron la medalla de oro. Porque, en medio de sus múltiples ocupaciones, aquel majo encontraba tiempo para practicar la natación, el *basket-ball* y el canotaje.

Julio Antonio Mella era el alma de la Universidad y uno de sus más apetecidos cuerpos. Sin cumplir aún los veintiún años de edad (a causa del físico le habíamos calculado tres o cuatro más), era muy conocido por sus ímpetus revolucionarios y su capacidad de liderazgo. En realidad, su verdadero nombre era Nicanor, y su apellido, Mc Partland, era el de la mamá: una irlandesa, quien, por esos giros que da la vida, se prendó de un sastre dominicano establecido en la ciudad. La Belleza y su hermano menor, Cecilio, fueron frutos de esos amores ilegítimos. Cuando Julio Antonio tenía seis años, la madre tomó la decisión de irse a vivir a Nueva Orleans y le dejó los niños a su amante. Mella asistió a colegios de curas y luego ingresó en la conocida Academia Newton. A los dieciocho años, matriculó la carrera de Derecho y comenzó a llamar la atención por su belicosidad y sus dotes de orador. Fue uno de los impulsores de la manifestación estudiantil en contra del título de profesor *honoris causa* que el rector pensaba otorgar al embajador gringo Enoch Crowder y no tardó en hacerse cargo de la redacción de la revista *Alma Mater*.

Al fundarse la Federación Universitaria, ocupó el puesto de secretario. Un año después, más conocido y valiéndose de todo su encanto, ganó la presidencia y empezó a organizar un congreso universitario. En ese cónclave, Mella consiguió, para escándalo de unos cuantos, que se aprobara una moción de censura a la educación religiosa. Por ese entonces empezaba a frecuentar los sindicatos y a relacionarse con los líderes de los trabajadores y se le metió entre ceja y ceja que el congreso enviara un mensaje de solidaridad a la Federación Obrera de La Habana. De más está decir que también lo logró. Su gran obra de 1923 había sido poner a funcionar en el *campus* la Universidad Popular José Martí, donde estudiaban los trabajadores al concluir su jornada.

—Para serles sincero —concluyó Paco—, me temo que Julio Antonio no durará mucho de presidente de los estudiantes.

—¿Por qué? —lo interrogó Wen.

—La gente se queja de que cada vez se ocupa menos de los problemas de la Universidad y, en cambio, se mete demasiado en los líos de los obreros. Hay una pila de intrigas alrededor de eso. Dicen que es comunista.

—¿Y en medio de ese ajetreo, sigue estudiando?

—Y con excelentes notas, pese a la enemistad que le tiene más de un catedrático —comentó Pla—. Precisamente en las aulas de Derecho conoció a Oliva Zaldívar, la muchacha con la que se casó —y permaneció un instante en suspenso, a la espera de nuevos interrogantes. Pero, no sé si cohibidos por la alusión a la esposa o porque nuestra sed de conocimientos estaba saciada, las preguntas se acabaron. Le pedimos que nos sugiriera un lugar donde se comiera rico y fuimos al *restaurant* del hotel Lafayette.

A la hora de los postres, y para que el chico no se hiciera falsas ilusiones, Wen anunció que tenía un dolor de cabeza atroz y que lo que más anhelaba era acostarse a descansar. Aunque el remero opuso toda la resistencia posible, conseguimos subirlo en el primer tranvía blanco y rojo que encontramos, prometiéndole que en breve le dedicaríamos la noche con que soñaba. No sé si fueron ideas mías, mas creí advertir que cuando nos decía adiós, parado junto al motorista, sus orejas estaban dobladas por la decepción.

En el hotel nos esperaban dos sorpresas. La primera, una nota escrita con una caligrafía llena de arabescos en un pliego de papel perfumado. Por un momento tuve la idea peregrina de que se trataba de un mensaje de la alocada Gerbelasa. Pero no, era de la señora de Lachambre, invitándonos a tomar el té, el viernes, en el Ideal Room. La segunda sorpresa era que Bartolomé Valdivieso estaba sentado en el *lobby*, con un grueso cuaderno sobre las rodillas, aguardando por nosotros.

—Salimos de uno para encontrar a otro —musité mientras avanzábamos hacia él fingiendo que nos encantaba verlo—. ¡Esto es una auténtica persecución!

Como no teníamos el menor interés en subirlo a la habitación, decidimos atenderlo allí mismo. El farmacéutico, cumpliendo su palabra, traía consigo el soneto en preparación "A Eleonora la excelsa". En el librote estaban escritas, de su puño y letra y con tinta verde esmeralda, cerca de cuatrocientas versiones diferentes de la composición. En algunos casos, las variaciones eran notorias; otras veces, mínimas. Sin embargo, en un soneto dedicado a una artista de la envergadura de la Duse, la elección de cualquier vocablo, la en apariencia simple sustitución de un término por otro, podía resultar crucial. Puesto que habíamos prometido ayudarlo en esa tarea, le sugerimos que nos dejara el cuaderno con el fin de estudiar su contenido más tarde, con calma, en el dormitorio. Pero el mulato, cortés pero intransigente, insistió en que deseaba leernos de viva voz las distintas versiones, con el fin de que sopesáramos juntos los pros y los contras de cada una.

En vista de que no teníamos otra alternativa, nos trasladamos a un rincón tranquilo y pedimos a un mozo que nos sirviera tres cafés, el de Bartolomé bien cargado y los nuestros diluidos en un poco de agua caliente. Haciendo acopio de paciencia y buena voluntad, y maldiciendo interiormente el ofrecimiento de colaborar con él, nos dispusimos a escuchar su lectura.

En honor a la verdad, el soneto de Bartolomé no era malo; llegado el momento de calificarlo, uno dubitaba entre dos posibilidades: hórrido o patético. Si se estudiaba con atención e imparcialidad, cumplía buena parte de los requisitos que la métrica exige para ese tipo de composición lírica. Lo terrible era que aquellos catorce endecasílabos, en todas sus variantes y combinaciones, que el autor se encargó de leernos con el debido énfasis, reunían el mayor número de dislates y truculencias que fuera posible imaginar.

El primer cuarteto, el único que carecía de versiones, ya que a juicio del farmacéutico era sólido y servía de cimiento perfecto a la arquitectura del poema, era un preludio de lo que seguía de inmediato:

> *Cual erecto e inmenso monolito*
> *la eternidad tu creación conquista,*
> *guarden los siglos tus dones de artista*
> *esculpidos en íngrimo granito.*

Con el verso inicial de la segunda estrofa las cosas se complicaron y empezó el análisis de las interminables y enloquecedoras posibilidades. ¿Qué resultaba mejor para comenzar esa parte: "Encadenada al triunfo como un mito" o "Y perpetuada en un funéreo grito"? ¿Acaso "Fulges inscrita en un eterno hito"? Cualquiera que fuese la determinación que se tomara, ésta daba paso a nuevas confrontaciones a causa de los vínculos que surgían con los tres versos subsiguientes. Por ejemplo, suponiendo que el mulato decidiera echar mano a la tercera de las variantes expuestas (cosa improbable, porque defendía con una vehemencia digna de mejor causa la segunda de ellas), el cuarteto podría quedar de la siguiente manera:

> *Fulges inscrita en un eterno hito*
> *por los celajes color amatista*

pues, desde el trono, aún ignoras exista
el éxtasis gozoso del bendito.

Pero ¿por qué poner a la excelsa fulgiendo por los celajes?, nos preguntamos. ¿No sería preferible, quizás, desechar el segundo verso de ese hipotético cuarteto y ubicar en su lugar otro más acorde con la naturaleza etérea que los cronistas atribuían a sus ademanes? Por ejemplo: "y danzas bella cual una amatista". Claro que "por los siglos oscilas, amatista" tampoco era una opción desdeñable. Si siglos transmitía una reconfortante sensación de perdurabilidad, el verbo oscilar indicaba cambio, esa voluntad de avanzar hacia la perfección, de no conformarse con lo conquistado, que formaba parte de la sabiduría de la *Signora*. Tras sopesar durante casi una hora las disímiles posibilidades llegamos a la conclusión de que la siguiente variante superaba a las restantes y, por un momento, se convirtió en favorita:

Perpetuada en la calidez de un mito,
por los siglos destellas, amatista.
Tespis, paterno, tus glorias avista
y guardas, ¡bella!, la duda del rito.

Por un momento, aclaro, pues al rato otro cuarteto pasó a ostentar la predilección:

Apresada en los cónclaves del mito,
de tu alma desvelas una arista.
Melpómene gloriosa: tu belleza
hace temblar de envidia al infinito.

De improviso, Bartolomé Valdivieso empezó a buscar con desesperación en las páginas garrapateadas del cuaderno, hasta dar con una estrofa olvidada por completo, compuesta en una madrugada de insomnio. La leyó con voz trémula y luego clavó sus ojos en nosotros, aguardando nuestro veredicto:

Cual ondina que luce su palmito
del empíreo refulges en la pista.

¡Ah, Eleonora!, incólume amatista,
dígnate oír mi voz, más bien mi grito.

Los dos le dijimos que nos parecía regia. Wen sólo puso un reparo: el cuarto verso debía sustituirse por "fulges inmensa en un soberbio hito", superior, a su juicio, al último escuchado, y que bien merecía rescatarse de la estrofa, descartada cuarenta y cinco minutos atrás, en la que se encontraba inmerso. Por mi parte, aunque estuve de acuerdo, sugerí cambiar de lugar los versos segundo y tercero. Ambas propuestas fueron aceptadas con entusiasmo y, al menos por esa noche, el segundo cuarteto quedó finiquitado.

Pero al adentrarnos en los tercetos, creí enloquecer. El mulato, entregado durante semanas a su tarea, había tejido una urdimbre insondable de variantes. Un verbo llevaba a otro y a otro y a otro: remar o asir podían convertirse, de acuerdo con las necesidades de la métrica, en gozar, dorar, talar, viajar, salar, o en herir, mentir, sufrir, batir, gemir, y lo mismo ocurría con los sustantivos y los adjetivos. No conforme con el material acumulado, nuevos versos continuaban brotando, *in situ*, del numen del vate y llenaban las últimas páginas del cuaderno. A medida que el tiempo transcurría, escoger se volvía algo muy complejo y las posibilidades de organización del maldito sonetucho se ramificaban hasta el infinito.

Más de una vez estuve a punto de apretar los puños y lanzar un grito de pura y simple desesperación. Creo que me contuve porque Wenceslao me miraba rogándome ecuanimidad. ¿Qué diría la preciosa Gloria Swanson, que quizás tomaba una copa en el *roof garden*, si pasaba por allí y me encontraba fuera de mis cabales? ¿Cómo hacerles entender a la estrella, a los restantes huéspedes y a *Mister* Jouffret, *manager* del Sevilla-Biltmore, que la culpa era de aquel farmacéutico que nos tenía al borde de la locura? Por fin, a Valdivieso le pareció que una opción aceptable para concluir "A Eleonora la excelsa" podría ser esta:

Tu arte, ¡Duse!, de oro repujado,
por lustros pruebas mil ha soportado
con un verde laurel como trofeo.

Sin urdir la lisonja, alzo mi frente
y cual un mensajero, humildemente,
ofréndote un aplauso giganteo.

Terminar rimando trofeo con giganteo me pareció inconcebible. No obstante, al ver que ya era medianoche, hice de tripas corazón y me reservé mi criterio. Incluso asentí con la mayor vehemencia cuando Wen anunció que, tal cual estaba, el soneto le parecía digno de ser entregado a su destinataria. A esas alturas, yo era incapaz de identificar cuál de las versiones habíamos dado por aceptable.

Bartolomé nos reveló que pensaba contratar a un calígrafo para que copiara los versos en un pergamino; después lo ataría, en forma de rollo, con un cordón de hilos de oro y lo empacaría en un precioso estuche de piel de cocodrilo.

—Espero que no me tiemble la voz cuando, antes de dejar el poema en manos de la eximia, se lo lea —exclamó—. ¡No sé cómo agradecerles la ayuda que me han prestado! —añadió, en el colmo de la emoción.

Ante mi asombro, Wenceslao le sugirió un posible modo de agradecimiento: una vez leído el soneto, el farmacéutico podía abogar para que la *Signora* nos concediera una entrevista. Sorprendido por la solicitud, pues nada sabía de esa aspiración secreta, el mulato aseguró que haría cuanto estuviera a su alcance con el fin de allanarnos el espinoso camino hacia la actriz. Fortune Gallo debía arribar al puerto un día antes que Eleonora, el viernes veinticinco, procedente de Indianápolis. A fuerza de ruegos, había logrado que su padre cablegrafiara para invitarlo a una comida la noche de su llegada y el empresario había aceptado el convite. Durante la recepción, Bartolomé pensaba arrancarle la promesa de que lo ayudaría para que la actriz accediera a escuchar su soneto.

Justo en el instante de la despedida, el hijo del senador recordó algo importante: ya estaba confirmado que el Inglaterra sería el hotel donde hospedarían a la trágica. Tenía separados varios apartamentos del cuarto piso, de los que dan a la calle San Rafael.

Esa noche, tal vez a causa de una jornada tan rica en acontecimientos, tuve una pesadilla angustiosa; pero a la mañana siguiente, aunque me exprimí los sesos, no pude contársela a Wenceslao con detalles. Sólo recordaba imágenes inconexas, en las que aparecían, montados en los caballitos de un *carrousel*, Mella, Graziella Gerbelasa, Vázquez Garralaga, el negro, el dientón y el farmacéutico. Todos subían y bajaban, dando vueltas y más vueltas, mientras en un palco del Teatro Nacional, la señora Cay hacía de directora de orquesta, usando su abanico a guisa de batuta, y un coro enorme de jóvenes atletas, distribuidos en las butacas de la platea, recitaba como una letanía el deprimente "A Eleonora la excelsa". Cuando Wen me preguntó qué papel desempeñaba yo en el onírico aquelarre, no le supe responder.

El amor, el amor, ¡qué aburrimiento!

¿Por qué todo el mundo desea hablar siempre del amor? ¿Por qué la gente se empeña en creer que es el eje alrededor del cual gira la existencia? Debo aclarar que no tengo nada en su contra: amé y fui amada (me temo que amé más de lo que me amaron), pero el amor no ha sido, como creen algunos, ni el motor que ha impulsado mi paso por la vida ni la principal de mis preocupaciones, sino apenas un padecimiento temporal. Padecimiento, sí, porque a mi juicio el amor no es más que una perturbación, una alteración de nuestro estado natural. Una dolencia que, si se prolonga durante demasiado tiempo, desgasta y enflaquece tanto el cuerpo como el espíritu.

El amor es una enfermedad terrible y peligrosa. Sospecho que los médicos no se deciden a admitir de una vez su condición de patología para no buscarse problemas. ¿Se imaginan cómo se abarrotarían los consultorios, los hospitales? Tal vez esa crisis, como suele suceder, trajera consigo un salto cualitativo, un paso adelante en la evolución de la humanidad. Si se decidieran a incluir el amor entre las epidemias (equiparándolo con la viruela, el tifus o la influenza), la ciencia abandonaría sus odiosos pruritos y se animaría a buscar un antídoto, algún medicamento que lo curara o que, al menos, sirviera como paliativo para sus penas, una suerte de élixir d'amour al revés.

¡Píldoras para el amor infeliz! ¡Ungüentos para mantenerlo a raya! Más de un farmacéutico llenaría de oro sus arcas vendiendo tales remedios.

Yo conocí el amor en el teatro. Amores vicarios, pasiones prestadas, por así decirlo. La primera vez que padecí sus efectos en carne propia fue a causa de un hombre que no merecía las lágrimas que derramé por él. Fue un debut desas-

troso. Luego aparecieron otros amores, no muchos, por suerte; todos, cada uno a su manera, igualmente tortuosos.

Sarah decía que el corazón de las mujeres debería ser una lámpara portátil, para enchufarla en cualquier lugar donde hubiera electricidad cuando una necesitara luz. Y para poderla apagar después, en el momento oportuno, de acuerdo con nuestra conveniencia. Decía también que los amores, mientras más breves, mejores, o se corre el riesgo de que nos roben el juicio y la libertad. ¿Tenía razón? No podría asegurarlo. Ella hizo del amor un deporte. Yo, una especie de culto. Ella era cínica, pero sabia. Yo, en lo tocante al amor, fui demasiado romántica y tonta. ¿Qué sé yo hasta dónde alcanza la felicidad de una mujer? ¿Dónde lo he aprendido? ¿Cuándo? ¿Cómo? ¿Con quién?

Ah, el amor: la eterna paradoja. Lo deseé y lo temí. Lo gocé y lo maldije. Desgraciado quien no lo conoció nunca; desgraciado, también, quien lo tuvo y quiso aferrarse a él más de lo prudente. Corremos tras el amor, insatisfechos y urgidos, y al darle alcance, ¡cuánto nos hace padecer! El amor, el amor... Nada tengo contra él, lo repito, sólo me gustaría que dejaran de idealizarlo, que lo colocaran en el justo lugar que merece. Entre la pulmonía y la erisipela no estaría mal, por ejemplo.

Todavía estábamos en la cama cuando el mico pasó a recogernos. El paseo resultó una delicia: la finca de sus tíos en Arroyo Naranjo era un pequeño paraíso lleno de fuentes, árboles frutales y sirvientes que se desvivían por mimar al señorito y por complacer a sus invitados. Como los dueños de la propiedad acudían a ella en contadas ocasiones, casi siempre para celebrar cumpleaños o aniversarios de boda, nuestra visita fue todo un acontecimiento. Una criada negra y gorda, que nos recordó a Toña, persiguió por el patio a un marranito y, haciendo caso omiso de sus chillidos de pavor, lo degolló delante de nuestras narices, con una sonrisa casi infantil. Aunque la escena nos sobrecogió, no por ello dejamos de comer, un rato más tarde, los chicharrones crujientes.

Al atardecer volvimos a la ciudad, colorados por el sol y cargando una canasta de mangos, guayabas, naranjas y anones. Emilito nos pidió que estuviéramos listos a las ocho y media para ver a Josefina Ruiz del Castillo, que esa noche presentaba *Divorciémonos* en el Principal de la Comedia, e irnos después al Havana Park. Antes de subir a nuestra habitación, tuvimos una idea genial para deshacernos de las frutas: pedimos una tarjeta y las enviamos, acompañadas de unas palabras de admiración, a la *suite* de Gloria Swanson.

Enseguida me metí bajo la regadera, pues me sentía pringoso por el sudor y la polvareda del camino, y luego, mientras Wen se bañaba, me puse a hojear las páginas del ejemplar de *La Discusión* que había recogido en el *lobby*.

La muerte de Lenin seguía siendo noticia. No conforme con postergar durante veinticuatro horas el anuncio del deceso de su líder, el congreso de los'*soviets* había decidido aplazar los funerales hasta el sábado, para que los obreros y campesinos que deseaban ver de cerca el cadáver tuvieran tiempo de trasladarse a Moscú. El periódico informaba, además, sobre la autopsia que once facultativos le habían practicado al bolchevique y señalaba que el certificado de defunción llevaba la firma de cuatro profesores, cuatro doctores y el comisario nacional de sanidad. Como las desgracias nunca vienen solas, se rumoraba que el otro gran jefe ruso, León Trotsky, padecía también una grave enfermedad. ¿Qué pensaría Mella de todo aquello? Recosté la cabeza en el espaldar del butaco y cerré los ojos para imaginarme a un Mella meditabundo, con sus preciosas cejas de príncipe árabe fruncidas y la boca apretada por la preocupación. Imaginé que me acercaba al joven en puntillas y rozaba mi mejilla con la suya, antes de darle un pico húmedo en la oreja. En ese momento, Wen salió del baño y tuve que ponerme el periódico sobre la entrepierna para esconder mi excitación. Decididamente, aquel trigueño me había sorbido el seso. Hasta comunista era capaz de volverme yo, con tal de tener algo con él.

Divorciémonos, por la Ruiz del Castillo, no fue gran cosa. Wenceslao acudió al teatro predispuesto, pues esa obra había sido uno de los grandes éxitos de juventud de Eleonora Duse, y se dio gusto tildando a la pobre actriz española de poco convincente, de gritona y de desmesurada. Ni al mico ni a mí la función nos pareció tan terrible, pero lo apoyamos para que se sintiera feliz. Al bajar el telón en el último acto, salimos corriendo del coliseo de Ánimas sin aplaudir a Josefina y nos metimos otra vez en el *Dodge Brothers* del infatigable De la Cruz. Como ya eran las diez y media, le preguntamos si le parecía apropiado ir a un parque de diversiones a semejante hora.

—Recuerden que no están en Bogotá —repuso, burlón, mientras apretaba el acelerador y nos dirigíamos al Havana Park, que resultó ser una gran feria abarrotada de visitantes atraídos por los bailongos y los juegos de azar. Caminamos de un sitio a otro, bajo las guirnaldas de luces de colores, abrumados por el vocerío y por las músicas que se entremezclaban caprichosamente. Previo pago de una módica suma vimos a la mujer sin brazos, pero no sin manos: una señorita bien proporcionada, vestida con elegancia, cuyas manos se hallaban pegadas a sus hombros. A pesar de dicho inconveniente, la dama demostró a los curiosos que era capaz de escribir a máquina y de hacerse la *toilette* utilizando los pies. Luego nos metimos en el carromato del hombre de goma, un individuo con la facultad de estirarse la piel como si fuera un elástico. Aunque Wen y Emilito me animaron a que entrara con ellos a la barraca de la mujer serpiente, quien, según voceaban, carecía de espina dorsal, me negué a acompañarlos y preferí esperar junto al estrado donde una banda formada por seis enanos tocaba toda clases de instrumentos musicales, bailaba, cantaba y practicaba el boxeo. Lo que sí estuve de acuerdo en presenciar fue el *show* de los Kellvint, un grupo de intrépidos acróbatas, quienes se lanzaron desde una altura de ciento cuarenta pies y cayeron dentro de un tanque lleno de petróleo en llamas. ¿Se trataba de un truco o de una auténtica proeza? Estaba tan aturdido que no pude discernirlo.

Esa noche aterrizamos muertos de cansancio en nuestra cama matrimonial. Ni siquiera nos dimos cuenta de que por debajo de la puerta habían introducido una tarjeta, firmada por la Swanson, donde la estrella nos daba las gracias por las *delightful fruits* y nos convidaba a tomar el desayuno en su compañía, a las ocho en punto. Cuando descubrimos el mensaje, ya eran pasadas las nueve y poco faltó para que empezáramos a golpearnos la cabeza contra las paredes. ¡Perder semejante oportunidad! ¡Eso se llama tener mala suerte!

Fue Wen quien insistió en que esa mañana le lleváramos al cónsul general de Colombia la carta de Melitón y Manolo. "Mientras más rápido salgamos de eso, mejor", dijo, y casi me arrastró a la calle Cuba número 22, donde queda la oficina del consulado. Al parecer el doctor García Benítez no tenía en qué entretenerse aquella mañana, pues nos recibió con efusividad. Nos interrogó acerca de la situación en Bogotá, se interesó por la salud de un sinfín de personajes, nos detalló los titánicos esfuerzos que tanto el ministro Gutiérrez Lee como él hacían para dar a conocer en Cuba las bondades del café de nuestra patria y, por último, leyó con atención la misiva que le habíamos entregado al penetrar en su despacho. Mientras recorría con la mirada los renglones, su expresión se tornó seria y movió la cabeza en forma negativa.

—Sus parientes, señor Belalcázar, me piden que lo ayude a dar con el paradero de don Misael Reyes, pero lamento decirle que poco puedo hacer para auxiliarlo —expresó—. Ya con anterioridad ellos me

habían escrito solicitando noticias de su hermano y me veo en la necesidad de repetirle a usted lo que les contesté en aquella oportunidad: no tengo idea de cómo encontrarlo. En el tiempo que llevo aquí,
nunca se ha acercado al Consulado o a la Legación ni se ha comunicado con nosotros. Todas las averiguaciones que hice con compatriotas que residen en la Isla resultaron inútiles. ¿Cómo saber, a estas
alturas, si alguien llamado de esa manera llegó al país hace tres déca-
das? En los archivos de Migración (que, dicho sea de paso, no son
muy confiables) no aparece ningún Misael Reyes.

—Quizás se cambió el nombre y vive oculto tras otra identidad —aventuró Wenceslao, poniendo de manifiesto su afición a los
folletines.

—¿Y por qué tendría mi tío que esconderse? —tercié, perdiendo la
paciencia.

—Le han encomendado una difícil misión, doctor Belalcázar —concluyó el cónsul—. Si me lo permite, le recomendaría que publicara un
aviso en algún periódico. Tal vez de ese modo, si efectivamente su tío
se encuentra en La Habana, acceda a entrevistarse con usted. Otra
posibilidad es que acuda a la policía y solicite una investigación con
todas las de la ley.

A continuación dio inicio a un interminable monólogo sobre las semillas de tabaco cubano y las muestras de caña japonesa y de yerba
elefante que había mandado al Santander, sobre las diferencias entre
La Habana y Bogotá y la añoranza que sentía por su terruño. Después
de aquella perorata, por fin conseguimos despedirnos y escapar del
consulado. Wen me preguntó qué pensaba hacer y no supe qué decirle. Ninguna de las propuestas de García Benítez me resultaba
atractiva. Publicar un anuncio comunicándole a un tío desaparecido
treinta años atrás que me urgía hablarle era demasiado novelesco
para mi gusto y la idea de involucrar a la policía en el asunto me atraía
menos aún.

Por lo pronto, decidí que fuéramos al Perla de Cuba. La carta en-
viada por Misael a sus hermanos estaba escrita en un papel con membrete de ese hotel y, aunque el cónsul afirmó haber realizado allí
indagaciones infructuosas, quise probar suerte por mí mismo. Así
pues, como todos unos detectives, entramos en el Perla de Cuba, situado en Amistad, a sólo tres cuadras del paseo del Prado, e hicimos

que buscaran el nombre de El Inesperado en las páginas de su registro de huéspedes correspondiente a los meses de junio y julio de 1923; pero, si dábamos crédito a los documentos, durante esa temporada no habían tenido alojado a ningún Misael Reyes.

Al salir, me sentí completamente idiota. ¿Acaso para escribir una carta en uno de aquellos papeles era indispensable ser huésped del hotel? El pliego podía haber llegado a sus manos de muchas maneras...

—Pero, entonces, ¿por qué dio esta dirección para que se comunicaran con él? —indagó mi compañero—. Carece de lógica.

Sí, todo era descabellado y solté una maldición. Para disipar mi mal humor, Wenceslao me propuso que almorzáramos en el Inglaterra. Accedí sin sospechar lo que tramaba, pero no tardé en descubrirlo. En cuanto llegamos al hotel donde, según el mulato farmacéutico, hospedarían a la Duse, se dirigió a la recepción y sometió a uno de los empleados a un refinado interrogatorio. Deseaba saber con exactitud qué habitaciones ocuparía la *Signora* y alquilar para nosotros una que estuviera lo más cerca posible. En un principio el hombre se mostró reticente a proporcionar la información, pero una propina lo ablandó y cantó cuanto Wen quería escuchar. La Duse permanecería allí dos semanas, acompañada por Katherine Garnett, una aristócrata inglesa amiga suya, y por dos empleadas. El resto de la compañía se acomodaría en otro hotel, también cercano al teatro, pero no tan caro.

Al sentarnos a almorzar, ya teníamos reservación en el Inglaterra: una pieza con vista a la calle San Rafael, contigua al departamento que ocuparía la Duse.

—Espero que no le moleste abandonar el Sevilla —dijo Wen cuando todo estaba consumado—. Para nuestros planes es mucho más propicio alojarnos acá.

Respondí que me daba igual un sitio que otro y le pregunté a qué hora nos trastearíamos.

—Después que demos cuenta de esto —repuso, señalando los platos que teníamos delante, y me recordó que en la tarde estábamos invitados a tomar el té con la dama asiática.

Acostumbrados al entra y sale de turistas, en el Sevilla-Biltmore no concedieron la menor importancia a nuestra súbita despedida. Mientras pagaba la cuenta, observé por última vez a Gloria Swanson, quien, por casualidad, también se iba del hotel. La reina de Hollywood, escoltada por un séquito de doncellas, periodistas y adeptos, bajaba las escaleras en dirección a la calle. Se volvió un instante para mirarme, hizo un mohín de pena con su boquita en forma de corazón y me dijo adiós con los dedos índice y anular de la mano derecha. Le devolví el saludo mecánicamente, con mi mejor cara de cretino. Cuando se lo conté a Wen, no me quiso creer.

Un automóvil nos condujo al Inglaterra y apenas tuvimos tiempo de dejar el equipaje en la nueva pieza antes de salir a las carreras rumbo al Ideal Room, que por suerte está cerca de allí.

La generala Lachambre o María Cay ya se encontraba sentada a una de las mesas del salón de té cuando llegamos, puntuales, pero sofocados, a la cita. En esa ocasión llevaba un vestido azul prusia, confeccionado en satín *charmeuse*, y un collar de perlas de dos vueltas. Extendió una mano para que se la besáramos y, como si nos conociera de toda la vida, empezó a indicarnos a algunas de las damas presentes y a burlarse de ellas.

—La gorda de rojo, la que se atraganta con ese descomunal *biscuit glacé*, bebe todos los días varias tazas de vinagre con la esperanza de adelgazar —exclamó, sin que sus facciones imperturbables delataran su picardía—. Y esa otra, la rubia oxigenada, se unta las pestañas con aceite de hígado de bacalao para ver si le crecen. Ah, ¿lo duda? —preguntó, dirigiéndose a Wen, que sonreía con escepticismo—. Acérquese con cualquier pretexto y sentirá el olor.

Situado en Galiano, el Ideal Room es el salón de té más elegante de la ciudad. Tiene los techos y las paredes decorados con motivos *art noveau* y por dondequiera se ven tiestos con flores. Esa tarde el sitio estaba lleno de hombres y mujeres, en su mayoría jóvenes, que exhibían atuendos a la moda, devoraban los dulces y helados especialidad de la casa y conversaban con frenesí.

—No entiendo cómo algunas muchachas se atreven a salir a la calle con ropa americana —exclamó la Cay—; para mí, entre esos trapos y los que les daban a los esclavos no existe mucha diferencia. Más rústicos no pueden ser.

—Su vestido es precioso —la halagó Wen.

—Es de Au Petit Paris. Los sombreros de verano los compro donde las hermanas Tapié, y los zapatos en Trianón.

En medio de una charla insustancial en la que se habló de todo, incluyendo la a juicio de Wen nefasta actuación de Josefina Ruiz del Castillo en *Divorciémonos*, bebimos nuestras infusiones.

Un hombre alto y flaco entró al establecimiento y se acercó a saludar a la Lachambre. "Pablo Álvarez de Cañas, cronista social del *El País*", anunció ella y, tras presentarnos, puso al caballero al tanto del motivo de nuestro viaje. El recién llegado dijo algo así como que ver en escena a la Duse bien valía cualquier sacrificio y, después de despedirse, se dirigió a uno de los escasos puestos vacíos. "¡Atención, que empieza la película!", musitó la Cay y nos instó a que no le quitáramos el ojo de encima a la pareja de jóvenes sentada en una de las mesas del fondo.

Se trataba de una chica veinteañera, escuálida y de aspecto mohíno, y de su hermano, más joven que ella, muy blanco y de cabellos oscuros. "Son los Loynaz Muñoz", apuntó la asiática. "La muchacha, que se llama Dulce María y escribe versos, tuvo la ocurrencia de enamorarse de Pablito, un don nadie, y a la madre y a la abuela, que son de una de las familias más encopetadas de la Isla, les dio un patatús. ¡Movieron cielo y tierra hasta separar a su rica heredera del gacetillero sin fortuna! ¡Aquello fue el acabóse! ¡Lo sé de buena tinta: ardió Troya!". La tal Dulce María distinguió de pronto a su antiguo pretendiente y se puso visiblemente nerviosa. Álvarez de Cañas la saludó, circunspecto, con una inclinación de cabeza. Sin atinar a agradecer la cortesía, la joven cuchicheó algo a su acompañante, tomó su bolso y ambos abandonaron el lugar a toda velocidad. Wen y yo, boquiabiertos, contemplábamos la escena con la mayor indiscreción. Pero me percaté de que no éramos los únicos: en el Ideal Room se había hecho un silencio expectante. Con la desaparición de los hermanos, las conversaciones se reanudaron. "Pobre niña y pobre Pablo, que la adora sin esperanza", comentó, a manera de epílogo, la china y soltó un suspiro.

"Y el hermanito, ¿cómo se llama?", averiguó Wenceslao, dándome un puntapié por debajo de la mesa para hacerme saber que el chiquillo le parecía un bizcocho. "Ése es Carlos Manuel", reveló nuestra informante. "Guapísimo, ¿no?". Asentimos de manera solemne, aunque para mis adentros me dije que no tanto como Julio Antonio Mella. "Parece que todos los Loynaz Muñoz son un poco extravagantes, por no decir loquitos", añadió la Cay, y cuando le preguntamos por qué, nos contó que habían eliminado la luz eléctrica de sus habitaciones y preferían alumbrarse con bujías; tenían un jardín con plantas exóticas donde vagabundeaban monos arañas traídos de las selvas de Venezuela, flamencos, cacatúas y pavos reales blancos; cenaban al amanecer y dormían de día, escribían versos y le pagaban al bodeguero de la esquina para que se hiciera pasar por pope ruso y presentárselo como tal a sus amistades. Dulce María parecía la más normalita, pero los otros hermanos —Enrique, Carlos Manuel y Flor— eran bastante singulares. Enrique, el que la seguía en edad, también era poeta, y muy bueno, según aseguraban los pocos que habían tenido el privilegio de conocer sus escritos; a juicio de la dama, era más bello que el Loynaz que habíamos tenido delante, pero tan tímido que solía presentarse ante los desconocidos metido dentro de una armadura tártara. Por su parte, Carlos Manuel era músico y políglota, sentía una desmedida afición por los libros de ocultismo y de magia negra, y gustaba de pasear por el jardín, al atardecer, vestido con un hábito de monje. En cuanto a la benjamina, la quinceañera Flor, tenía fama de rebelde y voluntariosa, usaba botas altas de cuero fileteadas en piel de nutria y un día que el *chauffeur* de la familia estaba entretenido comiendo unas frituras de maíz, le había robado el automóvil y se había escapado en él, ¡conduciendo!, a dar vueltas por todo el Vedado. La madre, divorciada del general Loynaz del Castillo, había cedido a su prole un ala completa de la mansión que compartían, para de ese modo permanecer, en lo posible, al margen de aquellas rarezas. En realidad, era un milagro que hubiésemos podido echar un vistazo a dos de ellos, pues casi siempre permanecían encerrados en su casona, adonde iban a instruirlos profesores de todas las materias.

Los chismes sobre la dueña del corazón de Pablo Álvarez de Cañas y sobre sus hermanos, aunque curiosos, no me interesaron de manera especial y, a pesar de los ventiladores colocados en las esquinas, empecé a sentir que me faltaba el aire. De repente, la señora Lachambre interrumpió su parloteo, sacó de la cartera un abanico (no el de la mañana del abono, sino otro mayor aún) y, mientras lo agitaba de manera alterna ante ella y ante mí, me miró a los ojos con una seriedad que contrastaba con la ligereza de sus comentarios anteriores.

—El parecido es tan notorio que no puede tratarse de una simple coincidencia —dijo—. Perdone el atrevimiento, señor Belalcázar, pero ¿conoce usted a Misael Reyes?

Wen se atoró con el té y tosió ruidosamente, salpicándonos. Tratando de no evidenciar mi desconcierto, le contesté que no sólo lo conocía, sino que, además, era mi tío materno y necesitaba de manera imperiosa dar con él.

Aunque, a todas luces, la señora odiaba manifestar en público sus sentimientos, mi respuesta la conmocionó. Una de las comisuras de sus labios empezó a brincar de forma incontrolable y, con el fin de ocultarlo, se llevó a la boca la servilleta de holán. Cuando la retiró, la agitación del músculo había concluido.

—Su sobrino —musitó, obligando a sus labios a sonreír.

Wen, que cuando se lo propone puede ser de una impertinencia fenomenal, no esperó a que María Cay diera explicaciones, sino que la acribilló a preguntas. ¿Cómo y cuándo había conocido a mi tío? ¿Qué tipo de relación mantenía con él? ¿A qué se dedicaba El Inesperado? Y, lo más importante, ¿dónde podíamos localizarlo? A duras penas conseguí que se callara. De la forma menos pensada íbamos a tener noticias del desaparecido.

Saqué su retrato, que esa mañana, al visitar al cónsul, me había echado en un bolsillo interior de la americana, y se lo tendí a la mujer. Ella lo sostuvo con la punta de los dedos, lo observó con detenimiento y, mientras me lo devolvía, dijo:

—Supongo que han oído hablar ustedes de Julián del Casal.

Wenceslao y yo intercambiamos una mirada de confusión, pero nos apresuramos a asentir. Claro: Julián del Casal, el modernista. Rubén Darío y él habían escrito versos de admiración para una María Cay joven y bella que, por más que nos esforzábamos, no conseguíamos adivinar en la persona que teníamos enfrente. Pero ¿qué diablos tenía que ver Casal, muerto hacía años, lo mismo que el vate nicaragüense, con Misael Reyes? ¿A qué venía aquello? ¿La vieja tenía una tuerca floja?

—Cuando conocí a Julián, en febrero de 1890, sentí que me hundía dentro de esos ojos color turquesa. —El tono evocador dio paso a una expresión de desdén y fastidio—: Ya no se ven ojos como los suyos, ahora los ojos de los hombres parecen fabricados en serie, como los de las muñecas —se lamentó y, al observar nuestro creciente desconcierto, hizo un ademán pidiéndonos paciencia–. No, no teman: no estoy senil. Cuando se relata una historia, lo correcto es empezar por el principio, y en el principio estaba Julián, con su palidez inusual en el Trópico, su andar torpe, su tristeza y sus ojos, sus maravillosos ojos capaces de seducir, sin proponérselo, a cualquier muchacha.

Nos contó que lo había conocido en una fiesta de disfraces, en la casona de Pérez de la Riva. Su hermano Raoul Cay, quien colaboraba con las revistas literarias escribiendo críticas de libros y defendía a capa y espada el talento de Casal, hizo la presentación.

–Yo iba de japonesa, con un precioso kimono y una sombrilla de papel –recordó–. Me sentía ridícula encaramada sobre unos enormes tacos de madera, pero la verdad es que fui la sensación de la noche: me celebraron una barbaridad.

Julián del Casal escribió en *La Discusión* la crónica de la velada e hizo referencia con encendidos elogios a su gracia y hermosura. Días después, la "japonesa" le mandó una copia del retrato que, para complacer a su padre, se había hecho tomar con el atuendo del baile. Creyó morir de placer cuando supo, por boca de Raoul, que el poeta había compuesto unos versos inspirados en su fotografía.

–Tal vez ustedes conozcan esa poesía. Se titula "Kakemono". –Le contestamos que no y, como si le costara trabajo creerlo, recitó un fragmento para refrescarnos la memoria–: "Viendo así retratada tu hermosura mis males olvidé..." –Volvimos a decirle que no y frunció los labios, decepcionada.

La hija del ex canciller del Celeste Imperio se chifló con ese amigo de su hermano que escribía versos distintos y que, como Baudelaire, vestía siempre de negro. Ninguno de los demás conocidos de Raoul, literatos y bohemios jóvenes que se reunían por las tardes, de dos a cinco, en la calle Aguiar, en las tertulias de la librería La Galería Literaria, le importaba un bledo; pero cuanto tuviera que ver con aquel periodista que vivía en un cuartucho situado en los altos de la librería, sin otros ingresos que los exiguos pagos que recibía por su puesto de cronista y corrector de pruebas de *La Discusión* y por las colaboraciones que publicaba en *La Habana Elegante*, *El Fígaro* y *La Caricatura*, le interesaba sobremanera. Supo, siempre por Raoul, que Casal llamaba a su diminuta y lúgubre habitación "mi celda", que le gustaba rodearse de falsos objetos chinos, que se enorgullecía de su pequeña colección de obras de poetas franceses y que él mismo remendaba sus trajes raídos y les pegaba los botones. Todo aquello la enternecía hasta las lágrimas y le producía ridículos temblores. En esa época, ya el joven había publicado su primer libro: *Hojas al viento*, que entusiasmó a muchos y desagradó a otros tantos, y creaba los versos que reuniría en el segundo: *Nieve*. "Porque la nieve, como la poesía, es pasajera, porque es cosa de invierno y yo me encuentro en el de mi vida", exclamó nuestra amiga, con una sonrisa, repitiendo las palabras del bardo.

—Durante varios meses, durante casi un año, jugamos al gato y al ratón. Toda La Habana le decía a Raoul que Casal estaba loco por mí y él me lo repetía, divertidísimo, convencido de que nunca me enamoraría de un pobrete y de que, si acaso cometía tamaño desatino, nuestro padre se encargaría de tirarme de las orejas y llamarme a capítulo. Sin embargo, cuando coincidíamos en algún sitio, Julián me trataba con una cortesía gélida que yo no alcanzaba a entender. Me vi obligada a representar el papel de su amor imposible, pese a desear con fervor que se atreviera a cortejarme. Aunque tuve cuidado de que ni papá ni Raoul se percataran de ello, perdí la razón por ese hombre, hubiera hecho cualquier cosa de habérmela pedido. La pasión que supuestamente el poeta sentía por mí se convirtió en tema de conversación en fiestas y reuniones. Yo no me daba por aludida, pero cada vez que miraba aquellos ojos de un azul verdoso casi líquido, me entraban ganas de zambullirme en ellos y no emerger jamás. No entendía nada, pero cuando me dedicó "Camafeo" y lo dio a conocer en *El Fígaro*, fue como si alguien, tal vez una piadosa deidad oriental, quitara una venda de mis ojos. Al leer el escrito, comprendí que Julián no sólo no me amaba, sino que nunca me amaría.

—¿Por qué llegó a ese convencimiento? —se atrevió a interrumpirla Wen.

—¡Joven! Tendría que haber sido tarada o estúpida para no darme cuenta. La poesía no dejaba lugar a dudas. Después de referirse a mi hermosura capaz de enajenar de placer a cualquiera y de halagar mi busto escultural, mi voz con acento de sirena, mi boca hecha con la sangre encendida de una fresa, el jaspe sonrosado de mi frente y los negros rizos de mi cabello, ¿cómo creen que terminaba?

Wen y yo pusimos cara de no tener la menor idea y la Cay recitó, con evidente malhumor, los versos finales del poema:

Mas no te amo. Tu hermosura encierra
tan sólo para mí focos de hastío...
¿Podrá haber en los lindes de la tierra
un corazón tan muerto como el mío?

Aquellas palabras le cayeron como un balde de agua. ¡Hastío! El corazón de Julián estaba hecho de hielo, de nieve, como su poesía: era un pedazo de lata que ni siquiera su belleza espléndida, alabada por todos, conseguía hacer palpitar. Cuando volvieron a verse, María Cay, tragándose la rabia y aparentando una diversión que estaba lejos de sentir, le reprochó con ironía: "No esperaba que me regalase tan linda calabaza, señor mío", a lo cual el escritor, presa del nerviosismo, no atinó a responder.

—Entonces hice cuanto pude por sacármelo de la cabeza —prosiguió—. Yo soñaba con un hombre al que le gustasen las mujeres de carne y hueso y no con uno que adorara mi fotografía disfrazada de japonesa, pero incapaz de decirme un requiebro. Entendí, con dolor, que Julián, del mismo modo que se había empecinado en describir en sus versos paisajes y objetos distantes y exóticos, sólo podía amar a mujeres imaginarias y cantar a pasiones inexistentes. Era un adicto a las espirales de humo azul del sándalo, a los ópalos, a los cuadros con crisantemos, grullas y pagodas. Me esforcé por apartarme de él y, con el tiempo, llegué a convencerme de que no me importaba.

—Pero claro que le siguió importando —acotó Wen, que la escuchaba arrobado, con los codos sobre la mesa y el rostro apoyado en las palmas de las manos.

Le lancé una mirada fulminante. Si seguía dándole cuerda, la asiática nunca hablaría de Misael Reyes, y yo, la verdad, hacía rato estaba harto del cuento de sus amores con el modernista, por muy color turquesa que éste hubiera tenido los ojos. Bostecé discretamente, a ver si se animaba a ir al grano, pero la Cay hizo caso omiso y continuó, imperturbable, su relato.

Durante meses, procuró evitar a Casal y fue en ese tiempo que el general Lachambre empezó a hacerle la corte, con la anuencia del ex canciller. Cuando ya estaban comprometidos, y a pocos meses de contraer matrimonio, coincidió de nuevo con el autor de *Nieve*. Ocurrió a fines de julio de 1892. Raoul había invitado a cenar a Rubén Darío, quien estaba de paso por La Habana, y el nicaragüense insistió en que Julián asistiera también al ágape.

—Mi hermano me pidió que acompañara a los invitados al salón donde estaban exhibidas las distinciones otorgadas a papaíto por el imperio chino. Darío quedó encantado con los *kakemonos* y los *surimonos*, las cajitas de laca, las figuras de marfil y la colección de armas antiguas de mi padre. Él y Raoul casi se mueren de la risa cuando Casal, olvidado de su pesimismo al verse entre aquellos cachivaches que lo trasladaban a sus mundos de fantasía, empezó a envolverse en los mantos de seda bordados con dragones de oro y a hacerse caprichosos turbantes con las telas. Al rato llegó papá, acompañado por el general Lachambre, y lo presentó a los invitados. "El novio de mi hija", dijo. Cuando me sorprendí atisbando la reacción de Julián, y lamentando que nada en él denotara tristeza o disgusto al ver a mi prometido, comprendí que, aunque me había esmerado en sepultar mis sentimientos, estos aún estaban vivos. Sentí una ira inmensa que me quemaba por dentro. ¿Por qué seguía haciéndome daño la cercanía de ese idiota que no había sabido, o podido, amarme? Me perturbé tanto, que estuve a punto de pedirle al general que adelantásemos la fecha del enlace. Necesitaba convertirme cuanto antes en la señora de Lachambre.

Al notar que empezaba a moverme con impaciencia en la silla, la dama me rogó un poco de calma y anunció que mi tío estaba a punto de irrumpir en el relato.

—A Casal lo reencontré, casada ya, a principios del año siguiente. Raoul nos convidó a una fiesta y en el comedor, charlando con media docena de escritores, estaba él.

Como su hermano le había comentado que el poeta se hallaba muy mal de los pulmones, se interesó cortésmente por su salud. Julián le dijo que desde que vivía en una habitación en la azotea de la casa de don Domingo Malpica se sentía mucho mejor. Esa noche, uno de los invitados, Aniceto Valdivia (el mismo que años atrás, a su regreso de

Europa, había puesto en manos de Casal las obras de Rimbaud, Verlaine y Mallarmé), acudió al convite acompañado de un joven bogotano recién llegado al país.

—Cuando me dijeron que se llamaba Misael Reyes —recordó la china—, sólo se me ocurrió comentar una tontería obvia: que tenía nombre de arcángel. Misael es Micael y Micael es Miguel, el de la espada flamígera, el de los cabellos de azafrán y las alas verde esmeralda, el que es como Dios..

Mientras María le hablaba, el muchacho sonrió, como ausente, y la esposa del general notó que su mirada se desviaba para observar, a hurtadillas, a Julián, quien conversaba en un extremo de la habitación con el viejo Cay, Raoul y Ramón Meza. Una hora después, de modo discreto, el colombianito y el poeta se marcharon juntos. Sólo ella se percató de su partida, pues todo el tiempo los había vigilado como una espía consumada, atenta, primero, a las sonrisas tímidas que intercambiaban, y luego a la apasionada conversación en que se enfrascaron, olvidados del resto de los comensales.

A la mañana siguiente, muy temprano, la señora de Lachambre salió de su casa inventándole al general un pretexto cualquiera y se dirigió impetuosamente al edificio de la calle Virtudes donde residía la familia Malpica. Subió a toda prisa la estrecha escalera de caracol que conducía a la azotea y tocó, sin aliento, a la puerta de la habitación que le habían cedido a Julián. Después de aguardar durante unos segundos que le parecieron siglos, escuchó el movimiento de una silla, luego unos pasos, y por fin el poeta abrió. Era evidente que acababa de levantarse y que aún no se había lavado la cara. Tenía el pelo alborotado y llevaba un sayal blanco de penitente. Aunque la Cay había escuchado hablar de esa excentricidad suya, el atuendo la sorprendió. Casal sostenía en la mano un papel, un poema recién escrito, al parecer, y la mujer alcanzó a leer el título: "Ruego". Haciendo un esfuerzo sobrehumano, consiguió decirle algo así como: "Pensará que soy una demente por...", pero no pudo concluir la frase al notar que detrás de él, envuelto en una sábana y pestañeando, aparecía el chico de Colombia. Todo parecía indicar que, por una vez al menos, el poeta había preferido lo natural al artificio.

—Quedé paralizada contemplándolos, tan perpleja como ellos, y cuando conseguí recuperarme, di media vuelta y bajé las escaleras saltando los peldaños de tres en tres, reprochándome haber cedido a aquel impulso de locura.

Desde entonces, y mientras Julián del Casal vivió, el forastero y él fueron inseparables. Cada vez que la generala Lachambre conversaba con su hermano Raoul o con alguno de los escritores y periodistas del círculo de *La Habana Elegante*, buscaba el modo de tener noticias de Casal y siempre, siempre, salía a relucir, junto a su nombre, el del colombiano. Unos hablaban de esa amistad como de algo muy natural; otros, en cambio, aludían a ella aderezando sus comentarios con una pizca de malicia. De ese modo supo que Misael Reyes había acompañado a Casal cuando éste, procurando reponerse de unos tumores en los pulmones, viajó a Yaguajay, a pasar unas semanas en la casa de su hermana Carmelina. Cada vez más delicado de salud, consiguió terminar su tercer y último libro, *Bustos y rimas*, lo dio a la imprenta y, con la ayuda de su joven compañero, revisó las pruebas.

—¿Saben ustedes cómo murió Casal? —preguntó la china y, sin esperar respuesta, temiendo que le dijéramos que no lo sabíamos, pero que tampoco teníamos el menor interés en enterarnos, siguió hablando—: Estaba en una cena, en casa del doctor Lucas de los Santos Lamadrid, sentado al lado de Misael, por supuesto, cuando alguno de los invitados contó un chiste. Dicen que no fue un chiste especialmente simpático, pero a él le hizo mucha gracia. Tanta risa le dio, que se le reventó un aneurisma, un buche de sangre se le atravesó en la garganta y, ante el horror de los demás comensales, cayó fulminado encima de la mesa. Morirse de risa Julián, tan melancólico y neurótico siempre... ¡Vil paradoja! Estoy convencida de que, de conocer con antelación el fin que le tocaba en suerte, se habría suicidado la noche anterior con tal de no hacer el ridículo.

El entierro fue sonado. Los amigos del poeta lo costearon todo y, como se dice en Cuba, tiraron la casa por la ventana. El difunto, que había vivido en medio de las mayores privaciones y estrecheces, contó con los servicios fúnebres de lujo de la casa Guillot. Como nadie sabía dónde depositar los restos mortales, uno de sus mejores amigos, Rosell Saurí, ofreció el panteón que tenía su familia en el cementerio, al extremo de la alameda central, a la derecha. Hasta allá condujeron el suntuoso ataúd, en un elegante coche mortuorio modelo Philadelphia, tirado por tres parejas de caballos negros.

Semanas más tarde, la señora Lachambre vio a Misael Reyes en la calle Concordia. Estaba tan flaco y demacrado que le costó reconocerlo. Fue ella quien le salió al encuentro y poco faltó para que el muchacho empezara a llorar. Entraron en un cafetín y lo obligó a comer algo. Al principio, el colombiano se negó, pero luego empezó a tragar con la voracidad propia de quien no ha ingerido alimento en largo tiempo.

—"Ah, María", me dijo con su peculiar acento, "sólo usted puede entender lo que siento, sólo usted".

Nos quedamos en silencio, esperando que la mujer continuara. Pero ella, tras recuperar la máscara inexpresiva que había extraviado durante la narración de la muerte del poeta, se limitó a decir con voz neutra:

—Fin de la historia.

—¿Y qué pasó con mi tío? —indagué.

—No lo sé a ciencia cierta —manifestó—. ¿Pueden creerme que nunca más volví a verlo? Creo recordar que en una ocasión Raoul me comentó que el colombiano había descendido a los infiernos, pero nunca supe bien qué quiso decir con eso y consideré que, dada mi condición de mujer casada, no me correspondía averiguarlo.

Wen se sentía tan frustrado como yo. Me dieron ganas de abofetear a la china por obligarnos a aguantar aquella historia cursi y melodramática sin decir, al final, lo que más nos interesaba: qué había sido de Misael Reyes. Cuando le preguntamos quién podría saber de su paradero, se encogió de hombros. "Quizás el Conde Kostia", aventuró. Al ver nuestras caras de asombro, aclaró que no se trataba de ningún noble ruso: ese era el seudónimo que utilizaba, antaño, el poeta y dramaturgo Aniceto Valdivia para firmar sus colaboraciones periodísticas. Por mediación suya, mi tío había entrado en la vida de Casal; no era absurdo suponer, entonces, que Misael hubiera seguido tratándolo o que, al menos, el Conde tuviera alguna idea sobre cómo dar con él. La Cay nos advirtió que el señor era bastante viejo y que tenía fama de ser un cascarrabias insoportable. Para colmo, algunos días se comportaba de manera singular: paseaba por la casa en paños menores, luciendo la Gran Cruz de San Olaf con que lo había condecorado el rey Haakon VII, en los tiempos en que había sido ministro de Cuba en Noruega, y al menor descuido de sus sirvientes se lanzaba a la calle en semejante facha. La china no podía garantizarnos que el amigo de Casal y Misael accediera a recibirnos, pero prometió comunicarse con él y hacer todo lo posible por ayudarnos.

Nos despedimos y al salir del Ideal Room, a punto ya de tomar rumbos diferentes, Wen la sujetó por un brazo y le preguntó qué sentía por mi tío. ¿Odio acaso?

—Odio, no; quizás... compasión. Lo que sí puedo asegurarles es que lo envidié mucho —confesó—. Lo envidio aún. Y profundamente.

Subimos en el primer taxi que nos salió al paso y en cuanto estuvimos en nuestro nuevo alojamiento llamamos a Emilito de la Cruz y a Bartolomé Valdivieso para ponerlos al tanto del cambio de hotel. El segundo nos atendió a las carreras, nerviosísimo, pues en ese momento salía a recoger a Fortune Gallo para llevarlo a la cena.

Esa noche fuimos al Martí, a ver a Mimí Aguglia, quien daba inicio a su segunda temporada consecutiva con el estreno de *La mujer X*, el drama de una mujer roída por el vicio y la adversidad. Al notar que los anuncios colocados a la entrada del teatro proclamaban a la actriz como una genial trágica, "la más ilustre hoy en el mundo", Wen entró decidido a encontrarlo todo mal y todo, en efecto, le pareció abominable. Empezando por los incómodos asientos del coliseo, pasando por los decorados y el vestuario, y terminando por la mismísima Aguglia, quien actuaba en castellano. La compatriota de Eleonora, en honor a la verdad, no era tan mala como dictaminó Wen desde que salió a escena, pero los cómicos que la acompañaban, cubanos en su mayoría, sí eran de lo peor.

No tardamos en comprobar que Mimí contaba con muchos seguidores entre los habaneros, ya que fue ovacionada varias veces en el transcurso de la representación. Cada vez que el público la aplaudía en medio de alguna escena, Wenceslao se agitaba furioso en su luneta, mascullando improperios contra el populacho. Pero cuando, durante uno de los entreactos, nos enteramos de que la semana siguiente la actriz pondría en escena *Fedora* y *La dama de las camelias*, poco faltó para que el paladín de la Duse comenzara a soltar espumarajos por la boca como un perro rabioso.

—¡Qué atrevida! —denostó, casi a gritos, sin importarle que quienes conversaban en el vestíbulo se volvieran y le lanzaran miradas de reproche—. ¡*Fedora* y *La dama de las camelias* pertenecen a la *Sig-*

nora, y representarlas mientras ella actúa en otro teatro, a unas pocas cuadras de distancia, ¡es una provocación y un sacrilegio!

Estuve a punto de decirle que el asunto no me parecía tan grave. ¿Acaso su querida Eleonora no hizo lo mismo cuando llevó a París un repertorio conformado por éxitos de la Bernhardt? Pero me mordí la lengua para no provocar otro acceso de furia. De nada valió que llamara su atención sobre el atractivo de un joven espectador y le asegurara que tenía cierto parecido con Vicentini. Ni invocando al chileno logré que concluyera su diatriba.

—¡Aguglia es peor que Josefina Ruiz del Castillo... lo cual es mucho decir! —tronó como un juez que emite una sentencia inapelable—. Por suerte mañana llega la Duse y todas estas divas de pacotilla sabrán lo que es bueno.

Esa noche me desvelé. Al día siguiente iríamos al puerto, a esperar a la *Signora*, y aquello me tenía tenso. Wen, en cambio, roncaba con entusiasmo.

Tuve la impresión de que acababa de conciliar el sueño cuando, a las siete en punto de la mañana, el timbre del teléfono me despertó. Era María Cay para anunciar que el Conde Kostia se negaba a recibirnos, pero que, después de mucho suplicarle, había accedido a ponernos en contacto con alguien que sabía cómo llegar a mi tío. Debíamos ser pacientes: él se comunicaría con nosotros para informarnos lo que debíamos hacer.

No había terminado de colgar cuando el teléfono volvió a sonar. Tomé el manófono con un humor de mil diablos. Esta vez era el farmacéutico.

—El *signore* Gallo estuvo de lo más agradable y prometió hacer lo imposible para que la Duse me reciba y escuche el soneto —exclamó, eufórico, y acto seguido me hizo una última consulta sobre "A Eleonora la excelsa"—: ¿Qué suena mejor, Luchito: "con un verde laurel como trofeo" o "desde el tiempo fatal del medioevo"? Sé sincero, por el amor de Dios, que ya voy a mandarlo a copiar.

De noche, en el silencio y el vacío, algunas veces escucho correr la vida con un rumor tan terrible, que haría cualquier cosa para dejar de oírlo...

Hay noches en que me quedaría en el escenario al terminar la representación. Permanecería allí después de que el telón hubiera bajado por última vez. Me quedaría quieta, y en silencio, hasta que todos se marcharan. Todos. Los espectadores, los de la compañía, los empleados del teatro. Estoy segura de que cuando estuviera sola y a oscuras, comenzaría a sentirme bien.

En la casa de la señora Alving, cerca del fiordo, o en la de Anna, la pobre ciega, junto a lo que fue la grandiosa Micenas. Cualquier sitio me convendría, cualquier refugio con tal de no volver a la habitación de un hotel. Por supuesto, es una fantasía que nunca he intentado llevar a la práctica, algo de lo que no suelo hablar. Ni Désirée ni María me permitirían pernoctar en un escenario. Si tratara de hacerlo, me arrastrarían a la fuerza hacia el hotel, sin hacer caso de mis protestas, y me obligarían a meterme en la cama. En la cama donde, tapada con una sábana hasta la barbilla y con los ojos abiertos, Eleonora pasa buena parte de la noche pensando en el horror del día que termina y en el horror del siguiente, en el cual necesitará, para vivir y por vivir, seguir exprimiendo más aún su corazón, por exhausto que parezca.

¡Desdichada Eleonora! Ha nacido para imitar la vida sin poseerla. ¿Cuándo terminará el quinto acto de su existencia?

Para que esas horas transcurran de prisa, Eleonora ha inventado algunos trucos. Los llama "trampas para el tiempo". No son del todo satisfactorios, pero al menos sirven para mitigar la espera. La noche es un pasadizo largo y oscuro que se atraviesa descalzo, a merced de las ratas y de los recuerdos. Eleonora imagina, por ejemplo, a las personas que se han acostado en ese mismo lecho antes que ella. Trata de visualizarlas. Hombres de negocios. Viudas que viajan. Parejas de diversa índole: amantes furtivos, recién casados, matrimonios que se acomodan cada uno en un extremo del colchón. A cada uno de esos personajes les inventa un rostro, un timbre de voz, una forma de moverse. Y una historia.

Otras veces elige una ciudad o un país en el que nunca ha estado y se esfuerza por imaginarlo en sus detalles más nimios, sus casas, sus calles, sus habitantes, sus costumbres, sus paisajes, sin permitir que la mente divague en otras direcciones. De lo que se trata es de fantasear, de inventar gentes y mundos. Imaginar, nunca recordar. Antes, hace años, solía escoger a algún niño y se entretenía imaginando lo que le ocurriría cuando creciera. ¡Cuántas vidas concibió para su ahijada, la hija de los Mendelssohn! ¡Y para sus nietos Hugh y Eleonora! Pero ya no tiene niños cerca. Todos crecieron. Se convirtieron en hombres y mujeres. Están lejos y viven sus propias vidas, un poco grises, pero reales.

Eleonora necesita una tregua, quiere dormir y no puede. A veces la falta de aire se lo impide; otras, la inminencia de una gira, la perspectiva del vapor o del tren. Pero, por lo general, es el cansancio.

¡Ah! ¡Si todo hubiera pasado ya! Pero la Tierra continúa dando sus vueltas, disciplinadamente, cada veinticuatro horas. Nunca para, y tampoco nosotros. Despertamos cada mañana; cumplimos, gústenos o no, con nuestras obligaciones; alimentamos al cuerpo, incluso a regañadientes, para que no desfallezca, y luego nos vamos a la cama, a reposar la fatiga del día y a recuperarnos para la llegada del siguiente. Seguimos adelante, aunque no tengamos fe ni esperanza. ¿La razón? La ignoro. Por inercia, quizá. O tal vez porque, después de todo, no somos sino una especie de autómatas sofisticados.

¿Comprenden por qué, de ser posible, me quedaría en el escenario una vez concluida la representación? Allí, dentro del personaje de turno, protegida por su piel, padeciendo sus penas, pero a salvo de la noche, de la soledad, de mí misma.

¡Qué cosa tan peligrosa es la vida, amigos míos! ¡Qué peligrosa y qué pertinaz!

228

5

Entonces la mujercita frágil, de traje y sombrero negros, y guantes igualmente oscuros, la que se cubría el rostro con un velo para hurtarlo de las miradas de los fisgones, era Eleonora Duse. Aunque sabía que se trataba de una anciana y estaba cansado de oír hablar a Wen de la austeridad de sus atuendos, al verla experimenté algo que, si no era decepción, se le parecía bastante.

Nos encontrábamos en el muelle de San Francisco, el mismo por donde habíamos arribado a la Isla cuatro días atrás, cuatro días que, por intensos, parecían un mes. Estábamos allí desde temprano, aguardando con impaciencia, junto a otras muchas personas, la llegada del *Tivives*, pero ésta, anunciada para las nueve de la mañana, no se produjo hasta pasadas las once. La *Signora* no podía haber escogido un día más picho para arribar: el cielo se veía encapotado y amenazaba con echarnos encima de un momento a otro, quizás como castigo por nuestra curiosidad, un aguacero.

Durante la espera escuchamos un sinfín de historias relacionadas con la Duse. Infundios en su mayoría, según Wen. Un periodista contó que una de las exigencias de la eximia era tener un balón de oxígeno en su camerino, pues solía faltarle el aire durante las representaciones. Fortune Gallo se paseaba, nervioso, de un lado a otro del muelle, consultando con frecuencia su reloj.

Por fin, el *Tivives* atracó. Los marineros manipularon las cuerdas para asegurar la embarcación a los pilotes, y la cubierta se llenó de viajeros. Todos estiramos los cuellos, tratando de divisar a la actriz. Transcurrieron diez minutos antes de que los primeros pasajeros empezaran a bajar a tierra, azorados por el gentío.

De pronto, alguien dio un grito de alerta: la *Signora* descendía por la escala del vapor, sujetándose del brazo de uno de los veintitantos miembros de su compañía. Más que sencilla, la *toilette* que llevaba era franciscana. Una dama elegantísima, de aristocrático porte, le seguía los pasos. Dimos por sentado, y con razón, que era Katherine Garnett, la amiga inglesa que se hospedaría con ella. Detrás aparecieron otras dos mujeres: Désirée Wertheimstein, la secretaria que la acompañaba a todas partes desde hacía muchos años, y María Avogadro, su doncella.

El empresario de la gira se adelantó a darle la bienvenida a su artista. Pero, sin detenerse, la Duse rozó apenas las manos que Gallo le tendía y continuó caminando de prisa detrás de dos hombres que le abrían paso.

Mientras se aproximaba, nos empinamos en las punteras de los zapatos para contemplarla mejor. Era menos alta de lo que había supuesto. Me esforcé por descubrir sus manos (famosas desde que D'Annunzio inventara el epíteto "la de las bellas manos"), mas el chal que le colgaba de los hombros me lo impidió. Sin embargo, en el instante en que la actriz pasó frente a nosotros, esquivando a los reporteros que le preguntaban qué sentía al visitar Cuba por primera vez y cuál era su opinión sobre Mussolini, a los fotógrafos que la importunaban pidiéndole que posara ante sus cámaras y a quienes la observábamos como si fuera un fenómeno de circo y no una señora respetable y circunspecta que podría ser nuestra madre, un inesperado soplo de brisa marina agitó el tul de su sombrero y alcanzamos a entrever el semblante pálido, de facciones afiladas; los ojos hundidos, enormes y tristes, y los cabellos de un blanco sucio recogidos en la nuca. Parecía una ratoncita añosa y fatigada.

Siguiendo las indicaciones que vociferaba Gallo, la caravana se dirigió hacia un automóvil estacionado junto al andén. Una vez que la *Signora*, la inglesa, la secretaria y la doncella subieron, y que el empresario se acomodó entre ellas, el chofer puso en marcha el vehículo y éste se alejó en medio de las protestas y la rechifla de la gente de la prensa.

Estupefactos por la forma en que la actriz los había ignorado, esfumándose sin concederles siquiera una declaración, la mayor parte de los reporteros se fue hablando pestes de ella. ¿Quién se creía que

era? ¿Por qué se daba tanta "lija", la muy antipática? ¡Qué diferencia
con la *divette* Esperanza Iris, que llegó prodigando sonrisas, posán-
doles a los fotógrafos y firmando autógrafos para sus cientos de admiradores! ¡Maldita la vieja engreída! ¡Que se la lleve el diablo!

Otros periodistas, más empecinados o temerosos de ganarse una
reprimenda por regresar con las manos vacías, se pusieron a preguntar al resto de los italianos las primeras babosadas que les vinieron a
la mente. Al enterarse de que uno alto y de pelo envaselinado, vestido
con un gabán color habano, era el primer actor Memo Benassi, le to-
maron infinidad de fotografías. Ninguna de las cuales, más tarde pudimos comprobarlo, apareció publicada. Alguien dijo que el galán
estaba en negociaciones con una compañía de Hollywood interesada
en contratarlo para imprimir una película con Pola Negri.

Los artistas no demoraron en abordar otros automóviles y también desaparecieron. Poco a poco, el muelle recuperó su normalidad.
Nosotros permanecimos clavados en el mismo lugar hasta que dos
prostitutas jóvenes muy maquilladas y un jorobado al que una de ellas
llamó Rigoletto empezaron a mirarnos, a cuchichear y a reírse, y decidimos que era hora de salir de allí.

—¿Se fijó en que no llevaba aretes? —comenté cuando retornába-
mos, caminando, al hotel—. Y al parecer lo de la silla de manos para
transportarla es puro cuento.

Como no recibí respuesta, guardé silencio dando por sentado que el
cerebro de mi amigo trabajaba a una velocidad vertiginosa, buscando
el modo de sortear la barrera de protección que la *Signora* había levan-
tado en torno a su persona, procurando la manera de abrir una brecha
en ese valladar y acceder a la intimidad resguardada con tanto celo.

"¿Qué artimañas estará urdiendo esa cabezota?", me pregunté.
"¿Planea acercarse a la trágica, al igual que el hijo del general Valdivieso, por intermedio de Fortune Gallo? ¿O piensa valerse del encanto que provoca en las féminas para ganarse la buena voluntad de
alguna de las que protegen a Eleonora y conseguir que nos ayude?
Pero ¿cuál? ¿La *Miss* Garnett que marchaba a su lado, indicándole los
desniveles del andén y haciéndole comentarios que nadie alcanzaba a
escuchar? ¿Alguna de las guardianas que iban detrás, custodiándole
las espaldas como un par de cancerberos y lanzando miradas admoni-
torias a diestro y siniestro?"

Ese sábado, a punto de salir rumbo al puerto, habíamos visto varios arreglos florales en el corredor del hotel. Estaban en el piso, delante del departamento que ocuparía la Duse, en espera de ser ubicados en las habitaciones. Wen se puso a mirar las tarjetas que acompañaban las cestas más grandes. Una de ellas era del ministro de la Legación de Italia y tenía impreso en relieve el escudo de su república; otra, que rezaba *Cara Eleonora, benvenuta*, llevaba la firma de Fortune Gallo; pero el arreglo que sobresalía entre todos, uno en el que se amalgamaban rosas rojas, lirios y anturios, lo enviaba el antipático Olavo Vázquez Garralaga. En su nota se leía: *Per l'immensa Eleonora, che viene ad arricchire il cuore dei cubani con la sua arte.*

Cuando estaba diciéndole a Wenceslao que no haber encargado unas flores era un error imperdonable, éste volvió a entrar en nuestra pieza a toda velocidad y se dirigió a una mesa. Desde la puerta lo contemplé, al principio sin la menor idea de lo que se traía entre manos, garrapatear unas líneas en una tarjeta; pero enseguida comprendí lo que tramaba: sin el menor escrúpulo, rompió en minúsculos pedazos la tarjeta del poeta y la sustituyó por la que acababa de escribir.

—¡Listo! —exclamó, sin el menor remordimiento, y echó a andar hacia el ascensor.

—¿Qué le puso? —inquirí.

—Un mensaje de admiración firmado por dos colombianos que han atravesado el océano sólo para aplaudir su arte.

Al volver al Inglaterra después del desembarco de la Duse, Wenceslao averiguó con Regla, la camarera mulata encargada de las habitaciones del cuarto piso, qué había sido de la eximia y de sus acompañantes. La mujer, al principio remisa a proporcionar detalles, fue sobornada sin dilación con un billete que, de seguro, excedía su salario de una quincena. Lo guardó dentro del escote, y el nudo que tenía en la lengua se le desató inmediatamente. Bajando la voz, y con aire misterioso, empezó a contar.

Lo primero que hizo la *Signora* al entrar al departamento fue levantarse el velo del sombrero y ordenar que cerraran los postigos del balcón que da al bullicio de San Rafael. Luego se puso unos lentes y recorrió palmo a palmo las habitaciones, seguida de cerca por la secretaria y la doncella, observándolo todo con detenimiento y pasando el dedo índice por las superficies de madera, a la caza de la menor mota de polvo. Se sentó encima del lecho que le estaba destinado para comprobar si el colchón era duro, y enseguida hundió las manos en las almohadas para verificar que fueran bien blandas. Probó que los focos del techo y de las lámparas de mesa encendieran sin dificultad, que por las llaves del baño el agua saliera en chorros con la fuerza y con la temperatura adecuadas y que el timbre de llamar al servicio funcionara como era debido. Observó, así mismo, la amplitud de los armarios, la profundidad de las gavetas y la eficacia del llavín que permitía cerrar con doble seguro la puerta de entrada. Por último, enderezó un tris uno de los cuadros que adornaban el recibidor. Concluido el ritual, suspiró, movió la cabeza de forma afirmativa y se dejó caer, agotada, en una mecedora. Entonces sus empleadas empezaron a revolotear de una pieza a otra, abriendo maletas y colocando vestidos en perchas. De repente, al percatarse de la presencia de la camarera, hicieron un alto en su labor y, en un español torpe, le dijeron que podía retirarse y que la llamarían en caso de necesitar su ayuda.

—¿Y las tarjetas de las flores? —preguntó Wen a la mulata—. ¿La *Signora* las leyó?

La camarera tragó en seco, puso cara de quien hace un esfuerzo para recordar y al cabo contestó, apenada, que no. Al ver que Wenceslao se mordía el labio inferior, decepcionado, lo consoló diciendo que tal vez las había leído cuando ya ella no estaba en el departamento.

—Escuche lo que voy a decirle, Regla —exigió mi amante, con voz suave, pero intimidadora—. Quiero que me mantenga informado de cuanto ocurra en esas habitaciones —y señaló la pared vecina—. Ya se habrá percatado de que soy generoso con los que me sirven bien: tenga la certeza de que no se arrepentirá.

De ese modo la mulata, que no cesaba de asentir y de musitar "Sí, señor" y "Como usted mande, caballero", se convirtió en su principal espía. Aunque no en la única. Esa tarde, mientras yo salía a dar un paseo por los alrededores, Wen se entregó a la tarea de recorrer el hotel reclutando, gracias a billetes repartidos con disimulo aquí y allá, un ejército de soplones que incluía a ascensoristas, empleados de la recepción, botones, operadoras de la central telefónica, personal de la limpieza y de la lavandería, un oficinista de la administración y un asistente del cocinero. Al reencontrarnos, estaba fatigado, pero feliz. Sus confidentes habían prometido tenerlo al tanto de todo lo relacionado con Eleonora: visitantes, llamadas, comidas, caprichos y demás.

Por mi parte, le conté una primicia que acababa de revelarme Pedrito Varela en la entrada del Teatro Nacional. El debut de la Duse ya no sería el lunes veintiocho. A petición de la actriz, se trasladaba para el martes. La *Signora* estaba muy alterada y la culpa la tenían los de la aduana de Nueva Orleans: los muy brutos, negados hasta el último minuto a permitir que la compañía sacara del país los decorados para entrarlos de nuevo quince días después, le habían destrozado los nervios. Al posponer por veinticuatro horas la primera representación, que según lo anunciado sería *La puerta cerrada*, la trágica podría descansar un poco más y sedarse. Ah, y en cuanto a lo del balón de oxígeno en su camerino, era cierto: el mismo Varela había ayudado a colocarlo allí.

Esa noche, Emilio de la Cruz pasó a recogernos para asistir a una fiesta de etiqueta que daban unos conocidos suyos donde se reuniría "media Habana".

—Nos vamos a divertir horrores —garantizó, apretando el acelerador de su automóvil, y nos condujo a una barriada que aún no conocíamos: El Almendares. Allí, cerca del río del mismo nombre, quedaba la residencia de los Montes de la Oca. Durante el trayecto comentó que ese matrimonio era tan acaudalado que su única preocupación en la vida era encontrar nuevas maneras de dilapidar su exorbitante patrimonio. Ni la crisis de las vacas flacas, que tantas fortunas echara a pique, había mermado su tren de vida.

Al llegar, hallamos la *kermesse* en su apogeo. Todo lo que brillaba y valía en la capital estaba congregado bajo ese techo. Los invitados eran alrededor de doscientos y entre ellos distinguimos a Pablo Álvarez de Cañas, quien, para consolarse de su romance trunco con la Loynaz, bailaba con una momia pintarrajeada.

—El gordo que ven allá es el rival de Pablito —susurró nuestro *cicerone*—. No en amores —aclaró—, sino en las lides del periodismo —e hizo que lo acompañáramos a saludar a Fontana, el cronista social del *Diario de la Marina*. También él era admirador de la Duse y nos relató la visita que habían hecho esa tarde las principales figuras de la compañía dramática a la redacción del periódico.

—El *manager*, que se llama Guido Carreras, es agradable y conversador, y a las señoritas Morino las encontré bonitillas y cosmopolitas —narró Fontana—. El que me cayó como una bomba fue el primer actor.

Mi compañero le preguntó qué tenía contra Memo Benassi y el cronista hizo una mueca de desagrado.

—Es muy... postalita. ¡Postalita, pujón y sangregorda!

Wenceslao y yo nos miramos sin entender y De la Cruz se encargó de traducir la diatriba. Postalita es sinónimo de vanidoso, presumido y creído. Pujón es quien se empeña, sin éxito, en ser chistoso. Y se le dice sangregorda al que carece de ángel o del menor atisbo de simpatía natural.

—En Cuba perdonamos cualquier defecto —dijo el gordo—, menos uno: ser *pesao*.

La Duse, fiel a sus costumbres, se había negado a ir al periódico. Carreras la excusó explicando que estaba fatigada a causa del viaje y les recordó que la *Signora* prefería que la vieran en el escenario. Pese a que trataron de disimular la decepción, al director del *Diario*, al presidente de la empresa y a los Ichaso, León y Francisco, subdirector y crítico de teatro respectivamente, el desplante les cayó muy mal.

A continuación, cambiando de tema, Fontana habló del proyecto que estaba cocinando Mina López-Salmón de Buffin. En honor a la Duse, y con el propósito de recaudar fondos para la *Crèche* Buffin, la dama iba a celebrar un fantástico baile de disfraces en el Teatro Nacional.

En ese instante, *Madame* Buffin se aproximó del brazo de un joven lánguido que caminaba arrastrando los zapatos. Era una jamona de edad difícil de precisar, pródiga en carnes, pero Wen quedó deslumbrado con su tiara de diamantes, que la hacía parecer una reina, y con el vestido de alemanisco blanco adamascado que le sentaba como un guante. En cuanto Fontana y De la Cruz le comunicaron quiénes éramos ("dos caballeros provenientes de linajudas y acaudaladas familias de Colombia"), nos trató como a amigos de confianza:

—No pueden perderse el baile de las Mil y Una Noches por nada del mundo —advirtió—. Será un acontecimiento.

Nos dijo que el doctor Habib Steffano, un destacado hombre de letras árabe, presidente de la Academia Nacional de Damasco y antiguo secretario del rey Faisal I, estaba asesorándola para que la fiesta tuviera un auténtico espíritu oriental. Todavía no estaba decidido quiénes desempeñarían los roles de la primorosa Scherezada y del califa Harum-al-Raschid, pero se barajaban los nombres de varios candidatos. La elección era no sólo difícil, sino también delicada, pues no querían herir susceptibilidades.

—Si de mi dependiera —la interrumpió Wen—, ya Scherezada estaría elegida.

—¿Y quién sería, si se puede saber?

—Usted, por supuesto.

La dama se ruborizó y, tras agradecer el cumplido, arguyó, modesta, que en la ciudad existían numerosas señoras o señoritas capaces de seducir al califa con su *charme*. En cuanto a Eleonora Duse, el doctor Steffano y ella iban a escribirle una carta para que les hiciera el honor de presidir el jurado que otorgaría los premios a los mejores disfraces. Estaban al corriente de que la actriz era poco dada a asistir a fiestas, pero confiaban en que, tratándose de un homenaje que le brindaba La Habana, haría una excepción.

—*¡Excusez-moi!* —exclamó de pronto *Madame* Buffin, llevándose una mano a la frente—. ¡No les he presentado al señor Dalmau!

Estrechamos la diestra gelatinosa de su acompañante y enseguida nos enteramos de que era un muchacho de buena cuna, dibujante y figurinista, que acababa de regresar a la Isla después de vivir dos años y medio en Europa. Aurelio Dalmau había trabajado en París con la Follies Bergère y, para complacer a Mina, estaba haciendo los diseños de los trajes que lucirían en el baile de las Mil y Una Noches los integrantes de la comparsa de las *huríes*.

—Tengo muchísimo trabajo, pero si quieren me puedo ocupar de sus disfraces —nos propuso, mirándonos de arriba abajo y pasándose la lengua por los labios como un áspid—. Tú serías un Simbad divino —le dijo a Wenceslao y luego, clavándome los ojos, añadió—: A ti te veo de *efrit*, con un pantalón de crepé rojo fuego, muy holgado, una chaquetilla corta de piel, sin camisa, y con una ajorca de plata en el brazo.

Tragamos en seco y, al notar que la idea de disfrazarnos no nos entusiasmaba, Mina de Buffin nos tranquilizó diciendo que no era imprescindible asistir al baile con ropajes exóticos. Por ejemplo, el

Presidente de la República y Mariíta, su esposa, irían vestidos de cristianos.

Cuando *Madame* Buffin y Dalmau se marcharon, Fontana habló hasta por los codos del pésimo gusto del joven, puso en duda que hubiera tenido algo que ver con la Follies y nos aconsejó que, si decidíamos ir al baile disfrazados, fuéramos a ver a Ana María Borrero, que era una figurinista estupenda y estaba haciendo los trajes de la comparsa de Alí Babá y los Cuarenta Ladrones.

—Y si no, los compran en El Encanto, donde los venden muy bonitos, o en Fin de Siglo, que ahí les salen a mejor precio, y sanseacabó —concluyó.

Copa en mano, Emilio nos condujo por las salas, presentándonos a decenas de invitados cuyos nombres fuimos incapaces de retener. Como éramos carne fresca, sobre nosotros cayeron no pocas miradas de codicia.

—¡Alabao, miren quién está ahí! —dijo súbitamente De la Cruz, que ya tenía adentro unos tragos de más, y con una expresión maliciosa en la faz de macaco nos llevó a una pequeña habitación donde, lejos de la música y del bullicio, un puñado de invitados departía animadamente—. ¡Olavito, quiero que conozcas a dos amigos! —chilló con voz estentórea y, antes de que pudiéramos dar media vuelta y huir, nos vimos frente a Vázquez Garralaga.

Si para nosotros el encuentro resultó incómodo, supongo que para él debió serlo mucho más. Enrojecí al recordar cómo Wenceslao se había apropiado de su jarra de flores y me dieron ganas de ahorcar al mico. Mientras el rimador permanecía envarado, sin saber qué hacer, la señora que estaba junto a él rompió el silencio participándonos que era su mamá, y nos dio la mano.

—No seas zoquete, Olavo —bromeó Emilio—. Parece que en la oficina de Pedrito Varela metiste la pata hasta lo último; pero lo pasado, pasado está.

La madre le propinó a su criatura un codazo en las costillas, instándola a hacer las paces y a dejarse de tanto fililí, y el petrimetre accedió a tendernos una mano tan helada y tiesa como las de Lenin, que nos apresuramos a estrechar.

—Encantado de conocerlos, caballeros —farfulló con dignidad—. Espero que no me guarden rencor y que...

—¡Qué rencor ni qué ocho cuartos! —lo interrumpió el mico y nos obligó a darnos un abrazo de "olvida y olvidarás".

Al rato conversábamos como viejos amigos. Aunque Olavo coincidía con Wen en que Josefina Ruiz del Castillo no era nada del otro jueves, su opinión sobre la Aguglia era diferente. Si bien estaba de acuerdo en que permitir que la anunciaran como la más grande de las trágicas vivas era un descaro, la consideraba talentosa y polifacética. ¿Acaso no sabíamos que era dueña de una grata voz de *mezzo* y que semanas atrás había cantado con Titta Ruffo en el Nacional? Claro que, en cualquier caso, su favorita era Esperanza Iris. ¿Todavía no habíamos acudido al Payret a verla en *La viuda alegre*, *La condesa de Montmartre* o alguna de sus numerosas creaciones? ¿Cómo era posible? Teníamos que ponernos de acuerdo para ir juntos. Él asistía a sus funciones dos o tres veces a la semana: le encantaban las operetas y la compañía de la Iris las presentaba con un gusto exquisito.

—Y de María Tubau, la española que debuta la semana próxima, ¿qué sabe usted? —le preguntó Wen.

—¡Ay, chico, tutéame, que me vas a hacer sentir viejo! —le pidió el poeta y acto seguido comentó que la Tubau (la nueva, porque la otra, su famosa compatriota y tocaya María Álvarez Tubau, ya llevaba diez años muerta) acababa de llegar de México, donde había causado furor—. Según la prensa, es un encanto, pero habrá que esperar a verla en el Principal de la Comedia, porque, como ustedes saben, el papel lo aguanta todo.

"Hasta tus poesías", pensé.

Reímos, bebimos, invitamos a bailar a la señora Garralaga, coqueteamos con un chico que tenía un ligero parecido con Mella e hicimos lo posible por mantenernos a buena distancia de Aurelio Dalmau, quien se las arreglaba para tropezar con nosotros cada cinco minutos y mirarnos con ojos de carnero degollado.

A medianoche, el dueño de la casa pidió silencio a los invitados para dar inicio a un *intermezzo* artístico. Con tono rimbombante anunció que el bardo Vázquez Garralaga nos deleitaría con alguna de sus creaciones, y al punto Olavito salió al ruedo. Al pasar por nuestro lado, Wenceslao le pidió, con refinada maldad, que recitara el poema dedicado a *Madame* Butterfly y, sin hacerse de rogar, el autor empezó a declamar los ripios que casi nos habían provocado un síncope en La Moderna Poesía:

Rumbo a una alígera pagoda,
presa de un raro frenesí,
un forastero caminaba
junto a una geisha de biscuit.

Temerosos de no poder aguantar la risa, nos alejamos discretamente y buscamos refugio en la terraza. Allí encontramos, solitaria en un rincón, a Graziella Gerbelasa, quien, con los ojos clavados en los astros, repetía en voz baja y monocorde, como una lunática: "Lo abomino, lo abomino, lo abomino, lo abomino"... Como nos pareció de mal gusto interrumpir su letanía, dimos media vuelta y regresamos al salón principal a tiempo para oír las estrofas finales de la poesía de Olavo:

Oh, japonesa inmarcesible,
tan inasible como un ay,
¿por qué adoraste un imposible,
por qué, responde, Butterfly...?

En medio de una salva de aplausos, después de hacer una profunda reverencia, Vázquez Garralaga se dirigió adonde lo aguardaba su mamá, rebosante de orgullo. Al cruzar junto a nosotros, Wen le apretó una mano al vuelo y le susurró un hipócrita: "Maravilloso".

Para dar continuidad a la velada, el anfitrión anunció otra sorpresa: la hija del inmortal Ignacio Cervantes, la queridísima María, se hallaba entre nosotros dispuesta a regalarnos lo más selecto de su repertorio musical. Una señora con el cabello a lo *garçon* se sentó frente al piano de cola, y Wen y yo nos miramos con pavor. Ya estábamos a punto de dar media vuelta y escapar a la terraza salvadora, cuando unos acordes cadenciosos nos paralizaron.

Mientras sus manos retozaban con las teclas de marfil, la mujer hizo saber al auditorio que la canción que iba a interpretar se la había compuesto su padre cuando era una chiquilla. Con una voz afinada y llena de picardía, comenzó a cantar:

Al ingenio de mi papá
si me acompañara usted,
usted pelará la caña
y yo me la chuparé.

Porque la cubana de ardiente mirar,
porque la cubana de ardiente mirar,
dulce es más que azúcar,
dulce es más que azúcar,
dulce es más que azúcar
y el rico panal.

María Cervantes se metió al público en un bolsillo con su gracia irresistible. Tenía el aspecto de una dama y tocaba el piano con virtuosismo, pero al entonar maliciosamente esos versos que hablaban de pelar la caña y de chuparla, el doble sentido resultaba inequívoco hasta para el ser más seráfico y los asistentes no podían contener sus risas socarronas. Me dije que quizás ésa era, al fin y al cabo, la esencia secreta de la Isla: una mixtura perfecta de lo sofisticado y lo vulgar, una interminable sucesión de contrastes. Las arias de Ruffo y el ritmo primitivo y sofocante de los tambores de los negros; los exquisitos huéspedes del Sevilla-Biltmore y el Inglaterra y la chusma de los inquilinatos de Jesús del Monte; los perfumes franceses de Fin de Siglo y las alpargatas apestosas de los gallegos; los versos de Casal y la jerga de los estibadores en el puerto. Mézclense los ingredientes en sus debidas proporciones, añádanse sal y pimienta al gusto, cocínense al calor del Trópico, y ahí tienen la Isla, servida en bandeja.

Al terminar "El ingenio de mi papá", la artista fue premiada con entusiastas aplausos. Entonces, dejándonos helados a Wen y a mí, hizo saber a la concurrencia que la próxima pieza quería dedicarla a dos caballeros recién llegados de las tierras que baña el Tequendama: dos jóvenes ilustres que engalanaban la fiesta y La Habana con su presencia. Nos lanzó una mirada pícara, y quisimos que la tierra nos tragara. Al instante acometió la canción, marcando el ritmo con el chasquido de unos besos coquetos lanzados en nuestra dirección.

Para cerrar con broche de oro, la Cervantes interpretó "La camagüeyana" y el público enloqueció:

No quiero amante rico,
ni lindo ni vanidoso.
Quiero un amante amoroso
y embustero, no, jamás.

Soy franca, soy chiquiona,
la vida paso en amar,
soy cubana, retozona,
camagüeyana, ¡y nada más!

Después de la propaganda que nos había hecho la cantante, una horda de hijas de Eva se abalanzó sobre nosotros para reclamarnos como compañeros de baile. El afortunado de Wen logró escurrirse y se puso a conversar con Vázquez Garralaga y su mamá; pero yo tuve que danzar con un montón de fulanas de apellidos ilustres y resistir, con una mueca congelada que pretendía ser una sonrisa, sus piropos, galanteos e insinuaciones. Por último, caí en brazos de una dama rolliza y emperifollada, y estuve a punto de sufrir un desmayo al oírle decir, con voz seductora, que era Esperanza Iris y que nos esperaba a mi "cuate" y a mí en la reposición de uno de sus grandes éxitos: la zarzuela *Benamor*. La mexicana me apretaba contra su pechuga de tal modo que tuve miedo de que deseara asfixiarme.

Durante el regreso al Inglaterra, Wen permaneció ensimismado y cariacontecido. No quise indagar delante de Emilio de la Cruz la causa de su mutismo, pero en cuanto nos encerramos en la pieza lo obligué a revelármela.

—Le conté a Olavito nuestro deseo de entrevistar a la Duse y me confesó que ha escrito en francés un drama en cinco actos titulado *La víctima de su pecado* —hipó, a punto de sollozar.

—¿Y? —pregunté, sin entender qué era lo terrible.

—¡Se lo piensa ofrecer a la *Signora*, por intermedio del Ministro de Italia, para que lo añada a su repertorio! —concluyó, echándoseme al cuello y rompiendo a llorar.

Estaba completamente borracho. Lo metí en la cama y le quité, como pude, la ropa. En ese momento sonó el timbre del teléfono y me lancé sobre el aparato preguntándome quién sería el desconsiderado que llamaba a las tres y media de la madrugada. "Hola", exclamé. Primero hubo un silencio, a continuación se escuchó una tos cavernosa y, por fin, del otro lado de la línea me llegó una voz cascada y circunspecta.

—¿El señor Belalcázar?

—El mismo. ¿Quién llama?

—Soy el Conde Kostia.

Estuve a un tris de empezar no sé si a reír o a llorar. ¿Qué clase de orate era aquél que escogía semejante hora para comunicarse por primera vez con un desconocido? ¿En qué país delirante estábamos, Dios mío? Hice un esfuerzo para parecer normal:

—Ah, sí, la señora de Lachambre me comentó que usted podía...

El vejete no me permitió continuar. De forma tajante, me quitó la palabra:

—Vaya mañana a la calle Águila número 187 y pregunte por Fan Ya Ling.

—¿Allí me dirán cómo...?

—¡Debe ir antes del mediodía! —volvió a interrumpirme.

—¿La señora Cay le explicó lo que...?

—¡Y no le mencione a nadie que yo lo llamé! —añadió con la mayor grosería, dando por terminada, con esa advertencia, la charla.

Sentí un golpe metálico y comprendí que el Conde había colgado. Hice otro tanto y, mientras empezaba a desvestirme, me pregunté si recordaría la dirección a la mañana siguiente o si sería preferible precaver y anotarla. Por si me fallaba la memoria, la escribí en lo primero que encontré: el reverso de la invitación que nos entregara Graziella Gerbelasa en la librería.

Apagué la luz y traté de dormir. Sin embargo, un ruidillo acompasado, que no alcancé a identificar, me distrajo. Al principio pensé que provenía de la calle, pero afuera todo estaba silencioso. Presté atención y descubrí que el sonido llegaba de la habitación contigua. Abandoné la cama y, pegando la oreja a la pared, pude percibirlo mejor. Era un ronquido, no cabía la menor duda. Un ronquido fino, elegante, curiosamente sincopado y musical, como en sordina. So pena de ser tildado de sacrílego, al día siguiente pondría a Wenceslao al tanto de mi involuntario descubrimiento: la Duse roncaba.

Si uno de mis mejores amigos, Lougné-Poe, pudiera escucharme, les advertiría discretamente que no se dejen engañar ni por mi tono quejumbroso ni por mi fragilidad. Según él, mi apariencia es engañosa. Dice que tengo la fuerza de diez personas y que enterraré a todos los que me rodean. ¡Espero que se equivoque!

"Debes vivir, trabajar y no quedarte sentada cavilando e incubando enigmas insolubles", me dice. Y también que, de tanto morir con Margarita Gautier, me he vuelto luctuosa. Que así como otros son adictos al alcohol o a los alucinógenos, yo lo soy a la melancolía.

¿Y acaso podría ser de otro modo?, pregunto yo. ¿Cabría esperar otra cosa de una mujer a la que empujaron a un escenario a los cuatro años, dándole con una vara en las rodillas para hacerla llorar; de alguien que tiene más días de enfermedad que de salud y a quien, de las doscientas y tantas obras que ha representado en el transcurso de su vida, sólo le gustan de verdad diez? Y sin embargo, pese a todo, esa bruma trágica de la que tanto les gusta hablar a los periodistas no es tan espesa como para impedir que alguna que otra vez me divierta.

Una vez estábamos en un apuro económico y Lougné, quien por entonces dirigía la compañía, insistió, contra mi voluntad, en que resucitáramos Fedora, pues esa obra siempre convocaba mucho público. Traté de negarme e intenté hacerlo desistir de la idea apelando a un sinnúmero de excusas, pero por último tuve que claudicar. "Sea", dije al fin, adoptando una pose de mártir: "Haré lo que usted quiera". Como yo llevaba varios años sin interpretar ese drama, se ofreció para traerme el libreto. "¡No!", lo atajé con un grito angustioso, como si fuese la propia Fedora quien hablara: "Puede obligarme a interpretarla, ¡pero jamás a releerla!". Nos miramos serios, de hito en hito, y de pronto largamos la risa. Nos carcajeamos durante cinco minutos. Tuve que sostenerme el vientre: pensé que me desarmaba por dentro.

—Eleonora Giulia Amalia —exclamó Lougné al rato, cuando recuperó el habla, porque con todos esos nombres me bautizaron—. Es la primera vez, desde que nos conocemos, que la escucho reír como Dios manda. La he visto derramar lágrimas decenas, cientos de veces, dentro y fuera del escenario; la he visto cambiar de habitación en un hotel hasta cinco veces en un día porque ninguna de las que le ofrecían era de su gusto; la he visto, incluso, representar una obra en italiano mientras el resto del elenco hablaba en francés; pero reír, no, reír nunca, y, no se enoje por lo que voy a decirle: ¡para ser una trágica, lo hace muy bien!

Reír es bueno, no cabe la menor duda. Tal vez si lo hiciera más a menudo Désirée y María podrían tirar a la basura unos cuantos frascos de medicinas. Claro que me encantaría reír con frecuencia, pero ¿qué hacer? Se ríe de algo. O con alguien. Si no se es una idiota, resulta imposible ir por la vida babeándose y riendo por cualquier cosa...

6

No traten de intimidarme, soy abogado y conozco mis derechos! –declaró Wenceslao, esforzándose por parecer seguro de sí mismo, pero a mí no podía engañarme. Estaba asustado, pálido y tembloroso: tenía tanto o más miedo que yo, y era lógico. Nunca antes habíamos puesto un pie en una estación de policía y mucho menos en calidad de sospechosos. El debut no pudo ser más desagradable: la jefatura de la Policía Secreta habanera, situada en la calle Tacón número 5, a unos pasos de la avenida del Puerto, es un edificio lóbrego y aterrador, un laberinto de oficinas sucias capaz de intimidar a cualquiera, lleno de tipos que te observan con encono, dando por sentado que eres un criminal sin entrañas hasta que se pruebe lo contrario.

El mobiliario de la pequeña habitación adonde nos condujeron constaba de una mesa con quemaduras de cigarros y huellas de vasos y de las cuatro sillas de madera en que estábamos sentados: nosotros, de un lado; los dos detectives, del otro. Las paredes vacías y despintadas, con manchas verdosas de humedad, carecían de ventanas; el aire era pesado, difícil de respirar, y del techo colgaba muy alto, por toda fuente de iluminación, un foco. En una esquina había una escupidera asquerosa y, merodeando por sus alrededores, divisé un cucarachón. Por un momento pensé que si a esos tipos se les antojaba molernos a palos, afuera nadie se enteraría. Nuestros gritos de dolor quedarían encerrados dentro del recinto, rebotando de una pared a otra, sin poder atravesar los muros del caserón, hasta diluirse.

–Ustedes están en un error, caballeros –dije con la mayor ecuanimidad que fui capaz de aparentar–. Llamen al señor cónsul de Colom-

bia. Somos personas honorables y hemos viajado a La Habana para presenciar las actuaciones de Eleonora Duse.

Uno de los agentes, el nombrado Aquiles de la Osa, ladeó la cabeza y sonrió con socarronería, mirándome a los ojos.

—¿Dónde estuvieron durante la madrugada? —inquirió—. Porque al Inglaterra no fueron a dormir.

Esa pregunta, formulada y vuelta a formular durante las dos horas que llevábamos allí, me tenía harto. Le repetí, por centésima vez, lo mismo: "Estuvimos hasta el amanecer en un pocotón de lupanares".

—Las direcciones —reclamó, también por centésima vez y con acento monótono, Ignacio Falero, el otro detective y, encendiendo un cigarrillo, aspiró el humo con fuerza y lo expulsó por las fosas nasales. A diferencia de su compañero, que era alto y acuerpado, con bigote, abundante cabello negro y pinta de galán de cine, éste era de estatura mediana y pelón, rollizo y ventrudo, pero fuerte como un toro.

—¿Cómo pretenden que recordemos los lugares adonde fuimos? Eran casas de vicio y de pecado —estalló Wenceslao—. ¡Estábamos ebrios, señores míos! ¡Beodos! ¡Borrachos! Cuando uno toma licor en exceso y se embriaga, pierde la noción del tiempo y del espacio. La mente se nubla, la razón se ofusca y uno es incapaz de recordar con exactitud dónde estuvo ni lo que hizo —y echando hacia atrás la silla de madera en la que estaba sentado, dio una patada a la mesa—. ¡Basta! ¡No soporto este infame interrogatorio! —gritó—. ¡Exijo la presencia de un abogado!

—¿Y para qué necesita otro? —se burló, sin inmutarse por el exabrupto, el que fumaba.

Wen se puso púrpura y abrió la boca dispuesto a replicar, pero en ese instante un desconocido irrumpió en el cuartucho. Por la prisa con que los detectives se pusieron de pie, nos percatamos de que era su superior. Ni corto ni perezoso, me dirigí al recién llegado:

—Aquí hay una confusión. Están siguiendo una pista equivocada: no somos delincuentes.

Ignorando mi reclamo, el hombre se presentó como "Pompilio Ramos, subinspector" y, metiendo una mano en el bolsillo de su americana, extrajo con suma delicadeza un papel que desplegó ante nosotros.

—¿Escribió usted este mensaje, señor Belalcázar? —inquirió con expresión fatigada.

El cuerpo se me enfrió al reconocer mi caligrafía y no atiné a contestar.

— Sí, él escribió esa nota —exclamó Wenceslao, belicoso, saliendo en mi defensa—. ¿Qué tiene de particular?

Los detectives se miraron entre sí y el subinspector asintió. En el acto, Falero tiró al piso la colilla del cigarro y la aplastó con la suela de sus zapatos.

—¡Andando, caballeros! —ordenó—. Vamos a dar un paseo.

Casi paralizados por el terror, empujados levemente por los agentes, echamos a andar por oficinas y pasillos detrás de Pompilio Ramos y vigilados por los otros dos. Afuera llovía a cántaros. "La Duse debe estar furiosa de tener que ensayar con este día de perros", se me ocurrió pensar, como si no hubiera tenido cosas más importantes por las que preocuparme. Los policías nos metieron con ellos en un automóvil y éste empezó a rodar. Las calles estaban vacías.

—Con esta agüita, se jodieron las celebraciones por el aniversario del Apóstol —profirió Aquiles de la Osa.

—¿A dónde vamos? —musité.

—¿No se lo imaginan? —replicó, con sorna, Ignacio Falero, que iba al volante—. A Campanario y Salud. ¿Les recuerda algo esa dirección?

Como el subinspector me contemplaba con una fijeza que rayaba en la impertinencia, recliné la cabeza contra el espaldar del asiento trasero del vehículo y cerré los ojos. No podía creer lo que estaba sucediendo. ¿Qué pesadilla era aquélla? ¿Cómo habría llegado mi nota a manos de esa gentuza? Desde niño siento una profunda aversión, una verdadera fobia, por la policía, ya sea secreta o uniformada, y la inminencia de un escándalo, de ver nuestras fotografías en los periódicos, me trastornaba. Lamenté haber seguido al pie de la letra las instrucciones telefónicas del Conde Kostia. Por su culpa, y por las maricadas de mi tío Misael Reyes, a quien al parecer le encantaban los enigmas, estábamos metidos en un lío cuya gravedad no atinaba a calcular. En cualquier caso, lo que sí tenía muy claro era que no debíamos revelar el sitio donde habíamos pasado la noche.

Sentí que los dedos de Wenceslao rozaban, a escondidas, los míos, procurando infundirme calma y seguridad con el contacto. Pero si la discreta caricia buscaba, además, que abriera los ojos y lo mirara, debo haberlo defraudado, pues continué con los párpados apretados. No estaba tranquilo, no, ¿cómo podía estarlo?

Inmóvil, y tratando de respirar con la mayor lentitud posible, reconstruí los acontecimientos que habían desembocado en nuestra detención.

Todo empezó el domingo por la mañana, en el número 187 de la calle Águila. Allí, en pleno barrio chino, cerca de la esquina con Dragones, entre una casa de vecindad y una tintorería, se levanta (o levantaba, en su debido momento se verá por qué hago esta precisión) un diminuto almacén llamado El Crisantemo Dorado. Al empujar la puerta y pasar a su interior, una campanilla tintineó suave y melodiosamente, anunciando al propietario la llegada de los visitantes. Sin embargo, a pesar del aviso, nadie acudió a recibirnos.

Cuando nuestros ojos se adaptaron a la oscuridad del local, descubrimos que estábamos rodeados de vitrinas en las que se exhibían, sin orden ni concierto, los objetos más singulares: parasoles, budas de diferentes tamaños y materiales, chinelas bordadas, ungüentos de médula de león y de uñas de leopardo, abanicos de sándalo y de papel, variedad de vasijas y de cucharas de porcelana, libros antiguos, latas de té, un palanquín e infinidad de figurillas de adorno hechas con bambú, ébano, cerezo rojo, terracota, marfil, ágata, jade y piedra volcánica. El abigarrado comercio, donde casi era imposible mover un brazo o un pie sin correr el peligro de chocar con alguna pieza y hacerla añicos, era una mezcla de farmacia y de tienda de arte del Celeste Imperio.

Wen halló en uno de los estantes un primoroso frasco de cristal azul tallado y lo tomó en sus manos, con sumo cuidado, para observarlo de cerca. El recipiente estaba lleno de un polvito marrón y carecía de rótulo que lo identificara. Al destaparlo y oler su contenido, comprobamos que no poseía aroma. De forma imprudente, metí el dedo meñique en el interior y me lo llevé a la punta de la lengua: tampoco tenía sabor.

"Cantálidas", reveló de pronto una voz y, mientras intentábamos precisar de dónde provenía, su dueño añadió, en un castellano enredado, que las cantáridas eran el mejor medicamento para la vejiga y que no sólo lo tenía en polvo, sino también en tintura, pomada y emplasto. ¿Cómo lo preferían los caballeros? ¿Cuál de los dos necesitaba del milagroso remedio, importado del lejano Cantón? La figura enjuta de un chino avanzó hacia nosotros, materializándose de entre la penumbra. Le calculé alrededor de noventa años, caminaba doblado por la cintura, tenía pústulas en la delicada piel de la cara y una barba de luengas y escasas hebras blancas.

Como yo me quedé paralizado, no por la sorpresa, sino a causa del asco por haber probado aquellas cucarachas pulverizadas, fue Wen quien dio los buenos días al anciano, le aclaró que por fortuna no precisábamos de ése ni de ningún otro medicamento y que el propósito de nuestra visita era hablar con una persona llamada Fan Ya Ling.

El chino soltó unas carcajadas lentas y quejumbrosas, nos hizo saber que era a él a quien buscábamos e inquirió qué se nos ofrecía.

—El Conde nos dijo que viniéramos a verlo —prosiguió Wenceslao—. Creímos que le avisaría.

—¿*Cuál conle habla tú?* —repuso Fan Ya Ling con expresión divertida y, arrebatándole el frasco de cristal azul, lo devolvió a su sitio.

Decidí terciar en la conversación aclarando el asunto sin circunloquios:

—Necesitamos ver al señor Misael Reyes —dije.

El comerciante asintió, dejó escapar un "¡hum!" que no supimos cómo interpretar y, dirigiéndose a un rústico banco de madera situado cerca de la puerta, se acomodó en él con dificultad. Súbitamente, un gato que todo el tiempo habíamos creído de porcelana cobró vida, saltó desde lo alto de un armario y, pasándonos delante como una flecha, aterrizó en el regazo del viejo, quien empezó a acariciarle el lomo con parsimonia. Tan concentrado parecía recorriendo con la punta de los dedos el espinazo arqueado del felino, que Wen me miró con preocupación, temiendo que nos hubiese olvidado.

—¿Usted puede ayudarnos, señor...? —me quedé sin saber cómo llamarlo. ¿Fan sería su nombre de pila y Ya Ling sus apellidos?

—*Puela, capitán, clalo que yo puela* —repuso y, empujando al animal, que corrió a refugiarse en un rincón, indicó que nos acercáramos, cosa que hicimos sin dilación.

En su media lengua, sustituyendo la erre y la de por la ele, el anciano nos pidió que estuviéramos a las ocho de la noche en el Teatro Chino de la calle Zanja. Era indispensable que uno de nosotros ("tú, capitán", dijo, apuntándome con un abanico) llevase un clavel en el ojal. Dado que no entendíamos ni la mitad de lo que decía y lo obligábamos a repetir las palabras varias veces, empezó a sulfurarse y a chasquear la lengua para manifestar su desagrado. Por fin, mal que bien, captamos, o creímos captar, sus instrucciones: debíamos entrar al teatro y esperar entre los espectadores a alguien que se nos acercaría para conducirnos adonde mi tío.

—¿Y tiene que ser por la noche? —se le ocurrió preguntar a Wen—. Es que nosotros teníamos pensado ver a Esperanza Iris en *Benamor* —explicó—. ¿No podría decirle a esa persona que nos lleve ahora mismo?

Fan Ya Ling se golpeó bruscamente un muslo con el abanico y soltó, iracundo, una palabreja ininteligible: "Tuniamacalimbambó". Lo apacigüé asegurándole que estaríamos en el teatro a la hora indicada, con la flor en el ojal y, después de despedirnos con unas reverencias, salimos de El Crisantemo Dorado.

—¡Qué señor tan malgeniado! —se quejó Wen.

Caminamos por la calle Dragones, que estaba muy animada. El barrio chino de La Habana es una mezcla de olores penetrantes, en su mayoría ingratos, que flotan en el ambiente y toman por asalto al transeúnte desprevenido: vegetales descompuestos, frutos de mar, incienso, aceite, ropa sucia. Pregunté a Wen cómo se las arreglarían los vecinos para no marearse con ellos. "Estarán acostumbrados", supuso. Al atravesar Amistad nos encontramos en medio de un mercadillo. Numerosos vendedores se habían adueñado de los andenes y ofrecían gran variedad de legumbres, pescados, carnes y frutas. Un hormiguero de clientes (blancos, negros y mestizos) aquilataba las mercancías y regateaba para que los chinos bajaran los precios. Allí, entre las canastas repletas de anguilas y de aletas de tiburón, entre las zanahorias, el ajonjolí, el perejil y los rábanos, descubrí a la persona que menos esperaba ver esa mañana y en ese lugar. Aunque estaba de espaldas, lo reconocí de inmediato. Llamé a Wenceslao, quien en ese instante le preguntaba algo a un herbolario, y lo puse sobre aviso.

La fuerza de nuestras miradas fue tal, que Julio Antonio Mella se volvió, sosteniendo un mazo de cilantro en una mano y un pescado apestoso envuelto en papel amarillo en la otra, y nos dedicó una maravillosa sonrisa. Nos saludó con familiaridad y comentó que el día anterior había estado en el Sevilla-Biltmore y se había llevado un chasco al enterarse de que ya no nos hospedábamos allí.

–¡Los hacía en Colombia! –exclamó.

Al explicarle que nos habíamos cambiado al Inglaterra, alzó las cejas y comentó, en broma, que él nunca se había podido dar el lujo de dormir en un hotel de tanto ringorrango. ¡Ni siquiera en su luna de miel! Me esforcé para pasar por alto la desagradable observación, que sacaba a relucir a una esposa a quien prefería ignorar, y le pregunté si vivía cerca.

–Sí –contestó–. ¿Quieren acompañarme? Los invito a un buchito de café.

Pagó el cilantro con unas monedas y echó a andar, con paso elástico, calle arriba. Wen y yo lo escoltábamos, hipnotizados. Viéndolo caminar tan viril, despreocupado y seguro de sí mismo, no me quedó la menor duda de que el trigueño era la octava maravilla, una obra de arte viva, una colcha de carne con la que a cualquiera le encantaría taparse en las madrugadas frías. Mella se puso a hablar con entusiasmo de la cocina china y de sus raros y deliciosos dulces, hechos con ingredientes tan poco usuales en la repostería occidental como el aceite de ricino y los guisantes.

–En las fondas de este barrio, yo devoro cuanto me ponen delante. Eso sí: nunca averiguo lo que estoy comiendo –dijo–. Así me ahorro sorpresas desagradables –y rió a mandíbula batiente.

Con disimulo, aminoré el paso para poder apreciar a mi gusto aquella cola de ensueño. La visión de ese par de nalgas, que adivinaba redondas y compactas bajo el dril del pantalón, cubiertas por una suave pelusilla, me transportó a las alturas. Si Wen no llega a voltearse y a instarme para que les diera alcance, me hubiera quedado flotando en la calle Dragones.

Julio Antonio nos guió hasta una callejuela, se adentró por ella y se detuvo ante un vetusto edificio de tres pisos. Me pidió que le sostuviera el pescado, buscó la llave en uno de sus bolsillos y, minutos después, ya estábamos dentro de un apartamento del segundo piso. Era estrecho y el decorado de la sala me pareció de un mal gusto atroz, pero se veía ordenado y limpio.

–¡Vieja, tenemos visita! –voceó el adonis, cerrando la puerta tras de sí e indicándonos que tomáramos asiento. De una habitación salió una anciana delgada y vestida con ropas sencillas. Mella le pasó un brazo por encima de los hombros, con afecto, y nos informó que era la abuela de su señora. La mujer se adueñó de las compras y se dirigió a la cocina a prepararnos el café.

El universitario se dejó caer en una mecedora, con las piernazas abiertas.

—¿Y qué me cuentan de su país? —inquirió, contemplándonos con avidez.

A mí, de repente, se me ocurrió que sería gracioso hablarle de las sesiones de espiritismo con Esmeralda Gallego, de las fiestas en la mansión del Ministro de Bélgica y de las calaveradas con Vengoechea en la Bogotá nocturna y perversa. ¿Qué cara habría puesto el líder de los universitarios, que de seguro aguardaba un recuento de reivindicaciones sociales y manifiestos políticos, al oír los desatinos que constituían nuestro día a día?

—Pero díganme algo, no se queden callados —insistió.

Mientras me preguntaba cómo íbamos a salir de semejante embrollo, Wen tomó la palabra y, para mi sorpresa, dio inicio a un detallado reporte sobre la situación de los estudiantes y del proletariado en Colombia. No sé cuánto hubo de verdad en ese discurso, pero sonó convincente. De la universidad, expresó, nada estimulante podía contarse, pues profesores y alumnos parecían vivir en otro siglo, ajenos a la realidad nacional; en cuanto a las asociaciones obreras y gremiales, la situación era muy distinta. Habló de la floreciente industria textil de Medellín; de los braceros del Magdalena y de los trabajadores del petróleo de Barrancabermeja; de huelgas: la de los matarifes en Medellín, la de los sastres en Armenia y la de los choferes de taxi en Manizales, y de los desfiles del Primero de Mayo, cuando artesanos y obreros salían a la calle con pancartas en las que se leía "Libertad, igualdad y fraternidad" y cantando *La Marsellesa*. Mella lo escuchaba fascinado, exhortándolo, con su atención, a añadir detalles y explicaciones.

Para concluir, y llevarme al colmo del asombro, Wenceslao hizo creer al muchacho que éramos simpatizantes del grupo comunista que acababan de fundar en Bogotá varios obreros e intelectuales reunidos alrededor del tintorero Silvestre Savitski. Le aseguró que aquel emigrado ruso, bolchevique de pura cepa, nos mantenía al tanto de las victorias de la revolución de los *soviets*.

—Las ideas socialistas están cobrando cada vez más fuerza en Colombia —declaró, con gravedad, mi amante—. Pero, por desgracia, en el país todavía se conoce mejor a Pancho Villa que a Lenin.

La mención del bolchevique nos llevó a hablar de su muerte y, en particular, del destino de su cadáver. Dije que no estaba de acuerdo con quienes pedían que el cuerpo de Lenin se momificara y quedara en exhibición para siempre. Compartía, en cambio, la opinión del comisario de Sanidad, quien era partidario de preservar los restos durante algún tiempo, a fin de incinerarlos en cuanto se terminara de construir el crematorio de Moscú. Así se daría un ejemplo de higiene al pueblo ruso, que en general pensaba que la cremación era herética e impía.

—Pobre Lenin —musitó Wen, cariacontecido—. Unos pretenden volverlo momia, otros lo quieren quemar.

El estudiante se mostró de acuerdo con la idea de conservar el cuerpo del difunto primer ministro y de mostrarlo al público en un mausoleo.

—¿Los cristianos no hubieran hecho lo mismo con el cuerpo de Jesús, la más valiosa de sus reliquias? —argumentó—. A mi modo de ver las cosas, Lenin es otro Cristo: el verdadero redentor de la humanidad.

Y enseguida comentó que un grupo de cirujanos acababa de elevar una petición al *Soviet* Supremo para que permitiera a la ciencia anatómica aprovechar la oportunidad única de estudiar la estructura cerebral de una de las mentalidades más brillantes de todos los tiempos. Nos contó también que en París estaban organizando una manifestación multitudinaria, en la plaza de Saint-Denis, para rendirle honores, y que en La Habana el grupo comunista de la Federación Obrera preparaba un homenaje.

—Será el próximo domingo. Estamos trabajando para que asista la mayor cantidad posible de estudiantes. Yo voy a ser uno de los oradores. ¡Espero que ustedes no falten!

Le garanticé, mirándolo embobecido, que estaríamos en primera fila.

En ese momento, la vieja entró con tres tazas en una bandeja. Una tenía el asa deteriorada y el estudiante se apresuró a cogerla.

—Hummm —suspiró, llevándosela a la nariz—. Huele delicioso —y después de probar el tinto, que a nosotros nos pareció una pócima inmunda, sacada del caldero de una bruja, agregó en éxtasis—: ¡El néctar negro de los dioses blancos!

Asentimos e hicimos lo imposible por ingerir el brebaje. Cuando la abuela de la mujer más afortunada del mundo regresó a la cocina llevándose las tazas, Mella se adueñó de la palabra y comenzó a describirnos la situación, a su juicio convulsa, que vivía la Isla.

—La corrupción supera todo lo que ustedes puedan imaginar. En la época en que los precios del azúcar estaban por las nubes y bailábamos la danza de los millones, una empresa particular adquirió el antiguo convento de Santa Clara por menos de un millón de pesos; y el gobierno de Zayas, el pesetero, lo compra ahora por más de dos millones. ¡A eso llamo yo saber hacer negocios! —bramó—. ¡Este paisito es la meca del envilecimiento y el patio de los yanquis! Tantos años de guerra y tanta sangre derramada para terminar con la Enmienda Platt en el cu... ello.

Al preguntarle qué enmienda era ésa, nos miró sorprendido por tamaña ignorancia. En 1901, los vecinos del Norte habían exigido que la Constitución que convertiría a Cuba en república tuviera un apéndice: la famosa Enmienda Platt. Ese documento les concedía el derecho de ocupar la Isla cada vez que estimasen que algo la amenazaba.

—Es como darle a un vecino la llave de la casa para que entre cuando le venga en ganas y haga en ella lo que se le ocurra —resumió—. Aquí no vuela una mosca si primero no tiene el consentimiento de Crowder, el embajador yanqui.

Habló también de un movimiento nacional llamado de los veteranos y patriotas, que agrupaba a curtidos luchadores de las guerras de Independencia y a gente joven deseosa de un cambio positivo para su patria, el cual estaba enfrentándose al gobierno, exigiendo reformas y procurando poner freno a la pudrición política. En los últimos años, algunas insurrecciones armadas habían sido abortadas, pero, como dice el refrán, donde fuego hubo cenizas quedan. Y la chispa podía volver a brotar.

Hizo una pausa que un reloj de cuco aprovechó para anunciar

el mediodía. Mella nos dijo que Oliva estaba a punto de llegar. ¿Y si nos quedábamos a almorzar con ellos? "Donde comen tres, comen cinco", arguyó. La perspectiva de contemplarlo al lado de la mujercita me heló la sangre en las venas, así que le expliqué que debíamos regresar al hotel.

–Pero podríamos encontrarnos mañana –propuso Wen y, de inmediato, agregó–: ¡No le conté nada sobre la explotación de los trabajadores de las bananeras ni sobre la huelga de los tranvías de Bogotá en 1910!

Los preciosos ojos de Julio Antonio soltaron destellos de curiosidad y aceptó la propuesta de reunirnos de nuevo, no el lunes, como quería Wenceslao, pues ese día iba a estar complicado con los preparativos del *meeting*-homenaje a Lenin, sino el martes en horas de la mañana. Acordamos vernos a las nueve, en el vestíbulo del Inglaterra.

–Y, si le parece bien, vamos a la playa –sugirió, con aparente inocencia, mi compañero–. Así, además de conversar, nadamos un poco.

No pude evitar que los ojos se me fueran para el pecho del trigueño y, al imaginarlo desnudo, la boca se me llenó de saliva.

–De acuerdo –dijo el joven.

Nos despedimos de la abuela de Oliva, que salió por tercera vez de la cocina, secándose las manos en un delantal, y abandonamos el apartamento, no sin que antes Mella nos triturara una vez más las falanges en señal de amistad y nos diera unos inesperados abrazos de oso.

Por el camino, le comenté a Wen que se había comportado como un auténtico revolucionario. ¿De dónde sabía esos datos? Yo pensaba que sólo leía las noticias que hablaban de la Duse y de Luis Vicentini.

Se encogió de hombros y replicó misteriosamente:

–Usted me conoce menos de lo que se imagina, Lucho Belalcázar.

En el hotel encontramos un arrume de libros de Vázquez Garralaga. Eran unos veinte y todos con dedicatorias almibaradas.

–Olavito nos adora –comenté, zumbón, guardando los volúmenes en una gaveta.

Los espías de Wen no tardaron en ponerlo al tanto de los pasos de la *Signora* durante ese día. A media mañana había cruzado la calle, en compañía de Fortune Gallo y de su amiga Katherine Garnett, para conocer por dentro el Teatro Nacional. Aunque continuaba vestida de negro y usando velo, parecía animada, tal vez a causa de que el día estaba soleado y el observatorio meteorológico de Casablanca pronosticaba que se mantendría el buen tiempo.

El coliseo lo había encontrado precioso. ¡*Che bello*! ¡*Che bellezza*! Ya un grupo de trabajadores estaba colocando en el escenario, bajo la mirada atenta del *manager* de la compañía, los decorados de *La puerta cerrada*. El lunes por la mañana el elenco se reuniría para ensayar. De regreso a sus habitaciones, Eleonora solicitó que le subieran una ensalada de lechuga, una pierna de pollo y una copa de vino. La inglesa, en cambio, estaba en el *restaurant*, almorzando sola.

Cinco minutos después ocupábamos una mesa cercana a la de Katherine Garnett y, no logro recordar con cuál pretexto, el distinguido, respetuoso e irresistible Wenceslao Hoyos daba inicio a una amena plática con ella, esmerándose por hacer gala de su mejor inglés. Fingió no tener la menor idea de quién era la *Miss* y, al oírle decir que se encontraba en La Habana acompañando a la trágica, puso una expresión de sorpresa tan natural que, de haber sido testigo de la escena, la Duse lo hubiera contratado sin la menor vacilación.

El resultado de aquel primer acercamiento fue que acordaron dar un paseo esa misma tarde. Iluso de mí, pensé que durante ese rato de soledad podría descansar y leer un poco a Bourget. El destino, sin embargo, me tenía reservado un plan bien distinto. Ya estaba en la cama, ligero de ropas, cuando timbraron de la recepción para anunciar la visita de Bartolomé Valdivieso. Di autorización para que subiera al cuarto piso y el mulato entró sosteniendo una caja de cartón en las manos. Un poco decepcionado al saber que Wenceslao no se encontraba, me mostró el estuche de piel de cocodrilo y el pergamino con la versión definitiva de "A Eleonora la excelsa" transcrita, con rasgos esmerados, por un calígrafo. Lo felicité y quise saber si Fortune Gallo había concertado ya la prometida cita con la trágica.

–Aún no –respondió, con un suspiro–. A su juicio es preferible esperar a que se produzca el debut y la *Signora* se tranquilice.

La visita del hijo del general Valdivieso se prolongó una hora, durante la cual intentamos entretenernos lo mejor que pudimos. Pero algo raro estaba sucediendo conmigo: a pesar de que nos revolcamos sobre el cubrelecho, con el cuerpo del mulato unas veces encima y otras debajo del mío, enfrascándonos en una especie de lucha greco-romana, yo estaba como un témpano. No lograba concentrarme en el asunto. Cada vez que cerraba los ojos, la imagen de Mella me venía a la mente y me enfriaba más y más. Por fin, le rogué al farmacéutico que pospusiéramos el intercambio para otra ocasión, pues me sentía indispuesto. Accedió, sin disimular el fastidio, y en un santiamén se retiró.

Cuando Wenceslao volvió, presa de la euforia, me halló tapado hasta el cuello, exhausto y un tanto deprimido. Le conté lo ocurrido y, sentado en el borde de la cama, me amonestó con el tono que se utiliza para regañar a un chiquillo:

—Usted está obcecado con el revolucionario —dictaminó— y lo más posible es que se quede con los crespos hechos. Mejor se lo saca de la cabeza.

—¡Ni de fundas! —repliqué—. Ese trigueño caerá así tenga que recitarle de memoria el *Manifiesto comunista*.

—Ah, sí —se burló—. Eso lo veré el día de San Blando, que no tiene cuando.

—Si Dios me da vida, salud y licencia, ¡quién quita que nos saquemos la lotería! —repuse con terquedad y le pregunté si estaba de mi lado o en contra mía.

—Claro que estoy con usted, amor de mis amores —aseguró, y me dio un beso—. Lo que no me gusta es que se tire a morir por cualquier cosa.

Estuve a punto de decirle que Mella distaba mucho de ser una cosa cualquiera, pero cambié de idea y le pregunté qué tal el paseo con la Garnett. Su rostro se iluminó.

—¡Ya somos uña y mugre! —dijo—. Le conté mi admiración por la Duse y lo excitado que estaba porque, en un par de días, el sueño de verla en un escenario se convertiría en realidad. ¿Sabe que la inglesa le prestó cien mil liras el año pasado para que pudiera actuar en Londres? La Duse acaba de devolverle esa plata con las ganancias de la gira. El empresario anterior le pagaba dos mil quinientos dólares por función y éste, tres mil.

—¡Pero eso es un dineral!

—Ni tanto, si toma en cuenta que ella debe pagar los salarios y los gastos de la compañía: barcos, trenes, hoteles, comida...

La inglesa parecía muy interesada por conocer su álbum dedicado a la Duse y había insinuado que tal vez podría entrarlo al teatro para que presenciara algún ensayo.

—¿Y le comentó usted algo de la entrevista? —indagué.

—No quise pecar de precipitado —contestó—. Cada cosa a su tiempo. Si sospecha que mi amistad es interesada, podría disgustarse.

Le conté lo que el mulato me había informado acerca de sus gestiones con Fortune Gallo y me echó los brazos al cuello.

—Si Bartolomé logra llegar a ella con su horrendo soneto y le habla a nuestro favor, y lo mismo hace Vázquez Garralaga el día que, con los buenos oficios del embajador de Italia, le presente su drama, y a todo eso sumamos una ayuda de la inglesa, que es persona de su mayor confianza, es imposible que no se ablande —soñó.

En ese instante escuchamos unos golpecitos en la puerta. Regla, la camarera, entró hecha un manojo de nervios, trayendo unos papeles.

—Mandó a poner estos telegramas —susurró.

Wen le arrebató los pliegos y los leímos juntos. La *Signora* escribía con letra grande y ornamentada, de trazos enérgicos. Los mensajes, en francés, eran para personas de ciudades norteamericanas, excepto uno dirigido a su hija Enrichetta, en Londres. Ése anunciaba que estaba en La Habana, que el tiempo era tolerable y la ciudad, preciosa. Terminaba diciendo que el lugar le gustaba y que daría allí cuatro *soirées*.

—¿Cuatro fiestas? —pregunté, intrigado.

—Supongo que querrá decir funciones —repuso él y le devolvió las hojas a la mulata, quien abandonó la habitación como alma que lleva el diablo, sin despedirse siquiera. A continuación, tijeras en mano, se entregó a la tarea de revisar los periódicos arrumados encima de una silla, en busca de nuevos recortes para su colección. En el *Diario de la Marina* descubrió la lista de los abonados que ya habían recogido sus localidades y, como parte de ella, nuestros nombres.

A las ocho, después de excusarnos con Vázquez Garralaga por no acompañarlo al Payret debido a causas de fuerza mayor, estábamos en el Teatro Chino. Siguiendo las instrucciones de Fan Ya Ling, yo llevaba el clavel en la chaqueta. La obra que representaban esa noche se titulaba *Man Tan Pei Pin Koc Nag*, lo cual, según nos reveló el asiático que vendía las entradas, significa *El destino de una flor*. Antes de entrar, le pregunté cuánto duraba el espectáculo y me tranquilizó diciendo que no mucho. *E'coltico, coltico,* comentó.

En aquel local abarrotado de gente amarilla y con los ojos oblicuos éramos, por nuestras fisonomías y atuendos elegantes, dos bichos raros. Apestaba a fritanga y a ropa maloliente. Alrededor de nosotros, el público comía todo tipo de alimentos y nos sentimos como verdaderos moscos en leche. El telón estaba abierto y el escenario, sin aforo ni bambalinas, no tenía escenografía. Un golpe de gong que nos hizo brincar en los duros asientos indicó que la función empezaba.

La peor de las pesadillas sería un cuento de hadas comparada con lo que tuvimos que padecer. La escena se iluminó de forma precaria e hicieron su aparición dos hombres ataviados con vistosos trajes, quienes empezaron a hablar (en chino, como es lógico), a cantar, a hacer mímicas y a ejecutar, con sus cuerpos flexibles, todo tipo de acrobacias. La acción, al parecer, se desarrollaba en la antigüedad, pero nunca entendimos nada. Las escenas se sucedieron deshilvanadas; unas eran cortas, otras abrumadoramente largas, y siempre, al concluir, los intérpretes abandonaban la escena de modo majestuoso. En cada nueva aparición los actores sacaban un vestuario diferente, más lujoso que el anterior. Una especie de utilero con pantalón y camisa comunes y corrientes entraba y salía del escenario a su gusto, colocando en el piso los pocos objetos necesarios para la representación y llevándoselos si ya no hacían falta, sin que a los espectadores parecieran molestarles sus interrupciones.

–¿Qué hora es? –murmuró Wenceslao, y le enseñé el reloj, que marcaba las nueve–. ¡Enseñe el clavel, se lo suplico!

La llegada de unas actrices rompió la monotonía. Si los tipos andaban a saltos, igual que monos, las mujeres, en cambio, avanzaban por el escenario con muchos remilgos, con las piernas pegadas y arrastrando los pies. El maquillaje, exageradísimo, las hacía parecer muñecas y al separar los labios coloreados de bermellón, dejaban al descubierto numerosos dientes de oro.

Un dragón irrumpió en las tablas y un actor lo enfrentó con una espada, cantando. Y del canto, ¿qué decir? Lo primero sería preguntarse si esa enervante sucesión de chillidos, más parecidos a los de un gato en celo que a los de una criatura humana, podría catalogarse

ANTONIO ORLANDO RODRÍGUEZ

como tal. Ninguno de los artistas emitía la voz con la boca abierta, impostándola en el velo del paladar, sino que lo hacían de una manera absurda: con los labios cerrados y poniendo a vibrar las gargantas. Wen y yo los padecíamos, incrédulos y crispados, con ganas de taparnos los oídos. Por otra parte, el acompañamiento musical no ayudaba a mejorar las cosas. La orquesta estaba integrada por cuatro asiáticos que tocaban, infatigables, una flauta, una especie de banjo, un tambor y unos ruidosos platillos. Cada cual hacía sonar su instrumento cuando le venía en ganas, sin el menor asomo de orden o de armonía.

Los artistas daban giros y saltos, como remolinos de colores, y aullaban como demonios; el músico de los platillos entrechocaba los metales del modo más ruidoso de que era capaz; el tambor y el banjo se esmeraban por hacer su mejor contribución al caos, y el flautista, un verdadero sádico, emitía un pitido insoportable, agudo y penetrante, que se le metía a uno por las orejas, avanzaba, indetenible, hacia el cerebro y allí se hundía lo mismo que un barreno afilado.

A las diez de la noche ya no sabía cómo sentarme y comencé a tener serias sospechas de que el chino de El Crisantemo Dorado nos había tomado el pelo, pero no quise hacer partícipe a Wenceslao de mis temores. Casi a las once, incapaz de prestar atención a lo que ocurría en el escenario, empecé a temer que la obra se prolongara *ad infinitum*, sin concedernos la tregua de un intermedio. En cuanto a Wen, ignoro si estaba dormido o lo simulaba: tenía la cabeza caída sobre el pecho y, aunque saltaba cada vez que el chino de los platillos hacía de las suyas, mantenía los ojos cerrados con tozudez. Por insólito que parezca, la gente que nos rodeaba parecía disfrutar la obra: todos celebraban con risas o con exclamaciones de ira determinados parlamentos, aplaudían al concluir los bailes y continuaban triturando con sus infatigables mandíbulas dulces, frutas, frituras, maníes y tiras de apio y de zanahoria sacados del interior de unas bolsas de papel que parecían no tener fondo.

En el instante en que iba a despertar a Wencesleo para escaparnos de aquel infierno oriental, sentí que me golpeaban con un dedo en la espalda. Un chino cuya fisonomía no alcancé a distinguir me pidió que lo siguiera y se dirigió a la salida del local. Sacudí a Wenceslao y le anuncié que el momento había llegado. Sin hacer caso de las protestas de los hijos del Celeste Imperio que nos rodeaban, nos abrimos paso hacia el corredor y nos dirigimos a la calle.

En la puerta del teatro nos aguardaba un individuo gordo y bastó un vistazo para darnos cuenta de que no era un chino puro. La nariz achatada y el cabello crespo delataban un cruce de razas. Dijo llamarse José Chiang y, sin preámbulos, nos pidió cinco pesos por conducirnos hasta Misael Reyes. Estuve a punto de sacar la billetera y dárselos, pero algo hizo que me detuviera y le dijese que se los entregaría cuando estuviéramos en el lugar. Aquello, al parecer, le pareció gracioso, pues, con un ademán burlonamente cortés, señaló el camino. Los tres nos adentramos en el barrio chino, que a esas horas, sombrío y con escasos paseantes, nada tenía que ver con el lugar que habíamos recorrido en la mañana.

El fulano era parlanchín y enseguida nos sacó conversación. Cuando quiso saber si nos había gustado el espectáculo y Wenceslao, tratando de ser educado, le respondió que sí, en especial las actrices, que eran muy bonitas, José soltó una risotada y se llevó las manos a la barriga prominente para evitar que le saltara más de la cuenta.

—¡Pero si eran hombres disfrazados! —explicó, y no nos quedó otro remedio que reírnos con él.

Sin venir al caso, empezó a hablar de Fan Ya Ling. El viejo había llegado a Cuba en un barco para trabajar como *coolie* en los campos de caña. El contrato, por ocho años, estipulaba que le pagarían seis pesos mensuales, dinero que nunca vio; señalaba, también, que lo alimentarían con esmero, y casi se muere de hambre construyendo, junto con otros celestiales, un ingenio azucarero. Pero, así y todo, había logrado sobrevivir y prosperar.

—Ese primo es la candela —comentó Chiang—. Con él hay que andar al hilo, porque le mete a la brujería en la misma costura. ¡Y la brujería china es la peor! Hasta los negros le tienen miedo, porque, como se hace con humo, no hay quien pueda deshacerla.

Íbamos por el medio de la calle y nuestras pisadas resonaban en el asfalto de una manera sobrenatural.

—¿Falta mucho? —pregunté al guía, temeroso de que todo fuera una trampa para asaltarnos.

—Menos que al comienzo —bromeó el mestizo y, señalando un tugurio, nos indicó que, si algún día necesitábamos opio bengalí del

mejor o cannabis, allí podíamos conseguirlos. Claro que, si le avisá-
bamos antes, él podía ayudarnos a obtener los mejores precios–.
¿Ustedes saben la historia de Li Tie Kouai? –dijo de buenas a primeras
y, dando por sentado que no la sabíamos, empezó a narrar–: Li Tie
Kouai era un tipo que se aburrió del trago, de las buenas hembras y de
darse la gran vida y se fue a vivir solo a la punta de una loma. Con los
años, se hizo famoso por su sabiduría y un muchacho subió hasta allá
arriba para ser su discípulo y aprender sus enseñanzas. Una tarde, Li
Tie Kouai tuvo el pálpito de que su madre, a quien no había vuelto a
ver, estaba en las últimas, y decidió ir a visitarla, pero sólo con el espíritu. "Cuidarás de mi cuerpo hasta que yo vuelva dentro de siete
días", le ordenó al alumno. Su alma se separó del cuerpo, que quedó
tieso y frío debajo de una mata, y se fue a darle una vueltecita a la
vieja. Entonces pasó una semana y, como el maestro seguía patitieso
y helado, el socio creyó que estaba muerto, se desentendió de él y
salió echando de aquel lugar. Pero quién les dice a ustedes que, a la
novena noche, Li Tie Kouai regresó a buscar su cuerpo y no lo encontró por ninguna parte. Por fin, después de registrar como un loco la
loma entera, tropezó con un montón de tripas, pellejos y huesos.
¡Un tigre lo había devorado! ¡Imagínense! ¡Cogió un encabrona-
miento de tres pares y, la verdad, no era para menos! ¿Ustedes saben
lo que es para un alma quedarse sin cuerpo? ¡Del carajo! Sin saber
qué hacer, el espíritu se puso a buscar otro cuerpo donde aposentarse
y tuvo la suerte de conseguir el de un mendigo cojo que acababa de estirar la pata. Sin pensarlo dos veces, se le metió dentro y vivió una
larga vida.

Wenceslao y yo nos miramos con disimulo, tratando de encontrar
la moraleja del relato o de hallarle relación con nosotros.

–Es una bonita leyenda –comenté.

–¡Ninguna leyenda! –repuso José Chiang, poniéndose serio–. Es
algo que pasó hace un chorro de años: Fan Ya Ling me lo contó –y se
detuvo junto a la enorme puerta de madera de un edificio que hacía
esquina. La luz mortecina de un farol alargaba fantasmagóricamente
nuestras sombras–. Aquí es –anunció, señalando la entrada de la casona–. Ha sido un placer servirles, caballeros –y me tendió la mano
abierta, esperando su pago.

Le entregué el billete y con un ademán nos instó a golpear el portón. Mientras lo obedecía, dio media vuelta y, sin despedirse, se esfumó en la tiniebla. Aguardamos unos minutos sin obtener respuesta.

–Llame de nuevo –murmuró Wen, mirando en todas direcciones–. Este lugar no me hace gracia. Podrían matarnos.

–Cállese, que no hay palabra ociosa –exclamé, y toqué con fuerza. Al punto la puerta se entreabrió.

–Pasen –dijo una voz masculina.

Sentí que el corazón me daba un vuelco en el pecho y, empujado por Wenceslao, penetré de primero en la casa a oscuras. Él me siguió, sujetándose con una mano de mi cinturón.

–Por aquí. ¡Con cuidado! –advirtió la voz.

Escuchamos unos pasos y echamos a andar detrás de ellos por lo que parecía ser un pasillo.

–Alto.

Una bombilla se encendió y busqué la figura del hombre con la esperanza de reconocer a mi tío, pero me llevé un chasco. Se trataba de un joven oriental atractivo y, cosa poco frecuente entre los de su raza, bastante alto. Vestía una amplia camisa de seda blanca y pantalones oscuros.

–¿Quién es el sobrino del señor Reyes? –inquirió reposadamente, indicándonos que tomáramos asiento. Hablaba el castellano con corrección, aunque con un ligero acento que se me antojó inglés. La sala era una mezcla de muebles franceses antiguos y de estilo *art nouveau* con alfombras, gobelinos, espejos, biombos laqueados y vasos y jarrones de porcelana, combinados con exquisito gusto.

–Yo –respondí, sentándome junto a Wen en un sofá estilo imperio–. ¿Con quién tengo el gusto?

–Mi nombre es Mei Feng –dijo, mirándome a los ojos y buscando acomodo en un butaco–. Soy el secretario... o ayuda de cámara... de su tío. –Y luego de una pausa, con un dejo de melancólica ironía, añadió–: En realidad nunca lo he tenido muy claro.

Se hizo un incómodo silencio que Mei Feng rompió preguntándonos si deseábamos algo de beber. ¿Un *whisky*? ¿Algo más ligero; un *brandy*, acaso? Yo acepté el *brandy* y Wen quiso un par de líneas de Bacardí añejado. Mientras Mei Feng se dirigía al mueble-bar y servía las bebidas, pensé si sería conveniente preguntarle dónde estaba El Inesperado y cuándo podríamos, por fin, verle la cara. Empero, recordé el trastorno causado por la falta de paciencia del discípulo de Li Tien Kouai y opté por esperar una explicación que, tarde o temprano, tendría que sernos suministrada.

—Su tío es una especie de ermitaño —comentó el chino, con un atisbo de burla en la voz, manipulando con habilidad copas y botellas—. Una de las contadas personas a las que visita es al Conde Kostia, y eso, en honor a la verdad, ocurre de vez en vez. Él prefiere recibir a sus amistades aquí. Es una hermosa casa, ¿verdad? No me canso de admirar tantas cosas lindas y disfruto mucho cuando lo oigo hablar sobre ellas. Cada objeto tiene su historia y una razón importante para acompañarlo.

Nos ofreció las bebidas y regresó a su asiento.

—Sin embargo —exclamó—, lamento informarles que el señor Reyes no está.

—¡Pero si acaba de decir que nunca sale! —protestó Wen—. ¿Dónde se encuentra?

—Lo ignoro. Estoy tan extrañado como ustedes. Fui al cinematógrafo, a ver a Gloria Swanson en *Bajo el látigo*, y cuando volví, hace unas horas, me sorprendió que no estuviera en casa. Y más todavía que se hubiera marchado sin dejar ni un mensaje. Supongo que se le habrá presentado un imprevisto.

—¿Podemos esperarlo? —aventuré.

—¡Por supuesto! —aseveró Mei Feng—. Pueden esperarlo cuanto deseen. Quizás no tarde en volver.

Permanecimos en silencio un rato.

—Pero podría ocurrir que no regresara esta noche —advirtió, con tono neutro, clavando la mirada en la alfombra.

—Mi tío sabía que yo iba a venir, ¿verdad? —indagué.

El secretario asintió repetidas veces:

—¡Claro! Está muy emocionado y tiene una gran ilusión por verlo. Me contó que cuando vivía en Bogotá usted era su sobrino más pequeño y el preferido.

Wen preguntó por qué el Conde Kostia no le había dado nuestro número de teléfono para que nos llamara. El chino disimuló una sonrisa y prefirió no contestar. Enseguida prosiguió su interrumpida narración:

—El señor Misael me contó de las casas y de la gente de La Candelaria, del páramo y de los temblores de tierra. Confieso que me sorprendí: nunca me había hablado de esa época de su vida. En realidad, habla poco —Mei Feng bajó los ojos—, y menos aún del pasado.

Me armé de valor y lo acribillé a preguntas. Cada una obtuvo una respuesta instantánea:

—¿Por qué mi tío escribió a sus hermanos en un papel con membrete del hotel Perla de Cuba?

—Porque en esa temporada trabajaba en el hotel una persona de su confianza que podía hacerle llegar cualquier carta dirigida a él que se recibiera allí.

—¿Por qué, entonces, no contestó la que mi madre y mis tíos le enviaron?

—Porque la persona que trabajaba en el Perla de Cuba dejó de merecer su confianza y, posiblemente para vengarse, no se la entregó.

—¿A qué se dedica mi tío?

—Negocios.

—¿Cuánto tiempo hace que trabaja usted para él?

—Bastante.

—¿Por qué tanto sigilo? Ni en el consulado ni en la policía tienen sus señas. ¿De qué se oculta? ¿Por qué se esconde?

—Creo que eso debería contestárselo el señor Reyes.

Wen empezó a moverse por la pieza, observando de cerca los objetos de arte. Noté que Mei Feng lo espiaba con el rabillo del ojo, temeroso de que hiciera trizas alguno de los antiguos, y de seguro impagables, vasos chinos colocados encima de una mesita. Sin abandonar su lugar, le explicó que el verde era el color que predominaba en las porcelanas que los alfareros cocían en unos pequeños hornos llamados *kilu* durante el largo reinado del emperador Hang-Hsi, contemporáneo de Luis XIV. Los vasos decorados en rojo o rosa profundo y oro provenían, en cambio, del período en que Chen Lung regía el destino del Celeste Imperio. ¿No era curioso que, en culturas tan diferentes, los artistas escogieran el mismo colorido? También en París, durante los tiempos de Luis XV, había estado de moda el rosa Du Barry.

—Vea esto, Lucho —exclamó mi compañero, alejándose de los vasos, supongo que harto de los comentarios del sabihondo, y deteniéndose ante una repisa donde había un portarretratos. Acudí con presteza a su lado. El marco de oro repujado, muy sobrio, no contenía un retrato, como suponía. Detrás del vidrio estaba el manuscrito de un soneto. Al pie llevaba la firma de su autor, Julián del Casal; el año en que había sido escrito: 1893, y debajo de todo, con letra sinuosa, una dedicatoria: "Para Misael, el arcángel, justo a tiempo".

Eran unos versos de amor: los mismos que sostenía entre sus manos Casal la mañana en que María Cay tocó a la puerta de su cuarto, en la azotea de la calle Virtudes, y lo sorprendió en compañía del colombiano:

Ruego

Déjame reposar en tu regazo
el corazón, donde se encuentra impreso
el cálido perfume de tu beso
y la presión de tu primer abrazo.

Caí del mal en el potente lazo,
pero a tu lado en libertad regreso,
como retorna un día el cisne preso
al blando nido del natal ribazo.

Quiero en ti recobrar perdida calma
y rendirme en tus labios carmesíes
o al extasiarme en tus pupilas bellas,

sentir en las tinieblas de mi alma
como vago perfume de alhelíes,
como cercana irradiación de estrellas.

—Hermoso, ¿verdad? Está incluido en el libro *Bustos y rimas* —informó Mei Feng desde su sitio—. Apareció publicado sin la dedicatoria, claro está.

En cuanto regresamos al sofá, el secretario se puso de pie y se dirigió hacia una victrola. Puso una música de *blues*, con el volumen bajo, y dijo que ésa era la placa preferida del dueño de la casa. La escuchaba una y otra vez, sin cansarse. "No entiendo cómo no está rayada", comentó. El título de la melodía era *Down Hearted Blues* y la interpretaba una cantante nombrada Bessie Smith. El chinito volvió a acomodarse en el butaco y escuchamos en silencio, deleitándonos con la voz pastosa y sensual de la mujer y con los acordes del piano que la respaldaba. Al finalizar, permanecimos callados, sin intercambiar palabra, durante una media hora. Al cabo, pedí al joven papel y pluma. Me los trajo con presteza y le escribí una nota a mi tío. Puse mi nombre y apellido, el teléfono del hotel Inglaterra, el número de la habitación que ocupábamos y un lacónico mensaje: "Llame si desea verme". Después me puse de pie.

—Nos vamos —anuncié, entregando el mensaje al secretario—. Dígale a mi tío que si quiere reunirse conmigo, acá le digo dónde me puede encontrar.

Mei Feng movió la cabeza afirmativamente y, con el rostro imperturbable, nos condujo con una luz a la salida. Ya en la puerta, nos indicó el rumbo que debíamos seguir para llegar a una calle transitada, donde podríamos conseguir con facilidad un fiacre.

—Lamento que hicieran el viaje por gusto —murmuró antes de desaparecer detrás del portón.

Echamos a andar. La noche estaba miedosa, pero unos cuadras más allá pescamos un taxi. Sin consultarme, Wen ordenó al conductor que nos llevara a la esquina de Colón y Crespo. Durante un paseo, Emilito de la Cruz había señalado la casa donde funcionaba un burdel masculino. "De tipos para tipos", comentó, levantando las cejas: "Es un lugar fenomenal, pero me siento incapaz de describirlo: es algo que hay que conocer". Con su increíble sentido de la orientación, Wenceslao dio con el edificio, que tenía un bombillo rojo en una ventana delantera, y entramos en él pasada la una de la madrugada.

—Bienvenidos, caballeros —nos recibió un moreno alto y fornido, con cara de criminal, pero vestido como un *gentleman*.

Cuando salimos de aquel antro, a las ocho de la mañana, con la billetera vacía, exhaustos y con unas ojeras que daban grima, estábamos de acuerdo con De la Cruz en que se trataba de un sitio fuera de lo común: sórdido y lleno de tentaciones, concebido para materializar las más pervertidas fantasías. Huelga decir que, durante esa madrugada, el líder de los universitarios se borró de mi memoria.

El vestíbulo del Inglaterra estaba vacío, con excepción de dos hombres, uno muy alto y el otro de baja estatura, con trajes oscuros y sombreros de fieltro ambos. Al vernos llegar se pusieron de pie y se acercaron a nosotros con la mayor celeridad, justo en el momento en que el empleado de la recepción nos comunicaba que habían llamado de La Boston para decir que fuéramos a probarnos la ropa que nos estaban haciendo.

—Policía secreta —dijo uno de los desconocidos, mostrando una identificación—. Tienen que acompañarnos.

En mi vida hubo cinco hombres importantes. No son demasiados, tratándose de una vida tan larga. Pero la gente habla, la gente inventa y no tiene reparos en convertir una cosa en lo que no es. Si alguien diera crédito a los infundios que han corrido sobre mí, yo sería una devoradora de amantes. Una insaciable o algo por el estilo.

El primero se llamaba Marino Cafiero y era un periodista de renombre, de buena familia. Vestía bien, era refinado, sabía hablar. Era culto o al menos eso pensaba yo en aquel tiempo. En cualquier caso, me deslumbró. No tuvo que esforzarse para seducirme. Yo era joven, sin otra experiencia que los papeles de enamorada que interpretaba, y nunca había tenido al lado a un hombre tan galante, perfumado y generoso.

Sucumbí a sus atenciones con una facilidad asombrosa. Era la primera vez que me cortejaban. ¡No podía dar crédito a mi suerte! Yo, la sin gracia, la siempre replegada Eleonora, era solicitada, al fin, por alguien. Y no era cualquiera quien me reclamaba, sino Cafiero, el conquistador de actrices, el hombre de mundo. ¿Cómo no darme, toda y agradecida, a él? Luego me he preguntado si la rapidez de mi entrega, si la prontitud con que claudiqué, no obedeció a un motivo de índole práctica. ¿Intuiría, tal vez, que sólo existía un modo de representar de manera verosímil a una mujer apasionada: experimentando la pasión? "Ah, ¿esto es el amor?", pensé cuando me estrechó entre sus brazos. "¿Este es el sentimiento que exalta a las heroínas, que las hace padecer, consumirse como cirios, atentar contra su virtud, traicionar a los maridos e incluso perder la razón?". Lo amé, sí, fugaz y desaforadamente, casi al borde del paroxismo. Empeñada, como cualquier muchacha romántica, en elevar a la categoría de pasión sublime lo que para él no era más que una aventura vulgar. Incluso lo seguí queriendo, con un dolor punzante y continuo, cuando la compañía de Rossi se trasladó a Turín y, para mi sorpresa, mi amado no hizo el menor intento de retenerme.

Cuando volvimos a encontrarnos, al cabo de unas semanas, y le anuncié sin preámbulos que estaba encinta, palideció del susto, pero tuvo cuidado de no mencionar la palabra matrimonio. Se brindó, eso sí, para correr con los gastos del parto. "No hace falta", le contesté, tratando de parecer digna, y me fui de prisa para que no viera mi llanto. Tuve aquel niño, y Dios me lo arrebató.

Un año después me casé, en Florencia, con Tebaldo Checchi, un actor de la compañía de Rossi. Nada sobresaliente como artista, pero magnífica persona. En aquel momento lo que necesitaba era sentirme protegida, y él no sólo me ofreció seguridad, sino que me convenció de que tenía las cualidades necesarias para llegar lejos. No me arrepiento de lo que hice, pero no me volvería a casar ni por todo el oro del mundo. Para una mujer sensata, el matrimonio es como tirarse al río en pleno invierno: una cosa que no se hace dos veces.

A mi marido, que esté en la gloria, no lo incluyo en la lista de mis amores. Jamás lo amé. Sentí por él, a lo sumo, un cariño resignado. Pagó mis deudas, me compró vestidos, me cuidó cuando estuve enferma y me libró de preocupaciones. Si un perro se extravía y tiene la suerte de encontrar un nuevo amo que le ofrece casa y comida, está en la obligación de demostrar su agradecimiento. Lo mismo me ocurrió a mí. Mientras duró, fui una buena esposa. Incluso tuve el impulso sincero de abandonar el teatro, de renunciar a todo, al nacer Enrichetta; pero un contrato para viajar a Montevideo me hizo desistir de la idea. "No puedes huir y dejar a Rossi sin primera actriz", me aconsejó el propio Tebaldo, y nos embarcamos hacia Suramérica. Mi primera salida al extranjero.

Puesto que la travesía era extensa (veintiséis días interminables), aprovechamos para ensayar a bordo. Y entonces, como si no estuviera aburrida de tenerlo a mi lado, la luz se hizo ante mí y caí en cuenta, deslumbrada como por una revelación divina, de lo hermoso, lo cautivante y apetecible que era Flavio Andó.

Fue el tercero. El tercer hombre de mi vida. ¡Qué porte, qué boca, qué bigotes! ¡Qué ojos los suyos, siempre soñolientos, pero capaces de derretirte con una mirada como si fueras de mantequilla! No me atrevo a afirmar que fuera amor. Creo que más bien fue una colisión, un arrebato. Una pasión borrascosa, temeraria, adúltera, de la que la compañía estuvo al tanto enseguida y Tebaldo no tardó en enterarse. Mi marido, ¡qué alivio!, tomó la decisión de quedarse en Buenos Aires al finalizar la tournée. Me dejó libre. Nunca nos separamos legalmente, ante la justicia continuamos siendo marido y mujer hasta el día de su muerte. Al poco tiempo de volver a Italia, Andó ya me tenía harta. ¡Era tan atractivo como bruto! Pero ¡como suspiraban las mujeres cuando aquel pavo real me tomaba en sus brazos, en el escenario, y me besaba rabiosamente!

Luego apareció Boito y caí rendida ante su dignidad, su renombre, su sabiduría. Era omnímodo. Lo amé con voracidad, con desesperación, aunque nunca fue del todo mío. Era mayor que yo, tenía su círculo de amigos aristócratas, cadenas que lo ataban a un pasado sentimental al que no podía renunciar, una existencia propia de la que yo estaba excluida. Aun así, la parte suya que me perteneció fue suficiente para ennoblecerme, para hacerme sentir, por primera vez, digna, incorrupta, orgullosa, bella. A su lado entendí lo que significa perseguir un ideal estético. Le consultaba todo. Nos escribíamos mucho y cada vez que era posible pasábamos varios días juntos. A veces soñaba con el futuro e imaginaba una casita en el campo, con tres ventanas; por una asomaba Boito su hermosa cabeza, por la segunda me veía a mí y en la última estaba la niña. Enrichetta también lo quiso. La trataba con delicadeza, la aconsejaba como un padre y me ayudó a mantenerla alejada de la fatal herencia del teatro.

¡Pobre Arrigo! ¡Reverenciaba a Verdi! Nunca le confesé, por piedad, que mi preferido era Wagner. No entendió, jamás, el teatro de Ibsen, a quien llamaba, con desdén, "el farmacéutico". Decía que sus obras eran toscas y sin poesía. Cuando estrené Casa de muñecas en el Filodrammatici de Milán, casi me retiró la palabra. Tuvo un gran disgusto. Con los años, encuentros y correspondencia se fueron espaciando y lentamente dejó de ser un hombre para volverse, ante mis ojos, un espíritu superior, un objeto de veneración. El Santo.

Y, para finalizar, apareció D'Annunzio. El último amor y el más devastador.

Cinco hombres. Sólo cinco. Afortunadamente.

7

Tardé un poco en darme cuenta, pero finalmente entendí que aquella sustancia que embarraba las paredes y con la que estuve a punto de mancharme la ropa (granulenta y viscosa como un *pâté*, de color entre grisáceo y rosa) era el cerebro apachurrado de Mei Feng. "Nunca volveré a comer sesos", me juré e hice un esfuerzo sobrehumano para no trasbocar.

La sala de la casa de mi tío parecía otra: alfombras, cuadros, muebles y cojines se hallaban fuera de lugar, como si con posterioridad a nuestra partida un tornado hubiera hecho de las suyas allí. Por puro milagro, dos jarrones caídos al suelo permanecían incólumes. El tapizado del sofá estilo imperio, en cambio, estaba vuelto nada por las copiosas manchas de sangre.

El cuerpo del secretario o ayuda de cámara de El Inesperado se encontraba tendido en el piso, junto a un biombo, y en torno suyo se extendía un charco rojo a medio coagular. La sábana que lo cubría no era lo bastante grande y sus piernas quedaban a la vista de las rodillas para abajo. Pompilio Ramos levantó el cobertor y nos instó a mirarlo.

–¿Lo reconocen? –dijo.

Aunque el momento no era el más indicado para melindres de carácter lingüístico, resultaba evidente que el verbo empleado por el subinspector de la Policía Secreta para formular su pregunta no era el adecuado. ¿Podría alguien *reconocer* al joven asiático de facciones regulares, piel tersa y cabellos abundantes y endrinos, en los restos de aquel cráneo? La palabra apropiada podría ser, tal vez, *adivinar*. ¿Adivinan quién es? Sí, señor Ramos, con un poco de esfuerzo adivinábamos que esa cabeza, destrozada por un brutal disparo en la sien, era la de Mei Feng; que esa sangre espesa y oscura, esos sesos, las astillas de huesos y las partículas de epidermis regadas por el piso, las paredes y el mobiliario, le pertenecían. Era el primer muerto desfigurado que veía en mi vida y la experiencia me pareció espeluznante. Pese a su rigidez, los ojos y la boca del cadáver revelaban una divertida expresión de sorpresa, de quien no cree que pueda ser verdad lo que ha ocurrido.

—¿Lo reconocen? —insistió el subinspector.

Wenceslao respondió que sí. No pude aguantar una arqueada y tuve que echar a correr, seguido por uno de los detectives, hacia un baño. Metí la cabeza dentro del sanitario y vomité tanto que estuve a punto de dejar allí las entrañas. Después me dirigí al lavabo, me enjuagué la boca y me eché agua abundante en el rostro. Aquiles de la Osa me tendió una toalla con expresión inescrutable.

—¿No creerán que lo matamos nosotros? —le pregunté mientras me secaba.

—En esta profesión, uno cree sólo en los hechos —repuso—. Y lo cierto es que el occiso tenía en un bolsillo de la camisa un papel con las señas de usted.

Cuando volvimos al salón, al desgraciado Mei Feng lo sacaban en una camilla, rumbo a la morgue, y un médico forense les comunicaba al subinspector, a Ignacio Falero y a un pálido y desencajado Wenceslao Hoyos que a su juicio el crimen había sido cometido entre las cuatro y las cinco de la madrugada.

—Lo que me extraña es que ningún vecino diera parte a la policía —murmuró el forense.

—¡Bah! —ripostó Pompilio Ramos—. Un disparo más o un disparo menos en la madrugada, ¿quién se preocuparía por esa insignificancia en el barrio chino?

Wenceslao se dejó caer en un extremo del sofá, sin importarle la cercanía de la sangre. Una anciana, negra y carniseca, salió de las habitaciones interiores, muy asustada, conducida por un policía que la sujetaba por uno de sus brazos delgadísimos. Se llamaba Atanasia y era ella quien había descubierto el cuerpo destutanado del chino al acudir a la casa temprano en la mañana para ocuparse, como de costumbre, de la limpieza y de la cocina.

—Otra pregunta, señora, y podrá irse tranquila —prometió el subinspector—. ¿Recuerda a estos caballeros? —y nos señaló.

La vieja nos clavó sus ojos de lechuza y juró por la Virgen de la Caridad del Cobre que no nos conocía.

–Bien –dijo Ramos, dirigiéndose a sus detectives–. Creo que es hora de volver a casita –y, mirándonos a nosotros dos, agregó–: Supongo que después de presenciar este aleccionador espectáculo los amigos colombianos tendrán mucho que contarnos.

En otro cuartucho de la jefatura, si es posible más lóbrego que el anterior, Wenceslao y yo fuimos sometidos a un nuevo y minucioso interrogatorio. Esa vez un mecanógrafo copió, a velocidad inverosímil, nuestras declaraciones. Deseosos de retornar cuanto antes al hotel, contamos todo lo relacionado con Misael Reyes, tratando de no omitir ningún detalle por irrelevante que pareciera: el encargo de mis parientes de dar con su paradero, la providencial ayuda de la señora Cay, la llamada del Conde Kostia, las idas a El Crisantemo Dorado y al Teatro Chino, la visita a la casa de mi tío y el encuentro con el finado Mein Feng. Para concluir, insistimos con ardor en que éramos inocentes. Pero, si bien los detectives empezaron a tutearnos e incluso Ignacio Falero nos brindó de sus cigarrillos, no era necesario ser demasiado inteligente para percatarse de que la ausencia de una coartada continuaba siendo el problema que nos impedía escapar de aquella telaraña. Wen y yo continuábamos sin mencionar el prostíbulo masculino, temerosos de las consecuencias que, de darse a la publicidad, ello pudiera acarrearnos.

Pompilio Ramos reapareció con la noticia de que el inspector Donato Cubas nos reclamaba en su despacho. Los dos detectives lo miraron con extrañeza y el subinspector, encogiéndose de hombros, puso cara de no entender lo que ocurría. La oficina a la que nos condujeron era más decente, daba a la calle y a través de sus ventanas vimos que ya no llovía y que un sol pusilánime intentaba asomarse por entre los nubarrones. Allí estaban, además del tal Cubas, quien vestía mejor y parecía ser más refinado que sus secuaces, otros dos individuos: el cónsul de Colombia en La Habana y la criatura que, preocupada por nuestra desaparición y tras realizar numerosas indagaciones, primero entre los empleados del Inglaterra y después en la sede de la Secreta, había pedido ayuda al diplomático: Emilito de la Cruz. Al verlo, me dieron ganas de darle un abrazo y llegué a la conclusión de que era tan feo como bueno.

El cónsul abogó con efusividad por nosotros, dando al inspector su palabra de honor de que éramos caballeros de buena cuna. Dejó constancia, así mismo, de que el viernes último habíamos procurado su ayuda para encontrar a don Misael Reyes. Que hubiésemos visitado el lugar del crimen unas horas antes de que éste se perpetuara era sólo una casualidad. "Una terrible coincidencia", insistió. Por demás, en el hipotético caso de que tuviésemos motivos para ultimar al chino, ¿íbamos a ser tan idiotas de dejarle encima una nota de mi puño y letra, con todas mis señas? Dos personas sensatas y cultas no actuarían jamás de modo tan obtuso.

Donato Cubas asintió con gravedad dándole la razón, pero de inmediato sacó a relucir el lío de la coartada. ¿Dónde estábamos mientras tenían lugar los hechos de sangre? ¿Quién podía dar fe de que, en efecto, nos hallábamos distantes del escenario del crimen?

—Los caballeros aseguran que pasaron la noche de lupanar en lupanar, lo cual es comprensible, por ser ellos jóvenes y por tener La Habana un ejército de pecadoras dispuestas a hacer gozar a quienes solicitan sus servicios —dijo el inspector de la Secreta—. Si lograran recordar la ubicación de alguna de las casas que visitaron y pudiéramos verificar la veracidad de sus palabras...

Una dirección y el nombre de al menos un testigo era cuanto se requería para zanjar el asunto. Al parecer, era preciso confesar la verdad.

—Creo que los señores Belalcázar y Hoyos se sentirán más cómodos si hablan a solas con el inspector —manifestó De la Cruz y, sin aguardar el asentimiento del cónsul, lo arrastró fuera del despacho.

—¿Y bien? —suspiró Cubas entonces—. ¿Cuál es el lío? ¿Dónde pasaron la noche?

Tragué en seco antes de contestar:

—En una casa de la calle Colón.

El inspector hizo un gesto de impaciencia: ese dato servía de poco, pues en Colón proliferan los prostíbulos. ¡Si recordáramos las entrecalles!

—La esquina de Colón y Crespo —tartamudeé y, con ganas de poner término a la incómoda situación, le proporcioné todas las pistas que fui capaz—: Es una casa antigua, de tres plantas, con un aldabón en forma de garra en la puerta, que tiene enfrente un bar de mala muerte llamado El Complaciente.

—¡Mal rayo me parta! —exclamó Cubas, mirándonos de hito en hito—. ¡Esa es una cueva de sodomitas! ¿Están seguros de que fue allí donde estuvieron? —Al ver que asentíamos, el hombre resopló y llamó con un grito al detective De la Osa, quien apareció con rapidez—. Aquiles, llégate a la casa de Azuquita y averigua desde qué hora estuvo este par por allá. —Luego, volviéndose hacia nosotros, pidió nombres de alguna gente del burdel con la que nos hubiéramos relacionado.

Mencionamos al Sopa, al Llorón, a Yuca Tiesa y a otros individuos. El detective Aquiles, que tomaba nota en un minúsculo cuaderno, nos dio a entender con un gesto que con eso era más que suficiente. Nos permitieron pasar a un cuarto donde podríamos esperar los resultados de la diligencia en compañía del cónsul de Colombia y de Emilito y, veinticinco minutos después, estábamos despidiéndonos de los agentes.

—Espero que si su tío trata de comunicarse con usted, no nos lo oculte —me recomendó el inspector—. Como podrá suponer, su desaparición lo convierte en el principal sospechoso.

Salí de la jefatura de la Secreta dando tumbos: a los malos ratos padecidos se sumaba la posibilidad de ser sobrino de un criminal. Tomamos un taxi en compañía de Emilio y del cónsul y, por el camino, el primero nos puso al tanto de algunos detalles sobre el asesinato del celestial que había logrado sonsacarles a los agentes de guardia. Por extraño que pareciera, en la casa no faltaban objetos de valor, así que el robo quedaba descartado como móvil del crimen. Algo significativo era que Atanasia, la criada, quien juraba no tener idea de dónde podía estar metido su patrón, insistía en llamarlo don Ismael y no Misael.

—La negra habló de un hombre, al parecer francés, que durante las últimas semanas visitaba la casa a diario. No sabe cómo se llama, pues el finado era quien lo recibía en la puerta y lo llevaba hasta el despacho del señor Reyes. Ella sólo lo veía de refilón, mientras se ocupaba del aseo.

Una tarde en que se atrevió a preguntar al chino cuál era el motivo de las frecuentes y prolongadas visitas de aquel personaje, Mei Feng la miró atravesado y le contestó: "Negocios".

Emilito, Wenceslao y yo nos bajamos en la esquina de Prado y San Rafael. A manera de despedida, el doctor García Benítez nos recomendó que fuéramos prudentes con nuestros paseos nocturnos y luego se alejó en el fiacre. Entramos a la carrera en el ascensor del Inglaterra y, ya en la habitación, le narramos al mico los intríngulis de la aventura.

—Mi consejo es que se olviden del famoso tío —recomendó, sin darle muchas vueltas al asunto—. Tú me perdonarás, Lucho, pero está claro que el tipo anda en algo raro y te puedes meter en un berenjenal sin comerla ni beberla.

Y añadió algo que no había querido decir delante del diplomático: según Atanasia, el visitante con el que el dueño de la casa se encerraba en su estudio no le caía nada bien al chinito asesinado. Quizás fuera un crimen pasional.

Wen, acostado en la cama y con los pies colocados encima de mí para que les diera un masaje, empezó a especular. ¿Por qué tanto misterio alrededor de El Inesperado? ¿Por qué ni la Secreta ni el Consulado tenían información sobre él? ¿Estaría fuera de la ley y por eso su empeño en vivir en la sombra, escondido de todos? ¿Sería mi tío un profesional del crimen o un estafador? ¿Un ladrón de bancos? ¿Se dedicaría al contrabando? Pero ¿contrabandista de qué? ¿De licor? No parecía probable. ¿De estupefacientes, entonces? ¿De armas? Yo me acordé de las revueltas frustradas de las que nos hablara Mella y me dije que alguien tendría que suministrar armas y municiones a los sediciosos. De la Cruz aventuró que tal vez contrabandeara chinos.

—¿Chinos? —repetí, empujando a un lado los pies de mi amante—. ¿Qué quiere decir con eso?

Emilito explicó que, desde varios años atrás, el gobierno cubano tenía prohibida la entrada de inmigrantes del Celeste Imperio. De repente, caí en cuenta de que, al declarar ante Aquiles de la Osa e Ignacio Falero, ni Wen ni yo habíamos mencionado a José Chiang, el gordo que nos condujo a la casa de mi tío. Aludimos a él en términos muy vagos ("un tipo grueso", "un individuo que parecía mestizo de chino y negro"), sin precisar su nombre. ¿Sería conveniente buscar a los detectives para proporcionarles el dato, o era mejor dejar las cosas así, sin revolver el avispero? Haciendo un esfuerzo, retomé el hilo de las palabras del mico. Pese a la proscripción, afirmaba, el número de chinos no cesaba de crecer en la capital y en los pueblos del interior. Se hablaba de barcos que llegaban clandestinamente y dejaban en las costas de La Habana cargamentos de celestiales. Buena parte de esos inmigrantes eran "importados" por traficantes a los que debían entregar cada mes una parte de sus jornales. Aquello me sonaba a novela por entregas, así que les hice saber a Sherlock Holmes y al doctor Watson que, a mi juicio, debía existir otra explicación más sencilla para el caso. Quizás mi tío no tuviera nada que ver con la muerte de Mei Feng y estuviera fuera de la ciudad por asuntos de trabajo.

—¡Ah, hijuemíchica! —estalló Wen, perdiendo la paciencia—. No me venga con babosadas. Si su tío estuviera limpio, daría la cara y no andaría metido quién sabe dónde. Además, ¿no se le hace sospechoso que el asesino se llevara precisamente lo que se llevó?

Le pregunté a qué se refería y me miró incrédulo.

—Al portarretratos, hijo mío —dijo—. El del poema. ¿No se dio cuenta de que no estaba en su sitio?

No, no me había percatado, y al parecer Atanasia tampoco. ¿Sería esa sustracción un elemento importante para resolver el caso? Estaba harto: todo era demasiado enrevesado y confuso para mí. Suspiré hondo y, al ver que De la Cruz y Wen continuaban divagando, les pedí clemencia y me dirigí al baño. Zapatero, a tus zapatos. Que Donato Cubas y sus muchachos se ocuparan de atrapar al asesino, fuera éste quien fuere. Nosotros mejor pasábamos la página y olvidábamos el episodio. Mientras tomaba una ducha, los escuché conversar por teléfono con Vázquez Garralaga y ponerse de acuerdo para reunirnos en la presentación del libro de Graziella Gerbelasa.

—Conmigo no cuenten —les advertí cuando regresé envuelto en mi salto de cama—. Me quedaré descansando, que falta me hace.

Mi observación les entró por un oído y les salió por el otro.

—Lo que tú tienes es media vara de hambre —exclamó De la Cruz—. Con la barriga llena, verás las cosas de otro color —y dando dos enérgicas palmadas, empujó a Wenceslao hacia el baño–: ¡Vamos, quítate tú también la peste a grajo, y se me ponen bonitos, que los voy a llevar a almorzar a un sitio fascinante!

El lugar en cuestión fue el renombrado y modernísimo hotel Almendares, y algo de razón tenía Emilio, pues después de zamparme unos patacones y una langosta a la termidor, acompañados con unas copas de buen vino, y de unos cascos de guayaba con queso a guisa de colofón, acogí con entusiasmo la idea de atravesar media Habana para llegar al Casino Español, donde a las seis de la tarde tendría lugar la velada para festejar la nueva obra de la Gerbelasa.

El salón escogido para el acto era de una pompa aplastante. Tenía soberbias columnas y pisos y paredes de mármol, y estaba adornado con numerosas cestas con arreglos de dalias blancas, *sweet peas* y espigas de nardo.

–Que me maten si las flores no son de El Clavel –susurró Emilito, extasiado.

El mico nos indicó los nombres de varios de los escritores reunidos allí. Estaban Fernando Ortiz, presidente de la Sociedad Económica de Amigos del País; José María Chacón y Calvo, director de la Sociedad de Conferencias y fundador de la Sociedad de Folklore Cubano; Miguel de Carrión, el autor de las escandalosas novelas *Las honradas* y *Las impuras*, que debíamos leer lo antes posible, y José Manuel Carbonell, el poeta de moda gracias al éxito de *Penachos*. Enrique Uhthoff, periodista y creador del libreto de la opereta *Niña Lupe*, que estrenaría en breve Esperanza Iris, había acudido a la velada acompañado por la *divette* y se paseaba con ella por el recinto, inflado de orgullo, saludando a sus amistades y exhortándolas a acudir al estreno.

Entre los intelectuales jóvenes, nuestro ángel de la guarda destacó a Jorge Mañach, José Antonio Fernández de Castro, Alejo Carpentier y Rubén Martínez Villena, quien fue catalogado por Wen, sin la menor vacilación, como el más atractivo del grupo: tan pálido y con esos preciosos ojos verdes. A mí, que tenía a Mella metido en la cabeza, no me dio ni frío ni calor. De la Cruz aseguró que desde la función en homenaje a la compañía rusa de Duvan Turzoff, durante la cual varios de los escritores presentes hicieron uso de la palabra, no se reunían tantas lumbreras bajo un mismo techo. "Si se derrumba el edificio, se acaba la literatura nacional", añadió el muy burlón. Igualmente pululaban señoras y señoritas de la mejor sociedad, luciendo sus vestidos de seda, sus joyas, sus permanentes y, aprovechando que el día estaba invernal, sus abrigos de pieles.

Nos desplazamos entre los grupúsculos de convidados y comprobamos que, en la mayoría de los casos, sus conversaciones poco tenían que ver con las artes. Unos se referían al entierro simbólico de Lenin (pues, en últimas, los que abogaban por momificarlo se habían salido con la suya y estaban levantando a las carreras un mausoleo, al lado de los muros de la fortaleza del Kremlin, para conservarlo allí) y al homenaje que le rindieron los ferroviarios rusos al parar todos los trenes del país a la misma hora durante cinco minutos. Otros comentaban el inminente arribo a la Isla de *Mistress* Carrie Chapman Catt, fundadora y presidenta durante veinte años del Congreso Internacional por el Sufragio Femenino, y el alboroto que sin duda su visita provocaría entre las asociaciones nacionales de damas. Varias personas congregadas en torno a Fernando Ortiz intercambiaban opiniones sobre la posible anexión de la Isla de Pinos a los Estados Unidos y de la fuerza que, para lograrlo, estaba haciendo la colonia bostoniana radicada allí.

Claro que no faltaban los que preferían temas menos trascendentes, como, por ejemplo, el león Sansón del circo Santos y Artigas, convertido en el personaje del día al escaparse de su jaula, allá en Santiago de Cuba. Las señoras cotilleaban acerca del baile de las Mil y Una Noches de Mina López-Salmón de Buffin y de los espléndidos disfraces, guardados en el mayor de los secretos, con que acudirían la marquesa de Villalta, Catalina Lasa de Pedro y Chichita Grau del Valle, así como de la sensualidad que derrochaban Adelaide y Hughes, integrantes de una pareja de bailes apaches que se presentaba cada noche en el Casino Nacional, superiores, desde cualquier punto de vista, a Leonor y Maurice, el dúo que danzaba en el hotel Almendares.

Por su parte, Martínez Villena se refería al próximo enfrentamiento que sostendrían Alacranes y Leones, los más populares equipos de *base-ball*, en el Almendares Park. Wenceslao, acercándose al joven, se presentó con mucha educación y le hizo saber que, si bien en Colombia el deporte del que hablaba con tanto entusiasmo era desconocido, él sentía un vivo deseo de adentrarse en sus secretos. Acto seguido, el de los ojos claros se dio a la tarea de instruirlo y comenzó a exponer el abecé de "la pelota". Mi amante lo escuchó embelesado, mirándolo fijamente y asintiendo, pero estoy seguro de que no entendió nada de aquellos *pitchers*, *strikes* y *home runs*. Para él, *carreras* siguieron siendo únicamente las calles de Bogotá paralelas a los cerros, y *novenas*, las que se hacen en diciembre para festejar la llegada del Niño Dios.

Por más que agucé el oído, no escuché comentarios sobre el debut de la Duse, programado para veinticuatro horas después, ni tampoco, por fortuna, sobre el horrible asesinato perpetrado en el barrio chino.

Alguien me dio un golpecito en el hombro con un abanico y, al volverme, me vi ante la opulenta Esperanza Iris. Al contrario de lo que yo creía, me recordaba perfectamente y me recriminó, con zalamería azteca, por no haber acudido la noche anterior a su presentación en el Payret. Inventé una excusa y le prometí que la vería sin falta en *Niña Lupe*. "¡Ay de usted si no cumple su palabra!", me amenazó la *divette*. Por suerte Wen, aburrido de la lección de *base-ball*, me rescató de sus garras.

La Gerbelasa revoloteaba de un lado para otro, como una libélula o un hada, estrenando un vestido de seda bengalina de color rosa pálido y exultante de felicidad. Se acercó a nosotros un instante, nos agradeció que hubiésemos desafiado la lluvia para acudir a su velada y luego saltó en dirección a otros invitados. "La noto más desarrolladita desde la última vez que la vi", murmuró Emilio y, como lo miramos sin entender a qué se refería, explicó: "El busto. Lo tiene más... notorio. Apostaría a que está tomando las píldoras circasianas del doctor Brum que venden en la droguería Sarrá. Dicen que hacen milagros". Asentimos, procurando contener la risa, y en ese momento Wenceslao divisó a Vázquez Garralaga, quien conversaba con su madre y otras damas en una esquina del local. Lo saludamos con entusiasmo, pero para sorpresa nuestra, fingió que no nos veía.

—¿Qué mosca lo habrá picado? —inquirió De la Cruz.

Al ver que los presentes se dirigían a las sillas colocadas frente a la mesa presidencial, nos apresuramos a sentarnos. La tertulia empezaba.

El primero en dirigirse a la audiencia fue precisamente Olavito, quien, tras evocar el nacimiento de José Martí y de citar unos versos que hablaban de rosas blancas y de cardos comidos por orugas o algo por el estilo, se deshizo en elogios para la gentil escritora que esa tarde daba a conocer sus memorias de niñez. El panegírico concluyó aseverando que *El relicario* marcaba un antes y un después en las bellas letras de la Isla. A continuación habló el crítico Rafael U. González y, tras declarar con la mayor seriedad que la prosa del nuevo libro de la Gerbelasa semejaba, al leerse, un arroyuelo manso y apacible que se deslizara por el lomo de un valle sin declives, entre florecillas silvestres y bajo la inmensa pupila azul del cielo, auguró muchos y ruidosos triunfos a su creadora. Por último, correspondió el turno a la homenajeada. Ésta advirtió que, ofuscada por tan inmerecidas alabanzas y sin saber qué decir para no defraudar al selecto auditorio, prefería leer un fragmento de la introducción de su *Relicario*. Hizo una pausa para permitir que los asistentes la premiaran con un aplauso y empezó la lectura:

—Puesto que mi alma disfruta el lirismo vano de creerme muerta en vida, quise hacer una obnubilada oblación a mis lectores. Tomándolos por gusanos de la tumba que es la tierra, les entrego el cadáver aromatizado de la infancia mía, guardado en un relicario tipográfico. Tengan la certeza de que, si no los tonifica, tampoco los indigestará. Devórenlo deleitosamente.

A medida que la muchacha leía, yo sentía un ahogo y un malestar crecientes. Un sinnúmero de sentimientos desagradables se amalgamaron en mi interior. ¿Cómo era posible que los miembros del público permanecieran impávidos mientras la novel autora nos trataba de gusanos? Al escuchar la invitación a engullir el cadáver de su infancia, acudió a mi mente la imagen de la cabeza hecha pedazos de Mei Feng, y tuve que pestañear repetidas veces para ahuyentarla.

—Patética —sentenció Wenceslao cuando, concluidos los discursos, los presentes abandonaron sus asientos, bien para felicitar a los oradores o para abalanzarse sobre las bandejas repletas de copas de licor que portaban varios meseros—. Ni aunque me pagaran leería yo ese libro.

Minutos más tarde, al observar que Olavito y su mamá sorteaban los grupos de invitados intentando retirarse, les salimos al paso antes de que abandonaran el salón.

—¡Amigo mío! —exclamó Wen, acercándose a él con los brazos dispuestos para un cordial abrazo, pero quedó paralizado cuando el poeta, fulminándolo con una mirada, le dijo:

—Guárdese sus efusiones, señor Hoyos.

—¿Qué pasa, viejo? —terció De la Cruz—. ¡Coño, no empieces con tus majomías!

—No trates de salvar a tus compinches —replicó Olavito, irguiendo el mentón—. Sé de buena tinta que en la *soirée* de los Montes de la Oca, mientras recitaba *Madame Butterfly*, ambos salieron corriendo a la terraza para burlarse de mí —y mirándonos con ira, nos conminó—: ¡A que no se atreven a negarlo! Alguien los vio, un testigo escuchó sus risas y tuvo la decencia de contármelo todo, de pe a pa, para que supiera la clase de calaña con la que estaba relacionándome.

Y arrastrando por el brazo a la madre, que asentía compungida, abandonó el recinto. Antes de desaparecer escaleras abajo, se volvió y, con una expresión de refinado sadismo, profirió la más terrible de las amenazas:

—¡En cuanto a la Duse, ni sueñen que voy a interceder por ustedes, sino todo lo contrario! ¡Le diré que los dos son lo peor de lo peor: retama de guayacol en pomo chato!

Wenceslao me contempló iracundo.

—Fue Graziella —declaró, sin la menor duda—. Sólo ella estaba en la terraza esa noche.

—¿Está seguro?

—Tan seguro que la voy a poner en su sitio ahora mismo —afirmó y, sin darme tiempo a retenerlo, salió en busca de la chismosa, que conversaba a unos pasos de distancia, ajena al embrollo y derrochando encanto, con Federico Uhthoff y la emperatriz de la opereta. Interrumpiendo con la mayor impertinencia el diálogo que sostenían, Wenceslao se paró delante de la muchacha y la contempló cara a cara, con el ceño fruncido, durante unos segundos que parecieron eternos. Al cabo dio media vuelta y, sin decir ni pío, se reunió con nosotros.

La Gerbelasa, para asombro de sus interlocutores, le siguió los pasos.

–¿Qué ocurre? –inquirió, con voz dolida, al darle alcance–. ¿Por qué se comporta así conmigo?

–¿Y todavía lo pregunta? –intervine, empujando a Wenceslao hacia atrás para evitar un escándalo–. Usted nos ha enemistado, gratuita y pérfidamente, con Vázquez Garralaga.

–¿Yo? –las lágrimas afluyeron a los ojos de la joven–. Están equivocados...

–Olavo nos dijo lo que usted le dijo, señorita, y lo que dijo que le dijo nunca debió ser dicho –saltó Wen, y De la Cruz no aguantó la carcajada al oír semejante galimatías–. Y con relación a su relicario, entérese de una vez: ¡apesta!

Echamos a andar los tres rumbo a la salida. La Gerbelasa, sin darse por vencida, me retuvo sujetándome por un brazo.

–Lo hice por despecho –explicó–. Yo quería ser amiga de ustedes, pero Vázquez Garralaga, como siempre, me los arrebató y se robó el *show*.

Convencido de que desvariaba, intenté soltarme.

–¡Entienda que fue por usted! –exclamó, impaciente, y mirándome a los ojos con una desfachatez impensable en una damita bogotana, añadió–. ¿Cree en el amor a primera vista, señor Belalcázar?

–No —mentí y, deseándole una buena noche, corrí hacia la puerta en tanto la escritora golpeaba el mármol del piso, furiosa, con uno de sus tacones y rompía a llorar.

Esa noche revisamos los periódicos vespertinos para ver qué decían sobre el asesinato. Pero la noticia principal de la crónica roja era la captura de Aurelio Rodríguez Fontes, alias Negrótico, un conocido expendedor de droga, varias veces condenado y llevado a prisión, al que la policía había logrado echar el guante después de seguirle el rastro durante casi un año. Los reporteros narraban que en el momento de la captura, en una casa de la calle Picota, Negrótico llevaba consigo una caja de tabacos llena de papelillos de morfina. Tres vecinas que se encontraban comprándole mercancía (cinco pesos el papelillo de un gramo) habían sido detenidas también. Las notas sobre el asesinato de la calle Campanario eran, en cambio, muy escuetas y en ninguna figuraba el nombre de mi tío. Se limitaban a describir el estado del cuerpo de Mei Feng, a descartar el robo como móvil y a garantizar que los detectives de la Secreta trabajaban para dar con el asesino. Al referirse al escenario del crimen, uno de los periódicos hablaba de "la residencia de un hombre de negocios cuyo paradero se desconoce".

Ya en la cama, tuvimos una discusión por culpa de Julio Antonio Mella y de Eleonora Duse. Olvidando la cita que teníamos a la mañana siguiente con el dirigente de los universitarios, Wenceslao había invitado a Katherine Garnett a visitar los jardines de La Tropical y a almorzar luego en el *roof garden* del Sevilla-Biltmore.

Cuando le dije que aquello me parecía un golpe bajo indigno de él, replicó que el *affaire* con el comunista era una causa perdida: un capricho mío, que estaba empeñado en parrandeármelo a pesar de que las posibilidades de que el tipo se dejara poner un dedo encima eran mínimas, por no decir nulas. En cambio, del plan con la inglesa cabía esperar mucho. Una palabra suya, en el instante y el lugar oportunos, podía ser la llave mágica que nos abriera la puerta de los aposentos de la Duse. Puesto que Vázquez Garralaga obstaculizaría su acceso a la *Signora* (¡y vaya si lo creía capaz de cumplir su amenaza después de la felonía de Graziellita!), no podía dormirse en los laureles. No le quedaba otra alternativa que cortejar, del modo más fino y esmerado, a aquella *Miss* que tanto podía interceder a su favor.

Como lo conozco y sé lo empeñado que es, procuré lograr un arreglo conveniente para ambos. Podíamos ir a la playa con Mella y volver al hotel temprano, de manera que él tuviera tiempo de almorzar con la Garnett. Sin embargo, la propuesta no le satisfizo y se negó a sacrificar la ida a los jardines, aduciendo que ese entorno bucólico, abundante en flores y árboles, podía ser no sólo beneficioso, sino incluso decisivo, para su plan.

—Váyase usted con la Belleza, si quiere, y nos reunimos acá por la tarde, para ir a La Boston —sugirió.

—¿Y qué le digo si empieza a hablarme de huelgas y de revoluciones? —protesté, disgustado, quitándome la ropa.

—Invente, mi cielo, que para algo usted es Baal y escribe en las revistas. Exprímase el cacumen igual que hice yo —repuso con sarcasmo, desentendiéndose del problema, y me dieron ganas de estrangularlo.

—Parece mentira que sea tan voluble.

—Y usted tan crédulo... por no decir idiota.

—¡Sólo piensa en lo suyo y lo demás puede irse al diablo! —vociferé—. ¡Cinco años juntos y de repente descubro que no lo conozco! ¿Cómo puede ser tan egoísta?

Aseguró que acusarlo de egoísmo era una injusticia, ya que si lográbamos la *interview*, el principal beneficiado con ello sería yo.

—¡Manipulador! A mí me da lo mismo entrevistar a la vieja que no entrevistarla. ¿No le da pena ponerle espías y leer sus telegramas?

—¿Y usted? Babeándose por un chiquillo. ¡Epicúreo!

—¡Hala!, no me diga que se volvió casto.

—Si tener claro lo que uno quiere y no desviarse de su objetivo es un defecto, créame que lo siento —consideró, sin perder la parsimonia, y aquello me enfureció más aún. Así que, para zaherirlo, chillé que prefería cien veces babearme por un trigueño espectacular, aunque inaccesible, que perseguir a una italiana neurótica, mal vestida y desgreñada.

Me miró helado y, con una grosería de la que nunca lo hubiera creído capaz, replicó soltando un pedo largo y estruendoso.

—¡Usted acaba de desenmascararse, Wenceslao Hoyos! —bramé, fuera de mis cabales—. ¡Se le salió el cobre! ¡Ésa y no otra es su verdadera naturaleza! —y, presa de la cólera, le di la espalda.

Cada uno durmió en un borde de la cama.

De Gabriele preferiría no hablar. Aun así lo haré, supongo. Siempre termino hablando de él, quiéralo o no.

Cuando lo conocí, ya era dueño de una doble fama: de poeta y de conquistador. Su aspecto no era para quitarle el sueño a ninguna: baja estatura, muy pálido, pelo fino y escaso, ojos saltones y descoloridos, casi sin cejas ni pestañas... ¿Por qué entonces sus innumerables amoríos? ¿Cómo se las ingeniaba para ejercer una fascinación tan avasalladora entre las mujeres? No puedo hablar en nombre de todas, naturalmente. En lo que a mí respecta, me sedujeron su verbo y su talento. La mujer más desdeñosa se conquista diciéndole al oído las frases adecuadas, y Gabriele sabía elegirlas muy bien.

Todo comenzó cuando coincidimos en Venecia e hicimos un pacto: él escribiría grandes obras y yo las representaría. Fundaríamos un teatro al aire libre, a orillas del lago Albano, entre los olivos y las higueras, una especie de templo para revelar la belleza a las multitudes. Yo tenía treinta y nueve años y me había hecho a la idea de que no volvería a amar. Quizás por eso perdí el juicio. Dejé de ser quien era y me transformé en su sombra, le permití hacer de mí lo que quiso, lo convertí en algo más que un amante: en un hijo o en una especie de semidiós. Le encantaba que lo llamara figlio mio, que lo bañara por las mañanas y lo acunara en mi regazo. Ronroneaba lo mismo que un gato. Sólo era cinco años menor que yo, pero, al percatarme del placer que le producía, procuraba sacar a relucir a menudo aquella diferencia de edad.

Matilde Serao, que podía ser de una franqueza chocante (y, por lo general, lo era), trató de convencerme de que debía poner fin a esa relación. Aunque ella y Scarfoglio, su marido, eran amigos de Gabriele, me habló horrores de él. Lo tildó de libertino y de inmoral. Dijo que era un egoísta, incapaz de amar a alguien que no fuera él mismo, que me utilizaría para acrecentar su prestigio y luego me echaría a un lado, que no fuera estúpida y mirara lo que había hecho a las otras. Admitía que era un escritor brillante, pero no me concebía a su lado. Decía que estaba ciega, que me comportaba como una colegiala, como una idiota.

Cuando entendió que las advertencias eran inútiles, que me había entregado en cuerpo y alma a una pasión irracional, me pidió que al menos no inmiscuyera a D'Annunzio en mi carrera. Me repitió una y otra vez que sus dramas eran malos y acartonados, puro bla bla bla y nada de acción, y que debía desistir de representarlos. "¡Una cosa es la alcoba y otra el teatro, Nennella!", sentenció. Yo le ripostaba que no eran malos, sino diferentes, y que, en el arte, lo que trata de romper con la tradición halla obstáculos para imponerse; pero ella no entendía mis razones. "Si lo que quieres es darle dinero, sigue con tu viejo repertorio", decía, secamente. "Mejor una Odette o una Mujer de Claudio que hacer el ridículo. Es un lujo que a estas alturas no puedes permitirte".

Fue inútil. Representé sus obras, pese a la indiferencia del público y a las saetas envenenadas de los críticos. La gloria fue un desastre que ni los nombres de Zacconi y Duse, juntos por primera vez, lograron salvar, y de Francesca de Rímini, que estuvo a punto de dejarme en la ruina, mejor no hablemos. La Gioconda logré imponerla por la fuerza tras un estreno fallido. Pero ¿cómo se le ocurrió a Gabriele escribir para mí el papel de una mujer que pierde los brazos cuando le cae encima una estatua esculpida por su marido? ¡Él, que pregonaba la hermosura de mis manos!

¿Estaba yo convencida de que aquél era el teatro del porvenir, como afirmaba, desafiante, cada vez que se presentaba una oportunidad? El futuro que pregonaba entonces ya llegó y los dramas de D'Annunzio aún siguen sin tener muchos adeptos. ¿Fue un espejismo? ¿El amor me impedía ver lo que para los demás estaba tan claro? En cualquier caso, no soy de las que se rinden fácilmente, y La città morta continúa en mi repertorio, como un desafío. Ahí sigue, a pesar de todo.

¿O será un ardid inconsciente para avivar la curiosidad del público?

A Gabriele no supe amarlo sin sufrimiento, sin dolor, sin llanto. Quizás él esperaba otra cosa, más dulce y apacible, de mí. Sin embargo, hay algo de cruel en todo amor. ¿Por qué iba a ser el mío la excepción? La armonía de mi alma, precaria siempre, la perdía en cuanto me alejaba de su lado. El mundo entero, y con él yo, se volvía turbio si no estaba junto a Gabriele. Pero ¿qué podía hacer? Era necesario emprender aquellas giras tortuosas para ganar dinero, no quedaba otro remedio que separarme de su lado y entonces tenía que hacer magia, verdadera magia, para que tanta angustia y tanta tristeza, y tanto rencor, se convirtieran en arte.

Algunos piensan que escribió Il fuoco a mis espaldas, que su publicación fue un golpe despiadado, una traición. No es así. Yo conocía el argumento de la novela y lo alenté mientras la escribía, convencida de su talento, de que estaba gestando una obra de arte, sin importarme que narrara los amores de una actriz vieja y ajada (yo, era obvio) y de un hombre joven, vigoroso y bello (él, un "él" muy idealizado, pero él). Claro que tuve una conmoción cuando el libro apareció. ¿A quién le gusta que su nombre esté en boca de todos? Me convertí en un objeto de burla o de lástima, según. Lo permití sin un reproche. Estaba enamorada. Enamorada del hombre al que una vez enviaron un telegrama dirigido "Al mayor poeta de Italia" y lo devolvió sin abrirlo, convencido de que él era el mayor poeta del mundo.

Al poco tiempo me abandonó. Antes, me dio la estocada final, el golpe de gracia. No fue una sorpresa. Yo tenía antecedentes de lo cruel que podía ser. ¿Acaso no permitió a Sarah estrenar La città morta, cuando, según afirmaba, había creado esa obra para mí? Durante los ensayos de La figlia di Iorio enfermé y Gabriele insistió en que era imposible posponer el estreno. Propuso que Irma Gramatica me sustituyera en el papel de Mila y yo, dolida y altiva, acepté. Acepté, convencida de que sería un escarmiento para él, de que *La figlia di Iorio* fracasaría y Gabriele lamentaría su decisión. Pero tuvo la suerte de que ésa, precisamente ésa, la que yo no interpreté, fuera su única obra de éxito. ¿Suerte? La palabra suerte es una invención nuestra. Es el nombre que se nos ocurrió darle a una ley que no conocemos. No lo digo yo, lo afirma el *Kybalión*.

Después supe que tenía una nueva amante, una dama hermosa y distinguida. Y joven, claro. Sufrí mucho, más de lo que pensaba que sería capaz de resistir. Me humillé. "No me quites la esperanza de serte necesaria", le rogué. Le hice saber que, si me amaba, estaba dispuesta a esperar que aquella aventura llegara a su fin. Escribí una carta idiota, emborronada por las lágrimas, a la mujer, preguntándole si se sentía capaz de amarlo como yo. Finalmente huí, escapé de aquel infierno y, mal que bien, conseguí resignarme. Una criatura más sensata habría retirado los dramas de D'Annunzio de su repertorio, no los habría vuelto a representar. Yo los mantuve y seguí enviándole su dinero. Por tozuda, creo. Por no dar mi brazo a torcer.

Hace dos años nos encontramos en Milán. Él había ido para dar un discurso y le pedí que nos viésemos en el hotel Cavour, para hablar de la posible reposición de *La città morta*. Quería su autorización para hacer unos cortes. El Comandante, así le dicen desde la guerra, accedió. Estaba asustada de verlo otra vez, de que me viera después de veinte años de separación. ¿Reconocería a su Ghisola en esta anciana? Simuló, por galantería, no percatarse de mis arrugas, de mi pelo blanco. Él también estaba viejo, calvo y seco, pero igual de arrogante y seguro de sí.

Me anunció que hablaría con Mussolini para que el estado me concediera una pensión: alguien como yo lo merecía después de haberle dado tanta gloria a Italia. Le contesté que Mussolini tenía mucho trabajo tratando de hacer la paz en el país para ponerse a molestarlo con bobadas. Existían otras personas más necesitadas a las que sí debía socorrer. "A una artista no, ¡nunca!", le dije, "Una artista debe trabajar, todavía puedo trabajar". Hizo una mueca, no muy convencido. "¡Cuánto me amaste!", exclamó luego, en el instante en que nos separamos. Yo bajé los ojos y asentí, con expresión grave, aunque por dentro me reía a carcajadas. Gabriele, comandante de los arcángeles, nunca cambiarás. ¡Te haces demasiadas ilusiones! Si en verdad te hubiera amado así, como crees, habría muerto cuando me abandonaste. Y, en cambio, pude seguir.

8

Tuve la impresión de que Agustín Miraflores, alias Tijeras, me tocaba más de lo necesario al comprobar cómo me sentaban los trajes encargados en La Boston.

—A este pantalón hay que entrarle un poco —dijo, sosteniendo unos alfileres entre los dientes, y aprovechó para darme una palmada en las posaderas.

Como también la ropa de Wenceslao necesitaba modificaciones de poca importancia, le preguntamos si podríamos disponer de algunas de aquellas prendas para usarlas esa noche, en el debut de Eleonora Duse.

El negro miró los cuatro trajes, pensativo, y luego, escogiendo dos de ellos, aseguró que, por tratarse de nosotros, en un par de horas los tendríamos en el hotel, planchados y listos para estrenar. Los restantes estarían para el día siguiente. Le dimos las gracias con efusividad, salimos del establecimiento y comenzamos a deambular en silencio por las calles vecinas. Desde la discusión de la noche anterior apenas habíamos hablado. Yo bajé a desayunar solo, muy temprano, y lo dejé en la cama, con una almohada encima de la cabeza, haciéndose el dormido. No volví a subir a la habitación para despedirme y me fui con Mella cuando, según lo convenido, pasó por mí.

Sentía unos enormes deseos de contarle a Wen los acontecimientos del día y sospecho que otro tanto le pasaba a él, pero, puesto que ninguno de los dos quería ceder, nos empeñamos tontamente en mostrarnos ofendidos y prolongar los efectos de la pelea. Así pues, vagabundeamos con las bocas cerradas por La Habana antigua, metiendo las narices en cuanto establecimiento de categoría nos salió al paso:

la paragüería Galatea, la joyería Palais Royal, la tienda de efectos de *sport* Champion, la juguetería El Bosque de Bolonia, la casa de sombreros de *Madame* Sovillard y dos librerías que no nos parecieron gran cosa comparadas con La Moderna Poesía: la Wilson y la Morlón.

–¿Cómo le fue con su inglesa? –pregunté al fin, procurando matizar mis palabras con un marcado desinterés.

–Fatal –declaró y, después de una pausa, me contó que durante la visita a los jardines de la fábrica de cerveza, *Miss* Garnett había intentado besarlo detrás de unas palmeras. Al notar que, en lugar de entusiasmarse, el caballero retrocedía con visible desconcierto y, por qué no decirlo por las claras, desagrado, la dama enrojeció hasta las raíces de los cabellos, sus ojos se llenaron de lágrimas, y exclamó con enojo: *"I don't understand anything! I swear, I don't understand anything!"*. El incidente estropeó el paseo y, aunque Wenceslao se esforzó para restarle trascendencia, la corriente de empatía que hasta entonces fluía entre ambos quedó trunca. De nada valieron sus exhortaciones a recorrer las arboledas, atravesar los pintorescos puentecillos japoneses, contemplar los rosales en flor o sentarse a conversar bajo las pérgolas. Katherine no lograba esconder su incomodidad y se empeñó en que regresaran de inmediato al hotel, aduciendo que el polen le hacía daño. Por el camino, no cesaba de murmurar para sí: *"That's absurd!"*.

–No le cuento lo que me costó convencerla de que almorzáramos juntos, según lo previsto. Echó mano a un sinfín de excusas y creo que si finalmente me acompañó al Sevilla-Biltmore, fue por el sentido del deber tan acusado que tienen los de su linaje. Sin embargo, apenas probó bocado y aprovechó cuanta oportunidad se presentó para hacerme entender que estaba ofendidísima por mi comportamiento. O, para ser exacto, por mi ausencia de comportamiento. ¡Le juro que la muy taimada casi logró que me sintiera culpable! En cuanto retiraron los postres, exigió que retornáramos al Inglaterra sin tardanza, argumentando que la *Signora* se alteraba cada vez que debutaba en una nueva plaza y quizás podía necesitar de su presencia.

–Pero ¿llegó a decirle algo del proyecto de entrevistar a la Duse?

–Se lo insinué –reveló–, pero me escuchó impávida, sin comprometerse a nada. Sólo comentó, con retintín, que mi deseo era ambicioso en exceso.

Al ver su expresión de abatimiento, solté una risita cruel.

—Y usted, ¿se divirtió? —averiguó él, con un suspiro.

—Más de lo que esperaba —aseguré y, hurtando la mirada, añadí—: ¡No sabe de lo que se perdió!

A continuación pasé a describir, con lujo de pormenores, una visita a las playas de Marianao en la que Mella y yo retozábamos en el agua cristalina y nadábamos mar afuera, nos frotábamos luego mutuamente las espaldas con las toallas y terminábamos de secarnos tendidos al sol canicular, conversando, al principio, de temas relacionados con la política y, más tarde, de otros muchos. Cuando Wen quiso saber, suspicaz, de cuáles, me limité a responder con un ambiguo: "De la vida". Le conté también que, a la hora de marcharnos, el revolucionario no había vacilado en entrar en la misma caseta que yo y despojarse del vestido de baño delante de mí, dejando al descubierto sus encantos. "Que son unos cuantos", insinué. Esperé y, al ver que no llegaba ninguna de las preguntas que, en otras circunstancias, me habrían sido formuladas después de una afirmación de esa naturaleza, decidí añadir pimienta a la historia: "Lo que se dice pasar, no pasó nada, pero... o mucho me equivoco o el chico está en el borde del precipicio y solamente espera a que le den un empujoncito piadoso para tirarse de cabeza", recalqué. Sin poder contenerse, Wen inquirió con desdén qué me hacía pensar así. "Todo", risposté al punto. "Pero en especial la forma picaresca y maliciosa en que me mira y sonríe, como si entre nosotros existiera una complicidad secreta", especifiqué.

—Pues lo felicito —dijo, y quiso saber cuándo volveríamos a vernos.

—Mañana, creo —respondí y en el acto agregué, magnánimo, pero sin convicción—: Si quiere, puede sumarse.

—No, gracias —repuso—. Tengo bastantes cosas de las que ocuparme y, además, usted sabe que a mí el chiquillo nunca me llamó la atención.

"Ah, Judas, Dios te va a castigar", pensé y me di a la tarea de destrozar esa coraza de falsa indiferencia. Lo primero que hice fue enfrascarme en una prolija descripción del cuerpo del universitario, alabándolo con cuantos adjetivos me vinieron a la mente. Ofrecí abundantes detalles sobre el contraste entre sus hombros anchos y fornidos y lo reducido de la cintura; sobre el color aceitunado y el tamaño perfecto de las tetillas que coronaban sus pectorales; sobre el vientre plano y duro, semejante a una de las tablas para picar verduras que tiene Toña en la cocina, adornado por un caminito de vellos que empezaba encima del ombligo y se perdía dentro de los calzones y, por último, sobre las pantorillas torneadas y musculosas, dignas de la estatua de un dios esculpida por Praxiteles.

Como el muy tozudo seguía sin poner de manifiesto el menor interés, continué la prosopografía de Mella, aderezándola con detalles más reveladores. Comenté que el joven era dueño de un trasero digno de caer postrado delante de él y de darle las gracias al Señor por haberse esmerado tanto al crearlo. Tocante al instrumento delantero, le garanticé que aquello no era ni un pífano ni un *piccolo* ni un flautín, ni siquiera una *flûte d'amour*, sino una auténtica flauta travesera, cilíndrica y con embocadura de oro, de tres octavas de extensión, a la que no faltaba ningún aditamento. De haber tenido a su alcance una flauta como la que portaba el universitario, Bach, Handel y Lully no hubieran dudado en emplearla más a menudo en sus composiciones, y Federico el Grande, el monarca prusiano tan aficionado a los encantos del instrumento, le habría exigido a Johann Joachim Quantz que lo tocara en su presencia día y noche, para refocilarse con el derroche de belleza. No exageraba ni un ápice, no: bastaba echar un vistazo al prodigioso tubo para que a cualquiera le entraran ganas de emular con el músico de Hamelin, llevárselo a la boca y hacerlo sonar sin dilación.

Pese a la viveza de mi relato, Wen siguió impertérrito. Como había ocurrido en anteriores paseos por la ciudad, el azar nos condujo de nuevo frente a la Noble Habana. Esa tarde, por alguna desconocida razón, los delfines de la India no se divertían soltando los habituales chorros de agua. La fuente estaba seca.

—Quizás van a limpiarla —comentó Wenceslao, saliendo de su mutismo.

—Es probable —concedí.

Nos sentamos en un banco, a la sombra de un higuerón, y nos pusimos a contemplar a los transeúntes que pasaban delante de nosotros. Desfilaron lustrabotas, vendedores de lotería y de tamales, policías a pie y a caballo, curas, beatas, empleados de oficinas, dependientes, criadas, hampones y mendigos. Una gitana maloliente se acercó, con el pelo suelto y una sarta de cascabeles en el ruedo de la falda, dispuesta a decirnos la buenaventura, pero la ahuyenté con una mirada aviesa.

El calor era sofocante. ¡Valiente "invierno"! Por suerte, ya eran cerca de las cinco y tal vez por la noche refrescase un poco.

—Los trajes de Tijeras tienen un corte magnífico —opiné, para romper el silencio.

—Perfecto —ratificó él, en voz baja.

—Usted se ve chusquísimo con el que le van a alistar para esta noche —lo piropeé, sintiéndome, de repente, melancólico y desvalido—. Tendré que pagarle un guardaespaldas para que no me lo rapten.

Me regaló una sonrisa.

—Me muero por darle un beso —agregué.

—¿Cómo así?

—Que le quiero dar un pico, vida mía.

—¿Y qué espera, desjuiciado? —me retó—. Démelo ya.

Me adelanté, fingiendo que iba a besarlo en público, y al instante se echó hacia atrás, largando una risotada. La gitana, que merodeaba a varios pasos de distancia, nos miró con intriga; pareció considerar la posibilidad de acercarse otra vez, pero, pensándolo mejor, siguió su camino. Respiré hondo: el conjuro (pues de un maleficio, y no de otra cosa, debía tratarse) que una bruja sin entrañas o algún hechicero envidioso lanzara para indisponernos y levantar un seto espinoso entre nosotros estaba hecho añicos.

—Todo era mentira —confesé.

Respondió que lo sabía.

—Fuimos a la playa —le conté—, pero el imbécil ni siquiera llevó traje de baño. Tuve que meterme solo en el agua y conformarme con mirar como me saludaba desde la arena. Luego quiso que le expusiera la situación de los trabajadores de las bananeras y no se me ocurrió qué decirle. Entonces empezó a despotricar del imperialismo, a contarme la conferencia "El fracaso del sistema político" que debía impartir a los trabajadores matriculados en la Universidad Popular y, lo que es todavía peor, a hablar de Oliva y de lo enamorado que está de esa vieja. Después, me arrastró hasta un tranvía e insistió en que lo acompañara al local de un sindicato, en el fin del mundo, para visitar a un tal Alfredo López: un tipógrafo insoportable y medio anarquista, con cara de estreñido. Llevábamos media hora allí, rodeados de banderas rojas y de efigies de Lenin, cuando apareció Baliño, un viejo chocho que tiene que pedirle permiso a un pie para mover el otro, también comunista, y a quien Mella me presentó con reverencia diciendo que había sido uno de los exiliados que suscribió el acta de constitución del Partido Revolucionario Cubano creado por Martí en Cayo Hueso. No sé cómo ni por qué, puede que durante la visita pestañeara en exceso o hiciera algún ademán no muy viril que digamos, pero estoy casi seguro de que los dos tipos se dieron cuenta de que yo era del gremio. Empezaron a mirarme con suspicacia, a hacerme preguntas capciosas acerca del grupo de bolcheviques bogotanos de la tintorería de Silvestre Savitski, y a hablar pestes de la burguesía que prosigue su vida de disipación y vicios, indiferente a los sufrimientos del pueblo. Harto de aquel par de mentecatos, le comenté a Julio Antonio que tenía cosas urgentes que hacer y salí huyendo de esa madriguera de bolcheviques. ¡Fue una mañana espantosa!

—Vamos al hotel —me propuso—. Me debe algo y quiero cobrárselo con intereses.

Llegamos al Inglaterra en el momento en que Eleonora Duse atravesaba el vestíbulo y pudimos contemplarla a nuestro gusto, pues en esa ocasión no llevaba velo. Me impresionó el color de su piel: más que blanca, la actriz parecía de cera, transparente. Su rostro ojeroso ya no conservaba la tersura que lucía en los una y otra vez contemplados retratos de antaño del álbum de Wenceslao. No obstante, de no ser por el rechazo de la dama a cualquier tipo de cosméticos, bien podría haberse quitado unos cuantos años de encima. Con dar un poco de color a sus labios y a sus mejillas y teñir, como es costumbre entre muchas mujeres de su edad, el pelo cano y ondulado, habría sido suficiente. Por lo demás, su figura, aunque delgada, era armoniosa, y esa tarde, a diferencia del día de su arribo en el *Tivives*, caminaba erguida, con la ligereza y la flexibilidad propias de una joven. El vestido que llevaba también era negro y, en honor a la verdad, le sentaba pésimo: largo por delante y corto por detrás. Un auténtico adefesio. A sus lados iban el *manager* de la compañía, Guido Carreras, y la infaltable Katherine Garnett, quien clavó la vista en sus zapatos para ahorrarse el disgusto de tener que saludar a Wenceslao. Detrás marchaban María y Désirée, y advertí que la última nos observaba a hurtadillas, con curiosidad. Cuando la *Signora* cruzó junto a nosotros, Wen inclinó el torso en señal de cortesía. La trágica, mirándolo al vuelo, le dedicó una breve sonrisa.

Nos detuvimos a ver cómo la comitiva salía al andén, atravesaba la calle San Rafael y se dirigía a la entrada posterior del Teatro Nacional, la misma que habíamos utilizado nosotros para llegar al despacho de Pedrito Varela y comprar el abono. Ninguna de las personas que transitaban por la vía se detuvo para contemplar a la actriz. Si por casualidad estaban enteradas de la visita de la gran Duse, no se les ocurrió pensar que pudiera tratarse de esa señora medio desaliñada y de aspecto circunspecto. ¡Qué diferencia con lo sucedido treinta años atrás, en San Petersburgo, la tarde que sus admiradores tapizaron con pétalos de rosa el camino que conducía de su hotel al teatro en el que iba a presentarse! ¡O en Viena, donde, por esa época, hasta los cocheros la aplaudían entusiastas, desde sus pescantes, al verla caminar por la ciudad! Cuando la italiana y sus acompañantes doblaron por la esquina de Consulado y desaparecieron, Wenceslao comentó:

—En vista de que el plan A fracasó, se impone apelar al B.

Dando por sentado que el denominado plan A era lograr la ayuda de *Miss* Katherine Garnett, me interesé por conocer en qué consistía el otro. "La secretaria austríaca y la doncella italiana", cuchicheó: "Confites para ambas". Y, muy convencido, comentó que si bien mucha gente subvaloraba el secreto poder de tales servidores, él no pensaba incurrir en ese error. La secretaria, por ejemplo, era clave. Acompañaba a la Duse desde antes de la guerra, compartiendo los años de gloria y de penuria de la actriz. Un comentario de su parte, una frase deslizada en el instante adecuado, podían garantizarnos el triunfo.

Mi amante corrió a la Manzana de Gómez a escoger personalmente los confites, y yo me dirigí a nuestra habitación. Tiré en un rincón los zapatos, deshice el nudo de mi corbata y de repente descubrí un sobre colocado encima del lecho. No tenía nada escrito fuera y lo abrí con intriga. Lo que encontré en su interior hizo que la sangre se agolpara en mis sienes y que cayera sentado en el colchón. En esa postura, abatido e inerme, me encontró Wenceslao cuando volvió un cuarto de hora más tarde, después de enviar un ramo de rosas al camerino de la Duse y de dar instrucciones a Regla para que entregara, de manera discreta, sendas cajas de bombones a la secretaria y la doncella.

–¿Qué le ocurre? –exclamó, asustado, y me arrebató el sobre que sostenía aún entre las manos. Extrajo el pliego amarillento que había adentro, le echó un vistazo y lo dejó caer al piso, como si su contacto quemara–. ¿De dónde diablos sacó eso, Lucho Belalcázar? –me recriminó.

Encogiéndome de hombros, me levanté, recogí el manuscrito de Casal que habíamos visto antes, enmarcado en un portarretratos, en la casa de mi tío, y lo guardé en su cubierta. Al enterarse de que lo había hallado encima de la cama, Wenceslao tomó el teléfono y pidió una explicación a los empleados de la recepción, pero éstos le aseguraron que no habían dado órdenes de que nos subieran ninguna correspondencia. No satisfecho con esa respuesta, hizo que Regla acudiera sin tardanza a la habitación y la sometió a un severo interrogatorio. La mulata juró y volvió a jurar que nada sabía del enigma.

–Con mi llave no entraron. A lo mejor usaron la de la gerencia –aventuró.

En tanto el enfurecido Wenceslao llamaba a la gerencia, decidido a esclarecer el misterio, me metí en el baño y, cosa rara, encontré el espejo de encima del lavamanos lleno de vapor, como si alguien hubiera dejado correr mucha agua hirviente.

De pie frente al cristal, observé, con creciente asombro, cómo sobre la superficie empañada del espejo iban apareciendo, trazadas con soltura y elegancia por un dedo índice invisible, una sarta de letras. Era un mensaje y no cabía la menor duda de que iba dirigido a mí. Francamente aterrado, aullé para reclamar la presencia de Wenceslao, pero en el instante en que éste irrumpió en el baño, el vapor desapareció y, con él, las cuatro palabras leídas un segundo antes: "Su tío necesita verlo".

–¿Qué pasa? –inquirió Wen, exasperado por mi grito.

–Nada –repuse *sotto voce*, avergonzado–. Creo que mejor no siga haciendo averiguaciones. Dejemos las cosas así, no quiero líos con la policía.

Me miró con suspicacia.

–De acuerdo –dijo y, retornando junto a la camarera, le ordenó que olvidara el asunto del sobre.

Al rato avisaron que un mensajero de La Boston traía un paquete para nosotros. Eran los trajes, envueltos en papel de seda, planchados con maestría y acompañados por una nota manuscrita de Tijeras: "Que los disfruten".

Cuando Wenceslao anunció que iba a tomar un baño, consulté mi reloj. Eran las seis y media de la tarde y calculé que restregarse el cuerpo con abundante espuma, lavarse el cabello y afeitarse le tomaría, mínimo, media hora. En cuanto escuché el sonido del agua cayendo de la regadera, le avisé que iba a estirar un poco las piernas y salí a toda velocidad rumbo al barrio chino.

Al llegar a la calle Águila y detenerme, sin aliento, frente al inmueble marcado con el número 187, quedé de una pieza. La vitrina atestada de chinerías y la puerta musical de El Crisantemo Dorado no estaban ahí. Habían desaparecido. En el espacio que antes ocupaba la tienda, se levantaba ahora una fonda oscura y venida a menos. Sorprendido (no sólo por el percance en sí, sino por el hecho de que la suplantación no me extrañara demasiado), entré en el restaurantucho y me acerqué a un cuarteto de asiáticos que jugaba dominó alrededor de una mesa. Tenía la esperanza de que alguno de ellos fuera el dueño del establecimiento que había visitado dos días atrás, pero ninguno era tan longevo.

—Buenas tardes —exclamé y, sin muchos circunloquios, averigüé si conocían un local llamado El Crisantemo Dorado. Dijeron que no, sin prestarme mucha atención, y movieron con estrépito las fichas del dominó sobre la superficie de la madera. Antes de que volvieran a ensimismarse en el juego, invoqué el nombre de Fan Ya Ling. ¿Sabían quién era? ¿Dónde podía hallarlo? Negaron de nuevo, con expresión de fastidio, y empezaron a cacarear entre sí para darme a entender que no deseaban ser molestados con más preguntas.

Di media vuelta y, sin despedirme, dejándome llevar por otro impulso irracional, corrí rumbo al Teatro Chino de la calle Zanja. Una vez allí, golpeé la puerta principal, aún cerrada, hasta que un par de individuos (uno de ellos celestial y el otro cubano) acudieron a ver qué ocurría. Les pregunté por José Chiang, pero ninguno de los dos parecía conocerlo. Lo describí lo mejor que pude y agregué que se hallaba en el teatro el domingo, durante la representación de *El destino de una flor*. Los tipos se echaron a reír y me contestaron que esa noche una enormidad de gente había acudido a ver la función. ¿Cómo iban a acordarse de todos y cada uno de los espectadores? "¡Compadre, no abuse!", chanceó el cubano. Como continué insistiendo, cada vez con mayor vehemencia, me cerraron la puerta en las narices con visible irritación. Arremetí a patadas contra ella, para sorpresa de unos paseantes que pasaban por allí, hasta que el chino y el cubano amenazaron con llamar a la policía. Cayendo en cuenta, súbitamente, de lo demencial de mi conducta, les pedí excusas y, con ganas de que me tragara la tierra, me alejé de allí.

Con grandes zancadas y caminando por las calles para evadir a la multitud que atestaba los andenes, me encaminé al Inglaterra. Llegué a la habitación justo en el minuto en que Wenceslao salía del baño, rozagante y oloroso a lavanda, dispuesto a vestirse. Por fortuna, el ritual del aseo se había prolongado un cuarto de hora más de lo previsto.

—¿Adónde fue? —preguntó—. Está todo sudado.

—Estuve mirando la estatua de Martí —inventé—. ¿Se ha fijado que le da la espalda al teatro?

—Sí —dijo sin hacerme caso—, pero dese prisa.

Me quité la ropa, obediente, y entré sin dilación en la tina. Dejé que el agua corriera por todo mi cuerpo. Desde la puerta, a medio vestir, Wenceslao me observó con mirada crítica. De nada me valió hacer una gran inspiración para esconder la barriga.

—Usted ha engordado —opinó con disgusto y, sin transición, comenzó a rezongar—: No sé cómo vino a dar aquí ese maldito papel, pero de algo estoy convencido: tiene que haber sido obra de su tío.

Le pregunté con qué fin me lo habría hecho llegar.

—Tal vez para ponerlo a buen recaudo —conjeturó—. O con el propósito de dar señales de vida, de comunicarse con usted.

Estuve a punto de revelarle lo del mensaje en el espejo y el descubrimiento que acababa de realizar en el barrio chino, pero me mordí la lengua y me contuve. Lo único que iba a conseguir era preocuparlo y estropear una noche que aguardaba con ilusión.

A las ocho y treinta, radiantes cual dos príncipes que se dirigieran a un baile en palacio, cruzamos San Rafael y llegamos a la puerta del Teatro Nacional, donde ya nos aguardaba el puntual De la Cruz. Si bien el pobre se había esmerado para estar a la altura de las circunstancias, el acicalamiento no mejoraba gran cosa su apariencia. Al verlo tan canijo y narizón, me vino a la mente un refrán que suele decir mi madre: "La mona, aunque la vistan de seda, mona se queda". De estar allí esa noche, Juan María Vengoechea habría jurado, sin la menor vacilación, que el hacernos acompañar por un espécimen tan poco agraciado no era casual ni gratuito, sino que obedecía a un propósito deliberado: realzar nuestra galanura. Claro que, modestia aparte, ni mis encantos ni los de Wenceslao, que son indiscutibles y notorios, necesitan ser subrayados con artimañas de semejante índole.

Junto con nuestro acompañante penetramos, no sin cierta emoción, en el coliseo. No exagero si afirmo que, al poner un pie en el piso alfombrado del vestíbulo, tuve la impresión de que traspasaba una barrera mágica y me adentraba no en un teatro del Caribe, sino en el más elegante de los salones de Viena o de París. Unas amplias escaleras de mármol nos condujeron al *foyer* de decoración exquisita, con columnas blancas y abundantes espejos colgados de las paredes. Noté, con satisfacción, que las damas y los caballeros que nos rodeaban hacían gala del mayor refinamiento. Comparado con aquella suntuosidad, el Colón de Bogotá era un teatrico de provincia. Mientras me contemplaba con disimulo y beneplácito en un espejo, Fontana, el cronista social que habíamos conocido en el festín de los Montes de la Oca, se acercó a saludarnos y nos presentó al crítico de teatro José Pérez Poldarás, quien escribiría sobre la representación en el *Diario de la Marina*.

—En realidad, ya la crónica está casi lista —comentó Poldarás—. Sólo pasaré por la redacción, cuando concluya el espectáculo, para añadirle unas pinceladas valorativas. Comenzará así: "La Duse, la inmortal Eleonora, puede decir como el corso vencedor de Austerlitz y de Jena, como Napoleón Bonaparte: «El Tiempo y yo somos dos leones gemelos; pero yo soy el primogénito»".

En ese momento, un individuo que acababa de subir la escalinata avanzó hacia De la Cruz y le dio una palmada en la espalda. Los del *Diario de la Marina* se escabulleron sin chistar, igual que si hubieran visto al mismísimo Lucifer, y, al percatarse de nuestro desconcierto, el mico nos tranquilizó:

—Es que no pueden ver ni en pintura a Genaro Corzo.

El recién llegado, también comentarista teatral, pero de *El Heraldo*, nos estrechó la mano cordialmente.

—No sé si me quede hasta que la puerta se cierre —indicó, haciendo alusión al título del drama de Mario Praga que se escenificaría esa noche, y comentó—: Es que quisiera llegar al Principal de la Comedia para ver aunque sea el último acto del debut de María Tubau en *A campo traviesa*.

La sonrisa cordial de Wenceslao desapareció al punto y con voz helada advirtió al crítico que no era conveniente otorgar el mismo rango a las estrellas y a las luciérnagas. De la Cruz y yo nos echamos a reír para suavizar su aspereza y, algo amoscado, Genaro Corzo siguió su camino hacia el interior del coliseo.

No tardamos en imitarlo. Un empleado joven nos condujo, a través de un pasillo tapizado en terciopelo rojo, hasta el palco que nos correspondía. Una enorme lámpara colgaba del techo, semejante a un arácnido luminoso que pendiera de un hilo. La platea no estaba lo que se dice repleta, pero, en cambio, los *grilles* y los palcos, sí. A una pregunta mía sobre la capacidad del teatro, el acomodador contestó que tenía dos mil localidades. "¿Y cuántas están vendidas hoy?", quise saber, pero el chico se encogió de hombros y respondió que no lo sabía.

Pedrito Varela no nos había engañado: nuestra ubicación era privilegiada. Después de acomodarse en una de las sillas y de sacar sus prismáticos y echar un rápido vistazo en derredor, Emilito aseveró que la crema y nata de la sociedad habanera se encontraba presente. Para demostrarlo, empezó por indicarnos el palco presidencial. El mandatario de la República, doctor Alfredo Zayas, estaba allí con la primera dama María Jaén. Los acompañaban el Ministro de Italia y su mujer, una vieja esquelética. Pero otros miembros del cuerpo diplomático, todos de rigurosa etiqueta, habían acudido también a disfrutar del arte de la eximia: los embajadores de Alemania, Francia, España, Inglaterra y China, cada uno con su respectiva consorte. Al ver al Ministro chino no pude evitar un respingo, pues le encontré un extraordinario parecido con el gordo José Chiang. Tenía la misma papada, la misma nariz chata, la misma expresión burlona en la boca carnosa. ¿Se trataría, en efecto, del verdadero diplomático o de un impostor que, valiéndose de algún ardid, lo suplantaba? Poco faltó para que pidiera excusas a mis acompañantes y me acercara al sitio que ocupaba el asiático para estudiarlo de cerca y salir de dudas; pero lo que hice fue arrebatarle los prismáticos a Wenceslao y enfocar al personaje con ellos. Después de mirarlo con detenimiento, la similitud no me pareció tan grande y deseché, tildándome de imbécil, la descabellada idea.

Emilito me dio un codazo para hacerme notar que *Madame* Buffin nos saludaba, agitando su abanico, desde un palco situado en el ala derecha del teatro. A su lado estaban Habib Steffano, el profesor damasquino que la ayudaba en la organización del baile de las Mil y Una Noches, y una bella mujer de inmensos ojos negros. "Es la esposa del sirio", afirmó Emilito y completó la información: "Según se dice, ella será la Scherezada de la fiesta". "Y al Califa, ¿ya lo escogieron?", quiso saber Wenceslao. "Todavía no, pero hay varios candidatos que paran el tráfico", cuchicheó nuestro amigo y continuó poniéndonos al tanto de los nombres de otras distinguidas figuras presentes en la función de gala. A algunas de ellas, como Teté Bances de Martí, esposa del hijo del Apóstol, y Fernando Ortiz, las recordábamos de donde los Montes de la Oca y de la presentación del *Relicario*. Pero también estaban esa noche en el teatro José Raúl Capablanca, el cubano campeón mundial de ajedrez, quien en breve viajaría a Nueva York para defender su título ante el ruso Alekhine y el gringo Marshall, monarcas del juego ciencia en sus respectivos países; Rita Montaner de Fernández, una mulata clara, con un lunar en medio de la frente, casada con un abogado, quien días antes, durante un homenaje a su majestad el rey don Alfonso XIII, electrizara al elegante público congregado en el Casino Español al tocar al piano, de forma insuperable, varias danzas, y cantar luego como un ángel; y, recién llegada a Cuba y rodeada por una nube de sufragistas, Carrie Chapman, la famosísima luchadora gringa por el derecho de las ciudadanas al voto, a quien el alcalde de La Habana, a solicitud de un grupo de damas, acababa de declarar huésped de honor de la capital.

Los blasones de la nobleza habanera se hallaban representados por cuatro condesas: la de Buena Vista, la del Rivero, la del Castillo y la de Jaruco; mientras que el nutrido bando de los plebeyos millonarios lo encabezaban, entre otros asistentes, María Luisa Menocal de Argüelles, Antonio Rodríguez Feo y Federico y Josefina Kohly. No pasó inadvertida para nuestras miradas de aguiluchos la presencia de Mimí Aguglia, quien no tenía función esa noche y, según apuntó Wenceslao venenosamente, había acudido al debut de su compatriota con el propósito de aprender algo sobre el arte de la interpretación dramática y ponerlo en práctica al día siguiente. Tampoco pasamos por alto a Dulce María y Carlos Manuel Loynaz, acompañados en esta ocasión por su hermana Flor y por una parienta vieja. "El chiquito es un bombón, sí, pero no le llega ni a la chancleta a Enrique, el otro varón de la familia", se apresuró a señalar, igual que lo hiciera la generala Lachambre, el mico. Al recordar a la antigua musa de los modernistas, la busqué en vano por los alrededores. ¿Estaría sentada, acaso, en un palco del segundo piso?

Wen me alertó, en un susurro, de la cercanía de Olavo Vázquez Garralaga. El rimador, que ocupaba el palco contiguo al de las sufragistas y nos daba la espalda con ostensible incordialidad, se encontraba acompañado, por variar, por su señora madre. Junto a ellos se hallaba una hermosa y sensual trigueña, de acentuadas curvas, que De la Cruz identificó como la prometida del bardo, revelación que casi nos mata de la risa.

Puesto que los actores recitarían en italiano, Wenceslao estimó necesario explicarnos el argumento de *La porta chiusa*. Emilito y yo lo escuchamos en silencio. El joven Giulio Querceta (papel que interpretaría Memo Benassi) se entera, por casualidad y con comprensible horror, de que no es hijo del hombre cuyo apellido lleva y a cuyo lado, ajeno al engaño, ha crecido. En realidad, su padre no es otro que Decio Piccardi, viejo amante de su mamá y hoy amigo entrañable de la casa. Como consecuencia natural de ese descubrimiento, una irresistible zozobra se apodera de él. Miles de sentimientos contradictorios turban su razón al saberse fruto del adulterio. A Giulio le gustaría sacar a la luz la verdad, pero se ve imposibilitado de hacerlo a causa de las convenciones sociales. El amor que experimenta por su progenitora y el respeto que le tiene al autor de sus días le hacen comprender la necesidad de evitar un escándalo. Sin embargo, al mismo tiempo le es imposible soportar la desgracia que lo consume: no puede seguir viviendo en la residencia de quien no es su verdadero padre, disfrutando de todos sus bienes, y por ese motivo, en medio de la mayor desesperación, decide emprender un viaje a África. Antes de huir, confiesa a la señora Querceta el estado de su alma. La pobre madre, presa de un dolor inenarrable, lo ve partir, desolada.

Como si hiciera falta, Wen aclaró que Eleonora Duse tendría a su cargo el difícil rol de Bianca Querceta, la madre virtuosa, otrora adúltera, y agregó que, según el dictamen de los críticos gringos, no era posible expresar de modo más intenso el dolor de una mujer arrepentida que ha procurado redimir su error con una existencia virtuosa, pero cuyo pecado pesa como una losa de mármol sobre la vida de su hijo. Los otros personajes serían desempeñados por destacados intérpretes: Leo Orlandi encarnaría al Picardi y Gino Galvani a Ippolito Querceta, el falso padre ajeno a la tragedia. María Morino sería Mariolina, la dama joven, y Alfredo Robert, el abate Ludovico. Concluido el minucioso *introito*, Wenceslao hizo caso omiso de nosotros y clavó la mirada en el telón, intentando, quizás, adivinar lo que acontecía detrás de la cascada de terciopelo color oro viejo. Las manos le sudaban y comprendí que estaba turbado por el inminente cumplimiento de uno de sus mayores anhelos.

Justo antes de que el cañonazo de las nueve nos hiciera saltar en las sillas y las campanadas de rigor anunciaran el comienzo de la representación, el único palco que permanecía vacío en el primer piso fue ocupado por María Cay, quien se sentó en él, sola, enhiesta y fina. Sin intercambiar saludos con nadie ni lanzar miradas en torno suyo, pareció ensimismarse en la lectura del programa de mano. Vestida de negro y con un broche y pendientes de rubíes encendidos, la cubana-japonesa era la estampa del buen gusto.

Las luces de la lámpara del coliseo fueron disminuyendo y, ante las miradas excitadas y las tosecillas de última hora de los espectadores, el telón se alzó. El decorado representaba la sala de una casa burguesa de la Italia de fin de siglo y varios de los actores de la compañía ya se encontraban en escena, de pie o sentados en los muebles, tal como si estuviesen dialogando desde antes.

"¡Es ella!", bisbiseó Wen, propinándome un pellizco en un muslo, al descubrir a la *Signora* entre los que se hallaban en el escenario. Supongo que también el resto del auditorio, acostumbrado a las entradas triunfales y efectistas de las primeras figuras (concebidas para suscitar vítores y aclamaciones), quedó desconcertado por esa aparición tan poco usual y deslucida. Pero, al percatarse de que tenían enfrente a la Duse, a la más famosa actriz italiana, a la mítica rival de la Bernhardt, los asistentes rompieron a aplaudir, primero con timidez y enseguida con creciente entusiasmo. Eleonora permaneció quieta, enfundada en un vestido que, para mí, era el mismo con el que la habíamos visto dirigirse en la tarde hacia el teatro. Sin esbozar siquiera un saludo, aguardó, junto al resto de los intérpretes, a que concluyera la cálida acogida. Una vez restaurado el silencio, prosiguió la representación.

¿Qué decir de aquella primera vez? Después de escuchar maravillas del arte de la Duse durante tanto tiempo y de leer en el álbum de plata y nácar decenas de juicios acerca de su modo de interpretar, por fin apreciaba a la actriz con mis propios ojos. ¿Cubriría las expectativas? ¿Me dejaría defraudado? Durante unos segundos sentí que todo daba vueltas a mi alrededor y que sería incapaz de ver lo que ocurría en la escena, pero poco a poco me tranquilicé y, colocando la palma de mi mano en el antebrazo de Wen, conseguí concentrarme en el espectáculo.

Casi sin respirar, aguardé a que transcurrieran los minutos iniciales, en los que la actriz se movía de un lado para otro, hablando con despreocupación, como podría hacerlo cualquier matrona dentro de las cuatro paredes de su casa, en presencia de un grupo de familiares y conocidos. Inocente de mí, tenía la convicción de que, tras ese preámbulo, Eleonora comenzaría a *actuar*. Pese a que la última noche de 1923 Aníbal de Montemar nos había advertido que el milagro de la actriz radicaba precisamente en ese "actuar como si no actuara", hasta bien entrado el primer acto continué aguardando, imbécil de mí, que la Duse justificara su fama de trágica con un desmayo, un gesto ampuloso o alguna exclamación de dolor. Esos movimientos o palabras grandilocuentes no se produjeron, pero de modo paulatino la magia de su sencillez nos sedujo. Olvidados de los enarcamientos de cejas y los retorcijones de manos que nos hubiera prodigado cualquier otra *prima donna*, caímos atrapados como moscas en la fina e invisible red que la actriz, araña vieja y sabichosa, tejía en el escenario. La ausencia de maquillaje en su rostro la ayudaba a crear una ilusión perfecta de naturalidad y, sin necesidad de impostarla de forma artificiosa, su voz llegaba a cada rincón de la sala.

Durante media hora presté atención, con una intensidad tan aguda como no recuerdo haber atendido antes a alguien, a la gran Eleonora. Y digo a ella porque, si bien puse empeño en no perder ningún detalle de los acontecimientos de la trama y en captar el sentido de los parlamentos recitados en italiano, lo cierto es que la representación gravitó en torno suyo. El resto de los intérpretes se limitaba a cumplir, sin mayores pretensiones, su cometido, y tal parecía que la mesura de la primera actriz sirviera de barrera para evitar en ellos los excesos histriónicos. Las escenas en las que la Duse no participó se convirtieron en compases de espera, en pausas que los espectadores aprovechábamos para respirar profundo. Pero en cuanto la *Signora* regresaba, sin que se lo propusiera o hiciera algo especial para lograrlo, todas las miradas volvían a quedar pendientes de las expresiones que traslucía su semblante palidísimo y fatigado, del menor de sus ademanes, de las inflexiones de su voz e incluso de su inmovilidad y de sus silencios. La Duse se las ingeniaba para poner de manifiesto los estados anímicos con mucha delicadeza: a veces, lo hacía a través de los movimiento lentos y poéticos de sus manos de largos dedos, que seguían siendo bellas y sugestivas, de una plasticidad indescriptible; otras, le bastaba con una mirada o con un temblor casi imperceptible de los labios.

La conclusión del primer acto provocó un emotivo torrente de aplausos. El telón subió en repetidas oportunidades para que, primero la diva junto al resto de los actores, y luego ella sola, salieran a agradecer, entre *bravos* y *bravísimos*, la bienvenida del público habanero. Cuando por fin concluyó la ovación, Wenceslao suspiró hondamente, como si regresara de una experiencia mística, y, por raro que parezca, él, tan amigo de charlar y de coquetear durante los entreactos, se negó a abandonar el palco.

—Vayan ustedes —murmuró—. Créanme que he quedado exánime.

Dejándolo por incorregible, De la Cruz y yo bajamos al vestíbulo a fumar y allí nos encontramos con Bartolomé Valdivieso, quien estaba a punto de dar saltos de alegría, pues antes del inicio de la función Fortune Gallo le había dicho que el jueves lo conduciría a los aposentos de la *Signora*, para que le entregara el soneto "A Eleonora la excelsa".

—Ocasión que aprovecharé para interceder a favor de ustedes —prometió antes de esfumarse.

Como De la Cruz se había alejado para saludar a unos colegas, remonté las escaleras y durante un rato deambulé solo, primero por el *foyer*, donde no cabía un alfiler, y de inmediato por los pasillos, escuchando un sinfín de comentarios elogiosos sobre la Duse. Saludé en su palco a María Cay, quien me tendió la mano con helada cortesía y, como si fuera una persona distinta a la que nos había mareado con su charla en el Ideal Room, apenas me dirigió la palabra. Me llamó la atención que no averiguara si había logrado comunicarme con mi tío. ¿O sería que estaba al tanto de todo lo ocurrido y la frialdad se debía a que habíamos mencionado su nombre a los detectives de la Policía Secreta? Me despedí, incómodo, y acudí donde Wen para decirle una serie de adjetivos que había alcanzado a oír durante mi paseo: inaudita, majestuosa, mirífica, quimérica, impar... Todos parecían deslumbrados con el genio de la artista.

—Pues les queda por ver lo mejor —replicó, con desdén—. Que guarden las loas para el próximo acto, cuando Giulio le anuncia a su madre que se marcha.

En ese instante entró al palco Corzo, el crítico de *El Heraldo*, y nos preguntó nuestras impresiones. Para mi sorpresa, escribió en un cuaderno cuanta opinión vertió Wenceslao y dos o tres boberías que añadí yo, y enseguida desapareció.

La representación continuó al fin y, en efecto, el público aplaudió a rabiar la escena en la que el hijo, postrado a los pies de Bianca Querceta, intenta persuadirla de que, para poner fin al sufrimiento de su alma, debe ausentarse del país. En el siguiente entreacto tampoco pudimos sacar a Wenceslao de su reclusión y, dejándolo en un estado parecido al éxtasis, el mico y yo fuimos al palco de Mina López-Salmón de Buffin a hacerle la visita. La millonaria nos acogió con efusión y, dejando con la palabra en la boca a un anciano con el que sostenía una animada charla, su interés se centró en nosotros, por no decir en mí. Nos presentó al doctor Steffano y a su esposa Adela y, señalando a la dama, musitó con expresión pícara: "Nuestra seductora Scherezada". Mirando a derecha e izquierda, como si medio teatro no supiera ya la noticia, advirtió: "¡Pero no lo divulguen, se lo suplico!". Le juramos que no comentaríamos "el secreto" con nadie y de inmediato *Madame* Buffin exclamó que el baile de las Mil y Una Noches quedaría deslucido si no acudían dos caballeros bogotanos cuyos nombres no quería mencionar (acogiendo el cumplido con una sonrisa, me pregunté si la vieja tendría la menor idea de cómo nos llamábamos) y, por último, se deshizo en lisonjas para la Duse y subrayó que su interpretación era insuperable.

Mientras proseguía el cotilleo, eché un vistazo a nuestro palco y pude ver que ahora era el crítico teatral del *Diario de la Marina* quien estaba allí, sentado al lado de Wenceslao y apuntando lo que éste le decía. "Le di algunas ideas para su crítica", me confirmó segundos antes de que el telón volviera a levantarse y se iniciara el tercer y último acto. Durante esa parte de la escenificación, noté que Emilio de la Cruz hacía esfuerzos sobrehumanos por mantener los ojos abiertos y empezaba a cabecear. Lo compadecí: un ataque de sueño en medio de una función de teatro es algo terrible. Los párpados se rebelan, los ojos comienzan a bizquear, la cabeza se encapricha en colgar hacia adelante o hacia atrás, la nuca se vuelve de goma y, lo que es peor, uno siente que hace el ridículo y que todos lo observan.

Pero el mico no era el único que, rendido por la extensión del drama, por el aburrimiento o el ininteligible parloteo de los italianos, batallaba contra los embates de Morfeo. Otro tanto les sucedía a Carrie Chapman, al ministro de España, al director de *El Fígaro* y al marido de la Montaner, quienes a cada rato se golpeaban el pecho con la barbilla y tenían que ser despertados por sus solícitos y apenados acompañantes. En cuanto a la condesa de Buenavista, la situación era patética: la respetable matrona, desmadejada en su silla, roncaba apaciblemente. Me di cuenta, igualmente, de que la platea tenía más puestos vacíos que al iniciarse la representación: por lo visto, parte de la refinada y culta audiencia había aprovechado el último entreacto para escapar con la mayor discreción posible. Imaginé que al día siguiente los prófugos comentarían con sus amistades la inolvidable función y les recriminarían no haber asistido al acontecimiento.

La escena con que concluyó la obra fue, a mi juicio, el momento cumbre de la interpretación de la *Signora*. La amarga sonrisa con que despidió al hijo que partía rumbo a África, en la que era posible entrever la angustia secreta y el duelo de Bianca Querceta, dejó claro que, a pesar de los años y del desgaste físico, su arte seguía siendo de altos quilates. Toqué a Wenceslao para que observara cómo la Aguglia lloraba en su palco, pero enarcó una ceja y me regañó con acritud:

"Está actuando para captar la atención de los bobos como usted. Mire al escenario y olvídese de ésa".

El auditorio completo (presidente Zayas y Mariíta incluidos) se puso de pie para premiar a la Duse y sus huestes con gritos de admiración y con una ovación final que se prolongó durante casi diez minutos. Varios adornos florales (entre ellos, el enviado por Wen) fueron colocados a los pies de la anciana, quien tomó un lirio, lo besó serenamente y lo puso en el proscenio en señal de agradecimiento.

Al salir al *foyer*, vimos a Bartolomé Valdivieso junto a un pequeño grupo de damas y caballeros, entre los que estaban los hermanitos Loynaz Muñoz. El mulato hizo una señal discreta para que nos acercáramos. Un individuo elegante y entusiasta (por lo bajo De la Cruz nos informó que era Francisco Ichaso, el periodista del *Diario de la Marina*) respondía a una señora inconforme con las canas y la ausencia de afeites de la diva.

—El arte de la Duse se basa en la simple decisión de no apelar al maquillaje —argumentaba Ichaso, convencido—. No maquilla su fisonomía como no maquilla su espíritu. Uno y otro aparecen en su actuación escénica con la misma sencillez, simplicidad y naturalidad que en la existencia cotidiana. El solo hecho de embadurnarse el rostro con arrebol, carmín o albayalde denota cierto grado de insinceridad.

—Entonces, a su entender, las mujeres somos insinceras —protestó la dama.

—No malinterprete mis palabras, se lo ruego. Me refiero al mundo de la escena: a las actrices que no se atreven a exhibir su faz tal cual es y la encubren con la mentira del afeite.

—Pero lo mismo sucede en la vida —acotó con un hilo de voz Dulce María Loynaz, apoyándose en el brazo de su hermano— y no sólo entre las mujeres. Desde el punto de vista moral también nos embadurnamos el espíritu, temerosos de presentarlo desnudo ante las gentes.

—Pues ese fingimiento que se observa en la vida se convierte en una norma invariable cuando de la farsa del mundo pasamos al mundo de la farsa —continuó el paladín de la italiana—. El convencionalismo, la mentira, la hipocresía artística predominan en el teatro, y de eso ha huido durante toda su vida artística Eleonora Duse.

—De eso —intervino Wenceslao, avanzando un paso— y del convencionalismo en la dicción, en el gesto, en la dinámica escénica, que son tan funestos o más que los afeites.

Ichaso lo miró, feliz de dar con un aliado, y retomó el hilo de su defensa:

—Por eso la artista aparece en las tablas con la cabeza nevada y la faz arrugada. La verdad no necesita de maquillaje.

—Pero ¿es apropiado hablar de *verdad* refiriéndose a una escenificación? —protestó Flor Loynaz con impaciencia—. ¡La señora Duse es maravillosa, pero su arte no deja de ser, al fin y al cabo, lo que es: teatro!

—Teatro superior, niña —precisó, benévolo, Chacón y Calvo, un caballero al que recordábamos de la presentación de *El relicario*.

—De acuerdo, doctor —concedió la adolescente, respetuosa—; pero decir teatro, incluso si se trata de una experiencia tan maravillosa como la de esta noche, es decir artificio, simulacro...

—¿Mentira? —complementó Chacón y Calvo, con un dejo de ironía.

—Sí —dictaminó la menor de los Loynaz con cierta dosis de arrogancia—. ¡Mentira, por dura que sea la palabra!

—Pero ¿qué clase de mentira? —intervino su hermano Carlos Manuel, tímidamente—. San Agustín distinguía ocho tipos de mentira y la quinta era la mentira para recrear.

La conversación derivó entonces hacia la naturaleza de la verdad. ¿Podía catalogarse como tal el espectáculo que acabábamos de presenciar?

—Lo que vimos y escuchamos, lo que percibimos esta noche, no es la verdad, sino una ilusión —opinó, armándose de valor, Dulce María—. Una ilusión de realidad.

—Yo preferiría llamarlo una verdad artística —dijo Ichaso.

—A mi entender —interrumpió Chacón y Calvo—, la máxima aspiración de un actor es persuadir al espectador de que está presenciando algo real.

—Real, doctor, pero no natural necesariamente —rebatió Alejo Carpentier, el imberbe periodista de la revista *Social* que también había estado en la velada de la Gerbelasa y que hablaba arrastrando las erres—. En el teatro, el afán por acercarse a la apariencia de realidad puede convertirse en un lastre para el sentimiento del arte.

—Creo que la sensación de verdad que convoca la Duse emana no tanto de lo externo como de la búsqueda de la sinceridad interior –consideró Wenceslao.

–En eso último coincidimos, amigo mío –expresó Ichaso–. Pero ¿una actriz del común, con postizos y afeites, podría alcanzar a transmitir esa sinceridad que emana de lo profundo?

–Insisto en que endilgar a su arte la etiqueta de verdadero es, además de exagerado, innecesario –expuso Flor con las mejillas arreboladas–. El arte que aspira a reproducir la verdad es siempre una imitación, dado que la verdad no es una propiedad tangible, no existe en sí, es una abstracción, algo nebuloso que resulta del conocimiento y de la experiencia de cada uno.

–¡Ustedes le dan demasiadas vueltas al asunto! –protestó Chacón y Calvo–. No se trata de poner etiquetas, pero es evidente que en el representar de la Duse hay una vocación realista.

–Y a fin de cuentas, ¿qué es la realidad? –se burló Ichaso–. Nadie lo sabe con certeza. ¿La realidad es una suerte de sueño personal que existe en dependencia del espíritu humano, o existe percibámosla o no? Recuerden lo que decía Descartes: "A veces sueño; ¿es que no sueño siempre?"

–Lo que la señorita quiere hacernos entender –me atreví a decir, a ver si ponía término a aquella discusión que amenazaba con volverse interminable– es que la Duse no es una copista servil de la realidad, sino alguien que desea conmover, tocar el espíritu, crear y no simplemente reproducir la vida con visos de verdad –y busqué la aprobación de la más joven de los Loynaz–. ¿O me equivoco?

–Oh, no –contestó, con los ojos brillantes, la chiquilla–, sólo que usted lo ha expresado de manera clara y rotunda.

–Digamos entonces, apreciados amigos, que esta noche Eleonora Duse nos ha revelado una mentira –dijo con ánimo conciliador el periodista del *Diario de la Marina*, y añadió con picardía–: Esa adorable mentira que denominamos arte –y nos echamos a reír.

–Pero, entonces, ¿cuál es el secreto de la Duse? –inquirió con impaciencia la señora que no estaba de acuerdo con el desprecio de la actriz por los cosméticos.

Francisco Ichaso se rascó una oreja, con cara de consternación, antes de responderle:

–¿El secreto? ¡Me la puso difícil! Creo que no hay tal secreto, puesto que todo está a la vista. Su arte consiste, me parece a mí, en haber entendido que la energía emocional de las palabras no reside en el énfasis con que éstas son pronunciadas, sino en el tono y en el matiz con que se dicen.

—Y en que un gesto insinuante y vago puede ser más expresivo que un ademán violento, inequívoco y efectista —añadió Wenceslao.

—Otra cosa que me llamó la atención fueron sus pausas —volvió a la carga Ichaso—. ¿Se percataron de que cuando calla en medio de un diálogo, uno queda en suspenso, esperando que broten de sus labios otras frases? En el arte de Eleonora, el silencio se equipara en importancia a la palabra.

—Como ocurre con la música —corroboró Carpentier.

Bartolomé Valdivieso, quien al igual que De la Cruz y la parienta que acompañaba a los Loynaz no había dicho ni esta boca es mía, aprovechó para presentarnos a sus compatriotas e informarles que habíamos viajado desde Bogotá para presenciar la temporada de la Duse.

—¿Y valió la pena venir? —inquirió con gentileza Carlos Manuel.

—Al fin del mundo iría para volver a verla —repuso Wen, mirándolo a los ojos y pensando que el Loynaz ausente podría ser veinticinco mil veces más divino, pero que el que teníamos delante, sonrosado y de largas extremidades, con aquel par de ojazos café, era una auténtica *delicatessen*.

—No tendrá que ir tan lejos —observó Dulce María, tirando de su hermano como si intuyera que éste se exponía a un grave peligro—. El sábado la encontrará de nuevo aquí, convertida en la señora Alving.

—¡Ibsen y Duse! ¡Qué combinación! —apuntó Chacón y Calvo—. Vengan preparados para presenciar un derroche de belleza moral.

—Y de la otra también, espero —recalcó Ichaso.

El grupo se deshizo y cada quien tomó su rumbo. Fuimos los últimos en abandonar el teatro. Cuando llegamos a la acera del Louvre, frente al Inglaterra, acompañados por Emilio de la Cruz, este último exclamó que, después de haber alimentado el espíritu, no vendría mal darle un poco de comida al cuerpo. Wenceslao aceptó gustoso la propuesta y conducidos por nuestro Virgilio tropical, terminamos la noche hincándole el diente a unos descomunales panes con lechón y libando *martinis* y *manhattans* en la barra del hotel Plaza.

Hay dos tipos de sueños, los que se tienen dormido y los que nacen en la vigilia.

Soñar dormido es como estar prisionero. Quedas maniatado, sin poder escapar del mundo adonde has llegado. Te debates, tratas de salir, pero sigues allí. Yo sueño, a veces, que otra vez soy niña, que estoy con mis padres en un pueblo donde permaneceremos algunas semanas dando funciones. Mi madre me lava bien, sobre todo las orejas, me peina con esmero, me pone la mejor ropa, los zapatos de fiesta, y me lleva de la mano a la escuela. La maestra me recibe con una mirada que quiere ser benévola y me sienta no en un banco, junto a los otros chiquillos, sino en un pupitre colocado cerca de su mesa. Luego prosigue la clase, y yo trato de no perderme ni una de sus palabras, de no ver como todos me miran, cuchichean y se ríen. "La hija de los cómicos, la hija de los cómicos", murmuran y no se ocultan para señalarme. ¿Por qué la maestra no los regaña? ¿Por qué no se levanta y me protege? ¿Por qué finge que no se da cuenta de nada? Quisiera evaporarme. Convertirme en humo y escapar por la ventana abierta, diluirme en el aire del campo. Quisiera correr a refugiarme en el cuarto oscuro y maloliente donde me hospedo con mis padres. Pero no puedo, como tampoco puedo huir del sueño.

Si me fuera dado escoger, preferiría soñar únicamente mientras estoy despierta. Son sueños que nacen de la razón o del sentimiento, nunca del azar. Sin embargo, no estoy de acuerdo con los que afirman que soy una soñadora impenitente. He tenido algunos sueños, sí, igual que todo el mundo, pero no tantos como suponen por ahí. Algunos logré realizarlos, otros se desinflaron por el camino. Soñé ser una actriz famosa y, casi a punto de rendirme, lo logré. Un buen día, mi nombre encabezó los carteles, empezaron a hablar de mí, a publicar artículos en la prensa, a escribir obras para que las *interpretara. Soñé con amores perdurables y ese sueño, en cambio, no lo alcancé. Soñé un teatro, un anfiteatro al aire libre donde poder hacer arte, arte verdadero, sin preocuparme por la taquilla y por complacer a un público ignorante y veleidoso, y tampoco resultó.*

Algunos sueños terminan convertidos en pesadillas, como el mío de crear un refugio para actrices.

Sucedió antes de la guerra. En esos años, alejada del teatro (para siempre, creía por entonces), se me ocurrió fundar y mantener un sitio donde las jóvenes actrices pudieran instalarse en las temporadas en que no tuvieran trabajo. Un lugar modesto, limpio y grato, con muchos libros. Un albergue digno, donde pudieran reposar un par de meses, reponer fuerzas y cultivarse hasta que amainaran las tormentas. La idea se me ocurrió recordando mi propia vida, las veces que tuve deseos de decir: "¡Basta! Necesito un poco de tiempo, una tregua para decidir hacia dónde encaminarme", y no pude hacerlo porque ¿quién le garantiza a una actriz el techo y un plato de comida caliente mientras piensa en el rumbo que quiere darle a su carrera?

Así pues, convencida de que era un proyecto loable y de que valía la pena dedicar dinero y empeño a hacerlo realidad, busqué y busqué hasta dar con el sitio ideal: una villa romana, en Piazza Caprera. Envié allí muebles de mi casa de Florencia y numerosas cajas llenas de libros que había atesorado a lo largo de años y viajes, y empecé a organizar, con la ayuda de Désirée, la Casa delle Attrici. Ése fue el nombre que escogí. Bonito, ¿no?

Invité a algunas personas ilustres a formar parte de un comité directivo, pero, para mi sorpresa (¡qué ingenua era, hasta hace poco!), ni siquiera las actrices se mostraron entusiasmadas con la idea. Incluso la descarada de Ema Gramatica se atrevió a hacer declaraciones en un periódico diciendo que la Casa era un soberano disparate. Si la hermana, Irma, pensaba lo mismo, por lo menos tuvo la decencia de callárselo, tal vez recordando los años en que impulsé su carrera llamándola para el rol de *Bianca Maria* en el estreno de *La città morta*. Pero la deslenguada de Ema habló y habló hasta por los codos, diciendo a todo el que quisiera escucharla que aquello era un capricho inútil, una quimera; que yo había perdido el sentido de lo que era la vida de una actriz en aquellos momentos. ¡En fin!, tantas cosas indignantes salieron en la prensa, tanta burla y tanto comentario desdeñoso, que me enojé muchísimo, interpreté las críticas como un desafío y eso me hizo seguir adelante, sola, sin hacer caso a nadie.

Contraté a una bibliotecaria para que clasificara los libros y a un vigilante. Y la casa se inauguró con una ceremonia. Era linda, con cinco o seis habitaciones pequeñas y luminosas, cada una con su camita de sábanas blancas, una amplia cocina y muchos libros. Pero, tal como me habían augurado, nadie acudió a buscar refugio. A las actrices, en efecto, les interesa cualquier cosa menos un lugar para reposar, leer y refinar su espíritu. Vinieron algunas, sí, pero sólo a pedir dinero.

Consideré la posibilidad de trasladarme a vivir allá con Désirée, pero no lo hicimos. Nos daba pavor quedarnos solas de noche en una casa vacía, sin luz eléctrica, en un barrio retirado y oscuro. Alquilamos dos piezas en el hotel Edén y allí me convencí de que tampoco ese sueño, como otros a los que tuve que renunciar a lo largo de mi vida, era viable. Salvo honrosas excepciones, actriz y libro no son términos compatibles. La mayoría de las actrices que he conocido únicamente han leído las obras que les toca interpretar. ¡Y no completas, eh, sino sólo sus parlamentos, para memorizarlos! Desde entonces he dejado de preocuparme tanto por ellas. No es que me sean indiferentes o que no intente ayudarlas; ahí están las Morino, Jone y María, que no me dejarán mentir. Procuro pulirlas, hacerles entender que durante la representación lo más importante no es moverse con soltura ni declamar con buena dicción ni lucir hermosas, sino sentir la *gracia*.

Las observo, las regaño, las felicito, pero ya no habitan ninguno de mis sueños.

¿De qué hablaba? Ah, sí, la Casa. Entonces le pedí a Désirée que mandara los libros de vuelta a Florencia, pero enseguida cambié de idea y decidí donarlos a una biblioteca pública. Lo mismo hice con los muebles, que fueron a dar a la beneficencia. Ése fue el final de un sueño que duró muy poco y el inicio de una guerra que duró demasiado.

La mañana siguiente al debut nos despertamos tardísimo y pedimos que nos llevaran el desayuno a la cama. Como de costumbre, Regla trajo los telegramas que la Duse enviaba a su hija y a numerosas amistades de Nueva York, París, Londres y varias ciudades de Italia, para que les echáramos un vistazo. En su mayoría eran saludos sin importancia alguna, del tipo "Los extraño" o "Por suerte el tiempo ha mejorado".

—Tantos cables la van a arruinar —dije.

Al notar que la camarera no acababa de irse, le pregunté si tenía algo que decirnos y nos reveló que, si bien la secretaria de la Duse había aceptado de buena gana los confites de Wen, averiguando, además, quién se los obsequiaba, el comportamiento de la doncella ("tan pesá que es") había sido, en cambio, muy diferente. La Avogadro no sólo rechazó el presente sin abrirlo siquiera, sino que amenazó a la celestina, en un castellano chapurreado, con quejarse a la directiva del Inglaterra si aquello volvía a repetirse.

—¿Qué hago con los bombones, caballero? —averiguó Regla, compungida.

—Cómaselos y que le aprovechen —repuso Wenceslao, sin conceder mayor importancia al asunto y, deslizándole un billete en el bolsillo del delantal, la apuró para que nos dejara solos.

Sentados en el lecho, nos dedicamos a leer los comentarios que publicaban los periódicos sobre *La porta chiusa*. En *El Heraldo*, con una falta de imaginación deplorable, Genaro Corzo titulaba su artículo "La Duse debuta", mientras que en el *Diario de la Marina*, haciendo gala de similar creatividad, José Pérez Poldarás encabezaba el suyo como "El debut de Eleonora". Ambos cronistas se atribuían, sin el menor escrúpulo, los criterios expresados por Wen. Corzo transcribía: "Hay en las miradas de la gran trágica, en su sonrisa, en todas sus actitudes, una indefinible fuerza de sugestión; surge de toda su persona un efluvio fascinador. Su voz, dulce y doliente, se conserva pura y sonora". Y otro tanto había hecho Poldarás: "En la dicción irreprochable, donde la emoción palpita avasalladora, hay una correspondencia fiel con el estado de ánimo, con el gesto doloroso; pero es en la pausa, en el silencio, donde la Duse demuestra que es Eleonora, la única".

Irritado al ver que el periodista de *El Heraldo* daba fin a su escrito catalogando a la actriz de "excepcional comedianta", Wenceslao juró que no volvería a "ayudar" a un individuo tan basto. Quedó un poco más satisfecho con Poldarás, quien concluía con una apreciación de su cosecha: "El público culto, el público inteligente, dio anoche una gallarda prueba de su refinamiento artístico rindiendo a la Duse un gran tributo. *La porta chiusa* no fue ante los espectadores habaneros, ávidos del arte de la egregia trágica, «la puerta cerrada», sino antes bien la puerta abierta de la gloria".

Ese treinta de enero, la Duse permaneció recluida y no quiso recibir a nadie. Ni siquiera permitió a sus empleadas abrir a Fortune Gallo cuando éste llamó a su puerta, acompañado por Guido Carreras, asegurando que debían tomar decisiones importantes. Al empresario no le quedó otro remedio que hablar a gritos, frente a una *porta* implacablemente *chiusa*, mientras del otro lado la eficiente Désirée tomaba nota de los mensajes para transmitírselos a Eleonora y luego, por teléfono, comunicarle sus respuestas.

Desde nuestra habitación entreabierta escuchamos, primero, las protestas de Gallo y enseguida las frases con que Carreras procuraba tranquilizarlo, explicándole que la *Signora* quedaba con los nervios destrozados después de cada función. ¡No, no, la actriz no tenía nada personal contra él! Podía jurárselo. Eleonora siempre se comportaba así con sus empresarios. Incluso con Schurmann, el holandés que hizo su biografía, de quien se murmuraba que había conseguido aguantarla tanto porque, además de representante, era psiquiatra y diplomático.

La preocupación principal de Gallo era el programa de la gira, ya que las cuatro funciones habaneras iban a reducirse a tres. Pero ¿cuál de las obras anunciadas para la temporada cancelarían? Suspender *Spettri*, programada para el sábado, sería faltarle el respeto al público habanero. A su juicio, lo mejor era cancelar *La città morta* o *Così sia*. Luego de otras consultas, cuyo sentido no logramos captar, Gallo concluyó mencionando al hijo de un senador, poeta, que deseaba darle a la actriz un soneto compuesto en su honor. ¿La *Signora* podría concederle cinco minutos? El joven la reverenciaba y había insistido *tanto*...

Désirée prometió comunicarse con él tan pronto fuera posible y lo despidió con un afectuoso *au revoir, Monsieur Gallo*. El empresario dio media vuelta y, sin esperar el ascensor, bajó las escaleras maldiciendo y seguido de cerca por el *manager*.

Ese miércoles, Wenceslao prosiguió su táctica de ablandamiento de la servidumbre. Ya que, por timidez o a causa de un acusado sentido del recato, la Avogadro parecía alérgica a los desconocidos, su interés se concentró en Désirée. Dio instrucciones para que de la florería El Clavel mandaran esa tarde una orquídea deslumbrante y encomendó a Regla la misión de hacerla llegar a la secretaria. Su objetivo, me aclaró, era lograr que pusiera una carta en manos de la *Signora*.

—Una carta tan hermosa, enérgica y sincera, tan salida de lo profundo del alma, que la Duse no tendrá más remedio que conmoverse y, exhortada por Désirée, quien le dirá bellezas de nosotros, accederá a recibirnos. Y una vez que estemos ante ella, le pediremos que nos conceda la entrevista.

Asentí, para no parecer aguafiestas, y le pregunté qué diría la carta.

—No tengo la menor idea —replicó *ipso facto*—. A usted le toca hacerla, vida mía, y esmerarse para sacarle lágrimas a la *Signora*.

"Más fácil sería extraer aceite de una piedra", reflexioné, y le contesté que comenzaría a pensar en el contenido de la misiva.

Otro de los integrantes del servicio secreto reclutado por Wenceslao, un chico políglota, flaco y con la cara llena de barros, que atendía el turno matutino de la central telefónica del Inglaterra, se comunicó con su "jefe" para darle noticias de última hora. Désirée había llamado a Gallo para informarle que, ante la necesidad de cancelar una de las obras, la *Signora* prefería prescindir de *Così sia*. En cuanto al hijo del senador, accedía a recibirlo, brevemente, el día siguiente, jueves, *très tôt*.

–¡Qué suerte tienen algunos! –murmuró Wenceslao–. Espero que cumpla su palabra de hablarle de nosotros.

Después de almuerzo se nos ocurrió dar un paseo. La noche anterior habíamos oído hablar de las pinturas exhibidas en el salón anual de bellas artes y decidimos ir a verlo. Puesto que la sede de la Asociación de Pintores y Escultores está a unas cuadras de distancia, en Prado 44, caminamos hasta allá. La exposición nos pareció buena, en especial una escultura titulada "El beso eterno", de un tal Mateu, y el retrato de una señora que nos recordó una barbaridad a la madre de Juanma Vengoechea.

Al salir de la galería tropezamos con Rogelio y Armando Valdés, dos hermanos que conocíamos de nuestra visita al *stadium* universitario. Ambos jóvenes se dirigían a la Academia de Ciencias, pues una condiscípula iba a cantar un aria de Puccini en una especie de tertulia que tendría lugar allí, y, sin saber cómo ni por qué, nos dejamos convencer y los acompañamos.

Al llegar al auditorio, lo encontramos repleto de mujeres de diversas edades y fachas: la velada en cuestión resultó ser un homenaje a *Mistress* Chapman, la campeona de las sufragistas. Los representantes del género masculino no llegábamos a una docena.

Tras la actuación de dos vigorosas damiselas que arremetieron con todas sus fuerzas contra un piano Steinway, la amiga de nuestros conocidos subió al escenario para interpretar, secundada por una de las aporreadoras, "Un bel di, vedremo", del segundo acto de *Madame Butterfly*. Para mi sorpresa, pues nada bueno esperaba del cuerpo raquítico y del apocamiento de la muchacha, su voz era tan bella que consiguió hacernos olvidar el terrífico acompañamiento.

Al advertir que los discursos iban a comenzar, susurramos a los Valdés que debíamos irnos sin tardanza e intentamos escurrirnos, pero enseguida nos percatamos de que varias sufragistas con aspecto de pertenecer al cuerpo de bomberos estaban de pie delante de la puerta de salida, cruzadas de brazos en actitud beligerante, dispuestas a evitar fugas costase lo que costara. Así pues, intimidados por sus torvas miradas, nos resignamos a volver a las sillas y escuchar a las oradoras.

Primero habló la señora Morlón de Menéndez, presidenta de las asociaciones femeninas de La Habana, quien dio la bienvenida a la gringa y anunció que la visitante permanecería una semana en la Isla conociendo por sí misma la situación de la mujer. Luego una chica recitó una poesía sobre la importancia del acceso de las mujeres a las urnas, y por último tocó el turno a la ilustre invitada. En medio de calurosos aplausos, la Chapman y su traductora subieron al podio. Magra, descolorida y exasperantemente vital, la distinguida extranjera comenzó manifestando su alegría de estar al fin en una de las pocas naciones civilizadas que le faltaban por conocer, advirtió que su alocución iba a ser muy corta y a continuación soltó una arenga de una hora acerca del progreso femenino y el derecho al voto. A cada rato su perorata era interrumpida por vítores. Como ni Wen ni yo movimos en momento alguno las manos para aplaudir, empezamos a notar que las damas más próximas nos observaban hoscamente y temí que aquella horda con faldas se lanzara sobre nosotros, los representantes del Enemigo, para vengar sus derechos ultrajados. Por fortuna, súbitamente el discurso de Carrie Chapman llegó a su fin y pusimos pies en polvorosa.

En la calle, los hermanitos Valdés se encontraron con unos condiscípulos que regresaban de la Universidad y que les comentaron lo buena que había estado la elección del nuevo rector. Miré a Wenceslao significativamente, exhortándolo a librarnos de semejantes pelmazos, mas al oír a los jóvenes mencionar el nombre de Mella, mi prisa se esfumó.

Según contaban, mi adorado tormento acababa de protagonizar un tremendo escándalo. A escasos minutos de empezar la asamblea, sin que nadie estuviera enterado de su propósito de asistir al acto, el Presidente de la República había hecho su entrada en el aula magna. Al verlo llegar, varios estudiantes, encabezados por Julio Antonio, abandonaron el recinto con la intención de romper el *quorum* y boicotear los comicios. La situación se puso tensa: para nadie era un secreto que en el salón, entremezclados con los académicos y los estudiantes, se hallaban numerosos miembros de la Policía Secreta.

Sin embargo, como no pudieron lograr su propósito, Mella y sus compinches retornaron a sus puestos, alborotando el auditorio con enérgicas protestas por la presencia de Zayas. El rector saliente, quien conducía la asamblea, preguntó a los revoltosos si iban o no a participar en la elección. Poniéndose de pie, Julio Antonio contestó que sí y enseguida añadió: "Señor Rector, igual que el pueblo de Francia condenó y estigmatizó a los reyes con su silencio, nosotros, la juventud cubana, también lanzamos nuestro anatema contra los malos gobernantes quedándonos callados".

Sus palabras electrizaron a la concurrencia. Se produjo, en efecto, un silencio tenso y todas las miradas se dirigieron hacia Zayas, quien se agitó en su asiento y pareció a punto de levantarse; pero lo pensó mejor y se quedó quieto, haciéndose el desentendido.

"La votación va a comenzar", anunció el rector, y el secretario de la asamblea comenzó a llamar a los delegados que profesores, graduados y alumnos habían escogido para votar. Al escucharse el nombre de Julio Antonio Mella y subir éste al escenario para depositar su papeleta en la urna, una ovación lo premió.

—¿Y cómo reaccionó el marrullero mayor? —indagó Rogelio, refiriéndose al Presidente.

—Hizo como si se quitara una mota de polvo de la solapa —respondió uno de los cronistas—, pero a la legua se veía que estaba echando chispas.

Una vez contados los votos, Zayas felicitó al rector elegido por amplia mayoría y se dirigió al público asegurando que ante el buen funcionamiento de la asamblea universitaria sentía una satisfacción comparable a la de un padre que observa los triunfos de su hijo. Aquello hizo que muchas voces se levantaran para protestar, recordando al mandatario que la creación de la asamblea no era obra suya, sino de las luchas de los universitarios.

Con una sonrisa forzada, el Presidente aclaró que no era su intención atribuirse la gloria de las reformas obtenidas por los estudiantes y, en medio de un estrepitoso abucheo, desapareció escoltado por sus guardaespaldas.

—Debe estar renegando de la hora que se le ocurrió ir —dijo uno de los muchachos.

Camino del hotel, libres ya de los Valdés, sentí la imperiosa necesidad de ver a Mella y de buscar, con o sin la ayuda de Wenceslao, el modo de tener algún lance con él.

—Haga lo que quiera —exclamó de pronto mi amigo, adivinándome el pensamiento, y un calofrío me recorrió la espina dorsal–, pero no se lamente si el tipo le da un puño y termina con las narices rotas.

–No sé de qué habla –traté de disimular.

–Mejor si me equivoco –repuso con suspicacia y se sumió en un mutismo recriminador.

Ya que no me apetecían nuevas peleas por causa de la Belleza a menos de veinticuatro horas de nuestra reconciliación, en cuanto llegamos al Inglaterra me puse a escribir el borrador de la misiva a la Duse. Pero, por más que me exprimía el cerebro, no lograba acercarme a la vehemencia y el poder de convencimiento demandados por Wen.

–Hágase la idea de que le está pidiendo una cita de amor a su bolchevique –sugirió, cáustico, al rechazar el primer esbozo–. Puede que así le salga algo más elocuente.

No tardamos en saber que la orquídea había llegado sin contratiempos a manos de Désirée y que, al salir a hacer unas compras, la secretaria la llevaba prendida del escote, en clara señal del beneplácito que le producían esas atenciones. "Ese mango está maduro y esperando que lo tumben del gajo", apuntó Regla con bellaquería, haciéndole un guiño a su patrón.

Diez minutos después, armándose de valor, Wenceslao tomó el teléfono y pidió que lo comunicaran con la señorita Désirée Wertheimstein. Respiró profundo, como un actor a punto de salir a escena, y dialogó en alemán, durante cerca de un cuarto de hora, con ella. No era preciso entender la lengua de Goethe para percatarse, por las inflexiones de la voz, dengosa e insinuante, que sometía a la austríaca a un bombardeo de galanterías. Cuando colgó el auricular, el rostro le resplandecía de satisfacción.

–Esto va de maravillas –afirmó.

–Lo mismo dijo de la Garnett –repuse, y en el acto me arrepentí.

Mirándome con expresión hostil, rogó que no volviera a mencionarle a la inglesa. La dulce y un tanto aburrida Désirée Wertheimstein era harina de otro costal. Había bastado una leve insinuación para que se brindara no sólo para entregar nuestra carta, sino para abogar ante la *Signora* a favor de sus admiradores suramericanos.

–Ahora todo depende de usted –me retó–. Esa carta es para ya, ¿sabe?

Volví a sentarme al escritorio con el propósito de llenar de frases persuasivas la página en blanco, pero no me pude concentrar. Trataba de pensar en la Duse, pero era Mella quien aparecía en mi mente. Agité la cabeza, lo mismo que si espantara a un insecto, procurando ahuyentarlo. Reclinado en la cama, Wenceslao me contempló de reojo, intuyendo, posiblemente, mi sufrimiento interior.

La aparición inopinada de Bartolomé Valdivieso puso fin, al menos durante un rato, a mi suplicio. El farmacéutico venía a comunicarnos lo que ya sabíamos: que la entrevista con Eleonora Duse le había sido concedida. Gallo acababa de darle la buena nueva. Simulamos una alegre sorpresa y tuvimos que oírlo repetir una docena de veces, a manera de ensayo, su famoso soneto, pues estaba decidido a recitárselo a la eximia antes de regalarle el pergamino. Si el poema era malo, hay que admitir, en honor a la verdad, que, al declamarlo con el espantoso acento propio de los cubanos, su autor lograba que pareciera peor aún.

—No sé qué habría hecho sin ustedes —expresó por último el mulato, con infinito agradecimiento—. Estoy *tan* nervioso...

Lo despachamos con la recomendación de que se acostara temprano y haciéndole jurar que, tan pronto concluyera la audiencia, correría a nuestra habitación para contárnoslo todo.

Esa noche dudamos entre ir al Payret, a ver por fin a la emperatriz de la opereta, o al Principal de la Comedia, donde se presentaba María Tubau. Intrigado por los elogios que los periódicos prodigaban a la españolita, Wen se inclinó por ella, aduciendo que ya tendríamos oportunidad de ver a la Iris, cuya temporada amenazaba con ser eterna.

La Tubau es joven, linda y grácil; la obra que interpretó, intrascendente, y el precio de las boletas, risible comparado con el que tocaba pagar para ver a la Duse. No nos sorprendió, pues, que el Principal de la Comedia estuviera abarrotado de espectadores y que éstos aplaudieran a rabiar el peinado, la *toilette* y los mohínes de la actriz.

A la salida, vagabundeamos sin rumbo fijo por el Parque Central hasta que el azar nos puso frente a las orejas de Paco Pla. Lo invitamos a beber algo en los aires libres del Prado.

—Este sitio me trae gratos recuerdos —insinuó el remero y sonrió lascivamente mostrando sus dientes encabritados.

Al comentarle la ida al homenaje a la Chapman en compañía de dos amigos suyos, nos contó la historia de Rogelio y Armando. La madre de los muchachos había sido Teresa Trebijo, una rica heredera que perdió la cabeza por un hombre casado, se fugó con él y cambió su prestante apellido por el vulgar Valdés. "Entonces, ¿son hijos naturales?", inquirió Wenceslao. El señor Orejas asintió y prosiguió su relato. La susodicha Teresa dio a luz a sus dos vástagos en Santiago de Cuba y allí vivió, con ellos y con su querindango, hasta que la falta de dinero los obligó a regresar a La Habana. Metieron a los niños en un internado y el tipo trató de convencer a Teresa de que reclamara la fortuna que le correspondía. Como ella se negó de plano, el marido se fue con otra y no se le volvió a ver el pelo. La Trebijo trató de mantenerse y de pagar el colegio de los niños cosiendo para afuera, pero a la larga no le quedó más remedio que "putificarse".

—¿Y la herencia? —inquirió Wenceslao, atónito.

—El hermano, José Ignacio Trebijo, se quedó con toda la plata. Ustedes lo conocieron en el baile de los Montes de la Oca: un gordo mantecoso que se cree el ombligo del mundo.

Teresa llegó a un acuerdo con su hermano. Si José Ignacio se ocupaba de velar por la salud y la educación de sus sobrinos, ella renunciaría a lo que por ley era suyo. Encantado con el trato, Trebijo prometió pasar una mesada mensual a los bastardos y pagarles los estudios, pero con la advertencia de que jamás los reconocería como sangre de su sangre ni los recibiría en su mansión.

—Esa historia la conoce todo el mundo, aunque por lástima con los muchachos, que no tienen la culpa de nada, no se comente —explicó Paco Pla.

—¿Y qué fue de la madre? —curioseó Wenceslao.

—Como al año de llegar al arreglo con el hermano, la encontraron cosida a puñaladas en el inquilinato donde vivía. Al principio se especuló que un jorobado que, según las malas lenguas, se la estaba echando al pico, la había matado por celos. Pero como la Secreta no pudo probarle nada, el caso se archivó. Rodolfo y Armando siguieron internos en su colegio, sin salir ni para las vacaciones de Pascua, y no se enteraron de la muerte de su mamá sino mucho tiempo después.

Como Wenceslao, fascinado con aquel drama habanero, insistía en conocer detalles adicionales sobre sus protagonistas, me levanté para ir a orinar, no porque tuviera muchas ganas, sino para no oír hablar más de lo mismo.

Camino del baño, un individuo me cerró el paso.

—Dichosos los ojos —exclamó y, antes de verle la cara, supe que se trataba de uno de los detectives de la Secreta, el acuerpado que respondía al nombre de Aquiles de la Osa—. ¿Tomándose su cervecita, Belalcázar?

Asentí y, sin saber si hacía bien o mal, le pregunté a quemarropa cómo iba la investigación por la muerte del chino. Me indicó una mesa un poco retirada y nos sentamos en ella. El policía llevaba un gabán color habano que le sentaba divino y el muy presumido lo sabía perfectamente.

—No debería contarle nada, porque usted no me ha querido contar nada a mí —bromeó, pellizcándose del bigote, después de encargar dos polares.

—No tengo nada que contar —protesté.

—¿Ah, no? —repuso, enigmático—. ¿Seguro que no tiene nada que añadir a su declaración? —insistió, mirándome con una complicidad que me hizo sentir incómodo.

—Seguro —respondí. En ese instante trajeron las cervezas y, a causa de la rapidez con que bebí de la mía, o de lo fría que estaba, o de ambas cosas a la vez, tuve un acceso de tos.

El detective me dio unas palmaditas en la espalda y aguardó, con expresión bonachona, a que me recuperara. Entonces, como quien repite una lección a un niño de escasas entendederas, dijo:

—Amigo mío, nosotros lo sabemos todo y, si no lo sabemos, nos lo imaginamos.

Le contesté que no entendía de qué hablaba y, con un suspiro de resignación, accedió a contestar mi pregunta.

—Hasta ahora no ha sido posible dar con el paradero de su tío, pero a quien sí conseguimos pescar fue al franchute que lo visitaba.

—¿Quién es?

—Según parece, ni él mismo lo sabe a derechas —comentó De la Osa—. El tipo cuenta una novela que no sabemos si creer o no. Dice que perdió la memoria en un naufragio y que no recuerda nada de su vida antes de que un carguero lo recogiera en alta mar y lo dejara en La Habana. Una cosa sí está clara: no es ningún pata de puerco, es educado, tiene modales y enseguida se nota que está acostumbrado a mandar.

Le pregunté cómo había conocido el francés a mi tío.

—Es un caballero y no ha querido entrar en detalles al respecto —contestó, con malicia, el detective—. Mi impresión es que los presentó el cónsul de Francia, quien, entre nosotros y con la mayor reserva, es uno de los mejores clientes de su tío. —Lo contemplé intrigado y se echó a reír—. ¡Por favor, no me diga que también tengo que explicarle la naturaleza de los negocios de su tío!

De pronto me sentí exasperado e hice un amago de ponerme de pie.

—Espere, que todavía falta lo mejor —profirió De la Osa, sujetándome por la muñeca con una mano helada.

—¿Por qué presupone que estoy enterado de la clase de negocios a los que se dedica mi tío? —le espeté con mal disimulada rabia—. Hace treinta años que mi familia no tiene noticias suyas y se esfumó antes de que yo pudiera preguntárselo.

—Era una broma, Belalcázar —me aplacó.

Me dieron ganas de replicarle, pero, antes de que pudiera organizar una frase en mi cabeza, añadió algo que me petrificó:

—Jean Bonhaire, que es como se llama o dice llamarse el francés, fue detenido hoy gracias al soplo de un informante. Nos colamos en el hotel donde vive y entre sus pertenencias encontramos una 45 a la cual le quedaban dos balas. —Me miró a los ojos—. Las municiones son idénticas a las que le volaron los sesos al "secretario" de su tío.

En ese instante, un chiquillo pasó delante de nosotros vendiendo periódicos. El detective silbó para hacerlo devolverse y le compró uno. Me puso delante de las narices la noticia que daba cuenta de la detención del sospechoso y leí con avidez. Si bien el detenido admitía conocer a Mei Feng, se negaba a aceptar su culpabilidad. Sin embargo, las evidencias indicaban que el asesinato del asiático era obra suya y, según el periodista, sólo un milagro podría librarlo de pasar unas largas vacaciones en una celda de La Cabaña. Noté que, al igual que en reportes anteriores, el nombre de mi tío volvía a escamotearse a los lectores. No me pareció prudente preguntar al policía la causa de esa inusual discreción.

Por último, mi atención se centró en el retrato del detenido. Era apuesto, vestía con elegancia y le calculé unos cuarenta años.

—Llevaba encima un reloj, una cadena y un anillo, todos de oro, que según Atanasia, la sirvienta, habían pertenecido a Misael Reyes, lo mismo que unas mancuernas de plata que hallamos en el cuarto del hotel. El francés sostuvo que eran regalos de *Monsieur* Reyes, quien lo apreciaba mucho y deseaba ayudarlo a salir de la difícil situación en que se encuentra, solo y sin recursos en un país extranjero. La negra corroboró sus declaraciones al asegurar que en sus dos últimas visitas a la casa el tipo llevaba puestas esas prendas y unos botines que también le había obsequiado el doctor.

Intenté devolverle el diario.

—Quédese con él —dijo Aquiles de la Osa— para que se lo enseñe al señor Hoyos.

Me puse de pie y en esa ocasión no procuró retenerme.

—Espero que algún día me busque para contarme algo interesante —recalcó a manera de despedida—. Por ejemplo, si su tío tratara de comunicarse con usted mandándole papeles o de cualquier otra forma.

Me esforcé por sonreír y le prometí tenerlo al tanto en el utópico caso de que así sucediera. Nos dimos la mano (¿cómo podía estar tan frío si yo sudaba?) y regresé junto a Wenceslao y al remero, quienes continuaban charlando muy animados, ya no de los hijos de la estúpida Trebijo, sino del inminente baile de las Mil y Una Noches, al que Pla pensaba acudir disfrazado de *tuareg*. Encontré acertada la elección: escondidas dentro de un turbante, las orejas no lo delatarían. Me alegré de que, entretenidos con su charla, no se hubieran percatado de lo dilatado de mi ausencia: prefería no decir nada del encuentro con el detective.

Súbitamente, el rubio nos hizo saber que le encantaría conocer la habitación que ocupábamos en el Inglaterra y, para mi sorpresa, Wenceslao lo invitó a acompañarnos sin consultarme.

En el hotel, luego de desnudarnos, el señor Orejas fue cuidadosamente amordazado. Si sus quejidos despertaban a nuestra ilustre vecina a tan avanzada hora de la noche, la ayuda de una decena de Désirées sería insuficiente para convencerla de que nos concediera la entrevista. La mordaza pareció excitar al chico y otro tanto sucedió con Wenceslao, quien se dio a la tarea de morder, zarandear y avasallar a su complacida víctima con un sadismo inusual en él. La función fue larga y constó de numerosos y variados cuadros, con algún que

ANTONIO ORLANDO RODRÍGUEZ

otro bis; aunque es menester aclarar que mi deslucida participación careció del menor asomo de iniciativa. Preocupado por las noticias que me había dado Aquiles de la Osa, me limité a obedecer al pie de la letra las instrucciones de Wenceslao: "Hágale esto, hágame lo otro, póngase así, vírelo para allá". Parecía Michel Fokine dirigiendo una coreografía para los Ballets Rusos de Diaghilev, exigiéndole a los corifeos que giraran, saltaran y se movieran más rápido o más lento. Ni siquiera se me ocurrió, como sin duda alguna habría hecho en otras circunstancias, imaginar que el cuerpo con el que compartíamos la cama era el de Mella.

Mi voluntad únicamente se manifestó de nuevo cuando, concluidas las acrobacias y los chupeteos, Paco Pla preguntó, tímidamente, si podía quedarse a dormir con nosotros.

—Imposible —contesté de modo tajante y, sin permitir que Wenceslao intercediera a su favor, lo hice vestirse y desaparecer.

—Pobre muchacho, ¡quién sabe a qué horas llegará a su casa! —comentó Wen, al quedarnos solos, en tono de reproche.

Me hice el dormido para no contestar. Pero al cabo de un rato, después de acomodar una y otra vez la almohada bajo mi cabeza, y de dar vueltas y enredarme con las sábanas, abrí los ojos y le conté de un tirón mi encuentro con el policía.

—¿Estaría enterado realmente de que recibí los versos de Casal o lo diría para tenderme una trampa? —le pregunté.

—Me inclino a creer que lo sabe.

—Y suponiendo que así sea, ¿cómo se enteró?

—Quizás fue él quien puso el poema sobre la cama —aventuró mi amigo, con voz de sueño, y me rogó que no pensara más en el asunto. Mañana sería otro día y debía despertarme temprano para hacerle la carta a la Duse.

Me dieron deseos de revelar otras cosas que tenía guardadas sin saber bien el motivo: lo de las palabras que se habían escrito solas en el espejo del baño y la desaparición de la tienda de Fan Ya Ling, pero la respiración acompasada y los ronquidos de Wenceslao, leves al principio, ruidosos enseguida, me hicieron desistir.

Mientras trataba de conciliar el sueño, una voz empezó a dictarme la carta que debía escribirle a Eleonora Duse. Una carta sin par, avasalladora, capaz de conmoverla y hacerla acceder a nuestra petición.

¿Quién me soplaba al oído esas palabras? Ignoro por qué, de repente tuve la certeza de que se trataba del poeta y compositor musical Arrigo Boito, un viejo amante de la Duse muerto años atrás, creador de la ópera *Mefistófeles* y del libreto del *Otelo* de Verdi. ¿Cómo lo supe? Ni idea, porque la voz me hablaba en español (con un ligero acento paisa) y Boito era paduense. En una oportunidad, bebiendo unas tazas de agua de panela hirviente para mantener a raya el frío bogotano, Wenceslao me había contado sobre la importante y discreta relación sostenida durante muchos años por la *Signora* y Boito. Que D'Annunzio fue la gran pasión de la actriz era *vox populi*, pero Wen se inclinaba a pensar que Arrigo Boito había sido su amor espiritual. Boito, o quien diablos fuera, seguía dictándome una carta de estilo lírico y ligeramente sentimental que, según mi intuición, podía resultar del agrado de la Duse.

"Naturalmente que le gustará", aseveró, interrumpiendo el dictado y con una seguridad que no admitía dudas, la voz. "Nadie conoce a Lenor como yo".

Le pregunté con timidez si era Boito y asintió con un bufido.

"La primera vez que la vi fue en Milán, interpretando *Cavalleria rusticana*. Era una mujercita de veinticinco años, ambiciosa pero insegura de su talento, y ya los periódicos hablaban de ella con insistencia. La noche que terminó la temporada, se hizo una cena en su honor en el *restaurant* Cova. Sentaron a Negri, el alcalde de la ciudad, a su izquierda y a mí me correspondió hacerme a su derecha. Me pareció bastante inteligente, sobre todo para tratarse de una actriz. Le pedí una fotografía suya, me la envió y en los meses posteriores intercambiamos algunas cartas. Sin embargo, la intimidad no llegó hasta cuatro años más tarde, en la época en que abandonó la compañía de Cesare Rossi, donde había adquirido popularidad, y decidió convertirse en su propia empresaria", relató el fantasma.

Mientras lo escuchaba, me pregunté si todos los habitantes del mundo astral serían tan locuaces como los que me tocaba padecer. Encontrar un espíritu lacónico era una verdadera excepción; por lo general, los difuntos hablaban hasta por los codos cuando se les presentaba la oportunidad de comunicarse con alguien. Posiblemente se debiera a que pasaban demasiado tiempo en silencio, obligados por sus circunstancias.

En tanto yo buscaba justificación al torrente verbal, el muerto proseguía, muy campante, su monólogo: "Poco antes del estreno de *Otelo* en Milán, Verdi y yo fuimos a verla en *Pamela nubile*, una antigua comedia de Goldoni que ya nadie pone en escena. En esa obra, lo mismo que en otras del mismo autor, Eleonora demostraba que, además de una trágica, podía ser una humorista deliciosa. Al fin y al cabo, ¿qué fue su bisabuelo sino un cómico? Cuando fuimos a saludarla, al concluir aquella representación, sus dedos se entrelazaron con los míos durante unos segundos que se me hicieron eternos y me despedí muy turbado. A decir verdad, fue Lenor quien me buscó, quien apeló a amigos comunes para acercarse sentimentalmente a mí, hasta que el veinte de febrero de 1887, a las nueve de la noche, nos convertimos en amantes", dijo.

Intenté recordar el día, el mes, el año y la hora exactos en que Wenceslao y yo habíamos iniciado nuestro romance, y me fue imposible. Siempre he tenido pésima memoria para las fechas. ¿Cómo se las arreglaba Boito para evocar los acontecimientos con tamaña precisión? ¿Será que la retentiva nos mejora al llegar al Más Allá?

"En la intimidad, yo la llamaba Bumba, Bimbuscola o Zozzoletta, y ella me decía Bumbo, Bombi, Zozzi... Qué cursi, dirá usted. Pero ¿qué es estar enamorado, sino darse licencia para hacer el ridículo? Ella viajaba todo el tiempo por el país, yo también me debía a mis ocupaciones, y por eso nuestros encuentros tenían la fugacidad de un relámpago. Cada uno tomaba su tren y nos reuníamos, durante un rato, en algún hotelito de un pueblo intermedio", prosiguió Boito. De pronto, sin avisar, reanudó el interrumpido dictado de la carta que le urgía a Wen.

Me dije que no podía esperar más: era preciso que me levantara sin dilación, encendiera la lámpara de mesa y tomara nota de las valiosas frases antes de que se esfumaran, antes de que se disolvieran en la frescura de la noche habanera. Pero un súbito cansancio me retuvo en el lecho. Supe, sin intentarlo siquiera, que era incapaz de moverme de allí, y me resigné a desaprovechar la invaluable ayuda que me ofrecía el espíritu del amante de la Duse. Antes de dormirme, me consolé pensando que, con un poco de suerte, algo recordaría quizás, al despertar, de todo aquello.

Nos encanta atribuir a los malvados los males que padece-
mos. Olvidamos que son nuestra indiferencia o nuestro miedo
los que permiten tales excesos.

Cuando empezó la guerra, llevaba cinco años sin actuar.
Libre por primera vez, me dediqué a gozar mi libertad. A
contemplar el cielo, como un marinero, para saber si el viento
sería o no favorable a la navegación.

Si la prensa publicaba un comentario sobre mi retiro,
pedía a Désirée que escribiera aclarando que el día que la señora Eleonora Duse tomara la decisión de dar por concluida
su carrera, los periodistas serían notificados de inmediato.
Pero ¿para qué mentirnos? Aunque no quisiera admitirlo, lo
mío era un retiro. No sentía el menor deseo de volver al escenario. Estaba cansada de lidiar con empresarios, aburrida
de contratos que siempre prometían jugosas ganancias y al
final causaban pérdidas, hastiada de amaestrar actores estúpidos, harta de barcos y de trenes y de hoteles y de camerinos.
Además, tenía cincuenta años. ("Sólo cincuenta años", habría dicho Sarah.)

Mis ahorros estaban en Alemania, en un buen banco,
bien invertidos y mejor administrados, y las rentas que Robi
Mendelssohn me enviaba cada mes desde Berlín me permitían vivir sin lujos, pero con comodidad.

Viajaba, viajaba mucho, y me inventaba ocupaciones,
como la desafortunada Casa delle Attrici. ¿Les hablé de
eso? También fue el tiempo en que más cerca estuve de la
pobre Isadora Duncan, quien se volvió loca cuando Deirdre
y Patrick, sus hijitos, se ahogaron de una forma estúpida e
injusta. Le envié un telegrama exigiéndole que dejara de
vagar sin rumbo y que se refugiara en mi casita de Viareggio.
Me obedeció, y traté de consolarla lo mejor que pude, a mi
manera.

—Isadora —le dije, mirándola a los ojos—. Lo que te ha sucedido no es el final de tus desgracias: es apenas el principio. No juegues con el destino. La felicidad no se hizo para ti. Olvídala. Resígnate a vivir sola con tu arte.

No me hizo caso. No podía. Isadora tenía una marca en la frente. Una marca invisible para todos, que yo advertí desde que la conocí. La señal de los grandes desdichados.

Alquiló una villa enorme y luminosa. Allí nos reuníamos ella, Hener Skene y yo. Skene tocaba el piano: Chopin, Schubert, Beethoven... Una tarde se le ocurrió interpretar el adagio de la Patética y, súbitamente, por primera vez desde la muerte de los niños, Isadora danzó. Al verla, respiré con alivio. Estaba salvada.

Pero aprender, nunca aprendió. Le presenté a un joven escultor que quería hacerle un busto y la muy cabecidura se empeñó en tener un hijo suyo. Lo consiguió, claro, pero la criatura vivió sólo unas horas. Lo peor de las historias tristes es lo parecidas que son.

Y entonces, para hacernos entender que el dolor debe ser humilde y discreto, sobrevino una tragedia mayúscula. En Sarajevo mataron al archiduque Francisco José y empezó la guerra. Al principio, lejana; pero enseguida se extendió, como la peste, por toda Europa.

Italia, en apariencias, era neutral. Sin embargo, los enfrentamientos entre los neutrales y los partidarios de los aliados era una especie de guerra de bolsillo. Hasta que el veintitrés de mayo de 1915 entramos en la gran contienda. ¡Viva l'Italia! ¡Viva l'italianità!

Procuré cumplir lo mejor posible con mi deber patriótico ayudando a los soldados y a los refugiados; primero a los serbios, en Roma, y luego a los nuestros, que invadieron las calles de Florencia después del desastre de Caporetto. Pobre gente, obligada a abandonar sus hogares, a renunciar a todo con la esperanza de conservar lo único realmente indispensable: la vida.

En esa época pensaba mucho en mi hijito. De no haber

muerto, estaría combatiendo en las trincheras. O sería uno de esos jóvenes rapados que regresaban del frente, con el pecho lleno de cruces y condecoraciones, pero sin un brazo o una pierna. Soñaba con él y siempre tenía un rostro y un cuerpo distintos. ¡Qué idiotez! También pensaba en Boito, cada vez más enfermo, hasta que murió, dejándome en la mayor desolación. Y en Gabriele.

A Grabiele llevaba años sin verlo, pero lo sabía todo sobre él. Se había enrolado en el ejército al comenzar la guerra, con el grado de teniente y comandaba una escuadrilla de valerosos aviadores. El arcángel por fin mostraba el poder de sus alas. Los periódicos hablaban de sus hazañas, de la manera como hostigaba sin tregua a los austríacos, y yo leía aquellas noticias con preocupación. Le escribí y me respondió que no debía temer por su vida. Nada podía ocurrirle, pues en todas las misiones llevaba consigo sus talismanes: el anillo de bodas de su madre y dos esmeraldas que yo le había regalado.

Un día me pidieron que fuera al frente, con otros artistas, a entretener al ejército con dramas históricos. Me negué, por principio, a participar en esa siniestra ironía. Algo, no sé si pudor o rabia, me lo impidió. No me cabía en la cabeza que alguien que sobrevive entre la metralla y la sangre, alguien que está a punto de entrar en combate, desee que lo diviertan. Llegar, representar, crear un mundo imaginario, y luego, ¡addio!, volver a la ciudad, huir de la verdad y de la muerte. ¡Oh, no!

A la zona de guerra fui muchas veces, no como actriz ni como "turista", sino como ciudadana italiana, a ser mínimamente útil. Visité a los heridos y a los enfermos, los ayudé a escribir cartas para sus familias, conversé con ellos. Los escuché, traté de comprenderlos, de consolarlos igual que lo harían sus madres.

Me mandé a hacer un vestido azul, porque de negro parecía disfrazada de cura y yo quería que se alegraran al verme. Quería que olvidaran, al menos por un rato, tanta sangre manchando los vendajes, tanta carne quemada, tanto hombre joven maltrecho. Que sacaran de sus cabezas las banderas desteñidas, el rugido bronco de los cañones, las camillas de la Cruz Roja, los entierros. ¡No, yo no cometeré el error de llamar bella a la guerra, como hizo Boito, el poeta, en un arranque patriótico! Ni siquiera a nuestra guerra. ¡Nunca!

Una noche, al volver al hotelito de Udine, encorvada por el dolor de los cuerpos y de las almas, encontré mi habitación destrozada por una bomba y comencé a reír. La gente me miraba como si estuviera loca. ¿Lo estaría? ¿Habré dejado de estarlo desde entonces?

Una guerra es algo más que muerte, ruina y política, como nos han querido hacer creer con el ánimo de simplificar su significado. Una guerra es, sobre todo, un asunto de terror físico y moral.

La guerra (la que yo conocí en el frente; la que seguí, día a día, leyendo los periódicos) fue una carnicería. Cada país mandó a sus muchachos al campo de batalla lo mismo que se envían las reses al matadero a que las descuarticen. Italia, sólo Italia, perdió casi medio millón de hombres. ¿Por qué? ¿Para qué? ¿En nombre de qué?

Por último, llegó el final. La victoria, para unos; para otros, una derrota de la que se alimenta el rencor. El júbilo del vencedor y la humillación del vencido. ¿Y después? El olvido. Pero ¿olvidan las madres que no recuperaron a sus hijos? En aquellos días, con el corazón hinchado de tristeza, entendí con una claridad dolorosa que la guerra no es una desgracia, un capricho o un instante transitorio de crueldad o de idiotez de los hombres, sino la manifestación de un estado innato (a veces, solapado o latente; a veces, desgraciadamente, libre) del alma humana.

10

Es una bruja —dictaminó el mulato, irrumpiendo como una exhalación—, ¡una arpía! —insistió, y supimos que su encuentro con la *Signora* no había sido feliz.

Después de sentarlo en la mecedora y obligarlo a beber un vaso de agua, el autor de "A Eleonora la excelsa" estuvo en condiciones de narrar los pormenores de la visita.

Conocedor de que entre las manías de la anciana estaba la puntualidad, Bartolomé Valdivieso había llegado esa mañana al Inglaterra con suficiente antelación. Faltando un cuarto para las ocho, hora de la cita, ya estaba frente a la puerta del departamento de la trágica. Elegante y perfumado, con el regalo en una mano y un reloj en la otra, aguardó a que las manecillas indicaran las siete y cincuenta y nueve minutos, y sólo entonces golpeó la madera con los nudillos.

Adentro escuchó toses, pasos y comentarios en francés. Al cabo de unos segundos, Désirée Wertheimstein entreabrió la puerta y Valdivieso le expuso, en su recién aprendido y titubeante italiano, quién era y por qué estaba allí. La secretaria lo hizo pasar al recibidor y, señalando el sofá, le pidió que se pusiera cómodo. La *Signora* estaría con él en unos instantes, aseguró antes de retirarse.

El farmacéutico aprovechó para examinar la pieza. Junto a un jarrón con flores vio tres o cuatro libros. Uno de ellos, encuadernado en cuero, estaba abierto y el joven no resistió la tentación de tomarlo para averiguar de qué obra se trataba.

—*Macbeth* —indicó la Duse, trasponiendo la puerta, y, a causa de lo intempestivo de su aparición, poco faltó para que al visitante se le enredaran las piernas tratando de levantarse a la mayor celeridad posible–. Traducido al francés, claro –especificó, utilizando esa lengua–. Mi inglés no va más allá de dos o tres frases –estrechó la diestra del hombre y enseguida lo instó, con un gesto, a sentarse de nuevo–. Durante uno de mis primeros viajes a Nueva York quise aprender ese idioma y el empresario se puso furioso. Me dijo que si algún día llegaba a hablarlo, dejaría de resultar "exótica" y eso sería catastrófico para la taquilla.

La mujer quedó en silencio, aguardando a que su interlocutor abriera la boca. Al percatarse de que el hijo del senador estaba paralizado, agregó:

–El *signore* Gallo mencionó que usted quería entregarme algo.

–¡Oh! –reaccionó Valdivieso, aferrándose al estuche de piel de cocodrilo y dudando si hablar en francés o en su precario italiano–. Soy un ferviente admirador suyo, *signora* Duse –dijo, optando por el francés–, y me he tomado el atrevimiento, ¡espero que no se disguste por ello!, de componer un soneto en su honor.

–*Grazie* –musitó la actriz, entornando los párpados, y trató de apoderarse del estuche, pero el mulato, reaccionando con rapidez, puso el obsequio fuera de su alcance.

–Antes de entregarle el poema, me agradaría leérselo –aclaró precipitadamente.

La Duse asintió, supongo que resignada, y se reclinó en la silla de mimbre de enorme espaldar que había escogido para sentarse. Descansando la mejilla en la palma de una de sus finas y expresivas manos, se dispuso a escuchar los versos.

En ese instante, según nos contó Valdivieso, le empezaron unos temblores incontrolables. Reuniendo todo su valor, abrió el cocodrilo y extrajo de su interior el pergamino escrito con letras doradas. Tosió para aclararse la voz y, ante la mirada benévola de la Duse, declamó la composición del modo más emotivo posible.

–*Grazie mille* –susurró la homenajeada en cuanto el mulato concluyó la lectura y, para poner fin a la visita, le arrebató pergamino y envase. Enrolló el pliego, lo guardó y entonces miró con interés el empaque–. ¿Qué piel es ésta? –indagó, intrigada, acariciando con la punta de los dedos la superficie pulida–. ¿A qué animal pertenecía?

Cuando el farmacéutico le informó que aquella piel había recubierto el cuerpo de un caimán, el rostro de la anciana dejó traslucir una incredulidad mayúscula.

–¿*Caimano*? –articuló–. ¿*Coccodrillo*? –insistió, con un hilo de voz, y al ver que Bartolomé asentía con una sonrisa fatua, la *Signora* se crispó con auténtico pavor–. ¡*Per l'amor del cielo*! –Le devolvió el estuche con brusquedad, como si estuviera vivo, y, poniéndose de pie, pidió al mestizo, muy alterada, que se retirara sin dilación. Puesto que el desconcertado poeta no atinaba a moverse, la vieja empezó a chillar igual que si la estrangularan, reclamando la presencia de Désirée y de la Avogadro, quienes acudieron con presteza. Fuera de sí, a punto de llorar, gritando igual que una verdulera en una plaza, la actriz regañó en italiano a sus empleadas, mientras señalaba con repulsión el regalo. Hablaba con tanta prisa que el mulato sólo comprendió la palabras *cubani* y *selvaggio*, repetidas desdeñosamente una y otra vez. Por último, dando media vuelta, sin volver a mirar al atribulado sonetista, abandonó la habitación seguida por su doncella.

–Yo no hice nada –aseguró Valdivieso, con voz temblorosa, a la secretaria–. No comprendo por qué se ha puesto así.

–Detesta a los lagartos y en general a todas las fieras –expresó, hierática, la austríaca–. *Ustedes* son incomprensibles –añadió en tono de reproche, tomando al poeta del brazo y conduciéndolo hacia la puera–. ¿A quién, en el mundo civilizado, se le ocurriría hacer ese tipo de regalo a una dama?

Al llegar a ese punto de la narración, Bartolomé Valdivieso fue presa de un ataque de furia, empezó a saltar encima del cocodrilo, hasta dejarlo vuelto nada, y luego, apoderándose del pergamino, lo rompió en dos, cuatro, ocho, muchos pedacitos que lanzó por el balcón. De pie junto a la baranda, vimos los fragmentos de "A Eleonora la excelsa" revolotear por el aire durante unos instantes, antes de caer encima de los automóviles y de los transeúntes que pasaban por San Rafael.

–¡Está muerta! –gritó el farmacéutico con resentimiento–. ¡Para mí, esa puñetera vieja está muerta y enterrada! –y abandonó el cuarto dejando tras de sí una estela de improperios.

Wenceslao cerró la puerta y nos miramos contritos.

–Pobre Bartolomé –se condolió.

—Ni tanto —dije, desperezándome—. Si se analiza sin apasionamiento, la verdad es que la Duse no deja de tener razón: un caimán es una bestia asquerosa.

Admitió que no le preocupaba la acogida brindada al obsequio, sino el hecho de que el mulato no hubiera tenido tiempo de mencionarnos durante el turbulento encuentro.

—Pues a mi juicio es una suerte que no alcanzara a hablarle de nosotros —consideré—. Después de ese incidente, también habríamos quedado excomulgados.

Mi razonamiento le agradó.

—Es verdad —asintió—. Si el cretino llega a mentarnos, hubiera sido la embarrada.

Le dije que sentía un hambre de piraña. ¿Pedíamos el desayuno o bajábamos al *restaurant*? "Ni lo uno ni lo otro", repuso, y me condujo hacia el escritorio. "Hasta que la carta esté lista, no levantará el trasero de aquí", exclamó. Al preguntarle por qué esa prisa, me recordó que, teniendo al ministro italiano a su favor, Olavo Vázquez Garralaga podía ser recibido por la *Signora* en cualquier momento. Y si tal cosa ocurría y el versificador aprovechaba la lectura del drama *La víctima de su pecado* para cumplir la amenaza de calumniarnos, podíamos despedirnos de la audiencia. "Como comprenderá, no hay tiempo que perder", sentenció. Y santo remedio. No sé si a causa del hambre o convencido por sus argumentos, pero lo cierto es que empecé a escribir en el acto. Es posible que algún remanente de las frases dictadas por Boito circulara aún por mi cerebro, pues la misiva a la Duse brotó con una fluidez pasmosa.

La carta (¡cuánto lamento que ninguno de los dos tuviera la precaución de hacer una copia o, al menos, de conservar aquel primer borrador!) empezaba, no me pregunten por qué, describiendo los escarpados y verdes cerros de Guadalupe y de Monserrate, casi siempre hurtados a la mirada de los bogotanos por la pertinaz neblina, pero objeto, pese a ello, de profunda y permanente veneración. Tras esa poética, aunque, lo admito, desconcertante introducción, pasaba a plantear una analogía. Existen artistas que, lo mismo que las longincuas montañas, se empeñan en resguardar su intimidad manteniendo una prudente distancia entre sus cumbres y los mortales; ella, la divina Duse, pertenecía a esa raza: acosada por la inexcusable y sempiterna curiosidad del vulgo, estaba obligada a custodiar su privacidad. Sin embargo, del mismo modo que los cerros de Bogotá accedían, de forma excepcional y con la anuencia del astro rey, a mostrarse algunas veces tal cual son, también las grandes figuras del arte solían hacer excepciones y aceptaban develar ante determinadas personas que las veneraban, y a quienes intuían merecedoras de confianza, una parte de su intimidad.

Después de elogiar su estilo de interpretación y de advertir que, más que a una actriz, veíamos en ella a una sacerdotisa del teatro, pasaba a hablar del álbum de recortes de Wenceslao, comparándolo con un misal; de la extraordinaria admiración que nos había impulsado a viajar a La Habana, desafiando un océano, con el único propósito de ovacionarla; de la impresión inmarcesible que nos causara su interpretación del personaje de Bianca Querceta en *La porta chiusa*, y de la ansiedad con que aguardábamos las próximas representaciones.

Creo recordar que, en el párrafo final, la misiva hablaba de los peregrinos que cada año van a la Meca o recorren el camino de Santiago, orando y haciendo todo tipo de promesas, con la esperanza de que les sea concedido alcanzar su anhelo. También nosotros éramos peregrinos, devotos de su arte, y de ella, y de nadie más, dependía que obtuviéramos la recompensa por nuestros desvelos.

Resumida de esta manera, la carta pierde mucho, pero era *muy conmovedora*. Cuando se la leí, Wen la encontró perfecta. Entre los dos la volcamos al francés y él se ocupó de transcribirla, con tinta azul y su mejor letra, en un papel de hilo. Mientras copiaba las frases con el mayor esmero, mordisqueándose la punta de la lengua, me aseguró que esa misma tarde, durante la visita que haría a El Anón con Désirée Wertheimstein (la secretaria había confesado por teléfono su adicción a los helados), se la entregaría. Tan feliz y optimista estaba que, en un arranque de generosidad, me prometió que si lográbamos que la Duse se dejara entrevistar (que accedería a recibirnos ya lo consideraba un hecho), movería cielo y tierra para servirme al *leader* de los universitarios en bandeja.

El paseo con la austríaca fue un éxito. La mujer acogió de buena gana sus chistes; paladeó, golosa, los sorbetes de guanábana y de mango, y escuchó con atención la historia del periplo realizado desde la remota Colombia, en compañía de un amigo periodista, con el objetivo de lograr que la Duse les concediera una *interview*.

Claro que entregaría la carta, mas no enseguida. Ella, que acompañaba a la *Signora* desde algunos años atrás (se cuidó de revelar cuántos), conocía como nadie sus cambiantes humores. La pondría en sus manos, sí, pero sólo en el instante adecuado, cuando la notara con el ánimo propicio. Y para hacer evidente que el apoyo que estaba dispuesta a prestarle a un joven tan apuesto y galante era total, le reveló un secreto.

Pocas personas, salvo los íntimos de la trágica, sabían de la afición que sentía ésta por el *champagne*. Era un placer que disfrutaba con fruición las contadas ocasiones en que estaba a su alcance. Las flores, los perfumes y las joyas no le interesaban demasiado; los libros, los acogía con beneplácito, pues la ayudaban a paliar su nunca saciada sed de conocimientos; pero beber una copa de *champagne* la enajenaba, le producía algo similar al éxtasis.

En Nueva Orleans, semanas antes de embarcar rumbo a La Habana, la poetisa Amy Lowell, conocedora de esa debilidad de la diva, la había sorprendido enviándole unas botellas. Un regalo semejante, en plena Ley Seca, no tenía parangón. Désirée no podía garantizar nada, pero era posible que si una persona refinada y culta le obsequiaba un *champagne* de buena marca, la actriz, tan reacia a entablar nuevas amistades, se predispusiera a darle cabida en el reducido círculo de sus allegados.

¡De más estaba aclararlo: esas infidencias no debía comentarlas con nadie! Si la *signora* Eleonora se enteraba de que compartía intimidades de esa índole con un desconocido, era capaz de dejarla abandonada en Cuba sin pasaje de regreso.

Al salir de El Anón del Prado y caminar de vuelta al hotel, ya tenían diseñada la estrategia que seguirían. Él se ocuparía de que esa noche subieran al departamento de la *Signora*, de forma anónima, una botella helada del mejor *champagne* de la bodega del Inglaterra. Si Désirée notaba una reacción propicia por parte de la anciana, le entregaría la carta en ese mismo momento, explicándole que la remitía el caballero del *champagne*.

En tanto Wenceslao conspiraba con la secretaria, yo, que le había dicho que permanecería en el cuarto leyendo una novela, merodeaba por Dragones y sus alrededores. Supuestamente daba un paseo, pero en realidad albergaba la secreta esperanza de reencontrar a Mella. Aunque no recordaba con exactitud la dirección de su vivienda, sabía que quedaba en esa barriada. Por desgracia, no fue al comunista a quien encontré, sino a Graziella Gerbelasa, quien apareció en un taxi, acompañada por su tía. Al divisarme, la escritora ordenó al chofer que frenara, sacó medio cuerpo por la ventanilla, me sujetó por un brazo y me conminó a acompañarlas, aduciendo que tenía cosas importantes que decirme. Traté de librarme de aquellos diez dedos que se aferraban a mi americana como garfios, pero pronto comprendí que no estaba dispuesta a dejarme escapar.

Sus voces de súplica, los consejos impertinentes de los transeúntes que contemplaban la escena y los bocinazos de una fila de automóviles exigiendo que dejáramos de obstruir el tráfico me decidieron a entrar en el taxi.

El vehículo se puso en movimiento de inmediato y su conductor, un negro viejo, comentó en tono de chanza:

—¡Las cosas que se ven! Antes, los hombres les caían atrás a las mujeres, y ahora resulta que es al revés.

Graziella Gerbelasa ignoró la observación y, contemplándome enternecida, quiso saber si continuaba enojado con ella.

Cuando iba a responderle que sí, la tía de la joven tomó la delantera y me puso al tanto de que, desde el día de la presentación de *El relicario*, Graziellita había perdido el apetito y casi no dormía, todo por culpa de mi frialdad.

—No, señora —riposté—, debe ser porque le remuerde la conciencia. —La muchacha, que no se veía ni demacrada ni ojerosa, se ruborizó—. Su sobrina se portó pésimo con Wenceslao y conmigo.

—¿Y ese Wenceslao quién es? —averiguó el chofer.

—Otro colombiano —le dijo Graziella, para que no siguiera importunando, y acto seguido manifestó que estaba arrepentida de su comportamiento, tildándolo de irracional e infantil—. Traté de enemistarlos con Olavo por celos, por estúpidos celos —reiteró—. Si quiere, ahora mismo vamos a su casa y también le pido disculpas a él.

—¿A casa de quién hay que ir? —inquirió el conductor.

—De nadie, señor, y no se meta en lo que no le incumbe —le rogué.

El negro chasqueó la lengua, detuvo el vehículo y exigió, ofendido, que nos bajáramos allí mismo, orden que acaté sin protestar, seguido por la escritora y su parienta.

—Lucho —exclamó Graziella, plantándose delante de mí con actitud enérgica, y me pregunté cómo habría averiguado el nombre que me dan mis allegados, pues no recordaba habérselo dicho—, nunca juegues con los sentimientos de una mujer y menos si es una mujer enamorada.

—¿Enamorada de quién? —risposté, sin dar crédito a lo que escuchaba.

—Te amo y no me importa confesarlo —respondió la chica—. ¡Estoy loca por ti desde que te vi!

Pensé que, en efecto, estaba loca, loca de atar, y desde mucho antes de conocerme. ¿Qué hacía yo a las cinco de la tarde en Reina y Amistad, una esquina tan concurrida, protagonizando semejante escena? Me situé detrás de la tía para utilizarla como escudo protector contra un posible embate de la exaltada Graziella.

—Señora, dígale a su sobrina que se comporte —le rogué.

—Lucho, no te atrevas a irte... —advirtió la Gerbelasa—. Es preciso que aclaremos esta situación.

No me importó hacer el ridículo con tal de escapar de aquella grotesca pesadilla. Ignorando sus amenazas, eché a correr. Ya en la acera de enfrente, me detuve y, al mirar atrás, vi a la poetisa llorando de rabia y a la tía abrazándola. Di media vuelta y me alejé preguntándome por qué a mí, por qué precisamente a mí.

Instantes después escuché unos bocinazos a mi espalda. Apreté el paso, convencido de que la Gerbelasa había conseguido otro automóvil y me perseguía; pero una voz conocida hizo que me detuviera. Quien avanzaba detrás de mí era Emilio de la Cruz, al volante de su reluciente *Dodge Brothers*. Subí al carro sin tardanza y le pedí que acelerara la marcha.

—¿Qué pasó? —averiguó el mico, preocupado por mi cara de angustia—. ¿Te robaron?

—Peor que eso.

—Habla claro, chico.

—La Gerbelasa, que está encaprichada conmigo y acaba de hacerme pasar un mal rato.

Se echó a reír, pero, al ver que lo fulminaba con la mirada, puso cara de circunstancias y trató de tranquilizarme:

—Tómalo con calma —aconsejó—. Todos, en algún momento de la vida, nos hemos visto en una situación similar.

—Tendré que darle a entender que no siento ninguna atracción ni por ella ni por ninguna representante de su género —comenté.

—Sería una pérdida de tiempo. Si está obcecada, no te dejará en paz. Las mujeres son tozudas y, además, muchas suelen padecer de lo que yo llamo el síndrome del chocho redentor.

Le pedí que me aclarara qué síndrome era ése y adoptó un tono de catedrático:

—A un alto número de mujeres les cuesta trabajo darse cuenta de cuáles son las preferencias de los miembros de nuestro gremio. Van por el mundo con una venda que les cubre los ojos y se enamoran de los de la acera de enfrente con una facilidad pasmosa. Y si uno trata de darles pistas, para que la venda se les afloje y vean la realidad, ellas aprietan otra vez el nudo. Ya lo dice el refrán: "No hay peor chocho que el que no quiere ver". Ahora bien, cuando la cosa resulta tan evidente que no la pueden ignorar por más tiempo, entonces optan por una táctica distinta. Aceptan a regañadientes que, en efecto, tienes un problema, pero, convencidas de que tu enfermedad no es letal ni incurable, toman la decisión de salvarte, de *rescatarte*. Las muy tontas creen que tienen la panacea entre las piernas. Viven convencidas de que si pruebas de su medicina, olvidarás tus raras inclinaciones y tomarás el camino correcto. En una palabra, están seguras de que el chocho redime. ¡Dios nos libre!

Asentí, con la certeza de que algo de cierto tenía su teoría, y le pregunté:

—¿Usted ha visto una cuca alguna vez, Emilio?

—¿Un chocho? ¿En persona? ¡Jamás! —ripostó, casi ofendido—. Ni siquiera el día que mi madre me trajo al mundo, pues al pasar por aquel lugar tuve la precaución de cerrar los ojos y no volví a abrirlos hasta que la comadrona me dio unas nalgadas para avisarme que ya el peligro había quedado atrás.

Suspiré, todavía preocupado.

—Olvídese de esa mujercita y cuénteme algo que no sea mentira —me animó el mico y le hice la crónica del encuentro de Bartolomé Valdivieso con la Duse y de los avances de la operación Désirée.

—La fulana es de ampanga —dictaminó—. Supe que a Mina de Buffin, quien le envió una carta invitándola a presidir el baile de las Mil y Una Noches, le respondió que no contara con ella. La Buffin, que también es de anjá, le escribió otra vez reiterando que la fiesta se celebraría en su honor. ¡Pero la italiana volvió a negarse y, como una gran deferencia, anunció que enviaría a dos actrices de la compañía en representación suya! Supongo que a Mina la respuesta no le haría ninguna gracia. Claro que, con Duse o sin ella, el lunes tendremos guateque —y, sin transición, dando por sentado que Wen y yo asistiríamos a la *soirée*, nos preguntó de qué pensábamos disfrazarnos.

Le respondí que no tenía la menor idea. "En realidad, ni siquiera hemos tomado la decisión de ir", aclaré.

—¡Ah, no, de ningún modo! —saltó Emilio—. Va a ser el acontecimiento del año y por nada del mundo pueden perdérselo.

Me dejó frente al hotel con la advertencia de que regresaría por nosotros al cabo de dos horas, para ir juntos al Payret a ver a la emperatriz de la opereta.

—¿Por qué mejor no aparca el automóvil en algún sitio y cenamos juntos? —le propuse.

—Despreocúpate, que en las próximas dos horitas voy a zamparme una cosa riquísima que conocí anoche —respondió con malicia y, picando un ojo, se alejó.

En la habitación hallé a Wenceslao delante de un espejo, terminando de acicalarse. Acababa de enviar el *champagne* a la excelsa y estaba a la espera de noticias de su aliada.

Su contentura era tal, que ni averiguó de dónde volvía. Lo besé, y bajamos a cenar. Cuando atacábamos los platos principales —él, conejo estofado; yo, pechugas con ostras en salsa de queso azul—, un camarero con aspecto de príncipe ruso, al que no recordaba haber visto con anterioridad, se acercó para escanciar las copas. De forma discreta, deslizó un papel bajo la servilleta de Wen.

Tan pronto el Mishkin se alejó, miré inquisitivamente al jefe de los espías.

—El reporte —me explicó sin dejar de masticar.

Tragó el bocado y, después de mirar en todas direcciones para convencerse de que nadie lo observaba, tomó el mensaje y lo leyó.

–¿Y? –le pregunté, pues su expresión no dejaba entrever nada–. ¿Funcionó el cebo? –lo apremié.

–Escuche y saque sus conclusiones –dijo y procedió a traducir la nota, que estaba escrita en alemán y de manera telegramática–: "Regalo acogido con beneplácito. Procedo a entregar carta" –respiró profundo y me miró a los ojos–. La primera parte de la batalla está ganada.

–No cante victoria por anticipado –repuse con prudencia–. Mejor aguardemos a ver cómo reacciona.

–Tengo una fe ciega en esa carta –insistió–. Brindemos.

Para complacerlo, levanté mi copa y la choqué con la suya.

–Por que resulte –dije.

Terminamos de cenar de prisa, temiendo que De la Cruz apareciera en cualquier momento. Sin embargo, no dio señales de vida.

–Quizás se indigestó –bromeó Wenceslao, que estaba de magnífico humor, y me preguntó si de verdad estaba interesado en ver a Esperanza Iris en *Benamor*, pues, si para mí no era un problema, prefería dejar a la *divette* para otra ocasión e irnos a celebrar al Casino Nacional. Me encogí de hombros, limpié mis labios con la servilleta y, poniéndome de pie, le contesté que a su lado iba hasta el fin del mundo. Subimos a la habitación en busca de dinero y, mientras mi amigo se echaba un rollo de billetes en un bolsillo, escuchamos unos discretos golpes en la pared colindante.

Wenceslao se llevó el dedo índice a la boca para exigirme silencio y, pegando la oreja a la pared, golpeó a su vez con los nudillos. Tras un intercambio de toques que a todas luces respondían a una clave secreta, se dejó caer en la cama, boca arriba, y suspiró.

–¿Qué fue? –exclamé, temiendo lo peor–. ¿Malas noticias?

–No –repuso–, sólo que como ya es tarde y está fatigada, la *Signora* pospuso la lectura de la carta para mañana.

–¡Ah, bueno! –dije, tratando de aparentar una tranquilidad que estaba lejos de sentir. Me tendí a su lado y le acaricié una oreja–. Todo saldrá bien.

–Tiene que salir bien –asintió, y se incorporó con renovados bríos–. ¡Vamos!

No sé qué hora de la madrugada era cuando el automóvil de unos chicos con los que flirteamos en el casino nos devolvió al Inglaterra, pues debo admitir que estaba ebrio. Lo que sí tengo claro es que aquella noche perdimos una suma más que respetable en las mesas de juego y que nos volvimos muy populares a causa del buen humor con que enfrentábamos los desaires de la fortuna. "¡Una vaca menos!", exclamaba Wenceslao, muriéndose de risa, cada vez que la bolita de la ruleta iba a dar a un número que no era el escogido por nosotros, y un corro de risas celebraba su chiste. "¡Ahora he perdido un novillo!", decía *ipso facto*, porque la mala suerte no dejó de pisarnos los talones ni un instante. Me pregunté si el doctor Hoyos podría dormir tranquilo mientras su heredero dilapidaba las cabezas de ganado de la hacienda de Chiquinquirá.

Ignoro, así mismo, en qué momento de la mañana sonó el timbre del teléfono, interrumpiendo nuestro sueño. Wenceslao soltó una maldición y se abalanzó sobre el aparato.

–*Hello* –dijo con voz de cavernícola, pero enseguida cambió el tono–: *¡Meine liebe Freundin!* –Me incorporé a medias para contemplarlo desnudo, recortado contra la luz que entraba por los postigos–. Es Désirée –anunció, tapando el manófono, e intercambió, emocionado, algunas frases con la secretaria antes de colgar.

Corrió a tumbarse encima de mí, aplastándome contra su pecho, y me dio un beso largo. La boca le sabía a rayos y me consolé pensando que otro tanto podría decirse de la mía.

–¿Leyó la carta? –inquirí, echándolo a un lado para que no me asfixiara con su peso.

–Ajá.

–¿Y? –insistí, impaciente.

–Recibiremos una nota invitándonos a tomar el té en la tarde del domingo –comentó, restándole importancia al asunto.

–Qué bien –suspiré y, más que alegría, sentí un enorme alivio.

–¿No le parece que la noticia merece ser festejada? –insinuó, y sus pies acariciaron los míos.

–¿Qué celebración sugiere?

Me susurró al oído una obscenidad.

Al rato, recién bañados y olorosos a colonia, recibimos la visita de De la Cruz, que venía a excusarse por el plantón de la noche anterior.

"Debido a causas de fuerza mayor", recalcó con picardía. Al enterarse de la buena nueva, nos felicitó y se interesó por saber cómo pensábamos convencerla para que diera la entrevista.

—Cada cosa a su tiempo —replicó mi pareja—. Lo primero era lograr que nos recibiera y ya lo conseguimos.

La charla fue interrumpida por una nueva llamada telefónica que Wen contestó al punto. Durante unos segundos escuchó, sin decir una palabra, la información que alguien le suministraba. Palideció y su semblante se desencajó.

—¿Se arrepintió del té? —indagó Emilito en cuanto colgó.

—No, pero peligra —repuso el entusiasta de la Duse con voz de ultratumba—. Pasó lo que tanto temía.

En la central telefónica acababan de oír una conversación entre la *Signora* y el Ministro de Italia. La trágica accedía a almorzar el domingo con Vázquez Garralaga para que le hablara del drama que había escrito para ella. Sentí que el techo me caía encima y como De la Cruz no comprendía nada, tuvimos que explicarle las connotaciones de la noticia.

—Si Garralaga cumple su amenaza y le habla horrores de nosotros, es probable que la vieja cancele la invitación —estimó Wen.

—¿Será que estamos dándole a esto una trascendencia que no merece? —pregunté y, mirando a Emilio, le pedí su parecer—: ¿Usted lo cree capaz de hacer una cosa así?

—Olavito cabrón es capaz de eso y de lo que no te imaginas —confirmó—. No es por asustarlos, pero la cosa pinta mal.

Wenceslao empezó a caminar de un extremo a otro de la pieza, a maldecir al poeta y a quejarse de lo poco que dura la felicidad. Traté de calmarlo y fue lo peor que pude hacer, pues reaccionó como una auténtica fiera.

—¡Claro, a usted qué le importa! En realidad, esto le tiene sin cuidado. Su pensamiento está en otro sitio —me recriminó—. En otra persona.

Emilio se esforzó por aplacarnos. A su juicio, aunque el asunto era grave, podían hallarse soluciones.

—La primera es procurar una reconciliación urgente. Puedo ir a casa de Olavo y tratar de convencerlo para que fume con ustedes la pipa de la paz.

–¿Y si no funciona? –lo apremió Wen.

–En ese caso, habrá que impedir que llegue a su cita –discurrió el mico y, al notar que lo mirábamos sin entender, fue más explícito–. Le pagamos a un tipo para que el domingo lo retenga por la fuerza en algún sitio y lo suelte después que ustedes hayan tomado el té.

Wenceslao inquirió quién podría hacerse cargo del secuestro.

–Yo conozco a uno –lo tranquilizó De la Cruz–. Cambien esas caras, por favor, que por suerte nos enteramos a tiempo. Llenemos el tanque y enseguida resolvemos esto.

Luego de un almuerzo en el que Wenceslao se negó a probar bocado, yo picoteé de los platos y el mico se dio un atracón, salimos en el *Dodge Brothers* rumbo al barrio del Cerro, donde queda el hogar de los Vázquez Garralaga.

–Ustedes esperen aquí –ordenó Emilito, bajándose del vehículo–. Si la reconciliación camina, mando a alguien a avisarles para que se reúnan con nosotros –y se dirigió con paso resuelto hacia la puerta principal de la mansión.

–Ojalá lo arregle todo –dije.

–Ojalá, porque si no, soy capaz de pagar para que maten a ese pendejo –repuso, con expresión adusta, y supe que no era ninguna broma.

El mico tardó más de lo previsto y en cuanto lo vi salir supe que su mediación había sido infructuosa.

–No hubo manera de que entrara en razón –informó, sentándose al volante–. Al principio estuvo cariñosísimo, pero no hice más que mentarlos a ustedes y le dio una alferecía. Traté de que la madre se pusiera de mi parte y lo que la señora hizo fue empeorar las cosas. Alegó que ustedes eran unos hipócritas y que amistades de ese tipo perjudicaban a su Olavito. De nada sirvió asegurarle que ustedes lo estimaban mucho, que todo era un malentendido, un chisme inventado por la Gerbelasa. Al mencionar el nombre de la mujercita esa, ¿quién creen que apareció en la habitación, con aspecto de no matar una mosca? Pues nada menos que el Relicario, que estaba haciéndoles la visita. Dijo a los dueños de la casa que no se dejaran confundir y ratificó que le constaba que los colombianos se dedicaban a burlarse de los poemas de Olavo dondequiera que llegaban.

–Qué zorra –murmuré.

—Le arañaría la cara —aseveró Wenceslao.

—Lo peor del caso es que, en medio del huéleme la colcha, se le ocurre llamar al embajador de Italia. Olavo habló con él y nos anunció, de lo más orondo, que la Duse lo invitaba a almorzar para que le leyera una de sus obras mierderas. Y, azuzado por el Relicario, dijo que aprovecharía la ocasión para advertirle la clase de rufianes que eran ustedes dos.

—Bueno, él se lo buscó —sentenció Wenceslao y, sin alterarse, le rogó a Emilio que hiciera los arreglos necesarios para que Vázquez Garralaga no pudiera encontrarse con la *Signora*.

—Tijeras tiene un pariente capaz de matar a su abuela por cinco pesos —reveló el mico—. Una vez lo contraté para darle una paliza a un tipo que sonsacó a un chiquito que estaba saliendo conmigo y quedé muy satisfecho.

—Hagan lo que deseen, siempre que sea sin violencia —intervine para tranquilizar mi conciencia.

—¿Y no habrá peligro de que después nos quieran chantajear? —indagó Wenceslao.

—Coño, no seas ave de mal agüero —replicó el mico—. Tijeras es de confianza, es un vacilón. Bueno, ¿qué voy a contarles? Ustedes lo saben mejor que yo.

Aparcamos el carro cerca de La Boston y caminamos hasta la sastrería. Allí pusimos a Agustín Miraflores al tanto de lo que necesitábamos, sin entrar en detalles innecesarios.

—Eso lo resuelve sin problemas un primo mío —garantizó Tijeras.

—¿El mismo que me ayudó la otra vez? —dijo Emilito.

—No, otro. ¿Quieren ir a arreglar la cosa ya?

Y como Wenceslao asintió, el sastre nos condujo a un inquilinato maloliente de la calle Jesús del Monte. Llamó a la puerta de un cuartucho y un negro con una camiseta repleta de huecos asomó la ñata. Al distinguir a Tijeras, sonrió de oreja a oreja y nos hizo pasar. La habitación era minúscula y por todo mobiliario tenía un catre desvencijado. Emilio, Wen y yo nos sentamos en él y pusimos a El Ecobio (a ese sobrenombre respondía el primo de Agustín) al corriente del caso. Veinte pesos por agarrar a un tipo el domingo, a la salida de su casa, y encerrarlo hasta la noche en algún lugar. Se le darían diez de anticipo y el resto al concluir el trabajo.

—¿Eso nada más? —inquirió El Ecobio, incrédulo. La tarea le parecía demasiado sencilla para un pago tan sustancioso—. ¿No quieren que aproveche para sonarle un par de pescozones o una buena patada por el ojo del culo?

Sé que Wenceslao estuvo tentado de responder que sí, pero la mirada que le lancé lo cohibió.

—No hace falta, con retenerlo es suficiente —dijo y, recordando de repente que Vázquez Garralaga llevaría consigo el manuscrito de *La víctima de su pecado*, añadió—: Eso sí, cualquier papel que tenga encima hágame el favor de quemárselo.

De la Cruz pasó a describir minuciosamente a la presa y proporcionó al sicario la dirección de los Vázquez Garralaga. Por último, Wenceslao me pidió un billete de diez dólares. Se lo di al instante, lo puso en manos de Tijeras y éste se encargó de entregarlo a su primo.

—Eso está hecho —garantizó el tipo antes de irnos.

En la calle, De la Cruz le preguntó a Wenceslao si se sentía más tranquilo. "Bastante", admitió.

—El primo mío es un bárbaro —aseguró el sastre—. Aunque cueste creerlo, no es ningún bruto. Conoce su negocio y sabe hacer las cosas. Tiene una clientela selecta.

De vuelta a La Boston nos despedimos de Agustín.

—No sabe la ayuda que acaba de darnos —le comenté.

—Hoy por ti y mañana por mí, Luchito —repuso, reteniendo mi mano y acariciándola con un movimiento insinuante del pulgar—. A ver si nos vemos con calma una noche de estas.

De la Cruz trató de sonsacarnos para que lo acompañáramos a la casa de Azuquita, en Colón, pero nos excusamos. Luego de un día tan intenso, preferíamos recogernos temprano.

En la recepción del hotel esperaban por nosotros varios mensajes. La primera nota era de *Madame* Buffin, quien nos invitaba a formar parte del jurado que concedería los premios en el baile de las Mil y Una Noches. Había otra, de María Cay, quejándose de que la teníamos en el olvido. "¡Si me trató como a un trapo la noche del debut de la Duse!", protesté. "¿Por qué insiste en buscar una explicación racional a la conducta femenina?", fue la respuesta de Wen.

Otro que se lamentaba por nuestra desaparición y pedía que diéramos señales de vida era García Benítez, el cónsul de Colombia. ¿Nos agradaría almorzar con él y con el señor embajador la semana entrante? Un cuarto mensaje lo firmaba Aquiles de la Osa. A diferencia de los anteriores, estaba dirigido sólo a mí. Contenía un número telefónico y una petición perentoria: "¡Llámeme!". Wenceslao me contempló intrigado y me encogí de hombros. También escribía el señor Orejas para invitarnos a un partido de *base-ball*. Una carta de varios pliegos de extensión, firmada por Graziella Gerbelasa, fue rota en pedazos y tirada en el cesto de los papeles sin tomarnos la molestia de leerla.

El último de los mensajes era de Mella y en él nos recordaba que el homenaje a Lenin se efectuaría el domingo, al mediodía, en el Círculo Obrero. Esperaba que le diéramos el gusto de vernos allí. Mi corazón redobló la velocidad de sus latidos.

—¿Quiere ir? —pregunté a Wenceslao con calculada indiferencia.

—El té es a las cinco —repuso.

—Nos alcanza el tiempo.

—¿No le parece mucho ajetreo para un mismo día?

—La verdad, no.

—Bueno, como quiera.

—Como quiera yo, no —insistí—. Le pregunté si quería usted.

—Está bien —accedió, displicente—. ¿Por qué no? Vayamos.

Lo más probable es que en cuanto termine de decirlo me arrepienta, así que lo soltaré de golpe, sin pensarlo dos veces, para no cambiar de idea: he visto tritones. Tal como lo oyen. Los vi con estos ojos que se ha de comer la tierra.

Fue a punto de llegar a Alejandría, al final de una travesía borrascosa. Salí temprano de mi camarote, antes del alba, y me dirigí a la cubierta. En el cielo todavía quedaban algunas estrellas. Hacía frío y el chal que llevaba sobre los hombros era muy fino. Escuché unas risas, una especie de jolgorio parecido al de unos muchachos que jugaran con una pelota en una *piazza*, pero a mi alrededor no había nadie. Me acerqué entonces a la borda y los descubrí, entre la espuma del mar, a escasos metros de distancia, emergiendo del agua oscura, divirtiéndose, ajenos a mi mirada. Eran tres, jóvenes y de complexión robusta, con los cuerpos de una blancura espectral. Los cabellos, mojados y largos, les caían sobre las espaldas.

Al principio únicamente distinguí sus torsos desnudos y pensé, idiota de mí, que se trataba de unos marineros dándose un chapuzón a escondidas de sus superiores. Pero, de repente, dos de ellos se abalanzaron sobre su compañero y, tras un divertido forcejeo, lo obligaron a dar una voltereta en el aire. Y en ese momento advertí que la criatura no tenía piernas, sino una cola de pez, una poderosa cola cubierta con escamas purpúreas y terminada en una aleta.

"Tritones", susurré, creo, y miré sin aliento por encima de mi hombro, con la esperanza de que hubiera aparecido alguien con quien compartir semejante prodigio. Pero seguía sola, sola en aquella especie de buque fantasma. Fascinada, me dediqué a observar a los tritones sin tratar de esconderme. Ellos continuaron sus juegos, sin verme, o tal vez ignorándome.

Al cabo de un rato, cuando el horizonte empezaba a teñirse de naranja, dos de ellos se sumergieron y ya no volvieron a aparecer. El tercero quedó inmóvil, contemplando la luna que se retiraba. De pronto, abrió la boca y dejó escapar una especie de canto salvaje. Era como el bramido de un animal viejo y triste: una queja lastimera que brotaba, incongruente, de aquel cuerpo vigoroso.

Acodada a la borda, yo lo escuché y por mis mejillas rodaron las lágrimas. El tritón hundió la barbilla en su pecho y, advirtiendo mi presencia, me lanzó una mirada de incredulidad antes de hundirse en las aguas, que en ese instante parecían extrañamente pastosas. ¿Acaso para reunirse, en lo profundo, con el resto de los miembros del cortejo de Poseidón?

Tritones... Cuentos de gente inculta, pura mitología, me hubieran respondido si llego a comentarlo con alguien en el barco. Mantuve mi boca cerrada y nada dije. Sólo después, al volver de Egipto y antes de partir hacia Rusia, me atreví a contárselo a Arrigo. Me miró con ternura, como si fuera una niña, y me aclaró que había sido un sueño.

Nunca, en ninguno de mis viajes, volví a ver a una de esas criaturas. Salí, y salgo aún, a cubierta durante las horas más insólitas, con la esperanza de reencontrarlas, pero ha sido en vano. Estaría dispuesta a aceptar que fue un sueño, de no haber oído el lamento. Aquel canto, esa especie de treno, sigue sonando, con persistencia, en mi recuerdo. De sirenas y otras criaturas nada sé, pero los tritones existen, habitan en el fondo del mar, escondidos. Son fuertes y hermosos y cantan.

11

A los yanquis imperialistas se les puede acusar de cualquier cosa, señores, menos de cobardes, porque hay que tener mucho valor para invitarnos a apretar los lazos comerciales. ¡Por las alas de Mercurio!, ¿qué más nos van a apretar si ya nos tienen con la lengua afuera? ¿Es que no les basta con la Enmienda Platt, la base naval de Guantánamo, la mayor parte de los centrales azucareros, media banca y casi todo el comercio, o sea, toda Cuba y su honor? —comenzó Mella y me pregunté si también él echaría al olvido que el motivo del *meeting* era rendir homenaje a la memoria de Lenin.

El primer orador, un abogado nombrado Pérez Escudero, dedicó la mayor parte de su intervención a hablar del caso que estaba defendiendo, el de unos obreros acusados de envenenar cerveza, y a soltar denuestos contra los gobernantes del país. El profesor José Miguel Pérez, que subió al estrado después, habló menos de un minuto de la personalidad de Lenin y más de media hora de lo fácil que sería conducir al pueblo de Cuba a la revolución si existieran organizaciones obreras capaces de interpretar sus aspiraciones.

Por último correspondió el turno a Mella, a quien escuchábamos de pie, en un salón del Círculo Obrero, situado en los bajos de Zulueta 37. El local estaba atestado: más de un centenar de personas, en su mayoría hombres, había acudido a la convocatoria del grupo comunista de la Federación Obrera de La Habana. Al inicio de la velada, el maestro de ceremonias había mencionado las colectividades presentes: la Unión de Obreros de la Havana Electric, el Sindicato de Marmolistas, el de Elaboradores de Maderas, la Asociación Profesional de Barnizadores, la Unión de Dulceros, el Sindicato de Lavado a Mano y a

Vapor, la Unión de Cigarreros y el Sindicato de Coristas y Apuntadores, entre otras, además de un grupo considerable de estudiantes universitarios. Un retrato de Lenin, situado en el fondo del escenario, presidía el acto. Estaba adornado con guirnaldas de flores naturales y a sus lados tenía dos banderas: la cubana y otra, de color rojo, símbolo del comunismo.

Súbitamente, un montón de adolescentes uniformados se sumó a la concurrencia. Al frente de ellos iba una mujerona que, supuse, sería su profesora. Al notar la sorpresa de Wenceslao, le expliqué que en los altos del edificio funcionaba la Escuela Racionalista, sostenida por la Federación Obrera.

—Si sigue llegando gente, el horno va a reventar —protestó.

La falta de ventilación resultaba intolerable. Nos cocinábamos al vapor en medio de un vaho que convocaba olores muy diversos. Al igual que buena parte de los concurrentes, Wenceslao y yo nos abanicábamos con los sombreros. Ya ni nos molestábamos en secarnos la cara con los pañuelos, pues sabíamos que los goterones de sudor nos volverían a correr enseguida, copiosos, frente abajo.

—No creo que pueda resistir mucho tiempo —me advirtió, molesto, Wen—. Si este suplicio se prolonga, me derrito. ¿Por qué hablan y hablan de lo mismo sin la menor consideración? ¿No se dan cuenta de que el calor es insufrible? —y exacerbado por los aplausos que los presentes prodigaban a Julio Antonio, agregó, subiendo progresivamente el tono de la voz—: ¿Por qué le dan ánimos para que siga hablando? ¿Qué es esto, una especie de suicidio en masa? ¿Son fanáticos de alguna secta y pretenden hacernos morir deshidratados?

Como algunos tipos empezaban a observarnos con mala cara, empecé a abanicarlo con mi sombrero para que se tranquilizara.

—Ya debe faltar poco —aventuré sin demasiado convencimiento—. Tratemos de aguantar hasta el final.

Aunque caliente y pegajosa, la ración adicional de aire pareció calmarlo y pude atender de nuevo a Julio Antonio. En ese instante, el joven bramaba, blandiendo los puños cerrados, una diatriba contra el presidente Zayas, tildándolo de servil, de embaucador y de deshonra para la patria. A esas alturas de la perorata, todavía no había mencionado siquiera el nombre del bolchevique fallecido y empecé a preguntarme si era que alguna vez saldría a relucir. En algún momento debería aludir a él: no hacerlo sería una indelicadeza imperdonable. ¿Acaso el *meeting* no era en su honor? Pero ¿qué clase de homenaje era aquél, Cristo de limpias? Un homenaje es un acto bonito, elegante, con música y alguien que recita, no esta sucesión de discursos aburridos, esta congregación de infelices que sudan, apestan y se rebullen, aguantando con estoicismo el calor canicular.

—¿El señor se siente mal? —me comentó una rubia oxigenada, que supuse parte de las filas del Sindicato de Coristas, indicando a Wenceslao—. Está muy pálido.

—No está habituado al calor —expliqué.

La mujer asintió, abrió su bolso y extrajo un frasquito que contenía un líquido negruzco.

—Café —dijo, quitándole la tapa de rosca y ofreciéndoselo a Wenceslao—. Tome un buchito para que se reanime. Por si le sirve de consuelo, le diré que estamos en invierno: imagínese cómo serán los calores de julio y agosto.

Para mi sorpresa, Wen se empinó el recipiente sin chistar y lo devolvió a la dama dándole las gracias. La infusión, en efecto, pareció revivirlo, pero por si acaso continué abanicándolo.

—Hoy por hoy, en este país no se puede confiar en ningún político —proseguía, infatigable, Mella. El calor, lejos de desgastar al muchacho, parecía conferirle una creciente energía—. Son inmorales que venden la patria en nombre de la soberanía y de la moralidad. Todos están hechos del mismo material: fango político.

Con un esfuerzo mayúsculo de concentración, traté de abstraerme de lo que Julio Antonio decía y limitarme a observarlo. No obstante, a pesar de que puse todo mi empeño por silenciarlo, a mi cerebro llegaban, como ráfagas, frases aisladas de su alocución: "¡Hay que hacer la revolución de los ciudadanos contra el dólar!", "Mañana se podrá discutir, hoy sólo es honrado luchar", "El esfuerzo titánico de Lenin inició la nueva era de la humanidad"... Suspiré, aliviado, al comprobar que se había acordado del bolchevique. De pasada, pero lo nombró. ¿Será cierto que la revolución social es un hecho fatal e histórico del que ni siquiera los países de este lado del mundo escaparemos?

—Me falta el aire —musitó Wenceslao, otra vez a punto de desfallecer, y moví el sombrero a mayor velocidad delante de su rostro, rogándole un poco más de resistencia y sin dejar de contemplar a Mella. Tuve la impresión de que la mirada del universitario se cruzaba durante un segundo con la mía y, pese al calor infernal, me ericé de pies a cabeza.

¿Por qué ejercía sobre mí un poder taumatúrgico? Verlo y caer en trance eran la misma cosa. ¿Cómo sería tener entre los brazos a ese papazote? "La hora es de lucha, de lucha ardorosa". Ardoroso me tiene usted a mí, malo, remalo, requetemalo, ardiendo como Juana de Arco en la hoguera de sus ojos. "Algunos creen que al morir Martí terminó la historia cubana, que ya se acabaron las epopeyas gloriosas". Gloriosas son sus nalgas, ¡quién pudiera mordérselas! Criatura, ¿nadie le ha dicho que su belleza puede ser letal? Una sobredosis y aniquila a cualquiera. "Cuba es el huerto donde los pocos comen los frutos que los más cultivan". Y yo me lo comería a usted ahora mismo, si me dejase. Me lo trago vivo, con ropa y todo, y después escupo los botones. "El pueblo, ignorante de sus derechos, es esclavo". Esclavíceme, mi cielo. "La causa antimperialista es la causa nacional". Y usted es la causa de que yo me muera, en este instante me muero, me disuelvo, me deslío, me descuajo, me derrito, y no del calor sino de la calentura. "La victoria sobre los gobiernos corruptos sólo será posible si el proletariado se une en un cuerpo potente y combativo". O sea, en un cuerpo igual que el suyo. ¿Con qué lo alimentaría su señora madre, la irlandesa? ¡Qué anatomía! Dios se la bendiga. Pero ¿para qué sirve un cuerpo, un maravilloso cuerpo, si no es para acariciarlo, para frotarlo contra otro cuerpo, quizás no tan maravilloso, y producir con esa fricción la chispa del placer? No hable, Julio Antonio, no se mueva, no respire. No me interesa usted, es decir, su yo; todo lo que deseo es aproximarme a su cuerpo, a esa fascinante envoltura que lo sustenta, que lo contiene. Esa coraza sensible, ese enorme pétalo de adormidera que seguramente se contrae si lo rozan con la yema de un dedo. "Luchar por la revolución social en la América no es una utopía de locos o de fanáticos". Eso mismo le contesto yo a Wenceslao cuando dice que he perdido la razón, que pretendo un imposible, porque usted nunca accederá a meterse en una cama con otro tipo y muchísimo menos dejará que le toquen el culo. Sin embargo, yo creo en los ideales. ¿Acaso Lenin no demostró que, si hay voluntad, lo imposible puede ser posible? "No se provoca el desbordamiento de los ríos por la voluntad de los hombres, sino que el río sale de su cauce cuando éste es pequeño para su caudal". Oh, no me complique, no enrede las cosas, no haga un drama de algo tan simple y sencillo. No piense, por favor, renuncie por una vez al raciocinio. Olvide los prejuicios y deje que nuestros cuerpos se encuentren, déjelos que se comuniquen en silencio sus secretos. Ese lenguaje visceral, táctil, no nos pertenece. "Cuba jamás ha sido independiente". Pero el cuerpo sí, el cuerpo es independiente, independiente como el país de los *soviets*. No lo avasalle, se lo ruego. "Los proletarios son los nuevos libertadores". Su cuerpo es libre, vida mía: déjelo ser rey y esclavo de sí mismo, déjelo ser soberano y disfrutar cuanto se le antoje. "No somos revoltosos, sino revolucionarios". Lo que usted diga, mi sol. "No ansiamos imponer nuevas tiranías, sino terminar con ellas". A punto de terminar estoy yo. "Queremos que todos coman a la medida de su hambre para que todos sean buenos a la medida de su satisfacción". Satisfaga mi hambre, deme alguito de comer, no sea cruel. "La transformación, para ser real y justa, tiene que ser destruyendo el sistema económico". A mí me está destruyendo usted y sin la menor pizca de piedad. Qué vergüenza, Lucho Belalcázar, disimule el bulto que se le marca en la entrepierna, haga algo para que la sangre se le enfríe, pero hágalo ya o saldrá del *meeting*-homenaje con el pantalón manchado, y si eso ocurre, ¿qué dirán los comunistas?, ¿con qué cara va a mirar a Carlos Baliño y a Alfredo López?, y los alumnos y la maestra de la Escuela Racionalista, ¿qué pensarán?, no se mueva, no pestañee, no respire, haga algo antes de que sea tarde y revienten sus vesículas seminales: cuente hacia atrás del cuarenta al uno, piense en la Generala y en las feítas, récele una oración al Divino Niño para que le tranquilice las gónadas.

De pronto, cual si alguien respondiera a mis oraciones, un huevo podrido atravesó el salón volando por encima de los concurrentes y se reventó contra la efigie de Lenin.

—¡Fuera los comunistas! —gritó un vozarrón, y un grupo de saboteadores comenzó a abuchear y a lanzar contra el escenario más huevos, verduras, pedruscos y otros proyectiles de diversa naturaleza.

—¡Amigos, no nos dejemos provocar! —tronó al instante Mella, y tuvo que agacharse para evadir una botella que pasó a gran velocidad sobre su cabeza y se hizo añicos contra la pared del fondo–. ¡Calma, cojones, calma! –vociferó, y al punto se escucharon varios disparos.

Lo que sobrevino a continuación fue un *pandemonium*. Los presentes comenzaron a intercambiar empujones y puñetazos y a tratar de alcanzar la salida. Las sillas volaban y la sangre manaba, abundante, de las cabezas rotas.

–Lo felicito –me dijo, con sarcasmo, Wenceslao–. Qué buena idea tuvo al querer venir a este infierno.

Lo arrastré por un brazo y a duras penas conseguimos abrirnos paso entre la turba que aullaba, pateaba y propinaba golpes, y hallar refugio en el fondo del escenario. Ocultos tras la bandera cubana, observamos aquel caos que, lejos de aplacarse, crecía.

–Esto demuestra la fuerza que han tomado las ideas comunistas –discurrió Carlos Baliño, quien estaba escondido a pocos pasos de distancia, tras la bandera roja, junto con la corista del frasquito de café–. Si el gobierno envía sus sabuesos a boicotear un *meeting*, es porque se siente amenazado.

Mella continuaba en la tribuna y persistía en sus intentos por calmar al proletariado. A voz en cuello, y sorteando los tomates y los rábanos, echó la culpa de todo al corrupto de Zayas. Pero al comprobar que nadie le prestaba atención y que el homenaje al disecado se había vuelto una especie de circo romano donde decenas de gladiadores medían sus fuerzas, renunció a la prédica, lanzó un largo y aterrador alarido de guerra y, dando un salto, cayó sobre uno de los saboteadores y arremetió a golpes contra él.

–¿Y ahora qué hacemos, Lucho Belalcázar? –exclamó, exasperado, Wenceslao.

–Buscar el modo de salir de aquí.

Pero no era fácil. La única puerta de acceso estaba atestada y era en ese punto donde se localizaba el vórtice del huracán. Cuando estábamos a punto de dirigirnos hacia allí para alcanzar la salida a cualquier costo, empezaron a oírse los silbatos de la policía. No sé cómo, varios agentes del orden consiguieron penetrar en el recinto y, decididos a poner fin al desmadre, arremetieron a porrazos contra los que hallaban en su camino. Diez minutos más tarde la situación estuvo bajo control y en pequeños grupos, de manera organizada, fuimos abandonando el salón.

Afuera, bajo el tórrido sol, una multitud variopinta observaba a los protagonistas del desorden. Nos disponíamos a alejarnos a la mayor celeridad, pero un sonriente y amistoso Mella, con el rostro bañado de sangre a causa de un corte en una ceja, nos retuvo.

—¡Los amigos colombianos! ¡Qué bueno que vinieron! —saludó, palmeándonos los hombros—. ¿Qué les pareció el *meeting*?

—Movidito —consideró Wenceslao.

—Aunque Zayas se las da de permisivo, hoy sacó las uñas —explicó—. Ya tienen algo que contar cuando regresen a su país —bromeó a guisa de despedida.

Aunque no había sufrido lesión alguna durante el combate, mi traje tenía una enorme mancha de sangre. En algún momento, sin percatarme, debí tropezar con algún herido. Caminamos de prisa las cinco cuadras que nos separaban del hotel, tratando de ignorar las miradas de los demás transeúntes, y en cuanto llegamos nos metimos en el baño para tomar una ducha.

—No se disguste —le pedí a Wenceslao mientras le frotaba la espalda—. Al fin y al cabo, no pasó nada grave.

—Pero pudo pasar —replicó—. Si nos hubieran roto la cabeza o una costilla, ¿cómo nos presentábamos ante la Duse?

De improviso pareció recordar algo y, desnudo como estaba, salió de la tina y corrió, mojando la alfombra, hacia el teléfono. Volvió radiante, antes de que terminara de enjuagarme, y me comunicó que acababan de confirmarle que Vázquez Garralaga había dejado plantados a la excelsa y al Ministro de Italia. Después de esperarlo durante largo rato, el Ministro había pedido que lo llamaran a su casa para averiguar el motivo de la tardanza. Por último, al ver que seguía sin aparecer, no les quedó otro remedio que almorzar solos. La *signora* Duse se notaba disgustada por la informalidad.

—¿Dónde lo tendrán guardado? —curioseé.

—Ni lo sé ni me interesa —recalcó Wenceslao—. Lo importante es que lo sacamos de nuestro camino.

Almorzamos ligero, pusimos el despertador para las cuatro y nos acostamos a hacer una siestecita. En cuanto puso la cabeza en la almohada, Wenceslao se quedó dormido; yo, aún bajo los efectos del agitado *meeting*, no pude.

Como si observara de atrás hacia adelante una película absurda y llena de peripecias, hice un recuento de los últimos acontecimientos.

La mañana del día anterior, sábado, habíamos recibido una nota, escrita por la propia Duse, en la que agradecía el *champagne* y nos convidaba a visitarla en sus aposentos y tomar el té. *"Quelque chose de très simple, samedi à cinq heures, pour avoir le plaisir de les connaître."* Contesté en el acto haciéndole saber lo honrados que nos sentíamos con su invitación y, ya que tenía papel y pluma en la mano, aproveché para dar respuesta a otras cartas pendientes. A *Madame* Buffin, que sería un honor integrar tan distinguido jurado. Al cónsul, que encantados de almorzar con él y con el señor embajador. ¿Cuándo y dónde? A Paco, que nos resultaba imposible acompañarlo al *stadium*: ¿por qué no se reunía con nosotros esa noche, en el Nacional, para presenciar juntos la escenificación de *Espectros*? (La perspectiva de calcinarnos viendo cómo unos tipos trataban de pegarle a una minúscula pelota con un palo no nos seducía en lo absoluto.) Un mensajero del hotel se comprometió a repartir la correspondencia antes del mediodía.

Por insistencia de Wenceslao, hice el intento de comunicar con Aquiles de la Osa, pero una voz de ogro me contestó que el detective estaba en la calle. Como olvidé llamarlo de nuevo, nos quedamos sin saber para qué necesitaba hablar conmigo con tanta urgencia.

Wenceslao se antojó de ir de tiendas, y entramos a El Encanto. Nos sentaron en unas banquetas altas, frente a un mostrador de la sección de caballeros, y dos empleados fueron trayendo todo lo que pedimos: calcetines Holeproof, camisas Arrow, relojes Omega y Longiness, sombreros de panamá... Wen compró una caja de pañuelos que tenían bordada una *W* llena de arabescos, y una máquina de afeitar Gillette chapeada en oro con una cajita del mismo material para las navajas, y se empeñó en regalarme un par de corbatas de seda de colores brillantes, bonitas, sí, pero que nunca podría usar en Bogotá. En cuanto a mí, lo único que quise fue una caja de jabones reductores La-Mar importados de Ohio. Según los empleados que nos atendieron, eran una maravilla: bastaba bañarse una semana con ellos para ver cómo empezaban a disminuir la distensión del vientre y la papada. No estaba, ni estoy, gordo, pero, ¿no dicen que precaver es de sabios?

Antes de retirarnos, elegimos un perfume en el departamento de señoras para hacérselo llegar a Désirée. Si la cita con la Duse iba a materializarse, ello era, en gran medida, obra de sus buenos oficios, y bien merecía una recompensa.

Más tarde fuimos, en compañía de De la Cruz, a conocer El Vedado. Cuando estuvimos allí y quisimos bajarnos, el mico adujo que era una locura caminar con los calores que estaban haciendo e insistió en que recorriéramos el barrio en su "máquina". Nos negamos de plano y le explicamos que lo que deseábamos era dar un paseo sin apuros por aquellas calles cercanas al mar. Andar bajo la sombra de los almendros y de unos árboles frondosos y de flores muy rojas que en la Isla llaman framboyanes, admirar el lujo y el confort de las casonas y enterarnos de quiénes eran sus inquilinos. Con cara de resignación y tildándonos de excéntricos, el *chauffeur* accedió a prescindir por un rato del *Dodge Brothers*. Al pasar frente a la mansión de los hermanos Loynaz, nos detuvimos a contemplar, a través de una alta verja, su salvaje jardín, lleno de capillas, pequeñas fuentes, begonias, madreselvas y maleza. Con excepción de una cacatúa, nadie deambulaba por allí esa tarde y nos quedamos con las ganas de verle la pinta al tan celebrado Enrique, el mayor de los varones.

Ese sábado por la noche, faltando un cuarto para las nueve, entramos en nuestro palco del Nacional para ver *Espectros*. Emilito se había librado de acompañarnos alegando que su tío lo necesitaba para un asunto urgente, pero Paco Pla se encargó de sustituirlo.

—¡Qué clase de juego se perdieron! —exclamó al vernos—. Caribe, el equipo de la Universidad, contra el de la Policía. ¡No tuvo desperdicio!

El teatro no estaba tan concurrido como la noche del debut. En los palcos de abono encontramos las mismas caras. Mina de Buffin con su inseparable profesor árabe. Los tres Loynaz y su parienta. Olavo Vázquez Garralaga, ajeno al trato que habíamos hecho para que lo secuestraran al día siguiente. Y si bien el presidente Zayas brillaba por su ausencia, Mariíta, la primera dama, había acudido acompañada por las hijas de su primer matrimonio, Herminia y Rita María. Como al parecer era su costumbre, la Cay llegó discretamente a su palco dos minutos antes de que comenzara la función. La acompañaba un caballero muy compuesto, de avanzada edad.

—Qué lámpara tan gigantesca —exclamó Paco Pla, embobado, y nuestros ojos se dirigieron al techo—. Si algún día se cae, que Dios no lo quiera, no deja títere con cabeza.

En ese instante, se escucharon tres campanadas y la luz de las bombillas comenzó a declinar. Me di cuenta entonces de que Wenceslao no nos había contado el argumento de la obra. ¿Seríamos capaces de entenderla? Me dispuse a poner en ello todo mi empeño. Conocía *Casa de muñecas* y *El pato salvaje*, pero no tenía la menor idea de cuál era la trama de *Espectros*. Por lo pronto, la escenografía era bastante explícita: mostraba la espaciosa sala de una casa de campo noruega, a orillas de un gigantesco fiordo. Dos personajes estaban ya en escena: un hombre entrado en años, con una pierna más corta que la otra, y una chica con corpiño y delantal de doncella. Ambos se enfrascaron en una larga conversación y me pareció entender que la muchacha era hija del viejo. Éste trataba de convencerla de que lo acompañara a algún sitio, mas ella se negaba y le respondía con desdén. Por fin, el cojo se fue y, para sustituirlo, llegó otro tipo con el cuello duro que se ponen los pastores protestantes. Sin embargo, la cosa no se animó mucho que digamos. Sirvienta y religioso continuaron habla que habla, mientras el público esperaba que acabara de pasar *algo*. Por fin, la chica salió y el pastor quedó solo, recorriendo la sala con aspecto meditativo. Atisbé a Wenceslao, que contemplaba la representación con embeleso, aparentando entender el italiano a la perfección, y a Paco Pla, que no hacía sino resoplar y moverse con impaciencia en su silla. En el instante en que volví a mirar al escenario, hizo su entrada la Duse.

Wenceslao aprovechó los aplausos de bienvenida del público para darnos, en voz baja, algunas pistas acerca del argumento:

—Elena Alving es la viuda de un chambelán a quien todos consideraban un hombre probo, aunque en realidad era un calavera y un picaflor. Para evitar un escándalo, ella aguantó los vicios del marido, sufriendo y callando, y ahora va a inaugurar un asilo en su memoria.

Paco Pla y yo asentimos, agradecidos por la información, y clavamos las miradas en la *Signora*, con la esperanza de que con su llegada la historia se volviera inteligible. La actriz tomó asiento y dio inicio a un interminable diálogo con el pastor.

—¿De qué hablan? —pregunté a Wenceslao, sin poderme contener.

—De Regina, la sirvienta —explicó en un susurro—. El padre pretende llevársela para que trabaje con él en un hostal de marineros y a la señora Alving, quien la tiene a su servicio desde que era una chiquilla, la idea no le hace ninguna gracia.

En ese momento apareció Memo Benassi. Vestía un grueso abrigo y fumaba una pipa de espuma de mar. Se acercó a los otros actores, dio la mano al pastor y besó en la frente a la Duse.

—¿Es su marido? —aventuró Paco Pla.

—¿No oyó cuando dije que era viuda? —se impacientó Wenceslao—. Es su hijo Oswaldo, que acaba de llegar de París. La madre lo mandó a estudiar al extranjero a los siete años de edad, para que no se enterara de la vida licenciosa del chambelán.

Los tres personajes hablaron otro rato, sin moverse de sus asientos, y luego Benassi se retiró para permitir que la señora Alving y el pastor prosiguieran a solas su intercambio. Borré la escenografía, borré también al actor que compartía con ella el escenario y mi atención se centró en Eleonora Duse, procurando atrapar la esencia de su arte. ¿Consistía, acaso, en hablar y en moverse como si nadie la observara?

—Le está contando lo que padeció, hace años, el día que sorprendió al chambelán besando en el invernadero a una de las criadas, y explicándole por qué, a pesar de los horrores que el esposo le hizo, va a inaugurar un asilo que llevará su nombre.

—¿Por qué?

—Para acallar los rumores del pueblo y proteger el honor de los Alving.

A continuación reapareció Oswaldo y, pisándole los talones, la doncella Regina, quien anunció que la cena estaba servida. Los dos se dirigieron al comedor y se les escuchó reír y bromear allá adentro. De pronto, la voz de Regina se oyó sofocada, pidiendo a Oswaldo que la soltara y preguntándole si se había vuelto loco.

La señora Alving fijó sus ojos en la puerta entreabierta que conducía al comedor y lo que alcanzó a ver la hizo retroceder espantada. El pastor, indignado por el retozo de la parejita, preguntó a la viuda qué significaba aquello.

"*¡Spettri! ¡Spettri!*", contestó la Duse, con la voz ronca y la mirada extraviada, dando unos pasos inseguros en dirección al comedor, y el telón cayó a toda prisa, dejando en vilo a los espectadores. Haciendo caso omiso de los calurosos aplausos, la excelsa no salió a agradecer, lo cual defraudó un poco al público.

—Insuperable —sentenció Wenceslao y salimos los tres a fumar al *foyer* principal. Mientras bajábamos las escaleras de mármol aproveché para pedirle que nos resumiera el argumento de los dos actos siguientes, a lo cual accedió de inmediato—. Ahora Oswaldo le confiesa a su madre que está muy enfermo —comenzó.

—Mira tú, con lo saludable que se ve —interrumpió el señor Orejas.

—Su padecimiento no es físico, sino del alma, moral —aclaró Wenceslao—. Es una herencia de la vida crapulosa que llevaba el chambelán.

—¡Pero si él creció lejos del hogar! —protesté.

—Oswaldo anuncia que quiere casarse con Regina, y la pobre señora Alving se trastorna.

—No me vayas a decir que es su hermana —deslizó el remero.

—Pues sí, es fruto de los amoríos que tuvo el chambelán con una sirvienta —reveló Wen.

—¡Coño, igualito que en *Cecilia Valdés*! —aseguró el rubio—. ¿Ustedes conocen esa novela? Cecilia y Leonardo se juntan y tienen una hija y todo, sin saber que son medio hermanos. Claro que ahí la cosa es peor, porque Cecilia es mulata. Aquí por lo menos los dos son blancos.

—¿Sigo? —dijo fríamente Wenceslao y, tras hacer una pausa, continuó—: Cuando la señora Alving se dispone a revelar el secreto a los jóvenes y ya está a punto de decirles que llevan la misma sangre, sucede algo inesperado...

—¿Se quema el asilo? —adivinó Orejas.

—¡Usted sí leyó la obra, Paco Pla! —tronó mi pareja.

El remero juró que no y atribuyó su acierto a que todas esas historias eran muy parecidas: amantes que resultan hermanos, casas que se queman, gente que se suicida...

—¿Aquí se suicida alguien? —inquirí.

—Más o menos —contestó Wenceslao—. Cuando la señora Alving suelta su secreto, tras el incendio, Regina se marcha y Oswaldo le pide a su madre que le dé una dosis mortal de morfina para escapar del horror en que vive.

—Mira que a algunos les gusta sufrir —consideró Orejas—. Son ricos, no tienen que doblar el lomo, viven en una buena casa, con criados y todas las comodidades, y como no tienen problemas, se los inventan.

Camino del palco, pasamos a presentar nuestros respetos a *Madame* Buffin, que esa noche llevaba un traje de crepé verde Nilo y pasaba las de Caín para mantener el cuello erguido, a causa de lo que le pesaban los aretes de oro. Con el apoyo del doctor Habib Steffano, la millonaria hizo un recuento de las últimas novedades del baile de las Mil y Una Noches. Ya que la Duse declinaba, por razones de salud, el honor de presidir el jurado, la esposa del señor Presidente de la República desempeñaría esa tarea. "Quisimos que fuera Alfredo", comentó la Buffin en plan de confidencia. "Pero ustedes saben que él tiene siempre mil complicaciones. ¡Total, éste es el país de la siguaraya y no hay quien lo arregle!". Otra noticia fresca era que el personaje del gran Califa de Bagdad había sido asignado, después de una complicada deliberación, al joven Adolfo Altuzarra, quien, además de pertenecer a una de las familias capitalinas de mayor abolengo, reunía con largueza las cualidades físicas requeridas. "Por ahí anda", comentó de pasada Mina, señalando la platea con un ademán vago: "Vino con su prometida". En cuanto a Scherezada, ya La Habana entera lo sabía, iba a ser encarnada por la esposa del profesor Steffano con un vestido fastuoso y luciendo auténticas joyas árabes. La comisión organizadora había preparado un comunicado que publicarían los principales periódicos, advirtiendo que para asistir al baile no era indispensable llevar trajes de fantasía. Lo que sí exigirían, en el caso de los caballeros, era ir de traje oscuro, aunque recomendaban el frac o el *smoking*.

—Las entradas cuestan cinco pesos y se venden en cualquier lado —anunció Mina de Buffin—. Tengo la ilusión de que podamos recaudar una buena suma para la *crèche*, que tanto lo necesita.

—Al Altuzarra ése yo lo conozco de vista —sostuvo Paco Pla, camino del palco–. Es un trinquete –y, haciéndonos saber que estaba orinándose, corrió en busca de un baño.

Wenceslao y yo aprovechamos para saludar a María Cay. La asiática iba de bengalina seda salmón, con el collar de perlas que llevaba en el Ideal Room, y sostenía en una mano uno de sus infaltables abanicos. Al vernos llegar, sonrió complacida y nos presentó al anciano que estaba a su lado:

–Don Aniceto Valdivia, el Conde Kostia –dijo y dirigiéndose al vejete, que hasta ese momento no nos había parado bolas, le susurró al oído–: *Ils sont les colombiens.*

Al recibir la información, el Conde se dignó a mirarnos y nos escudriñó con curiosidad.

–Usted es guapo –admitió, al concluir su examen, señalándome–. Pero su tío lo era más aún.

–Quizás no fuera tan guapo como tan... *sans défense* –consideró la china–. Siempre he creído que eso fue lo que perdió a Casal.

–Querrás decir, lo que ganó a Casal –rectificó, burlón, el vejestorio y, dejando oír una desagradable risa cascada, miró a Wenceslao y añadió–: Bien que, en cuestiones de amor, es imposible afirmar con certeza cuándo se pierde o se gana.

–Nos encanta conocerlo: desde que pusimos un pie en esta ciudad sólo hemos oído hablar del famoso Conde Kostia –mintió descaradamente Wen–. Usted es una auténtica leyenda.

–Oh, no, apenas un sobreviviente del tiempo en que La Habana era elegante –farfulló el aludido, enrojeciendo de placer–. ¡Quién sabe lo que les habrá contado la generala Lachambre de mí! En cualquier caso, les advierto que no deben creer a pie juntillas cuanto les diga. *Marie est une exagérée.*

Durante unos minutos hablamos de naderías. El Conde evocó sus años de diplomático en Europa y Wenceslao sacó a relucir a la Bernhardt: ¿por casualidad la había visto actuar? El caballero cloqueó de nuevo y asintió repetidas veces.

–Por supuesto que la vi. Primero en la Comédie, y después en su propio teatro, el Renaissance. Desde el principio fue un demonio pelirrojo, un volcán siempre a punto de entrar en erupción, y *le tout Paris* tuvo que rendirse ante su encanto. Ni Réjane ni Bartet podían comparársele. *Elle était la plus grande.* ¡Ésa sí sabía actuar, *mes amis!* —agregó, indicando con un gesto burlón el esçenario—. Sarah condimentaba cualquier papel.

—Pero algunos críticos han escrito que su estilo era poco natural —replicó Wenceslao.

—¿Qué críticos? —ripostó con menosprecio el Conde—. ¿Francisque Sarcey, ese cerdo melenudo y traidor? ¿Shaw y los demás ingleses? Todos la odiaban y con tal de desprestigiarla eran capaces de alabar incluso a una escoba que se parara en el escenario —bufó—. ¿Naturalidad? ¡Si quiero ver algo natural, no me molesto en ponerme un *smoking*, me quedo en casa y contemplo cómo mi cocinera despluma un pollo! —se burló—. El teatro, joven, es exageración, magia, carnaval, nunca rostros sin color y parloteo insípido.

De improviso, María Cay se puso de pie moviendo aceleradamente su abanico, le rogó a Wenceslao que la acompañara a estirar las piernas y, sin aguardar su aceptación, lo tomó por el brazo y lo obligó a abandonar el palco. Obviamente era una estratagema para dejarme a solas con el Conde Kostia.

—Su tío está muy decepcionado de usted —me espetó el viejo, sin circunloquios.

—¿De mí? —repetí, como un imbécil—. ¿Y por qué?

—Le mandó un mensaje, mejor dicho, dos, y no ha hecho el menor intento de comunicarse con él.

—Pero ¿acaso soy adivino para averiguar dónde se esconde? —protesté—. ¿Por qué no me llama y arreglamos una cita?

El Conde respiró profundo, haciendo acopio de paciencia, antes de proseguir.

—Se encuentra *très déprimé* —aseguró—. La detención del francés lo ha destruido, créame que lo ha desmoronado. Me temo que es capaz de cometer cualquier locura con tal de sacarlo de la prisión.

—¿Y por fin el francés fue quien mató al chino? —inquirí.

—¡Eso carece de la menor importancia *ahora*! —continuó, sin ocultar su exasperación—. Misael tiene que salir del país durante una temporada, refugiarse en los Estados Unidos o en México, y volver únicamente cuando las aguas hayan tomado su nivel. Usted es la persona indicada para convencerlo.

Iba a preguntar qué ascendente podía tener yo sobre un tío al que no veía desde niño, pero en ese momento las campanadas anunciaron la reanudación del espectáculo y, sujetándome las manos, antes de que la Cay y Wenceslao regresaran, el Conde me dio la dirección de su casa y me hizo prometer que estaría allí a las nueve de la mañana.

–¿Puedo ir con mi amigo? –alcancé a preguntar, y su respuesta fue afirmativa.

Al contarle la conversación a Wenceslao, se limitó a decir que nos esperaba un domingo agitado: a primera hora, visita al Conde; al mediodía, *meeting* comunista, y para finalizar la tarde, té con la Duse.

Lo que voy a declarar de inmediato me llena de vergüenza. Pero si hasta aquí he referido los acontecimientos ajustándome a la verdad, no estaría bien que empezara a distorsionarlos por un estúpido prurito. Al empezar el segundo acto, en cuanto volvieron a aparecer la señora Alving y el pastor, me quedé dormido. Profunda y completamente dormido, como si durante el recorrido por El Vedado una mosca tse-tse hubiera salido volando del jardín de los Loynaz y me hubiese picado.

Como tenía el codo del brazo derecho apoyado en la balaustrada del palco, y mi mejilla descansaba en la palma abierta de esa mano, creo que ni Wenceslao ni Paco Pla se percataron de mi traición a la Duse. Me desperté en el entreacto, pero no quise salir al *foyer* a hacer vida social. Me di, eso sí, una escapadita al baño, para echarme agua en la cara y ver si conseguía despabilarme. Al volver, noté que la Cay y su invitado ya no estaban en su palco. Wenceslao y Pla regresaron al rato, de lo más animados, anunciando que habían visto al Califa. "La elección fue inmejorable", señaló Wen con la autoridad de un experto.

Aunque tenía la mejor disposición para permanecer despierto durante el tercer acto de *Espectros*, tan pronto la representación se reanudó volví a hundirme en un profundo sopor del que sólo me sacaron los aplausos finales. Una ignominia, lo sé, máxime tratándose de una artista tan exquisita, pero nada pude hacer por remediarlo.

–¿Cierto que usted se durmió en la última parte? –inquirió Wenceslao, después de despedirnos del remero, mientras cruzábamos San Rafael.

–Sí –admití con vergüenza–. Es que estoy muy cansado –y bostecé de forma exagerada.

–¡No me diga que se perdió el final, cuando el hijo está desmadejado en la butaca, le suplica a la señora Alving que le alcance la cajita con la morfina y ella, en medio de la desesperación, no sabe si dársela o no!

—No, no, ¿cómo se le ocurre?, eso lo vi, por supuesto —mentí para tranquilizarlo—. Sólo dormí un poquito. Eleonora estuvo genial.

—Y mañana tomaremos el té con ella —dijo Wenceslao— y la convenceremos para que nos conceda la *interview* —añadió, enfático.

El domingo a las ocho y treinta de la mañana salimos del hotel, en un taxi, rumbo a la casa de Aniceto Valdivia. El mismo Conde nos dio la bienvenida, vestido con una *robe de chambre* de terciopelo obispo, un poco raída en las mangas, y luciendo en el pecho la Gran Cruz de San Olaf con que lo condecorara el monarca noruego. Nos hizo pasar a una pieza repleta de libros, en su mayor parte de literatura francesa, y ante su insistencia aceptamos unas copitas de oporto. Él se inclinó por un martini. Una criada sirvió las bebidas y, a una señal del vejete, se retiró, no sin antes mirarnos con insistencia, como si quisiera alertarnos acerca de algo.

Puesto que al llegar le habíamos dicho al Conde que no disponíamos de mucho tiempo, pensamos que entraría en el tema de mi tío sin dilación. Pero no fue así. Sin venir al caso, el vejete comenzó a criticar a los gringos por ponerse cuellos de seda con el *smoking*, cuando es sabido que, a pesar de que la seda es más confortable, lo indicado es llevar cuello duro, recto, doblado de picos o marinero, bien almidonado en cualquier caso.

—Hoy día, ¿a quién le importa qué es correcto y qué no? Basta con ver las camisas que usan algunos con el *smoking*. Alguien que se precie de elegante escoge una de pechera recta y dura o, si le viene en ganas, una suave, con pliegue ancho, pero nunca, jamás, se pone una de esas horribles, de pliegue fino, que parecen toallas.

Wenceslao y yo nos miramos sin saber qué hacer, mientras la disertación sobre las normativas del buen vestir proseguía. Con el *smoking*, los zapatos tenían que ser escarpines o bajos sin puntera, altos de paño y charol, o altos de piel mate y charol. Llevar otro modelo era introducir en el conjunto una nota de mal gusto. En verano, sombrero de pajilla o panamá; en invierno, fieltro o bombín negro. Y el bastón, claro en verano, haciendo juego con la pajilla, y negro recto o de cayado en el invierno. Lo único inalterable, concluyó, exaltado, era el lazo, que debía ser siempre, siempre, sin excusa alguna, negro y de seda.

—Claro que, si he de serles sincero, a mí el *smoking* no me atrae tanto; lo que me encanta llevar es frac —confesó—. ¡Ése es el verdadero soberano de la etiqueta!

Por un instante temimos que diera inicio a una segunda conferencia, pero, en lugar de ello, nos contempló de hito en hito, como si acabara de descubrir que estábamos a su lado, y preguntó a quemarropa cuál era el motivo de nuestra visita.

—¡Usted me citó para las nueve! —atiné a contestar.

Me miró incrédulo.

—¿Que *yo* lo cité? —vaciló—. ¿Está seguro?

—En el Nacional, anoche, en la función de Eleonora Duse —insistí, tratando de refrescarle la memoria—. Me pidió ayuda para tratar de convencer a mi tío, a Misael Reyes, de que salga del país durante algún tiempo.

—¡Ah, sí, cierto! —recordó, o fingió recordar—. Yo le dije que viniera. Lo recuerdo.

Se hizo un enojoso silencio que Wenceslao se ocupó de romper:

—¿Y dónde está el señor Misael? —inquirió.

—Salió temprano —suspiró el viejo, sosteniendo con una mano su condecoración y limpiando, con la uña del pulgar de la otra, la cruz de metal—. No hubo manera de retenerlo —añadió, muy concentrado en su labor—. Fue a la policía.

—¿A qué? —inquirí, atónito.

—A entregarse, ¿a qué si no? —repuso el vejete y aprovechó la reaparición de la criada para despedirnos sin miramientos, alegando que ya su merienda estaba servida y que tenía mucha hambre.

—Está loco —opinó Wenceslao, mientras salíamos a las carreras rumbo a la sede de la Confederación Obrera, en la calle Zulueta, de donde habíamos escapado con vida, casi por milagro, hacía un rato.

"La Habana es un inmenso manicomio y uno se contagia y pierde el juicio en cuanto pone un pie en él", fue la conclusión a la que llegué al terminar de pasar revista a los últimos incidentes del día anterior y de la mañana de aquel domingo, y logré dormitar un rato hasta que el despertador nos avisó que debíamos alistarnos para el té.

Por fin, faltando un cuarto para las cinco de la tarde, con un descomunal ramo de rosas Perla de Cuba y una caja de chocolates de Bruselas, tocamos a la puerta del departamento de Eleonora Duse. Comenté, nervioso, que parecía una visita de novios. María Avogadro nos hizo pasar, recibió nuestros sombreros y, antes de partir en busca de la *Signora*, nos indicó que tomáramos asiento. Sin embargo, a causa de la ansiedad, ninguno de los dos lo hizo. Nos quedamos de pie, observando la estancia. A diferencia de la Bernhardt, que en las giras se hacía acompañar de sus muebles, tapices y alfombras preferidos, amén de óleos, espejos y figuras de porcelana y de perros, gatos, ardillas, micos, canarios, tucanes y guacamayas, la Duse prefería viajar con el menor impedimento posible.

Unos minutos después, precedida por una Désirée inexpresiva, apareció la actriz con un vestido gris muy sencillo y con lentes. Recibió con una leve sonrisa las flores que Wenceslao le entregó, y también mis bombones.

—Acompáñenme al estudio —pidió con voz apenas audible—. Allí estaremos tranquilos.

Pensando que el hecho de llevarnos a otra pieza era una buena señal, puesto que al farmacéutico lo había atendido en aquel recibidor, eché a andar tras Wenceslao. El estudio también era espartano: los muebles indispensables, varios libros, algunos portarretratos con fotografías. Miré con detenimiento una de ellas, en la que aparecía la anciana junto a una mujer joven y a dos chiquillos.

—Son mi hija y mis nietos Hugh y Eleonora —explicó, al percibir mi interés—. Viven en Cambridge. El esposo de Enrichetta enseña allí.

¡Pobre vieja! Imaginé la cara que pondría si algún día llegaba a enterarse de que todos los mensajes enviados a Enrichetta habían pasado por nuestras manos antes de llegar a la oficina de telégrafos. Se acomodó en uno de los butacos y nos pidió que hiciéramos otro tanto. Mientras la obedecíamos, Désirée se retiró. Empecé a sentir frío y supe que era a causa de la emoción. Estábamos solos con la renombrada actriz, que nos contemplaba con indulgencia. ¿Y ahora? El siguiente paso, de acuerdo con el derrotero previsto, era encantarla, seducirla con una conversación grata y chispeante, conseguir que se fascinara con nosotros. Logrado ese objetivo, y no antes, procederíamos a pedirle la entrevista. Hablar, sí, se imponía entablar cuanto antes un diálogo, pero ¿hablar de qué?, ¿hacia cuál tema enrumbar la conversación? Al esbozar nuestro plan de acción, Wenceslao había sido drástico: ¡cualquier tema, excepto el teatro! Daba por sentado que la italiana estaría harta de elogios a su arte. Intuía que, después de tantos años de escuchar panegíricos, anhelaba ser tratada como una simple y común mortal, aun cuando, por supuesto, no lo fuera. Nuestra apuesta, riesgosa, consistía en conquistarla hablando de otras cosas, pero ¿de cuáles? Mi mente quedó en blanco y por un momento temí que a Wenceslao le estuviera ocurriendo lo mismo. ¿Y si la Duse se aburría de tener enfrente a dos cretinos que permanecían con la boca cerrada, mirándola como si fuera una pieza de museo, sin pestañear siquiera? Fue Eleonora quien puso remedio a lo que prometía ser un desastre, al hablar, primero, de la belleza de la ciudad que nos acogía y, luego, del modo tan peculiar que tenían sus habitantes de moverse. Confesó haber pasado toda una mañana observando a las gentes que deambulaban bajo su balcón y, venciendo la timidez, nos regaló una deliciosa imitación de los ademanes de los cubanos. "¡Hablan con las manos!", exclamó, divertida. Al preguntarle si otro tanto no sucedía con sus compatriotas, se echó a reír y ripostó: "No, en Italia lo que hacen es gritar con ellas". Claro que no en todas partes: un romano o un napolitano no gesticulaban igual que un paduano o un florentino. A partir de entonces, la charla fluyó, natural y animada, sin que tuviéramos que esforzarnos para encauzarla o parecer ingeniosos. Alabó la sofisticación de la capital cubana. "No imaginaba que hallaría tanto lujo, tanto refinamiento, aquí", admitió. Su acento, apagado al inicio, poco a poco fue cobrando vivacidad, y su semblante pálido se tiñó de rosa. ¿Sería verdad que podía ruborizarse a voluntad, si la escena que interpretaba así lo requería? La conversación tomó, no recuerdo por qué, otro derrotero: el cine. Le encantaban las películas de Chaplin, ¡qué genio el de aquel hombrecito! Y de Chaplin saltamos a los últimos libros leídos. Le hablé de Valle-Inclán. No, ignoraba si existían traducciones al italiano o al francés. Confesó que en los últimos años casi no leía autores nuevos, prefería repasar a los conocidos. "Los libros son los mismos, la lectora no", adujo. Por esos días estaba inmersa en Shakespeare, el inmenso William: *Lady* Macbeth era un papel corto, pero jugoso, le hubiera encantado hacerlo. El problema era de dónde sacar un buen Macbeth. Ah, los actores, unos sinvergüenzas casi todos, tan ignorantes. ¿Podía existir algo más sacrílego que subir a un burro al escenario y pedirle que rebuznara a Shakespeare? No, ya era tarde para *Lady* Macbeth. También para el rey Lear, que estuvo tentada de interpretar cortándose el cabello. Al menos le quedaba el consuelo de haber sido, en el momento indicado, Julieta y Cleopatra. Pensé que terminaríamos hablando, quisiéramos o no, de teatro, pero un giro inesperado nos llevó a transitar de Cleopatra al descubrimiento de la tumba de Tut-Ank-Amen. Escuchó, con inocultable envidia, la noticia de que nuestra mejor amiga se dirigía a Luxor para contemplar al joven faraón y reveló que todo lo relacionado con Egipto le producía una misteriosa atracción. Oh, se arrepentía tanto, tanto, de no haberse atrevido a montar en camello las dos veces que estuvo en El Cairo.

Saltamos de un tema a otro hasta que la llegada de la Avogadro trayendo el servicio de té interrumpió por un momento la charla. La Duse despidió a la doncella con el movimiento de una ceja y se hizo cargo de servir la infusión. Había pastellillos y bizcochos de diversos tipos. Bebimos y tragamos, hablando de nuestras comidas predilectas. Ella comía poco y no era exigente a la hora de sentarse a la mesa. Cualquier cosa le parecía bien, excepto las desabridas comidas inglesas. Y la cocina de Colombia, ¿cómo era? ¿Qué se comía allá? *La Colombie*, ese país tan enorme, con selvas y nevados. ¿Eran peligrosos los indios? ¿Todavía usaban flechas envenenadas? ¿Continuaban devorando a los jesuitas misioneros? Y, pasando a otro tema, ¿conocíamos una gaseosa que había descubierto por casualidad al llegar a la Isla? Era una delicia que no podíamos dejar de probar: se llamaba *Ironbeer*. La *Coca Cola*, en su opinión, sabía a *scarafaggio*, ¡pensar que los gringos eran adictos a semejante porquería! ¿Podíamos creerle que, durante uno de sus primeros viajes a los Estados Unidos, un dentista pretendió contratarla para un anuncio publicitario de denta-duras postizas? *¿Capisce?*

La Avogadro, que ya había vuelto a interrumpir la charla para retirar platos y tazas, apareció por tercera vez con el fin de entregarle una nota a la anciana. Al leer el papel, asintió incómoda. La empleada se esfumó en el acto.

—María y Désirée me cuidan mucho —dijo la actriz—. A veces preferiría que no me protegieran tanto...

Eché un vistazo a mi reloj y advertí, estupefacto, que eran las siete pasadas. Nos pusimos de pie, avergonzados.

—Me temo que la visita ha sido demasiado larga —se disculpó Wenceslao—. Usted tendrá cosas importantes que hacer.

—No lo crean —ripostó—. Sólo recibir a un matasanos que viene a examinar mis pulmones y que me recetará montones de píldoras que luego me negaré a tomar. ¡Total! Tengo la certeza de que mi salud no va a "reflorecer", como diría la estúpida de Margarite Gautier.

Nos acompañó hasta la salida. En el recibidor se encontraban un gordo con maletín de médico y la austríaca. Si el olfato no me engañaba, Désirée estaba estrenando el perfume de El Encanto.

—Me agradaría verlos nuevamente —musitó la Duse tendiendo hacia nosotros sus famosas manos.

Miré a Wenceslao como preguntándole si sería oportuno sacar a relucir la *interview*, pero no me hizo caso.

—Gracias por esta tarde maravillosa —fue todo lo que dijo.

—Quizás pudiéramos hacer un paseo juntos... —me atreví a sugerir.

—*Può darsi...* —repuso la *Signora*, sin traslucir mucho entusiasmo.

Cualquiera que haya trabajado la mitad de lo que he trabajado yo, sería rico. Y si no rico (porque nunca he conocido a alguien que se considere rico de verdad, siempre les parece que podrían tener más), si no rico, repito, al menos dueño de una renta tranquilizadora. Cualquiera, pero no yo. A estas alturas puedo decirlo sin cortapisas: soy una gloria, pero no un negocio.

El dinero lo estimo y no lo estimo, según. En la medida en que falta, se vuelve importante. Alguna gente dice, con desprecio, que el dinero no garantiza la felicidad. De acuerdo, pero debemos admitir que acorta el camino que conduce hacia ella.

Tuve que volver al teatro para no morirme de hambre. Cuando creí que mi vejez estaba asegurada, que nunca tendría necesidad de pisar de nuevo un escenario, sobrevino la guerra y lo perdí todo. Fue necesario empezar otra vez. Por suerte, el público acude a verme. Con una curiosidad a veces malsana, creo, pero, en fin... acude, y eso es lo importante.

Desde pequeña he deseado el éxito. Pero el éxito no ha sido siempre lo mismo. Al principio, era sólo tener el teatro lleno. Los niños aprenden las cosas fundamentales sin necesidad de que alguien se tome la molestia de explicarlas. En ese caso, la máxima era muy sencilla: "Teatro lleno, barriga llena; poco público, poca comida".

Luego, durante mi juventud, el éxito se convirtió en otra cosa. En esa época, el éxito fue el aplauso, la alabanza, el reconocimiento. Si al finalizar la representación los aplausos no eran lo calurosos que yo esperaba, la angustia se adueñaba de mí, sentía algo parecido a la culpa, una especie de remordimiento. Me encerraba en mi pieza a analizar cada uno de mis movimientos durante la representación, cada una de mis palabras, tratando de detectar dónde había estado el error, dónde había fallado.

Más tarde, todo volvió a cambiar. Dejaron de preocuparme tanto los otros, las reacciones de los demás, y empecé a buscar dentro de mí. Fue una búsqueda dolorosa y llegué a la conclusión de que el éxito es viscoso y escurridizo. Los periódicos podían dedicarme halagos desmesurados, el público podía echar abajo el teatro con sus ovaciones, pero ¿de qué servía todo eso si yo no me sentía satisfecha, si pese a los comentarios favorables sabía que no había alcanzado la gracia? ¿De qué te sirve una ovación si estás descontenta? En un momento del camino llegué a detestar los viejos dramas franceses, ¡mis mayores éxitos! Los odiaba porque me veía obligada a recurrir a ellos para complacer a Schurmann y llenar los teatros, porque me proporcionaban un éxito que ya no me satisfacía. Había perfeccionado mi actuación hasta el punto de que podía engañar con facilidad a los otros, pero no a mí, a mí nunca.

En los últimos tiempos la noción de éxito se ha simplificado de manera sustancial. Tener éxito se reduce a llegar con aliento al último acto. Que las fuerzas me sostengan hasta el telón final: he ahí el mayor éxito. ¿Qué cara pondrían los espectadores si me vieran jadear, pegada a la boquilla del balón de oxígeno, entre una escena y la otra? ¿Cara de piedad? ¿De decepción? ¿De burla? Años atrás, éxito pudo significar muchas cosas, pero en el presente es sólo eso: sobreponerse, resistir, terminar la función.

12

Esa mañana el invierno decidió hacerse sentir. El cielo amaneció nublado, la temperatura era fría y Désirée obligó a la *Signora* a protegerse el cuello con un chal mientras atravesábamos la bahía, en una barcaza, en dirección a Casablanca. Con excepción del conductor de la embarcación y de dos o tres mozalbetes adormilados que viajaban sentados cerca del motor, nosotros cinco éramos los únicos a bordo.

—Ahora está vacía, pero en el viaje de vuelta no vamos a caber —advirtió De la Cruz.

La Duse asintió, retraída, y observó primero las aguas negruscas y pesadas, y más adelante las hileras de casitas fantasmagóricas que se distinguían en la otra orilla de la bahía, encaramadas una encima del techo de la otra y salpicadas de cocoteros. Cuando la lancha atracó en el embarcadero, fue la primera en salir, ayudada por el piloto.

La idea del paseo había sido suya.

El día anterior, menos de una hora después de la visita a su departamento, Désirée nos llamó por teléfono para decirnos que la *Signora* quería salir de excursión con nosotros. Que escogiéramos un sitio para ir, alguno pintoresco, ojalá no demasiado distante, pero a salvo del bullicio. Ellas se encargarían de llevar una cesta con provisiones. Anonadado por la sorpresa, Wenceslao contestó que sí a todo y prometió a la secretaria devolverle la llamada en unos minutos para ultimar detalles. Me costó dar crédito a la buena nueva.

—El problema es: ¿adónde la llevamos? —razoné.

—¡Trate de dar con Emilito! —me suplicó Wen—. Hay que pedirle consejo.

Por suerte, De la Cruz estaba en casa de sus tíos. Él no tenía nada que hacer el lunes por la mañana, así que, si nos parecía bien, podía acompañarnos. Lo mejor, a su juicio, sería ir a Casablanca, el pequeño pueblo de pescadores que se alcanzaba a divisar al otro lado de la bahía. Allá podríamos tomar una merienda y, de regreso a la ciudad, nos daría un recorrido en el *Dodge Brothers* por algunos sitios interesantes. Por último, el mico indicó que debíamos estar listos a las ocho de la mañana y se despidió a las carreras. Wen llamó a Désirée para que pusiera a la Duse al tanto del plan, pero la anciana insistió en hablar con él sin utilizar a la austríaca como intermediaria. La idea de conocer Casablanca, *une ville de pêcheurs*, pareció encantarle y no puso objeción alguna al proyecto. No, no, de verdad no tenía ningún inconveniente: la hora era perfecta, incluso podía estar lista más temprano si era necesario. Madrugar no era una dificultad para ella, desde niña estaba acostumbrada a despertarse antes del amanecer.

Nos reunimos en el vestíbulo del hotel. De la Cruz saludó a la Duse y a su secretaria como si las conociera de toda la vida y enseguida nos trasladó en su vehículo hasta el puerto y nos hizo un *tour* por él. Un buque enorme, de bandera inglesa, acababa de arribar, y la escollera de San Francisco parecía un hormiguero; también el muelle de donde partían las embarcaciones rumbo al pueblo de Regla tenía gran afluencia de viajeros. El de Casablanca, en cambio, estaba desierto. "Es que a Regla van muchos creyentes a pedirle favores a la Virgen", explicó De la Cruz. "En cambio, en Casablanca no hay a quién pedir ni nada que hacer". Supongo que todos se preguntarían, al igual que yo, por qué rayos íbamos entonces a ese sitio. Al ver de cerca la precaria barcaza, parecida a un enorme zapato viejo, en que debíamos hacer la travesía, mi semblante se demudó.

—No te asustes, Lucho —me tranquilizó el mico—. Las lanchitas nacieron viejas, pero nunca, hasta el día de hoy, han naufragado.

Sobrevivimos, en efecto, a la travesía, y recorrimos Casablanca de un lado a otro y de arriba abajo. Aunque nadie se pronunció al respecto, coincidimos con el guía en que allí no había nada interesante que ver, con excepción del edificio que acogía al Observatorio, desde donde los meteorólogos emitían sus pronósticos, y los elevados e inquietantes muros de la prisión de La Cabaña. El cubano se empeñó en que escaláramos la cima de un cerro escarpado, donde pastaban unas cabras flacas y, sin entender lo que se proponía, lo obedecimos. Desde lo alto, tuvimos el privilegio de contemplar un paisaje de excepción: del otro lado de la bahía, en medio de la neblina que los rayos de sol comenzaban a disipar, La Habana estaba a nuestros pies, dorada y dócil, mostrándose en toda su magnificencia. La colina era un mirador insuperable, y felicitamos a De la Cruz por conducirnos hasta allí.

Al cobijo de unos árboles, tras extender un mantel sobre la hierba aún húmeda, tomamos la merienda, que fue bastante frugal, por cierto. Al parecer, Eleonora estaba convencida de que el resto de la humanidad comía tan poco como ella, porque el refrigerio se limitó a un bocadillo más bien macilento y a un minúsculo vaso de zumo de naranja para cada excursionista.

—Las cosas que pasan en este país, no se ven en ningún otro —aseguró De la Cruz, mientras devoraba su parte de las vituallas.

—Oh, los países —canturreó la Duse—. En todos, en todos, ocurren cosas increíbles.

—¡Pero lo de esta islita no tiene comparación! —replicó el mico, con vehemencia, e hicimos silencio, a la espera de que argumentara su afirmación—. Hace algunos años, cuando el actual presidente de la República era director de la Renta de Lotería, en el sorteo de Navidad ganó el premio gordo el billete número 4444. ¿A manos de quién fue a dar aquella loma de dinero que no la brincaba un chivo? ¡Misterio! ¿Quién fue el bendecido por la diosa fortuna? ¡Jamás se supo! Y pasó el tiempo, y pasó un águila sobre el mar... Pero, por esas vueltas que da la vida, acaba de saberse que, poco después de aquel sorteo, Alfredo Zayas, más conocido por Tití, invirtió en bonos, a través de un banco americano, una suma idéntica a la pagada al ganador de la lotería. ¡Oh, casualidad de las casualidades —ironizó Emilito—, el 4444 había caído en manos del director de la Lotería!

El Heraldo había publicado en primera plana el "chanchullo", con pruebas contundentes que demostraban la veracidad del rumor.

—¡Quién iba a pensarlo! —comentó Wenceslao—. Tan sajón que parece el Presidente.

—¿Y tú crees que los sajones no roban? —concluyó nuestro *cicerone*—. ¡Sigue durmiendo de ese lado, bobito!

El lanchón estaba a punto de zarpar cuando retornamos al embarcadero tenía el nombre, *Margarita*, escrito cerca de la proa, con letras rojas desvaídas, y estaba casi lleno. Aun así, De la Cruz insistió en que subiéramos. Como el trayecto era corto, a su juicio era preferible sufrir un poco de incomodidad y no tener que aguardar durante media hora hasta la salida del siguiente. Nos acomodamos, pues, en unos espacios vacíos de las rústicas bancas y, mientras esperábamos que diera inicio la travesía, nos pusimos a observar al resto de los pasajeros: niños, jóvenes y ancianos, en su mayoría blancos o mestizos. Eran, a todas luces, familias de pescadores y de campesinos. Gente sencilla, vestida con ropas humildes, pero limpias. Algunos llevaban consigo gallinas, patos y conejos, seguramente con la intención de venderlos en algún mercado. Ellos también nos miraban con curiosidad, preguntándose, supongo, qué diablos hacían en Casablanca personas de nuestra categoría: quién era la dama blanca como un cirio a la que la mujer más joven atendía con deferencia; quién el individuo feo y de escasa estatura; quiénes el par de caballeros distinguidos y apuestos, un tanto incómodos por el bullicio.

Al percatarse de que hablábamos una lengua diferente de la suya, los chiquillos se aproximaron, azorados, para contemplarnos mejor. ¿Qué sonidos eran aquéllos cuyo significado no lograban desentrañar? De pronto, cuando nos hallábamos a mitad del trayecto, un viejo que había subido a bordo con un cerdito bajo el brazo dio un traspié y el animal se le escapó. El alboroto que se armó fue inenarrable: el marrano comenzó a correr de un extremo a otro de la lancha, buscando en vano una salida y chillando cual un auténtico demonio; varias personas lo persiguieron, intentando atraparlo; conejos, patos y gallinas sumaron sus gritos al concierto, y el piloto tuvo que advertir con voz de trueno que, si no poníamos fin a la recholata, terminaríamos en el fondo de la bahía. Tratando de ponerse a salvo, el puerco buscó refugio detrás de las piernas de Emilio de la Cruz, quien soltó un aullido más espeluznante que los de todas las bestezuelas juntas. Capturado el prófugo en medio de aplausos y risotadas, y superada, por fin, la crisis, los viajeros se percataron de que ya faltaba poco para atracar y se alistaron para abandonar la embarcación. Los dejamos salir primero, en alborotado tropel, y luego seguimos sus pasos.

—¡Qué travesía tan amena! —se burló Wenceslao.

—A Goldoni le habría encantado una escena como ésa —aseguró Eleonora.

De la Cruz pagó una moneda al niño que había quedado encargado de que ningún apache se acercara al *Dodge Brothers* y, sentándose al volante del vehículo, nos llevó a recorrer algunos lugares de la urbe. Wenceslao y yo los conocíamos en su mayoría, pero para las mujeres, encerradas todo el tiempo en el Inglaterra o en el teatro, descubrir las fortalezas, la Catedral, el palacio de los Capitanes Generales y el monumento con la estatua ecuestre de Antonio Maceo fue un acontecimiento.

—Ahora los voy a llevar a Guanabacoa —anunció el *chauffeur* y pisó el acelerador.

Guanabacoa, que antaño fue una población independiente, con el crecimiento de la capital había pasado a convertirse en una de sus más populosas barriadas. El mico aparcó donde y como pudo y nos invitó a seguirlo por un laberinto de calles. El sol comenzaba a hacerse sentir y la Duse se quitó el chal y lo entregó a Desirée. Al pasar junto a una casa, vimos a través de sus ventanas abiertas a una niña que practicaba escalas en un piano.

—En este lugar hay muchos artistas —comentó Emilio—. Es como si en la villa de Pepe Antonio las personas nacieran sabiendo cantar, tocar algún instrumento, recitar o bailar.

Me disponía a preguntar quién era Pepe Antonio cuando alguien se interpuso en nuestro camino. Debo haber palidecido al reconocer al negro a quien habíamos contratado para secuestrar a Vázquez Garralaga, y de inmediato recordé que le adeudábamos diez pesos. ¿Estaría enojado por la demora en pagarle? No, o al menos eso deduje por la forma amistosa en que nos sonreía.

—¿Quedaron conformes con el trabajito? —inquirió a guisa de saludo.

Wenceslao y yo asentimos como muñecos de *guignol*, queriendo que la tierra nos tragara. ¿Cómo explicar a la Duse nuestro vínculo con El Ecobio? Si bien el delincuente no tenía ese lunes la desastrosa facha con que lo habíamos conocido en su cuarto de Jesús del Monte, no era necesario ser muy perspicaz para percatarse de su calaña. Resoplé aliviado al notar que detrás de él aparecía, elegante como de costumbre, su primo.

—¿Qué hacen ustedes por acá? —exclamó alegremente Agustín Miraflores y ya se disponía a darnos un abrazo, cuando se percató de que dos damas nos acompañaban y adoptó al punto una actitud circunspecta.

Haciéndose cargo de la incómoda situación, Emilito explicó a sus compatriotas "de color" que estábamos mostrando Guanabacoa a la *signora* Duse y a su secretaria. Al oír el nombre de la trágica, Tijeras contempló a la anciana con sorpresa y se inclinó ante de ella.

—Soy uno de los muchos admiradores que tiene en Cuba, señora —le hizo saber.

Traduje la frase a la actriz, quien asintió, reservada.

—El señor Miraflores es uno de los mejores sastres de la ciudad —se apresuró a informar Wenceslao—. Si nos vestimos con alguna elegancia, a él se lo debemos —añadió, tratando de dejar clara nuestra relación con el negro. En cuanto a El Ecobio, prefirió obviar quién era y por qué lo conocíamos.

La italiana aseguró al sastre que la calidad de nuestros vestidos saltaba a la vista y lo felicitó por sus habilidades. Para ella, que no sabía siquiera coser un botón, las personas que podían convertir un corte de tela en un ropaje hermoso eran una suerte de magos. Agustín se hinchó de satisfacción y reveló que él y su primo (la Duse miró a El Ecobio y bajó el mentón en señal de saludo) se dirigían a una fiesta familiar. Habría comida y música de tambores, canto y baile. ¿Tal vez las señoras desearan acompañarlos? La invitación, por supuesto, no excluía a los caballeros. Iba a tomar la palabra para agradecer el convite y explicar que llevábamos prisa, pero la Duse se adelantó y, dejándonos a todos, Désirée incluida, boquiabiertos, contestó que le encantaría ir, pero sólo si estaban seguros de que su presencia no iba a ser inoportuna.

Mina López-Salmón de Buffin nunca lo supo, pero diez minutos después, Eleonora Duse, la que se había negado a asistir al Baile de las Mil y Una Noches que celebrarían esa misma noche en su honor, estaba en una fiesta de negros, sosteniendo un plato de yuca con mojo con una de sus bellas manos y llevándose a la boca, con un tenedor de plata, una masa de puerco acabada de freír. Tijeras se encargó de aclarar que la celebración, que tenía lugar en un enorme patio trasero y que convocaba a medio centenar de parientes y amigos, era para agradecer a Babalú el haber salvado la vida a un sobrino suyo que semanas atrás había estado muy delicado de salud. El chiquillo en cuestión, un negrito de unos ocho años, vestido con un pantalón blanco y una camisa de similar color, pero con rayas azules, se movía con ligereza entre los invitados, repartiendo dulces y bebidas, sin mostrar huella alguna de la enfermedad padecida. "Varios médicos lo declararon incurable, se puso esquelético y de color ceniza, pero san Lázaro, con su poder y su benevolencia, le devolvió la salud", explicó el sastre a la Duse, y ella, indicándome con un ademán que no era necesario traducir sus palabras al francés, pues lograba captar el sentido de sus frases, asintió gravemente.

—Ni mi hermana ni su marido, que es abogado, se ocupaban mucho de los santos, pero en medio de su desesperación no les quedó otro remedio que recurrir a ellos. La *iyalocha* Ludonia La Rosa dijo que al niño le habían echado un daño de ampanga, tremendo bilongo de *mayombero*, y les explicó lo que tenían que hacer si querían salvarlo —prosiguió Tijeras—. Lo primero era ponerle al angelito, que resultó ser hijo de Babalú Ayé, un collar del santo, de cuentas negras, y bañarlo luego con un cocimiento hecho con diecisiete hierbas. Diecisiete, sí, ni una más ni una menos —asintió Agustín, al percatarse de que la Duse escuchaba el relato con creciente interés—: no se imagina el trabajo que pasamos para conseguirlas. Hubo que limpiar al niño con escoba amarga y maíz tostado, pasarle un huevo de gallina por el cuerpo, para que recogiera lo malo, y estrellarlo enseguida en una carretera diciendo: "¡Babalú Ayé, cómete la masa y deja el hueso: sálvame a Ramoncito!". Lo mismo durante una semana.

El remedio fue infalible: al levantarse en la mañana del octavo día y acercarse a la cama donde descansaba el enfermo, la madre vio, horrorizada, cómo un pequeño escorpión le salía del hueco del ombligo, corría por la pierna huesuda, se arrastraba por entre las sábanas húmedas de sudor y escapaba por último, a gran velocidad, metiéndose en una grieta de la pared. Aquel bicho inmundo había estado royéndole las entrañas al niño hasta que san Lázaro, con su poder, lo conminó a salir de allí. Esa mañana, Ramoncito despertó curado. Nadie cayó en cuenta, hasta que la *iyalocha*, con reverencia, llamó la atención sobre ello, de que era 17 de diciembre, día de san Lázaro.

Los de la fiesta, que al principio observaron con curiosidad la rara comitiva que acompañaba a Tijeras, no tardaron en olvidarse de nuestra presencia. Casi todos eran o bien negros retintos o mestizos, aunque no faltaba algún que otro caucásico.

La madre del niño, una negra alta y vistosa llamada Gardenia, que llevaba con donaire una *toilette* morado obispo, susurró algo al oído de Agustín Miraflores, mirándonos de soslayo, y el sastre nos hizo saber que su hermana quería enseñarnos el altar. Echamos a andar tras la dueña de la casa, entramos en una de las habitaciones de la vivienda y nos detuvimos frente a un gigantesco san Lázaro, colocado en una mesa cubierta con una tela muy rústica. La estatua de yeso mostraba al leproso de pie, vestido con harapos y apoyado en unas muletas, y con un par de perros blancos, muy flacos, lamiendo sus llagas. Alrededor del santo había decenas de velas encendidas, muñecos de trapo con figura de perro, muletas minúsculas, plumas de ave negras y varias cazuelas planas y calabazos cortados por la mitad llenos de ofrendas: granos, pescados ahumados y presas de carne roja, mazorcas de maíz tostadas, cocos verdes, rodajas de pan quemadas y ristras de ajos y de cebollas.

La Duse tomó entre las suyas una mano de la madre de Ramoncito y, oprimiéndosela afectuosamente, le dijo una frase que no alcancé a oír. Dejándose llevar por un impulso, la negra abrazó a la italiana. Las dos mujeres permanecieron unidas unos instantes, ante nuestras miradas de desconcierto, y luego se separaron riendo, como si se burlaran de su rapto sentimental, pero con lágrimas en los ojos.

El sonido de los tambores nos hizo regresar al patio. Varios músicos se habían situado en unos bancos de madera, debajo de un limonero, y golpeaban cadenciosamente los parches de cuero de tres tambores de diferentes tamaños, todos coloridos y adornados con cascabeles y semillas. Un negro joven y obeso salió del interior de la casa, bamboleando sus carnes, y se reunió con los músicos. Respiró profundo, cerró los ojos y empezó a entonar un himno en una lengua africana. Las conversaciones cesaron, la mayor parte de los presentes se persignó y algunos hicieron coro al corpulento solista repitiendo determinadas frases del cántico.

Noté que Désirée trataba de convencer a la *Signora* de que retrocediera unos pasos y abandonara la primera fila de espectadores. La anciana se desprendió de ella dándole una palmada en la mano, sin apartar los ojos de los ejecutantes de aquella música primitiva y embrujadora. Cuando el gordo dio inicio a otra canción, sucedió algo imprevisto. El Ecobio, que hasta ese momento había permanecido de pie entre Emilio y el cuñado de Tijeras, bebiendo el menjurje de naranja agria repartido por los anfitriones, dio un salto inverosímil, digno de un acróbata, y cayó de bruces sobre la tierra, a unos pasos de los tambores, primero rígido y a los pocos segundos presa de salvajes convulsiones. Contra toda lógica, cantante y tamboreros prosiguieron, imperturbables, su música.

—Es caballo de Ayé —murmuró el sastre a mi oído, mientras El Ecobio bufaba y se golpeaba con furia la cabeza contra la tierra—. El santo rara vez le baja, pero cuando llega, lo monta con ganas.

Busqué, receloso, la mirada de Wenceslao, pero o no se dio cuenta de ello o no quiso prestarme atención: al igual que la Duse, observaba a El Ecobio con una fijeza hipnótica. Con los ojos extraviados y el espinazo retorcido, el negro hizo un esfuerzo por incorporarse, y a continuación, tambaleándose a causa de las piernas y los brazos engarrotados, comenzó a bailar. Comprendí que, para los convidados a la fiesta, el pariente de Agustín Miraflores había dejado de ser quien era para convertirse en san Lázaro mismo. ¿Qué espectáculo era aquél? ¿Una auténtica posesión o una farsa en la que todos eran cómplices? Sin dejar de moverse al son de los tambores, el "caballo" empezó a dar manotazos en el aire, como si una nube de insectos lo acosara y quisiera ponerlos a raya. Hablaba con voz fañosa y una excrecencia verdosa comenzó a chorrearle por las fosas nasales. El patio se llenó de moscos y zancudos, y un viento repentino puso a volar hojas secas sobre las cabezas. El Ecobio se nos acercó bailando, aproximó su rostro hasta casi rozar el de Désirée Wertheimstein y, mirando a la secretaria con expresión zumbona, le dijo: "¡Alacuattá!". Enseguida el poseso se dirigió cojeando hacia una negra muy vieja, sentada en una silla de mimbre, y se postró a sus pies con reverencia. "Esa es Ludonia La Rosa", advirtió Tijeras mientras su primo le subía la falda a la *iyalocha* hasta las rodillas, dejando al descubierto la venda sanguinolenta que tenía anudada en una pantorrilla. De un tirón, El Ecobio arrancó el trapo, una horrible pústula quedó a la vista de todos y, sin darnos tiempo a cerrar los ojos o a voltear las caras, empezó a lamer una y otra vez, con fruición, la herida llena de pus.

"Es demasiado", creo que musité y, con la mayor discreción que me fue posible, entré en la casa. De pie junto a un rincón del altar, Ramoncito jugaba improvisando una pelea entre dos de los canes de trapo. Al sentirme llegar, clavó sus ojos en mí y sonrió con simpatía. Con un movimiento de cabeza me convidó a acercarme. Lo obedecí y apoyé una mano en uno de sus hombros.

—¿Qué hace solito? —le pregunté, por decir algo.

—Mejor estar solo que mal acompañao —contestó con una voz absolutamente impropia, con un vozarrón demoníaco que de ninguna manera podía ser suyo y que me produjo pavor. Al notar que me ponía frío como un carámbano, el niño soltó una carcajada carrasposa y gruesa echando la garganta hacia atrás.

La risa se interrumpió al entrar Gardenia Miraflores en la pieza.

—¿De qué hablaban? —se interesó la hermana del sastre, acercándose a nosotros.

—De boberías —contestó Ramoncito, recuperando su voz infantil, y corrió al patio.

—Discúlpelo, usted no sabe lo malcriado que está después de la enfermedad —exclamó la mujer, y acto seguido me dijo que la señora más joven se sentía indispuesta y deseaba irse.

Cuando volví al patio, ya mis acompañantes se retiraban. La austríaca había perdido todo vestigio de color y caminaba penosamente, sostenida por Wenceslao y por la Duse. El toque de tambores proseguía cada vez con más ímpetu. Sentado a horcajadas sobre un taburete, con la cabeza gacha, El Ecobio parecía haber salido del trance y sudaba a chorros.

Estreché la mano al padre de Ramoncito. A Tijeras le deslicé unos billetes en el bolsillo del saco, explicándole que eran para su primo.

—Que el niño siga bien —le dije, a modo de despedida, a Gardenia, y dando media vuelta apuré el paso para reunirme con los otros. Me detuve al escuchar que alguien siseaba tratando de atraer mi atención. Era Ludonia La Rosa, que seguía sentada en la misma silla de mimbre, y reclamaba mi presencia. Retrocedí lo avanzado y me acuclillé junto a ella. Una adolescente que le vendaba de nuevo la pierna enferma aparentó no escucharnos.

—Ay, mi'jo —empezó la *iyalocha*—, hazles caso, por lo que más tú quieras. —Le pregunté a qué se refería y me miró con astucia—. Conmigo no tienes que disimular.

—Le juro que no sé de qué me habla, señora —sostuve.

—¡No puedes negar que eres hijo de Oyá! ¡Son todos cagaítos! Recelosos igual que las lechuzas —discurrió—. Te estoy hablando de los muertos, carajo. De lo que quieren que hagas —aclaró, sacando el tabaco que tenía guardado en el bolsillo de su falda. La muchacha encendió un fósforo, se lo acercó y la *iyalocha* dio varias chupadas—. Recuerda que ellos lo saben todo, *todo* —prosiguió, exhalando el humo y tosiendo—. Si a veces dicen las cosas enredadas, es para joder.

Me acordé de Arrigo Boito. Aparte del italiano, reflexioné, ningún otro espíritu se había comunicado conmigo en las dos semanas que llevaba en la Isla. A no ser que considerara un intento de comunicación el reciente exabrupto de Ramoncito. Sólo Boito, pero el antiguo amante de la Duse no me había pedido nada.

—¡Pero te lo pedirán! —garantizó Ludonia con irritación, leyéndome la mente, y agregó—: ¿Cómo puedes ser tan incrédulo? A ti lo que te hace falta es una buena limpieza. Ve a verme una tarde de estas a mi casa. Dile a Agustincito que te lleve.

Procuré poner la cabeza en blanco para que la vieja no continuara hurgando en mis pensamientos.

—¿Y qué van a pedirme? —indagué.

—Eso no lo sé —admitió la *iyalocha*—; lo que sí te puedo decir es que allá arriba hay armado tremendo salpafuera —y señaló el cielo—. Parece que nos viene p'acá tremendo daño. Una maldición muy grande, una cosa muy fea.

—Pero ¿como qué será lo que quieren de mí? —insistí.

—Anda, anda, que te están esperando —me apremió Ludonia La Rosa—, ¡y no eches en saco roto lo que te dije!

El aire fresco que entraba por las ventanillas del automóvil reanimó a Désirée. Como si entre los cinco mediara un pacto, ninguno aludió a la chocante escena de que habíamos sido testigos en la fiesta de san Lázaro. La Duse se limitó a comentar que el mundo de los negros era tan misterioso como deslumbrante. Por su parte, De la Cruz prefirió endilgarle el calificativo de horripilante y anunció que, para que el paseo tuviera un final feliz, nos conduciría al río Almendares, y así lo hizo.

Si la visión de la corriente cristalina no consiguió hacernos olvidar del todo las grotescas imágenes de la danza de El Ecobio, introdujo, al menos, una pincelada de armonía en nuestros espíritus. El sol había vuelto a esconderse y varios niños chapoteaban cerca de la ribera. Wenceslao lanzó una moneda al agua invitándolos a que la hallaran y todos se sumergieron al punto, en medio de un griterío.

—Me siento fatigada —anunció, con los párpados entornados, la Duse—. Me gustaría regresar ya al hotel.

Asentimos y emprendimos el camino de vuelta hacia el automóvil. Wenceslao y la *Signora* quedaron rezagados y tuve la intuición de que en ese momento le pediría la entrevista. Me volví para observarlos. Mi amigo hablaba con vehemencia y la Duse lo escuchaba con una sonrisa circunspecta. Cada dos o tres pasos movía la cabeza levemente, diciendo que no.

La cara de abatimiento que tenía Wenceslao cuando nos reunimos dentro del *Dodge Brothers* no me dejó la menor duda sobre la respuesta a su solicitud. La Duse rechazaba la petición de modo amable, pero tajante. ¡*Impossibile*! Después supe cuáles habían sido sus palabras exactas: "Al principio, en mi juventud, concedí algunas entrevistas, pero no tardé en entender que permitirle al público saber de mí era un sinsentido. Ahora que ha pasado el tiempo, y que mi vida personal carece de cualquier vestigio del interés romántico que alguna vez pudo suscitar, con mayor razón deseo mantenerme fiel a mi costumbre".

De nada sirvió que, durante el trayecto hasta el Inglaterra, Wenceslao insistiera con denuedo y echara mano a los argumentos de distinta índole que desde días atrás teníamos preparados. La Duse se mantuvo firme en su negativa. "*¡Impossibile, impossibile!*", reiteró en un murmullo y dio por agotado el tema al decir, con inesperada dureza, que le pidiera cualquier cosa excepto la que jamás le daría: una entrevista.

Observé con disimulo a la actriz, que miraba el paisaje con expresión adusta, y entendí que Wen y yo la percibíamos de maneras diferentes. Para él, era la más grande de las trágicas vivas, un nombre imborrable en la historia del teatro, la protagonista de su álbum de recortes; para mí, en cambio, era una señora avejentada, cuyos ahorros de toda una vida se habían evaporado durante la guerra con los vaivenes de la bolsa, que subía a los escenarios a regañadientes, a pesar de su mala salud, porque no tenía otro medio de ganarse la vida.

Al llegar al hotel, nos percatamos de que el paso de vehículos por la calle San Rafael estaba cerrado. Durante nuestra ausencia habían construido una especie de túnel, adornado con flores, que unía el portal del Teatro Nacional con el *restaurant* del Inglaterra.

Eleonora agradeció al mico el inolvidable paseo y, con la austríaca pisándole los talones, se dirigió al ascensor. Tuvimos que correr para darles alcance. Mientras el aparato nos trasladaba al cuarto piso, la Duse permaneció con la mirada obstinadamente gacha. Désirée observó al compungido Wenceslao y luego me miró, alzando las cejas con impotencia. La despedida fue breve; cortés, pero fría.

—Necesito un trago —declaró Wenceslao cuando me disponía a introducir la llave en la cerradura de nuestra habitación, y le sugerí que pidiéramos dos *whiskies*—. No —dijo—. Prefiero bajar a la barra —y para explicitar que deseaba estar a solas, añadió—: Quédese usted acá, que yo regreso enseguida. —Sin esperar respuesta, dio media vuelta y se dirigió a las escaleras.

—Con ponerse así no resolverá nada —protesté, pero no se tomó la molestia de replicar, y entré en el cuarto.

En la penumbra, sentado en una silla y con el manuscrito de Julián del Casal encima de las piernas cruzadas, me estaba esperando el detective Aquiles de la Osa.

—¿Qué hace usted aquí? —atiné a preguntar—. ¿Quién le abrió la puerta?

Ripostó, sin alterarse, que después de trabajar casi veinte años con la Secreta había aprendido algunas cosas más complicadas que colarse en una habitación ajena.

—Si Mahoma no va a la montaña... —dijo por toda explicación y, tomando un periódico que estaba encima de mi cama, me lo tendió—. Supongo que no sabe que su tío se entregó.

Tomé el periódico y, de paso, le quité el soneto de Casal.

—Pues sí, lo sabía —contesté, sentándome en la mecedora, y devoré el artículo de la crónica roja donde hablaban del suceso. El señor Misael Reyes, de nacionalidad colombiana y residente en el país desde hacía muchos años, había hecho acto de presencia en la sede de la Policía Secreta pidiendo ser recibido por el inspector Donato Cubas. Cuando estuvo frente a él, se confesó culpable del asesinato del asiático Mei Feng, explicando, de paso, que había dejado el arma homicida en el cuarto de hotel que ocupaba el señor Jean Bonhaire con el propósito de incriminarlo. La decisión de entregarse era obra del remordimiento de conciencia: no deseaba llevar sobre su espalda, además de una muerte, la condena a presidio de un inocente.

El detective aguardó a que concluyera la lectura y entonces dijo:

—En lo personal, ese cuento de hadas me parece sospechoso, pero por la tarde el juez dio órdenes de que, en vista de que teníamos un asesino confeso, soltáramos al sospechoso. El franchute está libre.

—¿Entonces usted cree que mi tío cargó con la culpa para sacar al otro de la cárcel?

—No he dicho que lo crea, Belalcázar, sólo lo he insinuado —aclaró, poniéndose de pie y caminando hasta el balcón—. En realidad, creer, lo que se dice creer, únicamente creo en Dios —confesó—. *A veces* —precisó con cinismo, tras una pausa, y señalando la pérgola recubierta de flores que atravesaba San Rafael, me preguntó si pensaba asistir al baile de las Mil y Una Noches.

—Sí, ¿por qué?

—Por nada. Simple curiosidad. Supongo que se encontrará con muchos conocidos.

Caminé hacia él y contemplé la calle cerrada a los automóviles. Varios hombres terminaban de armar, en medio de la vía, la réplica de un kiosko otomano.

—Wenceslao y yo somos parte del jurado que otorgará los premios —comenté.

—¿Le interesaría entrevistarse con su tío?

—¿En la prisión?

—No está preso —aclaró Aquiles de la Osa—, sino detenido.

—¿Quién mató al chino? —averigüé sin subterfugios.

—El francés —contestó al instante.

—Pero condenarán a mi tío —dije.

—Si él quiere. Es difícil convencer a un juez de que un caballero que se acusa a sí mismo de asesinato, miente.

Acordamos que estaría en la Secreta a las ocho de la mañana.

—No le comunique nada a mi tío —le rogué.

—Despreocúpese —dijo—. A mí también me encantan las sorpresas.

Tomó su sombrero de encima de la cama y, encasquetándoselo hasta las orejas, me recomendó que guardara con cuidado el manuscrito de Casal.

—Hoy no vale nada —reconoció—, pero quién sabe lo que los coleccionistas puedan pagar dentro de unos años por ese papel. —Al notar mi extrañeza, largó una risotada—. ¿Le parece raro que un policía conozca a los viejos poetas? Si usted no tuviera tantos compromisos, lo llevaría al cementerio, a ver la tumba de Casal. ¡Qué país este! Años y años haciendo colectas, y aún no hemos puesto ni una tarja en la casa donde nació. Cuide ese escrito, Belalcázar —insistió—. Además, es una especie de recuerdo de familia, ¿no? —agregó, con inequívoca malicia—. Salúdeme al señor Hoyos —pidió antes de irse.

Me dejé caer en la cama, completamente agotado. Levanté el periódico a la altura de mi pecho y releí la crónica. El timbre del teléfono me hizo saltar del susto. Era la Cay.

—Créame que lo siento —declaró, sin perder tiempo en preámbulos—. El Conde me había advertido que Misael Reyes se traía algo entre manos, pero pensé que eran aprensiones suyas.

—El Conde es un demente —le respondí con voz incolora—; y usted... —dejé la frase en suspenso, dudando si manifestar o no lo que pensaba de ella.

—¿Y yo? —me invitó a proseguir, retadora.

Sabiendo que cometía una grosería mayúscula, colgué el manófono. Como impulsado por un resorte, me dirigí al escritorio y redacté a toda velocidad una carta. Iba dirigida a Eleonora Duse y en ella le decía que, con su negativa, estaba causándole a Wenceslao un daño que no era capaz de imaginar. A mí, entrevistarla o no me tenía sin cuidado, pero en el caso de mi amigo era distinto, para él aquello revestía mucha más importancia de la que estaba dispuesto a admitir. Concluía apelando a la nobleza de sus sentimientos y rogándole que recapacitara para evitarle una gran decepción a un alma buena. ¿No le parecía suficiente a la *Signora* el dolor diseminado por el mundo? ¿Por qué acrecentarlo? Doblé el papel, lo metí en una cubierta y corrí a introducirlo por debajo de la puerta de la Duse.

Acababa de abrir la regadera cuando sentí a Wenceslao regresar. Entró al baño, se desnudó y me hizo compañía bajo el agua tibia. Lo abracé y descansó la cabeza en mi pecho.

—Tranquilo —dije, y le conté lo que acababa de hacer.

—Dudo que cambie de idea —susurró, quieto, sin la menor intención de jabonarse.

—Quien persevera, triunfa.

—No siempre.

Tenía razón. No siempre. El mejor ejemplo era mi interés por Mella. ¿De qué me había servido perseverar, oír sus diatribas, acompañarlo a un sindicato pringoso y acudir al *meeting*-homenaje poniendo en peligro mi vida y la de Wen? De nada. No me había servido absolutamente de nada. Ese cuerpo nunca me pertenecería. Cambiando de tema, le conté la conversación con Aquiles de la Osa y no abrió la boca ni para protestar por la impertinencia de entrar sin permiso en nuestro cuarto. Seguimos así, enlazados, hasta que los dedos de las manos se nos arrugaron.

—¿Tiene hambre? —preguntó entonces.

—Bastante —admití.

—Bajemos a cenar. El baile empieza a las once y quién sabe cuándo termine.

El chismorreo es un placer inveterado, un vicio que tildamos de deleznable, pero en el que todos, o casi todos, incurrimos.

¿Por qué esa necesidad compulsiva de sacar a la luz lo que callan, y desean mantener oculto, los demás? ¿Cuál es la causa que nos hace propagar lo secreto? Algunas veces, después de incurrir, ya sea de forma involuntaria o consciente, en una indiscreción, me he preguntado qué me impulsó a decir lo que no había necesidad de revelar. Las respuestas han sido diferentes: en ocasiones, es el deseo de hacer patente el conocimiento acerca de determinado asunto; en otras, es un trueque: se entrega una información para recibir otra a cambio; a veces, existe la intención de ayudar o de perjudicar; pero, casi siempre, se habla de más con la simple y pura voluntad de avivar el fuego del cotilleo...

Cierta tarde, cuando los periódicos empezaban a elogiarme, dos personas de mi mayor confianza, a las que deseaba hacer una consulta, entraron intempestivamente en mis habitaciones. Me encontraron sentada en una silla, frente a una ventana abierta, con un plato encima de las rodillas. Los caballeros (pues de hombres se trataba: de dos jóvenes y prometedores escritores) se miraron incómodos, pensando que me habían sorprendido en el prosaico menester de llenarme el estómago antes de la función, y preguntaron si prefería que volvieran más tarde.

Les contesté que no, y su intriga, lejos de disminuir, aumentó. Primero, porque se percataron de que el plato que sostenía delante de mí estaba vacío y, además, porque notaron que estaba anegada en llanto.

No comía, no. Lloraba. ¡Y la tarea del plato no era otra que la de recoger las gruesas lágrimas que se deslizaban, abundantísimas, por mi nariz y mis mejillas!

—¿Está enferma? —inquirieron mis visitantes, alarmados—. ¿Quiere que avisemos a un médico?

Respondí que no y traté de tranquilizarlos con una sonrisa.

—Les voy a decir algo —exclamé—, pero prométanme que no lo revelarán.

Ambos lo juraron, tragando saliva, sin poder disimular la curiosidad.

Les conté, entonces, que el cuarto acto de Odette, la obra de Sardou que iba a representar esa noche, me emocionaba de tal forma que el llanto brotaba incontenible de mis ojos. Amante de la mesura y la sutileza, temía que mis lágrimas resultaran desmedidas. Me hallaba, pues, ante un dilema. No llorar en lo absoluto durante la representación era impensable; llorar en exceso, sin control, era... bochornoso. Podía, sí, retirar la obra de la cartelera, desecharla y colocar otra en su lugar... ¡pero no todos los días se encuentra un drama que goce del favor del público!

Entonces se me ocurrió la solución para lograr el justo equilibrio: una suerte de ardid para llorar lo suficiente, pero sin salpicar a los espectadores de las primeras filas. Cada vez que me tocaba una Odette, evocaba las escenas del cuarto acto antes de salir rumbo al teatro, lloraba un rato por adelantado y, de esa manera, consumía buena parte de mis lágrimas. El método, aunque raro, resultaba infalible y, gracias a él, mi llanto era mesurado durante la representación.

Los dos caballeros se echaron a reír y comentaron que, de no haber sido testigos del incidente, nunca hubieran dado crédito a semejante historia. Les recordé que se trataba de un secreto y que tenía su palabra de que lo guardarían. Volvieron a reiterar sus promesas de discreción y pasamos a otro tema.

Una semana después viajé a una ciudad distante y, al llegar al teatro donde iba a actuar, alguien me preguntó a quemarropa si era cierto que yo lloraba antes de las funciones para dosificar mis lágrimas. Me indigné en vano: la anécdota ya estaba en todas las bocas.

Siempre me quedó la duda de cuál de los señores fue el infidente (¿o serían los dos?), pero aprendí la lección. Quien desvela un secreto, debe hacerlo con la certeza de que tarde o temprano lo revelado, importante o no, será de dominio público. Que a nadie quepa la menor duda: la discreción, si alguna vez existió, es hoy una virtud extinta o a punto de desaparecer de la faz del planeta. Los seres humanos sentimos una singular complacencia, un deleite enfermizo, al divulgar las intimidades ajenas. Es como si, una vez que entráramos en posesión de un secreto, éste nos quemara la lengua y tuviéramos que contarlo sin demora, a cualquiera, para deshacernos lo antes posible de él.

Con esto deseo dejar claro, amigos míos, que no me hago ninguna ilusión acerca de su circunspección o su reserva. Cuanto he dicho hasta ahora, bien lo sé, será repetido por ustedes, por aquellos que lo escuchen de sus bocas, por quienes lo oigan de esos terceros, y así sucesivamente, en círculos expansivos y cada vez más amplios. Al compartirlas, las frases que he dicho, las anécdotas evocadas, han quedado condenadas a perder, si es que la tenían, la condición de secretas. A fin de cuentas, poco importa ya. ¿Qué interés puedo tener en llevarme tantos secretos conmigo? Son un lastre pesado, una carga que estorba y ocupa mucho espacio. Con dos o tres, es suficiente. Sabido es que ya los ataúdes no los hacen tan anchos como en otros tiempos.

13

Ése es Mella —aseguré a Wenceslao y le señalé a un mocetón de antifaz rojo, pantalones de seda lila y chaleco oscuro adornado con mostacilla que sobresalía entre un grupo que nos pasó por el lado.

—Usted ve a ese fulano por todas partes —replicó desdeñoso—. ¡Ponga los pies en la tierra, Lucho Belalcázar! ¿Cómo se le ocurre que un paladín de la revolución social venga al baile de las Mil y Una Noches?

Para mi cachucha, admití que no le faltaba razón, pero alegué que, si no era Julio Antonio, el tipo aquel se le parecía muchísimo.

La sala donde noches atrás habíamos aplaudido a la Duse estaba transformada en una gigantesca tienda persa de vivos colores. De los balcones colgaban alfombras orientales genuinas, tapizando las paredes, y una *draperie* de tonos anaranjados y azules ocultaba la bóveda del techo y la embocadura del escenario. Los reflectores hacían maravillosas combinaciones de luces, de variados colores, acentuando de esa manera el carácter fantástico del decorado: a veces, la sala parecía tener la claridad radiante de la luna; otras, las sombras de un crepúsculo. La platea, alfombrada y levantada a la altura del escenario, se había convertido en una enorme pista de baile.

A las doce en punto, el telón se levantó y el público aplaudió a rabiar. La ambientación del escenario, que evocaba el interior de un palacio de Damasco o de Bagdad, era fastuosa, y Habib Steffano la había supervisado para garantizar que tuviera la mayor pureza oriental. El trono del gran califa estaba colocado en el centro y a su alrededor tenía mullidos cojines, bordados con pedrería, y numerosas palmas y arecas provenientes del jardín El Fénix. Cinco enormes lámparas de aceite redondeaban la escenografía.

Unos trompeteros anunciaron la aparición del poderoso Harun-al-Raschid, quien avanzó desde bambalinas, rodeado por varios altos dignatarios de su corte, y se repantigó en el trono. Después llegó Scherezada y se echó a los pies del gobernante.

Tras ese prólogo, del brazo de Habib Steffano, hizo su entrada Mina Pérez-Salmón de Buffin con un disfraz de hada de la noche. El vestido, de tisú de plata guarnecido de bordados de perlas y cristales, era precioso, pero lo más llamativo era su descomunal tocado: un *minarit* de lamé rosa terminado en unas larguísimas plumas azules y verdes que la millonaria a duras penas conseguía mantener en equilibrio sobre su cabeza. *Madame* Buffin pronunció un saludo de bienvenida y agradeció a los presentes su ayuda a la *crèche* y el asilo que llevan el apellido de su familia. Explicó que, por causas de fuerza mayor, la inefable Eleonora Duse, a quien la *kermesse* rendía homenaje, no los acompañaba. Sin embargo, la trágica enviaba a dos actrices de su compañía en representación suya: las talentosas y bellas señoritas María y Jone Morino. Un reflector iluminó el palco donde estaban las muchachas (a quienes habíamos visto ya interpretando los roles de Mariolina en *La porta chiusa* y de Regina en *Spettri*, respectivamente), sentadas junto a Fortune Gallo y Memo Benassi. A continuación, la organizadora de la *soirée* cedió la palabra al doctor Habib Steffano, quien, engalanado con el mismo traje que usaba en las ceremonias de la corte de Faisal I, comenzó su alocución recitando una poesía en árabe, con lo cual hizo las delicias de la colonia siria. Después disertó dos palabras sobre la cultura oriental y exhortó a los concurrentes a disfrutar de aquella noche memorable, obra del tesón de la altruista y buena *Madame* Buffin.

El alma y el corazón del baile se retiraron, y la señorita Lyla Schap Labrousse ejecutó una danza alrededor del Califa y Scherezada. Acto seguido, empezaron a desfilar ante el trono las distintas comparsas: la de las *huríes*, la las princesas orientales, la de las damas del harem, la de Alí Babá y los Cuarenta Ladrones (integrada sólo por caballeros) y otras más. El vestuario de las *huríes*, obra de Dalmau, nos pareció deslucido en comparación con los demás. En el momento en que la penúltima comparsa, la de las princesitas Deryabar, daba inicio a su presentación, le susurré a Wenceslao que volvía enseguida y me escurrí hasta los baños. Estaba encerrado en uno de los sanitarios cuando escuché pasos y voces. Me pareció reconocer una de ellas y paré las orejas para captar lo que hablaban.

—Cuando entreguen los premios —decía uno de los hombres.

—¿Y si no los da él? —inquiría otro.

—Lo mismo si los da Zayas que si los da la madre de los tomates: a la hora de los premios armamos el salpafuera —dictaminó la voz que me resultaba familiar.

Una vez podía confundirme; dos, no. Entreabrí la puerta del sanitario, con cuidado de que no me descubrieran, y confirmé lo que, más que sospecha, ya era una certeza: el del antifaz rojo (¿podía ser más evidente?: ¡rojo!) no era otro que Julio Antonio Mella.

—¿Quién tiene los volantes? —preguntó uno de sus compañeros.

—Yo —respondió otro, abriendo su casaca, y alcancé a ver no los papeles a los que se referían, sino la culata de un revólver.

En ese instante, uno de los jóvenes mandó a callar a los demás y señaló con suspicacia los sanitarios. ¿Habría hecho, de forma involuntaria, algún movimiento delator? Los del complot se miraron, repentinamente serios, y ya se disponían a acercarse para registrar cuando varios sirios entraron al baño conversando en alta voz. Los revolucionarios fingieron que se secaban las manos y se apresuraron a abandonar el recinto.

Me empezó un incontrolable temblor de piernas, halé la cadena y salí de mi refugio. Ignorando a los compatriotas de Habib Steffano, me eché abundante agua en la cara. ¿Qué tramaban aquellos locos? ¿Provocar un desorden en medio de la mojiganga? ¿Aterrorizar a *la crème* y sabotearle su gran noche? Corrí a reunirme con Wenceslao. La última comparsa, la de los sultanes mamelucos, aún no había terminado de desfilar.

—Que ponga los pies en la tierra, ¿no? —dije en tono de revancha, y le narré mi aventura.

—Hay que avisarle a Mina —fue lo único que atinó a comentar.

—¿Está loco? —riposté, exaltado, y al notar que los otros miembros del jurado se volteaban para observarnos, proseguí con voz casi inaudible—. Eso sería una traición.

—Y si los dejamos poner una bomba, ¿qué será? —argumentó.

Le repliqué que nadie había hablado de bombas y lo convencí para que se quedara callado. Que pasara lo que tuviera que pasar, pero nada de buscarnos problemas. Aquello debía estar relacionado con el escándalo de la lotería que De la Cruz nos había comentado. Lo más probable era que pretendieran sacarle los trapos sucios a Zayas en presencia de las familias distinguidas de la capital.

Cuando ya el gentío comenzaba a aburrirse de tanto desfile, Harun-al-Raschid se marchó, seguido por Scherezada y sus vasallos, y aparecieron dos populares orquestas, una en cada extremo del escenario: la del Casino Nacional y la del Country Club, cedidas ambas, como un favor especial a *Madame* Buffin, para que amenizaran la gala benéfica. La del Casino Nacional se hizo cargo del primer bailable y, acometiendo el más moderno *fox* de su repertorio, alborotó a buena parte de la multitud.

Agachándose para que las plumas de su cucurucho de hada de la noche no chocaran con el techo, Mina entró en el palco presidencial para dar instrucciones al jurado calificador. Al llegar al Nacional nos habíamos enterado de que, por razones estratégicas, el tribunal tendría dos presidentas: la primera dama de la República y la condesa de Buena Vista. Lo integraban, también, la condesita del Rivero, Carlotica Zaldo de Mendoza y Ángela Fabra de Mariátegui, esposa del Ministro de España. Los señores Héctor Altunaga y Ricardo de Saavedra; dos periodistas: Fontana y Uhthoff, y Wenceslao y yo, completábamos el selecto grupo. En el último instante, se nos sumó la condesa Pears, antigua duquesa de Mignano, una ilustre representante de la nobleza italiana que, anteponiendo su devoción artística a los convencionalismos aristocráticos, se dedicaba al canto lírico con el nombre de *Donna* Ortensia. Con la distinguida anciana, acabada de llegar de Nueva York, la embajadora de Primo de Rivera y dos colombianos, el jurado tenía un toque internacional muy *chic*.

"Los premios se anunciarán después del desfile de candidatos, que será a las dos de la madrugada", advirtió la organizadora. Faltando media hora nos reuniríamos para escoger a quienes optarían por los galardones. Hasta entonces, quedábamos en libertad de deambular por donde se nos antojara, observando a los asistentes y tomando nota de los disfraces que, por su lujo o su singularidad, nos llamaran más la atención. "¡Ojalá que Alfredo aparezca en el último momento!", dijo la Buffin tomando del brazo a la esposa del mandatario. "Ay, hija, mejor no cuentes con él, si te dijera que hay días en que ni lo veo...", repuso María Jaén de Zayas, mientras salían del palco, y agregó, dolida: "A ese hombre, el país lo va a secar". "Si es que primero él no seca al país", musitó la condesa de Buena Vista al oído de su homóloga del Rivero.

–¿Ya vieron *Niña Lupe*? –nos preguntó Fontana y, al responderle que todavía no, nos instó a hacerlo en la primera reposición–. ¡La obra es un sueño! ¡Y la Iris está mejor que nunca! ¿Verdad, Enrique? –añadió, buscando el apoyo de Uhthoff.

–Aunque no debería pronunciarme, ya que no es correcto ser juez y parte, debo reconocer que es así –exclamó el autor del libreto de la opereta–. Esperancita no ha escatimado los pesos. Si decide montar una obra, lo hace con todos los hierros. En cuanto empieza el espectáculo, uno cree que cayó en el México del imperio de Maximiliano.

–Por eso esa mujer es quien es, chico –concluyó Fontana–. Porque, caballeros, quitémonos la careta: la Duse, a pesar de su fama de trágica y del cuento ese de las bellas manos, no ha logrado llenar este teatro. En cambio, la Iris tiene el Payret de bote en bote desde hace un mes.

–Las comparaciones son odiosas –intervine, para evitar que un enrojecido bogotano dijera cuatro barbaridades al cronista social del *Diario de la Marina*– y máxime tratándose de artistas de géneros tan diferentes.

–Concuerdo con usted –exclamó Uhthoff.

Ambos salieron a reunirse con la *divette* después de hacernos prometer que nos uniríamos a ellos en la gruta del *vermouth* Magno, construida en un rincón del vestíbulo para vender copas de ponche. Promesa que, por supuesto, no pensábamos cumplir. Bajamos, sí, pero a la sala, que estaba más atiborrada de lo que se apreciaba desde los palcos. Visires y odaliscas, sultanes y princesas, *huríes* y *efrits*, esclavas turcas y ladrones de Alí Babá bailaban con deleite el danzón que interpretaba la orquesta del Country Club. Pero no todos los disfraces provenían, como cabría pensar, del mundo de las Mil y Una Noches. El teatro estaba repleto de gitanas, *pierrots*, sílfides, troyanos, cigarreras madrileñas, mandarines, cleopatras, mosqueteros, *gei-*

shas, napoleones y un sinfín de personajes más. María y Jone, las representantes de la Duse, habían encantado a los jóvenes habaneros con su manera alocada de bailar el *fox-trot* y ahora se esforzaban, entre risas y piropos, por aprender los bailes cubanos. Cerca de la guardarropía, rodeado de admiradoras, Memo Benassi firmaba autógrafos en servilletas. De vestal y copa en mano, *Mistress* Chapman, la campeona de las sufragistas, hacía proselitismo ante un corro de señoras.

Un mamarracho con una *shilaba* y un gorro de estilo indochino que se nos plantó enfrente resultó ser Emilito de la Cruz.

—¡Esto es lo nunca visto! —aseguró, entusiasmado—. ¡Me pasé dos horas largas y penosas tratando de llegar acá! Hay miles de automóviles afuera y una muralla de gente rezagada —y *sotto voce* contó un chisme que acaba de llegarle: María Garralaga de Vázquez estaba bravísima porque su retoño no hacía parte de jurado.

Una oleada de recién llegados irrumpió de golpe, separándonos: el mico y Wenceslao quedaron por un lado y yo por otro. Cuando conseguimos reunirnos, los noté alterados: acababan de reconocer, a pesar de que estaban disfrazados, a varios detectives de la Secreta, entre ellos a Pompilio Ramos, el subinspector, que estaba de pirata con un parche en un ojo.

—No me explico qué hacen aquí —exclamó el mico—. ¿Acaso tienen miedo de que maten a alguien?

—Nunca se sabe —repuso Wenceslao, mirándome.

Sentí un salto en el estómago y giré en todas direcciones, procurando distinguir, en medio del torbellino de colores, algún antifaz rojo. No vi uno, sino muchos, pues todos los integrantes de la comparsa de las princesas árabes los llevaban. Un temor irracional me embargó. Necesitaba dar con Mella, advertirle que la sala estaba repleta de policías, que el desenlace del baile podía ser fatal.

—Yo alertaría a los organizadores —insistió Wen.

—¡Ya le dije que ni de fundas! —exploté.

—¿Qué es lo suyo, señores? —terció el mico—. Desembuchen, por favor. —Y Wenceslao le contó lo del baño—. ¡Coño! —dijo el chiquitico, mordisqueándose una uña—. Aquí se va a armar la gorda.

—¿Hablaban de mí? —exclamó, a guisa de chiste, Fontana, y al soltar la risa sus carnes se contonearon. Pidiendo disculpas a mis acompañantes y jurándoles que me devolvería sano y salvo dentro de unos minutos, me arrastró hacia la gruta del *vermouth* Magno–: Hay alguien que se muere por verte, corazón –dijo, picaresco.

Ese alguien llevaba una *toilette* de seda rosa con pompones blancos y un sombrero salpicado de mostacillas de distintos tipos, hablaba con acento mexicano y lo primero que hizo fue reprocharme no haber ido al estreno de *Niña Lupe*.

–¡Y eso que me lo juró! –dijo Esperanza Iris–. ¡Tan mentirosillo!

Uhthoff, que estaba a su lado, le aseguró que, si era preciso, él se encargaría de llevarme amarrado al teatro con tal de que presenciara la próxima función de la opereta.

–Estoy *muy* celosa –afirmó la *divette* colgándose, con irritante familiaridad, de uno de mis brazos–. ¡Un pajarito me contó que no se ha perdido una función de la Duse!

Traté de inventar una disculpa, pero mi cerebro abotagado se negó a proporcionarla.

–Bailemos –decidió la emperatriz de la opereta y sólo alcanzó a dar un paso en dirección a la orquesta, pues, con un movimiento enérgico, por no decir brusco, una mujer salida de quién sabe dónde y cubierta de pies a cabeza con un velo oscuro, nos separó.

–Lo siento –se excusó la desconocida, desfigurando la voz–. El señor Belalcázar me prometió esta pieza –y, tomándome de una mano, me obligó a seguirla a la pista.

Mientras la escudriñaba, comenzamos a danzar. De pronto quedé paralizado. La luz se hizo en mi cabeza y adiviné que era Graziella Gerbelasa.

–¡Le advertí que no quería volver a verla! –dije, separándome de ella.

–Y yo, que no le sería fácil echarme a un lado –rebatió la joven y a través del velo alcancé a ver las chispas que desprendían sus ojos.

Probablemente hubiéramos discutido un rato, pero en ese instante entreví unos pantalones color lila y, sin hacer caso de las protestas de la poetisa, corrí detrás de ellos, con la esperanza de que pertenecieran a Mella. Eran los suyos, en efecto. Le di alcance y lo sujeté por el antebrazo, separándolo de sus compinches.

–¿Qué hace usted aquí? –fue lo primero que me vino a la boca.

–Divertirme –dijo, sin manifestar sorpresa alguna–. ¿A qué, sí no, se viene a un baile?

Le advertí, al oído, que el teatro estaba lleno de policías enmascarados. Sonrió y se limitó a pellizcarme la mejilla con afecto y a decir: "Están en todos lados, amigo mío". Luego, sorteando a los cada vez más numerosos asistentes, se escurrió adonde lo aguardaban con impaciencia sus compañeros. Me paré en puntillas y estiré el cuello para tratar de ver qué rumbo tomaban, pero alguien me dio un tirón por el codo reclamando mi atención.

–¿Qué le parece el vestido de Scherezada? –preguntó Habib Steffano, señalando el espléndido atuendo que lucía, a su lado, su esposa–. ¿Verdad que merecería obtener un premio? –insinuó con el mayor descaro. La mujer bajó la cabeza, con modestia, y me hizo una reverencia damasquina.

Atribuyendo la seriedad de mi semblante a su comentario, el sirio se sonrojó y manifestó que no era su intención influir sobre uno de los miembros del distinguido jurado. Mientras se deshacía en excusas, observé que Graziella Gerbelasa se aproximaba y me escabullí entre las parejas que danzaban.

En medio de la música y del ruido de las conversaciones, escuché un corro de voces que gritaba mi nombre. Miré en derredor y vi, cerca del extremo izquierdo del escenario, donde estaba la orquesta del Casino Nacional, a Wenceslao y el mico haciéndome señas para que me reuniera con ellos. Los acompañaban Paco Pla, disfrazado de soldadito de plomo, y Bartolomé Valdivieso, que llevaba bombachas azul zafiro y el sombrero de fieltro en forma de cubilete característico de los otomanos. Me abrí paso como pude hasta llegar a su lado y les propuse que saliéramos al pórtico del teatro, a respirar aire fresco. El mulato y Orejas estaban enfrascados en una discusión sobre la suma recaudada con el baile. El primero afirmaba que eran veinticinco mil pesos y el segundo insistía en adicionar diez mil a esa cantidad. En cualquier caso, concordaron, era una barbaridad, un éxito sin precedentes. Cambiando de tema, De la Cruz comentó lo desmejorado que había notado a Olavo Vázquez Garralaga, pese al vistoso traje de genio de la lámpara que lucía.

–¿Ustedes no saben nada? –chismorreó, incrédulo, el mulato–.

Lo raptaron ayer, al salir de su casa. Lo trancaron en la letrina de un solar y le ripiaron el manuscrito de una tragedia que pensaba darle a la Duse.

—¡El pobre! —se condolió, con un pesar que parecía auténtico, Wenceslao.

La entrada del Nacional y la calle San Rafael eran prolongaciones del baile. Otras dos orquestas, de menor categoría, naturalmente, atronaban la noche y cientos de parejas giraban con sus ritmos. Un cordón de agentes del orden velaba para que nadie que no hubiese pagado su boleta entrara a la diversión. Por el improvisado túnel que unía el Inglaterra con el teatro transitaban decenas de personas en busca de la comida que, según lo anunciado, se serviría durante toda la madrugada en el *restaurant*. Miré en dirección al balcón de la Duse y supuse que no habría podido conciliar el sueño. ¡Y con función, la última, la víspera! ¿Habría leído mi reclamo?

Un rato después estábamos de nuevo en el palco de honor, reunidos con los demás miembros del jurado. La Buffin señaló que debíamos confeccionar una lista de candidatos a los premios. Los favorecidos serían llamados a escena para que el público pudiera apreciar la belleza y la calidad de sus indumentarias. Luego, los músicos interpretarían un par de piezas mientras tomábamos la decisión final y, acto seguido, se anunciarían los ganadores. Si Alfredo llegaba (miró a Mariíta Jaén de Zayas con expresión de víctima), él entregaría los trofeos; en caso contrario, lo harían las dos presidentas del jurado. A continuación, Mina procedió a leernos la relación de posibles candidatos que ella y algunas señoras del comité organizador habían elaborado, a ver si nos parecía adecuada. La selección fue acogida con beneplácito, pero *Donna* Ortensia, la condesita del Rivero y Uhthoff manifestaron su deseo de añadirle algunos nombres que *Madame* Buffin anotó, frunciendo el ceño, con reticencia. Cuando el asunto parecía finiquitado, el cronista social del *Diario de la Marina* exclamó:

—Creo que estamos cometiendo una inmensa injusticia y si no la digo, reviento.

—¡Hable, Fontana, para enterarnos y corregir el error! —lo apremió la primera dama de la República.

—Si hay alguien que merece un premio por su disfraz, es Mina de

Buffin —aseveró el gordo y todos lo apoyamos, pues, en honor a la verdad, no exageraba.

La millonaria se llevó las manos al corazón y argumentó que figurar entre los candidatos podría ser mal interpretado. Su mayor y más ambicionado premio ya lo había obtenido con el éxito indiscutible de la fiesta, aseguró con los ojos húmedos. Y, tras apretar una mano del gordo en señal de gratitud, corrió a entregar la lista a Habib Steffano, quien se encargaría de convocar a los concursantes. Un instante después, el Presidente de Cuba entró en el palco, nos dio las buenas noches y se excusó por la tardanza, que atribuyó a enojosas obligaciones de gobierno. Su presencia, descubierta en el acto por los asistentes al baile, fue saludada con un aplauso cortés. Si conocían los rumores del escándalo, prefirieron no darse por enterados. Después de todo, pensarían muchos, lo de la lotería había sucedido años atrás: ¿era justo hacer tragar las bilis al hombre por un pecadillo del pasado? Porque, señores, que tire la primera piedra el que esté libre de culpa...

La orquesta del Country Club concluyó la pieza que ejecutaba y su director anunció un descanso para presenciar el desfile de los disfraces más notables. El presidente de la Academia Nacional de Damasco, escoltado por dos trompeteros de la corte, que hacían sonar por turnos sus fanfarrias, comenzó a llamar a los candidatos. A medida que se escuchaban sus nombres, diez damas y cinco caballeros subieron a escena y recibieron aplausos moderados o atronadores, de acuerdo con la simpatía que despertaron sus atuendos.

Discernir los ganadores no iba a ser fácil. En aquellos ropajes disímiles, pero todos espléndidos, se había invertido harta plata. Tomé nota, mentalmente, de mis predilectos, con el fin de defenderlos a capa y espada durante el debate final. Me encantaba, por ejemplo, el disfraz de princesa Sittukhan de Rosita Sardiñas de Mazorra, que consistía en un pantalón granate; una faldita verde, dura y centelleante, y un tocado de flores, frutas y esmeraldas. También el de Lindaraxa, la novia de Alhamar, artífice de Granada, era digno de un trofeo: estaba confeccionado en raso y *puisiwilos* de seda, con aplicaciones de perlas, y Conchita Martínez Pedro de Menocal lo llevaba con donaire. El de María Luisa Gómez Mena de Cagiga, de diosa bizantina, cortaba el aliento, y Fontana apuntó que al ponérselo meses atrás en una fiesta en la Ópera de París, había dejado verdes a los franceses, quienes no se explicaban cómo una prenda confeccionada en las Antillas podía ser tan deslumbrante. Entre los hombres, mis trofeos ya estaban adjudicados: eran para el *clubman* Emilio Obregón, vestido de príncipe Farid, con una túnica de satín color de oro, con aplicaciones negras y escarlatas; un pantalón de tafetán ancho hasta la rodilla y luego muy ceñido, y un turbante blanco con un *cabochon* azul, y para Adolfo Altuzarra, el Harun-al-Raschid de Bagdad, no tanto por la ropa en sí, sino por el joven, que era un auténtico bizcocho y merecía no sólo ganar un premio, sino ser entregado él mismo como galardón.

El desfile de candidatos lo cerró la esposa del doctor Steffano, con su traje de Scherezada realzado por anchas y relucientes pulseras de oro de ley.

Los trompeteros se disponían a ensordecer la sala con un acorde final cuando Mina de Buffin entró a las carreras en el escenario, haciendo oscilar de un lado a otro, peligrosamente, el plumaje de su *minarit*. Se aproximó al doctor Steffano y le participó algo, agitando un papel delante de sus narices. El sirio pareció desconcertado. Sin embargo, ante la insistencia de la organizadora del baile, no tuvo más remedio que explicar al auditorio que, como solía ocurrir en los cuentos de hadas, una misteriosa desconocida acababa de llegar con retraso y solicitaba la gracia de ser presentada a la corte.

—Nuestra dilecta *Madame* Buffin asegura que su disfraz es tan sublime que sería imperdonable negarles el privilegio de apreciarlo —dijo el maestro de ceremonias y, a una señal suya, uno de los músicos tocó su trompeta—. ¡Titania, reina de las hadas! —llamó.

La multitud abrió paso, con respetuoso silencio, a una mujer que avanzaba, erguida y segura de sí, hacia el escenario. La decisión de la Buffin estaba más que justificada. Titania parecía escapada del sueño de una noche de verano, con su vestidura de brocado verde y plata, con arabescos de topacios, turquesas y canutillos multicolores, y su larga capa de tul recamada de perlas diminutas. Una artística tiara y un antifaz de atrevida simplicidad, negro y sin adorno alguno, remataban el conjunto. Repuesto de la sorpresa, el público prorrumpió en vítores.

Una fanfarria de ambas trompetas indicó a los asistentes que podían seguir bailando en tanto el jurado deliberaba. En el palco presidencial, los calificadores nos miramos sin saber cómo proceder. Pero la Buffin, acalorada por tanta carrera, llegó dispuesta a ayudarnos. Tras hacerle saber a Zayas lo feliz que se sentía de tenerlo en el baile y recordarle su promesa de entregar los trofeos, habló al jurado. Con el mayor respeto y en aras de facilitarnos el trabajo, la comisión organizadora había preparado una lista de ganadores. Y, aún sin aliento, la sometió a nuestra consideración. Al concluir la lectura, quiso saber qué opinábamos. ¿Estábamos conformes? Nos miramos incómodos, comprendiendo que se esperaba que dijéramos que sí, y eso, en efecto, dijimos, aunque a mí darle el primer premio a Catalina Lasa de Pedro me parecía un desacierto, por más caro que fuera el atavío que le habían confeccionado en la Casa Callot.

—¡De acuerdo, pero con una salvedad! —especificó Wenceslao.

—¿Cuál? —inquirió, intrigada, Mina.

—Se impone crear un premio especial, o algo por el estilo, para Titania, la reina de las hadas —declaró mi amante y, buscando el apoyo de los demás, añadió—: No hay dudas de que su disfraz no tiene contendiente.

Mina, conciliadora, declaró que compartía aquel juicio. Ella misma, deslumbrada por la sublimidad del atuendo, no había dudado en alterar las reglas del certamen para que, a pesar de su tardanza en llegar a la fiesta, Titania subiera al escenario. Hasta ahí todo estaba bien, pero premiarla no le parecía prudente. Podía resultar nefasto. El resto de los candidatos eran personas harto conocidas, de la mayor prestancia, mientras que la identidad de la reina de las hadas era un enigma.

Con una tozudez que a la millonaria debió parecerle abominable, Wenceslao se mantuvo en sus trece, aduciendo que dejar sin galardón a la concursante más aplaudida provocaría una revolución entre los espectadores. La palabra revolución me erizó de pies a cabeza: con tantas telas, plumas y piedras de fantasía, había olvidado el asunto de Mella.

—Hay otro problema —alegó *Madame* Buffin, desconcertada por la incómoda situación—. Todos los trofeos están adjudicados ya: el chal oriental, la sopera de la casa Quintana, los abanicos pavo real, el bajorrelieve de Mateu... ¡No queda nada para entregarle a Titania!

—Esta discusión es ridícula —interrumpió la condesa de Buena

Vista e indicó con disimulo a varias personas que, desde los palcos vecinos, espiaban divertidas nuestro debate.

—Sí, basta ya, por favor —la apoyó *Donna* Ortensia y, despojándose de un broche de brillantes, lo entregó a Mina—. ¡Déselo a Titania como premio!

—Ustedes ganan —accedió, con reticencia, la organizadora—. Quiera Dios que no nos llevemos un disgusto cuando se quite el antifaz.

—Sáquese esa idea de la cabeza, mi querida Mina —dijo Zayas, poniéndose de pie para acompañarla—. Una mujer con un traje así no puede ser una cualquiera.

—Claro, chica —apoyó Carlotica Zaldo de Mendoza—. Anda a dar los premios ya, a ver si salimos por fin de esto.

De nuevo aparecieron en el escenario los candidatos, Habib Steffano y los trompeteros y a ellos se sumó el cuarteto formado por Alfredo Zayas, la Buffin y María y Jone Morino. Distintos grupos de espectadores se desgañitaban voceando, enardecidos, los nombres de sus contendientes predilectos. El maestro de ceremonias pidió silencio para oír al honorable señor Presidente de la República.

—Buenas noches —comenzó el mandatario—. ¿O debo decir buenos días? —añadió en son de chanza. En ese instante, una detonación proveniente de un palco del segundo balcón hizo gritar a la concurrencia y todas las cabezas giraron hacia allá—. Parece que alguien trajo *champagne* y está festejando por anticipado el triunfo de su candidato —bromeó Zayas, sin perder la compostura, procurando sustraer la atención del público del forcejeo y los gritos que se escuchaban en lo alto—. Amigos míos, hay que aprender a dominar las pasiones —prosiguió, haciendo creer al auditorio que el motivo del incidente era la competencia de disfraces.

Como impulsado por un resorte, me puse de pie y salí del palco a tiempo para ver cómo dos de los jóvenes a quienes había espiado en el baño corrían rumbo a la puerta del *foyer*. Con Wenceslao pisándome los talones, me dirigí a las escaleras que comunican con el piso superior y las subí velozmente.

—¿Está loco? ¡Regrese! —gritó detrás de mí—. ¡Allá arriba no se le ha perdido nada, carajo!

Nos detuvimos en la última grada. El intento de escándalo había sido sofocado con rapidez. Varios policías con disfraces tenían esposados a Mella y a otros tres muchachos, y los empujaban por la espalda, obligándolos a avanzar hacia la escalera donde estábamos. Desde las entradas de los palcos, numerosas personas observaban, incrédulas, la escena.

Al pasar por nuestro lado, la Belleza nos picó un ojo.

—Si ven a Oliva, avísenle que esta noche dormiré fuera —pidió con una insinuación de sonrisa.

Sin atinar a movernos, vimos alejarse escaleras abajo a revolucionarios y a policías. En cuanto desaparecieron, los curiosos dejaron de atisbar y todo volvió a la normalidad. Pompilio Ramos salió del palco del incidente quitándose el parche del ojo y se nos acercó con lentitud, llevando en una mano su sombrero de pirata y en la otra el paquete de octavillas que los revoltosos se proponían lanzar sobre los asistentes al baile. Con el semblante inexpresivo nos pidió que tomáramos una de aquellas hojas de papel y obedecimos sin chistar. Era un panfleto contra Zayas donde se le denunciaba por corrupto. Aguardó, escudriñándonos, a que termináramos de leerlo y entonces comentó:

—¡Qué amigos tan inadecuados tienen ustedes!

—Mella no es un amigo —precisó Wen, devolviéndole el impreso—, es sólo un conocido.

—Dime con quién andas y te diré quién eres —insistió el subinspector.

—Las apariencias engañan —replicó mi pareja.

—Cuando el río suena, piedras trae.

—El que no la debe, no la teme.

Harto del tenso intercambio, halé a Wenceslao por la manga y, despidiéndome fríamente del policía, volvimos al palco del jurado en el momento en que el Presidente de la República, auxiliado por las actrices de la Duse, entregaba el premio a la mejor pareja a Sissy Durland de Giberga, que iba de Aída, y a su esposo, vestido de Otelo. En realidad, buena parte de los concursantes (por no decir casi todos) resultaron laureados, lo mismo que las comparsas de las damas del harem, de las huríes y de Alí Babá y los cuarenta ladrones. Incluso Mina de Buffin recibió su regalito: un sultán de juguete, ataviado de rojo y oro y sentado en un cojín de terciopelo, que tenía en una mano una copa de ébano y en la otra un narguile. Gracias a un ingenioso mecanismo interior, el juguete se llevaba la copa a los labios y echaba humo por las narices.

Cuando el sirio dio a conocer, por último, que el jurado otorgaba un premio especial a Titania, la muchedumbre pareció enloquecer de entusiasmo. La reina de las hadas avanzó hasta el proscenio y, con una gentil reverencia, agradeció las muestras de simpatía. "¡El antifaz, el antifaz!", voceaba la gente, deseosa de verle la cara a su concursante favorita, "¡Que se quite el antifaz!". El reclamo, coreado con acompañamiento de palmadas, terminó convirtiéndose en una especie de conga:

¡El antifaz! ¡El antifaz!
¡Que se quite el antifaz!

La mujer se volvió hacia Steffano, sorprendida, y este la instó a complacer a sus admiradores. Entonces, con un ademán majestuoso, la reina de las hadas se arrancó el antifaz, lo lanzó a la multitud que chillaba, y el rostro de Esmeralda Gallego quedó al descubierto.

Sin dar crédito a lo que veíamos, Wenceslao y yo corrimos a la pista, con el propósito de abrazar a la Gallego y de averiguar qué demonios hacía en Cuba, pero fue imposible. Un muro humano la rodeaba, decenas de habaneros deseaban felicitarla por el triple triunfo de su elegancia, de su hermosura y de su distinción. Cuando se reanudó la música y un ejército de parejas empezó a bailar alrededor de nosotros, fue que conseguimos acercarnos a la soberana de las hadas y saludarla.

La Gallego se echó a reír, complacida por el éxito de su broma, y nos contó que a las pocas horas de llegar a Nueva York había decidido posponer el viaje a Luxor. El culpable era alguien especial, con quien vivía en esos momentos un tórrido romance. Tut-Ank-Amen podía esperar.

—Querido, venga a conocer a mis amigos —rogó en alta voz, y un tipo con ropa y guantes de boxeador, que aguardaba a algunos pasos de distancia, se aproximó y la enlazó por el talle.

¿Es necesario aclarar que se trataba del mismísimo Luis Vicentini? Lo de ellos había sido amor a primera vista, comentó Esmeralda mientras besaba al chileno. Estaban en la capital de Cuba desde el domingo por la mañana, hospedados en el hotel Almendares. Pero ya tendríamos tiempo de charlar con calma, en un ambiente más tranquilo. Allí era imposible. El periodista Carpentier, disfrazado de pajecillo, y el fotógrafo de la revista *Social* la reclamaban para inmortalizarla en su caracterización de Titania. Nos besó y, escoltada por el púgil, se alejó con andares de soberana.

Le pregunté a Wenceslao si, cumplida nuestra tarea, tenía algún interés en permanecer en el baile. Contestó que no sin mover los labios. Desde el otro extremo del salón, De la Cruz nos llamó a gritos y nos despedimos de él por señas.

—No quiero acostarme todavía —dijo Wenceslao cuando logramos dejar atrás la barahúnda y estuvimos en la acera del Louvre, frente al hotel.

Le propuse que camináramos hacia el mar por la alameda del Prado y terminamos en el muro del malecón: sentado él y tendido boca arriba yo, contemplando el cielo, que estaba despejado y repleto de estrellas. La brisa intentaba despeinarnos y las olas se deshacían sordamente en los arrecifes del litoral. Le pregunté si se sentía traicionado por la Gallego. Después de todo, ella conocía mejor que nadie su obsesión por Vicentini.

—¡Cómo se le ocurre! —protestó, desdeñoso—. No me da ni frío ni calor. Que lo disfrute cuanto pueda. Además, visto de cerca el tipo no es nada del otro mundo.

No sé si a causa del agotamiento o de los ponches, o de imaginar a Mella y a mi tío Misael encerrados en una celda, pero el caso es que me sentía melancólico.

—¿Sabe qué? —dije al rato—. He estado pensando que lo de Julio Antonio es imposible.

Wenceslao resopló un "ya era hora de que se diera cuenta".

—Creo que es una de esas criaturas que cada cierto tiempo Dios manda al mundo para castigar a los del gremio —continuó—. Aun en el hipotético caso de que uno llegara a tener algo con él, no funcionaría. Estoy seguro de que en el momento culminante empezaría a hablar de Lenin o del imperialismo. Ese muchacho no está bien de su cabeza.

—¡Esa lucidez suya hay que celebrarla! —exclamó Wenceslao, saltando al andén—. Venga —me apuró—, metámonos en la primera taberna que encontremos.

Aunque eran más de las cuatro de la mañana, en las callecitas que desembocan en el Prado todavía algunos sitios de mala muerte estaban abiertos. Entramos, como Wen había dicho, en el primero con el que tropezamos: una cantina oscura, estrecha y no muy concurrida, con una barra y cuatro mesas colocadas una detrás de otra. En la primera mesa, dos busconas pintarrajeadas oteaban el panorama con la esperanza de ganar unos pesos antes del amanecer; en la siguiente, una mulata muy joven, casi una niña, trataba de convencer a un tipo medio adormilado, fornido y de enorme bigote, de que la acompañara a la cama; la tercera estaba ocupada por un trovador, negro y de guayabera, que acariciaba monótonamente las cuerdas de su guitarra, y en la última varios hombres jugaban a las cartas. Nos acercamos a la barra y pedimos dos *whiskies* al tipo que atendía. Mientras los bebíamos, un gallego corpulento y bien plantado salió del baño, se nos posó al lado y se sirvió de una botella de aguardiente casi vacía. Apuró el trago de un golpe y empezó a observarnos a hurtadillas. "Este huevo quicrc sal", pensé.

Una de las viejas se acercó a ver si lograba sonsacarnos. Tenía los ojos azules y una de esas pieles blancas y delicadas que no tardan mucho en estropearse con los calores del Trópico. Nos pidió que la invitáramos a cualquier cosa y la ahuyenté con un gruñido. La bruja recogió su bolso y salió a la calle taconeando y quejándose a voz en cuello de lo difícil que se estaba poniendo la vida. El empleado nos preguntó si deseábamos alguna otra cosa y al contestarle que por el momento no, se sumó a la mesa de los jugadores.

Afuera se escucharon las voces exaltadas de un hombre y una mujer y el ruido de una botella al estallar en los adoquines. Como si fuera una señal, el músico empezó a cantar con voz melodiosa: "En el lenguaje misterioso de tus ojos…"

La mulatica ayudó a levantarse a su acompañante, con quien, al parecer, había llegado a un arreglo satisfactorio, y se despidió de la prostituta jamona, de permanente oxigenada, que fumaba abstraída en la primera mesa. Después salió de la taberna sosteniendo a su presa, que avanzaba torpemente, con la barbilla contra el pecho.

—La Habana será una cueva de leguleyos y chupatintas —exclamó de pronto el gallego, con la lengua enredada, envolviéndonos con un penetrante tufo a alcohol—, pero de vez en cuando hay que darse su vuelta por aquí. —Y sin más, alzando la voz para que no la ahogara el canto del negro, nos informó que vivía allá en Oriente, donde era propietario de unas fincas. Llevaba tres días en la capital, resolviendo un asunto complicado, "un papeleo ahí", y como por las noches se aburría sin nada que hacer, siempre terminaba metido en este bar. La vida era una sola y el que no la gozaba era un idiota. Esa noche ya se había singado a dos fulanas y sólo estaba esperando a que los cojones se le volvieran a llenar de leche para echársela adentro a otra cualquiera, la primera que se le pusiera delante. Él era un gallo y necesitaba muchas gallinas, para desplumarlas a todas, aseguró, sobándose el paquete. En otra ocasión hubiéramos hecho algo para librarnos de aquel borracho, pero, vaya usted a saber si por desidia o para castigarnos, continuamos padeciendo su charlatanería. Cuando era un culicagao, allá en su Galicia natal, se metió a soldado con tal de poder salir de la aldea y del hambre; al poco tiempo lo subieron en un barco y lo zumbaron para Cuba a matar insurrectos. Lo que conoció de la Isla le gustó. Algún día terminarían los tiros y esas tierras estarían esperando a alguien que quisiera hacerse rico con ellas. Ese alguien bien podía ser él. Al concluir la guerra, el galleguito regresó a la Península con la idea fija de volver a Cuba tan pronto pudiera. Y tan pronto pudo, en efecto, cruzó el océano de nuevo, sin un céntimo en los bolsillos. Era una bestia para el trabajo y se juntó a los americanos que estaban construyendo centrales azucareras. Había muchos bosques que tumbar, muchas caballerías de caña que plantar. Empezó solo, pero no tardó en reunir a varios bobos y empezó a administrarlos, conseguía trabajo para el grupo y se quedaba con su buena tajada. Juntando peso con peso, compró la primera finquita. Y luego, otra y otra y las demás. Si Dios le daba salud, pensaba comprar la provincia completa, y más adelante, ¿por qué no?, aquel país de mierda. ¿Quién dijo que la Isla no podía ser una gran finca? La llenaría de caña por las cuatro esquinas, les vendería el azúcar a los gringos, y todo, tierra y reales, se lo dejaría a sus hijos. A los que tenía y a los que pensaba hacer. Mientras el tolete le funcionara, seguiría preñando. "Y aquí hay tolete para dar y regalar", concluyó, apretándose el bulto de la entrepierna y soltando una risotada.

Abandonando su banqueta, el gallego se dirigió dando tumbos al urinario. Wenceslao esperó unos segundos y, sin hacer comentarios, le siguió los pasos. Bebí lo que restaba de mi *whisky* y aguardé unos minutos para reunirme con ellos. El trovador acometió con renovado brío otra canción: "Ya se acercan los rayos de oro de una nueva mañana rosada...". De repente descubrí, sobresaltado, que la última de las prostitutas estaba sentada a mi izquierda. Tenía los ojos en blanco y un hilo de saliva espumosa le escurría por la boca.

—¡Mátalo! —ordenó en voz baja y, cuando la miré sin entender, insistió—: ¡Mátalo, Belalcázar! —Me percaté, entonces, de que la ramera se limitaba a mover la boca, pero en realidad era Anatilde de Bastos, con su voz de cadencia inconfundible, quien hablaba a través de ella. —¿Verdad que lo vas a matar? —porfió.

Le pregunté, despectivamente, de qué hablaba. "De quitar del medio al gallego, mi rey, ¿de qué otra cosa voy a hablar?", repuso, zumbona, y resbaló la palma de una mano sobre la superficie pulida de la barra. La detuvo delante de mí y, al retirarla, vi una navaja abierta, pequeña y afilada. "Córtale el cuello, ábrele la barriga, clávasela en el corazón. Haz lo que te plazca, pero acaba con él, atocínalo, córtale la hebra de la vida."

Le devolví la navaja deslizándola otra vez por la madera.

—El hombre no es malo —resolló Anatilde de Bastos—. No es más malo que otros —rectificó—. Sólo es necio y prepotente. Tienes que despacharlo para ahorrarle a este lugar un siglo de desgracia.

—La tenía a usted por un alma juiciosa —rezongué.

—Y lo soy, mi rey; lo sigo siendo —aseguró, soltando una risita hueca que hizo babearse más aún a la buscona—. A ese garañón hay que liquidarlo para que no engendre la perdición de esta Isla. Es un instrumento de Belcebú, que se piensa valer de su simiente para sembrar el dolor, la miseria, la desesperación y la rabia, y tanto miedo como jamás podrías imaginar. ¡Atocínalo, mi rey! Mátalo para matar al hijo que está predestinado a procrear, para impedir que dentro de dos años, seis meses y ocho días nazca el Innombrable. Mátalo para que no siga fornicando, para que el monstruo abominable no pueda ver la luz.

Acercándose a mi cara, la mujer me miró con sus ojos muertos:

—De ese engendro, y no de otro, hablaba san Pablo en la carta a los de Tesalónica —y adoptando un tono bíblico, recitó—: "Entonces aparecerá el hombre de pecado, que debe perecer miserablemente, el cual, oponiéndose a Dios, se levantará encima de todo aquello que se llama Dios, hasta sentarse en el mismo templo de Dios, haciéndose pasar por Dios". —Volvió a tenderme la navaja, mientras procuraba persuadirme—: Mátalo antes de que el hijo entrampe a la gente con sus milagros y prodigios engañadores, antes de que imponga unas nuevas tablas de la ley y hunda la Isla en la podredumbre.

Volví a entregarle la hoja afilada.

—¡Tú puedes conjurar el maleficio, mi rey! ¡Si quieres, puedes salvar a un pueblo de su verdugo! —bramó la vidente, a un tris de la cólera, colocando esa vez la navaja frente a mí con un golpe tan fuerte, que hizo desafinar al negro de la guitarra y paralizó, por un instante, el juego de los parroquianos de la última mesa.

—No insista, Anatilde —repuse con frialdad—. ¿Cómo se le ocurre pedirme una cosa así? Se equivocó de persona —y le retorné, por tercera vez, el arma.

Tomó la navaja, la cerró y la guardó en su escote con resignación.

—Puede que tengas razón, guapo —dijo—: quizás no seas tú el indicado. O quizás cada pueblo recibe la ración de espanto que merece y no vale la pena tratar de torcer su camino. Que nazca, si no hay otro remedio, el emponzoñado, el que únicamente será fiel a sus perversos designios.

La cabeza de la ramera se desplomó sobre el mostrador y sonó igual que un coco seco. Comprendiendo que Anatilde había dado por concluida la curiosa comunicación, me dirigí al baño, que era un cuartucho húmedo y maloliente. Wenceslao y el gallego, uno al lado del otro, estaban parados frente al único urinario. Cada uno manipulaba su miembro erecto mientras observaba con atención los toqueteos que se prodigaba el otro.

Al verlos así, de espaldas y concentrados en sus manoseos, me percaté de lo fácil que hubiera sido complacer al espíritu de la portuguesa. Un tajo limpio en la garganta y el hombrón se hubiera desplomado sin siquiera darse cuenta de lo que le sucedía. Carraspeé para sacarme la idea de la cabeza y advertirlos de mi llegada. Me miraron, pero ninguno de los dos pareció inmutarse por mi presencia.

—Es tarde —dije, asqueado, y le hice una señal a Wen para que me siguiera sin dilación.

—¡Qué tipo tan bruto! —comentó, cuando salimos a la calle—. Ya teníamos las vergas afuera y seguía hablándome, como si nada, de sus gallinas —discurrió animadamente, con una ingenuidad que me pareció conmovedora.

Apuramos el paso para llegar al Inglaterra antes del amanecer. Había quedado con Aquiles de la Osa en estar en la sede de la Secreta a las ocho y tenía mucho interés en ser puntual.

Durante años el público no ha dejado de sentir una curiosidad a veces ingenua, en ocasiones morbosa, por el menos interesante de mis personajes: yo misma. Durante años, con una persistencia digna de mejor causa, han propagado sin piedad, de boca en boca o por escrito, todo tipo de anécdotas, chismes y calumnias acerca de mi vida privada; me han pedido fotografías y autógrafos; me han atribuido un sinnúmero de amantes; me han señalado en las calles, en los hoteles, en las estaciones de trenes; me han contemplado sin el menor escrúpulo, lo mismo que si fuera la mujer barbuda del circo.

Sólo quien lo ha padecido sabe lo angustioso que es vivir en una pecera de cristal, rodeada de gentes que se arrogan el derecho de fisgonear tu intimidad, nadando frente a centenares de ojos pendientes de lo que dices y de lo que haces.

¡Bienvenidos, señoras y señores! ¡He aquí, ante ustedes, al pez Eleonora! Vean sus branquias, sus aletas, su cola. Las escamas están deterioradas, ya se sabe que los años no pasan en balde, ¡pero recuerden que el famoso D'Annunzio, el de los mil amores, cayó rendido alguna vez ante sus encantos! Observen con cuánta elegancia y discreción se alimenta Eleonora, el pez. Fíjense en su gracilidad al nadar entre las plantas acuáticas y las piedrecillas. Si tienen paciencia y siguen mirándolo con atención, descubrirán también cómo duerme. . . Y algunos, cualquier día de éstos, lo verán quedarse quieto, muy quieto, sin respirar, y morir.

14

Cuando Aquiles de la Osa me preguntó si deseaba echarle un vistazo, le respondí tajantemente que no. ¿Qué interés podía tener en contemplar el cadáver de Misael Reyes? Mi tío se había suicidado al amanecer. El policía de turno fue a llevarle el desayuno y lo encontró sentado en su camastro, recostado a la pared, con la cabeza caída hacia un lado y los ojos abiertos. En una de las manos tenía un frasquito con veneno.

—Un final digno de una historia rocambolesca —fue lo único que se me ocurrió observar. Wenceslao se ocupó de decirle adiós al detective y me sacó del edificio.

Avanzamos por la avenida del puerto, en silencio, y doblamos por la calle O'Reilly.

—Lo siento mucho —dijo Wen al pasar junto a la plaza de Armas.

—Es una pena, sí —le contesté, quedo—. Pero ¿qué sentido tiene entristecerse por la muerte de alguien a quien apenas se conoció? —continué, tratando de ser lo más cartesiano posible.

Puesto que nuestro desayuno había sido frugal, decidimos que unos chocolates con churros nos caerían bien y entramos en un café. Aunque estaba concurrido, hallamos una mesa desocupada y en ella nos acomodamos. Un jovencito nos tomó el pedido.

—¿Sabe que lo admiro? Fue un verraco —solté de pronto—. Vivió como quiso y murió cuando le dio la gana. A su manera, fue un héroe.

El camarero puso sobre la mesa las tazas de chocolate y los churros, y nos entregamos a la tarea de engullirlos. Un pequeño lustrabotas se nos acercó.

—Esos zapatos están cochinos, patrón —me indicó.

Tuve que admitir que era cierto. Me hizo colocar el pie encima de una caja de madera y dio inicio a su labor. Observamos en silencio cómo cepilló, embetunó, volvió a cepillar y por último lustró mi calzado con un trapo negruzco. "Listo", anunció al concluir, dándome un golpecito en la puntera con el cepillo. Le pagué con generosidad.

–¿Usted también? –inquirió el embolador, dirigiéndose a Wenceslao, y como éste rechazó el ofrecimiento, guardó en un santiamén sus útiles en la caja de madera y se alejó en busca de nuevos clientes. Un rato más tarde, antes de salir del local como una flecha y desaparecer en medio de los transeúntes, el chicuelo dejó delante de mí un sobre cerrado. Observamos, con extrañeza, que tenía escrito mi nombre.

–Ábralo –me apuró Wen.

Era una carta que empezaba diciendo "Querido sobrino". Di vuelta al último pliego, con ansiedad, para buscar la firma: "Su tío Misael". Las manos me empezaron a temblar, y Wenceslao, impaciente, me arrebató el papel.

–Mejor la leo yo –propuso.

La misiva decía así:

La Habana, cinco de febrero de 1924
Querido sobrino:

Es posible que esta carta le parezca una broma de mal gusto. Acaba de enterarse de que he fallecido y, de buenas a primeras, le llegan, de manera sorpresiva, noticias mías. Acaso esté pensando: no quiso hablarme mientras estuvo vivo y elige hacerlo después de muerto. Supongo que no le faltará razón. Pero ya sabe que siempre he tenido fama de ser el excéntrico de la familia Reyes.

Me pregunto si habrá visto el cuerpo rígido que hasta hace unas pocas horas albergó a mi espíritu. Confío que no. No me agradaría dejar en su recuerdo una imagen chocante. ¿O sí lo vio? En cualquier caso, eso carece ya de importancia.

Me hubiera encantado darle un abrazo, pero las circunstancias no lo permitieron. El día que lo vi por primera vez, cuando visitó El Crisantemo Dorado, me sentí orgulloso de usted. De niño prometía ser una belleza, y lo cumplió con creces: quedé sorprendido ante tanta galanura. Debo aclarar, para que Wenceslao no se sienta celoso, que también él es muy apuesto. Pero en usted, Lucho, reencontré ademanes, expresiones y una forma de mirar que me eran propios en el pasado. Observarlo ha sido como contemplarme en un espejo que reflejara la imagen de lo que fui. No exageraban quienes me advirtieron acerca de que usted era mi vivo retrato.

Le debo algunas explicaciones. Por qué no acudí a la cita que teníamos en mi casa la noche que murió Mei Feng, por ejemplo. Me encontraba lejos de allí, procurando convencer a alguien de que el vínculo que me unía al chino era ya sólo afectivo, y no carnal. Quizás, si mis palabras hubieran sido más vehementes, hoy Mei Feng estaría vivo y esta historia tendría otro desenlace. No fue así.

El desdichado Mei Feng entró a mi servicio a los diecisiete años. Acababa de desembarcar procedente de Liverpool. Era delgado y flexible como un junco, tenía la piel de un durazno y en la intimidad podía mostrarse fogoso o tierno. ¿Cómo no iba sucumbir ante sus encantos alguien que aprendió a adorar el exotismo del Oriente a través del magisterio de Julián del Casal? Durante casi quince años, Mei Feng fue mi inseparable compañía. No exagero si digo que esa criatura sentía por mí algo parecido a la veneración; algo que, sea cual sea el nombre que le demos, yo estaba lejos de merecer y de poder reciprocar. El tiempo transcurrió y lo que comenzó siendo, al menos de mi parte, un cariño reposado, terminó convirtiéndose en un hábito, en una especie de costumbre amable.

Es probable que las cosas hubieran continuado así, *per secula seculorum*, si el Dixmude no llega a explotar cuando volaba hacia África. No, no todos los soldados de la armada francesa que viajaban en el dirigible perecieron, como afirmó por error la prensa. Uno de ellos, el menos indicado tal vez, se salvó por un milagro inexplicable (¿acaso existe alguno que lo sea?) y se introdujo tumultuosamente en nuestra existencia. Me refiero a Saint-Amand, el comandante. Unos pescadores lo recogieron en alta mar y lo llevaron a su pueblo. Una vez allí, no tuvo fuerzas para afrontar la vergüenza de no haber muerto con su tripulación. Se inventó una identidad y aseguró que era el único sobreviviente de un naufragio. Huyó de Europa en el primer barco que zarpó rumbo a este lado del mundo y una tarde desembarcó en La Habana, con una muda de ropa y los zapatos llenos de huecos, sin otra ilusión que la de borrar el pasado.

Nos encontramos, porque así estaba escrito que debía ocurrir, y Jean Bonhaire se convirtió en mi razón de ser. Me acostaba pensando en él y me despertaba con una dolorosa urgencia de verlo. No sabía si ese sentimiento era tan o más fuerte que el que me unió a Casal; de lo que sí estaba seguro era de que yo tenía encima treinta años más.

Al principio, Mei Feng no prestó demasiada atención al intruso, pero, poco a poco, se percató de la amenaza que representaba para él. No obstante, se cuidó de expresar delante de mí la antipatía, por no decir el odio, que experimentaba por Bonhaire. Por el contrario, lo trataba con una deferencia mayúscula y de su boca nunca salió un reproche.

Lo primero que me pregunté al enterarme de la desgracia fue por qué Mei Feng, siempre tan perspicaz e intuitivo, no desapareció a tiempo. Debió admitir que me había perdido y esfumarse. Dios me perdone. Creo que él se buscó su destino.

Rémond de Saint-Amand le quitó la vida a Mei Feng, sí, mas no fue un crimen premeditado. Estoy convencido de que perdió el control en un rapto de celos. Ese chino tenía un estilete en la lengua, era capaz de sacar de sus casillas a un santo. Podía proferir las mayores atrocidades sin alzar la voz ni perder la compostura. Decir: "¡Lo desprecio y maldigo a su madre por traerlo al mundo!", como si estuviera ofreciendo una taza de té de Ceylán.

¿Quién sabe qué le dijo a Bonhaire aquella noche para hacerlo reaccionar de esa forma? Debe haberlo provocado mucho, porque después el francés estaba arrepentido. Me juró, deshecho, que no había sido su intención volarle los sesos, que llevaba el arma encima por casualidad. Y yo le creí. Le creo. Soy capaz de creerle cualquier cosa.

Cuando la Secreta lo detuvo, pensé poner una bomba en el edificio donde lo tenían retenido, con tal de sacarlo de allí. No podía imaginarlo encerrado en una cárcel quién sabe cuántos años. Tampoco podía concebirme esperándolo: no tengo edad para eso. Estaba decidido a recuperarlo como fuera, pero el viejo Fan Ya Ling, que desde hace años es mi consejero, una especie de supraconciencia por la que me guío ciegamente, apeló a mi cordura y me conminó a actuar guiándome por la inteligencia y no por la pasión. Tenía un plan y deseaba comunicármelo. Si lo llevábamos a cabo, Bonhaire y yo podríamos irnos juntos a donde nos viniera en gana y nadie volvería a molestarnos por lo del asesinato.

Quizás una persona menos desesperada hubiera puesto reparos a su proposición: yo estuve de acuerdo con todo.

Lo primero que debía hacer era ir a la Secreta, entregarme y asegurar que era el culpable de la muerte de Mei Feng. Una vez que me encerraran y que dejaran en libertad a Bonhaire, entraría en acción Fan Ya Ling. De algún modo se las ingeniaría para hacerme llegar a la prisión un veneno que yo debería beber, sin vacilar, a una hora precisa.

¿Conoce el cuento taoísta que narra cómo el alma de Li Tie Kouai terminó habitando en el cuerpo de un mendigo cojo? Me temo que sí, porque a Pepe Chiang le encanta y se lo cuenta a todo el que puede. Por si no lo ha oído, trata de un individuo que decide hacer un viaje sólo con el alma; pero cuando ésta retorna, al cabo de unos días, al punto de partida, no encuentra por ninguna parte el cuerpo donde habitaba y termina buscando refugio en el de un mendigo que acaba de morir. Pues bien, la propuesta de Fan Ya Ling consistía en repetir la hazaña de Li Tie Kouai. Si yo cumplía al pie de la letra las instrucciones, nada tenía que temer.

El cuerpo que quedó en la celda, rígido y frío, y que ignoro si usted llegó a ver o no, es sólo la envoltura que dio cobijo a mi espíritu durante muchos años. El plan se llevó a cabo con la precisión propia de los orientales. Según los cálculos de Fan Ya Ling, el veneno demoraría un par de minutos en hacer efecto. Siguiendo sus instrucciones, lo bebí a las cinco en punto de la mañana. A esa misma hora, Bonhaire y él maniataron a un marinero que deambulaba medio borracho por el puerto, sin encontrar el muelle donde estaba atracado su barco, y le quitaron la vida. Fue cosa de un instante y resultó más fácil de lo que imaginaba: abandoné un cuerpo y me introduje en el otro. No puedo negar que al principio me sentí raro, como si me hubiera metido dentro de una ropa que no fuera la mía, pero esa sensación desapareció enseguida.

Dado que las circunstancias no me permitían ser muy quisquilloso, me había limitado a solicitar a Fan Ya Ling dos cosas: la primera, que consiguiera un cuerpo joven, robusto y lo más agradable posible a la vista, y la segunda, que no lo mataran ni de un disparo ni con un arma blanca, sino asfixiándolo. De ese modo, el cadáver estaría en perfecto estado, sin cortaduras ni agujeros, al trastearme para él. Debo admitir que el nuevo "traje" ha sobrepasado mis expectativas. He hecho realidad la quimera de fundir la experiencia de una larga vida con la energía de un cuerpo apetecible y vigoroso.

Así pues, ahora mi alma mira el mundo desde otros ojos, inhala el aire con otras fosas nasales y habla por otra boca. Sin embargo, detrás de esa apariencia diferente, sigo siendo el mismo. Mis pensamientos, mis emociones, no han variado un ápice.

En los últimos días he estado en varias ocasiones muy cerca de usted y de su amigo, los he observado confundido entre la multitud, los he espiado con una mezcla de vergüenza y delectación. Ahora, mientras termino de escribir esta carta, contemplo cómo mojan los churros en el chocolate caliente y se los llevan a la boca. Calma, Wenceslao, o se quemará la lengua. Supongo que al llegar a estas líneas mirarán a su alrededor con curiosidad, tratando de descubrirme en la fisonomía de alguno de los comensales. No, no se esfuercen, es inútil. No pienso traicionarme. Si por casualidad uno de ustedes se aproximara a la mesa que ocupo y me dirigiera la palabra, lo miraría de arriba abajo y le pediría que me dejara en paz. ¿Cómo se les ocurre pensar que yo pueda ser Misael Reyes? Ese caballero murió hace unas horas en una celda de la Secreta. Su cuerpo debe estar ya en la morgue, helado y rí-

gido. Por mis restos mortales no se preocupen: dejé instrucciones para que los cremen. Fan Ya Ling se ocupará de que se
cumpla mi voluntad.

Esta noche me voy del país, Lucho. Para siempre, creo.
Echaré de menos esta ciudad alucinante. Nunca la sentí del
todo mía, pese a que me acogió con benevolencia y en ella
tuve la dicha de encontrar dos grandes' amores. El que pida
más es un ingrato. Me voy, no quiero decirle adónde, con Rémond de Saint-Amand. No lo juzgue con dureza. Son cosas
que pasan. A él le ha encantado mi nuevo cuerpo y, por la
forma en que me mira, me doy cuenta de que está impaciente
por conocerlo íntimamente. Eso me entusiasma. En lo adelante
seré, de cierta manera, el más joven de los dos. Ser el menor
de una pareja tiene sus encantos, permite arrogarse algunos
privilegios.

Antes de entregarme a la policía, redacté un testamento
que un notario de confianza del Conde se ocupó de autenticar.
En ese documento, lego todos mis bienes a mi ahijado José
Chiang: el capital que mis hermanos me adeudan en Bogotá
y el importe de la venta de mi casa y de los muebles, las porcelanas y demás objetos valiosos que contiene. No, no me he
vuelto loco. Chiang, de quien soy padrino, es persona de mi
entera confianza y me servirá de testaferro. Puede tener la
certeza de que el dinero llegará a mis manos sin dificultad.
Manolo, Melitón y su señora madre se pondrán furiosos al enterarse de que un mestizo de chino y negra se quedará con
parte de la fortuna de los Reyes, pero, ¿sabe qué?, me tiene
sin cuidado.

A usted, mi querido sobrino, le pido encarecidamente que
conserve el soneto "Ruego". Léalo alguna vez y piense en
quien lo inspiró, en su pobre tío. Ese papel era, antes de conocer a Bonhaire, la más valiosa de mis posesiones y jamás lo hubiera cedido a nadie. Sigue siendo muy importante, pero no
puedo iniciar una nueva vida llevando a cuestas un lastre tan
pesado. Prefiero que quede en buenas manos: las suyas.

Debo poner fin a esta carta y no sé bien cómo hacerlo.

A la familia hágale creer que mi deceso fue producto de una penosa enfermedad.

Ustedes dos, quiéranse siempre y mucho. Así me hubiera gustado a mí haber querido a Julián y así me propongo querer a Rémond de Saint-Amand.

Au revoir, y suerte.

Su tío

Misael

Wenceslao quedó perplejo al concluir la lectura y preguntó qué opinaba de aquello. Me encogí de hombros. En ese momento, un cliente pasó por nuestro lado, en dirección a la puerta del café, y noté que nos observaba al sesgo. Era un tipo de mediana estatura, de complexión fuerte, con los ojos azules y la piel bronceada de quien se ha expuesto al sol durante mucho tiempo. ¿Sería acaso Misael Reyes? ¡Quién podía asegurarlo! Como advertía mi tío en la carta, cualquier averiguación en ese sentido no sólo sería improductiva, sino que nos colocaría en ridículo. Giré en la silla para volver a mirar al tipo antes de que saliera a la calle y me dije que, en el hipotético caso de que ésa fuese la nueva anatomía de mi tío, el franchute se daría un banquete.

Doblé la carta y le juré a Wenceslao que, en cuanto estuviéramos de nuevo en nuestra habitación y guardara el mensaje en el mismo sobre donde estaba el manuscrito de Casal, me olvidaría de aquel asunto.

—El capítulo Misael Reyes ha concluido —añadí, sintiendo un curioso alivio.

Y así fue.

A Esmeralda no tuvimos que localizarla en el hotel Almendares, pues ella apareció inopinadamente en el nuestro, arrastrando al gladiador chileno. A pesar de que esa mañana casi no llevaba maquillaje y vestía de manera discreta —un traje de *chiffon* estampado, sin mucha gracia, y un sombrerito simple a lo Lilliam Gish—, su llegada causó gran revuelo entre la empleomanía del Inglaterra, pues alguien la identificó como Titania, la triunfadora del baile de las Mil y Una Noches, y la noticia corrió de boca en boca. Durante el largo rato que permanecimos en el *hall*, ni a Vicentini ni a nosotros nos fue permitido articular otra cosa que esporádicas interjecciones. La Gallego habló todo el tiempo, poniéndonos al día de lo acontecido en su vida en el transcurso de las últimas semanas. Narró las incidencias del viaje Bogotá-Barranquilla en el avión *Bolívar*, conducido por Camilo Daza, y el susto que pasó cuando el piloto se empeñó en dar las volteretas llamadas "caída de hoja" y *looping the loop*; el trayecto de Puerto Colombia a Nueva York en un trasatlántico francés y el encuentro casual con el púgil a la entrada de las oficinas de unos abogados judíos en Brooklyn.

—Vernos y caer uno en brazos del otro fue la misma cosa —sintetizó—. Con decirles que estuvimos encerrados tres días en mi hotel sin salir de la cama. ¡No sé cómo sobrevivimos!

Fue durante aquel período de reclusión amorosa que a Esmeralda se le ocurrió la idea de hacer un viaje relámpago a La Habana con el único propósito de sorprender a sus mejores amigos. Y, por cierto, ¿qué tal las representaciones de Eleonora Duse, la momia parlante? ¿Habíamos logrado que nos diera la entrevista?

El rostro de Wenceslao se ensombreció y rápidamente interrumpí a Esmeralda preguntándole si a ella y a Vicentini les agradaría acompañarnos al hipódromo del Oriental Park, en Marianao. No lo conocíamos, pero todo el mundo aseguraba que se trataba de un lugar muy grato y que los almuerzos que servían en los jardines eran estupendos. Mientras caminábamos hacia un taxi, la Gallego se colgó de mi brazo y me preguntó, en un susurro, si había metido la pata.

—Hasta el fondo, querida —contesté y la puse al tanto, de manera sintética, del desenlace del caso Duse—. Todo parecía marchar sobre ruedas y de pronto... ¡nada! —me quejé—. Ni se tomó la molestia de contestar una carta que le escribí.

Wenceslao deseaba que Esmeralda conociera a Emilio de la Cruz y pidió al mico, por teléfono, que se nos uniera en el hipódromo. Luego de apostar con una mala suerte atroz a todos los caballos perdedores, fuimos a almorzar a la terraza y departimos sobre *El hombre fuerte*, la última película de Harold Lloyd, que estaban poniendo en el Capitolio; sobre la próxima visita a La Habana del famosísimo coro ukraniano, considerado la única orquesta sinfónica humana, y de la posibilidad de hacer una excursión en tren a Matanzas y conocer sus dos ríos: el Yumurí y el San Juan. "¿En qué lugar del mundo puede existir una ciudad llamada *Matanzas*?", pensé, y concluí que únicamente en Cuba, el reino del disparate. Pregunté a De la Cruz el porqué de un nombre tan escalofriante y se encogió de hombros. "Supongo que por la cantidad de indios que los españoles descuartizaron allí", respondió y, tras unos segundos de reflexión, añadió: "Aunque tal vez no, porque en ese caso le habrían puesto Matanzas a la Isla". Mientras hablábamos como loros, Vicentini permanecía sumido en un notorio mutismo. Lo observé con atención y me di cuenta de que apenas lograba disimular los bostezos. El chileno se aburría como una ostra. Era evidente que nada entendía de aquella charla que transitaba, en un alocado vaivén, de lo pintoresco local a lo universal sofisticado. ¿Quién demonios era Margarita Xirgu, que según el mico debía estar desembarcando a esas horas en el muelle de San Francisco y que debutaría el miércoles en el Nacional interpretando *L'Aigrette*, de Darío Nicodemi? ¿Qué le importaba a él que los gringos, esos canallas, quisieran despojar al sabio Finlay de sus méritos como descubridor de la vacuna contra la fiebre amarilla, y que Joaquín Blez, el fotógrafo del mundo elegante, estuviera estrenando, en su estudio de la calle Neptuno, un novedoso sistema de lámparas de vapor de mercurio que daban una iluminación perfecta a sus creaciones? Teníamos que retratarnos, sin falta, con él. Pero que no se nos ocurriera aparecernos sin pedir cita o se pondría furioso. Él era un artista. Presa de un rapto de piedad, estuve a punto de salir de la conversación y preguntarle a Vicentini acerca de sus próximas peleas, pero súbitamente me arrepentí. ¿Quién lo mandaba a ser tan burro? Que sufriera y aprendiera a comportarse. Todo en la vida no es pegar puños.

A mitad del banquete, el chileno no resistió más y tiró la toalla al centro del cuadrilátero. Inventó algo de cablegrafiar con urgencia a su *manager*, lamentó tener que abandonarnos en medio de un almuerzo tan delicioso y, tras asegurar a su amante que la vería en el hotel, salió huyendo.

—Me tiene harta —nos confesó Esmeralda, en cuanto desapareció—. ¡Es tan basto que asusta!

—Eso tiene sus encantos —medió el cubano, conciliador, mordisqueando una "chicharrita" crujiente.

—En pequeñas dosis quizás, mi buen Emilio —repuso la pintora—. Pero al cabo de cinco días, puede convertirse en un infierno.

Sin dar importancia a la fuga del púgil, Wenceslao manifestó su preocupación por la función de despedida de la Duse. ¿Conseguirían los empleados del Nacional tener el teatro listo para las ocho? La tarea no era sencilla: debían retirar la *draperie* y las alfombras de la decoración y reintegrar a su sitio la silletería de la platea.

—Claro que sí, chico —lo tranquilizó De la Cruz—. Lo mismo pasó cuando la fiesta del Segundo Imperio. Al día siguiente actuaba no sé quién y lo arreglaron todo a tiempo. Ellos conocen su negocio —y, cambiando de tema o, mejor dicho, adentrándose en otra variación del tema Duse, pasó a hablar de una peculiaridad que tendría la función de esa noche.

Mimí Aguglia, Esperanza Iris y María Tubau habían anunciado a la prensa su intención de acudir al Nacional para aplaudir a la decana de las trágicas en *La città morta*. El empresario Gallo pretendía, a modo de ardid publicitario, reunirlas en un mismo palco de honor. Si a los nombres de esas tres famosas se sumaban los de *Donna* Ortensia y Margarita Xirgu (sería inconcebible que la condesa Pears y la primera dama del teatro español se perdieran el magno acontecimiento), entre los espectadores habría una constelación de estrellas.

—Todas aplaudiendo a la estrella mayor —adicionó Wenceslao.

Cuando De la Cruz nos devolvió al Inglaterra después de dejar a la Gallego en su hotel, el chico de la recepción me entregó una carta. *Monsieur Belalcázar*, estaba escrito en la cubierta. Era, sin duda, la respuesta de la trágica. La abrí allí mismo, en el vestíbulo, y en el acto me percaté de que era muy escueta. Cuatro renglones apenas. "Imposible —le reitero con tristeza que es imposible", decía la primera línea. Y debajo: "Amigo mío: pensar que podemos disponer de la alegría o del dolor es una pretensión absurda. Sólo somos instrumentos de eso que llaman voluntad divina, destino o azar".

Entregué el papel a Wenceslao, quien, concluida su lectura, lo estrujó y, convirtiéndolo en una pelota, lo lanzó en el interior de la escupidera que estaba junto a la puerta del ascensor. Su reacción me desconcertó: aunque contuviera una negativa, esa nota manuscrita era una pieza de gran valor para su colección de recuerdos.

—Se hizo cuanto se pudo —aseveró con un suspiro.

—He estado pensando en probar con la Garnett —dije—. ¿Quién quita que tenga mejor suerte que usted?

—Olvídelo —rebatió secamente—. Lo de la entrevista fue una niñería. No tiene sentido seguir insistiendo.

—Puedo volver a escribirle —porfié.

Me miró con rabia y entendí que no deseaba hablar del problema. ¿De verdad desistía? Me costaba trabajo dar crédito a sus palabras. Que la entrevista era un capricho, lo sabía; pero también sabía que pocas personas en este mundo son tan persistentes como él. En cuanto entramos en la habitación, mi pareja se echó en la cama, sin quitarse siquiera los zapatos, y yo me dejé caer en la mecedora. El teléfono timbró y, al ver que Wenceslao no manifestaba la menor intención de moverse, contesté la llamada. Era uno de los espías a su servicio, quien, confundiéndome con él, me notificó que a las dos de la tarde la Duse había recibido en sus aposentos al ministro de Italia y al poeta Vázquez Garralaga. La visita duró diez minutos y el diplomático y el bardo abandonaron el hotel furiosos. Otra novedad era que Margarita Xirgu acababa de engrosar la lista de huéspedes del hotel. ¿El caballero también estaba interesado en recibir información acerca de ella? Le contesté que no. Ni de ella ni de la *signora* Duse. No más reportes. ¿Entendido? ¡No más! Después de darle las gracias por sus servicios, colgué y puse a Wen al tanto de las últimas noticias.

—Me queda el consuelo de que tampoco a Olavo le fue bien —dijo con satisfacción, sin abrir los ojos.

Aguardé con paciencia a que se quedara dormido. Entonces salí al pasillo y golpeé con los nudillos la puerta del departamento de la Duse.

—¿*Qui est*? —inquirió, sin abrir, María Avogadro.

Le dije que necesitaba hablar con *Fraulein* Wertheimstein y la doncella contestó, con voz incolora, que no se encontraba. Maldije entre dientes y bajé al vestíbulo convencido de que la mujer me había mentido descaradamente. No era así, sin embargo, y lo descubrí cuando, al salir a la calle, vi a la secretaria de la *Signora* atravesando de prisa el Prado en compañía de Katherine Garnett. Lloviznaba y ambas se resguardaban bajo sendas sombrillas. Désirée se detuvo al verme y, luego de un instante de dubitación, murmuró una disculpa a la inglesa y se acercó a mí.

—Está triste, muy triste —reveló, yendo directo al tema—. La *signora* Duse se siente traicionada. Cree que ustedes no la estiman, piensa que únicamente se le acercaron para obtener la entrevista. Eso es muy doloroso para ella.

—¡Pero no es cierto! —protesté, secándome las gotas de agua que me caían en el rostro—. Quiero decir, no es así *exactamente*.

La secretaria se encogió de hombros, con una sonrisa de desaliento, y miró a su acompañante, que la aguardaba, con impaciencia, a pocos pasos.

—Debo irme —exclamó—. Sólo salimos un momento, a comprarle una medicina. No se siente bien y esta noche le toca *La città morta*, que es una obra agotadora.

Dio media vuelta y, reuniéndose con la Garnett, salieron disparadas rumbo al Inglaterra. De improviso la lluvia arreció y yo, que no tenía con qué protegerme, también corrí, pero en otra dirección. Empapado de pies a cabeza, busqué refugio en los soportales del hotel Plaza. Una gruesa cortina de agua me aislaba del mundo exterior e intenté poner en claro mis pensamientos. ¿Existía alguna posibilidad real de conseguir la entrevista, o lo mejor era olvidar de una vez aquel enojoso asunto? Al fin y al cabo, Wenceslao no podía quejarse: una parte substancial de sus deseos estaba cumplida. Habíamos visto a la excelsa en escena. Logramos franquear los muros de su aislamiento, tomar el té con ella y conversar en la intimidad. Incluso habíamos vagabundeado juntos un día entero por Casablanca, por Guanabacoa, por toda la ciudad. Nadie en La Habana podía vanagloriarse de semejantes conquistas. Ni Mina de Buffin, con todos sus millones, había logrado sacarla de su ratonera y exhibirla en el baile. Wenceslao era muy obtuso si no aceptaba que eso era más valioso que una docena de *interviews*. Quizás la mujer tuviera sus motivos para negarse. Razones secretas y dolorosas que debíamos respetar. ¿Por qué acosarla, colocándola en una posición incómoda? ¿Que ya no quería la entrevista? ¡Mentira, señor, a otro perro con ese hueso! Dijera lo que dijese, seguía obcecado. Sufría por lo que consideraba, puerilmente, un fracaso.

Harto de aguardar que la lluvia amainara, me quité la chaqueta y echándomela encima de la cabeza, troté bajo el aguacero en dirección a mi hotel. Al pasar por mi lado, un automóvil hizo saltar el agua acumulada junto al andén y me salpicó.

Cuando llegué, ya Wenceslao estaba despierto y me regañó por haberme mojado de esa manera. Me frotó el cuerpo con una toalla y me obligó a tomar un baño caliente. No mencionó la entrevista y yo, por supuesto, tampoco la saqué a colación. Unas horas después, estábamos en el Nacional.

En el coliseo no quedaban huellas de la *kermesse* de la noche anterior. Los tapices damasquinos habían desaparecido, al igual que el traperío del cielorraso. Mármoles y alfombras sin mácula, espejos refulgentes, flores frescas en los jarrones. Todo perfecto para el adiós de la eximia.

El público, aunque continuaba siendo selecto, había disminuido notablemente. Sin embargo, ahí estaban, firmes en sus trincheras, como guerreros de ley, los fieles de siempre: los que gustan del gran arte y los que están dispuestos a hacer cualquier sacrificio con tal de aparentarlo. *Madame* Buffin, quien, una vez pasada la última página de las Mil y Una Noches, consideraba innecesario seguir cargando con Habib Steffano, subía las escaleras apoyada en el brazo de una amiga. Al vernos, sonrió con expresión de mártir.

—Tengo un dolor de riñones atroz —se lamentó—, pero ¿cómo faltar a la despedida de Eleonora?

En vista de que ni el primer mandatario ni su esposa iban a acudir a la función de esa noche, Mimí Aguglia, Esperanza Iris y María Tubau compartían el palco presidencial con aparente cordialidad. La Aguglia, a la izquierda, iba de bermellón; la Iris, en el centro, de azul turquesa, mientras que la Tubau, situada a la derecha, de blanco. Casualidad o no, lo cierto es que sus vestidos tenían los colores del pabellón cubano y aquel detalle se convirtió en la comidilla de los asistentes. Las tres actrices no dejaban de lanzar besos y de mover sus abanicos en todas direcciones para agradecer las muestras de simpatía de sus seguidores. En los corrillos se comentaba que los regalos que los fanáticos de la Iris pensaban entregarle en un próximo homenaje habían costado "un congo".

Se murmuraba, también, que en un principio Gallo había pretendido que aquel trío fuera un cuarteto, pero *Donna* Ortensia estropeó su plan al negarse a ver la obra en compañía de las otras. Sí, todas eran artistas, del canto, del drama o de la comedia, pero ella, además, era condesa, y antes de serlo había renunciado al título de duquesa. Desde el palco contiguo al presidencial, seca como un bacalao y majestuosa, la aristócrata del *bel canto* sonreía levemente, casi con indulgencia, a quienes la saludaban.

De repente, abandonando su distinguido hieratismo, *Donna* Ortensia reclamó nuestra atención agitando una mano enguantada y repleta de sortijas y nos incitó a acercarnos. Como tenía la certeza de que, en caso de obedecerla, su vecina, la *divette*, aprovecharía la ocasión para reprocharme por no haber ido al Payret a verla, le hice entender por señas a la condesa Pears, antigua duquesa Mignano, que la visitaríamos más adelante.

Dimos por sentado que la señora de profundas ojeras y cabello oscuro recogido en la nuca que tanta curiosidad suscitaba era la renombrada Margarita Xirgu. Si Gallo había intentado incoporarla al palco de honor o no, era algo que nadie sabía con certeza, pero en cualquier caso la catalana tenía su campamento aparte, lejos de las restantes artistas. Allá estaba, de negro, en uno de los palcos laterales, rodeada de devotos y de gacetilleros.

La generala Lachambre no había llegado aún, lo cual no tenía nada de particular. Lo más probable era que apareciera con la última campana, justo antes del inicio de la representación. Las que sí estaban, siempre tan puntuales, eran la condesa del Rivero, Josefina Embil de Kohly y Angelita Fabra de Mariátegui, la Ministra española. Vázquez Garralaga y su madre nos ignoraron y les pagamos con la misma moneda.

En la platea divisamos a Bartolomé Valdivieso y a Agustín Miraflores. ¿Al farmacéutico se le habría pasado el disgusto por lo del soneto? Su sonrisa hacía pensar que sí. También vimos, entre los de abajo, a los críticos del *Diario de la Marina* y de *El Heraldo*.

—Ahorita vendrán para que usted los ayude con sus crónicas —vaticiné.

—A Poldarás, de mil amores; a Genaro Corzo, ni muerto.

No nos sorprendimos demasiado al ver entrar a Esmeralda sola. Estaba espléndida, con un larguísimo abrigo de marta, una *toilette* fucsia y su muchas veces usada, pero siempre impactante, peineta de rubíes. En cuanto apareció, nos convertimos en el centro de atención de decenas de miradas. La Gallego nos besó afectuosamente, se sentó en la primera fila y, sin decir una palabra sobre la ausencia del chileno, preguntó por De la Cruz. Al explicarle que llegaría para el tercer acto, asintió y se dedicó a observar a la concurrencia valiéndose de sus gemelos.

Wenceslao me hizo un guiño malicioso y se inclinó hacia ella.

—¿Y el campeón? —inquirió con sorna.

—Partió esta tarde de regreso a Nueva York —nos informó—. Mentiría si les dijera que la despedida no fue triste, pero debo confesar que siento un enorme alivio. —Al ver que asentíamos, comprensivos, añadió con desfachatez—: Tiene unos puños prodigiosos, pero su músculo del amor no resiste muchos *rounds* —y dando por terminado el tema, se interesó por el argumento de la obra que presenciaríamos en unos minutos.

Wenceslao lo resumió con prontitud. Esa noche la Duse se transformaría en Anna, una mujer ciega, de alma exquisita y clarividente, casada con un poeta. La trama tenía lugar en Grecia, en los alrededores de Micenas, y era bastante morbosa.

—El esposo de la ciega es amigo de Leonardo, un joven arqueólogo, quien vive en un palacete en compañía de su hermana Bianca María y está decidido a dar con el tesoro de Atreo. La desdichada Anna no tarda en ver (con los ojos del espíritu, como es obvio) que su dulce, pero no tan ingenua, vecinita ha desatado una tórrida pasión. ¡Alessandro, su marido, ha perdido la cabeza por ella! Y eso no es todo. También Leonardo, ¡oh, escándalo!, el propio hermano, es presa de una secreta e incestuosa pasión por la muchacha.

—¿Y qué ocurre al final? —quise saber—. ¿La niña se queda con el hermano o con el marido de la ciega?

Wenceslao se negó a revelar el desenlace y dijo que nos enteraríamos en el quinto acto.

—¡Cinco actos! —protestó la Gallego, levantando una ceja—. ¿Por qué *tantos*? Ahora los dramas suelen tener tres.

—Cosas de D'Annunzio —adujo Wen en el instante en que subía el telón.

La escenografía suscitó murmullos de complacencia: la escalinata en forma de pirámide trunca, dos altas columnas dóricas que sostenían el arquitrabe, la estancia amplia y luminosa abierta sobre una galería balaustrada y, al fondo, el paisaje rojizo y calcinado de las tierras donde tuvieron sus palacios los atridas y un cielo despejado: todo estaba reproducido con la mayor verosimilitud. Sentada en el escalón más alto, con la cabeza apoyada en el fuste de una columna, vimos a la Duse, vestida con una armoniosa túnica blanca, mirando al horizonte. También en la escalera, pero en un peldaño inferior, en actitud inerte y llevando ropajes oscuros, estaba la nodriza. La bella Bianca María (enseguida reconocimos a Jone Morino) se hallaba de pie, sostenía un libro abierto en la mano y leía, con voz lenta y pastosa, unos fragmentos que, según Wenceslao, provenían de la *Antígona* de Sófocles.

Durante media hora que me pareció un siglo y medio, las actrices declamaron emotivamente y sin variar de posición. Me percaté de que filosofaban y hablaban de los sueños, de la vida, del amor y de otras babosadas por el estilo. Se preguntaban, preocupadas, por qué Leonardo se mostraba callado y taciturno. ¿Estaría enfermo?

La que sí empezó a cambiar de postura, y en lapsos cada vez más breves, fue Esmeralda Gallego. No contenta con exteriorizar su malestar mediante aquel cambia-cambia inquietante, se dio a la tarea de suspirar, carraspear, toser, estrujar su programa de mano y hasta de beber, discretamente, del frasquito de plata lleno de *cognac* que tenía siempre en el bolso.

El primer acto finalizó sin que pasara nada y no logré entender por qué, según Désirée, *La città morta* cansaba tanto a la excelsa. Es cierto que permanecía todo el tiempo en escena, pero arrepochada contra la columna y sin dar ni un paso. Pese al aburrimiento, el público aplaudió cálidamente y, conocedor, al igual que nosotros, de que la historia contenía adulterios e incestos, se resignó a esperar el siguiente acto, a ver si la cosa se animaba.

Wenceslao y Esmeralda salieron al *foyer* y yo, al ver que Esperanza Iris no estaba en el palco presidencial, aproveché para visitar a *Donna* Ortensia. La encontré turbada. Eleonora la había emocionado mucho, muchísimo, con su actuación. Llevaba más de veinte años sin verla en un escenario, desde antes de sus amoríos con D'Annunzio, pero aquel primer acto era suficiente para comprobar que su arte era ahora de una sutileza sin parangón.

—A pesar de que el drama es soporífero y odioso, ella está genial —dictaminó y, tras asegurarse de que nadie nos escuchaba, agregó—: Lo que no entiendo es cómo mantiene la obra en su repertorio. Que la representara cuando vivían su romance, ¡pasa!, pero que la siga escenificando después del escándalo de *Il fuoco* y de los insultos que le prodigó ese canalla, es incomprensible. Si a mí un hombre llega a hacerme la mitad de lo que él le hizo, ¡le clavo un puñal en el corazón! —afirmó con los ojos centelleantes, y no me cupo la menor duda de que hablaba en serio.

Me contó que esa tarde había hablado con la Duse, a quien le hacía una gran ilusión que se reencontraran. Almorzarían juntas al día siguiente. En su habitación o en la de ella. Total, que ambas se hospedaban en el Inglaterra y compartían la fobia por los *restaurants*...

Sin detenerme a pensar si hacía bien o mal, le pregunté a quemarropa si querría ayudarnos a Wenceslao y a mí. En pocas palabras, la puse al tanto de la negativa de la trágica a concedernos una *interview*.

Donna Ortensia movió la cabeza con benevolencia.

—Cada quien tiene sus manías, hijo mío —exclamó y me dio su palabra de que haría lo posible por convencerla—. Puede que si apelo a nuestra antigua amistad consiga arrancarle un sí.

Estuve a punto de darle un abrazo, pero refrené el impulso y me limité a agarrar su diestra y a besarle repetidas veces el guante lila en señal de agradecimiento.

—Mi amigo y yo también estamos en el Inglaterra —le advertí y, al escuchar la risa aguda de Esperanza Iris, que retornaba al palco vecino, me despedí de la condesa a las carreras, asegurándole que ponía nuestra suerte en sus manos.

Wenceslao y la Gallego volvieron cuando el segundo acto empezaba. Quise hablarles de mi conversación con *Donna* Ortensia, pero me mandaron a callar sin miramientos. La nueva decoración mostraba el interior de la casona de Leonardo y Bianca María. Esta última se hallaba sola, bordando ante un bastidor, cuando apareció Alessandro, el esposo de la ciega. Por más que procuraran disimularlo, era evidente que a ambos los consumía el fuego del deseo. Al rato hizo su entrada Anna, acompañada por su nodriza, que le servía de lazarillo. Diez minutos de cháchara después, irrumpió en la escena el joven arqueólogo, Leonardo, interpretado por Memo Benassi. Aunque no era mi tipo, no podía negarse que el primer actor era buen mozo. ¿Sería cierto lo de la película con Pola Negri? ¡Quién sabe! La prensa, tan amante de los chismorreos, siempre está inventándole contratos en Hollywood a todo el mundo. Al llegar Benassi, las tres mujeres se retiraron, circunspectas, y los caballeros dieron inicio a un monótono intercambio. Busqué en el programa el nombre del actor que interpretaba al marido de la ciega. No recordaba que hubiera participado ni en *La porta chiusa* ni en *Spettri*. Wenceslao, sin dejar de mirar al escenario, me lo señaló con el índice: Gino Fantoni. Ahora Leonardo se había adueñado de la palabra y nos hacía padecer con un interminable monólogo. Mientras recitaba con ardor mediterráneo, me dediqué a observar a mis vecinas del palco presidencial. Las tres famosas hacían gala de un interés que, por intenso, resultaba sospechoso. Que Mimí Aguglia se aburriera un poco menos que sus compañeras era comprensible, pues, italiana al fin, entendía las disquisiciones de D'Annunzio; pero la Iris y la Tubau a cada rato se llevaban a la boca sus abanicos para disimular los bostezos. El sitio de María Cay continuaba vacío.

En cuanto concluyó el segundo acto, el crítico de *El Heraldo* entró en nuestro palco para pedirle a Wenceslao sus criterios sobre el espectáculo. Como éste respondía a sus preguntas con monosílabos, fue Esmeralda quien comenzó a soltar opiniones para que el hombre las anotara en su cuaderno.

Me fui solo al *foyer*, encendí un cigarro y busqué refugio en una esquina tranquila. Alejo Carpentier cruzó por mi lado con cara de "¡Qué maravilla la Duse!" y le puse una de "¡Insuperable!". Tijeras y el farmacéutico me descubrieron y subieron las escaleras para saludarme.

—Pensaba que usted no quería saber nada de la italiana —dije al mulato en son de chanza.

—Lo cortés no quita lo valiente —replicó—. Encontré a éste por el camino —dijo, indicando al sastre— y a duras penas logré arrastrarlo hasta acá. Que Eleonora Duse actúe en La Habana y no verla, es un sacrilegio.

—Total, si no se entiende un carajo... —protestó Tijeras.

Antes de separarme de ellos tuve que jurarle a Valdivieso que en el próximo entreacto le presentaría a Titania. Al volver al palco, no encontré ni a Wenceslao ni la soberana de las hadas. El que estaba era Emilio de la Cruz.

—Pensé que ya no vendría —le dije.

—Ganas no me faltaron —confesó—, pero el deber es el deber. Esto está medio vacío —añadió, recorriendo el coliseo con la vista—. ¿Qué tal la obra?

—Insoportable, y guárdeme el secreto.

Los ausentes regresaron de la confitería y saludaron al mico con efusividad. Wenceslao me puso en la boca un chocolate y reveló que Esmeralda había tenido que firmar autógrafos.

El tercer acto transcurrió en la misma escenografía del primero y comenzó con la ciega y su nodriza en la escena. Anna hablaba y hablaba, con la mirada en los celajes, y la criada se limitaba a escucharla, a asentir y a intercalar, en alguna que otra pausa de la excelsa, una palabra. Al rato, la nodriza salió, dejando sola a la Duse, pero Memo Benassi no tardó en hacerle compañía. Si el monólogo de éste al final del acto anterior había sido largo en extremo, el que espetó Anna en ese pasaje no tuvo nada que envidiarle. Mientras me movía en la silla procurando, en vano, una postura que hiciera tolerable aquella verborrea, deseé con todas las fuerzas de mi corazón que D'Annunzio, en vez de ciega, la hubiera concebido muda. Lo único interesante del acto fue que, de forma inesperada, Anna alertó al arqueólogo sobre la pasión que sentía su esposo por Bianca María y a la cual la muchacha no era indiferente. ¡Era necesario que Leonardo abandonara las excavaciones, que olvidara las murallas y los tesoros de los atridas, y se fuera con ella, se la llevara lo más lejos posible, y cuanto antes mejor, para poner a salvo su virtud! No me quedó la menor duda de que, dado el tipo de afecto que el hermano sentía por la hermanita, seguiría al pie de la letra el consejo de su vecina.

Al bajar el telón, le hicimos al pobre mico, que estaba en China, un resumen de lo acontecido hasta el momento.

—¡Qué fuerte está eso! —exclamó, al enterarse de la naturaleza de los sentimientos de Leonardo—. ¿Y en qué para la cosa?

—Wenceslao no ha querido decirlo —se quejó la Gallego.

Los cuatro salimos del palco. Esmeralda deseaba refrescar su maquillaje y la acompañamos al tocador de la primera planta. Al vernos, Bartolomé Valdivieso se acercó y, mientras Wenceslao y el mico se encargaban de presentarle a Titania, yo fui a saludar a Flor y a Carlos Manuel Loynaz, que estaban en la confitería y me miraban amistosos. Les pregunté por Dulce María.

—Se quedó arriba, por suerte —dijo la chiquilla—. Hoy está insufrible —añadió, y quiso saber mi opinión sobre el drama.

—No estoy seguro de que sea verdadero teatro —respondí, tratando de parecer inteligente–, más bien es literatura con ribetes de filosofía. Un alarde lírico sin verdadera acción.

–Lo mismo pensamos nosotros –aseguró el joven.

–*La città morta* merece ser demolida –apuntó la muchacha con picardía–. ¡Ni la presencia de veinte Duses nos salvarán de morir de aburrimiento!

Los tres largamos la risa y, por decir algo, averigüé si comprarían abono para la temporada de la Xirgu.

–No –declaró Carlos Manuel–. En realidad, rara vez venimos al teatro. Esto fue un capricho de Dulce María.

–Usted debería visitarnos –sugirió de pronto Flor, y advertí un brillo travieso en su mirada–. Si viene, a lo mejor Carlos Manuel le toca el piano –prosiguió. ¿Eran ideas mías o hablaba con malicia? ¿Decía las frases con doble sentido o era una impresión de mi mente enfermiza?–. Él es tímido, pero creo que a usted se lo tocaría –insistió.

Lo mismo que a un boxeador acorralado, unos campanazos me salvaron de la incómoda situación. Carlos Manuel y yo estábamos ruborizados y no era preciso ser muy sagaz para darse cuenta de que la menor de los Loynaz se divertía horrores. Les aseguré que los visitaría con mucho gusto, les pedí que saludaran en mi nombre a su hermana y me reuní con Esmeralda, Wenceslao y el mico, quienes caminaban ya rumbo al palco. A mis espaldas oí la risa de Flor y la voz grave de su hermano, recriminándola, pero no me volví a mirarlos. Su fama de *enfants terribles* no era infundada.

El cuarto acto tuvo como marco los mismos escalones y columnas del primero y del tercero. La escena inicial estuvo a cargo de Leonardo y Bianca María: la chica le pidió que se la llevara lejos y le prometió consagrarse a él, en el futuro, para olvidar a Alessandro. Luego llegó la ciega y se quedó a solas con la jovencita. Algo le comentó sobre la relación con su marido, pues Bianca María replicó que entre Alessandro y ella no había pasado nada irreparable y juró que todavía era pura. Lo que ocurrió a continuación lo ignoro, pues me enfrasqué en una feroz batalla con mis ojos, empecinados en cerrarse, y me temo que dormité un rato. Un oportuno codazo de Wenceslao me devolvió a la realidad y pude ser testigo de una de las escenas cumbres del drama: aquella en la que el marido le revela a Anna que Leonardo ama en secreto a Bianca María y no precisamente con el cariño que un hermano suele sentir por su *sorella*, ¡sino como un hombre desea a una mujer!

No quise salir durante el entreacto. Tenía dolor de cabeza y calofríos. Arrebujado en el abrigo de pieles de Esmeralda, me acomodé en un asiento del fondo para que a nadie se le ocurriera hacerme señas ni entrar al palco a conversar conmigo. ¿Estaría resfriado? Después del aguacero de la tarde, nada tendría de raro. Poldarás, el del *Diario de la Marina*, asomó las narices buscando a Wenceslao. Necesitaba su ayuda con urgencia, pues el cierre de la edición estaba próximo y los de la tipografía esperaban su crónica. Para librarme de él, le dicté un par de idioteces. No muy conforme, escribió las frases y salió volando a meterlas en su artículo.

Lo mejor del quinto acto fue su brevedad. No transcurría ni en la casa de la ciega ni en la del arqueólogo incestuoso, sino en un paraje de un bosque, a altas horas de la noche. Cuando el público distinguió en medio de la hojarasca el cadáver de Bianca María, rígido y mojado, no pudo reprimir algunas exclamaciones de pesar. A ambos lados de la muchacha, como guardianes, estaban sentados Alessandro y Leonardo. Este último se empeñó en convencernos de que había dado muerte a su hermana ahogándola en un río para salvar su honor. ¡El muy salvaje! ¿Por qué no se ahogaba a sí mismo, que era el único impuro? Porque, a fin de cuentas, si dábamos crédito a las palabras de la difunta en el acto anterior, el marido de la ciega había sido adúltero sólo con el pensamiento. Mientras Benassi nos atormentaba con su segundo monólogo de la noche, me puse a contar los cabezazos del mico. Al llegar a diez, Leonardo concluyó el soliloquio y se escuchó a lo lejos la voz de Anna.

Aunque el ardor de mi frente no dejaba duda de que tenía fiebre, me empiné en la punta de mi asiento para no perder un detalle. Sí, desafiando toda lógica, la ciega surgía de detrás de una roca, caminando sola, a trompicones, por el bosque. ¿Dónde estaba la nodriza, que la había acompañado a todos lados en los actos anteriores? ¿Cómo la dejaba salir así, exponiéndola a un accidente? D'Annunzio sería un gran escritor, pero su tragedia carecía de sentido común.

"¡Bianca María! ¡Bianca María!", vociferó la Duse, tambaleándose, avanzando con los brazos extendidos, tanteando para no chocar con-

tra un árbol y arañarse la cara. Debo admitir que su imagen era sobrecogedora: delgada, vulnerable, de una palidez espectral. Me ericé
de pies a cabeza. Ansiosa y presa de una creciente desesperación, la
ciega continuó avanzando, ante la mirada de los dos hombres petrifi-
cados. De pronto, se detuvo. Sus manos, sus bellas manos, hicieron un
dibujo en el aire, como si limpiaran un cristal, y exclamó: "¡Alessandro! ¡Leonardo!". Los dos tipos siguieron mirándola arrastrar los pies
entre las hojas secas y acercarse al sitio donde reposaba la desdichada Bianca María, incapaces ambos de hacer un gesto o de pronunciar una palabra. Cuando la ciega estaba ya a punto de tocar el cadáver
con la punta de un pie, su marido le ordenó que se detuviera.

Pero era tarde. Ya la Duse había percibido la proximidad del
cuerpo inerte. Se inclinó y comenzó a palpar a la muchacha, a poner
en orden sus cabellos mojados. Y de repente, como un animal herido,
soltó un lamento agudísimo que hizo llevar las manos al pecho a Esmeralda Gallego y despertar, sobresaltado, al mico De la Cruz. En ese
grito iba toda su alma, el sufrimiento de una vida. "¡Ah!", profirió,
justo cuando empezaba a bajar el telón: *"¡Vedo! ¡Vedo!"*.

La emoción del público estalló en aplausos y en un fragor de voces
de admiración. Pensé que, para ser pocos, hacíamos bastante ruido.
¿El estremecedor *"¡Vedo! ¡Vedo!"* final de la ciega debía entenderse
de modo metafórico o literal? Es decir, ¿sus palabras significaban que
veía claro aquel enrevesado drama pasional o que, en medio de tan
emotivas circunstancias, había recobrado el sentido de la vista? Al
comentarle a Wenceslao mi duda, me aseguró que la intención de
D'Annunzio era puramente simbólica. No quise discutir, pero en realidad lo mismo podía ser una cosa que la otra. ¿Acaso no existen ciegos que han recuperado, de buenas a primera, la visión?

El elenco saludó cinco veces y la Duse, sola, exhausta y triste, tuvo
que salir cinco más. Parecía enferma y me pregunté si la medicina le
habría sentado. ¿Acaso tendría gripa, igual que yo? No, tal vez otra
cosa, gripa imposible, ni pensarlo siquiera, con aquella voz con que
acababa de sobrecogernos. Como en las funciones anteriores, no respondió al público ni con besos lanzados al aire ni con sonrisas. Permaneció seria e inmóvil, y sólo antes de marcharse hizo una leve
reverencia.

Camino de la salida escuchamos comentarios de toda índole. Francisco Ichaso dijo a Fontana que la gloriosa Duse había reservado para la última noche los secretos más hondos de su genio inagotable y polifacético. Josefina Embil de Kohly comentó con la condesa de Buena Vista que, de haber conocido con antelación el argumento, no hubiera invitado a su sobrina quinceañera. "Pues yo pienso que hiciste bien, chica", le replicó la aristócrata. "Mejor que aprenda rápido lo que son los hombres, para que no le hagan un cuento". Por su parte, Pedrito Varela repetía a quien quisiera oírlo que Fortune Gallo había errado al decidir el orden de las obras. De haber iniciado la temporada con *La città morta*, el resto de las funciones habrían sido a lleno completo. Pero se empeñó en comenzar con *La porta chiusa* y seguir con *Spettri*, dos dramas que no eran ni la sombra del de D'Annunzio. Meteduras de pata de los empresarios, que ignoran el gusto del público. Un caballero desconocido se quejó de que La Habana era la verdadera ciudad muerta: La Habana abúlica, viciosa y reblandecida que, olvidada de sus héroes, miraba su bandera sin temblar por el peligro de perderla y se dejaba gobernar por la osadía y la concupiscencia. Muerta y sepultada en sí misma estaba La Habana, como las ruinas del antiguo Peloponeso que buscaba el arqueólogo de D'Annunzio, ahogada por la ola de inmoralidad de sus gobernantes. Esperanza Iris, de quien había huido durante toda la noche como del mismísimo diablo, me atrapó en el último instante y se empeñó en que le diera mi palabra de caballero de que asistiría el día siete a su homenaje. Le juré que allí estaría e hice una seña a *Donna* Ortensia, a quien distinguí a lo lejos, para recordarle su promesa. La vieja asintió y me sonrió con complicidad. Me alegré de no haberle comentado nada a Wenceslao. Si la gestión prosperaba, le daría una sorpresa, y si no, le habría ahorrado falsas expectativas.

Cuando alcanzamos la calle y oí a De la Cruz hacer planes para irnos de parranda, anuncié que no podría acompañarlos porque estaba enfermo. Intenté convencer a Wenceslao de que fuera con ellos; pero se negó de plano. ¿Irse, dejándome en el estado en que me hallaba? Que salieran de fiesta, si querían, Esmeralda y Emilito. Él permanecería, sin discusión posible, a mi lado.

—¿Quiere que llame a un médico? —inquirió cuando me metí en la cama.

—¡Cómo se le ocurre! —conseguí replicar—. Es una gripa sin importancia.

Tenía un poco de dolor de garganta, pero estaba seguro de que cedería, al igual que la fiebre, después de tomarme un par de aspirinas. Una enojosa pesadez se adueñó de mis miembros. Wenceslao me arropó primero con una cobija, luego con dos, y echando mano a un libro cualquiera, se tendió a junto a mí, dispuesto a velarme. Un rato más tarde roncaba apaciblemente, hecho un ovillo, cerca del borde de la cama.

Cada quien imagina la muerte de una manera diferente. ¿O será que la muerte es distinta y única para cada uno? Algunos la ven como un cadáver descarnado, a medio descomponer, envuelto en un hábito oscuro, con una guadaña al hombro. Para otros, es una sombra, un animal extraño o una mujer pálida y bella, de cabello largo y negro, con algo torvo en la mirada.

En mis sueños aparece con frecuencia un niño de siete u ocho años, una criatura grácil y rubia, desnuda, con la piel sonrosada y pecas en la nariz. Al principio no sabía quién era, pero una mañana, al despertar, comprendí que se trataba de la muerte. Desde entonces, me he dado a la tarea de observarlo con la mayor atención. Huele a violetas, a limpio, y va por todas partes con una mirada entre inocente y cruel, blandiendo unas tijeras, haciéndolas sonar rítmicamente, como si fueran crótalos. Con ellas corta, cuando le viene en ganas, los hilos. Los hilos que nos sostienen, los que nos atan a la vida.

¿Saben que una vez, hace mucho tiempo, representé una farsa en verso, de Giacosa, que se titulaba El hilo? Era divertida. Los actores caminábamos como si fuéramos marionetas y, desde el techo del teatro, un titiritero nos moviera de un lado a otro. ¡Pero no tuvo éxito y no se representó más!

A veces sueño que el muchachito me visita, que se aproxima a mi cama, en la oscuridad de la noche. Aunque no lo veo, escucho el inconfundible chasquido de su tijera. Se detiene a mi lado y susurra con voz dulce: "So che soffre. Ma non è lei l'unica a soffrire. Tutti soffriamo". Podría volver la cabeza, mirarlo y suplicar, pero no quiero. ¿Mi dignidad será estúpida? ¿Una debería, en estos casos, olvidarse del orgullo y rogar? No lo sé. Aprieto los párpados con obstinación y aguardo a ver si corta el hilo.

Pero llega la claridad del amanecer y descubro, casi sin poderlo creer, que todavía estoy viva. A pesar de tantos muertos, mi corazón late, terco, sin una razón convincente para persistir en su costumbre. El alba es la hora más amarga. ¡Como pesan las mañanas, como pesa esta sensación de infinita soledad! Me siento sobre la cama y parece que mis pies se hundieran en el lodo. Mejor me recuesto otro rato, es temprano aún, puedo conciliar el sueño de nuevo. Soñar que baja el telón, que mi vida se deshace lo mismo que una hoja seca después de dar muchos tumbos. El niño reaparece, abre los brazos y me dedica una sonrisa irresistible. Debo apurarme, correr hacia él antes de que se arrepienta, pedirle que me lleve consigo. Me dejo, me abandono. No, pequeño, no te burles de Eleonora, abre y cierra de un golpe tu tijera, il filo, il filo, taglialo, ragazzino, taglialo, caro mio, no me obligues a regresar, ya es suficiente, no quiero seguir, non posso.

15

La madrugada fue un suplicio.

A cada rato despertaba, presa de sobresaltos y de una terrible sed, apuraba unos tragos de agua y volvía a mi sopor. El contacto con la sábana, pegajosa a causa de la sudoración, me exasperaba, pero al mismo tiempo no quería apartarme de ella: envuelto en esa tela, y cubierto por las cobijas, me sentía en el interior de un nicho o de una cápsula, en el sarcófago áureo de Tut-Ank-Amen, a salvo de todas las catástrofes. Fue una duermevela en la que mi mente no dejó de funcionar ni un minuto, a gran velocidad, proyectando ante mis ojos cerrados infinidad de imágenes, al punto de que por momentos no sabía si soñaba, si pensaba que soñaba o si soñaba que pensaba que soñaba.

Wenceslao y yo caminábamos por las calles de La Habana admirando la abundancia de árboles y de flores; la distinción de sus casonas y palacetes; los apetitosos olores que brotaban de las cocinas; la música de los pianos, ligera y burbujeante. E inesperadamente, aquel mundo luminoso, colorido y gentil, se convierte, en mi cerebro febricitante, en un infierno, en un paisaje lleno de edificaciones en ruinas y de vegetación calcinada; de ratas que pelean en medio de la podredumbre de los escombros; de himnos de guerra entonados por cuerpos famélicos, por una multitud de infelices presa de un miedo y un rencor atroces.

En medio de ese decorado se mueven, dando tumbos de ciegos, sin entender nada, ¡nada de nada!, Mina de Buffin y los detectives de la Secreta, el Conde Kostia y Tijeras, los hijos del general Loynaz y los de Teresa Trebijo, Emilio de la Cruz y Regla la camarera, María Cervantes y Raúl Capablanca, todos confusos y aturdidos, asustados por confluir de repente, de forma inexplicable, en un mismo espacio, en idénticas circunstancias, en una Habana que ha dejado de ser la suya para transmutarse en un mundo repelente, sucio y vulgar. Y se repliegan, retroceden agredidos por una chusma torva que los apedrea y aúlla frases patrióticas y absurdas. En el vórtice del *mare magnum*, subido en un pedestal para que a nadie quepa duda de su protagonismo, para que el mundo sepa que el desastre es obra suya, un hombrón gesticula y relincha con grandilocuencia.

Aunque aún no alcanzo a ver su rostro (¡por suerte!, pues intuyo que es el de la infamia, la abyección y la muerte), sé que es el hijo del gallego que nos habló en el bar. ¡Ah, si se enterara de que me debe la vida! No, que nadie se llame a engaño: no se trata de un loco ni de un payaso: es el anticristo. (¿No ven, acaso, que tiene dos caras, como los demonios más poderosos? Una barbada, en la cabeza, y la otra en el culo.)

¿Dónde están los helados de El Anón, los famosos dulces de Rafaela en El Lirio del Prado, las tiendas de abarrotes con sus estanterías repletas de productos de ultramar, los mameyes pulposos, los chicharrones y los churros, los pantalones de dril cien de raya irreprochable, los mantones de manila extendidos sobre las barandas de los palcos del Nacional, el olor a limpio del vetiver y la lavanda, los jardines umbrosos de El Vedado, la alegría de la gente, el aire terso y fino que se respira con lástima, casi con dolor de estropearlo, las aguas transparentes del Almendares, la luz que revela colores inusitados, La Habana elegante de Julián del Casal? ¿Y adónde fueron a dar, Dios mío, los adoquines de las avenidas y los parques, quién los sustituyó, pérfidamente, por esa sustancia negruzca que reverbera y se derrite al calor del sol, lo mismo que los sesos reblandecidos y la cordura de este pueblo? ¿Y por qué hay huecos y más huecos por dondequiera que caminas, y trincheras, cientos, miles, millones de trincheras en todas partes, horadando el suelo de la Isla, poniéndola en peligro de irse a pique, de sumergirse en el mar de las Antillas como una nueva Atlántida, y armas y soldados que vaticinan la inminencia de un combate crucial, de una batalla muchas veces anunciada y eternamente postergada?

Ludonia La Rosa camina por el malecón, sujetando fuerte a Ramoncito con una mano y a mí con la otra, y me regaña, compungida, por no haber hecho lo que tenía que hacer en el momento en que debía hacerlo, porque cada cosa tiene su momento y no puede hacerse ni antes ni después, sino cuando hay que hacerla. ¡Una cosa tan sencilla, virgencita de la Caridad del Cobre!, una cosa tan sin ciencia, que no me habría costado nada y con la que habría ahorrado muchas lágrimas de sangre y mucho sufrimiento a este país que, aunque no es el mío, me ha tratado tan bien. Yo la escucho cabizbajo, avergonzado por no haber degollado al gallego, y Ramoncito se ríe con su vozarrón luciferino. Hasta que, harto de recriminaciones y de burlas, al borde del llanto, me desprendo de la *iyalocha* y corro. Corro dejando atrás a mis acompañantes, sin hacer caso de sus gritos; corro, y mientras me alejo veo a un grupo de soldados disparar sobre unos jóvenes que pretenden escapar a nado de la Isla. Corro, corro huyendo del espanto, de los cuerpos sangrantes, de los tiburones que comienzan a darse el gran banquete; corro hasta que tropiezo y caigo sin aliento en los arrecifes, hincándome manos y rodillas, y descubro una estrella de mar, reseca y maloliente, junto a mi rostro. Reseca y maloliente como La Habana, como el fantasma miserable en que han convertido la capital antaño ingrávida.

Y de pronto no estoy más en Cuba, dejé atrás la inmensa prisión llena de *zombies*, de muertos-vivientes y de muertos-remuertos. Ya no estoy allí, lo adivino, pese a que tengo los párpados cerrados puedo percatarme de ello. He vuelto a Bogotá, me he trasladado a la ciudad enclaustrada entre los cerros, a mi natal Atenas suramericana. Si abro los ojos, ¿veré a mis coterráneos vestidos con peplos, caminando en sandalias por la calle Real, declamando al son de las liras? Ah, Bogotá, la cuna del buen decir, donde para aprender sintaxis y gramática no es preciso acudir a las aulas: basta con sentarse a la mesa, en la intimidad del hogar, y escuchar como se expresa la distinguida familia. Aquí me encuentro a salvo. O eso creía antes de entreabrir los ojos y ver a la mujer que tira de las riendas de un caballo para que un carretón avance por la avenida salpicada de muertos. Desde lo alto, no sé cómo, me desplazo sobre la capital. Con los brazos abiertos, remedando las alas del avión de Camilo Daza, sobrevuelo una Bogotá saqueada, llena de tranvías y de edificios que arden. Veo cómo la plebe, enfurecida, asalta los comercios y las viviendas, vuelca los automóviles, destruye a martillazos las estatuas. La plaza del Mercado es un montón de ruinas humeantes y lo mismo el hospicio de los Jesuitas. ¿Qué ha sucedido aquí, donde nunca pasa nada? La gente salta, aúlla, dispara sus armas y esquiva las balas ajenas, y entretanto la mujer continúa conduciendo el carretón, sin una lágrima, como una sonámbula, llevando rumbo a su casa un cadáver envuelto en sábanas ensangrentadas y en periódicos. Es una señora joven y elegante, y va pensando en lo tercos que pueden ser los hombres. Bien que le había advertido a su marido el día anterior: "Lo van a matar, los conservadores me lo van a matar y la gente se va a volver loca". Y en tanto ella rumia su dolor y su furia, yo voy y vengo por encima de los techos. Vuelo sobre los arroyos de sangre. Remonto la plaza de Bolívar y el altozano de la Catedral, casi asfixiado por el humo denso y apestoso que cubre el cielo de la ciudad, y adivino (no me pregunten cómo: se trata de una de esas certezas que carece de explicación) que en algún lugar de la ciudad, tal vez en la habitación de un hotel barato, el hijo del gallego observa, con la nariz pegada a un cristal y el corazón palpitante, el caos que se ha desatado en Bogotá cambiando su faz, ensombreciéndola, transformándola, súbitamente y para siempre, en algo distinto de lo que era. ¿Qué oscuro designio lo ha traído a este lugar? ¿Qué hace acá el elegido del Maligno? ¿Es él, a sabiendas o no, quien convoca semejante caos? Con la ayuda de unos fulanos, la viuda saca su muerto de la zorra y lo introduce en una casa. Yo cierro un poco mis alas para perder altura y me las ingenio para penetrar también en la vivienda y volar dentro de sus habitaciones, pegado al techo. De una de las paredes cuelga un óleo donde alguien tuvo la ocurrencia de pintar a un grupo de militares, con una extraña insignia en sus cascos, llevando al hijo de Dios hacia la cruz. Al cadáver lo han tendido en una cama y le están quitando las telas y los papeles que lo cubren. Afuera se siguen oyendo, ahora en sordina, los bramidos y los tiros. De repente, un disparo más fuerte que los demás me ensordece y, pesadamente, sin poderlo remediar, caigo al suelo con estrépito, como un fardo. La sangre me brota del pecho, pero ninguno de los presentes, ocupados en acicalar al difunto, parece percatarse. Quiero levantarme y no puedo. Trato de gritar, y tampoco. No sé por qué, en ese

instante me vienen a la cabeza los "versos del murciélago" que de
niño repetía con mis primos, en la casona de La Candelaria, y por primera vez entiendo su significado:

> *Te puncen y te sajen,*
> *te tundan, te golpeen, te martillen,*
> *te piquen, te acribillen,*
> *te dividan, te corten y te tajen,*
> *te desmiembren, te partan, te degüellen,*
> *te hiendan, te desuellen,*
> *te estrujen, te aporreen, te magullen,*
> *te deshagan, confundan y aturullen...*

¿Estaré agonizando? No quiero mirarme. Viro la cara para no
verme en ese trance. Me cubro la cabeza con la almohada, decidido a
no presenciar mi muerte, y me agito en la cama y me quejo, hasta que
Wenceslao despierta, me sacude una vez y otra, y otra, y, lo mismo
que un príncipe salvador, me devuelve a la vida.

—¿Qué tiene? —pregunta, preocupado.

—Una pesadilla —consigo responder—. Un sueño horrible.

Ese miércoles lo pasé en la cama, sin fuerzas para levantarme.
Convencí a Wenceslao para que llevara a Esmeralda de paseo a El Sitio
de Liborio, un ingenio azucarero en miniatura que queda a veinticinco
minutos de la ciudad. Durante el tiempo que estuvo ausente me dediqué a estudiar unas diminutas manchas de humedad que descubrí en
el techo y a pensar en el sentido de la vida; en la transfiguración de mi
tío; en los años que llevaba mi padre encerrado en su cuarto de La
Candelaria como un vegetal; en si, con el transcurrir de los años, me
arrepentiría de no haber procreado un hijo y en otras imbecilidades
por el estilo. Me pregunté si la causa de mi enfermedad sería que
ya estaba harto de La Habana y de la Duse. Wenceslao no hablaba
de nuestra fecha de partida y eso empezaba a inquietarme. ¿Y si me
pedía que siguiéramos a la italiana en la segunda parte de su *tournée*
por Gringolandia? No lo creía capaz, pero con él nunca se sabe. Nació
bajo el signo de piscis: dos pequeños peces que nadan en direcciones
contrarias. La sensatez y el sinsentido.

La llamada que me hizo a media tarde *Donna* Ortensia no contribuyó a que me sintiera mejor. Con mucha pena, me comunicó que Eleonora no sólo reiteraba su negativa a la entrevista, sino que había suplicado a la ex duquesa que no volviera a mencionarle el asunto. ¡Oh, lamentaba tanto, *tanto*, no haber podido ayudarnos! ¡Esa Duse, tan cabecidura!

Regla entró con toallas limpias y aprovechó para contarme que al lado estaban haciendo maletas.

—El otro caballero me dijo que no quería que le trajera más noticias —comentó—. ¿Usted tampoco?

—Tampoco —le ratifiqué, y salí del lecho para que pudiera cambiar las sábanas.

En la noche me sentí mejor y quise cenar en el *restaurant*. Wenceslao pidió, por sugerencia del *maître*, cordero. Yo, sólo una sopa "de sustancia", y dejé la mitad en el plato.

La sobremesa fue más dilatada de lo previsto. Al parecer, mi pareja tenía deseos de hablar.

—De la Cruz insiste en que nos quedemos a los carnavales —comentó—. Son cuatro domingos: el de la vieja, el de la piñata, el del figurín y el de la sardina. Suena simpático, ¿verdad?

Asentí sin mucha convicción.

—Sin embargo, Esmeralda opina que dos semanas en esta ciudad son suficientes —prosiguió—. Está empeñada en que sigamos viaje con ella, a conocer al faraón. A mí la idea no me disgusta del todo. Total, no tenemos prisa ninguna por volver a Bogotá. ¿A usted qué le parece?

Me encogí de hombros.

—Podríamos proponerle un arreglo —continuó—. Quedarnos hasta que empiecen los carnavales, a ver si son tan buenos como asegura Emilito, y acompañarla luego a Luxor.

Le pedí que me dejara pensarlo y lo invité a caminar un poco. Echamos a andar por San Rafael en dirección a Galiano. La temperatura era agradable y en los andenes no había muchos transeúntes. Después de unas cuadras me aburrí y le rogué que regresáramos.

—¡Eh! ¡Los colombianos! —exclamó de pronto Mella, a espaldas nuestras, y nos volvimos rápidamente para mirarlo.

Vestido de blanco, sonriente y divino, avanzó hacia nosotros. Al notar que se disponía a darme uno de sus turbadores abrazos de oso, le tendí la mano para mantenerlo a raya. Otro tanto hizo Wen. Si se dio cuenta del desplante, supo disimularlo.

—¿Cómo terminó la otra noche su aventura con la policía? —me interesé por saber.

Nos contó que los habían encerrado en una celda asquerosa hasta el mediodía y que, tras echarles un sermón y ponerles una multa por escándalo en un sitio público, el juez los había dejado volver a sus casas.

—McDonald, el primer ministro inglés, declaró que el gobierno de su país está dispuesto a reconocer a Rusia —reveló a continuación, feliz de compartir la noticia—. ¡Claro que falta ver cuál será la reacción del parlamento!

—No nos interesan ni Rusia ni los bolcheviques —repuso Wenceslao, como un témpano, mirándolo con la mayor insolencia—. El único *meeting* político al que hemos ido en nuestras vidas fue el de Lenin y tenga la certeza de que no volveremos a ningún otro —continuó, imperturbable—. La política nos parece odiosa y aburridora, y los desmanes del imperialismo no nos dan ni frío ni calor.

—Pero ustedes... —balbuceó Mella, estupefacto, buscando mis ojos con la esperanza de que se tratara de una broma—. ¡Yo pensé que compartíamos los mismos ideales!

—Error —recalcó, envarado, mi pareja, y tuve miedo de que al revolucionario se le subiera la sangre a la cabeza y lo hiciera trizas allí mismo—. Mis ideales y los del señor Belalcázar difieren notoriamente de los suyos. Y ahora, con su permiso, tenemos que retirarnos. Buenas noches.

Insinué una sonrisa de despedida y eché a andar junto a Wenceslao. El muchacho quedó en medio del andén, con aspecto desvalido, interrumpiendo el paso. Supongo que esa noche, al volver a casa, le contaría a su mujercita que éramos un par de lunáticos.

Eran pasadas las once cuando volvimos al hotel. Tres damas jóvenes esperaban el ascensor para subir a los pisos superiores y a unos pasos de ellas, para sorpresa nuestra, vimos a Eleonora Duse. Pese a que tenía (¡de noche! ¡vaya excentricidad!) un sombrero con velo, la reconocimos en el acto. ¿Qué hacía la excelsa despierta a esas horas? ¿A dónde habría salido tan compuesta? Era la primera *toilette* decente (quiero decir, digna de una figura de su categoría) que le veíamos desde su llegada a la capital cubana. Katherine Garnett la acompañaba. Nos acercamos e intercambiamos unos saludos. La *Signora*, era obvio, estaba incómoda por el encuentro. Clavó la mirada en la puerta del ascensor y asintió enérgicamente cuando la inglesa le cuchicheó algo al oído.

Las otras mujeres conversaban a voz en cuello, atronando el ambiente con sus risas, sin darse cuenta de que tenían al lado a la famosísima Duse. Por fin llegó el ascensor y entramos todos. Le hicimos saber al empleado los pisos a donde nos dirigíamos: las parlanchinas, al tercero; los demás, al cuarto, y el aparato inició la subida con un zumbido de moscardón. Hizo una parada en la segunda planta, para recoger a un gringo que quería que lo llevaran al vestíbulo, y enseguida prosiguió su trayecto. La Duse se había ubicado lo más distante posible de nosotros dos y Katherine Garnett seguía murmurándole quién sabe qué.

"Tercer piso", anunció el ascensorista y abrió la reja.

En el momento en que salían, una de las jóvenes le arrebató el bolso a otra y corrió por el pasillo, riendo de su travesura. "¡Margarita, estás loca!", protestó la víctima de la broma y, mientras el ascensor avanzaba hacia el piso siguiente, aquellas palabras empezaron a dar vueltas en mi cabeza como un verdadero *totum revolutum*: "*Margarita, estás loca. Estás, Margarita, loca. Loca estás, Margarita. Loca, Margarita, estás. Estás loca, Margarita. Margarita, loca estás...*" Sin saber por qué, en ese instante recordé la estampa de Margarita, la demente bogotana, siempre de luto, desandando las calles. Volví a verla caminar junto a nuestra ventanilla del vagón de primera, al paso lento del tren, el día que partimos rumbo a Barranquilla. Volví a escuchar las palabras con que nos despidió esa tarde: "Díganle que los manda Lauro, su hijito".

Sentí un corrientazo y tuve la certeza de que esa frase, que semanas atrás me había parecido el desvarío de una psique enferma, era el "ábrete sésamo" que haría claudicar a la italiana y nos permitiría obtener la entrevista. Ya la *Signora* y su acompañante estaban fuera del ascensor, caminando en dirección a sus habitaciones, y yo continuaba sin salir de la caja de metal, paralizado.

Wenceslao me tomó del brazo para halarme, pero lo aparté con brusquedad y eché a correr detrás de las damas. Me detuve junto a Eleonora justo cuando María Avogadro le abría la puerta. Katherine Garnett se colocó delante de la eximia, dispuesta a protegerla en caso de agresión, y me lanzó la más amenazadora y aristócratica de sus miradas.

–¿Qué quiere? –inquirió, como si se dirigiera a una cucaracha, la inglesa–. ¡La señora no desea hablar con usted!

Sin embargo, para sorpresa de todos: de María Avogadro, que atisbaba por la puerta entreabierta, sin comprender lo que ocurría afuera; de la Garnett, que me observaba irascible, con punticos rojos en sus mejillas sin color; de Wenceslao, que ya estaba a mis espaldas, sujetándome por un brazo, temeroso de que fuera a cometer quién sabe qué locura; del ascensorista, que había abandonado su puesto de trabajo y contemplaba la escena desde el fondo del corredor; del huésped gringo, que asomaba la cabeza tratando de descifrar aquel lío de latinos, e incluso para mi propio asombro, la actriz apartó con suavidad a la británica, alzó el velo de su sombrero y me miró a la cara.

–¿Qué tiene que decirme, caballero? –indagó, grave y digna.

–Nos envía Lauro, su hijito –murmuré, de manera tal que únicamente ella pudiera oírlo. Aunque se esforzó por no delatarse, la frase le produjo una innegable conmoción–. Lauro, su hijito –repetí.

Sus ojos parecieron salirse de las órbitas y un músculo comenzó a temblarle, incontrolable, en una mejilla. Creí que iba a desmayarse, pero no sé de dónde sacó fuerzas para permanecer de pie y contestar:

–Sea –claudicó con voz casi inaudible–. Los recibiré. –Y dirigiéndose también a Wenceslao, nos rogó que le concediéramos diez minutos.

Seguida por la Garnett, que no daba crédito a lo acontecido, entró en el departamento y la puerta se cerró tras ellas con suavidad.

Wenceslao me miró sin entender nada y pidió una explicación. En realidad, no fue mucho lo que pude aclararle. No sabía a derechas el sentido de mis palabras. Las había dicho obedeciendo a un arrebato. Asintió y se recostó a la pared, como mareado.

El ascensorista preguntó si necesitábamos algo, y con un ademán exasperado le pedí que nos dejara en paz.

—Parece que estamos a punto de lograrlo —le dije, con un suspiro, a Wen.

—Lo mismo creo —convino, haciendo un esfuerzo por aparentar entusiasmo—. Es raro. ¿Le ha pasado que uno desea mucho una cosa y, cuando casi la tiene, le entran nervios y se pregunta qué puede hacer con ella? —Me miró con expresión tierna, y añadió—: Supongo que esto es algo así como una prueba de amor suya, ¿no?

—Interprételo como se le antoje —respondí, sin ánimos para conversaciones trascendentes al filo de la medianoche.

Al rato estábamos frente a la Duse, que parecía más incolora y endeble que de costumbre, en la misma habitación donde tomáramos el té días atrás. Todos los retratos y los objetos personales habían sido retirados y alcancé a avistar, en la habitación contigua, un baúl abierto. La inglesa no se veía por ninguna parte. Evidentemente, sus aposentos se comunicaban con los de la eximia y a ellos había sido desterrada.

En esta oportunidad María Avogadro no trajo ninguna infusión, sino una botella de *champagne*. Esperamos, en medio de un incómodo silencio, a que llenara las copas, las repartiera y nos dejara a solas. El *champagne* estaba frío, pero no helado.

—Pocas personas saben que tuve un hijo —manifestó entonces la Duse con lentitud, eligiendo con sumo cuidado cada palabra— y sólo mi mejor amiga, que me acompañó durante aquellos días tan difíciles, supo el nombre que escogí para darle. ¿Por qué invocó usted a Lauro? —inquirió, con una mueca de dolor, como si pronunciar aquellas cinco letras le causara daño.

Le narré la anécdota del tren y el impulso que me había llevado a repetir la frase de la loca Margarita, aun desconociendo su significado.

—Pero ¿sólo dijo eso? ¿No les explicó algo más?

—No —dijo Wenceslao, con pesar.

—Todo es tan raro... —musitó la excelsa—. Es como un mensaje que no alcanzo a descifrar y eso me angustia mucho, me desespera... ¿Por qué hay tantas cosas que no entiendo, que no entenderé nunca? ¿Por qué? —añadió, enervándose.

Procuré tranquilizarla:

—Quizás su hijo deseaba que nos conociera... o que nosotros la conociéramos mejor a usted.

Meditó un instante y luego movió la cabeza con resignación. "Es increíble la cantidad de espectros que bulle a nuestro alrededor", comentó con una sonrisa, procurando restarle dramatismo al diálogo. "Nos llevan de un lado a otro, nos vapulean a su antojo, nos obligan a cumplir sus designios".

A continuación declaró que, en vista del profundo interés que teníamos por la entrevista, haría una excepción y nos la concedería. Pero tendría que ser esa misma noche. Al día siguiente, temprano en la mañana, zarpaba de vuelta a Nueva Orleans. El resto de la compañía lo haría el viernes.

Ponía, eso sí, algunas condiciones. La primera: que no tomáramos apuntes de sus palabras. Eso la inhibía terriblemente: se quedaba muda cuando alguien comenzaba a transcribir lo que ella iba diciendo. La segunda: no formularíamos ninguna pregunta. Prefería hablar con libertad. "De cualquier cosa. De nada y de todo", explicó. Nosotros nos limitaríamos a escuchar. Como en el teatro, sí. Como si estuviéramos en un palco, presenciando el soliloquio de una actriz. Luego podríamos hacer un resumen de lo que consideráramos más relevante y publicarlo, si así lo deseábamos, ¡pero sólo después de su muerte! ¿Conformes? Consulté a Wenceslao con la mirada y él asintió.

—¿Están cómodos? —indagó la artista—. Les advierto que va a ser una larga noche... —añadió, con un retintín irónico.

Rellenó las copas y levantó la suya invitándonos a brindar:

—¡Por las actrices que hace tiempo deberían estar retiradas, por los caballeros persistentes y por los fantasmas que se las ingenian para hallarnos dondequiera que nos escondamos! —dijo.

Bebió un sorbo y pareció animarse.

Se levantó, caminó hasta el balcón y abrió las puertas. Los ruidos de la calle (palabras, bocinazos, músicas) llegaron a nosotros en sordina, envueltos en algodón. Tuve la impresión de que uno de los ángeles de enormes alas de mármol que, situados en lo alto de unos minaretes, custodiaban el techo del teatro Nacional, se volvía para mirarnos.

—La Habana es más que una ciudad con alma: es una esencia, un modo de ser y de estar —aseguró, sin venir al caso, y continuó desvariando—: Desdichado quien haya crecido en ella y la abandone. Nunca se resignará a la pérdida de un pedazo de su espíritu.

Retornó a la butaca, se arrellanó, humedeció sus labios con el *champagne* y dio inicio a un monólogo que se prolongó durante varias horas, hasta que los gallos empezaron a cantar en la lejanía y percibimos la claridad del amanecer.

—Mírenme bien. Obsérvenme con detenimiento. No sientan vergüenza: estoy habituada —empezó, con una voz tibia, extrañamente lejana—. ¿Están seguros de que soy una mujer de carne y hueso? Si es así, háganmelo saber, porque a veces me temo que soy un espectro, otra alma en pena...

Epílogo

Señor y maestro, escucha mi clamor.
Señor, grande es mi desgracia.
Los espíritus que llamé,
¡no puedo librarme de ellos!

J. W. von Goethe

Eleonora Duse reanudó sus actuaciones en Estados Unidos el diecinueve de febrero de 1924, en Los Ángeles. Luego de presentarse en varias ciudades, llegó con su compañía a Pittsburgh el primer día de abril. La tarde del cinco de abril, a pesar de que caía una fuerte lluvia, se empecinó en ir caminando desde el hotel Schenley, donde se hospedaba, hasta el teatro Syria Mosque. Todas las puertas del auditorio estaban cerradas y los empleados tardaron mucho en hallar la llave que abría la entrada principal. La Duse llegó a su camerino empapada y tiritando de frío. Representó *La puerta cerrada* sintiéndose muy mal y, al concluir el tercer acto, tuvo que salir diez veces a escena para saludar. Esa noche cayó en cama, enferma de pulmonía, y no volvió a levantarse: falleció el veintiuno de abril.

El cadáver fue embalsamado y velado el día siguiente en la funeraria Samson; con posterioridad se celebró un servicio fúnebre. Sin embargo, pese a estar muerta, su peregrinaje continuó. Advertido por D'Annunzio, Benito Mussolini dio instrucciones a su embajador en Estados Unidos para que se encargara de trasladar el cuerpo de la eximia, en tren, hasta Nueva York. Allí fue colocado en una capilla de la iglesia San Vicente Ferrer, de Lexington, donde alrededor de tres mil personas (entre ellas algunos fascistas de camisa negra) le rindieron homenaje. El primero de mayo se efectuó un segundo funeral, oficiado por padres dominicos. La bandera de Italia cubría el féretro y un coro de setenta y cinco niños cantó un réquiem. Una vez en Nápoles, luego de una larga travesía a bordo del vapor *Duilio*, el cadáver prosiguió viaje hasta Roma, donde le hicieron su tercer funeral. La última gira de la Duse terminó en Padua, cuando sus restos mortales fueron enterrados, por fin, en el cementerio de Sant'Anna.

Luis Belalcázar y Wenceslao Hoyos permanecieron en La Habana hasta el veinticinco de febrero de 1924, fecha en que zarparon hacia Nueva York en compañía de Esmeralda Gallego. Desde allí partieron a Luxor. Durante su vida, ambos realizaron juntos otros siete viajes al extranjero: seis a Europa y uno a Bagdad. Nunca retornaron a la Perla de las Antillas. En los años treinta heredaron a sus respectivos padres, lo cual acrecentó considerablemente sus fortunas.

Tal como había vaticinado desde el mundo astral la vidente Anatilde de Bastos, los dos bogotanos se amaron durante toda la vida, sólo que ésta no fue muy larga. El nueve de abril de 1948, cuando Bogotá se convirtió en un auténtico infierno y la gente se echó a la calle a quemar tranvías, robar comercios y asaltar mansiones, como consecuencia del asesinato del candidato liberal a la presidencia de la República, una bala perdida mató a Belalcázar. Hoyos lo sobrevivió seis meses. Según los médicos, su fallecimiento fue ocasionado por un ataque al corazón; los allegados a la pareja no tuvieron la menor duda de que la causa fue pena moral. Al fallecer, Lucho contaba cincuenta y ocho años, y Wenceslao, dos menos.

Inconsolable por la pérdida de sus mejores amigos y horrorizada por los actos de violencia de que habían sido capaces sus compatriotas durante el Bogotazo, Esmeralda Gallego vendió sus propiedades en Colombia y se trasladó a vivir a Stromboli, donde adquirió una villa. Murió de vieja, a mediados de los años setenta, y su dinero fue a parar a manos de una sociedad protectora de animales. En sus últimos años, la Gallego pintó febrilmente cientos de acuarelas, apremiada por la imperiosa necesidad de dejar una huella en el arte.

Julio Antonio Mella convirtió la lucha por la revolución social en la razón de ser de su corta e intensa existencia. En 1925 fundó, en compañía de Carlos Baliño, el primer partido comunista de Cuba. A principios del año siguiente, se vio obligado a escapar rumbo a Honduras y a exiliarse luego en México, desde donde continuó su tenaz lucha contra el imperialismo. Allí se le reunió su esposa Oliva, quien dio a luz una niña. La joven volvió a la Isla en 1927, y Julio Antonio inició un romance con la fotógrafa y comunista italiana Tina Modotti.

La noche del diez de enero de 1929, cuando Mella se dirigía a su casa en compañía de su amante, dos hombres (según se dice, enviados por el presidente cubano Gerardo Machado) le dispararon a quemarropa. Falleció a las dos de la madrugada, en el hospital de la Cruz Roja. Al parecer su última frase fue: "Muero por la revolución".

Luis Vicentini nunca logró alcanzar el título de campeón mundial de los pesos ligeros.

El gallego no fue asesinado.

Bogotá, enero de 1999.
Miami, marzo de 2001.

Nota

El autor agradece a la biblioteca Luis Ángel Arango, de Bogotá, y a la Cuban Heritage Collection, de la biblioteca de la Universidad de Miami, las facilidades brindadas para consultar viejos periódicos y revistas.

Gracias a Sergio, por la confianza y la paciencia, y por dedicar parte de unas vacaciones a documentar en la biblioteca nacional José Martí, de La Habana, el paso de Eleonora Duse por esa ciudad.

Gracias, igualmente, a Chely y Alberto, a Daína, Iliana y Nancy, y a Yolanda, Irene y la Tití, por sus observaciones durante los meses de escritura. A Esperanza Vallejo, por las historias que me regaló. También a Lourdes, por traducir *Der Zauberlehrling* y ayudarme con el soneto. Y a Marina.

Gracias a Thomas Colchie, mi agente, por escoger siempre los mejores caminos.

Creo necesario aclarar que en 1924 un viaje en tren de Bogotá a Barranquilla como el que realizan los protagonistas en esta narración era imposible; alteré la realidad para hacer más rápido y cómodo su trayecto, y menos aburrido para los lectores y para mí. Igualmente debo señalar que el paseo habanero del Prado no adquirió la fisonomía que hoy posee hasta dos años después del momento en que transcurre la acción de esta novela. Sin embargo, como me pareció terrible que Wenceslao y Lucho no pudieran conocer El Prado con sus leones de bronce y sus farolas, decidí adelantar un poco la remodelación de la alameda.

En los monólogos de Eleonora Duse se insertan algunos parlamentos de personajes de Sardou, Dumas hijo, Ibsen, Gorki, Goldoni y

D'Annunzio que ella interpretó a lo largo de su carrera, así como varias frases e ideas expresadas por la actriz.

Para la construcción de algunos personajes, el autor se inspiró en rasgos de distintas personas que vivieron en la época en que transcurre la novela, pero sin pretender retratar a nadie de forma particular. Esos caracteres únicamente deben verse como lo que son: entidades de ficción. Las palabras y acciones atribuidas a personajes públicos de la vida real que participan de la trama son, casi siempre, simple y pura fabulación.